◎王志飞 ◎江珊 ◎周显欣　领衔主演

王志飞 Wang Zhifei
江珊 Jiang Shan
周显欣 Zhou Xianxin

Married But Available

导演 李牧鸽
Directed by Li Muge

婚姻时差
电视文学剧本

根据米瑞蓉长篇小说《留守男人》改编
★ 苏晓苑 著

群众出版社

图书在版编目（CIP）数据

婚姻时差/苏晓苑著. —北京：群众出版社，2015.6
ISBN 978-7-5014-5387-0

Ⅰ.①婚… Ⅱ.①苏… Ⅲ.①电视文学剧本—中国—当代 Ⅳ.①I235.2

中国版本图书馆 CIP 数据核字（2015）第 126598 号

婚姻时差

苏晓苑　著

出版发行：	群众出版社
地　　址：	北京市西城区木樨地南里
邮政编码：	100038
经　　销：	新华书店
印　　刷：	北京通天印刷有限责任公司
版　　次：	2015 年 6 月第 1 版
印　　次：	2015 年 6 月第 1 次
印　　张：	31.75
开　　本：	787 毫米×1092 毫米　1/16
字　　数：	640 千字
书　　号：	ISBN 978-7-5014-5387-0
定　　价：	78.00 元
网　　址：	www.qzcbs.com
电子邮箱：	qzcbs@sohu.com

营销中心电话：010-83903254
读者服务部电话（门市）：010-83903257
警官读者俱乐部电话（网购、邮购）：010-83903253
公安综合分社电话：010-83901870

本社图书出现印装质量问题，由本社负责退换
版权所有　侵权必究

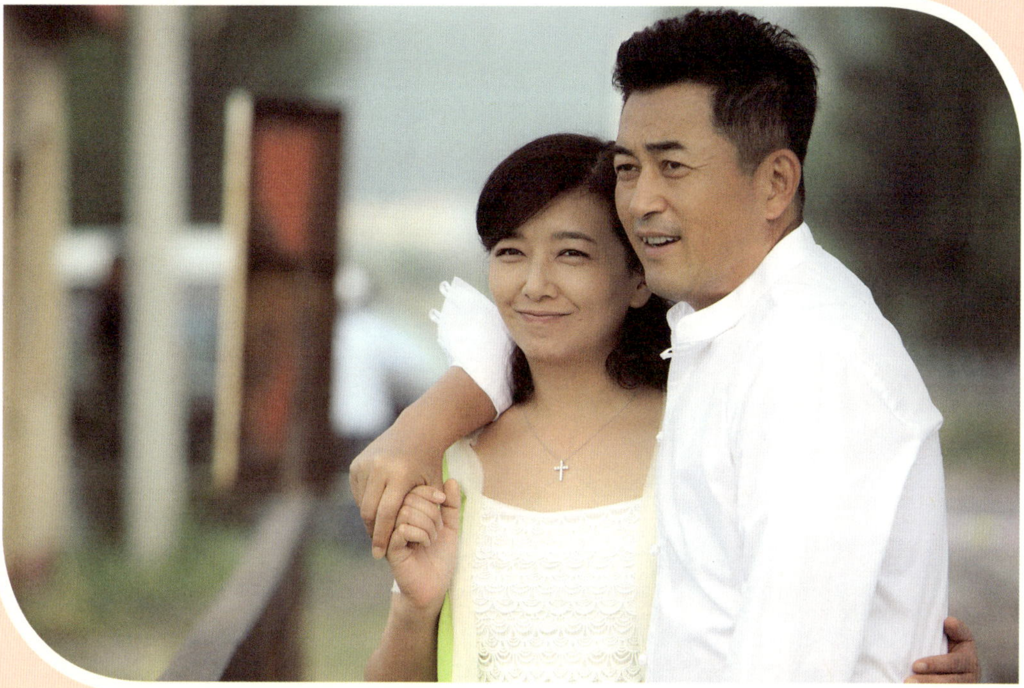

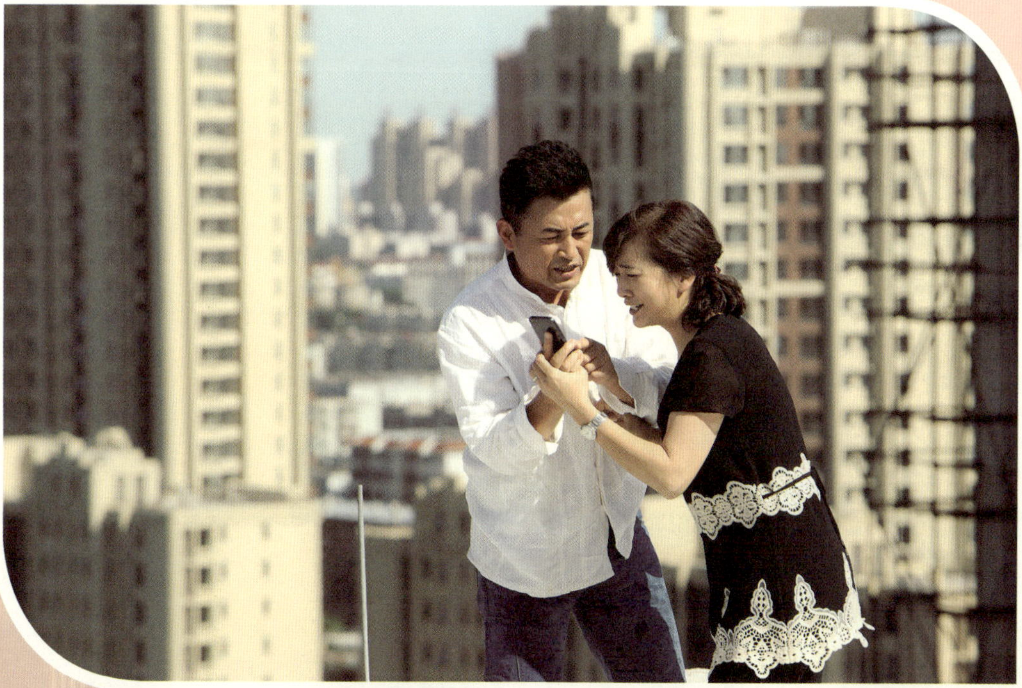

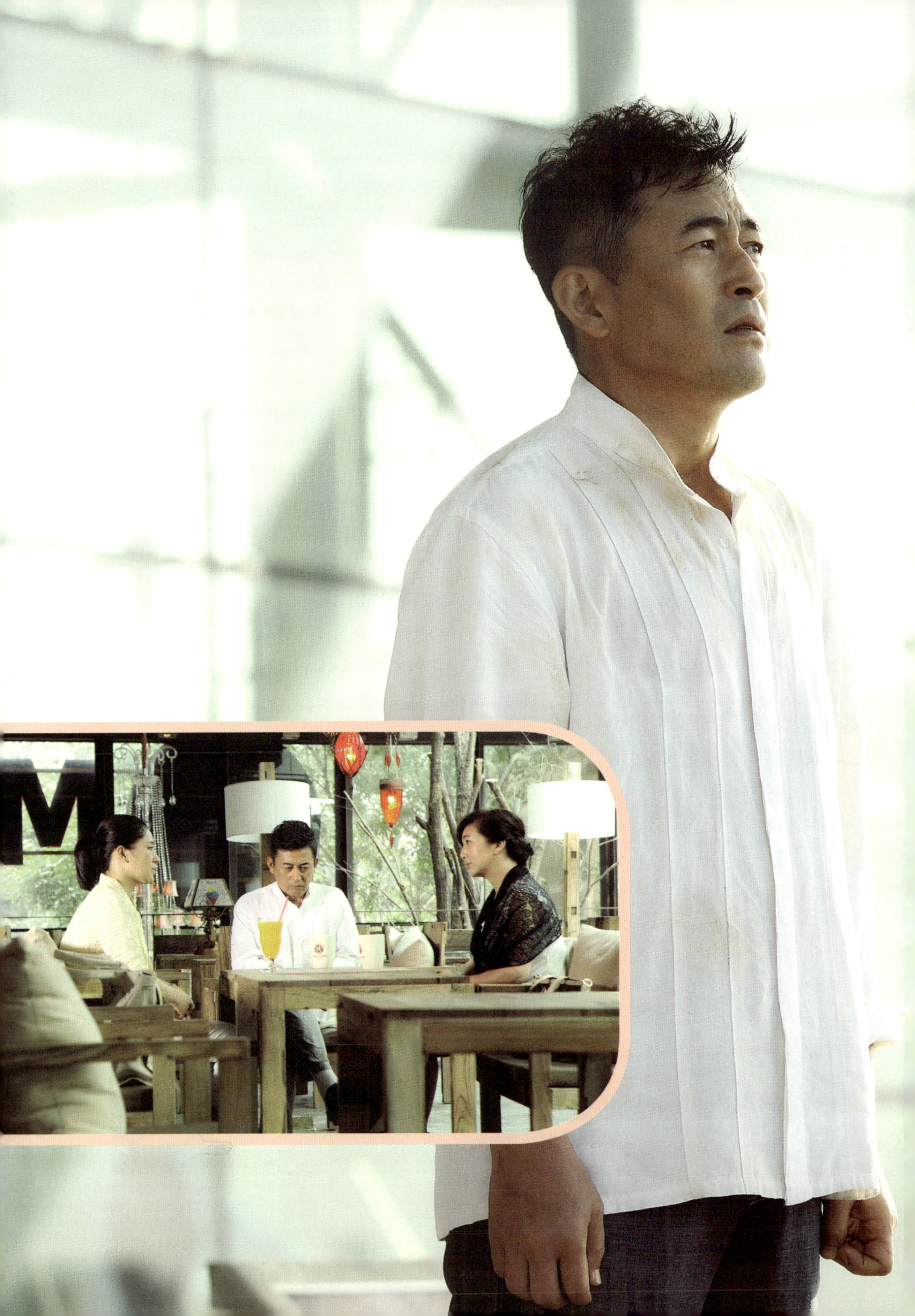

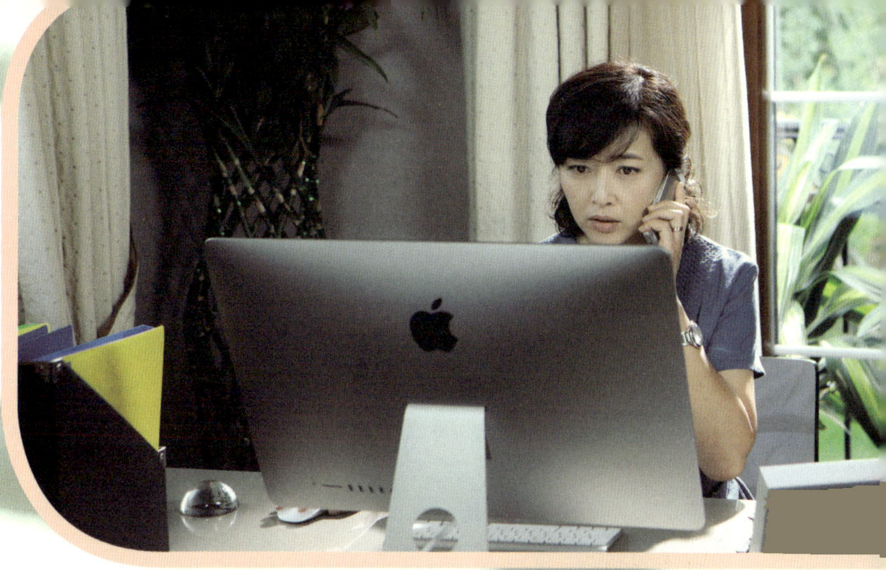

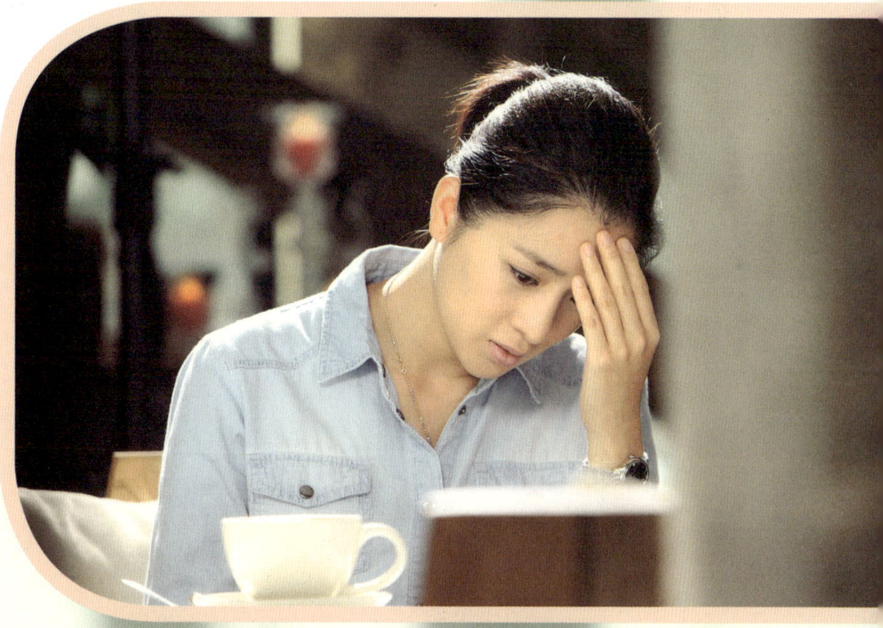

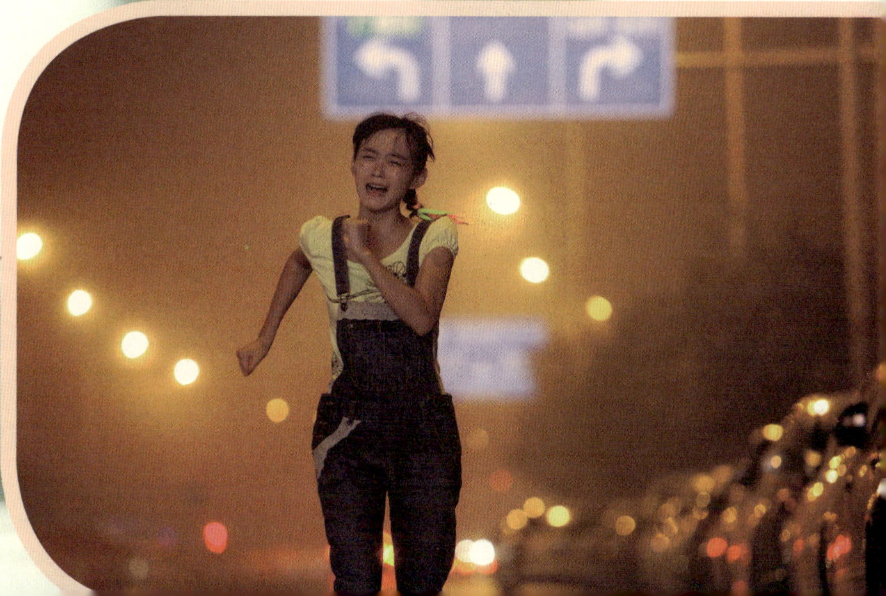

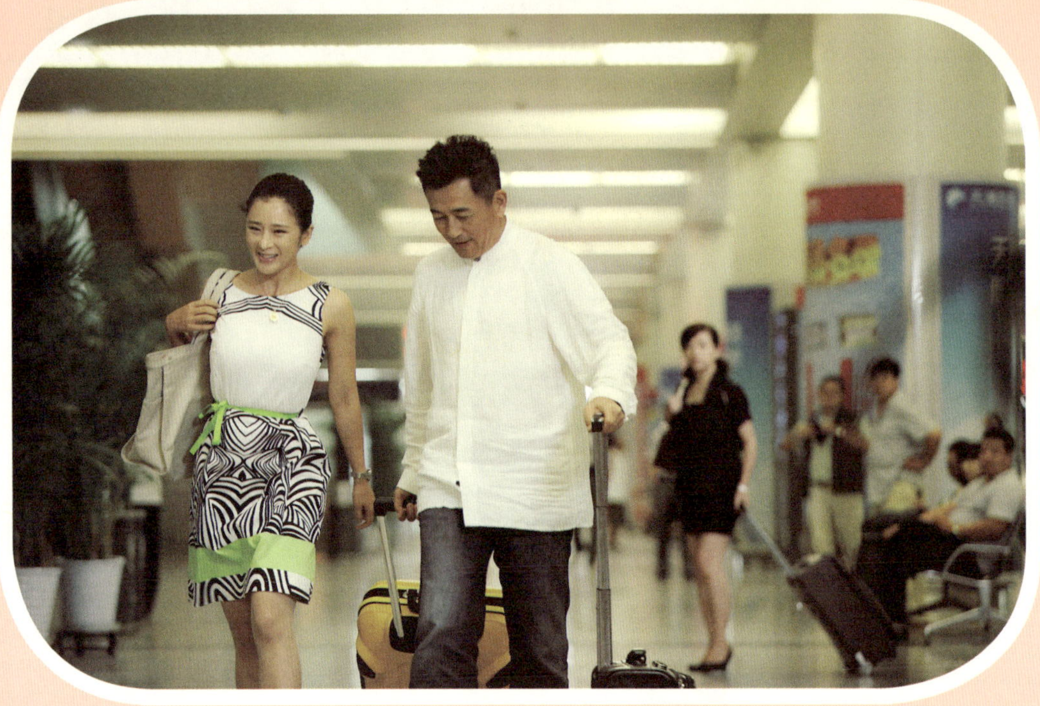

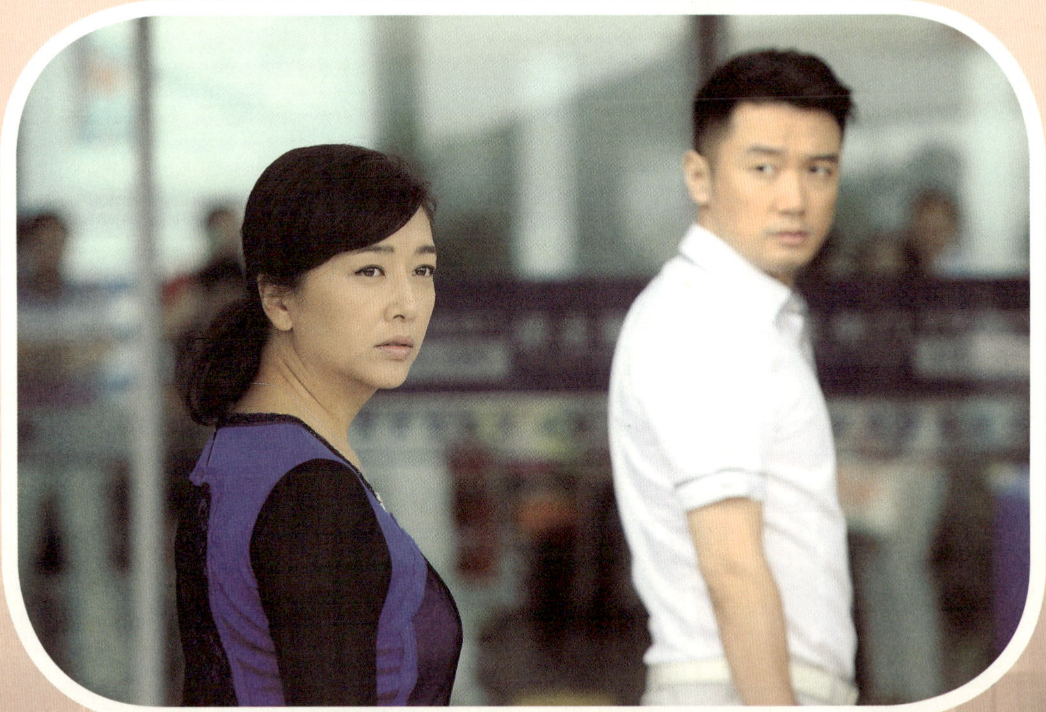

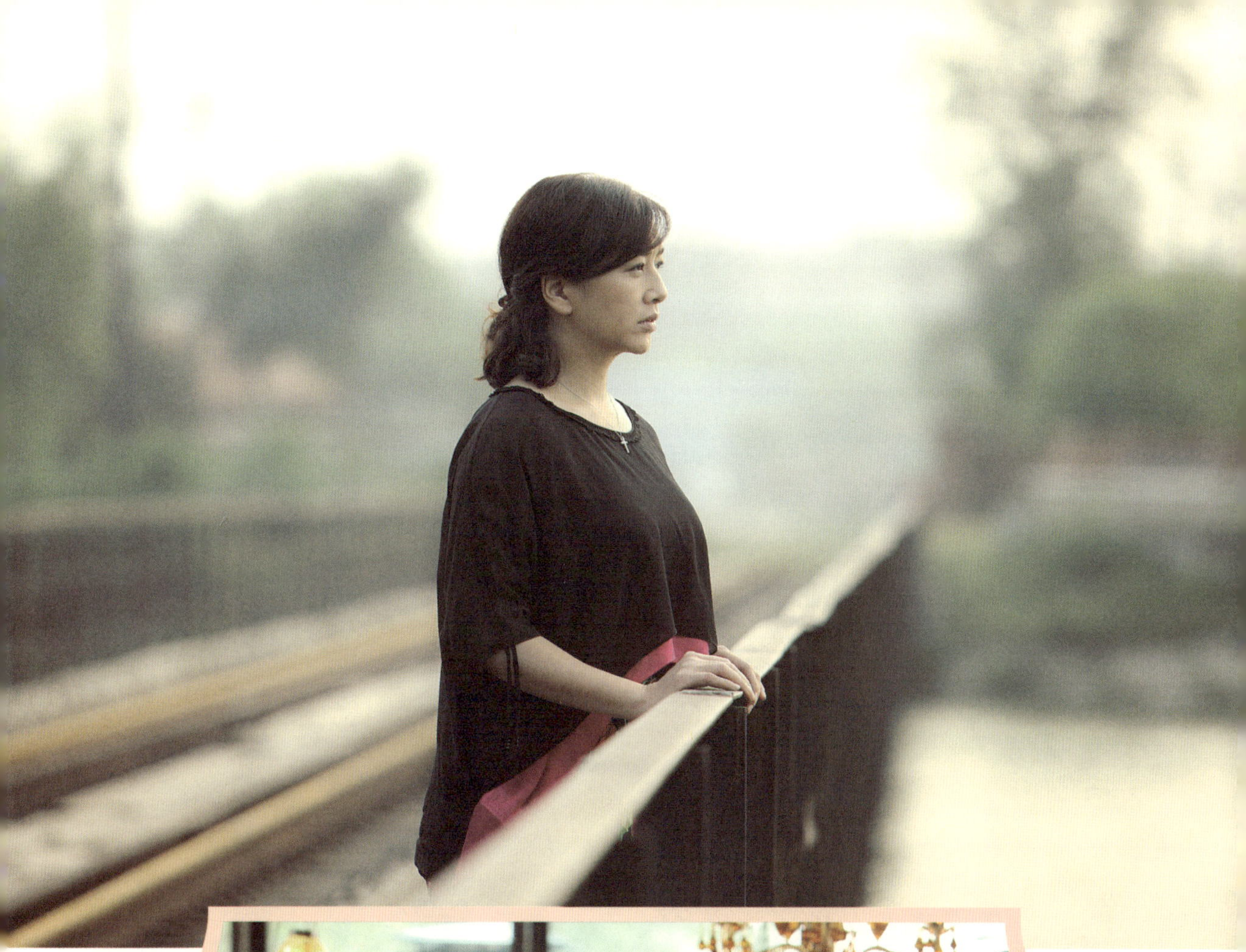
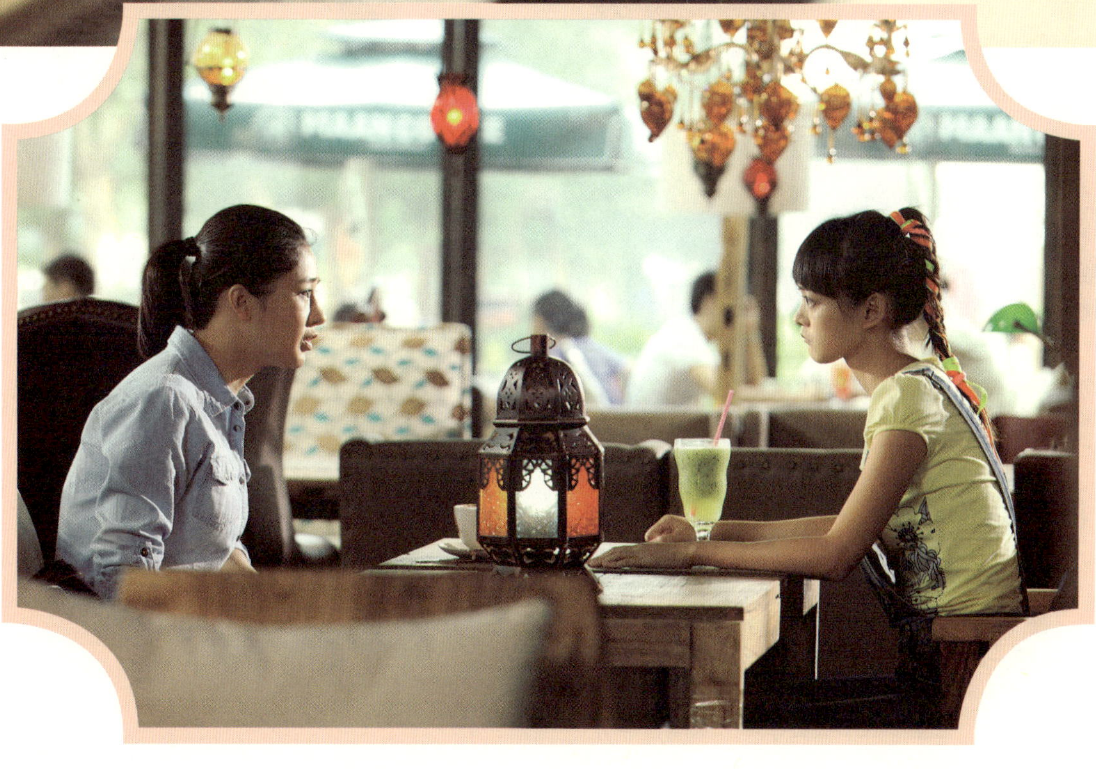

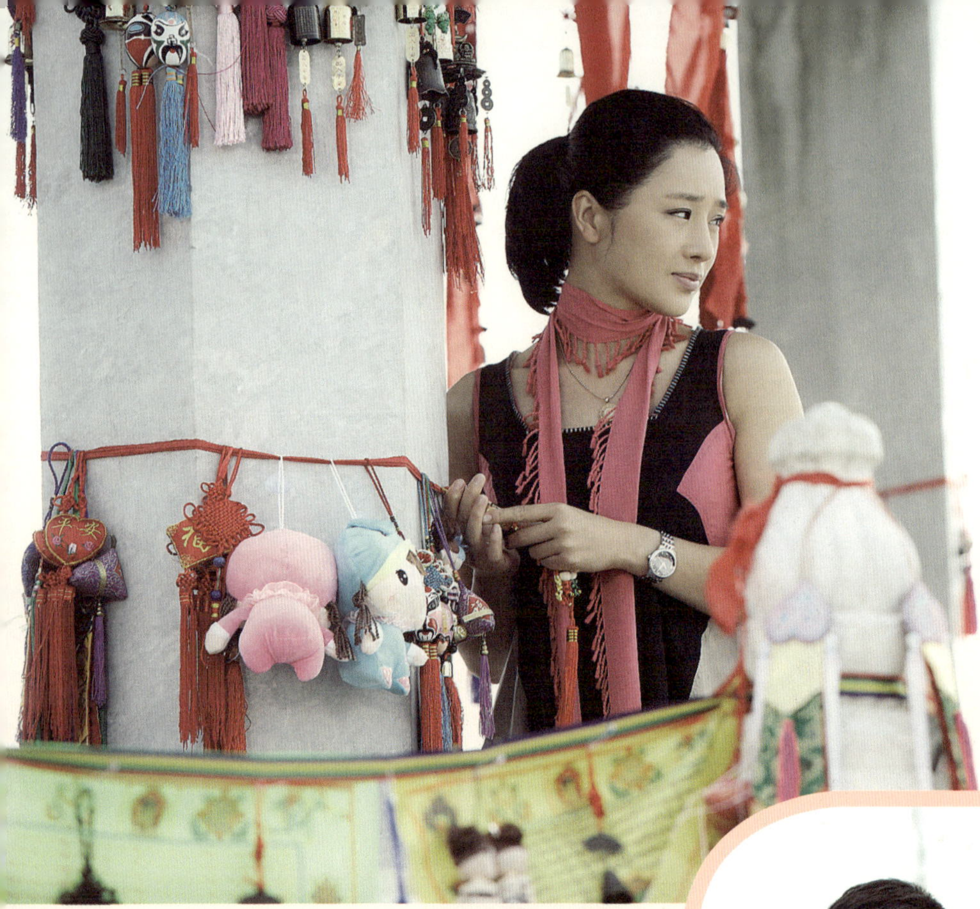

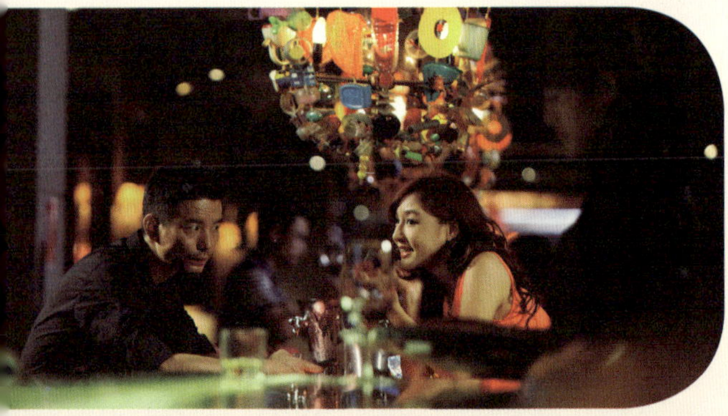

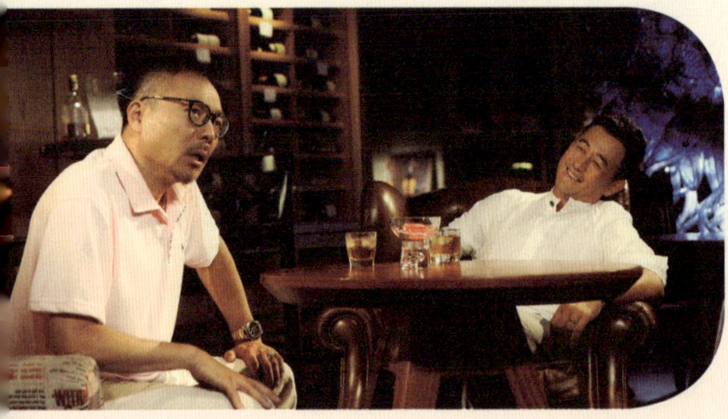

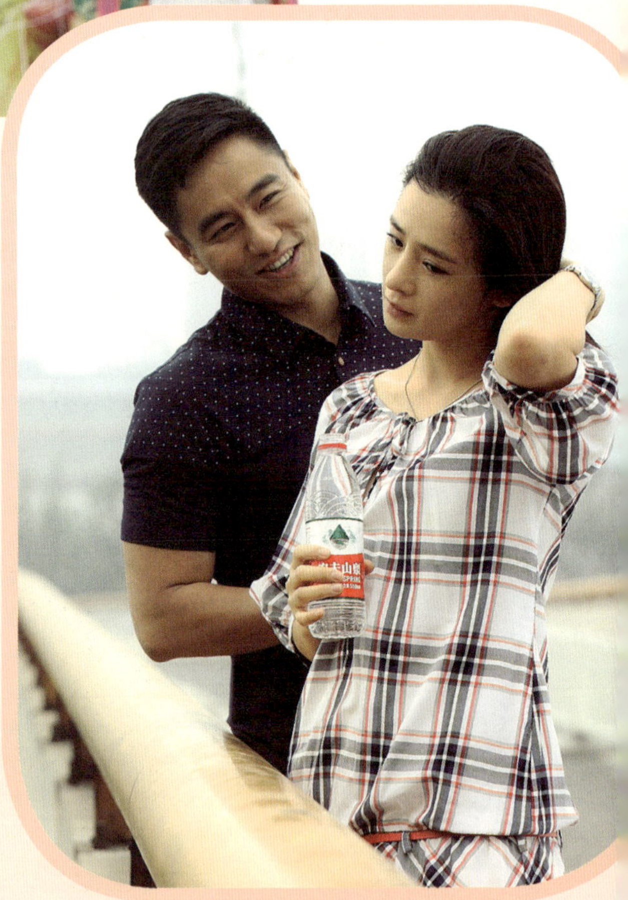

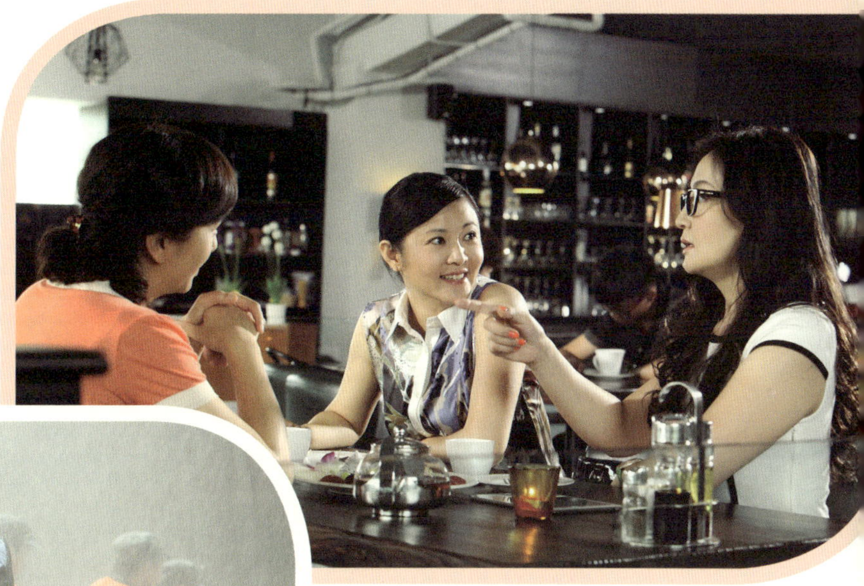
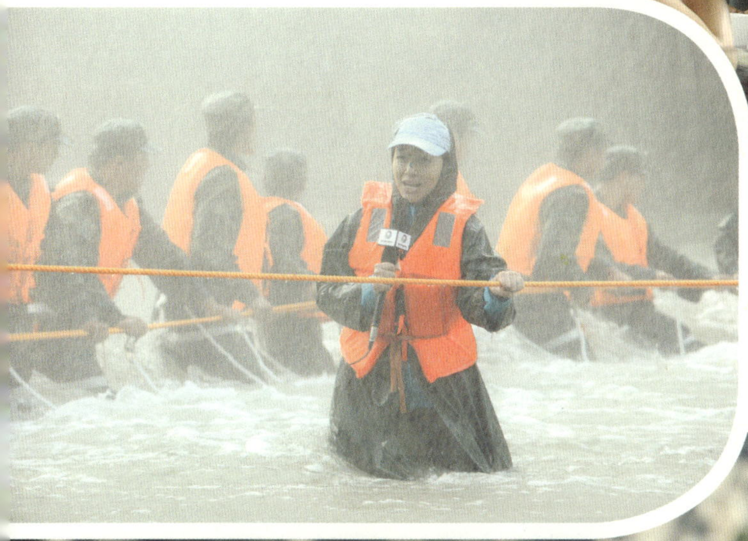
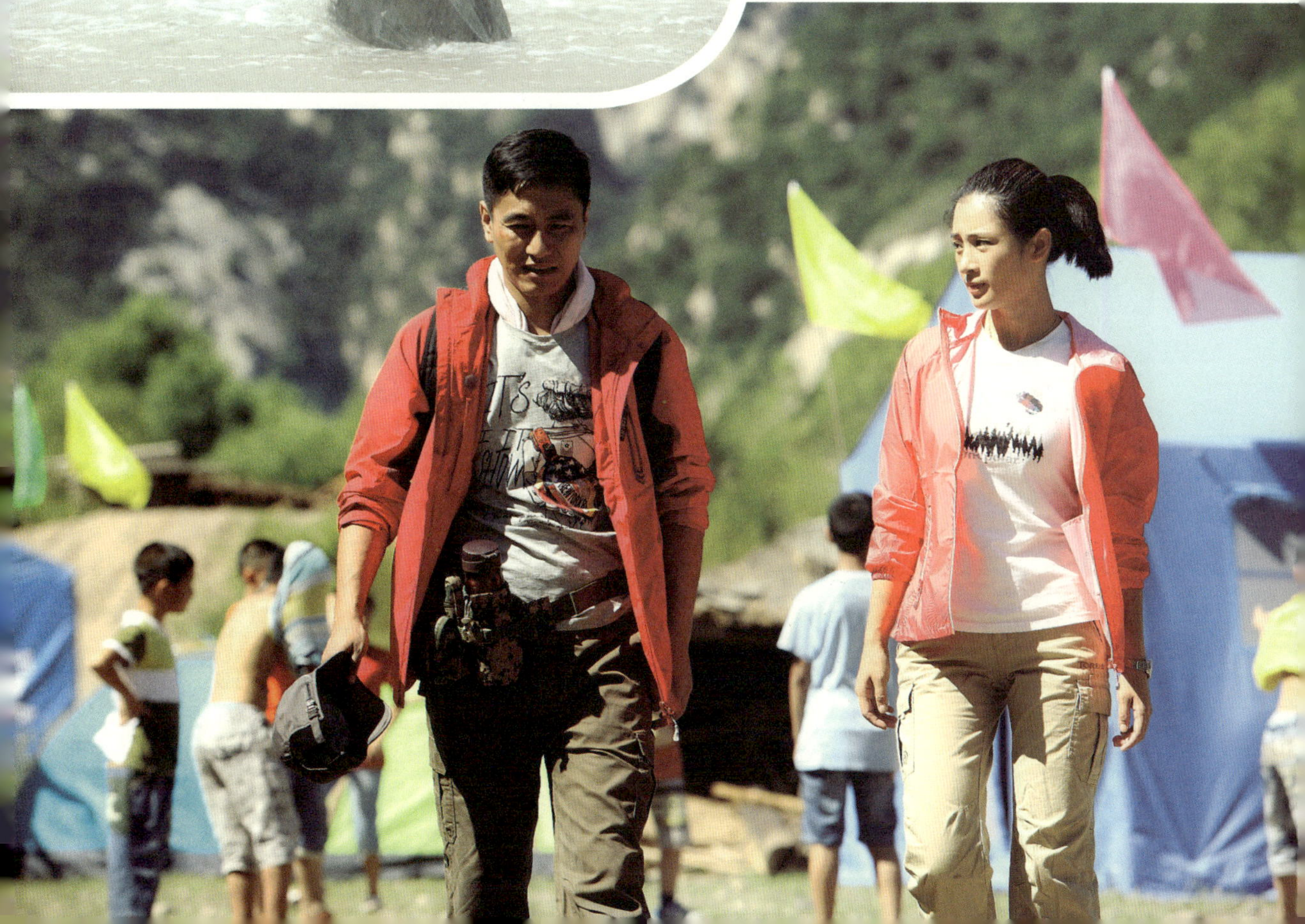

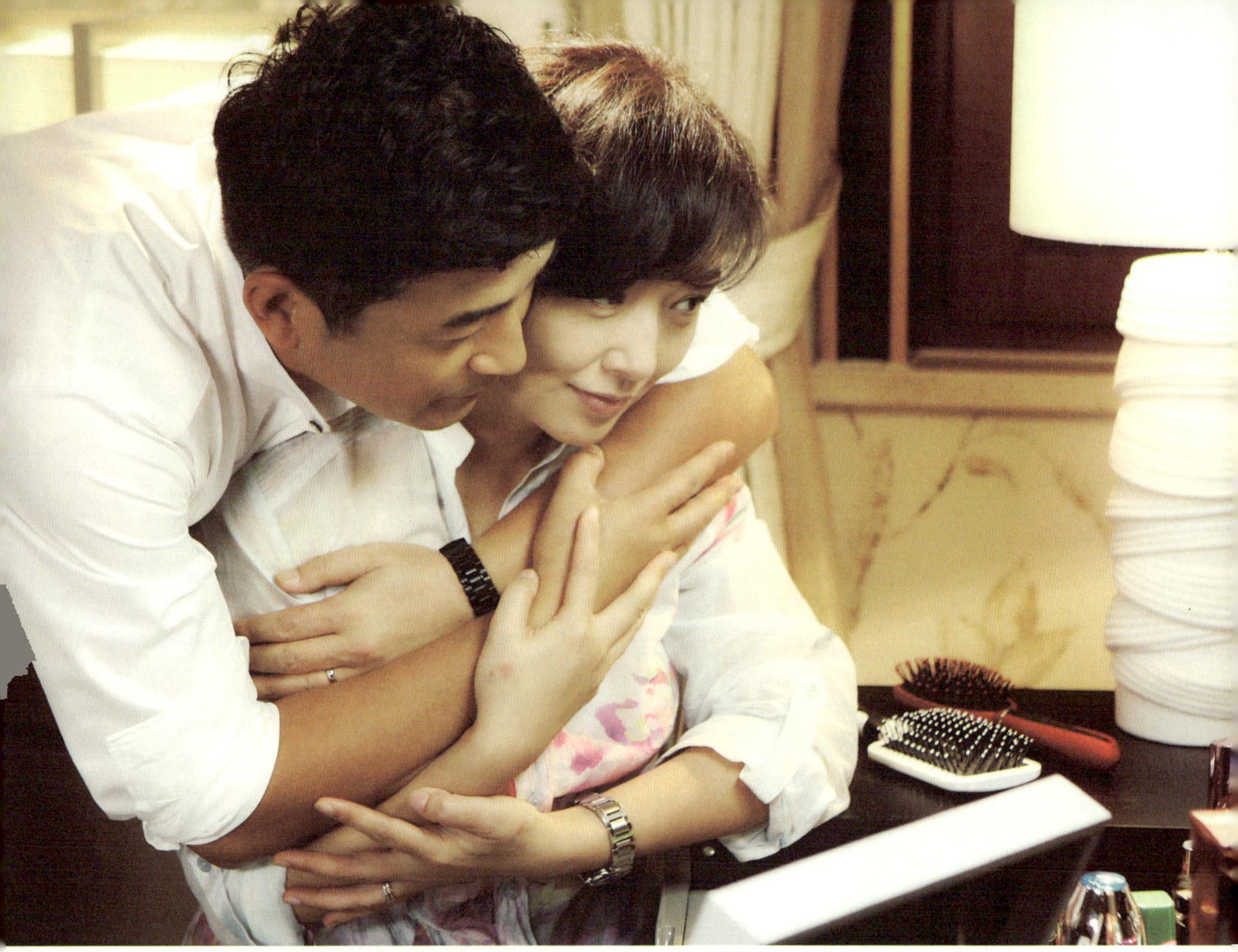

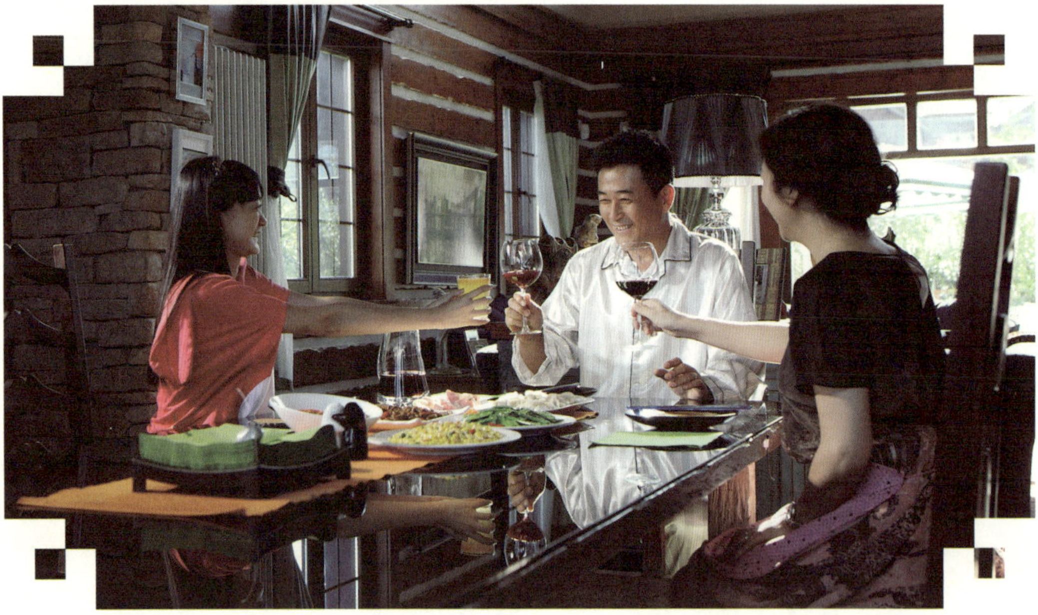

一

夜已深，吴婷坐在客厅的沙发上，盯着墙上女儿英子的照片看了良久。

别墅门外传来停车声。

吴婷走进厨房，抬头看了看餐桌上一新一旧的两个钟，一个指向晚上十一点多，一个指向早晨七点多。

门开了，丈夫李海一脸疲倦地走了进来。

吴婷没有回头，只是说了一句："先洗手。"

李海径直走进厨房，在吴婷身边边洗着手边问："时差倒过来了吗？"

"昨天就倒过来了。又喝酒了？"说着，吴婷从厨房端出一碗汤放在餐桌上，转身又走进厨房。

李海带着一丝厌倦摇了摇头说："没办法。"

他坐下喝了一口汤，有些感慨地说："有一年了吧。自从你带着英子去了加拿大，我就没喝到过这汤了。"

"三百零四天。"吴婷答道。

李海有些诧异，没想到妻子记得这么清楚。

吴婷再次向李海提起移民加拿大的事儿，她觉得丈夫对这事儿不太上心。李海有些无奈，但还是答应妻子，去北京面签之前一定去移民顾问公司模拟演练一次。

此时的加拿大天已亮，英子睡眼惺忪地接起床头响个不停的电话。电话那头传来吴婷的声音："英子，七点了，该起床了。喂，你是不是又睡着了？快起来！"李海看到吴婷又着急又无奈的样子，笑着接过了电话："小宝宝，起得早，睁开眼，眯眯笑……"英子一听是老爸的声音，一下子睁开眼睛，惊喜地叫道："老李！"李海则在电话里开始倒数："老规矩哦，十、九、八、七……"英子立刻翻身下床，开始新的一天。

李海和妻子来到移民顾问公司办公室，顾问一见面就直奔主题："我们今天将把移民官可能提的问题全部演练一次，整个时长可能在三个小时左右。""三个小时！不是说十二点肯定能结束吗？"李海似乎不太高兴。"准备得越充分，通过率就越高。"顾问指着李海手中的文件夹说，"李先生，有上千个家庭在我的指导下，顺利移民。我的成功经验就是事无巨细，周密安排。让我们开始吧。"

顾问不容李海回答，直接就开始了："你们第一次见面是什么时候？第一次约会是什么时候？第一次约会吃的是什么？"

李海正要回答，手机突然响了。他接起电话："什么？……现在人在哪儿？……等着我。"挂上电话他回头对吴婷说，"对不起，公司有点急事，我得亲自处理。"说完，头也不回地走了。

吴婷想喊住他，又强忍住了。

顾问皱了皱眉："我很担心李先生的状态。"

吴婷充满歉意地笑着："需要他注意什么，我来转告他。"

顾问摇了摇头："如果明天的面试过不了，半年之后才能重新申请。最关键的是，有过拒签经历以后就很难通过了。"

"我反复跟他强调过明天面试的重要性，但是他确实太忙了。"吴婷有些无奈地说道。

"要不我们申请延期吧。"顾问说。

"延到什么时候？"吴婷问。

"就要看大使馆怎么排期了。短则几个月，长则可能一年。"

吴婷想了想："还是不延期吧。"

"可是李先生都没有完整地演练过一次。"顾问不无担忧地说。

"我已经等了快一年了，不想再等了。还有二十四个小时，我相信我能把他培训好。一定没问题。"吴婷这话既是说给顾问听，也是在给自己打气。

叠峰阁建筑工地大门紧锁。门前，一堆记者簇拥；门后，保安戒备森严。一辆汽车驶来停下，柬阳电视台记者赵晓菲拿着话筒与搭档马超快步下车。晓菲以工地大门为背景，开始出镜："十分钟前，我们接到观众热线爆料，说今天清晨在叠峰阁二期工地上发生一起建筑垮塌工人坠楼事故。现在我们已经赶到了现场，马上去看一下情况。"

晓菲挤到铁门前，招呼保安："大哥，麻烦你开一下门。今天早上工地是不是出事了？出事的工友你认识吗？"而保安一直沉默着。

看来从保安这儿是问不出什么，也别想从这道铁门进去。晓菲拉着马超退出人群，她环顾四周，说道："马超，跟我来。"他俩顺着围墙走过去，发现前面一段围墙边堆着高高的建筑垃圾。晓菲看左右无人，带着马超爬上去，轻松上了墙头。马超将摄像机背在背上，纵身跳下，然后接应晓菲跳下。

两人躲躲闪闪地在工地上寻找着，只见远处一堆人，晓菲与马超连忙闪身躲到柱子后面。是老陈与建筑公司经理正在查看现场。

老陈生气地对经理说："你们出事故，影响的是我们叠峰阁的声誉！如果叠峰阁被媒体点名曝光了，就扣你的工程款！"

经理马上说："陈总你放心，现在工地就跟铁桶一样，除了我们自己人，任何人都进不来！"

老陈气呼呼地走着，经理连忙跟上去。

晓菲与马超悄悄来到老陈他们刚刚驻足的地方，晓菲指着垮塌的钢筋水泥对马超小声说："这里显然刚刚发生过垮塌，应该就是出事现场。"马超连忙开始拍摄。

晓菲看到地上有一摊血迹，心想应该是有人受伤了。

"回头赶快把垮塌的地方收拾了。"准备离开事故现场的老陈边走边嘱咐经理，不经意地回了下头。老陈这一回头正好看见晓菲与马超，不由得大惊："那是什么人？"经理一看："不好，是记者。"

老陈连忙奔过去。

听到脚步声，同时看到一群人抡着棍子跑了过来，晓菲和马超拔腿就跑。

老陈气急败坏地喊着："别让他们俩跑了！把摄像机截下来！"

马超与晓菲眼看就跑到墙下，但经理带着人也渐渐逼近。马超让晓菲踩着自己的肩，将晓菲送上墙头，然后背着摄像机开始翻墙。

一个保安冲上来，死死地抓住马超，把他扯了下来。马超从墙上滚落下来。保安赶紧去抓摄像机，马超死死护着摄像机，两人争抢着。晓菲从墙头一跃而下，将保安撞开。"马超快跑！带着摄像机跑！"

马超从地上爬了起来，赶紧翻墙。保安甩开晓菲，又要去抓扯马超。

晓菲一把拦腰抱住，将他拖后几步。

这时马超已经上了墙头。

经理叫嚣着："千万别放他们走！"

被晓菲抱住的保安急了，手中的棍子冲着晓菲重重敲下。

只听晓菲一声惨叫，抱着头倒下，鲜血从手缝中、头发中渗出，顺着额头流下。

晓菲躺在医院的病床上，头上缠着纱布。门一下被撞开，寇吕带着三五个下属冲了进来。

看到受伤的晓菲，寇吕愤愤地说："哪家公司这么无法无天！"晓菲挣扎着坐起来。

晓菲答："叠峰阁。"

寇吕愣了一下，正在这时，寇吕手机响了。看了眼号码，寇吕冷笑道："说曹操，曹操到。"

寇吕接起电话："李海，你的人把我的记者给打了！"

电话那头的李海故作轻松地说："寇吕，你别激动。打人的不是我的人，是建筑公司的人，我已经责成他们去自首了。"

"这么说，这事跟你没关系？"寇吕显然不满李海这么说。

"道理上是这样，但事情发生在我的工地上，我还是有责任的，至少负有对建筑公司保安监管不力的责任。你看工地垮塌和保安打人的事我们能不能不声张？"李海说道。

"不能。"寇吕回答得十分坚决。

李海一听马上话锋变软："出事的工人是建筑公司的员工，打记者的是建筑公司的保安；但是你这么一曝光，受损的是我的叠峰阁。我的二期现在正在蓄客，不能有负面新闻。你支持一下我，我请你吃饭。"

寇吕冷笑道："你想把今天的事挖个坑，埋了？你李海是大公司的董事长，这事对你来说的确是小事，但是我手底下就这一百来号兄弟姐妹，对我来说，他们中任何一个人出事，都是大事。再说，你安全生产出问题，暴力阻挠正当的舆论监督，更不是小事。"

"我们公司和你们栏目还有广告合作呐……"还没等李海把话说完，寇吕"啪"地就把电话挂了。

李海望着手机十分郁闷。他想了想，调出吴婷的电话，准备拨，又放弃了。

挂完电话，寇吕转头指挥着："小田，你给广告中心去个报告，说我们要求解除与澄海置业的合作关系，把他们的所有广告都给我下了，责任我来负……柳宏，你马上回台，告诉当班编辑，今天头条是叠峰阁工地发生事故，本台记者采访被打……丁丁，你去收集资料，一是最近一段时间安全生产方面的链接，二是记者正常采访反被殴打的新闻链接……"

看领导安排里面没有自己，晓菲问："我呢？"

寇吕严肃地说："你？躺着。今天的新闻让马超做。"

"还是我来吧，我最清楚情况。虽然有点晕，但我挺得住。"看到属下如此敬业，寇吕赞许地笑了一下："那就走。"

晓菲一翻身扯掉了输液的针头，从一个男同事头上揭下棒球帽扣在自己的头上，一群人呼啦一下出了病房。

晓菲一行人的车刚开走，李海的车就驶入了医院的大门。

李海带着手下，推开病房门，里面却空无一人。

行政总监老徐抓住一个护士："请问这间病房的病人呢？"

护士说："走了，刚走。"

"走，去电视台。"李海命令道。

李海在电视台楼下等了没一会儿就见公关部总监老叶黑着脸从楼里走了出来。

"怎么样？"

老叶沮丧地说："他们请我们回去看今晚的新闻。"

李海有些郁闷。他犹豫了一下，还是拨了吴婷的电话。

吴婷正在路边打车，听见手机响，接起了电话。

李海问："你和寇吕现在关系怎么样？"

吴婷答："很好啊，还约着过两天一起吃饭呢。"

李海赶紧说："那你马上给她去个电话，今天有两条叠峰阁的负面新闻，让她别发。"

吴婷犹豫着："我当记者的时候，最讨厌的就是谁来灭我的新闻。"

李海解释道："是建筑公司出事，我是被牵连的。"

"你又不是不知道寇吕的脾气，软硬不吃……"

李海不耐烦地说："这样吧，你让她见一见我，我现在就在电视台门口。"

"好吧。"吴婷挂了丈夫的电话，马上拨了寇吕的电话。

电视台里，寇吕守在晓菲身边，正在看晓菲编辑新闻。听到手机响，她看了一眼，是吴婷来电。寇吕干脆直接把手机关机。

路边的吴婷听着手机里无法接通的声音，沉思了一会儿，继而给丈夫发了一条短消息：寇吕关机。

电视台公关失败的李海回到公司，召集手下开会，部署这次事故的善后事宜。

吴婷出现在会议室门口，向李海打了个手势。"等我一下。"李海边对下属说边走出会议室。

"不管什么事，也没有明天的面签重要。"李海刚一出来，吴婷上来就说。

李海想了想："等我一分钟。"李海回到会议室对手下说，"我三点的飞机，必须得走了，你们继续商量。"

老陈见状忙问："李总，那118地块的资料你还要吗？"

李海扫了一眼等在外面的吴婷，想了想："不要了。"

老陈不解："你不是一直在关注那块地吗？"

李海笑了笑："估计我没机会去拍了。我明天下午就回来。有什么消息，第一时间给我电话。"

众人点头。

车上，吴婷递给李海一沓资料："现在距离面签还有十九个小时，我们必须把这些问题再过一遍。""我们结婚多少年了？"吴婷问李海。"十五？不，那是英子的年龄。二十？二十多年。"李海答道。

"十七年。"吴婷纠正道。

李海忙说："对，大学毕业的第二年。"……

飞机到达北京已经傍晚，吴婷与李海来到酒店，继续一问一答地演讲。

吴婷问："我们是哪一年认识的？"

李海答："高中，是八四年。"

吴婷的脸上浮现出笑容："第一次约会呢？"

李海脸上也浮现出笑容："八七年。"

突然李海想起什么："现在几点？"

吴婷答："七点半。"

李海说："柬阳新闻开始了。"

吴婷说："别想了，我们现在只有这一件事情。"

李海只得说："好，继续。"

正在这时，李海手机响了。李海看了一眼是公司老陈。

老陈在电话那头汇报："李总，两条新闻都在柬阳新闻播出了。"

李海关切地问："怎么说的？"

"对我们很不客气。"老陈据实说。

"有什么反响没有？"李海又问。

"暂时没有。"老陈答道。

"收集一下各方的信息，尽量淡化处理，一切等我回去再说。"李海安排手下。

李海挂了电话，若有所思。吴婷拿过他的手机："明天的面签如果过不了，我们就没机会了。"

李海说："我知道。"

"我最喜欢的颜色是黑色。"吴婷继续训练李海。

李海有点不耐烦："记住了。"

吴婷又问："我的爱好是什么？"

李海再次蒙住："爱好？带孩子？看电视？逛街？"

吴婷眼中涌现出失望。

肥肠粉店里，同是地产商人的周兴正在专心享受着一碗肥肠粉。店老板漫不经心地搜索着电视频道。周兴突然听到了什么："别换台！"老板吓了一跳。电视里正在播出的是赵晓菲曝光澄海置业建筑工地垮塌事件的新闻。

周兴扔下一张钞票，冲出肥肠粉店，拉开奔驰车门，上车离去。

夜已深，周兴还在办公室与刘棋密谈。他翻阅着面前的资料问刘棋："资料准确吗？"

刘棋答："我一个朋友，正好在跟李海合作的建筑公司那里打工，都是他给我的。"

周兴问："这家公司跟我们合作过没有？"

刘棋答："没有。周总，你放心，我们在这方面绝对站得住脚。"

周兴点点头，将资料装入信封中，对刘棋说："我要今天被打的那个女记者的电话。"

"我马上去查。"刘棋应道。

李海与吴婷一大早就来到了加拿大大使馆。吴婷在使馆大厅中的椅子上坐着,一个三十多岁的女人跟着一屁股坐在吴婷身边,大嗓门地喊着:"卫东,这里有位置。"

一个三十多岁的男人慢吞吞地走过来,坐了下来。女人四处观望之后,目光落在身边的吴婷身上,吴婷含笑点头。

女人问:"你打了多少分?"

吴婷不解:"打分?"

女人指着男人说:"我们家卫东是满分,他是研究生毕业,以前待过的公司是世界五百强,他又是公司高管,出门都坐头等舱的。"

吴婷说:"那挺好。"

女人又问:"你在那边找好工作没有?"

吴婷答:"还没有。"

女人高声道:"哎哟,没有工作你们怎么生活呀?那边工作可不好找,当然,我们家卫东就不愁了,加拿大现在最缺的就是他这种人才。"

吴婷只好"哦"了一声。

女人接着问:"房子找好了吗?"

吴婷答:"房子倒是已经买了。"

女人一下愣了:"你们自己买房子?"

李海走过来,对女人点点头,将手中的号递给吴婷:"今天人特别多,看来我们要等一会儿了。"

女人看着李海,李海的穿着气质气势显然异于常人。

她又看见吴婷手中的号卡:"咦?你的号怎么跟我的不一样?"

男人插嘴:"这是投资移民的号。"

女人不太相信地问:"你们是投资移民?"

吴婷点头。

女人继续问道,"花了多少钱?"

吴婷答:"如果算上给加拿大政府的钱,大概一百多万吧。"

女人低呼一声:"哟。"

这个叫黄蓉的女人再次上下打量吴婷,吴婷一身都是低调的名牌。看看自己的包,又看看吴婷的包。

女人身上那股劲儿一下有点下去了。

广播里继续叫号。

"35号。"

"到我们了!"李海站起来,吴婷一下流露出紧张的神色。

李海与吴婷走进小小的隔间，对面翻译端坐，而签证官头也不抬地敲击着键盘。

签证官一边翻阅资料一边查看护照，同时问道："你们为什么要移民加拿大？"

李海调整了一下坐姿，暗松一口气，胸有成竹地回答："加拿大是一个迷人的国家，我喜欢那里，所以……"

签证官突然打断："打住。"

李海一下有些不知所措。

签证官毫不客气地说："这个答案我已经听了若干遍。现在是午饭时间，我没空和你在这儿耗，请直接回答我。听清楚了吗？"

李海与吴婷面面相觑。

"其实我本人对移民加拿大的兴趣并不强烈，我这么做是为了女儿。"听到李海的回答，吴婷一惊，连忙拉了拉丈夫的胳膊，带着一丝严厉对丈夫说："说标准答案。"李海根本不理吴婷。

签证官看了一眼李海，又看了看资料，继续用英语问道："你的第一份工作是银行职员，三年总收入不超过五万元。但是你的公司的注册资金为8000万元。那这8000万是从哪里来的呢？"

李海和吴婷都愣了一下，显然这是超出了准备的问题。

李海犹豫片刻："我从银行辞职，去了中国的海南省，在那里和朋友一起做了点生意，挣了一点钱。然后……"

签证官打断了李海："什么生意？"

李海犹豫了一下说："我们买了一块地，然后将它卖给别人。"

签证官一边翻阅资料一边说："我没有看到那块地的买卖合同。"

李海沉默。

签证官接着问："那块地现在在哪儿？"

李海躲闪着答道："现在……现在……现在还在海里。"

签证官不明白："海里？你们是在围海造田吗？你们为什么要买一块海里的土地，又有什么人会从你们手里买这块土地呢？"

李海艰难地回答："当时就这样……当时情况很混乱……所有人都像疯了一样，不断地买不断地卖，不在乎那块地到底是什么情况……"

签证官不留情面地打断："我明白了，你们是骗子！"

李海反应有点激烈："不！我不是！"

签证官讽刺地耸耸肩。

李海毫不示弱地瞪着签证官。

吴婷愣在当场。

结果可想而知。吴婷铁青着脸走出大使馆，李海跟在后面，脸色也很不好看，他紧走两步，拉住吴婷的手臂："吴婷！"吴婷瞪着李海，李海的话也哽在喉咙。

回到酒店，吴婷终于爆发："你心里到底有没有我和英子？有没有我们这个家……被拒签了我们还怎么去团聚……"

李海解释着，自己的确讨厌那个签证官，但没想到会是这样的结果。"对不起。"他难过地看着妻子。吴婷摇摇头，径直来到落地窗前，强忍半天的眼泪还是流了下来。

在首都机场候机大厅，吴婷守着行李，沉默着。李海在另一边给女儿打着电话。

"啊，你把面试搞砸了！"

"是。"

"老李，你答应过我的，这次面试一定过，一定要来加拿大陪我。你怎么能说话不算话呢？"

"对不起。"

"你来不了了，那我怎么办？我以后跟谁说话呀？谁带着我到处玩呢？"

"你妈还是继续陪着你。"

"你又不是不知道，我跟她八字不合，说不了两句，她烦我，我也烦她。"

"胡说。"

"真的，家里没有你，她的脾气也越来越怪。爸爸，你快来吧。"英子带着哭腔。

"英子，你别哭，事情还没到最糟糕的地步呢。"

"还有希望吗？"

"还能再申请。"

"爸爸，求你了，你们赶快再去申请，我昨晚上做梦都还梦见你到加拿大来了。"

"好，我马上就再去申请。"

"爸爸，我等你的好消息。"

"好。快睡吧。"

李海挂了电话，想了想，来到吴婷身边坐下："我们可以……"

没等丈夫把话说完，吴婷便站起来，走到另一头坐下。

李海把想说的话，又吞了回去。

李海与吴婷一前一后出了机场。吴婷不顾李海，独自上了一辆出租车。

三十多分钟后，吴婷来到了冠生移民顾问公司。移民顾问听说李海被当场拒签后眉头皱得很紧。

吴婷对移民顾问说："我想马上重新申请。"

顾问摇了摇头："很难。"

吴婷的脸色更加失望。

顾问想了想说："我觉得申诉比重新申请更有希望，时间上也更快。"

吴婷的眼睛一下亮了。

回到公司，李海立刻召集高管们开会。会上，高管们围坐一圈，看着电视，个个面色凝重。

屏幕上是垮塌的钢筋水泥，镜头一转，晓菲指着地上的血迹说："我们在这里还发现了一摊血迹，虽然保安封锁了工地，虽然所有人都缄口不言，但是这些触目惊心的血迹似乎在告诉我们，这里发生过一次事故，并且有人受伤。"

电视里的解说接着说道："就在记者正在进行采访的时候，工地保安发现了他们。"

镜头上出现了凶神恶煞的保安向晓菲、马超追来的情形，还有老陈"别让他们俩跑了……把摄像机截下来……"的喊声。

镜头摇晃着。紧接着，屏幕上响起了晓菲的一声惨叫。

看到这儿，李海让把电视关了，疲倦地说："你们说一说现在的情况。"

老陈说："李总，我倒觉得你应该接受，你就跟记者说，出事的工人是建筑公司的，打人的保安也是建筑公司的，跟我们没关系。"

李海听后说："越抹越黑，免得事情越闹越大，这事我们就当吃亏买教训，以后一定要对建筑工地严加管理。"

此时，手机响了，老叶接起，听了两句，捂住话筒说："李总，栾阳电视台的赵晓菲来了。她今天上午就来了一次，跟她说你不在栾阳，她不信。"

李海问老叶："她现在在哪儿？"

"在楼下，没有你的吩咐，保安不敢放他们进来。"

"见一见也好。"李海指着电视屏幕继续说，"人家在我们的工地上流了血，怎么也该跟人家道个歉。"

正在这时，吴婷给李海打来电话："如果你想弥补今天上午的错误，那现在就到顾问公司来。"

"现在？"李海在电话里惊讶地问。

"张顾问说我们还有希望，但有些资料必须你亲自提供。"

"我马上到。"李海挂了电话，径直走出会议室，众人惊讶。

老叶不甘心问："李总，记者……"

"稍后再说。"李海边走边说。

此时，澄海置业门口，马超与晓菲等待着。李海下楼径直开车离去，赵晓菲没拦住他。晓菲扭头对马超说："跟上去！"

上了车，坐在副驾驶位置的晓菲紧张地对马超说："别跟丢了。"

"在前面呢。"马超胸有成竹地答道。

"慢一点……他们停了……李海下车了……他到这里来干什么?"马超看着晓菲,"李海要办移民?"

晓菲揣度着:"这些房地产开发商,挣了钱就想跑,捅了娄子也想跑……"

看到李海来这么快,顾问有些惊讶,吴婷也有些意外。

"加拿大政府非常看重资金来源的合法性,所以我们需要递交一些补充资料,证明你在海南的第一桶金是合法的。"顾问对李海说。

李海苦笑道:"当年那笔交易,连一张图纸都没留下,怎么证明?"

"首先,我们需要一个合乎逻辑的财富故事。这个故事的相关证据,我们来准备,但是主要元素只有你能提供。"

"好吧,你想问什么,只要我能回忆起来的,我一定言无不尽。"听投资顾问这么说,李海十分无奈。

"你去海南是哪一年?"

"九三年……"

吴婷终于放松了一点儿。

晓菲与马超还在移民公司的大门外等着,李海已经进去了半个多小时。正在这时,晓菲的手机响了:"你好,我是赵晓菲。"听到对方说话,晓菲的表情一下变得郑重,"现在?在哪儿?"接着看看表,"我十分钟后到。……我一个人?行。"

晓菲让马超开车把她送到约定的茶馆,推开门,周兴已经在里面。

周兴冲着晓菲问道:"是朿阳电视台赵晓菲小姐?"

晓菲坐下答道:"是我。你就是给我打电话的那个热心观众?"

周兴递上名片。晓菲看了一眼,有些惊讶:"你是超洋房地产公司的董事长?"

周兴点了点头。

晓菲看着周兴说:"在电话里,你说你想要揭露房地产的黑幕,但是以你的身份……"晓菲弹了弹名片,继续说,"你也是黑幕的一部分。"

"我的身份也决定了我爆的料一定比其他任何人的更真实、更专业。"周兴一字一句地说道。

晓菲点了点头:"请继续。"

周兴听后从包里拿出一个信封递给晓菲。

"这是什么?"

"是你正在找的东西。"

晓菲把信封里面的资料翻了翻,惊讶又疑惑地问:"这些资料是从哪儿来的?"

"你为我保密,我为他们保密。"

"这我理解,但是……你为什么要这么做?恕我直言,周总,你这是想利用我们媒体打压竞争对手?或者?"

周兴仿佛受了侮辱:"赵小姐,是,我是一个房地产开发商,但是我也有良心!"

晓菲审慎地打量着周兴:"良心之外,你就没有私心?"

"我觉得赵小姐对我不太信任。"

"我只相信我自己的调查。"晓菲站起来,举了举手中的资料,"我会亲自去验证。"

"那你一定不会失望。"周兴饶有兴趣地看着晓菲。

晓菲点点头,起身走到门口。像是想到什么,晓菲回头问周兴:"周总,李海是不是正在办移民?"

周兴很惊讶:"他要移民?"

"你也不清楚,那算了。再见。"说着晓菲走出了茶馆,留下有些焦躁不安的周兴。

拿到资料,晓菲没有犹豫,她马不停蹄地与马超核实资料信息。不到七点,她拿着编完的稿子找到寇吕。寇吕仔细看了看稿子,认真地问晓菲:"这些素材是从哪儿来的?""一个知情人提供的。所有的数据和材料我都核实过,都是真实的,该暗访的也都暗访了。"

"知情人是谁?"

"我答应过不透露他的姓名。"

寇吕沉思着。

"上吗?"晓菲问。

"上,今晚就上!"

天色渐渐暗了下来,周兴回到了别墅。他进到书房,打开保险柜,取出一个信封,从信封里拿出一张陈旧的图纸。看着图纸,周兴眼中闪着阴鸷仇恨的光芒。

李海回到家已经晚上九点多。进门没一会儿,夫妻二人又开始讨论移民的事儿。

"海子,英子已经习惯了加拿大那种懒散的教育方式,你让她再回来,会要了她的命。"

"我也不忍心再让她回来受罪。"李海笑了笑说。

"她不回来,你不能老让我一个人在那边带她吧?"吴婷接着说,"英子正在青春期,也需要父亲这个角色给她一些指导。而且从小到大,英子也最服你管。"

李海有些自豪。

他想了想,对妻子说道:"婷婷,我知道你的意思,移民对英子、对你、对我,都是必需的。你放心吧,这次申诉我一定全力配合。"接着又说,"你放心吧,这次不管是什么气,我都能忍下来。"

吴婷笑了笑,点点头。

吴婷递给丈夫几张纸："张顾问为你准备了一个海南的故事，在申诉递上去之前，你必须熟悉这个故事。"

李海翻了翻这几页纸，困惑地抬头看着妻子："这是发生在我身上的事吗？"

"当然是，只不过按照西方人的思维方式和表达方式重新演绎了一下。"

想到签证官挑剔的嘴脸，李海只得妥协："好吧。"

这时，电视里传来主持人的声音："幸运的是，只有一名工人受了轻伤。受伤的工人应该已经痊愈了，建筑工地也恢复了正常的生产，但是一个巨大的安全隐患却没有消除，请看今天的记者调查。"

李海惊讶地转头看着电视，显示屏上是那个记者赵晓菲，她拿着话筒说道："观众朋友们，我再一次来到了叠峰阁二期的工地，来亲眼看看他们使用的是什么钢筋……"画面转到赵晓菲正在测量钢筋的镜头，"……号称 25 毫米的带肋钢筋内径只有 22 毫米，号称 22 毫米的带肋钢筋内径则只有 20.5 毫米……那么这种'瘦了身'的钢筋是否合格？会给建筑带来什么样的影响？稍后的新闻中，我们将请出专家给您详尽分析。"看到这儿，李海暴怒："诽谤！这是赤裸裸的诽谤！"

"你别激动。"吴婷忙劝道。

李海指着电视："他们这样抹黑我，想让我身败名裂！你等着，这次我一定要讨回公道！"

电视台里，寇吕对刚从直播间出来的晓菲说道："这条新闻播出后，李海一定会把我杀了。"

"要杀，也是杀我吧。"

"我是他的朋友，他最恨的应该是我。"

晓菲有些惊讶："你怎么会有这样的朋友？"

"我为什么不能有这样的朋友？"

"他是房地产开发商欸。开发商里没几个好人。"

寇吕笑了笑："你跟李海都没见过面，你不了解他是怎样的一个人，不要这么主观。你怎么会这么反感他？"

"我也不知道，也许是一个买不起房子的屌丝对一个房地产开发商的阶级仇恨吧。"

在肥肠粉店吃夜宵的周兴边吃边看着电视，屏幕上，晓菲蹲在钢筋前测量着……看到这儿，周兴露出满意的笑容，一推碗，擦了擦嘴，丢下一张钞票，站起来就往外走。正准备上车，一名乞丐走来翻捡垃圾堆，正好挡住去路。

保镖推搡着乞丐："滚远点儿。"

不料，周兴却怒喝保安："住手！"看着那乞丐，眼神渐渐温和，他摸出几张钞票，关心地对乞丐说，"吃碗面，洗个澡，换件衣服。"

乞丐惶惶地看着周兴，不敢接。周兴将钞票塞进他手里，上车离去。

二

　　李海看完新闻连夜召回公司高管。
　　公司会议室里，李海神色严峻地布置工作："刘少勇，你代表公司，马上向崇阳电视台提出严正抗议，他们的新闻报道失实，严重毁损我们澄海置业的形象。王部长，针对刚才的新闻，法律部拟一封律师函，明天早上送到电视台，从法律的层面向崇阳电视台抗议，要求他们立刻更正、道歉，并且我们还要索赔。老叶，公关部立刻联络所有媒体，明天早晨在叠峰阁二期工地集合，一定要让所有的记者亲眼看看，我们用的是什么钢筋、什么水泥，我们是按什么标准在修房子！散会！"
　　老陈陡然一惊。众人站起，准备离去。他连忙喊了一声："李总……"
　　"还有什么建议？"
　　老陈擦了擦额头的汗，低声道："我觉得……我觉得……这事还是应该像上次那样处理。"
　　"这次跟上次完全是两个性质，凭什么要忍气吞声！"
　　"李总，事情闹大了，对我们不好。"
　　"怎么不好？"
　　"呃……情况稍微有点复杂。"
　　李海不禁追问："怎么复杂？"
　　老陈不说话。
　　正要散去的所有人，愣愣地看着他俩。
　　"到底怎么回事？"李海问老陈。"老陈，你有事瞒我？"
　　老陈不说话。
　　李海深深吸口气："老陈，新闻曝光是否属实？"
　　老陈苦着脸低下了头。
　　李海提高声音："陈永亮，作为一个主管工程的副总，我现在要你明确告诉我，叠峰阁二期的钢筋到底是什么样的型号？"
　　老陈咳嗽两声："李总，我们主体框架结构都遵照了国家标准。"

李海吼着:"那主体框架之外呢?"

老陈沉默。李海愣住,慢慢坐下。所有人都没有动弹。

李海紧紧盯着老陈,老陈的头越来越低,李海震惊、恐慌,最后是强压住愤怒。突然,他站起来,冲出了会议室,跳上车就往叠峰阁二期工地的方向开,高管们的车紧随其后。

来到工地,李海走到高高堆放的钢筋前,取出钢尺测量着。量了一个根又一根,最后,李海无奈地站起身来,紧紧咬着牙。众高管站在旁边,都不敢出声。

突然,李海操起一把锤子,狠狠地砸向钢筋!

家里,保姆秀秀在沙发上打着瞌睡。吴婷走过去,碰碰她,秀秀一下惊醒:"叔叔回来了?"

吴婷柔声说:"你去睡吧,我等他。"

秀秀站起来,朝自己的房间走去。

已经是半夜一点,吴婷在沙发上不安地等待着。

终于听见李海沉重的脚步声。吴婷站起来,关切地看着丈夫。

李海的嘴角抽动了一下,算是回应,向楼上走去。

"海子,以我在电视台干了十年的经验,如果没有确凿的证据,那条新闻是不会播出的。"

李海一怔,重重叹息一声。

"新闻没有失实对吗?"吴婷询问着。

李海低声说道:"新闻里曝光的,都是真的。"

吴婷不忿:"你怎么能这么做?"

"我从来都要求他们严格遵守国家标准,但是老陈为了节约成本……"

"你是老总,你会不知道?"

李海懊悔地说:"工程上的事,我都交给老陈,这么多年来,他从来没出过错,我只负责在合同上签字,细节都是他在打理。"

"那你现在打算怎么办?"

"睡觉。"说完,李海朝楼上走。

"海子,我觉得……"

李海摇摇手:"婷婷,我累了。明天,还不知道有多少问题等着我呢……"

吴婷心疼而担忧地看着丈夫向楼上走去。

周兴站在办公室里,看着窗外。"咚咚咚"只听一阵敲门声。"进来!"

刘棋见到周兴兴奋地说:"周总,昨晚的新闻给力吧?李海现在一定焦头烂额。"

周兴不置可否。

刘棋本来是来邀功的,看到周兴严肃的表情,马上收起笑容。

周兴看着刘棋说:"李海可能正在办移民。"

刘棋有些茫然:"是吗?我马上去查一下。"

"不用你查,你只需要进入叠峰阁的业主群、贴吧,把这个消息放出去。就说李海想跑。"

"我马上去办……老板,您原来不是想再发展两年再进攻李海吗?"

周兴看向窗外轻声道:"来不及了。"

第二天,李海胡子拉碴地来到公司,神色憔悴。公司法律部王部长在走廊里追上他:"李总,有业主因为钢筋问题,把我们告上了法院。"

"我知道了。"

刘少勇也追上来:"李总,建设局要求我们马上停工,他们要派出工作组彻底调查这件事。"

李海脚步顿了顿说:"不隐瞒,不遮掩,全力配合。"

老陈也走过去:"李总,今天情况怎么样?"

李海没有回答。

老陈跟上去解释着:"李总,其实这是一个行业的潜规则,好多房地产公司都是用的这种钢筋。我们的主体框架都是没问题的,房子绝对不会垮。我向你发誓,这件事情我一点私心都没有,我都是为了公司。这几年,我为公司节约了几千万的成本。"

李海冷峻地看着老陈,"你节约的这几千万,会让我李海死无葬身之地!"

老陈呆住。

这时,有人冲进办公室,惊恐地喊道:"李总,叠峰阁二期售楼处出事了。"

李海到售楼处一看,原来是电视台播出叠峰阁二期工地事故及钢筋偷工减料的报道后,有一百多个交了购房诚意金的客户要求退钱。与此同时,叠峰阁一期的业主也跑到售楼处,理智一点的要求对他们的房子进行检测,不理智的则大吵大闹要退房。

李海正准备安抚客户和业主情绪时,接到公司老叶电话,说是公司门口来了一堆记者,其中有几家还是外地的媒体,说不见到李海就不走。李海愕然。众人决定先到李海家商量对策。

一干人等坐在李海家的沙发上,脸色灰白。吴婷为公司高管一一奉茶,悄然离去。

老许:"工地上停工一天,损失就是几百万啊!"

老蒋:"已经蓄了200个客户,一曝光,跑了一大半。"

老叶:"现在说起澄海,都是一片骂声……"

李海眼神焦灼:"都别抱怨了,情况已经这样了,你们现在只考虑一件事,怎么解决。"

老蒋先开口："我们销售部尽量做好客户疏导工作，也请公司这边多调几个保安过来，免得出事。"

李海点点头。

刘少勇说："我马上去拜访建设局的领导，说明情况，尽量争取早日复工。"

李海摇摇头："我去吧，我是老总，挨骂也应该是我。"

老叶着急地说："李总，你在政府不是有几个朋友吗？让他们跟媒体打个招呼，澄海置业的新闻都别报道！"

李海摇头："没用了，到现在这个地步，什么都捂不住了。"

老叶说："但事态不能再蔓延了。"

王部长说："李总，这件事情是陈永亮惹出来的，我觉得应该让他来承担全部责任。"

李海反问："怎么承担？他承担得起吗？"

众人不语。

老蒋问："李总，你是不是在准备移民？"

李海一愣："你从哪儿来的消息？"

吴婷也是一愣。

老蒋说："今天有人在我们的贴吧里发了一个帖子。这样也好，要不你干脆出去避避风头，等事情平息再回来，或者就别回来，在国外遥控指挥澄海。"

吴婷看着客厅里的李海，期待着他的回答。李海沉默，没有任何表示。片刻，李海问老许："我们现在资金情况怎么样？"

老许在笔记本写了几个数字，扯下来，递给李海。李海看了看，点点头，仿佛下了决心，将那张纸捏在手里。

正在这时，老蒋手机响了："……我知道了。"老蒋挂了电话，神色惊疑不定地向众人说："售楼处怕要出事。"

众人一惊。

老蒋接着说："有人煽风点火，说李总要跑了，不仅叠峰阁一期的业主，连凤凰台、风华园的业主也跑来聚集了。"

李海一怔，站起来，准备出门。吴婷拎着外套追上来："海子，我跟你一起去。"

李海犹豫片刻，吴婷坚定地看着李海。李海点头："好！"

售楼处门口的空地上，已经有许多人聚集，有情绪激动的业主，也有虎视眈眈的媒体记者。保安们手牵手站成一排，拦在售楼处的大门口，阻挡着人群。玻璃门里面，是惊恐不安的售楼小姐。李海与吴婷拨开人群，向大门处挤过去。周围人群情激奋，议论着。

——我们那房子还能住人吗？

——叫他们老总出来给个说法！
——听说老总都跑到美国去了！
——开发商都是奸商！

吴婷不自觉地缩了一下。李海看了一眼吴婷："要不你回车上待着？""不，我跟你在一起。"

李海点点头，牵着吴婷，挤到人群最前面。有保安认出了李海，非常惊讶。李海拍拍保安的肩，保安赶忙让开，李海牵着吴婷的手走上台阶。

人堆外闻讯赶来的柬阳电视台记者赵晓菲精神一振，碰了碰正在拍摄的马超："李海来了。"说着已经向着大门口挤了过去。马超扛着摄像机，连忙跟过去。

人群的情绪已经越来越激动，有人开始推搡保安，有人高叫着："他们老总再不出来，我们就砸售楼处了！"有人附和着："砸！砸！砸！"

李海站在台阶最高处，深吸一口气，喊道："我是澄海置业的董事长李海！"

全场一下安静了，目光都集中在李海身上，所有的记者也把镜头对准了李海。

"首先，我要向大家郑重道歉，由于我本人管理疏漏，导致叠峰阁二期工程使用了不合格的钢筋。我辜负了叠峰阁的新老业主，辜负了一直信任澄海置业的朋友们，也给柬阳的房地产市场带来了负面影响，这都是我李海的责任，对不起。"说完李海深深鞠了一躬。

短暂的沉默之后，场地里又沸腾了起来，众人七嘴八舌地喊着、闹着。

——你说得轻松！那我们已经买了你们房子的人，怎么办？
——鬼知道你们还有没有其他问题？
——我们要退房！
——我们要赔钱！

吴婷高喊："请大家别着急……"但是吴婷的声音被淹没了。

这时，晓菲举起话筒说："我是柬阳电视台的记者，我叫赵晓菲。我有几个问题想问一下李总。"

现场安静下来。

晓菲正要提问，李海抢先开口："赵小姐，上次你被我们的保安打伤，我去医院看你，但你已经离开了。现在在这里，我要当面向你道歉，对不起。"说完向晓菲深深鞠了一躬。晓菲有些意外，迟疑片刻说道："谢谢你李总，我还是有几个问题想问你。"

李海说："我知道你想问什么，你的报道完全属实。我们的确使用了不达标的钢筋。叠峰阁二期的工程现在已经全部停工，我们将对所有的建筑材料进行检测，不合格的材料将坚决清除。老业主最关心的是你们已经入住房子的质量，我们邀请权威专家，对澄海置业修建的所有楼盘进行检测。我在这里做出承诺，只要发现质量问题，我们将承担所有义务和责任，该拆除的就拆除，该加固的就加固，总之一定要让所有业主住上放心房。"

全场的气氛明显缓和。吴婷赞许地看着李海。晓菲眼中依然有许多怀疑，她不服气地说:"不,我要问的是,你是不是正在办理移民手续?"

这次,李海怔住,晓菲眼神咄咄逼人。

全场再次响起议论声。

——是啊,人都跑了,承诺就是空话。

——真发现问题,我们找谁解决啊!

——这些人都这样,能拖就拖,不能拖就跑。

——不能信他。

李海苦笑了一下:"赵小姐的消息很灵通。"

晓菲步步紧逼:"李总,请你正面回答。"

李海深深吸了一口气,说道:"为了给女儿一个好的教育环境,我的确正在考虑移民,但是今天的事情让我改变了想法。正好,我的妻子也在现场,我们在这里,向大家郑重承诺——我们全家绝不移民!"

吴婷全身一震,转头看向李海,李海也看着吴婷,眼中有许多歉意。

众人的目光落在了吴婷身上。

晓菲看着吴婷,有些疑惑,有些恍然。

吴婷转头看着众人,众人的眼神都在怀疑;吴婷看向李海的手下们,他们的眼神中全是期待;吴婷再看李海,李海在恳求。

终于,吴婷轻轻点头,表示赞同。

全场的气氛再次缓和。

李海轻轻舒出一口气来。

老蒋举起喇叭:"各位朋友,有什么问题,需要检测房屋质量的,请到停车场那边登记,我们一定尽快安排;要看房的,到售楼处里面……"

人群慢慢散开了。

李海与吴婷还站在台阶上。李海由衷地对妻子说:"婷婷,谢谢你。"吴婷心情复杂地摇摇头,转身离去。

晓菲呆呆站在台阶下,看着李海与吴婷。难以置信,李海的老婆竟然是吴婷!吴婷是晓菲的偶像,当年就是看到她在齐腰的洪水中播报新闻,那么勇敢那么镇定,晓菲才下决心长大了要当记者。她那么优秀,可是竟然嫁给了李海——一个房地产开发商!晓菲后来从寇吕口中得知,本来吴婷想做职业制片人,拍一部川西建筑群的纪录片,所有准备工作都做好了,却发现自己怀上了孩子,只有把一切放下,之后也就再也没有捡起来。

回到家,李海与吴婷相对而坐,旁边还摆了一台笔记本电脑,屏幕上,英子裹着睡衣,睡眼惺忪。

听到李海的话,英子一下清醒了:"什么?你们不是正在申诉吗?不是说春节后我们就是加拿大人吗?我是不是在做梦!"

李海歉意地说:"英子,你没有做梦,你妈妈说的都是真的。"

英子问:"怎么会这样?"

吴婷看着李海。李海抱歉地说:"对不起,我今天又冲动了,但这一次跟上一次不一样,我必须冲动,而且我不后悔。澄海置业出了点问题,我必须向业主保证我们全家不移民,才能得到他们的信任。"

英子不明白,看着吴婷:"妈?你怎么不拦着他?"

吴婷长长地吧了口气:"你爸爸的确没有其他选择。"

英子怒道:"但是……但是我怎么办?你们俩怎么办?我们全家怎么办?"

李海换了个姿势说:"所以我们要跟你商量。"

英子说:"我不想回来,不想过那种作业怎么做都做不完的日子。"

吴婷说:"我们也没想过让你回来。但是你在加拿大,必须得有人照顾。"

英子一撅嘴说:"我要老李来陪我。"

李海无奈道:"公司现在这种情况,老李更走不了。"

英子说:"可是……"

吴婷深深吸了一口气:"英子,在你上大学之前,还是我来陪你吧,至于你爸爸,就……留在朿阳。"

李海也说:"我马上去申请多次往返的旅游签证,只要有空,我可以随时随地来看你们。"

英子十分沮丧:"这……这跟我期望的差太远了。"

吴婷说:"英子,我比你更难受,但是你爸爸既然对大家这么承诺,我们只有接受。"

英子快要哭了:"不……"

吴婷无奈地看着李海。

李海说:"对不起。"

英子大喊:"我不要听!我不要听!我要去睡觉,然后明天早晨醒来,你们刚才说的全部都是梦!"说完关了视频。

李海与吴婷一阵沉默。吴婷拿起手边的几张资料,苦笑了一下:"看来,这的确不是你的故事。"随即轻轻地将那几张资料撕了,起身离去。

李海无奈地叹了一口气。

夜已深,吴婷一个人在露台上伫立着。李海走过去,轻轻地问了句:"还不睡。"

"睡不着。"

"怎么了?"

"害怕。"

"怕什么?"

"都说加拿大风景优美,空气清新……但是心里的苦,只有自己知道。"

李海安慰道:"我知道,那边的生活的确有点无聊。"

"以前难受的时候，我就安慰自己，没关系，再忍忍，过不了几天，李海就来了，一家人就在一起了，一切就好了。但是现在，这唯一的希望都没了。"

"我们又不是再不见面了。"

"一年三百六十五天，你能来几天？"

李海语塞。

"距离英子上大学，还有一千多天，我真的不知道自己能不能熬过来过去。"

吴婷忧伤地说："十多年前，为了英子，我放弃了我的事业；现在，为了她，我又得背井离乡……海子，为什么每次做出牺牲的都是我？"

李海上前搂搂吴婷的肩膀说："我知道，你牺牲大。"

因为李海对公众做出承诺，以及澄海置业的后续处理措施得当，这场风波总算是过去了。陈永亮则因自己的严重过错，被公司辞退。李海念及旧情，不但没有追究老陈的法律责任，还给了他一笔钱。

周兴从报纸上得知叠峰阁二期全面复工，不满地"哼"了一声。属下刘棋赶紧说，"周总，我们这次的行动还是有效果的，至少让李海赔了夫人又折兵。"

"他折了什么兵？"

"我听说，李海一气之下把陈永亮给开除了。"

周兴一下来了兴趣，陈永亮可是澄海的二号人物。

刘棋接着说："'瘦身'钢筋当初是他拍的板，他一心以为自己在帮李海省钱，谁知道，一有风吹草动，李海第一个'砍'了他。"

"消息可靠？"周兴问刘棋。

"是我那朋友说的，陈永亮还到他们公司去发泄了一通，说是被他们连累了。"

周兴听了有些兴奋："找的人就是他，你给我准备这个人的所有资料。"

刘棋不解，随即恍然大悟："对，他一直是李海的副手，应该是知道李海秘密最多的人。那句话怎么说的？最可怕的往往不是敌人，而是身边最亲近的人。"

周兴冷冷地看了刘棋一眼。

刘棋自觉失言，一下收敛笑容。

吴婷因为李海不移民的决定有些烦心，于是约了老友寇吕、刘英一起喝茶。

刚坐下，刘英就气愤地说："李海绝对有问题！"

寇吕悠悠地看了刘英一眼："你家男人有问题，你就觉得天下男人都有问题。"

刘英不服："天下男人本来就一个德行。"

寇吕正色道："我看了记者拍回来的素材，李海当时只能、必须那样决定。"

刘英不甘心："就算这次没问题，但以后你们两地分居，也会出问题。"

吴婷一怔："你也这么认为？"

刘英说："这不明摆着吗？"

吴婷思考着："那这事，我还真得好好想想。"

寇吕赶紧宽慰吴婷："别听她的，她跟周兴打了多少年，现在心理已经扭曲了。"

刘英针锋相对："你才别听她的，她这辈子连婚都没结过，心理更扭曲。"

吴婷脸色稍变："好了，我的事我自己知道。你们俩呢？寇吕，你打算当一辈子剩女？"

寇吕说："以前没这个打算，但是现在慢慢开始打算了。"

吴婷摇了摇头："一个女人再能干，也需要男人呵护。你别跟我说什么缘分，我觉得问题还是在你自己。世界上没有完全合乎你要求的男人，该妥协就妥协吧。"

寇吕没说话。

吴婷转头对刘英说："还有你，你和周兴现在怎么样？"

刘英低着头："还是那样。"

吴婷问："真的不能修复了？"

刘英满不在乎："摔了几次的破罐子了，怎么修？"

寇吕说："那就赶快了断啊！"

刘英说："我要一个亿，他又舍不得。"

吴婷惊讶地问："你要那么多钱干吗？"

刘英说："我不干吗，我就是要折磨他。"

吴婷白了她一眼："你折磨他的时候，也在折磨你自己啊。"

寇吕说："我同意，我们三个人里面，当年最漂亮就是你，你看看你现在的样子，连我这个男人婆都不如！"

刘英咬牙切齿："这都是周兴害的！所以我更不能便宜了他，他再提离婚，我就跟他要两个亿。"

吴婷问："两个亿、三个亿，能让你快乐吗？"

刘英不以为然："只要能让他痛苦，我就快乐。"

吴婷说："被别人的情绪控制的快乐，是真快乐吗？"

刘英一怔。大家都不再说话。

被公司辞退后的老陈还没缓过劲儿来，整日就陪着儿子，无心去找工作。儿子孜孜不倦地在沙地上画着圈，老陈则坐在旁边椅子上静静地看着。

有人在老陈身边坐下，轻叹："他跟我们是两个世界。"

老陈惊讶地转头一看，是周兴。他警惕地看着周兴，没有答话。

"我侄儿也是这样。三岁之前都不说话，一直以为是发育迟缓，后来才知道是自闭症。唉——"周兴缓缓地说。

老陈的眼神慢慢松动。

"老陈，我要说句不该说的话，你不要介意。"

"说吧。"

"这个病,花销最大,你现在又没工作了,以后怎么办?"

"我还有点积蓄。"

"积蓄总有花完的一天。说句不好听的,你也有不在的一天,孩子怎么办?你带他走?"

老陈怔住,长叹一声,转过脸去。周兴递过来一个信封。老陈狐疑地接过,一看,里面全是钞票。老陈吃惊地问:"周总,你这是什么意思?"

"你最近的遭遇,我听说了,圈内都很为你不平。"周兴接着说。

老陈感激地看了周兴一眼:"是吗?"

"李海当年一个毛头小伙子,什么都不懂,如果不是你替化卖血卖命,他哪里有今天。"

老陈喃喃道:"这倒是。"

"就说这件事,你为他李海省钱的时候,他没有一句好话;一旦出事,他拿你顶罪!老陈,你不觉委屈,我还帮你委屈呢。"

老陈低下头去。

周兴拍着老陈说:"老陈啊,你很能干,但是不会跟人,才把自己搞到现在这个地步。"

老陈试探地问:"周总,你是不是想让我跟着你干?"

"我求贤若渴。"

"行,我跟你。"

"好,我等你这句话很久了。"

老陈一下轻松,"太好了,周总,我随时可以到超洋报到!"

"不,你不用来上班?我给你80万年薪,只有一个条件,你必须要回澄海,不管什么位置。"

老陈有点诧异:"但是我已经被李海开除了。"

周兴说:"你们俩十几年的交情,我相信你能找到办法,让他重新收留你。"

老陈有些惊讶:"你要我当卧底?"

"我要你当我最好的朋友。"

老陈犹豫着,最终还是点点头答应了周兴的要求。

周兴嘴角露出隐隐的笑。

吴婷会完好友回到家,从抽屉里找出几个相框,将其中一个放到了书房的桌上。相框里,一家三口拥在一起。她又将一张夫妻合影放在了梳妆台上,想了想,又放到床头柜上,然后开始收拾去加拿大的行李。

李海晚上回到家,看见卧室墙角的行李箱便问妻子:"准备走?"

"反正移民也办不了了,那就尽快回去陪女儿吧。"

李海有些愧疚:"也好。"

"我走了，你一个人在这边，有些事，还是要注意一下。"

李海不解："什么事？"

吴婷想了想："没什么，多想想我和英子。"

李海点头，慨叹道："没有你和英子，这个家不叫家。"

"没有你，那个家，也不是家。"

"婷婷，为了英子，我们都忍耐一下吧，三年还是很快的。"

吴婷勉强一笑，接着说道："走之前，我想去看看爸，再跟建国吃顿饭。"

"是，建国也说了好多次了。"

"明天晚上怎么样？"

"我尽量抽空，如果我来不了，就你们俩吃吧。"

吴婷点点头："对了，那个记者，赵晓菲，我觉得你也该请人家吃顿饭。"

李海不解："她？"

"如果不是她，你到现在都还被蒙在鼓里。"

李海一想，也是。

"我看过她的新闻，发现她很会抓社会热点，而且视角客观、论证清晰，很有说服力。"

李海思考着："如果她这么好，光请她吃饭，肯定不够。"

"那你想……"

正在这时，门铃响了。"阿姨，有人找你。"保姆秀秀在楼下喊道。

来人竟然是老陈。

"老陈，请坐，你是找李海吧，他在楼上，我叫他下来。"吴婷忙说。

不料老陈却说："不不不，吴老师，我专程来找你的。"

吴婷有些意外："我？"

"你大概已经知道了，李总已经把我开除了。"

"老陈，你知道的，公司的事情，我向来都不过问。"

"但是我找不到能帮我说话的人，只有你了。"

"老陈，对不起，既然李海都决定了，我确实不好再说话了。"

"这次我给公司造成了损失，李总怎么惩罚我，都不过，但是别撵我走。我已经45岁了，又是这个原因被开除的，没有哪个公司会再收我。吴老师，求你跟李总说说，哪怕留在澄海守门，我也愿意。"

吴婷有些为难。

老陈带着哭腔恳求道："吴老师，我老婆死了，儿子又是自闭症，我要没了工作，我这儿子就是死路一条啊！求求你救救我们家小星。"随即扑通一声跪下。

吴婷吓了一跳，连忙去扶："老陈，你别这样！快起来！"

"吴老师，你不答应我，我就不起来！"

"我答应你。"

"真的？"

"我去跟李海说,但是成不成,我不敢说。"

老陈站起来:"只要你说,一定成。"

吴婷长叹一声。

老陈心情复杂地看了吴婷一眼,扭头离去。

吴婷心情有些沉重地上楼来,李海放下手中的书看着妻子。

"是老陈,想让你再给他一个机会。"

李海点点头:"我听到他声音了,所以没下来。"

"海子,要不你再考虑一下。"

"我也犹豫过,到底要不要开除他,但是他给公司造成的直接经济损失超过一千万,的确没法留他。"

"在IBM,有个人给公司造成了1000万美元的损失,他对老板小沃森说:'我是不是该卷铺盖了?'小沃森说:'你疯啦?我刚刚为你交了1000万美元的学费,你还没回报我,怎么能走呢?'"

"什么意思?"

"你开除老陈,1000万也回不来,变成了成本;你留下他,他吸取教训,创造更多收益,那你这1000万就算投资。"

李海上下打量着妻子:"这是谁告诉你的?"

"我就不能自己琢磨点东西?"

李海思考着:"有道理。但是为了让公司里其他人能引以为戒,他不能回原来的位置。"

吴婷笑了笑。

李海认真思量了妻子对赵晓菲的评价,决定和柬阳电视台合作,以重树澄海置业的形象。他找到寇吕,想在他们的节目中开辟一个小版块,叫作"澄海时间",每周播出一次,并且希望由赵晓菲来负责,费用则由澄海置业承担。李海到电视台找到寇吕,商讨此事。

寇吕听完李海的提议,找来了晓菲。晓菲见到寇吕办公室里的李海,有些惊讶。寇吕对晓菲说了李海的想法。

"什么内容?"晓菲问。

"跟澄海有关的,只要是观众想了解的,比如在建工地是否规范,建筑质量是否达标,我给业主的承诺是否兑现,你都可以关注。"李海回答。

晓菲神色一凛:"李总,请你另找他人吧。"

李海笑着问:"为什么?"

"我对歌功颂德没兴趣。"

"我不要求你在节目里为我说好话。"

晓菲一怔:"你出钱请我来骂你?"

"如果我们有错，你尽管骂；如果我们做得好，请你如实报道就行。我唯一的要求就是客观，我也相信你能做到。"

晓菲上下打量着李海，然后怀疑地摇摇头。

"我绝不干涉节目制作，甚至可以不跟你见面，这一点可以写进合同。"李海说道。然后拿出一个通行证，放在桌子上："赵小姐，这是我特别为你签发的一张通行证。持这张证，你可以去澄海的任何一个社区、工地、仓库、办公室采访，没有任何人能阻拦。"

晓菲想了想问："为什么选我？"

"赵小姐，如果我的感觉没错的话，你对我并没有什么好感。"

晓菲毫不犹豫地回答："不，不是没有好感，而是讨厌。"

寇吕一惊。李海反而笑了："所以，你说出来的话，观众一定会信。"

"我明白了，你想要利用我在观众中的公信力。但你能保证你的项目经得起我的挑剔吗？"

李海再次笑了笑："有你这根挑剔鞭子在上，澄海所有员工都会全力以赴，做到最好。"

晓菲再次打量李海，多了一丝佩服。

一旁的寇吕问晓菲："怎么样？"

"我接。但就怕有一天你会后悔今天的决定。没有人能做到十全十美，只要被我抓住你的错漏，我一定在节目里骂得你狗血淋头。"

李海轻叹一声："赵小姐，经过上次的风波，我们澄海必须做到十全十美，才能在楼市重新立足。"

晓菲再次一怔。

等李海的背影消失，晓菲困惑地看着寇吕说："今天之前，他像我的猎物，我追杀他，并且把他逼入了一个死胡同。我正准备跟他过招，他却突然投怀送抱，还把全身所有的'空门'都暴露出来。"

寇吕说："全身都是'空门'，那就没有'空门'。"

晓菲说："你说他是极度自信还是极度狡猾？"

寇吕说："节目做出来，你就知道了。"

晓菲的困惑更重了。

下班后，晓菲回到和别人合租的公寓里。坐在电脑前，盯着屏幕上有关李海的新闻和李海的照片。

同屋媛媛问："我买了兔头，吃不吃？"

"不想吃。你跳槽的事搞定了吗？"

"今天都去报到了，下周正式上班。"

媛媛凑近电脑一看，"咦，这不是李海吗？这张照片没有他本人帅。"

"你也认识他？"

"杂志上看见过他的照片。在我的排行榜上，他是前三的人选。"

晓菲不解："你有什么排行榜？"

媛媛得意地说："胡润有个年度富豪排行榜，我媛媛有一个最想嫁的男人排行榜。"

"呵呵，李海可是有老婆的。"

"你怎么知道？"

"我前段时间见过他老婆。"

"长得漂亮不？比得上我不？"

"他老婆是吴婷。"

"吴婷？是名人吗？"

"以前是电视台的主持人，我以前很迷她的，特别是上初中那会儿，觉得她是世界上最漂亮的女人。"

"你上初中，那是十多年前了吧。就算她十多年前是个美女，那现在也是黄脸婆了。"

"不，我觉得她比以前更有气质了。"

"切，女人老了，就只剩下气质了。那她现在还在做主持人？"

"早辞职了，听说现在的主要工作是在加拿大陪女儿读书。"

"是吗？你也在研究李海？"

晓菲点点头："我觉得我看不透他。"

"你要想看透一个男人，就先得把他脱光。要不要我帮忙？我对把李海脱光还是很有兴趣的。"说完媛媛哈哈大笑。

"去去去。"晓菲白了这个室友一眼。

还有几天就去加拿大了，吴婷来到养老院看李海的父亲。

老人坐在轮椅上，护工小赖在旁边守护着。吴婷蹲在公公面前："爸，我要走了，可能有半年不能来看你了。"

李父看了看儿媳："那谁陪我下棋呢？"

"海子会来陪你。"

父亲有些茫然："海子是谁？"

"海子是李海，你的儿子；我是吴婷，你的儿媳妇；你还有个孙女，叫英子。"

父亲费劲儿地想着，抱歉地摇摇头："我都不认识呢。"

吴婷问小赖："他还是记不得我们？"

小赖答道："能保持这个状态，已经很不错了。"

吴婷轻叹一声。

看望完公公，吴婷又约了建国吃饭。

餐厅里，建国夹了一筷子菜在吴婷碗里："你们现在不移民了，我才敢说，移民就是自己给自己找不痛快!"

吴婷惊讶地看着建国。

"在自己国家当大爷不好,偏要去其他国家当孙子,这不是有病吗?"

吴婷扑哧一笑。

"那海子怎么办?"

吴婷轻轻嘘出一口气:"建国,这两天,很多人都在我耳朵边上念,说什么夫妻两地分居肯定会出问题,念得我心里都发毛了。"

"不会的,不会的,我了解海子,就算柳下惠出问题,他也不会!再说了,有你在这儿摆着,他就算想出问题,也没有看得上的人。"

吴婷勉强笑了笑。

"你放心,还有我呢。吴婷,像今天这样,他上班我不管,但只要他下班,我看着他,牛鬼蛇神狐狸精,通通不能近身。"

吴婷举起酒杯:"谢谢你,建国,来,我敬你一杯。"

"不用谢,这是大哥应尽的责任和义务。"

终于还是要走了,李海送吴婷到机场。夫妻二人依依惜别,很是不舍。目送妻子走进海关,李海难过地转身离去。

在候机厅里,吴婷突然听见后面有人叫自己。转头一看,原来是在大使馆面签时碰到的那对夫妻——卫东和黄蓉。

"是你们!"吴婷惊喜地说。

黄蓉说:"我们全家今天去温哥华!你呢?"

"我也是。"

黄蓉有些怀疑:"你们最后也过了?"

吴婷迟疑了一下:"没有,我拿的是旅游签证。"

"那你们半年后还申请吗?"

吴婷支吾着:"再说吧。"

旁边一个小男孩站在椅子上,兴致勃勃地从这把椅子跳到另一把,卫东忙将男孩抱下来。

黄蓉介绍道:"我儿子,小宝,特淘气。"

吴婷善解人意地说:"聪明的男孩子都淘气。"

"吴姐,以后在温哥华,我们一定要经常走动,大家都是中国人,又都是枣阳出去的,我们俩又这么有缘,那是亲上加亲啊!"黄蓉说这番话的时候,卫东暗暗拉了黄蓉一下,黄蓉回了一下,示意他别插嘴。

"好啊,回头我把我们在温哥华的地址写给你,欢迎你来做客。对了,你们的房子选在哪个区?我好来拜访。"

黄蓉支吾着:"这个,这个,卫东的朋友帮我们选了几套花园洋房,但是房子的事,你知道的,还是得亲自看了才行,所以我们也没最后定。反正,就在那几套花园洋房里选一套先随便住着。"

吴婷信以为真："行，等你房子定好了，给我打电话。"

这时，广播里开始呼叫："前往加拿大温哥华的各位旅客请注意，您乘坐的AC029航班已经开始登机……"

小宝发出一声欢呼："坐飞机了！去加拿大了！"

卫东甩甩头，背起行李，一手揽着黄蓉，一手牵着小宝，向登机口走去。

小宝哼着儿歌："咕咚咚，咕咚咚，一家三口向前冲……"

吴婷目睹一家三口的亲密背影，羡慕而遗憾。

终于，吴婷起身迈步。

十多个小时后，飞机平稳地落在加拿大的土地上。很快，吴婷便拖着行李出现在他们在温哥华海边的别墅门前。吴婷用钥匙打开门，迫切地喊着："英子！英子！"

英子从楼上奔下来："妈，你回来了。"一下子扑入母亲怀里。

"枣阳怎么样？姥姥、姥爷，还有爷爷好不好？"英子问道。

"都老样子。"

英子充满期望地又问："移民的事，你和我爸最后怎么说？"

"不是都告诉你了吗？我们不移民了。"

"这决定不变了？"

吴婷摇摇头。

英子沮丧地骂了一句"shit"。

吴婷听后脸色微变："英子，一个女孩子怎么能成天把这些词挂在嘴边？"

英子埋怨道："你们答应过我，今年把所有移民手续都办完！"

"你少跟我发脾气，这又不是我决定的！"

"我心里烦死了！"

"我才烦呢！移不移民，对你有什么影响？我才是真正难受的那个。"

"每天看着你，我也难受呢！"

吴婷一愣，正色道："英子，我知道你一心盼望着你爸到加拿大来陪你，但是我今天正式告诉你，短时间之内，你爸不可能到加拿大来。这房子里就我们两个人，你要想过得愉快一点，那就必须要调整自己的心态。"

英子沉默片刻，转身冲上楼去。

露台上，夕阳正好，海景如画。吴婷望着远方，面色却十分悲哀。

加拿大新移民接待站内，行李四处堆放着，本就狭小的房间只剩下一张床的位置。

小宝已经睡着，黄蓉与卫东挤在一起，兴奋劲儿还没过去。

卫东愧疚地对妻子说："在租到房子前，我们都要在这个新移民接待站委屈了。"

"没事。比这破的房子我们又不是没住过。难道你忘了小时候在乡下的苦日子?"

"结婚的时候,我答应过你,不让你吃苦,给你买大房子。唉,没想到,又让你住回了这么窄的房子。"

"这不刚开始吗?我们刚到枣阳的时候,还不是只能在郊区租个破房子,但没过三年,不就在市中心买了新房!我相信用不了多久,我们也能在加拿大住上别墅,开上大豪车!"

"我向你保证,一定不会超过三年。"

黄蓉一把搂住卫东:"老公,我看好你!"

卫东就势想与黄蓉亲热,黄蓉却把卫东一推,指了指身边的小宝。卫东只得放弃。黄蓉偎进卫东怀里:"听说张帆也到了温哥华,我还真想去见见她,我要让她看看,不只她张帆命好,能跟老公移民,我黄蓉一样行。"

"你知道我现在最想见谁吗?"卫东问黄蓉。

"谁?"

"向耘海!他找关系顶了我的位置,那又怎样呢?爷不跟你玩了!爷出国了!那位置送爷,爷还嫌弃呢。"

"我有个主意,等在这边站稳了脚跟,我们回去请客,把你们公司的人全请上。"

"把你们公司的人也全请到,让他们看看我们的好日子!"

黄蓉开心地说:"让他们羡慕嫉妒恨去吧。"

竭力压抑的笑声从窗户传出,飘荡在温哥华的夜色中。

三

英子在房间里边摆弄着父亲让母亲带过来送她的那盒熊猫玩偶，边与父亲通着电话。

"老李，你快来吧，不然我要被你老婆折磨死了。"

李海大笑："那是你妈！你可不能这么说话。"

"反正我想你。"

"这样吧，今年之内，我一定找时间到加拿大来看你！"

英子有些气馁："那也只有这样了。"

"喜欢那套熊猫吗？"

"喜欢。"

"我正在忙呢，回头再跟你聊。"

"拜拜！"

英子放下电话，举起熊猫玩偶中的一个："你说，怎么才能让我妈不那么唠叨呢？"

办公室里，李海笑盈盈地放下电话，对等候的刘少勇、老许、老蒋说："我们继续。"

老许递过去一本资料，指着最后面的数字说："李总，要兑现你的承诺，我们需要这么多钱。"

李海点了点头："跟我预想的差不多，马上启动。电视台记者会对我们的善后进行追踪报道，你们全力配合。另外，118地块的拍卖公告已经出来了，你们准备一下。"

刘少勇不解："李总，你不是准备放弃118地块吗？"

李海笑了笑："既然不能移民，那就老老实实地继续拿地修房子吧。"

刘少勇说："118地块之前是老陈在负责，很多资料都在他那里。"

李海想了一下说："我知道了。通知老陈，带上资料到会议室来。此外最重要的工作就是叠峰阁二期开盘……"

得知李海要 118 地块的资料，老陈忙找出来准备送过去。重新回到澄海置业后，老陈被安排在行政办公室，成为一名普通的职员。

会议室里，李海与众高管继续开着会。会议室的投影仪上是 118 地块的地图地貌。

刘少勇介绍着："目前有不少于十家开发商对 118 地块有兴趣。南山县规划局的要求是，只有规划方案通过了的，才能进入最后的拍卖。"

老陈来到会议室，放下资料后扫了一眼会场，发现李海身边原来老陈的位置已经被刘少勇占据。老陈的脸抽搐了一下，转身离开。

没走几步，老陈的手机响了。原来是周兴。

"老陈，李海最近有什么动向？"

老陈迟疑了片刻，回头看着会议室里热烈讨论的众人："他……他好像准备拍一块地。"

"哪块？"电话里周兴问道。

"南山县的 118 号地块。"

周兴挂了电话，思考片刻，再次拨通电话："我要南山县 118 号地块的所有资料。"

马林走进装修已近尾声的超洋花园售楼处，十个售楼小姐站成一排，微笑着齐声说："先生，你好，请问看房吗？"

"停！"马林说。

所有售楼小姐表情凝滞。

"八颗牙齿！八颗牙齿！你们自己互相看看，数一数，你们露了几颗？要我说多少次？"马林生气地说。

售楼小姐互相看着，修正着。

"再来！谁要少一颗下班就去洗厕所。"

就在这时，老总周兴前来查看。马林走过来和周兴问了声好。

周兴问马林："听说你们一个微笑就培训了两天。"

"售楼小姐笑得好看的楼盘比同等楼盘每平方米要多卖 500 元。"

"是吗？"

马林肯定地回答："我仔细研究过。"

"好吧，你现在计划超洋花园什么时候开？"

"八月。"

"叠峰阁二期呢？"周兴问。

"六月。"

"那我们也六月开！"周兴像是有些赌气地说。

"你想直接和李海开战？"

"是。我要你把李海的客户抢过来！"

"我们和叠峰阁的品质很接近，只需要在价格上略低他一点，他的客户自然会流向我们。"

"不，我的价格不能比他低，只能比他高！"周兴否定了马林的建议。

马林想了想："行，我马上调整推广计划。"

"你去忙吧，我到处再看看。"周兴对马林说。

马林走了两步，又回过头问："老板，我实在控制不了我的好奇心，我能不能问一个比较私人的问题？"

"你说。"

"您跟李海是不是有仇？"

周兴咬着牙，沉默片刻："不是仇，是债！"

"哦，明白了。不过，我很高兴，你给我挑了一个这么强大的对手。"

"你如果能让他灰头土脸，我一定重奖你！"

"能向他挑战，就是一个奖励！"说完，马林转身离开。

闲来无事，在温哥华的吴婷约了在这边认识的三个中国女人——小雅、佩佩和苏珊一起聊天吃饭。

佩佩："吴姐，啥时候回来的？"

吴婷："有两周了。"

小雅："移民办得怎么样？"

吴婷郁闷地叹了口气，摇摇头。

"李海公司出了点事，他决定不移民了。"

佩佩说："吴姐，你也别难过。我跟你说句老实话，就算移民了，还不是一样两地分居。我现在就这样。"

吴婷惊讶地问："是吗？"

苏珊也说："再说了，没移民的时候，我跟老公也不是天天见面。"

小雅说："我跟我老公倒是天天见面，但是一天说不了一句话。"

佩佩："我老公倒是天天跟我说话，但说来说去只有三句话——领带在哪儿？衬衣熨了吗？皮鞋擦了吗？"大家哈哈大笑。

苏珊继续说："这日子，和两地分居也没什么区别。"

吴婷说："就算两个人没话说，但有个人在你身边，总比没有好。就算一个人过日子，这边的日子也太闷了。"

小雅拍了拍吴婷的手背，安慰道："习惯就好了。"

吴婷只得苦笑。

苏珊想起什么，对吴婷说："吴婷，我想送你一样东西。放我车子后备箱里了，走的时候我拿给你。"

停车场，苏珊送给吴婷一幅巨大而复杂的十字绣的草图。吴婷看了后对苏珊说:"听说,绣这个特别费时间。"

苏珊意味深长地说:"吴婷,你至少还要在这里待三年,你最需要浪费的,就是时间。"

吴婷一怔。

苏珊叹了一口气说:"我已经绣了五年了。"

吴婷伸手摸着那图样,露出苦涩的微笑。

正在这时,吴婷手机响了:"妈——"

吴母在电话里向女儿哭诉道:"吴婷,我不想跟那死老头一起过了!我忍了他一辈子!我不能再忍了!……"

吴婷越听越着急,赶紧给李海打电话:"海子,你快去我妈那儿一趟。"

李海语气有点不耐烦:"我在开会。"

"我爸和我妈又吵起来了,这次特别厉害,居然要分居了,你快去看看吧。"

"我在开会。"说完,李海挂断了电话。

"海子!你……"吴婷惊愕地看着被挂断的电话,负气地再次拨通:"李海,我爸我妈那么大年纪了,我怕他们出事!……"

"他们吵了一辈子,也没出事,现在也不会有什么事。"

"你必须马上去看看!"

李海不耐烦地说:"好好好,我知道了。"

李海挂了电话,无奈地对正在开会的众人说:"你们先讨论,我有点事。"然后走出办公室。

吴婷的情绪依然没有平复。想了想,又拨李海电话。

走廊里的李海,看着手机屏幕上显示的"吴婷"二字,不胜烦恼。他平复了一下情绪,接起电话:"我正准备出门去看看。"

电话那头的吴婷说:"不用了,我已经让妈到我们那儿暂住几天了。"

李海"哦"了一声。

"你继续忙吧。"

李海挂了电话,再次回到会议室,继续开会。

黄昏,李海疲惫地回到家。还没进门,屋里的吵闹声已经传了出来。"你搞清楚,你不过是个保姆。我叫你走,谁就得走!"岳母声音很大。

"阿姨走的时候,我答应了阿姨,要好好看家。除非阿姨叫我走,我才走!"秀秀不甘示弱。

"那我现在就打电话给吴婷,她是我女儿,我就不信,她不帮我,还帮你!"吴母气愤地说道。

门外的李海皱了皱眉,深深吸一口气,开门进屋。客厅里,岳母正要打电话。

"妈,算了,婷婷那边是凌晨四点。"

吴母放下电话,看着女婿:"海子,你回来得正好,你家的小保姆要造反了!居然跟我大吵大闹,还想骑到我头上来!"

秀秀哭着说："叔叔，我没有，我没有。"

李海安慰秀秀："别哭，慢慢说，怎么回事？"

"婆婆今天一来，就怎么看我都不顺眼，无论我做什么都要挨骂，我才分辩了几句，又说我态度不好……还要赶我走！"秀秀委屈地说。

"哟，你咋不说你刷过的碗还有油腻，你擦过的地板还有泥印儿？你咋不说一天二十四小时，你要看十八个小时的电视？咋不说一天十个电话，有八个都是找你的！"吴母生气地说道。

"妈，你别生气。秀秀，你先回房间休息，我跟婆婆聊两句。"

秀秀抽泣着向自己房间走去。

"海子，我不请自到，你没意见吧？"吴母坐下来缓口气对李海说。

"妈，这也是你的家，你想住多久，就住多久，过两天，我把爸也给接来……"

吴母打断道："他要来，我就走。"

李海只好说："那……再说吧。"

"我让秀秀走，你没意见吧？"

"妈，秀秀年纪小，有点贪玩，也有点粗心。但这女孩很单纯，没有坏心眼，这么多年来，我和婷婷都很信任她。"

"如果你眼里还有我这个丈母娘，就让这个秀秀赶快走。"

李海不解地问："我记得你以前还夸过秀秀人老实勤快，怎么现在突然对她有那么大的意见呢？"

吴母叹了口气："海子，你是不是觉得妈有点过于挑剔了？"

李海沉默。

"其实，我都是为了你和婷婷。"

李海愣住："为了我们？"

"是啊，婷婷和英子远在加拿大，你和这个小保姆，孤男寡女共处一室，我怕出事儿。"

李海哭笑不得："你不也在吗？"

"我年龄大了，眼睛耳朵都不好使，难免有盯不到的地方啊！"

李海点点头："我明白了。"

李海想了想，给建国拨了个电话，然后站起来往外走。

"海子，你要去哪儿？"

"我得去给秀秀找个工作去。"

"晚上十一点前，你可得回来。"

周兴办公室里，周兴告诉手下刘棋，自己决定竞标 118 号地块。办公室电视屏幕上是正在播出的"澄海时间"。周兴惊讶地看着屏幕："这是什么节目？怎么回事？"

刘棋也很茫然，随即叫来马林。

"柬阳电视台新推出的'澄海时间'，你知道吗？"周兴问马林。

"知道，这是澄海置业和电视台联合推出的一个房地产板块。由观众就澄海的产品随意提问，然后记者带着观众提出的问题去采访。"马林回答道。

"效果怎么样？"周兴问。

马林："效果非常好。之前叠峰阁被曝光用了瘦身钢筋，客户跑了一大半。但这个节目推出后，好多退了诚意金的客户又回头了，而且质量不再是叠峰阁的软肋，反而成了卖点。"

刘棋说："听说李海因为'瘦身'钢筋，损失了两千多万。"

马林却说："但从长远来看，他在这件事上的收益不少于一个亿。"

周兴思维跳跃说："我们能不能也搞一个这样的噱头？"

马林回答："可以。但是我们的项目能经得起这样的挑剔吗？大到一根钢筋，小到一根电线，都被摄像机严密监控。"

周兴皱了皱眉："算了，我另外想办法。"

李海与建国约在健身会所。两人一边换衣服，一边聊天。

"海子，这事包在我身上。她不是擅长家政吗？那就到我的物管公司去，专业还对口。"

"行。不过，我还有个条件，你给秀秀的工资可不能开低了。"

"你放心，一定比在你家当保姆高。"

"那就好。"

"不过，你丈母娘想象力还真丰富，居然觉得你和秀秀会有点什么。呵呵……"

正在这时，李海手机响了，是吴婷。李海接起，正要说话，建国一把把手机抢过去："吴婷，你好，我是建国。海子跟我在一起，我们在健身房！他现在是MBA，married but available，已婚享受未婚待遇。但是你放心，有我在，我让他已婚享受处男待遇。"

李海抢回手机："越说越不靠谱了。婷婷，是我。你放心，妈已经搬过来了……"

通完电话，李海与建国各自选了器械，开始热身。

玻璃墙之外，媛媛带着客人正在骑动感单车，一眼瞥见了李海与建国。

媛媛对客人说："你再坚持五分钟。"然后跳下单车，径直向着李海与建国走去。

"林哥。"媛媛冲建国甜甜地喊了一声。

媛媛没理建国，只是笑盈盈地看着李海问："你朋友？"

"给你们介绍一下，海子，这是媛媛，这里新来的教练，也是方圆五百公里最漂亮的姑娘。媛媛，这是李海。"

"海哥，你好，第一次见面，请多关照。"

"哪里，还请你多指点我。"

"没问题"。媛媛说完围着李海看了一圈，李海略略有些不自在。

"海哥，你的身材保持得不错，不过以我的专业眼光来看，如果这里、这里，还有这里，加一些系统训练，就更完美了。"

李海打量着媛媛指点过的部位："那我该怎么练呢？"

"这样吧，你就跟着我练，我会专门给你做一个计划，三个月之后，你的身材比例一定更黄金。"

"媛媛，我也要享受这个待遇。"一旁的建国说。

"林哥，等你把多余的二十斤减下去，我再帮你塑形。"说完，媛媛拿起健身器上李海的手机，输入自己的号码："海哥，这是我的手机号，你有什么需要咨询，尽管打电话给我。"

媛媛转身离开，走了两步，又回头给了李海一个笑容。

"这女孩看上去很专业。"李海对建国说。

建国拿过李海的手机，将媛媛的电话号码删掉。

李海不解："你干什么？"

"不能让你跟着她练。"

"为什么？"

"穿得又少，离得又近，时不时再有点肌肤相亲。哎哟，想不出事都难。"

李海觉得好笑："你什么人啊？自己成天围着漂亮女孩转，我请健身女教练指导一下都不行。"

建国认真地说："不行！我得把你看好了，对吴婷才好交代。"

李海打趣道："吴婷都不这样管我。"

温哥华，黄蓉和卫东又是一个难眠之夜。卫东到加拿大后一直没找到工作，他们的积蓄只能再撑两个月。卫东说一个叫阿杰的朋友可以介绍自己去加油站打工，但妻子黄蓉坚决不让。"加油站那工作，初中生都能干，而且传出去也太丢人了！"

卫东翻身下床，来到窗前点燃一支烟。黄蓉看着卫东不再说话。

第二天，黄蓉决定去草莓农场打零工。

仓库前，黄蓉夹在一堆印度人中间排队，神情多少有点不自在。轮到她时，工作人员给她发了一个小剪刀和几个塑料盒子。黄蓉拿着工具来到草莓园里，她左右看看，已经有很多人在地里工作。她将帽子拉得低低的，刻意来到最远的一块地里，埋头采摘。

突然，有人喊："黄蓉？"

黄蓉惊讶地抬起头。只见木栏杆的另一边竟然是吴婷，一身郊游的打扮。

吴婷高兴地说："我看着背影像，果然是你。"

黄蓉一下十分尴尬，下意识地想再拉低帽子，随后又放弃了。

"吴姐，你……你怎么在这儿？"

"我们几个朋友出来摘草莓玩。"顺着吴婷手指的方向，不远处，佩佩、小雅、苏珊嘻嘻哈哈地一边采，一边吃。

吴婷看着黄蓉手里的盒子问："你今天也出来摘草莓？"

黄蓉答道："是。"

"你还别说，自己亲手摘的草莓，就是比超市买的好吃，而且比超市里买还便宜得多。小宝呢？"

黄蓉说话渐渐恢复了正常："在幼儿园呢。"

"卫东好吗？今天你们没一起出来？"

"他上班呢。"

吴婷惊喜地问："卫东现在在哪儿工作？"

"嗯，一家大公司，跨国公司，高管，级别比他在国内的公司还高一级。"

吴婷由衷地替他们高兴："你们家卫东还真能干。我听说，好多技术移民在这边都找不到工作，最后只有去超市、加油站或者码头打工。"

黄蓉讪讪地答："那也得看什么人。像我们家卫东这样的，怎么都得当个经理。"

"是啊，卫东一看就有学问。"吴婷真诚地说。

黄蓉牵动嘴角，算是笑了笑。

吴婷望着远方："这风景真好。"

黄蓉这才有空远望："比我们老家差远了。"

不远处，一个印度人因为草莓价格和主管争吵了起来。吴婷突然发现，印度人的工具和黄蓉是一样的。黄蓉的神色也有些变了。

吴婷从容地笑了笑："印度人说英语真要命，我一句都听不懂。"

黄蓉讪讪地说："就是。"

突然黄蓉想起什么，看看表，惊慌地说："吴姐，我有事，先走一步。"

"你快去吧。"

黄蓉走了两步，心虚地回头，只见吴婷依然注视着自己，眼神中有许多理解与体谅。黄蓉的脸一下红了，一扭头，赶紧走开。奔到仓库前，黄蓉将手中的盒子交给监工。监工称了重量，然后数了几张钞票给黄蓉。黄蓉接过，小心地又数了数，放进钱包。走了两步，黄蓉再次把钱拿出来，一张张看着，脸上洋溢着开心的笑容。

从农场出来，吴婷将车开去加油。这是一间自助式的加油站，吴婷丢进纸币，笨手笨脚地开始加油，但是油枪却怎么都不出油。

"需要我帮忙吗？"有人在身后用英语问。

吴婷回头一看，惊喜地发现竟然是卫东。

卫东一愣，随即露出尴尬的神色。

"太巧了。才遇到了黄蓉，又在这儿遇到你。"

"是啊，真巧。"

"听黄蓉说，你在一家国际大公司找到工作了，恭喜你啊！"

卫东又是一愣，支吾着："不算什么。"

"你也来加油？"

"呃……是啊。"

"麻烦你帮我看看。"

卫东接过吴婷的油枪："吴姐，你按错键了。我来吧。"

这时，一辆送货车开进来，加油站办公室走出一个员工，开始卸货。吴婷注意到卫东身上的夹克和那员工所穿的是一个款式，愣了一下，随即不动声色。

很快油就加好了。吴婷谢过卫东，发动汽车准备走，又伸出头对卫东说："我可以请你帮个忙吗？"

"吴姐，你说。"

"我女儿到了温哥华之后，功课一直很吃力，能不能请你在休息时间帮她补习一下。顺便也帮我处理一些文件。你知道，这边税局发来的信件太专业了，好多我都看不太懂。"

"没问题。"卫东爽快地答应了。

"我一个小时付你二十块，行吗？"

卫东喜出望外："当然行。"

"那就说好了，再见。"

"再见。"

望着吴婷驶走的汽车，卫东高兴得跳起来。

幼儿园教室里，小宝一个人孤零零地坐着，一位老师陪伴着，满脸不高兴。

黄蓉冲进教室："小宝？"

"妈妈！"

老师用英语问黄蓉："海伦，你怎么这么晚才来接孩子？"

"对不起，对不起，我有事耽误了。"说完拉起小宝就要走："小宝，跟老师说再见。"

"等等。海伦，对不起，按照学校的规定，家长接孩子迟到超过半小时就要额外收费。你已经晚了四十分钟，你必须付费十元。"

"什么？老师，我今天真的是家里有点事，所以来晚了，你就原谅我这一次吧。"

"不，这是学校的规定。作为家长你也应该给孩子起到一个守时的榜样，十元钱已经是最低标准。如果按照超时工作的加班费计算，远远不止十元。"

黄蓉脸红了，无奈地掏出钱包，拿出一张钞票递给了老师。老师接过钱后给黄蓉开了一张收据，并嘱咐她以后接孩子不要再迟到。

卫东回到住处，看见黄蓉正在做饭，小宝自己在看电视。

"今天怎么了？这会儿才做饭。"卫东问妻子。

"别提了。我今天去农场摘草莓了，挣了二十七块钱，但晚接了一会儿小宝，就被老师罚了十块钱，就只剩十七块钱了。"

"唉，为了十七块钱，把自己晒成这样，值得吗？"

"我还不是想挣点钱，减轻你的负担。"

卫东感动地看着妻子："我知道，以后别这样了。告诉你一个好消息，今天我在加油站遇到吴姐了，她让我去给英子做家教，给我二十块钱一个小时，是我在加油站打工的两倍还多！"

听到这个消息，黄蓉十分惊喜："那一个月不是又多好几百块！我们的房租不就有了？"

"是啊。对了，吴姐还说今天遇到你了。"

黄蓉悻悻地说："是，就在农场。不过我是摘草莓，人家是去吃草莓。"

"你是不是跟吴姐说，我在什么大公司找到工作了？"

"我还不是希望你有面子。"

"你怎么能吹这种牛呢？"

黄蓉一下火了："那还不是怪你！你要有本事，我们早就住别墅开奔驰了！哪里还用得着我去打工，十块二十的挣，哪用得着我去吹牛！"

卫东语气软下来："好好好，都怪我，是我没本事！"

"她吴婷又有什么本事，还不是靠老公养着。"

"别这么说，我觉得吴姐人挺好的。"

黄蓉悻悻地说："对我们好，也是可怜我们，他们这种人，骨子里是瞧不上我们的。"

从澄海置业出来，晓菲与马超向着采访车走去。

"……这几期节目做下来，我越来越对李海有好感了，有错就改，言出必行，还真是个爷儿们。"马超对晓菲说。

"你可真单纯。你记住，李海为业主做的这一切，并不是发自内心地忏悔，而是因为他想赚更多的钱。"晓菲悻悻地说。

李海的声音突然从晓菲身后响起："赵小姐，你是这样看我的？"

晓菲愣了一下，李海走到她面前，身后跟着司机小刘。

短暂的沉默和尴尬后，晓菲的脸色恢复了平静："李总，我说错了吗？"

"要错也是我，没想到做了这么多，也没能扭转我在赵小姐心中的形象。"

"带着妻子在售楼处前宣布不移民,难道不是一场精心策划的危机公关秀?出钱制作'澄海时间',表面上是让购房者放心,本质上难道不是给自己打广告?"

"你不能因为我从中有收益就怀疑我的诚意。"

"你有诚意吗?"

"你对我成见太深。"

晓菲摇摇头说:"对不起,不只是我,整个社会都对你们抱有成见。在中国的十大暴利行业中,房地产已经连续数年蝉联第一。"

李海脸色微变:"赵小姐,我们这个行业有许多让人诟病的地方,我本人也有很多毛病,但是你也不是你自己想象的那样完美,你所占据的道德制高点,也有垮塌的风险。"

"愿闻其详。"

"在你眼中,所有人都动机不纯,所有的善意背后都是利益驱动。"

晓菲一怔。

"一个不能相信他人的人,是很难感受生活的美好的。"李海接着说道。

"我的职业就是质疑。"

两人对视着,眼神中都有许多对抗。

"李总,再见。"

"赵小姐,我们对彼此都有很多质疑。没关系,求同存异,先把质疑放一放吧。希望随着时间的推移,了解的增多,我们能发现对方身上更多的亮点。"

"我对你身上的亮点没有兴趣。"

李海反唇相讥:"哦,原来你只对生活中的黑暗有兴趣。"

晓菲狠狠地看了李海一眼,转身上了马超的车。

马超边开车边说晓菲:"你对李海太刻薄了。"

"只要我的新闻客观就够了。"晓菲不以为然。

"我觉得李海是好人。"

"好人的面具下是一个商人。"

正在这时,晓菲手机响了:"你好,我是赵晓菲……还是上次那个地方,我十分钟之后到。"挂了电话,晓菲让马超把自己送到上次那个茶馆。

"那个人又要爆料?"马超问。

晓菲笑起来:"追踪了这么久都没找到澄海的纰漏,希望今天有收获。"

来到茶馆,周兴已在包间内端坐。原来是周兴希望晓菲和自己合作:"我负责提供内幕,你负责发布。"周兴提议。

"可以,但是和上次一样,你提供所有的内幕,我都要亲自查实。"

"你不用那么辛苦。"说着,周兴把一张银行卡放到晓菲面前。

晓菲睁大眼睛,随即失望地摇了摇头:"周总,看来你的私心大大多于良心。"

"听说'澄海时间'的制作经费都是李海出的,他买得起的东西,我也买得起。"

"虽然都是狐狸,但李海的道行要高明得多。"晓菲对周兴说。

周兴眼神一紧:"你这话什么意思?"

晓菲站起来:"周总,再见。"

"你都不想知道这里面有多少钱。"周兴举着银行卡晃了晃。

"是你的全部身家?"

周兴一愣。

晓菲骄傲地说:"你的全部身家也收买不了我。"随即离去。

周兴的神色一下阴鸷。

见晓菲出来,马超迎了上去:"今天有什么料?"

晓菲泄气地说:"也许你说得对,李海还算好人,至少在他们的圈子里。"

刚和晓菲斗完嘴的李海给妻子打电话:"你很欣赏的那个女记者,赵晓菲,我真受不了她。她做节目的确有水平,但是人太偏激了。"

"你别老看人家的缺点。"

"你还让我请她吃饭,我决定以后走路都躲着她。"

晚上,李海与建国约着到酒吧喝酒。正聊着,周兴走了进来。建国招呼道,"周兴——"周兴径直走过来。

李海友好地对周兴说:"一起喝一杯。"

不料周兴却说:"我喝酒,第一看时间,第二看地点,第三看心情,第四看对象。今天时间、地点、心情都不错,就是对象差了点。"

李海与建国一愣。

"不喝就不喝,说那么多废话干吗?"建国有些生气。

周兴倨傲地对李海说:"李海,听说你想拍118号那块地?"

"是,正在做规划方案。"李海直言不讳。

"我也看上了那块地。"

"好啊,那我们拍卖会上见。"

"你争不过我的。"

李海笑了笑:"那得争了才知道。"

周兴神色复杂地看了李海片刻,转身离去。

"其他人都没什么,但如果周兴要跟你抢,你可得小心。"建国提醒李海。

"不管谁来抢,那块地我一定要拿下。"李海神情笃定地说。

建国有些纳闷:"那块地有那么好?"

李海笑了笑:"不好怎么会有那么多人抢。"

"对了,周兴为什么每次见到你,都是这个脸色。"建国问李海。

"不知道。其实他老婆跟吴婷还是高中同学,按理说,我们也算朋友。"

"听说,他跟他老婆闹离婚很多年了。"

"难道就为这个,他迁怒吴婷再迁怒我?"

"也许他嫉妒你。"

"嫉妒?"

"你和吴婷恩恩爱爱,谁不羡慕嫉妒恨啊。"

李海苦笑了一下。

晓菲下班回到住处,媛媛正在镜子面前左顾右盼着。晓菲一屁股坐在沙发上,"累死了。"

媛媛尖叫一声:"我的包!"随即冲过来,从晓菲身下扯出自己的包:"八千多啊!"

晓菲不屑:"又不是水晶鞋。"

"你还别说,这包还真给我带来了好运气。买了它之后,我就认识了李海。"

"那又怎样?"

"我们已经互留电话了。"

晓菲白了媛媛一眼:"一个电话,也不用嘚瑟成这样吧。"

"以前我和他是陌生人;互留电话号码,就升级为熟人了;通过电话一联系,就升级为朋友;在一起健身流汗,再约着吃顿饭,那就是好朋友;至于好朋友再往后,你懂的……"

晓菲郑重地说:"媛媛,我再次提醒你,李海有老婆。"

"老婆可以换。以旧换新是男人的本能。"

"人家不想换呢?人家吴婷跟李海还有十几年的感情,你是拆不散人家的。"

"没有拆不散的夫妻,只有不努力的'小三'。"

"如果他是这样的男人,有一天也会把你换掉。"

"换就换呗,只要能分他的家产。"

"你可真是厚颜无耻。"

媛媛笑嘻嘻地说:"我这叫劫富济贫。"

正说着,门开了,同住的另一个女孩张俐回来了。

二人和张俐打招呼,但张俐只是看了她俩一眼,便闷闷不乐地走进自己的房间。

晓菲与媛媛对看一眼,有点纳闷,随即走过去敲开张俐房间的门。

媛媛问:"跟谢伟吵架了?"

张俐缓缓摇头。

晓菲接着问:"被老板骂了?"

张俐还是摇头。

随即她拿出一张早孕测试试纸,上面有两道杠。

媛媛说:"就为这个?没事,这玩意儿经常不准。"

张俐再拿出一张医院证明，晓菲接过一看——早孕 43 天。"你有 baby 了，喜事啊。"晓菲惊喜地说。

媛媛问："先别忙。俐，我觉得这事你可要慎重考虑。"

晓菲问："还考虑什么呀？再考虑，孩子就生出来了。"

媛媛冷静地分析道："嫁人对女人来说，那是第二次投胎，决定着你下半辈子吃什么穿什么过什么日子，这可是个技术活，需要精明的眼光和非凡的手腕。"

晓菲白了媛媛一眼说："别理她，她现在都没男朋友呢。"

媛媛不理晓菲："我觉得，你和谢伟谈个恋爱打发一下时间那没什么，但是嫁给他，就没必要了。他一个月才挣两三千块钱，既没有房又没有车，你要跟了他，有你的苦头吃。"

晓菲怒道："媛媛，你别把你那一套强加给张俐。"

媛媛反击："我是真心为她好。"

张俐大喊一声："你们都别吵了。我知道，你们都是在为我打算，但是我现在……现在不知道怎么办。"

张俐接着说："这么多年来，他从来没跟我提过结婚的事。说句老实话，我不知道他到底在想什么。"

媛媛惊问："他是不是就想跟你玩玩？"

张俐一惊，眼泪涌出。

晓菲打了媛媛一下："别胡说。"

晓菲安慰道："俐，我觉得谢伟是个挺踏实、挺厚道的男孩子，绝对不是媛媛说的那种人。他从不跟你提结婚的事，也许有其他原因。"

张俐疑问："什么原因呢？"

晓菲说："我们不知道的事不能乱猜。要不这样好不好，过两天，你把谢伟约过来，让我和媛媛跟他谈谈。"

媛媛点头说："这我赞成。凭晓菲的智商和我的经验，没有男人能在我们面前隐瞒任何秘密。"

张俐点点头："那就拜托你们了。"

温哥华的别墅内，吴婷在替英子收拾房间。只见房间里一片杂乱，衣服、书、碟子、玩具……到处都是。吴婷收拾到书桌前，英子的电脑还没有关，屏保运行着。吴婷一碰，电脑显示器亮了。她犹豫了一下，点开 MSN，在密码一栏里，吴婷想了想，输入了英子的生日。

MSN 一下弹了出来。

吴婷点开了通话记录……

突然，吴婷身后传来英子的惊叫："你在干什么？"

吴婷吓了一跳，转过头来，只见英子站在门口。英子一眼瞥见电脑屏幕上的

MSN 页面，生气地说："你在偷看我的 MSN！"

"我没有偷看，我是在查看！"

"你有什么权力？"

"我是你妈！我有权利知道你现在在跟什么人接触，在聊什么，在想什么。"

"你这是侵犯我的隐私！"

"你连收入都没有，能有什么隐私？"

"你搞清楚，这是在加拿大，这里是有法律的。"

"法律难道不准妈妈关心女儿？"

"你这是侵犯我的隐私权！我可以上法庭去告你！让法官剥夺你的监护权！"

吴婷震惊地退后一步："你要告我？告你妈？"

"我不要你这样的妈！"

吴婷跌坐在椅子上，脸色煞白，全身颤抖。随即，拨通了丈夫的电话。

正在睡觉的李海迷迷糊糊地接起电话："婷婷。"

"海子，你快来管管你女儿！我受不了她了！"吴婷怒道。

"又怎么了？"

"你女儿现在要告我！就因为我上了她的 MSN！她居然说她不想要我这个妈！"

李海含糊地说："她也是一时气话。"

"她的气话不是一时，而是随时！"

"没事。"

"你只会说没事！"

李海打起精神，叹息一声："让我跟英子谈谈吧。"

吴婷把电话给了英子，转身离开女儿的房间。

英子委屈地抽泣着接过电话："爸，你快来吧，我妈更年期了！杀伤力太大了！"

"胡说，妈妈才刚四十。"

"她以前是无聊，现在是变态。"

"英子，你妈妈是为了你好。"

"我不要她这样的妈妈。"

"这样吧，我会跟妈妈说，多给你一些空间，但是你也有不对的地方，妈妈是为了你才留在那里，没有朋友，没有家人，你去上学了，她连个说话的人都没有，你应该体贴妈妈，怎么还能顶嘴呢？"

"我当时也是急了。"

"你再想想，从小到大，妈妈为你付出了多少，你还说不要妈妈，这多伤她的心啊。去吧，跟妈妈认个错。"

"嗯。"说完，英子拿着电话，走下客厅，来到还在生气的吴婷面前："妈，我错了，我不该说那些话。"然后把电话递给母亲，转身上楼。

"英子给你道歉了？"李海在电话里问。

"嗯。"

"我已经教育她了。不过,你也要注意一下,英子已经大了,有自我意识了,我们也要尊重她的隐私。"

"海子,她现在已经进入青春期了,加拿大在性上又特别开放,英子是个女孩,我必须随时掌握她的想法,才能避免她出事。"

"我知道,但也不用偷看她的 MSN。你只要和她多交流,也能知道她的想法。"

"英子会和我说心里话吗?从小到大,她跟你最亲,你又不是不知道。"

李海语塞了一下,然后说:"这样吧,我尽量多打电话。还有其他事吗?"

"没事了。你快继续睡吧。"

"行,我还赶得及再睡一觉。再见。"

"再见。"

李海挂了电话,看了一眼床头的钟,才刚六点。他拉上被子,准备继续睡,然而刚躺下却听见有人敲门。

李海郁闷地问了一句:"谁呀?"

门外传来岳母的声音:"海子,起床了!"

"妈,这才六点!"

"早起早睡身体好!"

李海无奈,只得起床。

岳母一边在厨房忙碌,一边絮叨:"按照人体经络的运行规律,早上六点是起床的最佳时间,有助于提高工作效率,还能在学习、晋升、财富和人脉上都大获成功……"

李海睡眼惺忪地坐在餐桌前,一脸迷糊。

"海子,你以前的生活习惯太差了。现在感觉不出来,等过了四十五岁,你就有苦头吃了。"说完,将一碗白粥放到李海面前:"来,我专门为你熬的养生粥。"

"妈,我想喝杯咖啡。"

"哟,这东西必须得戒!海子,其他我不管,生活上的事你得听妈的,让妈照顾你的生活起居三个月,包你脱胎换骨。"

李海暗暗苦笑。

吃过早餐,吴母让李海跟她到花园里舞剑。李海在岳母后面敷衍地比画着。

"这太极剑,讲三合、讲气血,对人的身体和精神有很大的好处,很适合你。以后啊,每天早晨你就跟着我练。光练功夫也不够,还要身正、心正。身正,就是言行要端庄;心正,就是不能有歪门邪念,尤其不能与那些不正经的女人接近!"

岳母"唰"地一剑,直指李海的面门,李海吓了一跳。

"海子,你明白妈的意思吗?"

李海连忙点头:"妈,我知道。"

吴母满意地将剑舞开。

正在这时，李海手机响了，是不认识的号码。"你好。"李海接起电话。

电话里传来一个女孩子的声音："海哥，是我，云端健身会所媛媛。"

"呃……你有事吗？"

"海哥，你的训练计划我已经做好了，你什么时候有空，到会所来我给你讲解一下。"

吴母悠悠地问："谁打来的电话呀？"

"一个……朋友。"

"是个女的？"

"是。"

吴母停止舞剑，凑了过来。李海连忙对着手机说："谢谢你。"

"海哥，不客气。"

吴母越凑越近，想听清电话内容，李海下意识地往后躲。

"那你今天有时间吗？"

"我知道了。再见。"李海不等对方说完就挂了电话。

吴母狐疑地看着他："这女的跟你说什么？"

"没什么，都是公事。"

"但也没有大清早给人打电话的道理啊。我看这女人一定另有居心。我看看她的号码。"

李海不悦："妈，这不太好吧。"

"妈这是为了保护你，下次这个女的再打电话来，我帮你接。"

"妈，我的事，你就少操心吧。"

"海子，你要小心点。现在有些女人啊，就是不要脸，见男人有钱，就往上贴……"

李海打断道："妈，你放心，我心里有数。"说完转身离去。

"你去哪儿？"

"我去公司。"

"时间还早，我们还可以再练一招。"

"我有事。"

李海几乎是逃出家门的。坐上车，闭着眼睛，这才长长地舒了一口气。

司机小刘叫了一声："李总。"

李海睁开眼，小刘交过来一个信封，李海接过一看，里面有几百块钱。

李海诧异地问小刘："这是什么？"

"伯母昨晚给我的。"小刘如实回答。

"她给你钱干什么？"

"伯母说，这是信息采集费。"

"信息采集？"

"她让我把你每天去了哪儿，见了哪些人，都跟她汇报。"

听到这儿，李海掏出手机，拨通妻子的电话，怒气难遏："婷婷，你妈太过分了！"

电话那头的吴婷不知所以："怎么了？"

"她把秀秀撵走，我忍了；她打乱我的作息时间，我忍了；她改变我的生活习惯，我也忍了；可现在，她竟然让小刘来监视我！我实在忍无可忍！"

吴婷无奈地说："既然这样，让妈到加拿大来陪我吧。"

正在吃晚餐的英子听吴婷这么一说，喜出望外："外婆要来！太好了！"

吴婷挂了电话，对女儿说："外婆来，就有人帮你撑腰了。"

"不是，外婆来了，就有人陪你说话了，你的心情也会好一点，脾气也不会那么大，我的日子也好过一点。"女儿纠正道。

吴婷怔住。

四

  健身会所器械厅里，李海换好了运动装束，媛媛则换好清凉的健身服装等待着，姣好的身材暴露无遗。李海眼睛一亮，媛媛胸有成竹地一笑。
  媛媛递过去一个文件夹："海哥，这是我帮你做的健身计划。星期一侧重胸部、肱三头肌和腹部的练习；星期三侧重背部、肱二头肌、腹部；星期五侧重腿部、肩部、腹部。"
  "行，你说了算。"
  "那就开始吧。今天我们首先来杠铃卧推。"
  李海在杠铃下躺下，媛媛添加着砝码，已经够了，她狡黠地笑了笑，又添上一个。
  "海哥，开始吧。三组，每组四次。"
  李海缓缓地推起杠铃，媛媛在旁边数着："一、二、三……"
  李海专注地呼吸、发力，而媛媛的眼神却在李海的五官和肌肉上游走。
  最后几个，李海有些乏力。
  "海哥，坚持！八！"
  李海已经筋疲力尽。
  "最后一个，我来帮你！"说着，媛媛就俯身帮李海扶住杠铃，丰满的胸部正好落在李海的眼睛上方。
  李海连忙定定神："不用！你让开！"随后猛地发力，举起了杠铃。媛媛在一旁拍手叫好。
  李海放下杠铃，坐起来喘着粗气。媛媛取过毛巾，为李海擦汗："海哥，调整一下呼吸。"
  李海下意识地让了让，拿过毛巾，"我自己来。"
  媛媛顺势为李海按摩着肌肉："海哥，好多人到第六次就趴下了，你居然坚持了十二次！真不错。"
  李海站起来，甩开媛媛："我下一组是什么？"

健完身，李海约了建国在雪茄吧聊天。

"健身会所的那个媛媛，是不是对所有会员，都那么……那么热情？"李海问建国。

建国有点紧张："她怎么你了？是不是对你吹起了冲锋号？"

"没有，我就问问。"

"你请她做你的私教？"

"是。她很专业，而且也很认真。"

建国遗憾地说："是，但是太漂亮了。"

李海笑了笑："漂亮是缺点吗？"

建国认真地说："海子，如果你一定要媛媛给你当私教，我也不反对，但是有一个条件，你每次去，都把我叫上。"

"为什么？你喜欢媛媛？"

"不，我给你当保镖。"

"你？"

建国拍着胸脯说："兄弟，为了保护你，哥哥是可以牺牲一切的，包括但不限于名誉和肉体。"

住处，晓菲与媛媛正在收拾着餐桌。

"很少男人有六块腹肌，但是他有，而且线条非常清晰；还有他出汗的时候，身上散发出一股浓郁的男人味。"媛媛花痴似的对晓菲说。

正在这时，有人敲门，是谢伟。

张俐从厨房里出来："谢伟，你坐一下，我再炒两个菜。"张俐给了晓菲、媛媛一个眼色，二人领会，张俐走进了厨房。二人开始和谢伟聊天。

晓菲："谢伟，今天所有菜可都是张俐一手操办的。"

媛媛："听说现在99%的女人都只会做爱，不会做菜。"

晓菲白了媛媛一眼："你想不想吃一辈子张俐做的菜？"

谢伟："想。"

媛媛："想就得有行动啊。"

谢伟愣愣地问："怎么行动？"

晓菲与媛媛对看一眼，有点无奈。

媛媛："谢伟，你觉得张俐怎么样？"

谢伟："挺好的。"

媛媛："这么漂亮的一个姑娘，又会做饭，外面不知道多少人流口水，你可得抓牢啊。"

"怎么抓呢？"谢伟问。

晓菲、媛媛再次无奈地对看一眼。

晓菲："谢伟，你今年多大了？"

谢伟："二十九了。"

晓菲："古语说，三十而立，你有计划了吗？"

谢伟脸色有些惭愧。"打了一份工，就那么点工资，只够养活自己，成家立业想都不敢想。"

晓菲和媛媛脸上都有点变色。

为了让丈夫过几天安静日子，吴婷把母亲叫到了加拿大。一下飞机，吴母就对加拿大的环境赞个不停。面对女儿别墅外的美景，吴母十分惊喜："婷婷，在这么美的地方过日子，妈可以活到一百岁！"

吴母好奇地四处走动着。

吴婷想起来得给父亲打个电话："爸，妈到了，一切都好……"

吴母走过来问女儿："你给谁打电话？"

"我爸。他还没睡，你要不要跟他说两句？"

吴母扭过脸去："我心情这才刚好了几天，我才不想给自己找不乐意呢。"

吴婷只好对电话里的父亲说："妈好像还在跟你怄气。……你放心，我会劝她的，过两天，你也过来吧。"

"他来我就走！"

"我有空再打给你，爸爸！"

吴婷正要挂电话，母亲说了句："等等。"

吴婷一笑，将电话递给母亲。吴母接过电话就开始说："死老头，我只跟你说一句话，我不在枣阳，你把李海看紧点。"

吴婷不满："妈——"

吴母不管，继续说："这关系到我们女儿一生的幸福！听清楚了吗？"说完就把电话挂了。

"妈，海子又不是小孩。"

"他是个男人，男人比小孩更需要人看着。"

"你不应该赶走秀秀。"

"我还不是为了你。"

吴婷哭笑不得："妈，你觉得一个保姆会取代我的位置？"

"对任何人都不能掉以轻心！"

"那李海也不可能对秀秀起心。"

"男人都是属狗的。肉要吃，屎也要吃！"

吴婷无语。

晓菲的父亲赵毕恭到枣阳出差，于是顺道来看看女儿。

赵毕恭坐在女儿房间的书桌前，环顾四周，发现一张书桌和一张小床几乎占去了所有的空间。书桌上、地上都堆着书，墙上挂着晓菲与自己的合影。

晓菲："爸，你最近身体怎么样？"

赵毕恭正要回答，外面客厅电视的声音陡然开大，中间夹杂着媛媛跟着唱的声音："出卖我的爱……"

然后是张俐的声音："小声点！"

赵毕恭摇摇头对女儿说："我们出去转转吧。"

柬阳街头，晓菲亲昵地挽着父亲："中午想吃什么？我请你。"

说着，两人经过一家摄影器材店，赵毕恭不由放慢了脚步，凝视着橱窗里陈设的镜头。

"我才发了工资，你挑一个吧。"女儿孝顺地对父亲说。

"算了，太贵了。"

父女俩边走边聊。

"晓菲，我们买套房子吧。"

晓菲觉得好笑："爸，你知道现在房价多贵吗？我那点工资哪儿够啊。"

"爸爸有。我帮你付首付，你自己供月供。"

"爸，你有多少钱？"

赵毕恭用手指比了一个"1"。

"十万？"

赵毕恭点点头："本来应该再多点的，但你妈去世前那场病，花了不少。"

"这些钱你留着，我不要。"

"我留着还不都是你的。"

"爸，你听我说，第一，我最恨的就是啃老族，所以你的钱，我绝对不会要；第二，我现在一个人，又不结婚又不生孩子，还真没有买房子的需求；第三，就算要买，我也自己挣钱买，如果连套房子都买不起，你女儿也太没出息了；第四，你辛苦了一辈子，就攒了这么点钱，你自己留着花，我绝对不会用。"

"我就说了一句，你就给我说了四点出来。"

"爸，你心疼我，我知道。有你这样一个爸，我已经很幸福了，有没有房子不重要。"

"但是现在房价涨得那么快，从投资的角度，也该……"

"爸，房子的事，就这么定了。我们说点其他的。"

赵毕恭有些无奈："行吧，那说其他的，你什么时候给我找个女婿？"

晓菲想了想："爸，我妈走了也有不少年头了，你是不是也该找一个了呢？"

"嘿，你怎么把皮球给我踢回来了呢？"

"这样吧，你如果找一个女朋友，我就找一个男朋友，怎么样？"

晓菲得意地咯咯笑起来。

晚上，送走了父亲，晓菲回到住处。准备睡觉整理被褥时，晓菲突然愣住了，枕头下压着一张银行卡，还有一张纸条，纸条上写着："密码是你的生日，房子要有，男朋友也要有。"晓菲抬头看着墙上和父亲的合影，眼中隐隐有泪。

　　李海到枣阳电视台办事，办完事，顺便去看看寇吕。一进寇吕办公室，李海愣住了，原来晓菲与寇吕正商谈着什么。
　　李海对晓菲点点头，继而问寇吕："你们在忙？"
　　寇吕："有事？"
　　李海："没事，我今天到广告中心签合同，顺路过来跟你打个招呼。"
　　寇吕："坐一会儿吧。"
　　李海看到墙上的投影是一张小女孩的照片，好奇地问："这是谁？"
　　寇吕："正好，晓菲，你给李海介绍一下。"
　　晓菲有些不情愿："这女孩叫妞妞。今年五岁，上小学一年级。她家离学校有五公里的山路，中午没法回家吃饭，但又吃不起学校的食堂，就只有饿着，一直到放学。"
　　李海有些动容地说："还有这样的事。"
　　晓菲："像妞妞这样的孩子，在山村还有很多。"
　　李海："如果在学校吃午餐，需要多少钱？"
　　晓菲："每天三块。"
　　李海想了想说："我再看看那个妞妞的照片。"
　　晓菲将妞妞的照片再次放到了投影仪上。
　　李海的神情渐渐温柔："跟英子小时候很像。"
　　寇吕被提醒："真有点像。"
　　晓菲有些意外地看着李海。
　　李海："这样吧，我捐十万。"
　　寇吕有点不相信："十万？"晓菲也惊讶地睁大眼睛。
　　李海："麻烦赵小姐安排一下，让妞妞和她的小伙伴们都能吃上免费的午餐。"
　　寇吕："十万太多了，我们计划找十家企业，每家捐五万就够了。"
　　李海："就十万！下午我让人把支票送过来。"
　　晓菲没回过神来。
　　"支票给你，还是给寇吕？"李海问晓菲。
　　晓菲："不，你不用今天给我。我和寇姐正在筹备一台电视直播晚会，你在晚会上当场捐赠吧。"
　　李海："上电视，那就没必要了吧。"
　　晓菲："为什么？"
　　李海揶揄着说："我怕有人说我又在作秀。"
　　晓菲一怔："既然你不是作秀，又何必怕呢？"
　　李海笑了笑："赵小姐，最近在你的关照下我经常上电视，而且已经快变成名人了。你还是让我过点普通人的生活吧。"

寇吕："李海，在我印象里，你不是视名利如粪土的人。"

李海："恰好相反，作为一个商人，粪土在我眼里也有利润。但是这件事情，我没有其他目的，就是尽点心，你们如果曝光我，我会不好意思的。"

晓菲："李总，我觉得你不愿意亮相是一种自私的表现。"

李海一惊："为什么？"

晓菲："你不想被曝光，不过是图一个自己自在。但有个词叫责任，我理解责任不仅仅是对自己、对家人、对业主，也是对整个社会负责。无论澄海置业还是你，在圈内都算小有名气，那么你更应该利用自己的影响力，带动更多人投身公益。所以，你应该在电视上亮相，公开你的捐赠，因为这是你的社会责任的一部分。"

李海犹豫着。晓菲用恳求的语气说："李总，为了这些孩子，你就答应吧。"李海最终答应了晓菲的请求。

看着晓菲出去的背影，寇吕问李海："你有没有觉得她像一个人？"

"谁？"

"年轻时候的吴婷。"

"不像，吴婷多温柔啊，赵晓菲，简直是把青龙偃月刀！"

"我觉得像。"

晓菲回到自己的位置上，有点呆呆的，她觉得今天的李海和以前似乎有些不一样。

李海遵守承诺，到电视台录制捐款晚会，看到晓菲正在跟一名陌生男子交谈。

晓菲也看到了李海："李总，这位是……"

马林："你不用介绍，李总，你好，我是超洋公司的营销总监马林。"

李海："你好。"

两人握了握手。

演播正式开始，主持人开始串场，后台则一派忙碌，李海、马林等人在等待着。

"孩子们好了吗？准备跟我一起上场了。"晓菲说道。

村长着急地走过来："晓菲，不行啊，妞妞怎么都不敢上台，只有你去跟她说一说。"

晓菲连忙找到躲在角落里的妞妞，蹲下来和妞妞说着什么。终于，晓菲带着妞妞和其他孩子走上了舞台。李海在台口看着舞台。村长也看着，并对李海说："多亏有晓菲，不然这妞妞说什么都不肯出来。"

"妞妞很听晓菲的话？"李海问。

村长："晓菲是妞妞的救命恩人，所以只听晓菲的话。妞妞一生下来就有心脏病,听说做手术要花好几万,她妈就跑了。她爸在医院哭,正好遇到了在医院采访的晓菲,晓菲二话不说,自己掏钱给妞妞做了手术。"

李海有些吃惊,向舞台中间正在讲述的晓菲望去。

不知什么时候,马林也来到村长身边,听着村长的讲述。

村长:"今年妞妞上小学了,晓菲来看望,发现好多孩子都吃不上午饭,于是给做了这么大的一个活动,说要让我们那儿所有的孩子都能吃上免费的午饭……"

李海目不转睛地看着舞台上晓菲的侧面。马林的眼中,隐隐也有泪花。

舞台上,晓菲牵出了最后一个孩子:"关于这个孩子,我本来想讲一讲他的身世,但是今天中午在食堂吃饭的时候,我发现他偷偷地把一样东西揣进了自己的口袋。"

孩子立刻下意识地捂住了自己的口袋。

晓菲:"立水,你能让大家看看,你口袋里装的是什么吗?"

孩子无奈,将口袋翻开,拿出了一个卤蛋。

晓菲:"这不是食堂阿姨给你的卤蛋吗?这里每天的盒饭里都有的,你今天为什么要揣进口袋里呢?"

孩子犹豫了一下:"我从来没吃过这么好吃的东西,我想带回去给妈妈尝一下。"

全场静默,晓菲不再说话,只是带着孩子,静静退到舞台一角。

李海上场了,主持人将话筒递给了他。李海沉吟片刻:"在上台之前,我们澄海置业打算为这次活动捐赠十万,但是在听了晓菲的讲述之后,我很受冲击,我宣布,为了让更多的山村贫困孩子吃上午餐,澄海置业捐赠一百万!"

晓菲一惊。

舞台下的寇吕一把抓住身边人惊问:"李海说要捐多少?"

主持人惊喜地大声说:"一百万!澄海置业捐赠一百万!"观众席猛然响起了热烈的掌声。

"我只有一句话,爱心不分大小,善举不分先后,请更多的朋友加入到我们的爱心队伍中来。"说完,李海把话筒交还给主持人,然后来到舞台一角,亲了亲每个孩子,最后来到晓菲面前,犹豫了一下,伸出手。但晓菲根本没理那只手,而是毫不犹豫地紧紧拥抱住李海,激动地说:"李海,谢谢你!"

李海全身一震:"我也谢谢你,晓菲。"

掌声再次响起。晓菲松开李海,两人相视一笑,转头看着舞台上的马林。主持人已经将话筒传到了马林手里。马林不好意思地擦了擦眼泪:"我上次流泪,是在二十三年前,也是为了三块钱。那年我九岁,偷了家里三块钱去买包子,结果被我妈狠揍了一顿。"

台下响起轻轻的笑声。马林继续说:"此时此刻,我好像又被揍了一顿。我突然有一个体会,这个世界上,最幸福的一刻,不是你生病的时候有人送一杯冲剂,也不是你暗恋的人正好也暗恋你,而是你发现你自己是一个好人,是一个善良的人,一个有爱并且愿意献出爱的人。作为超洋公司的营销总监,我宣布,六月开盘的超洋花园,每卖出一套房子,就为山区孩子的免费午餐捐出 2000 元!"

李海眼睛一亮,再次从侧面打量马林。台下则又一次掌声雷动!

男主持人补充问了一句:"马总,超洋花园一共有多少套房子?"

"570 套!"

"那就是 114 万!谢谢马总!"

马林将话筒交还给主持人,直接来到晓菲面前:"我也想要一个拥抱,行不行?"

晓菲笑了,慷慨地也给了马林一个拥抱。李海也在旁边笑起来。晓菲一把拉住他,三个人在舞台上拥抱在一起。

周兴也在看晚会直播,一脸不屑。当看到马林代表超洋公司捐那么多钱时,周兴愤怒地将电视机遥控板摔在了地上。

直播晚会顺利结束。大门口,孩子们正在上一辆大巴车,晓菲叮嘱司机路上慢点开。送走孩子,晓菲回头看见李海站在车旁看着自己。晓菲走过去:"李总,非常感谢你。"

李海:"不,要谢,应该谢感你,是你感动了我。"

晓菲:"希望你能给我一个机会,表示感谢和歉意。"

李海:"歉意?"

晓菲不好意思地说:"我曾经很歧视你。"

"要不……"李海还没说完,就看见媛媛正在下出租车。李海一下迟疑了。

李海:"要不改天。"

晓菲:"好。"

晓菲目送李海的车开走。晓菲一转身却看见了媛媛,十分惊讶:"媛媛,你怎么在这儿?"

媛媛答非所问:"你们的电视直播完了吗?"

晓菲:"刚完。"

媛媛:"那李海呢?他人还在吗?"

晓菲:"刚走。"

媛媛沮丧地说:"我一看见电视就赶过来,结果还是晚了一步。"

晓菲:"你找他做什么?"

媛媛:"本来我想有一场偶遇的,都怪你!"

晓菲:"怎么怪我呢?"

媛媛:"你想啊,在健身房之外的地方,我和他再次见面,又是这个时间点,我可以很自然地邀请他去吃个夜宵，然后喝一点红酒，两个人距离不就拉得更近了嘛。"

晓菲觉得媛媛好笑。媛媛则有些责怪晓菲："你为什么不早跟我说你们今天的直播李海也要来。"

晓菲："我为了这场直播天天加班，你没看见？"

媛媛："刚才他走的时候，你应该拦着他啊。这次原谅你，下次你要知道李海的行踪，一定要告诉我。"

晓菲："我不会告诉你的。"

媛媛："你还是我朋友不是？"

晓菲："就因为是你朋友，所以我要保护你。"

夜色中，两个女孩说说笑笑，慢慢走远。

回到住处，晓菲和媛媛把张俐叫到客厅，三个女孩一边吃着零食，一边聊天。

晓菲："自从我们那天跟谢伟谈过之后，也没看见他来找你呢。"

张俐脸色变得阴沉："他也说他忙。"

媛媛："糟了。他果然就是我说的那种男人！你一旦逼婚，他就闪人。"

晓菲："不会吧。"

张俐："难道真是这样！"

媛媛："肚子里的那个是打还是留，你可得早打主意。"

张俐的眼泪浸了出来："我没想好。"

媛媛着急地说："别犹豫了，赶快跟他一刀两断。你记住，你不对男人狠心，男人就对你心狠！"

正在这时，窗下传来一阵嘈杂声。晓菲站起来，来到阳台，向下张望。

突然，晓菲的声音变了："张俐——"

张俐与媛媛应声走过来，一看，呆了。楼下的空地上，谢伟点燃了几十只蜡烛，拼成"I LOVE YOU"的字样。

周围已经围了许多看热闹的人。谢伟举起一根蜡烛，向上眺望着大喊："俐，你在吗？你听得到吗？"

阳台上的张俐已经说不出话来："我……我……在……"

楼下的谢伟没听清："你说什么？"

晓菲大声说："她说她在，我也在，媛媛也在！你说吧，我们都听得到。"

谢伟望着楼上的身影，憋了半天："俐，我……我……"

晓菲喊着："谢伟，把你的心里话都说出来吧。"

谢伟终于开口："俐，你能不能下来？"

周围人一阵哄笑。

晓菲失望地说："你这心里话太不浪漫了！"

张俐转身就要下楼。媛媛拉住她："凭什么他说下去就下去。"随即对楼下喊着："我们现在在四楼，你说出四个理由，我们就下来。"围观的人也跟着起哄："对对对，让他说四个理由！——四个！——已经太便宜他了——快说。"

谢伟一下哽住了，脸更红了。

楼上，张俐对媛媛说："求你别逼他，他平常人多都不好意思讲话的。"媛媛则不理会张俐的话。

楼下的谢伟突然爆发出："俐，我喜欢你！我爱你！我想娶你！我——"

围观的人大喊："还剩一个！"

谢伟又憋住了。

"加油啊！只剩一个了！"大家给他打气。

谢伟闭着眼睛大吼出来："我想跟你生孩子！"

围观的人一阵掌声。

楼上，张俐眼巴巴地看着媛媛。媛媛一松手，她便迫不及待地冲下楼去。

张俐跑出门洞，又放慢脚步，晓菲、媛媛跟了出来。

张俐慢慢走到谢伟面前，眼泪滑落。

谢伟："俐，你还记得我们是怎么认识的吗？"

张俐点点头。

谢伟："我刚到崬阳，第一次坐无人售票的公交车，没带零钱，身上只有一张五元的钞票，舍不得扔进去，站在票箱前正在尴尬，这个时候，你走过来，帮我扔了一个一元的硬币。"

张俐又点头："我记得，你后来就缠着我，一定要我给你留手机号码，你说你一定要还那一元钱。但到现在都没还给我。"

谢伟："是，那是因为我得用我的一辈子来还，才还得完。俐，这辈子，都让我来还债，好不好？"

张俐："那天晓菲、媛媛和你说了那么多，你为什么什么表示都没有？"

谢伟："媛媛和晓菲说的那些，我都明白。当时我没有吭声，并不是我不想跟你结婚。俐，我做梦都想跟你结婚，但我又怕你跟了我，一辈子吃苦。"

张俐哭出声来："吃点苦算什么？你知不知道，当媛媛告诉我，你对我没有诚意的时候，我心里有多苦！那才是真的苦！"

谢伟："俐，你别哭，都是我不好，我是个穷小子。"

张俐："穷小子又怎么样，我也是普通人家的姑娘。大富大贵的梦我不敢有，但是我想跟我喜欢的人白头到老，这总可以吧。"

谢伟："可以，可以。"

张俐哭着不说话。谢伟跪下来，手中举着一枚戒指："俐，我真的没有钱，连这个戒指也是在淘宝上买的。我不知道什么时候才能买得起房，也不知道什么时候才能买得起车，我只知道一件事，那就是，我会爱你一辈子。"

张俐将手伸给谢伟，谢伟则将戒指套在了张俐左手无名指上，两人紧紧拥抱。

周围再次响起了一片掌声。

媛媛抹了抹眼泪："我居然被感动了。从来我都只有在看到PRADA新款的时候才感动啊。"

晓菲也抹着眼泪对媛媛说："别去纠缠李海了，这才是真爱！"

来到楼上，谢伟拥住张俐，一脸幸福的笑容。张俐伸出手，展示着手上的戒指。

晓菲问谢伟和张俐："那你们打算什么时候结婚呢？"

谢伟："我现在计划的是明年春天，我和俐认识五周年的时候。"

媛媛："还要等到明年春天？恐怕只有在产房里结婚了。"

谢伟一下反应过来，看着张俐。张俐点点头。

谢伟惊喜地看着张俐："什么时候的事？天啊，我太幸福了，突然之间，我有了老婆，然后又有了儿子。"

晓菲和媛媛问谢伟："还要等到明年春天吗？"

谢伟："不，下个月！就下个月！俐，行不？"

张俐笑着点头。

在温哥华吴婷家里，卫东在为英子补习。

卫东："……加拿大人说英语更靠近美国人的口音，但是你在国内语言学校练习的大多是英式英语。这有点像你在电视里听到的普通话和北京人说普通话的区别……"

英子："难怪我听起来好吃力。"

卫东："我刚来时也一样，但没多久，我就总结了几个小诀窍……"

吴婷往卫东面前的杯子里加了水，然后走到露台坐下，继续优雅地绣着十字绣。吴婷的背影在黄昏的风景里，仿佛一幅图画。卫东不敢多看，连忙对英子说："总的来说，加拿大温哥华这边的口音比较懒散……"

天色暗了几分，卫东走到露台对吴婷说："吴姐，今天就到这里吧。"

"英子怎么样？"吴婷问。

"英子主要是语言问题。她的词汇量少了一点，特别是课堂的词汇，再加上老外说英语的口音，她不适应，所以功课很吃力。你的那几个文件，我也都处理了，都是小事。"

吴婷欣慰地说："太谢谢你了。"

卫东："我告辞了。"

吴婷："留下来吃饭吧，尝尝我妈的手艺。"

卫东："不用了，黄蓉已经做好了，等着我呢。"

吴婷由衷地说："有人等，是一种幸福啊。"

卫东一怔，不知怎么回答，只得笑了笑，向门口走去。

吴婷像是想起什么，让卫东等她一下。片刻，只见吴婷从房间里拿出几个大包小包。吴婷先将一个信封交到卫东手上："这是你的酬劳。"然后，她把几个包递给卫东："这是给小宝的玩具和给黄蓉的礼物，都是我的一点心意。"

卫东十分感动，随即向吴婷吐露了自己在加油站打工的实情。

吴婷听后认真地说："卫东，你不用不好意思。虽说在加油站打工跟你以前的职业有点不一样，但是你靠自己的劳动挣钱养活老婆孩子，我很敬重你，我觉得你是一个很负责任的男人。"

卫东感动又失落地说："但是在国内，我怎么说也是一高管，现在沦落到这地步……"

"你千万别用'沦落'这个词，一切都是暂时的。你有才华又肯吃苦，只要熬过这段日子，我相信你一定能找到理想的工作。"

卫东感激地看着吴婷："吴姐，谢谢你。说句老实话，我这段时间心里都堵得慌，但是今天你这么一说，我舒坦多了。"

送走卫东，吴婷和母亲、女儿开始吃饭。

吴母："你应该把卫东留下来啊，多一个人吃饭多热闹。"

吴婷："人家老婆孩子等着呢。"

吴母："他们全家都过来了？"

吴婷点点头。

吴母："你们也该这样。"

吴婷："妈，别说了。"

英子将碗一推，站起来："我吃好了。我去做作业了。"然后上了楼。

吃完后，吴婷开始收拾碗筷。吴母则调着电视频道，她发现讲中国话的频道特别少。

"在枣阳，能看一百多个频道呢。"吴母有些不满地说。

吴婷提醒母亲这是加拿大。

吴母："我知道，但加拿大也有老年人嘛。老年人就应该凑在一块儿，打打麻将钓钓鱼，早上晚上出来跳个舞，又锻炼身体又热闹……"

吴婷："这边的人没这个习惯。"

吴母："我看，这边的习惯就是发呆。在这边待久了，人都会变笨，脾气也会变大。"

吴婷沉默着，没有说话。

夜已深，吴母走出自己房间，发现吴婷还在客厅里绣花，便问女儿为什么还不睡觉。

"把这朵绣完了就睡。"

"你以前不碰这些。"吴母看了看十字绣。

吴婷苦笑了一下："到了这边，人都变了。"

"这倒也是。"说完,吴母慢慢走到露台上,突然,她对着黑漆漆的天空,喊了一声:"啊——"

吴婷吓坏了,连忙冲出去:"妈,你干吗?"

吴母抚着胸口:"我闷。"

"你这样喊,邻居会投诉我们的!"

"让他们来吧,我就想吵架!啊——"吴母又喊了一声。吴婷连忙捂住母亲的嘴:"人家根本不会找我们吵架,人家直接报警。"

"真的?"

吴婷点点头,将母亲拖回房间。

吴母泄气地说:"连发泄都不让发泄,这存心要把人往死里闷啊!"

回到家,卫东把吴婷送的东西交给妻子。黄蓉把它们摊在桌上,一样样地看着。

"小宝正闹着要我给他买这玩具呢,我就觉得太贵了……还有给小宝的衣服,还正合适……还送了这么多吃的。这下我一个星期不用买菜,节约了……"

卫东感慨地说:"看吧,我就说吴姐是个好人,你还总对人家有成见。"

黄蓉朝卫东手一摊:"拿来。"

卫东将吴婷给的信封交出来,黄蓉数完钞票,揣进自己兜里:"明天就去存了。"

卫东:"你给自己买双鞋吧。你看你那双鞋,都破成什么样了。"

黄蓉:"等打折再说。卫东,我觉得吴婷还真大方,咱们可得把她抓牢了。"

卫东不解:"你这话什么意思?"

正在这时,小宝奔过来,抓起玩具就跑,黄蓉一巴掌打下去:"这是过生日才能玩的!放下,你给我放下!"

捐款晚会结束后,李海让手下刘少勇去找关于马林的所有资料,他对这个超洋公司新来的营销总监十分感兴趣,有意让他负责老陈原来的一部分职能——营销和策划。看着报纸上自己和晓菲相拥的照片,李海笑了。

同样一张报纸捏在周兴手里,周兴十分不满:"马林,我只是叫你代表我去现场看看,你竟然捐了114万!"

马林解释道:"老板,没有经过你的同意,我擅自作出了这个决定,这样做的确欠妥。但是在当时的情况下,我也没有时间向你请示;而且我到现在都认为我这个决定是正确的。"

周兴比着手势:"114万啊!"

"这114万在整个销售成本中,占了不到1%,从金额上来讲,我们可以承受并且是合理的;超洋花园开盘本来就需要宣传,在宣传自己的同时,我们还做了善事,这是一举两得。"

"如果我在现场，我一定不会同意！"
"如果你在现场，就算你不同意，我还是会做这个决定。"
周兴指着报纸："你这是拿我的钱，出自己的风头！"
"老板，如果你这样认为的话，那这 114 万，我自己承担吧。"
"如果这样，你今年可就白干了。"
马林倨傲地说："那是我的事。"说完，从周兴手里拿走那张报纸，转身走出周兴的办公室。马林边走边看着报纸，然后把报纸折了一下，照片上只剩相拥的马林与晓菲。马林笑了笑。

李海与建国又来健身。刚进门，媛媛就迎上去打招呼："海哥，林哥。"
建国："媛媛，你怎么越穿越少？"
媛媛："只要身材好，不怕穿得少。"
李海："媛媛，我今天的计划是什么？"
媛媛关切地说："海哥，你气色不太好，最近是不是特别累？今天我们不上器械，我带你练一段瑜伽，放松一下。"
"也好。"
建国凑上去说："我也要练。"
媛媛皱了皱眉："林哥，你这条件恐怕不能……"
建国坚持，媛媛只好答应。
瑜伽厅里，媛媛放起音乐，背对李海与建国，随意扭动着身段开始热身，姿态却十分诱人。建国摆了一个受不了的表情，压低声音对李海说："这妖精摆明了要吃你。"
"我不是唐僧。"
"你还是躲躲吧。"
李海笑了笑："不怕。"
媛媛转过身来对二人说："我们开始吧。"随即摆了一个单腿站立的造型。李海学得像模像样，建国却是歪歪扭扭。媛媛来到李海面前，想要纠正李海的动作，手还没接触到李海的身体，建国"扑通"一声，倒在媛媛脚下。
"媛媛，不行了，这个动作不适合我。"
媛媛微微一笑，扶起建国："林哥，你的确一点基础都没有。"
"所以你要用心教我。"
"那我们从呼吸开始吧。"
"行行行。"
"盘腿坐下，闭上眼睛，跟着我的节奏，一呼一吸……"
建国与李海依样坐下，闭上眼睛。耳边是媛媛的声音："一呼一吸，一呼一吸，一呼一吸，一呼一吸……"
不一会儿，一阵呼噜声传来，李海诧异地睁开眼睛，转头只见建国耷拉着脑袋，已经睡着了。李海再转头，吓了一跳，不知什么时候，媛媛盘腿坐在了自己面前，近在咫尺，并且呼吸可闻。

温哥华，吴婷开着车在公路上行驶。路边站着一个中国男人，一脸焦急，使劲向吴婷挥手。

吴婷看见后赶紧踩刹车，停了下来，用英语问对方是否需要帮忙。看见吴婷的脸，刘晓宇一愣，随即用流利的英语回答："这位老太太必须马上去医院，但是我的车抛锚了，你能帮忙吗？"

他的车门敞开着，后座上躺着一位外国老太太。

吴婷中文脱口而出："快上车！"

刘晓宇也以中文回应："谢谢。"

吴婷问刘晓宇是不是中国人，刘晓宇点点头。二人随即将外国老太太送到医院。

医院里，刘晓宇感激地对吴婷说："这老太太是我邻居，突然犯病，向我求助，偏偏我的车又在路上出问题，正在着急，幸好你出手相助，真是谢谢。"

吴婷笑了笑："举手之劳而已。"

"请问你是哪儿的人？"刘晓宇问。

"枣阳。"吴婷答。

刘晓宇用枣阳话高兴地说："我也是从枣阳来的。"

吴婷开心地也说起枣阳话。刘晓宇突然想起什么，退后一步，仔细端详着吴婷，然后叫起来："你是吴婷？"

吴婷愣住。

刘晓宇惊喜地说："你真是吴婷！"

吴婷有些困惑："我们见过？"

"我见过你无数次，但是你一次都没见过我。"

吴婷更加茫然。

"你以前是不是在枣阳电视台工作？"

吴婷答是。

"你是新闻主播，每天晚上七点半到八点，全枣阳人都能在电视上看到你。"

"那是很多年前的事情了。"

刘晓宇由衷地说："但是你一点都没变。"

吴婷有点不好意思："老了。"

"十多年前，我就是你的粉丝！"二人开心地聊着。

吴婷后来把刘晓宇送回了家，刘晓宇给了吴婷一张自己的名片："我到这边已经快十年了，有什么需要帮忙的，尽管给我打电话。"

"谢谢。"吴婷随手将那张名片放入手袋中。

刘晓宇站在原地目送吴婷的车开走，意犹未尽。

温哥华吴婷家别墅外，只见一名亚裔男子正在悄悄接近别墅。他先远观，确定别墅无人、车库没车，便来到大门前，左右看看，按了门铃。

无人回应，男子再左右看看，拿出了一把钳子。

突然，门开了，吴母出现在门口，男子吓了一跳，连忙将钳子藏在身后。

"你找谁啊？"吴母用中文问道。

男子一愣，用中文回答："阿姨，你一个人在家？"

吴母惊喜地问男子："你是中国人？"

"不是，但是我会中文。"

"你中文说得不错欸！"

"你家里人呢？"

"孙女上学了，女儿去超市了。你有什么事啊？"

"哦，我是保险公司的市场调查员，既然你家没人，我就下次再来。"说着就准备走。

不料吴母竟然十分热情："既然来了，那就进来喝杯茶再走嘛。"

男子犹豫了一下："行，那就坐一坐。"

吴母将男子引进门去，感慨道："在这儿，想见个说中国话的比见鬼还难！"

男子将身后的钳子偷偷藏进了裤子里，四处观察着。吴母递给男子一杯茶："这茶叶是我从中国带来的，你闻闻，香不香？"

"很香，谢谢阿姨。"

"你是哪儿人啊？"

"我是越南人。阿姨，你们这房子好漂亮，能不能带我参观一下。"

"没问题。"说完，吴母便带着男子上楼不多会儿，男子要走，吴母十分不舍地将他送到门口，还嘱咐他常来玩。

回到家，吴婷走进房间，脱下外套，突然，她觉得不对，房间好像被人翻动过。吴婷来到梳妆台前，拉开抽屉，只见首饰盒都翻开着，里面空空如也。

吴婷一下喊了起来："妈，今天谁来过？"

得知母亲今天让一名陌生男子进到家中，吴婷明白了一切，随即报警。

吴母对于自己引狼入室的行为十分懊悔，吴婷则安慰母亲就当花钱买个教训，并嘱咐千万别再放陌生人进屋了。经历了这次事件，吴母决意回国，并让女儿也回去散散心。

五

　　瑜伽厅里，媛媛睁开眼睛，与李海四目相对，并轻柔地对李海说："握住我的左手……"李海犹豫着，握住了媛媛的左手。
　　媛媛接着说："把你的左手放在我的掌心……"
　　李海的呼吸渐渐急促。
　　"想象你身处温暖的海洋……"
　　正在这时，李海放在旁边的手机响起，李海仿佛遇到救星，甩开媛媛，扑过去接起电话："婷婷。"
　　吴婷在电话里说："妈闹着要回枣阳。"
　　"怎么了？"
　　"家里来了个贼，丢了点东西，把她吓坏了，再加上她本来就觉得孤单，所以待不住了。"
　　"她要想回来，就回来吧。"
　　"妈让我也回来一趟，你觉得呢？"
　　李海看了一眼不远处的媛媛，媛媛则露出猫看老鼠般的微笑。
　　"婷婷，那你就陪妈一起回来。"李海对妻子说。
　　"你也希望我回来？"
　　"是，哪怕待两天。"
　　吴婷笑着答应了。
　　挂完电话，李海抱歉地对媛媛说："家里有点事，我得赶回去。"
　　媛媛依依不舍："那下次你可得早点来。"
　　李海答应了，建国则已经睡得歪在了地板上。

　　既然要结婚，张俐的母亲决定见见这个未来女婿。一家小餐馆里，张俐与谢伟手牵手坐着，对面坐着张俐母亲。张俐母亲将谢伟从头看到脚，又从脚看到头。谢伟与张俐都有些不安。
　　张母随即开口问谢伟："你们家有没有遗传病？"

谢伟一惊:"没有,绝对没有。"
"你有没有犯罪前科?"
"没有,绝对没有。"
"你现在一个月挣多少钱?"
"全部加完,有……有两千吧。"
"你一个月交多少给张俐。"
"全……全交。"
"你有没有前女友或者前妻?"
"没……没有。"
张俐有些不安,也有些不满地对母亲说:"妈,你怎么跟审讯一样?"
"现在不审,以后就没机会了。"张母白了女儿一眼。
"没事,阿姨,你随便问。"
"你以后会不会找小三?"
"阿姨,我这辈子,绝对只有张俐一个!"
"你现在当然说得好听。"
谢伟郑重地说:"阿姨,我以后要有那种心思,叫我天打雷劈不得好死。"
张母的脸色稍稍好转,点点头:"好,我记住你这句话了。"
"阿姨,我这辈子一定会对张俐好!真的!"
"我信你,我就问最后一个问题。"张俐和谢伟对看了一眼,都松了一口气。
"房子你是怎么准备的?"
谢伟一下怔住:"房子?"
张母盯着谢伟:"这么说,你没有房子?"
谢伟低下头去。
"那你打算什么时候买?"
谢伟嗫嚅着:"最近……最近几年吧。"
张母追问:"几年?"
谢伟的汗沁了出来:"五年?"
张母的脸色黑了下来。
"三年?"
张母看着张俐:"他要三年后才买房子,难道你要等他三年?"
谢伟低下头去。
"妈,我们想先结婚。"张俐开口了。
"没房子还结什么婚!"
"妈,我们可以先租。"
"你们现在可以租房子住,那五年后呢?十年后呢?有了孩子还租房子住?"
"我们不会永远租房住的。"
"他一个月才两千块钱,连厕所都买不起!你跟了他,一辈子都没房子住!谢伟啊，我就直说吧。依我们家张俐这人才，你是配不上的，但是她喜欢你，你对她好，我就不计较了。但是房子你必须得有一套，而且必须是一次性付款，不能按揭！我可不想张俐嫁给你，还帮着你还贷款。"

谢伟不敢抬头。

送走母亲和谢伟，张俐回到住处，准备和晓菲、媛媛商量对策。

"我妈说，给谢伟一个月的时间，如果到时候还没有买房，就要给我另外介绍一个对象。"

晓菲有些气愤："为了房子，棒打鸳鸯，这都是黑白电影里的桥段！你妈怎么那么老土？跟谢伟把结婚证办了，把生米煮成熟饭，你妈也只有认了。"

媛媛一边涂着唇膏一边说："我倒觉得阿姨很新潮，是个明白人！不过，你肚子里不是已经有一锅熟饭了吗？你怕啥？"

张俐摇头："我要这么做，一定会把我妈气死。"

"那你觉得你妈会放弃那个要求吗？"晓菲问张俐。

张俐绝望地说："我妈认准了的事，从来不会变的。"

"要不我去跟你妈谈谈？"晓菲主动请缨。

媛媛则打击晓菲："你以为你是谈判专家，什么都要去谈？"

张俐却一把抓住晓菲的手："晓菲，那就麻烦你了。"

张俐带着晓菲到一家茶馆给母亲做思想工作。

晓菲一见面就说："阿姨，你和张俐长得好像，你们母女俩都好漂亮。"

张母不好意思地笑了笑。

张俐也讨好母亲："我妈年轻的时候比我好看多了。"

"好看又有什么用？还不是命苦。"

"阿姨，听张俐说，她刚出生，她爸爸就跟别的女人跑了，是你把张俐带大的。"

张母惊诧："连这些事张俐都跟你说了，看来你们还真是好朋友。"

"妈，我刚到束阳的时候，她帮了我很多，她是我在这边最好的朋友。"

"我妈走得早，我爸一个人把我带大的，特别辛苦；阿姨，你一个女人带一个孩子，一定更不容易。"晓菲说道。

张母的眼圈有些红了："唉，那些事就不用去说了。"

晓菲老练地接茬："所以啊，女人这辈子一定要有一个好婚姻才会幸福。"

"可不是，我受的罪，不能让张俐再受一遍。"

"阿姨，谢伟这个男孩子很不错的，人很厚道，能吃苦，最重要的是对张俐一心一意，我觉得，张俐嫁给他，一定会很幸福，至于……至于有没有房子，其实并不重要。"

张母的眼神一下警惕起来："谁说房子不重要！"

"阿姨，今年谢伟买不起房子，但三年、五年、十年，总会有买得起的一天。"

"你知道崬阳的房价这几年涨了多少吗？你知道往后几年还会怎么涨吗？你凭什么说谢伟三年后就一定买得起房！"

晓菲顿时语塞。

张俐接过话："妈，我这辈子找不到第二个能像谢伟那样对我好的人。"

"是啊，如果错过一个真心对张俐好的人，那可是一辈子都找不回来的。"晓菲附和道。

张母叹息一声，摇着头："再好的男人，保不住到后面都会变心。但是房子不会，只要房产证在手，一辈子都是你的，还会不断升值。"

"阿姨，张俐与谢伟是真心相爱的，如果你为了一套房子拆散他们，就太可惜了！"

"嫁给一个连房子都买不起的男人，我的女儿才可惜了！"

"那按照你的说法，张俐应该嫁给一个有房子的男人，才算值得。但张俐的心都在谢伟身上，你觉得她会幸福吗？你不怕他们的婚姻又重蹈你的覆辙？"

张母一下沉默了。张俐吓得连忙扯晓菲的衣袖。好一会儿，张母终于开口："那这样吧，我也让一步，我不要求那房子一定要一次性付款，按揭的也算数，但是结婚前，必须得有，至少是个两居室！"

张俐与晓菲对看一眼，眼中有了一点喜色。张母拿出一个小包递给张俐。张俐接过打开一看，里面是张存折，张俐很惊讶。

"我没用，这辈子存到最后就只有这几万块，拿去买房吧。"

张俐眼泪汪汪。

晓菲与张俐回到住处。

媛媛关切地问："怎么样？房子赢了，还是爱情赢了？"

晓菲："应该说是双赢吧。"

媛媛："这是什么赢？"

晓菲："阿姨做了一些让步，还是要求谢伟必须买房，但按揭也可以。"

张俐："我妈还给了我一点钱，算是接受谢伟了。"

媛媛："那谢伟能付得起首付吗？"

张俐："我还没跟他说这事呢。"

晓菲："我前两天去看过一次房子，现在的房价已经七千了。"

张俐："那么贵？"

媛媛："现在你们理解我了吧。反正怎么努力也买不起房子，还不如一心一意找个有房的男人。"

张俐："晓菲，今晚谢谢你。"

晓菲："别那么客气。"

吴婷和母亲一起回到了柬阳的家。花园里，吴婷的父亲正在看人下棋。见到父亲，吴婷高兴地喊了一声："爸——"

吴父也十分高兴："我正说把这盘看完，就到门口去接你们。呵，你们就到了！"

吴母则冷笑："你要真想接我们，就该到机场来接。"

"不是有人来接吗？"

"有人接你就不接了？"

"好好好，你今天刚回来，我不跟你吵。"

"吵啊，你吵啊！难道我还怕你！"

眼看父母又要吵起来，吴婷赶紧劝架："妈，既然回来了，就好好跟爸过吧，别吵了。"

"婷婷，跟你说句老实话，虽然跟你爸又吵了一架，但是我这心里却特别舒畅。在加拿大，连个跟你吵架的人都没有，真没意思。婷婷，你这次回去，要不就把李海也带走。"

吴婷苦笑："要他现在跟我走，他的确有难处。我们计划的是等英子满十八岁，不需要我了，我再回来。"

"那不行，就算你能熬到英子满十八岁，但你们这样两地分居，也一定要出问题。"

"这应该不会吧。"

"婷婷啊，两地分居最伤感情。我和你爸现在为什么老吵架？当年，我们一个在柬阳，一个在山里，分居了整整三十年，直到退休才在一起。但大家的生活习惯已经完全不一样了，就只有天天吵架。"

"我和海子，已经在一起生活了十多年，只分开一两年，应该跟你们不一样。"

"我告诉你，只要分开半年，你看他他看你，就都是陌生人。"吴母接着说："真搞不懂你们俩是怎么想的。当年我和你爸，那是没办法，你们俩可以在一起，还搞什么两地分居，这不是自己给自己找事吗？"

吴婷没说话。

澄海置业李海办公室里，刘少勇递给李海一沓马林的资料：三十二岁，毕业于财经大学金融系。先后在证券公司、投资公司、广告公司待过。五年前进入立行集团做投资经理，三个月后主动要求转行到房地产公司做销售顾问，因为业绩出众，很快被提升为主管、经理。去年跳槽到超洋公司，任销售总监。

"缺点呢？"李海问。

"唯一的缺点就是太年轻，资历比较浅，行业的经验不够丰富。"

李海摇摇头："我倒觉得，这是他最大的优势。"

知道妻子回来，李海一下班就回了家。一眼看到家里亮着灯光，不由得露出笑容。他迫不及待按响了门铃，门开了，吴婷出现在门口。
　　李海倚在门框上，由衷地说："有人开门的感觉真好。"
　　吴婷一笑："快进来吧。"
　　进到家里，李海四处打量，只觉得窗明几净。
　　吴婷端出一碗汤，放到餐桌上，让李海趁热喝。
　　李海坐下，喝了一口，略微夸张地说："这才是生活啊！"
　　吴婷一笑："难道钟点工不给你熬？"
　　"别提她了，熬出来的汤就跟中药一样；做一次清洁之后，所有的东西都移位了。"
　　"你都是大人了，也该学会自己照顾自己。"
　　"我就要你照顾。"李海望着妻子。
　　"那过两天，我回去了怎么办？"
　　"别回去了。"
　　"那英子呢？"
　　"英子已经快十五岁了，要在解放前，都参加红军了。我是说真的，婷婷，这次回来你多留两天吧，我安排了好多节目。"
　　"海子，我真放心不下英子。要不，这次你就跟我一起回加拿大。"
　　"这段时间走不开。"
　　吴婷有些失望。

　　李海约了建国等几个老朋友和吴婷一起吃饭，桌上摆满了酒菜，大家开心地聊着天。
　　建国："海子，我们从海南回来，是吴婷给我们接的风吧？"
　　李海答是。
　　建国："所以这情，我今天来还！"
　　吴婷："你都还记得？"
　　建国："永世难忘！不过，最难忘的还是那首歌。"
　　建国开始哼唱："……把我的爱留给你，在寂寞的城市里；当你把温柔找寻，不会感觉到太无依……"
　　吴婷与李海都有些意外，对看一眼，眼中有回忆也有感慨。
　　建国："这是一段十多年前的往事。我和海子在海南待了半年，一分钱没赚到，最后身上只剩下一张图纸和七块钱。"
　　李海："九三年。那张图纸在我们俩手上已经三个月了，如果再找不到买家，我们就死定了。"
　　建国："那天，我们俩都绝望了，我已经在琢磨，在哪儿跳海最合适，突然收音机里响起了这首歌……"
　　李海哼着："把我的爱留给你，在喧哗的城市里；当你疲倦的时候，有种回家的温馨。"

建国:"是吴婷在柬阳给我们点的,不不不,是给李海点的,还让电台主持人转告李海——无论你在哪里,我的心都和你在一起。"

桌子下,李海轻轻地握起妻子的手,吴婷的眼中也满是情意。

建国:"你们不要笑,这首歌播完,我和海子脸上都是泪,李海跟我说,建国,我们不能就这样放弃。"

众人问:"然后呢?"

建国说:"然后我们俩打起精神,再一次出门,去找可能的一切机会!最后我们终于找到了买家,然后各自带着一百万回到柬阳,然后我们才有了今天。"

建国倒了一杯酒:"吴婷,我和海子敬你一杯!"

吴婷有些意外,但依然和建国轻轻一碰。

建国:"海子,你得敬吴婷一杯。"

"是。"李海说完即站起来倒了一杯酒:"婷婷,今天我的朋友们都在这里,我想当着他们的面对你说,谢谢你,老婆。"言毕,李海将酒干尽。

吴婷也干了酒,感动万分。

宴会达到高潮,众人互相敬酒,互相争辩着。

建国:"你们说,房地产对国民经济到底重要不?"

李海:"非常重要,我记得'18号文'里说房地产业关联度高,带动力强,已经成为国民经济的支柱性产业。"

"从小的家庭来说,没有房子,一切免谈;从大的社会来说,房地产拉动了整个社会经济!"有人说道。

李海摇头:"但是我觉得这不正常。"

建国:"海子,叠峰阁二期打算开多少?"

李海:"还没定。"

建国:"看这架势,我觉得你可以往8000走。"

李海摇摇头:"8000?我觉得有点冒险。"

建国:"二环周边,今年肯定上8000。"

"能上万!"有人附和道。

吴婷掩住嘴,悄悄打了一个呵欠。大家继续讨论着房价和房地产业将来的走势。吴婷悄悄地掩住嘴,又打了一个呵欠,她站了起来,悄悄来到露台上。吴婷看着夜色,建国走了出来。

"吴婷,你怎么一个人在这里?"

"我出来透口气。"

"还回去吗?"

吴婷点头:"后天。"

"听大哥一句话,既然回了狼窝,就别再去虎穴了。"

吴婷笑了笑:"你总是这么逗。"

"那边是好山好水，但是好寂寞；你看，我们这边，虽然好脏好乱，但是好快活！"

"说得好。但我放心不下英子。"

"难道你就放心海子？"

"海子这么大人，我有什么不放心的。"

建国摇摇头："吴婷啊，你可千万不能轻敌，村口、巷尾，到处都是鬼子啊！"

吴婷抬眼看去，李海手舞足蹈地正与几个朋友谈论着。

"当然，那些鬼子都是庸俗脂粉，不能跟你比，而且海子对你，今天看来，也跟从前一样。不过……不过不怕贼偷，就怕贼惦记。"

吴婷想了想，轻声说："是我的，就永远是我的，谁也偷不走；不是我的，我攥得再紧，也会溜走。"

第二天，李海开车带吴婷去健身会所。

"海子，我今天本来有安排。你健身，我在旁边没事干，很无聊的。"

"改一下时间。我就想让你多陪陪我，行不行？"

"行。"

"相信我，我这么做，肯定是有道理的。"

"什么道理？"

李海笑了笑。

正在对着镜子涂睫毛膏的媛媛从镜子里看到李海进来，惊喜转身，却看见李海身边跟着吴婷。媛媛表情慢慢变得狐疑。

李海体贴地为吴婷拉开椅子，又帮吴婷开了矿泉水瓶，吴婷喝了一口，递给李海，李海毫无芥蒂也喝了一口。

媛媛想了想，转身冲进更衣室，打开自己的衣柜，从里面扯出几套健身服装，比较之后，选了一套最为暴露的换上。换好衣服的媛媛深深吸口气，挺胸，露出微笑，向在休息厅等待的李海与吴婷走了过去。

"海哥，你来了。哟，这位老大姐是谁啊？"

"媛媛，这是吴婷，是我这个老大哥的老婆……婷婷，这是媛媛，是这里最好的教练，我现在跟着她在练。"

"哟，原来是海哥的夫人，还真看不出来。"

吴婷笑了笑："媛媛，你好。"

吴婷上下看了看媛媛，由衷地说："你身材真好。"

"其实我这身材也挺一般的，主要我平常很喜欢运动。吴大姐，你平常应该不喜欢运动吧？"

"是，我喜欢静不喜欢动。"

"难怪你的身材就有点走样。"

李海忙说："没有吧，我觉得婷婷的身材还是和二十年前一样。"

吴婷："海子，媛媛说得对，我是该加强一下运动。媛媛，你觉得什么运动比较适合我呢？"

"吴大姐，你也不要以为运动就可以解决一切问题，毕竟你年纪在那里了，再怎么运动也没法和二十岁的姑娘比了。"

吴婷笑了笑："我运动的目的，倒不是要和谁比，只是希望自己能更健康一点。"

李海趁机说："比也不怕。"

媛媛则不知趣地说："比也比不赢。"

吴婷看着媛媛："谁输谁赢，那不一定。因为女人在不同的年龄段有不同的魅力，二十岁是青春的美，三十岁是成熟的美，四十岁是气质的美，而到了五十岁，是岁月沉淀后的智慧之美，是什么都无法取代的……比如你，只要一直保有善良和内涵，我相信你可以从二十岁美到六十岁、七十岁。是不是？"

媛媛不由自主地点了一下头。

"没有人能永远二十岁，所有的女人，都有青春不再的那一天，但是内涵却是永远伴随一生的。所以，保持身材很重要，但是不断提升自己的内涵更加重要，你觉得呢，媛媛？"

媛媛讪讪地说："也许吧。"

李海佩服地看着吴婷。

媛媛转头对李海说："海哥，你今天还是按照计划练？"

"当然。婷婷，你要不要请媛媛帮你做一个计划，她很专业的。"

"不用了，过两天我就要回加拿大，我在那边请一个教练吧。"

"也行。"

媛媛将手中的文件夹递给李海："海哥，你的计划，你慢慢练。"

动感单车厅内，媛媛骑着单车，注视着外面器械厅里的李海，只见李海赤裸上身，正在奋力，而吴婷站在一旁，温柔地为李海拭汗、喂水。

媛媛咬着嘴唇，猛地把音响放大，在快节奏中，一阵猛烈的运动。

吴婷注视着李海的肌肉："你是比以前健美了。"

"汗没白流啊。婷婷，我想换一个教练，你觉得呢？"

隔着玻璃墙，吴婷注视着媛媛，正在猛烈运动的媛媛显得非常有活力。吴婷收回目光，笑了笑："不用，我觉得媛媛的确像你说的，很专业、很认真。"

晚上媛媛回到住处，晓菲正在收拾房间。进门后，媛媛闷闷不乐地一屁股坐在沙发上。晓菲有点儿惊讶："你今天怎么了？"

"今天他把他老婆带到健身房来了。"

"谁？"

"李海。"
"吴婷从加拿大回来了?"
"他这到底是什么意思?"
"媛媛,你还不明白,李海的这个举动就是要让你明白,他是有老婆的人,请你适可而止。另外,李海也借此告诉吴婷,他对你没有任何想法,非常地坦荡。"
"这个人,果然跟你说的一样,太有心机了,难怪你不喜欢他。"
"错,我现在反而越来越对李海有好感了。"
"等着吧,有一天,我一定会拿下他的。"
"那你今天也见到吴婷了?"
媛媛点点头。
"我之前劝你的话,都没有夸张吧。"
"是,她是漂亮,但没我漂亮,也没我年轻,身材离我更是差得远……但是……但是她身上有种东西,说不清楚的,让我觉得压力很大。"
"你知道这东西叫什么吗?"
"什么?"
"内涵。"
"对对对,她也提到了这个词,话里话外,好像我没内涵,而她有。"
"像李海这样的男人,他肯定更看重女人的内涵,所以媛媛,你没有机会的。"
"晓菲,你好像内涵很多,分点儿给我。"
晓菲觉得好笑:"我给不了你,内涵跟内功一样,只能自己练。"
媛媛泄气地说:"算了。"
很快,媛媛又打起精神:"有内涵又怎么样?她马上又要回加拿大了,这不是把阵地拱手让给我吗?"
"媛媛,就算你能把李海追到手,你也不会幸福的。"
媛媛狡黠地一笑:"我的幸福就是坐在宝马车里哭。"

温哥华街头,英子背着书包,形单影只地准备过街,一辆跑车闯了红灯从英子身边呼啸而过,英子吓了一跳,正在惊慌。那跑车竟然嘎吱一声刹住了,然后倒了回来,停在惊魂未定的英子面前。车上挤了两男一女,看上去比英子大三四岁。
开车的男生冲英子说道:"噻哟那啦?思密达?"
英子一脸茫然。
男生接着问:"中国人?"
英子点点头。
另一男生冲着英子说:"说一句中国话来听听。"
"讨厌。"英子白了他一眼。
开车的男生高兴地对两个同伴说:"我猜对了,拿钱来。"

男生无奈地掏出一张钞票，放进对方口袋。

英子白了他们一眼，过街。

开车的男生冲着英子的背影喊道："嘿，中国女孩，你帮我赢了一百元，我请你吃饭。"

英子不理会他们，继续走自己的路。但男生把车掉头，跟了上来："看你这样子，就知道你是才来的吧。我叫王江川，他叫查理，这是琳娜，我们都是从中国来的。"

叫琳娜的女孩和英子打了声招呼。英子看了他们一眼，脸色稍稍平和。

"我们要去前面公园野餐，你和我们一起去吧。"王江川提议道。

"不去。"

"走吧，今天有十几个从中国来的，都跟你一样，有中学生也有大学生。"琳娜劝说着英子。

英子犹豫着，停下脚步。

"在加拿大，你应该多认识朋友，不然那些加拿大人会看不起你，叫你Loser。"王江川趁机说。

这个单词一下触动了英子，英子犹豫了一下："我今天的作业还没做呢。"

三个人爆发大笑，你一言我一语地劝着英子。

"你真可爱。但是我们到加拿大来，不是为了写作业的。"

"是啊，如果喜欢写作业，我们干吗还到这里来呢？在中国，有写不尽的作业。"

"走吧，我带你去几个好玩的地方，你一定没去过。"

英子还在犹豫，琳娜则将跑车上的位置让出一角："上来吧。"

"要不你先去看看，如果不喜欢那些人，我再送你回来。我向你保证。"王江川说。

英子终于点了点头。

没几次，英子就和这几个中国人混熟了。这天，王江川来到英子家楼下，捡了一个小石子扔到二楼的玻璃上。

英子探出头来。

"下来。"

"去哪儿？"

"琳娜今天过生日。"

"现在啊？"

"是啊。"

"但是我要上学啊。"

王江川哈哈大笑。

"你笑什么？"

"你没听说过有个词叫'翘课'吗?"

"我从来没干过。"

"就是要干从来没干过的事才有意思。快下来吧。"

英子迟疑了一会儿,还是下楼跟着王江川走了。他们来到一处公寓,里面音乐震耳欲聋,几个中国留学生正在开着Party。琳娜教英子跳舞,英子快活地咯咯笑着。英子的打扮已经和琳娜近似。琳娜点了一支烟,递给英子,英子接过,但很迟疑。琳娜自己点了一根,吸上,吐了个烟圈:"Cool!"

英子不再犹豫,学着琳娜的样子,抽起烟来。王江川拎了一瓶酒对英子说:"要不要来一口?"

英子说:"我不会。"

"这是香槟,根本就不是酒!"

琳娜拍着英子的肩膀说:"你不再是小孩儿了。"

英子随即喝了一大口。王江川对英子竖了竖大拇指。英子备受鼓励,又喝了一大口。

去加拿大前,吴婷想再来看看寇吕。吴婷来到电视台的机房门口,张望着,有些好奇,有些茫然。

突然传来寇吕的声音:"这一段要压缩……这一段加特技!……这一段砍了!……这一段的节奏不对……"

吴婷看去,角落里,寇吕手舞足蹈地指点着,手下心悦诚服地频频点头。

吴婷有些伤感,有些羡慕。晓菲抱着磁带经过吴婷身边,看了一眼她。晓菲突然有点兴奋:"吴婷?你是吴婷。"

吴婷收回目光:"你是……赵晓菲?"

"我听说你回来了,但没想到在这儿见到你。"

"我来找寇吕。"

"她在审片。"

"没事,我等她。听说'澄海时间'这个节目一直都是你在制作,谢谢你对李海工作的支持。"

"你不用谢我,我也只是发挥舆论监督的作用,追踪他的承诺是否兑现。"

"'瘦身'钢筋带来的问题处理完了吗?"

"已经到尾声了,业主们对澄海置业解决问题的态度和效率还是比较满意的。"

"所以还是要谢谢你,如果没有你,澄海的很多问题不会暴露也不会得到解决,更不会有今天的口碑。"

"其实我自己也有很多收获。我曾经一直觉得李海是在作秀,但是和他接触了这么长时间,我发现他的确很有责任心和爱心。而我以前,的确有点偏激。"

"谢谢你对他评价这么高。"

"真的,好长一段时间,我都觉得他比你差了好多,现在看来,你们俩还真的般配。"

吴婷的笑容中流露出一丝苦涩："谢谢你。"

晓菲捕捉到了吴婷的苦涩，一怔。

寇吕见到吴婷，有些惊讶："你怎么在这儿？"

"你忘了，我们约了刘英一起吃饭。"

"哎呀，我还真忘了，但我今天值班，走不了。"

吴婷埋怨地说："你总这样。"

"你俩去吃吧，我下次。"

"下次一定要罚你，再见。晓菲，再见。"

"再见，看见刘英，带个好。"

吴婷点头，转身离去。

晓菲看着吴婷的背影问寇吕："寇姐，吴婷和李海的关系还好吗？"

寇吕奇怪地看着晓菲："很好啊，怎么了？"

晓菲摇摇头："没什么。"

"麻辣烫"餐馆里，先到的吴婷见刘英与女儿娜娜进来，站起来招手示意。

刘英环顾四周，抱怨道："这里环境好差，换个地方吧。"

"不换，这个味道只有这里才吃得到。"吴婷说。

"寇吕呢？"刘英问。

"她今天值班，来不了。"

娜娜礼貌地叫了声："吴阿姨"。

吴婷看着娜娜惊喜地说："娜娜都长这么高了，比英子高一头欸。"

"她本来就比英子大两岁。听说你约我，她非要跟着来。"

"吴婷阿姨，英子好吗？"

"还好，刚去的时候，有点不适应。但是还不错。"

"妈，你看，英子都没问题。"

"我打算让她把高中读完再出去，但是她闹着非要现在走，我看，就是懒，不想做作业不想考试。"

"我是不想听你和我爸吵架！吴婷阿姨，你帮我劝劝我妈，让我提前出国吧，他们俩每天吵得天翻地覆，我都快要崩溃了！"

吴婷有点不安："娜娜，去，帮我们拿点菜"，把娜娜支开。

吴婷轻声责备刘英："你和周兴吵架，怎么也应该避开娜娜啊！"

"原来我也不想让娜娜知道太多，但是周兴一点都不顾忌，当着娜娜的面，还给他那些女朋友打电话，既然这样，我也没必要替他瞒着遮着。也好，让娜娜知道她父亲的真面目。"

"你不怕给娜娜造成心理阴影？"

"没办法，谁让她摊上了这样的父母呢。"

吴婷叹口气:"上次我走的时候,让你赶快和周兴了断,你现在进行到哪一步了?"

"钱不给够,我才不跟他断。"

"你怎么就不听我一句劝呢?"

"不说我了,说说你吧,你什么时候回加拿大?"

"马上就要走。"

"那娜娜出去的事,就拜托你了。你说得也对,我一个人跟周兴纠缠就够了,不应该把她扯进来。娜娜想提前走,就让她走吧。"

"我回去就着手,一定帮娜娜选一个好学校。"

"谢谢。"

"我们之间不说这个词。"

"你和李海怎么样了?你把他一个人扔在枣阳,不采取点防范措施?"

"不用吧。我和李海,也算共过患难的夫妻,我们俩还是有感情基础的。"

刘英嗤之以鼻:"当年周兴一分钱没有,到银行来贷款时认识我,我们不算患难夫妻?你再去法院门口看看,排队离婚的夫妻,哪一对没有感情基础!"

吴婷的表情有些触动。

或许是因为马上又要走,吴婷心情有些郁闷,再次和李海提起移民的事儿。

"我们的钱几辈子都够花了,你也四十了,没必要再折腾了。趁着办移民,你也彻底放手吧。"吴婷劝丈夫。

李海十分惊讶:"你劝我退休?可是,中国房地产正处在一个黄金发展阶段,如果错过,我会后悔一辈子。"

"发展,发展,总是发展,难道你不累?"

"我累,但我也很享受。"

吴婷声音陡然提高:"那你有没有想过我的感受!你在这边,忙碌又充实,而我在加拿大,心里空得要发狂!"

李海怔住。吴婷的眼泪猛然涌出。

李海有些抱歉:"我知道你寂寞。"

吴婷摇着头:"不仅仅是寂寞,我觉得自己是个废人了。"

"婷婷,是我疏忽了,我应该多陪陪你。我向你保证,今年上半年一定抽两天时间来陪你和英子。"

"然后你再离开?"

李海请求道:"婷婷,请你再给我几年时间。"

吴婷沉默。

李海想了想:"婷婷,我带你去一个地方。"

李海带着吴婷来到叠峰阁工地门口。工地上还在施工,灯火通明,一派忙碌。

李海指点着："这是叠峰阁二期，那块已经拆出来的空地是三期，那边还没有拆迁的是四期。另外，南山 118 地块的规划草案也出来了，估计下个月就要拍卖。婷婷，你看，我根本停不下来。"

吴婷看着工地，突然有所发现："海子，你忘了这是哪儿吗？"

"什么？"李海茫然。

吴婷轻声责备："你都不知道你把哪儿给拆了？"吴婷指着工地的大门："那里曾经是一条河，还有一座桥……"

二十多年前，柬阳老街，年轻的吴婷查看着瘪掉的自行车轮胎。一双男孩的脚出现在面前。吴婷抬头，看见李海的笑脸。李海摊开手，掌心里是一个气门芯，理直气壮地说："你的气门芯是我拔的。"

吴婷愣住，瞪了李海一眼，抓起那个气门芯，吃力地推着车向前走着。

李海追上去："我叫李海，三班的，我暗恋你两年了，马上就要高考了，如果再不跟你认识，我怕一毕业，就再也没机会了。"

"但你也不能拔我的气门芯啊！"

"借书、送花，这些手段那些小子们都用过了，只有这个没人用过。只有这样你才会记住我。"

吴婷不语。

"我错了，我道歉，我愿意接受你的任何惩罚。"说着，两人经过了一座小桥。

吴婷气愤地说："那你去跳河吧。"话音未落，李海已经翻上了小桥的栏杆。

吴婷大惊，李海已经跳了下去。

吴婷丢下车，扑到栏杆上，脸色已经变了："李海——"

李海站在齐腰深的河水中，灿烂地笑着，望着吴婷："看来你已经记住我的名字了。"

吴婷松了一口气，看着李海，眼神慢慢软化。

吴婷问："想起来了？"

李海："那条小河被填了。"

吴婷轻叹："桥也不在了。"

"城市变化太大了。"

吴婷感叹："我怕有一天，你和我，也像这个城市一样，再也回不去原来的样子了。"

李海沉默。

"海子，你到底想要什么？"

"想要……想要证明自己。"

"你修了这么多房子，建了这么多小区，还不够？"

"我也不知道，可我就是停不下来。"

吴婷悲伤地看着李海。

"婷婷，我不想离开这里。"

"可大家都说,两地分居最伤感情。"

"不会的,我会经常来看你。"

吴婷转头轻叹。

"我在海南的时候,你告诉我,无论你在哪里,我的心都和你在一起。现在也一样,无论加拿大还是崃阳,我的心都和你在一起。"

"那你什么时候来看我和英子?"

李海盘算着:"叠峰阁二期马上要开盘;118地块的规划方案一旦通过,接着就是土地拍卖;这样吧,拍下土地我就过来。"

吴婷点点头:"你别忘了,八月十五日。"

李海一下笑了:"我怎么会忘呢?你放心,这一天,我一定在你身边陪着你。"

吴婷露出笑容:"十八年了。"

李海用手理着吴婷的头发,吴婷将脸停留在李海掌心。

叠峰阁售楼处的办公室里,李海边查阅资料边听属下老蒋汇报销售情况。正在这时,马林走进售楼处,几个售楼小姐都在忙,一时没人招呼。老蒋从玻璃墙看出去,正好看到马林。

"李总,你先坐会儿,来了个客人,售楼小姐都在忙,我先去接待着。"

"你认识他?"

"不认识,不过这个客人应该是我们的目标客户。"

李海有点好笑:"何以见得?"

"你看他的穿着打扮,都是中上质地,应该是个白领;现在是中午,一般白领都是利用中午休息的时候来看盘;而且,他一来就去拿资料和户型图,真想买房的人都这样。"

"你不觉得他有可能是来踩盘的?"

老蒋又瞄了瞄马林:"不像。一般踩盘的都要带个女的掩护一下,来了之后直冲沙盘,还要装作买房的样子问东问西,但是他单枪匹马,自己到处看着,应该是个很有经验的买房者。"

老蒋准备过去,李海拦住:"我去接待吧。"

老蒋很惊讶:"董事长,你要亲自卖房?"

李海一笑:"不,我要挖人。"说着,李海来到马林身边。

"马林。"

马林转头看见李海:"海总。"

"今天有空过来?"

"对,过来踩盘。可以吗?"

"欢迎。想知道什么情况?我叫销售经理来给你介绍一下?"

"不用,我想知道的都已经知道了。"

"哦,说来听听。"

"今天是周一，而且是中午，一般这个时候都是售楼处最清静的时候，但是叠峰阁的售楼小姐却都在接待客人；而且现在是中午一点半了，我注意到角落里还摆着盒饭，说明这些小姐忙得连饭都没吃；我还注意到，你们的户型图和资料都只剩薄薄的一沓。这一切都说明你们的到访量很大。"

"很细致。"李海赞赏地说。

"我估计，你们的蓄客量已经上千，根据这个数据，我估计你们六月的开盘价应该不低于7000。海总，你觉得我判断得对吗？"

李海注视马林："你的判断很对。而且，你的判断让我更坚定了我的一个判断。"

"什么？"

"我正在寻找一个主管营销的副总，我认为你是最合适的人选。"

马林一惊："我？"

李海点点头。

"你在挖我？"

"是。我不知道周兴给你年薪多少，但我再加三分之一。"

"很有诚意。"

"而且我还有一个很大的舞台。据我所知，超洋花园这570套卖完之后，就没有新的项目了，但我还有叠峰阁三期、四期、五期。此外，我正准备在南山县拿下一块千亩土地，这些都足够你施展。"

"非常诱人。"

"马林，我不需要你马上答复我，你回去考虑一下。"

马林想了想："我现在就可以答复你。"

李海充满期待地看着马林。

"海总，我现在还不想跳槽。"

李海惊讶地问："为什么？"

"因为有一个挑战摆在我面前，我不想放弃。"

"什么挑战？"

"你很快就会知道。"

"既然这样，我不勉强，但是我还是希望你慎重考虑我的建议。"

"我会的。"说完，马林转身离去。

马林回到超洋公司后马上找到老板周兴。

"我准备在开盘前一个月推出'谁住谁知道'活动。面向全柬阳，征集十位客户入住超洋花园的样板间，并每天写下居住日记，在媒体上公布。"

"这有什么用？"

"我们跟叠峰阁相比，唯一输就输在品牌上。而这个行动，能极大提升我们的知名度，同时我们超洋花园的所有优势都可以通过这些准客户的入住日记宣传开来。"

周兴一下兴奋起来:"相当于一个大广告。"

马林微微一笑:"如果这段时间我们的知名度超过了叠峰阁,那么我们就有了五分胜算。此外,我去叠峰阁踩盘发现,他们的到访量很大,相应地在接待上就有所疏忽。如果我们在售楼小姐的接待上再下点功夫,那么我们的胜算就是七分!"

周兴脸上浮现出笑容:"在商场上,有七分胜算就已经赢定了!"

温哥华。王江川等人玩着赌博机,英子、琳娜在旁边看着,惊叫着。

突然英子想起什么:"几点了?"

琳娜告诉她四点。

英子惊叫一声:"我得走了!"

"别走,一会儿还有节目。"王江川挽留道。

英子拔腿就跑:"我妈今天回来!"

英子跑得气喘吁吁,快到家时,突然停下脚步,只见远处母亲正下车付款,司机在帮忙搬下行李。英子连忙躲在树后,三下五除二扒下身上的衣服,从书包里拿出中规中矩的服装换上,然后重新扎了头发,将就路边的水管洗干净脸上的浓妆。

健身会所瑜伽厅里,晓菲与媛媛坐在垫子上,一边休息,一边交谈着。

晓菲扫视整个大厅后问媛媛:"你不是说李海一、三、五的中午都在这里吗?"

"是啊,今天星期三,他应该到了。"

"他一般都练什么?"

媛媛退后一步,看着晓菲:"你不会是特意来见他的吧?"

"我就问问。"

正在这时,李海走了进来,眼光在各个厅中逡巡,突然眼睛一亮,他看见了晓菲。晓菲的眼睛也是一亮。隔着玻璃窗,两人远远地笑着,招呼着。

媛媛冷眼看着这二人。

晓菲准备站起来,媛媛却按住她:"冥想十分钟。"

晓菲一愣。

"完成了才能起来。"

晓菲无奈又坐了下去,媛媛则站起来迎上去和李海打招呼:"海哥,来了。"

"你好。"

"我正好有空,先带你骑一段动感单车。"

"谢谢,这两天我大腿有点拉伤,不想剧烈运动。"

"那我给你按摩一下。"

"不用了,我自己试着活动一下就好了。"

"那我带你做一下上肢的训练。"

"媛媛,我想自己练一会儿,你招呼其他客人去吧。"

"那你有什么需要,就叫我。"

李海点点头,媛媛只得怏怏地走开。

李海来到器械旁,调试着。另一边,晓菲一个人走进了动感单车教室。李海不由自主地跟了过去。

"晓菲。"

"李总。"

"叫我李海吧,你一般什么时候过来?"

"有空就来。听媛媛说,你是一、三、五过来。"

"她给我做的计划是这样的。你好像跟媛媛很熟?"

"我们同租一套房子,是好朋友。"

"难怪,我看你们很亲热。"

"媛媛这女孩人不坏,就是有的时候……有点……有点一厢情愿。我知道你在躲她,这样挺好。"

"你理解就好。"

"我想请你和马林一起吃顿饭。"

"我请你们俩吧。"

"不,我请,谢谢你们对那些孩子的爱心。"

"谁请谁都一样。对了,我正在动员马林跳槽到我公司里,你觉得怎么样?"

"好啊,马林如果去了你们公司,你一定不会失望。"

"哦?你很了解马林?"

"其实我跟马林也是刚刚认识,但是刚刚出了一件事,让我非常敬佩他。"

"能让你敬佩的人,应该不多。"

"那114万,周兴反悔了,马林用自己的钱捐的。"

李海动容:"是吗?"

"你看重的可能是马林的能力,但是我觉得,马林的人品比他的能力更让人感动。"

"看来,我得再跟他谈谈。"

"拜托,你一定要说服马林,我觉得他不应该继续留在超洋,那太委屈他了。"

李海一笑:"我尽力吧。"

"来,我们俩比一程。"晓菲提议。

"来就来。"李海应战。

两人跨上了动感单车,晓菲点开了音乐,两人开始了假想中的你追我赶。听到音乐,媛媛抬起头,隔着玻璃墙看到李海与晓菲开始蹬车,媛媛疑惑而不忿。

音乐停止后,李海和晓菲也停了下来,两人都大汗淋漓。媛媛走了进来:"晓菲,海哥的大腿有点拉伤,你怎么还让他骑车呢?"

"对不起，我不知道。"

"没事，这么动一下，我觉得好多了。"

李海到处找自己的毛巾，晓菲将自己的递过去。

李海接过，擦着："你用的什么香水？"

"男士的。"

李海再次多看了晓菲一眼："很特别。"

媛媛看着他，脸上流露出酸涩的表情。

"我欠你的那顿饭，你看你哪天有空？"晓菲问李海。

"只要你有空，我随时都有空。"

媛媛咳嗽一声。晓菲犹豫了一下："媛媛，要不你也一起来？"

"好啊。"

"那就把马林也约上，正好，你帮我劝劝马林。"李海对晓菲说。

"好。"晓菲应道。

"你要定了哪天，就给我打电话。"

"行。"

媛媛则在旁边赔笑着，思考着。

六

阳光很好，加拿大幼儿园的草坪上，老师带着孩子们正在做游戏。老师举着一个写着"cry"的纸牌，教孩子们认："Cry, don't cry. Good boys don't cry."

孩子们跟着老师念着："Cry, don't cry. Good boys don't cry."

小宝突然站起来，骄傲地说："I'm a good boy. Mom beat me, I didn't cry."

老师很意外，用英语问小宝："你说你妈妈打你？"

"是啊。"

"打你的是你妈妈？"

"是。"

老师脸上浮现出凝重的表情。

园长办公室里，校长、老师还有翻译一起询问着小宝。被那么多大人围着，小宝显得非常得意："I am a hero, My mother beat me. I don't cry. 但是我打那些同学，They all cried. 我们班上只有我是男子汉！"

校长对翻译说："你再仔细问问，他说的可都是真的？"

翻译问小宝："查尔斯，你说的都是真的？"

"我从不撒谎，撒谎的孩子要被狼吃。"

校长："Your mother often beats you, is it right?"

翻译："你妈妈是不是经常打你？"

"是，我以前要哭，但现在从来不哭。"

校长："How did she hit you?"

翻译："她怎么打你？"

小宝学着黄蓉的模样，比画着，嘴里还发出"啪！啪！啪！"的声音。

几个大人对看一眼，表情都十分严肃。

下午，黄蓉到幼儿园接小宝，被老师带到了园长办公室。那里除了园长之外，儿童保护会的工作人员也等待着，所有人的表情都很严肃。黄蓉一看这架势，觉得有点不对。园长等人开始用英语提问。

园长问黄蓉:"海伦,这是来自儿童保护会的工作人员,他们将向你调查查尔斯在家中是否受到虐待。"

工作人员说道:"请问,你在家里是不是有虐待孩子的行为?"

黄蓉的脸色一变:"Sorry, I can't understand English."

工作人员说:"没关系,我们为你准备了翻译。"

翻译:"你在家里是不是有虐待孩子的行为?请你如实回答。"

黄蓉无奈地说:"没有。"

工作人员:"查尔斯说,在家里你经常打他?"

黄蓉:"我从来没打过他。"

小宝:"妈妈,你撒谎,撒谎的孩子要被狼吃。"

黄蓉厉声呵斥:"小宝!"

小宝委屈地说:"本来你就打过我嘛,昨天晚上你还打了我的手心。"

黄蓉举起手:"你再多嘴,我给你两下!"

园长愤怒地制止道:"住手!"

黄蓉一下蒙了,放下手。

工作人员一副什么都明白了的表情:"现在你还否认你虐待查尔斯的事实?"

黄蓉不悦:"我是打了他,那又怎样?打两下怎么就变成虐待呢?这孩子有多淘气,你们又不是不知道?不打不行啊!"

几个人面面相觑。

说完,黄蓉牵起小宝就准备离开,嘴里嘟囔着:"真是多管闲事。"

不料,工作人员却拦在门口:"海伦,你的情况很严重,恐怕你不能带走查尔斯。"

黄蓉有些冒火:"你们啥意思?我都说了,我没有虐待他,你们没听明白吗?"

工作人员:"我们需要进一步地调查。"

黄蓉:"请你让开,我们要回家!"

工作人员:"你现在不能离开。"

黄蓉火了:"我就不信,我自己的儿子我还带不走了。"

黄蓉拖着小宝,强行闯门,工作人员阻拦,双方拉扯起来。小宝被吓得大哭。

正在给英子补习功课的卫东突然接到妻子的电话:"喂……什么……"卫东脸色大变。原来黄蓉被带到了加拿大儿童保护会办公室。卫东急忙赶过去。卫东一进办公室,只见黄蓉脸色惊惶,房间里的其他老外都神情严肃。

黄蓉一见卫东,眼泪就掉了下来。

"怎么回事?小宝呢?"

"他们把小宝带走了!"

卫东急了,对着老外喊道:"你们要干什么?"

"我们怀疑，你的妻子在家虐待孩子。我们准备向法院提出申请，将孩子交予我们保护。"

卫东震惊，无奈之下只得打电话向吴婷求助："吴姐，我实在不知道还能向谁求助……"吴婷接完卫东的电话也不知道该怎么办，只得给丈夫李海打电话。

办公室里，李海正在为超洋花园"谁住谁知道"的创意恼火，接起妻子的电话后，李海只说了一句"婷婷，我在开会"，便不容分说挂了电话。听着电话里挂断的声音，吴婷愣了一下，气愤地再拨。电话通了，吴婷不满地说："我有急事找你！"

李海很无奈："那你快说！"

"卫东和黄蓉家的小宝被政府扣下了，你说怎么办？"

"婷婷，你动动脑筋，我现在在柬阳，我什么情况都不清楚，我也没法帮他们！"

吴婷愣了一下："我知道你在柬阳，但你总可以帮忙出出主意。"

李海没好气地说："我没主意！"

这回是吴婷"啪"地挂了电话。吴婷焦急地在客厅里转了一圈。突然她想起什么，拿起自己的手袋，从中翻出了刘晓宇的名片。吴婷对着名片一边拨着号码，一边喊着："英子，你自己吃饭，妈妈有急事。"说完就出门去找刘晓宇。

刘晓宇从吴婷口中了解完情况后，神色凝重地对吴婷说："虐待儿童可是重罪。"

"不过就是孩子淘气，做妈妈的给了他两下，怎么算得上虐待呢？"

"在加拿大，就算是父母管教子女也必须遵守法律的规定，否则就是犯法。"

"那后果会怎样呢？"

"如果儿童保护会认定孩子在家里受到了虐待，并且认为将孩子留在家里有再次受到虐待的危险，那么他们将向法庭申请将孩子置于其保护之下。"

"他们会怎么做？"

"他们会给孩子找一对临时养父母监管，但在法院作出裁定之前，孩子的亲生父母不能知道临时养父母的地址和电话，也不能与孩子单独接触。"

"这不是让黄蓉、卫东一家骨肉分离吗？"

"所以你朋友遇到大麻烦了。"

"刘先生，无论如何也请你想想办法。"

"你放心吧，我一定竭尽全力。"说完，吴婷和刘晓宇便向儿童保护会赶去。

黄蓉和卫东已守在儿童保护会的门口，一见吴婷和刘晓宇，二人仿佛看到救星，立刻扑了过来。

"吴姐，求求你，快救救小宝！"

"你们别着急，这是我一个朋友，他是律师，一定有办法。"

黄蓉转头拉着刘晓宇的衣袖："律师先生，求求你，救救我们一家。只要你能救出小宝，我给你做牛做马都愿意！"说完黄蓉便号啕大哭，几乎站立不稳，卫东连忙将她扶住。

刘晓宇沉着脸:"我先进去了解一下情况,你们等着我。"

一会儿,刘晓宇走了出来,三个人满怀希望地迎上去。

"律师先生,小宝什么时候能还给我们?"黄蓉急忙问道。

刘晓宇的表情已经没有刚才沉重:"情况不算太坏。他们把小宝送到医院去检查,但没有验出什么伤来,这对你们是非常有利的;他们同时也仔细询问了小宝,发现打骂孩子一般都是母亲,没有发现父亲有打骂的行为。但是你之前表现得太强硬,让保护会的工作人员感觉非常不安。"刘晓宇对黄蓉说道。

"那现在他们该怎么办?"吴婷问。

"要解决这个问题,关键还是在于你们俩。我建议你们现在进去,承认自己教育孩子的方式有错误,并且表示愿意悔改。"刘晓宇对黄蓉和卫东说。

"尤其是你,态度一定要诚恳,承诺永不再犯。"刘晓宇嘱咐黄蓉。

黄蓉一咬牙:"只要能让小宝回到我的身边,要我干啥都行。"

"至于父亲,你要表现出对妻子的行为十分后悔的样子,并且你愿意帮助妻子转变教育孩子的方式。"

卫东忙说:"没问题。"

"如果这样的话,你们这次应该可以把孩子领回家。但以后,可千万不要再犯,如果再被人举报,儿童保护会一定会出手,那个时候,想把孩子领回家就难了。"

"绝不会再有下次了!律师先生,谢谢你!"

"不用客气,吴婷的朋友就是我的朋友。"

在刘晓宇的帮助下,卫东和吴婷终于领回小宝。一看已经晚上十二点多,吴婷决定请刘晓宇吃饭,以示感谢。二人来到一家餐厅,边吃边聊。

"十多年前,我在崬阳的城乡接合部租了一间农民的房子,唯一的家当是一台二十寸的电视机。"刘晓宇对吴婷说。

"二十寸?"

刘晓宇点点头:"那电视机还很破,只能搜到一个频道,就是崬阳电视台。每天晚上7点半,我都会准时坐在电视机前,看你的节目。"

"是,崬阳新闻。"

"虽然你播的那些新闻都很枯燥,不是这个领导视察就是这个数据超越同期,但是我仍然百看不厌,津津有味。"

吴婷不好意思地说:"那个时候新闻都是这样。"

"那会儿生意失败,正是一生中最穷困潦倒的时候。白天出门,看到的全是冷眼,听到的都是呵斥,真是万念俱灰。只有坐在那台电视机前的时候,听到你温柔的问候,看到你亲切的笑容,我才会觉得温暖。"

吴婷怔住。

刘晓宇举起酒杯:"吴婷,谢谢你,你永远不会知道,当年的你给了我多少安慰,多少信心。"

吴婷举杯与他轻轻一碰。

刘晓宇抿了一口酒:"后来,我离开了柬阳,抓住一个机会又东山再起;再后来,我移民加拿大。但不管走了多远,隔了多少年,你的声音、你的样子,还有你笑起来嘴角的那条弧线,都是我心底最温暖的记忆。"

吴婷脸上涌现许多感动。

"那天,突然见到你,我那么激动,希望你不要见怪。因为我从来没有想过,我能在现实生活中见到你,并且在离开柬阳这么多年后,在这么遥远的加拿大,还能听到你的声音,看到你的笑容。"

"谢谢你。你的这些话,是对我当年工作的最高赞扬。"

"我记得那会儿你是短发。"

"是,新闻主播大多是短发。"

"我还记得,在每天的新闻播完之后,你会说这么一句话——今天的新闻就到这里,我们明晚再见。然后你会有这样一个手势……"刘晓宇模仿着。

吴婷十分意外:"是吗?我自己都没有印象呢。"

"一定有的。"

澄海置业会议室里,李海正在和大家讨论超洋公司的"谁住谁知道"这个活动对叠峰阁二期销售情况的影响。

老蒋:"其实我们在广告上的投入不比超洋少,但是超洋推出这个活动之后,知名度一下超过了我们。"

"我们调查了一下,超洋的蓄客量现在是我们的两倍。""如果我们两家同时开盘的话,我们处在下风。"大家你一言我一语。

"那在超洋的压迫下,大家觉得开多少合适?"李海询问下属。

"我觉得我们可以开 7000。""7000 反应不出我们的品牌溢价,至少应该在 8000 以上。"意见并不统一。

许宏:"我给大家报一个数字,这次开盘必须要出四分之三,不然资金链要出问题。"

老蒋:"四分之三?你上次不是说出三分之一就够了?我还打算分几个批次,边卖边涨价呢。"

许宏:"现在李总准备去拿 118 号地块,叠峰阁二期必须得回款十个亿。"

老蒋:"李总,那 8000 元的定价有问题。"

关于开盘价的事儿,李海让大家再回去想想,并嘱咐刘少勇密切关注 118 号地块的相关信息。散会后,李海接到媛媛的电话,说晓菲晚上约他吃饭,马林也来。李海欣然答应。实际上,媛媛知道那天晚上晓菲加班,她也根本没约马林。出门前,她还特意借用了晓菲的香水。

晚上，李海按时赴约。进到餐厅包间一看，桌上已经摆满了菜肴。

媛媛满面笑容："海哥。"

李海环顾四周："晓菲呢？"

"她临时有事，来不了了。"

"怎么？"

"她男朋友的父母突然来了，她得陪着。"

李海有些失望："你怎么不早说。"

"也就一个小时前的事情，晓菲不让我跟你说，她让我们不管她，自己玩高兴点。"

"哦。那马林什么时候到？"

"马林好像出差了。"

"那今天就我们俩？"

"是啊。今天就我们俩。"

李海犹豫着："要不……"

"海哥，你是不是很怕我？"

"我为什么要怕你？"

"那你就既来之，则喝之吧。"说着，媛媛倒了两杯酒。

"还喝酒？"

"是啊，这是晓菲吩咐的，而且她还让我替她敬你三杯酒。"

"是吗？"

"你不信？那要不要打个电话给她。不过，她现在在陪未来的公公婆婆吃饭，恐怕不好接电话。"

"不用打了，这三杯酒我认。对了，你和晓菲是怎么认识的？"

"你先把这三杯酒喝了，我就告诉你。"

"行！"李海爽快地喝了三杯，"这下你可以说了吧。"

"我们俩是健身的时候认识的，一见就特别投缘，后来和她同住的女孩结婚了，正好我租的房子也到期了，我就搬到她那儿去了。"

"我觉得你们俩是完全不同的两种类型，怎么会成为好朋友呢？"

媛媛倒酒："那你得喝了这杯酒，我才告诉你。"

"媛媛，你今天存心要灌我酒？"

"我就算有那胆量也没那海量，谁不知道海哥的酒量在枣阳楼市是数一数二。"

"那都是江湖谣传。"

李海还是喝了一杯。

"晓菲是女强人型的女孩，但我呢，是贤妻良母型的，我们俩的性格恰好互补，所以就成了好朋友。"

"你们俩不只是性格互补，我觉得你们完全是两种不同类型的女孩。"

"那你说说我是什么类型？说中了，我喝，说不中，可要你喝……"

不知喝了多少杯，李海已经醉意盎然："不行了，我不能再喝了！"

媛媛将酒杯凑到李海嘴边，李海闭上眼睛，深嗅："晓菲，你的香水是什么牌子？"

媛媛："喝了这杯我就告诉你。"

和刘晓宇告别后，吴婷回到家，坐在梳妆台前回忆之前当主播时的情景："今天的新闻就到这里，我们明晚再见。"果然发现了自己有一个小小的手势。吴婷有些吃惊，想了想，拨通了丈夫的电话。听到关机的声音，吴婷有点疑惑，她放下手机，再次看向镜子中的自己。吴婷再次重述："今天的新闻就到这里，我们明晚再见。"那个下意识的手势再次出现。

喝完酒，媛媛又拖着李海去唱卡拉OK。

包房里，李海拿着麦克风，动情地演唱着《把我的爱留给你》。

一曲唱罢，媛媛递上酒，李海来者不拒。

"海哥，你的声音太有男人味了，你把我的心唱得就跟……就跟……就跟在被烧烤一样。"

在李海眼里，一切都已经晃荡迷蒙，媛媛的影子摇晃着变成了吴婷，忽而又变成了晓菲。

李海一惊，再仔细一看，是媛媛，随即喃喃："怎么是你？"

媛媛笑吟吟地说："可不就是我。"

李海恍惚听到了手机铃声："什么声音？"

"我看看。"

媛媛从李海兜里掏出手机，来电显示是吴婷，媛媛干脆直接关机，答道："海哥，你手机没电了，是关机的铃声。"

"哦。"

媛媛的脸再次变成了吴婷的脸。

李海口齿不清地说："婷婷，我很需要你。"

第二天早上，李海在自家卧室里，被手机"咔嚓"的声音弄醒。他迷迷糊糊地睁开眼睛，看看表，甩甩头，突然睁大了眼睛——床前，一双女士的高跟鞋。

李海愣住，他慢慢地转动视线，看到了自己身边躺着的媛媛，而且媛媛正用手机玩着自拍。

李海仿佛被烫了一下，连忙挪开。

媛媛转头看着李海："海哥。"

李海十分震惊："你怎么会在这里？"

媛媛娇羞地说，"你还问我？"

李海失声："昨天晚上……"

"讨厌啦。"

"我们发生了……"

媛媛靠过来，将头埋在李海怀里，声音更加软腻："别问啦。人家不好意思啦！"

李海身体僵硬，动也不敢动。

"海哥，从此以后，我是你的人了。"

李海一脸大错铸成的表情。床头座机响起，李海一惊，他看看座机，又看看表，是吴婷的电话。李海猛地把媛媛推开，抓起那无绳电话，冲进卫生间。卫生间里，李海将门锁死，才按下接听。

李海尽量让自己的声音听上去很开朗："婷婷。"

"海子，你总算接电话了，你没事吧？"

"没事！什么事都没有！"

"昨晚你的电话关机，家里电话也没人接，我一直担心你。"

"哎呀，昨晚手机没电了，自动关机了我都不知道。后来那个谁又说去唱歌，结果我就喝醉了。最后谁把我抬回来的我都不知道，更听不到你的电话了。"

"只要你没事就好，下次少喝点，注意身体。"

"谢谢老婆关心，下次一定注意。对了，黄蓉他们家孩子的事解决了吗？"

"解决了，多亏一个我刚认识的……"

媛媛在卫生间外敲门："海哥，你没事吧？"

李海连忙捂住话筒："婷婷，公司有事在催我，我得立刻赶过去，待会儿我打给你！"

李海匆匆挂了电话，表情一下垮了下来，他抬头，看着镜子中的自己，难以置信。随即打开冷水龙头，猛地将头埋入冷水之中。

吴婷轻叹一声，放下手中的电话，望着远处的风景，神色中是深深的寂寥。

媛媛站在窗台前，只穿内衣，美好身段暴露无遗。李海走出卫生间，视若无睹。

"海哥，我们今天去哪儿逛逛？"

李海将媛媛的外套扔过去："先把衣服穿上。"

媛媛嘟着嘴："你怎么不高兴呢？"

李海叹息一声："媛媛，昨天晚上对不起……"

"你不用说对不起，对我来说，昨天晚上很好。"

"昨天晚上我喝多了。"

"我知道，如果不是喝多了，你也不会对我说心里话。"

"我说了什么心里话？"

媛媛羞涩地一笑:"你说你爱我,还说你……你不想离开我。"

李海用力地拍着额头,转了一圈:"媛媛,你听我说,我昨晚是真喝多了!喝多了说的话、做的事,都不算数的。"

媛媛委屈得仿佛马上要落泪:"海哥,你什么意思?你是不是欺负了我之后,就不想认账了?"

"不,不,不,我不是……"

媛媛趁势一把抱住李海的腰:"哦,不是就好!海哥,我爱你。难道你不知道吗?我第一眼看见你,我就爱上你了!"

李海拉开媛媛的手:"媛媛,别这样……"

媛媛却紧紧抱着,就是不松手:"不,我就这样……"

俩人正在拉扯,门铃响了。

李海一惊,用力推开媛媛,他将窗帘撩开一条缝,脸色大变——楼下门口按着门铃的是吴婷母亲。吴婷母亲一手提着包裹,一手按着门铃,一边喊:"海子!开门啊!是我,妈——"

李海对媛媛低吼:"快穿衣服!"

媛媛被李海的神情吓了一跳,抖抖索索地穿着衣服。李海在卧室里转了两圈,媛媛已经把衣服套上,但是裸露的部分依旧太多。

吴母喊着:"海子,我知道你在,我看到你的窗帘在动。"

"妈,来了!"

李海冲进衣帽间,扯了一件吴婷的运动衣出来给媛媛:"穿上!就说你是钟点工!"

媛媛连忙点头。

李海拉开门,吴母上下打量李海,有点不满:"怎么这么久才开门?"

"睡着了,没听到。"

"你脸色怎么这么难看?"

"昨晚喝多了。"

吴母将信将疑,然后直接向开放式的厨房走去:"婷婷说你吃不惯钟点工烧的菜,让我专门给你做了几样送过来。"

"你给我打个电话让我去不就行了,何必专门跑一趟。"

"你那么忙,哪儿有时间?"

套着运动服的媛媛鬼祟地从楼上下来。吴母背对客厅,将包裹里的菜一样样拿出来。李海给了媛媛一个手势,示意媛媛偷偷溜走。媛媛会意,蹑手蹑脚地走向客厅。

李海上前一步,故意挡住客厅方向掩护媛媛:"妈,我帮你。"

"不用不用。"

"你这菜,可真香。"

李海眼睛扫着媛媛,嘴上说:"妈,你这调料是什么?"

吴母低头去看菜："茴香。"
眼看媛媛一步一步就要经过客厅，李海暗暗松口气。
可吴母突然转身："瞧我这记性……"
吴母看见媛媛，呆住了；媛媛也不知所措。
"这是谁？"
"这……这是钟点工。"
媛媛机械地重复了一句："我是钟点工。"
"不是说钟点工是个阿姨吗？"
"你说的那个是做饭的，这个是搞卫生的。"
吴母狐疑地将媛媛从头看到脚："搞卫生的？你怎么既不拿抹布也不拿拖布呢？"
媛媛词穷，只得愣住。
"她刚刚做完，正说要走。"李海忙解围。
媛媛反应过来："李总，我今天的活完了，我走了。"说着就向门口走去。
不料却被吴母厉声制止："等等！"
李海与媛媛都浑身一震，吴母上前一步，仔细看着媛媛。李海与媛媛都有些发毛。吴母转头靠着李海耳边，低声说："海子，她这身衣服我看婷婷穿过，别是偷了婷婷的衣服。"
"妈，你多心了。婷婷的衣服都带到加拿大去了。"
"一个钟点工，怎么穿得起这么贵的衣服？"
李海愣了一下，支吾着："她那是山寨的地摊货吧。"
吴母恍然："对，比婷婷那身质地差远了。"
"我，我可以走了吗？"媛媛紧张地问。
吴母和蔼地说："走吧。"
媛媛几乎小跑出门。吴母的眉头又扭紧了，她注意到了媛媛脚上是一双妖艳的高跟鞋。媛媛消失后，李海彻底松了一口气，连忙打起精神："妈，你刚才说你的记性怎么了？"
吴母却似没有听到，看着李海，眼神中有许多怀疑。
李海不安："妈——"
"哦，我今天提了两个包裹来，还有一个忘在门口了。"
"我去拿。"来到门口，李海发现果然还有一个包裹在门口，而媛媛还没有走远。媛媛向李海挥手。李海做了一个赶紧走的手势。媛媛回了一个飞吻，并挥舞着手中的手机。李海神色一下十分严峻。

媛媛回到住处，晓菲正在吃方便面。
"晓菲，你还没去上班？"
"你昨晚夜不归宿？"

"正好，我有重要情报要发布。"

"媛媛，你的私生活我管不了，不过，你至少应该保护好自己……"

"别那么清纯。来，给你看张艳照，污染一下你。"

晓菲吃惊，照片上，在媛媛身后酣睡的男人居然是李海。

"李海？"

媛媛得意地说："如假包换。"

晓菲颤声问："昨晚，你跟他在一起？"

"铁证如山。"

"你们……"

"该发生的都发生了。"

晓菲突然十分气愤："他怎么能这样呢？他有老婆！他的老婆是吴婷！"

"但吴婷的对手是媛媛。"

"我太失望了！我还以为我真错怪了他，以为是我偏见，看不到他身上的亮点，其实他和其他男人没什么两样。"

"不许你这样说我的男朋友。"

"媛媛，你不能跟他在一起。"

"我们是真爱。"

"这个男人配不上你的真爱！他也更配不上吴婷！他也配不上……"

"对了，李海还让我安排，说还欠你一顿饭，你看什么时候方便？"

晓菲失望地摇摇头："你跟他说，我什么时候都不方便。"说完转身走进了自己房间。媛媛看着手机上的照片，笑得更甜蜜了。

房间里，晓菲倒在床上，看着天花板。突然，她笑了，甩甩头，站起来，从抽屉里拿出那张有着自己与李海照片的报纸，揉成一团，扔进了垃圾桶。

李海去养老院陪父亲下棋。

"最近发生了一件事。"

父亲只是专心地看着眼前的棋局。李海心不在焉地拈起棋子："我喝多了。"

父亲抓住李海的手："你不能悔棋。"

"是啊，棋不能悔。"

父亲执着地将李海刚才的棋子放回原位。

"可是我真的非常后悔。"

"该你走了。"

李海重新走出一步棋："这样的事情，绝不会再发生了。"

父亲点头："今天早晨的包子很好吃。"

李海郑重地看着父亲："爸，我向你保证。"

回去的路上，李海接到媛媛的电话，李海只得推说自己很忙。

"再忙你也得锻炼呀。"

"我到公司了,下次再说吧。再见。"

李海匆匆挂了电话,然后问司机小刘:"我跟媛媛吃饭那天晚上,你后来去哪儿了?"

"李总,那天我把你们送到唱歌的地方,媛媛跟你说,让小刘回家吧。你说行。于是我就回去了。"

李海没好气地说:"当时我已经喝醉了!"

小刘不敢接话。李海郁闷地说:"算了。"

小刘小心地问:"李总,那天没什么事吧?"

李海沉默片刻:"你给我记住了,以后无论我喝得有多醉,说了什么,都只能是你送我回家,一个人。你明白我的意思吗?"

"明白了。"

李海想了想,拨通了马林的电话,约马林见一面。

健身会所更衣室里,媛媛放下手机,若有所思。看见晓菲进来,她重新将电话拿起,装模作样地说:"海哥,你想我了?我也想你。……你说晚上一起吃饭,不行,我今晚值班。……明天再说吧。再见。"

媛媛放下电话,炫耀地对晓菲说:"这才一天没见,电话就追来了。"

晓菲没有搭腔。

"恋爱的感觉真好。"

晓菲沉默着,打开柜子,取出自己的包走了。媛媛的表情也垮了下来。

李海亲自开车接上马林。

"听说你前两天出差了?"李海问马林。

"没有啊。超洋花园马上要开盘,千头万绪,我哪儿还有时间出差啊。"

李海一愣,懊丧地喃喃道:"我早该想到的。"

"你说什么?"

李海甩甩头:"没什么。上次我跟你提的事情,你考虑得怎么样了?"

"上次我就已经明确回复你了。"

"你还是坚持留在周兴那儿?"

"海总,市场上营销总监很多,你为什么独独青睐我?"

"的确,现在人才很多,但是德才兼备的少。有才无德,我不敢大用;有德无才又不堪大用;所以,好不容易看到一个你,我不想轻易放过。"

"我不见得符合你的要求。"

李海递过一张支票,马林接过一看,114万,十分惊讶。

"听说周兴不愿意捐款,你私人掏了钱。"

马林弹了弹支票,笑了。

"我解释一下,这跟你是否愿意跳槽没有任何关系,你不用为了这张支票,做出任何决定。"

马林笑了,沉思片刻,将那张支票放回李海身边:"海总,你这样做,我很感谢,也很感动。但是我既然做出了承诺,我就一定要兑现。"

"我知道周兴给你的年薪不错,但是114万对个人来说,还是有不小的压力。"

"海总,我有没有跟你讲过,小时候,我家里很穷。"

"你说你母亲曾经因为你偷了三块钱买包子揍了你一顿。"

马林摇头:"那不算什么。初中毕业后,我辍学一年,摆了整整一年的地摊,才筹够了高中的学费。每天晚上收摊的时候,我就发誓,我一定要上大学,一定要找一份好工作,一定要挣很多很多钱,然后帮助很多很多人。现在我有能力实现这个梦想了,请你成全我。"

李海欣赏地看着马林:"既然这样,我不勉强你。"

马林笑了笑,看着窗外:"你要把我带到哪儿?"

"到了。"

这是一处有山有水的风景区。李海与马林下了车,眺望着风景。

"风景不错。" 马林说。

"这块地代号118,有1180亩,三个月之后,将上市拍卖。"

"这应该就是你和我老板现在正在争的那块地吧?"

李海点头:"是。他是志在必得,而我对这样一块土地也是渴望了很多年。如果不出意外的话,拍卖最终在我和他之间展开。"

"几万年过去了,但开发商之间的争斗和原始部落的争斗还是没什么两样,都是为了土地,为了利益。"

"不,我是为了梦想。"

马林一怔。

"我修了很多房子,但都是产品,不是作品。我希望能在这块土地上建一个中国最高端的别墅群落,一个能体现诗意居住的作品。"

"你觉得你能到达这个境界?"

李海充满激情地说:"资金我已经准备好了;全世界最顶尖的规划设计师,我也已经请来了;剩下的,就是实施了!马林,和我一起做吧,我有眼光有魄力,你有才华有激情,让我们一起完成这个项目!让我们俩的名字刻在中国的房地产发展史上!"

马林有些激动:"我一直以为,只有我心里有一把火,原来你心里也有一把火。"

"那你还犹豫什么呢?"

马林思考片刻:"海总,你的梦想很震撼我,你的人格魅力也很让我倾心,但是我暂时还是不想跳槽。"

"为什么?"

"因为你还不够了解我。"

"还不够？那你觉得要怎么样才能让我更深入地了解你呢？"

"一个男人要了解另外一个男人，最简单的方法，就是干一仗。"

李海疑惑。

"叠峰阁二期和超洋花园马上同时开盘，我已经做好了准备，要和你一决高下。"

"你想打败我？"

"在柬阳楼市，你是一个标杆式的人物，从入行的那一天起，我就在渴望打败你。"

"想一战成名？"

"名、利，我都喜欢，但是我更喜欢挑战高手的感觉。"

李海失笑："原来阻碍你跳槽的原因在我？"

"是。如果我现在跳槽到你的麾下，我将没有这样的机会。"

李海有些失望："好，我还是尊重你的选择。"

"谢谢。"

"我祝愿你能在一个月后战胜我。"

"我会全力以赴。"

李海伸出手，与马林相握。

"海总，你讲了很多你对118地块的规划，你不怕我把这些出卖给周兴？"

"你不会。你不是那种人。"

马林笑了，与李海紧紧握手。

澄海置业大门对面，吴母躲在绿化带后，拿了一个儿童望远镜向门口张望着。正在这时，手机响了，是吴婷。

"妈，你是不是又跟爸吵架了？刚才我打电话回去，爸的心情不太好。"

"还不是为你。"

"为我？"

"婷婷，你们家钟点工你见过吗？"

"见过一次。"

"她们什么样？多大年龄？"

"是两个中年的阿姨。"

"糟了！"

吴婷吓了一跳："怎么了？"

"我前两天在你家碰到一个妖里妖气的女的，李海非说是钟点工。这不是出事了吗？出大事了！"

吴婷迟疑了一下："妈，你别多想，家政公司经常临时换人。"

"那女的很年轻。"

"以前秀秀也才十九岁。"

"婷婷，千里之堤毁于蚁穴啊！不能大意啊！"

"妈，你多心了，海子绝对不会出这种事的。"

"算了，我不跟你说了。"

"妈，你千万别生事啊！更别在海子面前乱说话啊！"

"你别说了，妈心里有数。"吴母匆忙挂了电话。大楼门口，李海从车上走下来。吴母举着望远镜，仔细地查看着。

吴婷放下手机，表情中有许多不安。继续绣花，但是连续几针，都歪了。吴婷放下针，努力稳定着自己的情绪，站起来，离开露台。

小宝虽然被接了回来，但黄蓉也被儿童保护会的工作人员盯上了。一天，黄蓉正要出门，见儿童保护会的工作人员正和邻居说着什么。

黄蓉不由得捏紧了小宝的手。

工作人员："如果你们听到隔壁有孩子的哭声或者虐待孩子的声音，请立刻跟我们联系。"

邻居："没问题。"

黄蓉低下头，牵着小宝准备离去。

工作人员："海伦，请你等一下。"

"你，你来……"

"海伦，你好，我来进行回访，请你配合。"

"哦。"

"请你回避一下。"

黄蓉无奈地松开小宝的手，走到一边去。

工作人员蹲下身来问小宝："查尔斯，你好吗？你妈妈最近两天有没有打你？"

小宝得意地说："她不敢！"

工作人员拿出几个糖递给小宝："如果你妈妈打你，或者有其他人对你动手，你可以拨打糖纸上的这个电话，就会有人来救你。"

小宝一把抢过糖，迫不及待地拆开往嘴里塞着。

工作人员："你明白了吗？"

小宝含混地说："明白了。"

黄蓉远远看着，不明所以。

一个块头很大的邻居走出来，看着黄蓉，竖起中指，喊了一声："Child abusers!"黄蓉愤愤地瞪了他一眼。

超洋花园售楼处大门口挂着横幅："热烈祝贺超洋花园盛大开盘！"整个园区张灯结彩、花篮林立，购房者川流不息，显得十分热闹。

相比起来，叠峰阁相对冷清，但是更加精致。售楼处门口，十个购房者正在排队进入，保安严阵以待，仔细地检查每一个购房者手中的订单。门前的空地上，摆放着西式的软椅，周围的桌子上有茶水、小点。手中持着排号单的客户们或坐或站，紧张地等待着。

谢伟、张俐也在其中。不断还有喜笑颜开的购房者从另一侧小门走出。

张俐有些担忧："我们买得起的那种套型会不会已经被人选走了。"

谢伟也很紧张："不会吧。你看周围这些人，都是有钱人的派头，他们不会跟我们一起抢小套型的。"

主持人通知："下面请 475 号到 484 号的朋友准备。"

谢伟从椅子上弹起来："该我们了！"

二人随着人流走，几位售楼小姐迎了上来。一位声音已经有些嘶哑，但情绪依旧激昂的经理大声介绍着："每个人只有十五分钟的时间选房，早一秒晚一秒都是决胜的关键。我不希望因为你刹那的犹豫，而失去你一生中最好的一套房子，造成终生遗憾！"

谢伟和张俐的表情更加紧张。谢伟拉住一个售楼小姐，焦急地问："我上次选好的那个房号怎么被贴上红色标签了？"

"那就是已经被人选走了。"售楼小姐回答道。

谢伟哭丧着脸："那怎么办？"

"现在还有一套，但是比你原来看好的那套大十个平方，要不要？"

"在哪儿？"

"1 栋 1 单元 12 楼。"

谢伟还要说什么，一个客户拉住售楼小姐："售楼小姐，来，快帮我把这套定下来。"

谢伟与张俐只好来到沙盘前，寻找 1 栋的位置。

张俐："多十个平方，那就是多七万多块钱！"

谢伟："先看看再说。"

售楼小姐再次走过来，语气十分催促："选好了吗？"

"我们想再看看沙盘。"

"谢先生，自从排到号，这沙盘你都来看六次了，还没看够？"

"原来一直看的是 2 栋……"

"那你慢慢看吧，不过，我给你透个信，就是 1 栋这套，另外还有两个人在关注，如果在你慢慢看的时候，人家先下手为强了，我可不负责任。"

"我就选这套。"

"那你跟我过来。"

张俐扯扯谢伟，谢伟一拉张俐，跟着售楼小姐而去。

签单处在售楼处的另一角落，安置着桌椅，这里几乎都坐满了人。售楼小姐带着谢伟与张俐在一张小桌前坐下，然后便开始噼里啪啦按着计算器。

谢伟一看，傻了："怎么比我原来看好的那套多了十多万。"

"谢先生，你原来看中的是我们这批房源中面积最小、位置最差、楼层最低的一套；而现在这套，面积更大，位置也是楼王，还是 12 楼，这价格肯定就上去了。"

"可这超过我们的预算了！"

"今天这个价格是我们澄海置业为了回馈购房者，特地给的开盘促销价。要在以前，这个价格哪里买得到澄海置业的房子！"

谢伟与张俐对看一眼，犹豫着。

"今天超洋花园也开盘，地段和质量都没法和我们比，但每平方米可比我们高两百多元。"

又有客户拿着确认单走过来："售楼小姐，这里好像写错了，我要的是三楼不是四楼。"

"你这个没有三楼了，只有四楼，你要不要？不要马上有人要，要还是不要？"

"我要，我要。"售楼小姐一边为那个客户签字，一边问"这套你们要不要？"

谢伟与张俐还在犹豫着。

"别想了，再想就没了！"售楼小姐催促着。

"买房子，这毕竟是一件大事。"谢伟说。

售楼小姐斩钉截铁地说："这不是买，是投资！是赚钱的机会！你今天不买，我们下个月，肯定涨价！"

谢伟一咬牙："我签！"

"那我就把你的诚意金转成定金了？"售楼小姐问谢伟。

张俐拉着谢伟问："我们哪里有这么多钱？"

谢伟看着张俐，目光挪到张俐的肚子上，然后转头对售楼小姐说："行。"

从售楼处出来，张俐与谢伟来到街心花园，二人坐在长凳上，一筹莫展。

张俐按着手机上的计算器说："我算了三遍了，怎么都还差 74056.1 元。"

"你妈那 30000 多块就别动了，那是她一辈子的积蓄。"

"加上我妈那 30000，还差 74056.1 元。"

谢伟长叹一声。

"我们去把房子退了吧。"张俐提议。

"退了，就再也买不回来了。你没看到，售楼处门口，那些没买到房子的人看我俩的眼神是多么羡慕嫉妒恨。"

"但是……"

谢伟打起精神："售楼小姐不是让我们一个星期后再去签合同吗？还有 7 天，我们一定能想到办法。"

超洋花园售楼处办公室，摇滚音乐震耳欲聋，马林虚拟地比画着弹贝斯的姿态，假装正在演出。经理冲进办公室，兴奋地对马林说："马总，这才半天时间，已经售出一大半了。"

马林毫不理会。

一个售楼小姐冲进去："马总，最贵的那套签单了！"

马林还是沉醉在音乐中。

"马总，小李已经签了8套了！平均15分钟一套，已经创下超洋公司的个人记录了！"

马林继续弹奏着虚拟的贝斯。

这时，保安来了："马总，现在售楼处门口已经有好几百人了，还有人源源不断地往这边来，我们必须马上控制一下。"

经历了最后的高潮，音乐戛然而止，马林这才回到现实。

经理十分激动："马总，超洋花园从来没有这么火爆过！"

马林平静地说："淡定。只要我还在超洋，这种场面就会经常出现。所以你们都要学会淡定。"随后转向经理："你让所有的售楼小姐放慢节奏，只接待排了号并交纳了诚意金的业主。"

"是。"

马林问江报卖了最贵那套房子的售楼小姐："最贵的那套是你卖的？"

小姐点头。

"奖金五千元，收工就去财务室领！"

小姐比了一个爽的手势："耶！"

马林吩咐保安马上从集团再调二十个保安来，维持售楼处的秩序。接着又让经理马上抽调人手发放二期的号码。

"现在就发二期的号，但是我没准备呀。"

"不需要准备，立刻就发！一定要把今天来到现场，但是没买到房的客户留住！"

"我马上去办。"

温哥华黄蓉和卫东的住处，小宝将抽屉一格一格拉开，踩着抽屉，去拿柜子顶上吴婷送的玩具。黄蓉看见后，一把将他揪下："你想干什么？"顺势一巴掌拍下。

小宝嘴一撇，开始号哭。黄蓉一下醒悟，一把捂住小宝的嘴："小祖宗，别闹！别闹！千万别闹！被隔壁的听到事儿就大了！"

但小宝没有收声的意思。

黄蓉只得说："别哭了，我给你拿，我给你拿。好不好？"

小宝一下笑了。黄蓉小心地取下玩具："小心一点，这个玩具很贵的！"

小宝一把抢过来。黄蓉摇摇头，走进厨房。

突然，正在炒菜的黄蓉听到"咔哒"一声，她一惊，走进房间一看，那玩具已经变成了两半。小宝害怕地看着黄蓉。

黄蓉心痛地骂小宝："50多加元啊！你这个败家子！"

黄蓉举起锅铲，正要拍下，小宝一吓，又是要哭的表情。黄蓉再次醒悟，连忙放下锅铲，柔声哄着："没事，没事，继续玩，继续玩！"

小宝惊诧地看着黄蓉，不明白她怎么突然如此慈祥。黄蓉转头，表情立变。小宝受到鼓励，再次对玩具"分尸"。听着身后的"咔哒"声，黄蓉的脸色接近痛苦，她捂着嘴，走回厨房。

七

一场紧张激烈的售房大战终于告一段落。

马林向周兴汇报:"超洋花园的 517 套和叠峰阁二期的 502 套,都在今天下午三点前售罄。而且我们每平方米的单价比叠峰阁贵出二百七十四元。"

对面的周兴一脸轻松地对马林说:"无论是总额还是单价,我们都胜出了。"

马林自信地说:"是,据说叠峰阁最早把开盘价定在了七千五的均价,但是由于我们试住活动的推出,对他们的客户造成了很大的冲击,他们被迫将定价下浮了 5%。"

周兴闭起双眼,似乎很享受这个结果:"也就是说,今天李海亏了 5%。"

而在澄海置业李海的办公室里,刘少勇也在向李海汇报售房结果:"我们超额完成了回款任务。"但语气中透出失落,并不甘心这个结果:"超洋花园也卖完了,而且卖得比我们贵,这一仗我们算是输了。"

李海淡定地说:"但我们赢得了另外一样东西。"

刘少勇不解地问:"什么?"

李海看了他一眼自信地说:"眼光。"接着李海拿起桌上的一份通知书说:"这件事就这样了吧,你马上去准备 118 地块的拍卖。"

刘少勇翻开手里的通知书看了一眼,一扫刚刚失落的士气,兴奋地说:"我们得到拍卖资格了?太棒了,那我马上去准备。"

李海笑着点头,仿佛一切尽在他的掌控中。随着刘少勇转身走出办公室,李海陷入了一阵沉思,一场硬仗马上就要开始了。

与此同时,在周兴的办公室,马林汇报结束后起身:"老板,你交给我的任务,我已经圆满完成,我准备……"

还没等马林说完,周兴从抽屉里拿出一份文件递给他,说:"新的任务又来了,南山县 118 号地块,我们、富临地产还有澄海置业同时入围了最后的拍卖。富临地产,我来搞定,你去研究一下怎么压倒澄海置业。"

马林诧异道:"做项目前期不是我的专长。"周兴自信满满地说:"你对付李海,很有一套。"

马林随手翻了一下，惊讶道："老板，你打算花16个亿去拍那块地？"

周兴神情顿时凝重起来："这是我最后的底线！这个数字只有你和我知道。绝密！"

马林拿着文件走出周兴的办公室，边走边思索周兴的话。此时的他，不能说进退两难，但似乎怎么也逃不出这个纷争。正在这时，手机响了，马林低头一看，是李海的电话。

马林来到了约定的地方，李海大老远就说："马林，恭喜你啊！"马林问："恭喜什么？"李海笑笑道："无论是单价还是总量，超洋花园都超过了叠峰阁。马林，你赢了。"马林听后摇摇头说："海总，你不觉得这个数字其实不代表我的水平吗？"李海不解地看了马林一眼，等着他说下去。马林想都没想说："你不觉得在这个疯狂的氛围中，哪怕一头猪来卖房子，也能卖出这样的业绩？"

李海听后哈哈大笑道："马林，你除了有能力之外，还很谦虚。"马林接着说："我从不谦虚，我只是有一个感觉，这种好日子不会持续太久，长时间的高潮后，中国房地产市场一定会有一个漫长的低谷，而在那个时候能把房子卖出去，才是我马林的本事。"

李海沉默片刻后说："这也正是我所担心的，所以我才特别希望你能来澄海，咱们一起应对未来这个低谷。"看到李海这样诚恳的态度，马林心里也很无奈："海总，我很愿意跟随你，但是今天发生了一件事，我恐怕不方便在这个时候跳槽。"李海并没有表现出失望，而是更加诚恳地说："我可以等，在你方便的时候随时可以找我。"李海故意加重了随时两个字。马林看着坚定的李海，打从心里对他产生了一种敬佩，长出一口气说："谢谢。"

也许此时焦虑已经不能用来形容谢伟的心情了，挂掉售楼处售楼小姐的电话之后，他仿佛被抽走了精气神，垂头丧气地走到客厅，一下子就跌倒在沙发上。张俐问："谁的电话？"谢伟头都没抬说："售楼小姐的，叫我们赶快去签合同。"张俐焦虑地说："这首付款还差好大一截呢！"谢伟说："如果我们再不去，她就要把那套房子让给别人了，她说现在有三个客户候着。"张俐试探地问道："那让出去？"

"让出去你妈那边怎么交代？"

"我也不知道。"张俐无奈地说，说罢，谢伟与张俐面对面坐下，一筹莫展。

这时，晓菲从自己房间走出来，看到他们说："怎么了？两根苦瓜。"张俐谢伟都沉默不语。晓菲问："还是为房子？"谢伟点点头。

张俐突然说："还有一个办法，媛媛不是跟叠峰阁的董事长好了吗？要不让她给我们说句话，给我们打个折？"

晓菲脸色一变说："我不发表意见。"谢伟也想起什么似的说："晓菲，你不是也认识他吗？帮我们去说说嘛。"晓菲说："我跟他不太熟。"谢伟还想说什么，被张俐拉了一下，晓菲欲言又止。正在尴尬之时，媛媛推门进来了，依旧穿得花枝招展。张俐上来就拉住媛媛，说："我和谢伟在叠峰阁定了一套房，但是算来算去，首付款还差七万，你能不能跟叠峰阁那个老总说说，给我们优惠一点？"

媛媛听后有点傻了："什么？"谢伟问："他不是你男朋友吗？"张俐也紧张地问："难道你们分手了？"被他俩逼问，媛媛支支吾吾的不知道怎么回答。

"这些有钱男人怎么都是见一个爱一个，爱一个扔一个呢？太不像话了！"谢伟愤恨地说。张俐在边上也唉声叹气，不知道是在同情媛媛，还是因为自己没有用上媛媛这层关系而叹气。一时的气氛把媛媛搞得无所适从，她虚荣好面子的本性，使她脱口而出："谁说我们分手了？凭我媛媛这张脸这身材，哪个男人敢扔我呀！"

张俐听媛媛这么说，一下子松了一口气："我就说嘛，我们媛媛肯定是个例外。"张俐这么恭维媛媛，媛媛更加自信了："这事就包在我身上了！不就七万块吗？我让他给你们打个九折，不就出来了。"

谢伟有点不相信地问："真的行吗？"

媛媛一听，信誓旦旦地说："我现在已经是他的正牌女友了，我说的话，他能不听吗？"

谢伟与张俐对看一眼，甚是宽慰。而坐在一旁的媛媛正在为自己夸下的海口做盘算。

一个老板的一句话，就可以解决一个家庭的苦恼，这也是现实写照。而这个老板，现在正在陪着他的"老板"。

此刻，南山县招商办公室里，高官们济济一堂。李海向领导们作报告："南山县政府对我们的规划方案给予了高度评价……"正讲着，李海手机响了，表情很不悦，低声说："我在开会，稍后打给你。"李海放下电话接着说："他们表示，如果我们拍卖成功，一定会全力配合我们的开发……"电话那头的媛媛，很失望地坐在健身房的器材上，喃喃自语："好不容易抓住你，还想跑？哼！"

车灯光远远地打过来，吴母连忙藏身花园的凉亭后。车停下，李海拖着疲惫的身躯下车进门。吴母警惕地观察着。

李海进门，手机铃又响起，还是媛媛。李海按下了拒接。他拉开冰箱，空空如也，他将橱柜一一打开，一无所获，之后他拿起暖水瓶想喝水，空的……一阵孤单无奈涌上心头，李海接了一杯冷水，大口喝着。

手机又响，还是媛媛。李海又是无奈地接起。电话那边响起媛媛嗲嗲的声音："海哥，你的手机是不是有问题？怎么我打了好多次，都是无人接听呢？要不我陪你去买一个吧。"李海问："媛媛，什么事？"

媛媛说："海哥，你吃饭了吗？我们一起吃饭吧……"

"媛媛，我正在开会。"李海打断她。

"海哥，要不我到你公司来等你吧？"

李海连忙说："不，我开完会准备直接回家。"

"那我到你家等你？"

李海断然道："不行！"

"海哥，你干吗对我这么凶啊？"

李海深吸一口气，将语气放得和缓些："我最近这段时间特别忙，你要没什么事就不要再打电话来了！"

"那我想你怎么办？"媛媛像是对相恋的男友说话一样。

不等媛媛把话说完，李海挂了电话，猛地把手中的杯子摔得粉碎。

此时，电话又响了，李海已经怒不可遏，他抓起就吼："媛媛，你到底要怎样？"

电话那头的吴婷有些惊讶："海子，你说什么？"

李海此时想死的心都有了，连忙解释道："婷婷，对不起，对不起，我不知道是你。"

吴婷问："谁是媛媛？"

李海故作轻松地说："一个买房的，找我要折扣，我都给她三个点了，还不知足，一个劲儿地打电话来，所以我一下就忍不住了。"

"你是不是跟那个健身房教练媛媛通电话了？"

"不是，上次那个姓袁名媛；这个谁知道是叫张媛媛还是李媛媛，我也是第一次见。"李海稍加思索后说道。

吴婷半信半疑地"嗯"了一声。

李海赶紧转移话题："你这两天睡得好吗？"

"还是老样子。我就问问你这两天怎么样，如果没什么事，我就挂了。"

吴婷挂了电话，慢慢地在沙发上坐下来，脑海里突然闪现健身房里媛媛那充满活力的身体。吴婷猛地站起来，冲上楼去。一下子坐到化妆台前，看着自己的脸，轻轻抚摸着眼角、嘴角。她的表情慢慢有些悲凉，心里也像翻了五味瓶一般，她清楚地看到了自己脸上的细纹与肌肉的松弛。

此时的媛媛也在化妆镜前看着自己，纳闷地想：这么漂亮的脸，怎么就没人来消费呢？正想着，听到有人敲门，头也没抬说了句："门开着。"仿佛还在为刚刚的事情烦恼。

张俐出现在门口，带一点讨好地笑问："媛媛，你要休息了吗？"

"还早呢。怎么了？"媛媛答道。

张俐问："媛媛，上次拜托你的事，有消息了吗？"

媛媛有些慌乱地说："你看我，一下给忘了。怪不得人家说胸大无脑，记性不好。你放心吧，我不会忘的，这两天李海在出差，我也没看见他，只要见到他，我就跟他说。"

张俐再次嘱咐："那就拜托你了。"

媛媛强撑着说："没事。"

"你早点休息吧。"张俐说完就出去了，媛媛流露出了一丝焦虑。

这时还有一个人过得也不轻松，那就是吴婷的母亲，自从李海进门之后，她一直蹲守在不远处，观察着李海的动向。直到天黑了下来，看到李海别墅的灯全部熄灭，她才站起身来，捶着腰，转身离去。仿佛经过上次钟点工事件之后，她就担当起为女儿看好老公的重任。

挂掉电话之后，李海瘫坐在沙发上，想起晚饭还没吃，又被一堆烦事纠缠，心里也十分不是滋味。手机响起，他看到的又是媛媛，无奈地摇摇头，直接把她的号码拉进了黑名单。

吴婷在加拿大待时间长了，也认识了一些朋友，没事出去聚聚，聊一聊家庭琐事，既可以打发一些闲余的时间，也可以排解一下心头的烦事。

"以前老四川的家常菜还不错，但自从他们的大厨回国后，味道就一日不如一日了。""冬雪酒楼的川菜不错。""我觉得一般。"

"上次我和吴姐去，吴姐说还行。吴姐，吴姐？"

大家你一句我一句地聊着，吴婷却一直沉默、走神。

苏珊拉拉她问："吴婷，你今天怎么了？"

吴婷回神说："没什么。对了，你们的先生什么时候过来？"

苏珊苦笑道："我不知道，他总是说来就来，说走就走。"

小雅接着说："我家那个圣诞回来。"

佩佩也是一脸苦相说："我家那个估计要等到春节了。"

吴婷问道："你们不担心他们吗？"听起来是在问她们，其实是自己内心想要找寻答案。

小雅问："你是说那方面？"

吴婷点头。

小雅接着说："想想我们的男人也挺可怜的，一个人留在中国，吃没人管，穿没人管，生理需求也没人满足，真要有什么事，也是在所难免的，是不是，苏珊？"

苏珊苦涩地一笑说："自己想开点，也就没什么了。"

吴婷想了想问："难道你们都不信任自己的先生？"

"信任也没用，山高皇帝远，何况隔着一个太平洋。他说什么就是什么吧！"小雅无奈地说。

佩佩也说："反正我的原则就是，怎么都行，就是别让我知道；要是让我知道了，我一定让他后悔一辈子！"

跟她们聊了聊，吴婷心中的疑虑不仅没有消除，反而更加沉重了。回到家中饭也没吃，也没理英子。

英子百无聊赖地躺在床上，突然听见石子敲击玻璃的声音。她扑到阳台上，看见楼下王江川等人开着车，正在冲英子招手。英子指指隔壁吴婷的房间，做了一个苦脸。王江川又指了指，英子一看，不远处有一个花架，正好可以爬下。

英子顿时开心了，回了一个稍等的手势。回屋穿了一件外套就出来了。她小心地从自己的阳台翻到了隔壁吴婷卧室的阳台。蹑手蹑脚地正要爬上花架，突然，她听到了一阵小声地哭泣。英子诧异，她靠近阳台的落地门，从窗帘的缝隙中望进去，只见吴婷坐在梳妆台前，头埋在双手里，双肩抖动着，发出了竭力压抑的哭声。英子愣住，她想推门进去，却又犹豫了。王江川小声地按了一声喇叭。英子转头，悄悄地顺着花架爬了下去。

第二天，吴婷稍作打扮，刘晓宇的车已经停在了楼下。上次接到黄蓉的电话，要请他们吃饭表达谢意。在国外难得有个朋友，吴婷就没有拒绝。

吴婷与刘晓宇敲门，卫东与黄蓉起身迎接。看到小宝，吴婷拿出了事先准备好的礼物，笑着说："小宝，送给你！"小孩子倒也不客气："我最喜欢礼物了。"小宝拿了礼物就要跑，黄蓉一把抓住他，训斥道："快叫吴阿姨！"小宝乖乖地叫了声："吴阿姨。"然后一把将礼物撕开，黄蓉作势就要打，口中说道："怎么这么没礼貌！"再抬头看到刘晓宇，有点不好意思地说："我现在都只是吓吓他。"刘晓宇心里自是不同意这种做法，但嘴上也没有说出来："没关系，其实我老爸也是信奉不打不成器的格言，我小时候也没少挨打。"黄蓉却没看出刘晓宇的心思，反而说道："难怪刘律师现在这么优秀。一定是小时候的教育特别好。"刘晓宇无奈地笑了笑。

席间，卫东很不好意思地说："吴姐，家里窄，别见怪。"吴婷真诚地说："我觉得挺好啊，又温馨又温暖。"黄蓉一下把话抢了过去，只怕卫东太过老实，说漏了嘴："本来我们都在那个海天皇宫定了位置，但是又怕那些外面的餐馆不卫生；再说了，那是粤菜，你们俩都是枣阳人，怕你们吃不惯；所以干脆请你们到家来，我做几个家常菜招待你们。"吴婷说："我觉得太好了，我很久没吃到家常菜了，还正在惦记呢。"卫东也附和道："黄蓉做菜的手艺的确不错。"

刘晓宇品尝了一口说："哟！味道还真好！黄蓉，你这手艺，去中餐馆当个大厨肯定没问题！"黄蓉高兴地说："好啊，刘律师，只要你开家餐馆，我一定来掌勺。"大家都笑起来。

黄蓉举杯对刘晓宇说："刘律师，那天我都吓死了，又怕小宝被政府的人带走，又怕影响卫东在银行的工作，多亏你帮我们解围，谢谢你，我敬你一杯。"

刘晓宇谦虚地说："我也没做什么，就是帮忙出出主意。"

黄蓉又看了看吴婷说："吴姐，也要谢谢你。"

吴婷赶忙回答："不用谢我，我什么都没做。"

卫东动情地说："不，吴姐，你帮了我们很多，我心里都记着呢。"

黄蓉见缝插针地说："吴姐，卫东有个事，还想再麻烦你。"

吴婷一脸疑问："你说。"

黄蓉碰了卫东一下，卫东犹豫片刻，不好意思地问："吴姐，你的现金一般都怎么处理？"

吴婷被问得一头雾水，回答："我一般都在道明银行存一个定期。"

卫东"哦"了一声没有吭声。

黄蓉看到卫东这个唯唯诺诺的样子，恨不得打他一巴掌，急道："吴姐，是这样的，卫东好不容易找了个银行的工作，我们一家三口也算能喘口气了。但是银行又有揽储的任务，我们到加拿大也没多久，人生地不熟的，这任务都不知道哪年才能完成……"

吴婷恍然大悟，说："我明白了。这样吧，明天我就去把那笔钱取出来，转存到卫东那儿。"

黄蓉开心地说："吴姐啊，真是谢谢你了。"

卫东嗫嚅着："吴姐，这样你会损失利息的。"

吴婷不以为然地说："大家都是朋友，那点利息不算什么。"

黄蓉附和道："就是，吴姐他们家李总是做大生意的，怎么会在乎这点小钱呢。"

吴婷朝着卫东说："卫东，你再给我几张你的名片，我给认识的朋友也都介绍一下。"

卫东感动地站起来说："吴姐，我……我……"随后端起茶杯说："我不会喝酒，我就敬你一杯茶吧！"

刘晓宇看着吴婷，眼光中满是赞赏与倾慕，而这一幕却被黄蓉敏锐地捕捉到了。

回去的路上，刘晓宇开着车，吴婷坐在副驾上，看着窗外的夜色。好久都没有晚上出来了，加拿大的夜晚景色还是不错的，吴婷突然有了一种青春的感觉。

刘晓宇问："卫东以前在电脑公司工作？"

吴婷回过神来说："是，听黄蓉说，已经做到公司高管了。"

刘晓宇摇了摇头说："这种人才移民很容易，但是移民之后，找工作是最难的。有数据显示，大部分来自IT行业的技术移民最后都转了行。"

吴婷问："那他们在国内的积累不就全清零了？"

刘晓宇说："是。所以他们大多生活得比较窘迫。"

吴婷想了想说："其实，只是生活窘迫，也不算什么。你看黄蓉卫东，虽然艰辛一点，但是很充实；黄蓉从来没有无聊的时候，单凭这一点，我就不知道有多羡慕她。"

刘晓宇笑笑说："你还羡慕人家，人家还羡慕你呢。"

吴婷自嘲地说："我有什么好羡慕的？他们一家人在一起，热热闹闹，和和美美，比我幸福多了。"

刘晓宇深深地看了吴婷一眼说："其实，无聊是可以排解的。"

吴婷低声说道："不是无聊，是寂寞。"

刘晓宇再次深深地看了吴婷一眼说："通常，一个人只有在思念另一个人的时候，才会寂寞。其他时候，都叫孤独。"

吴婷琢磨着点点头说："嗯，有道理。"

刘晓宇仿佛在自言自语："以前，我一直都很孤独，但是最近，我变得寂寞了。"吴婷听后一惊，看向刘晓宇，但刘晓宇却看着前方。吴婷愣神片刻，将头转向窗外。

到了吴婷家楼下，吴婷下车对刘晓宇说："再次谢谢你。"刘晓宇却说："谢谢你，这是一个非常愉快的晚上。"吴婷笑着说："再见。"刘晓宇却不说话，深情地看向吴婷，吴婷有些诧异。终于，刘晓宇轻轻吐出二字："再见。"吴婷转身匆匆地进了门。

吴婷走进自己的卧室，一边脱着外套，一边来到窗前，准备拉上窗帘，突然，她愣住了。楼下，刘晓宇的车还在原地，没有开走，依稀可见车里的刘晓宇望着自己的窗户。吴婷吃了一惊，猛地拉上窗帘，背转身，心跳异常。

突然，手机响起，吴婷吓了一跳，看清楚号码，才松口气。"妈——"

"婷婷，怎么了，你的声音听上去不对劲？"

"妈，我没事。"

吴母说："婷婷啊，上次我跟你说的那个事，可能真是我多心了。"

"你又怎么了？"

"我这两天天天都跟着李海，我发现他还是挺正常的，每天下了班就一个人回家，没有跟不三不四的人搞七捻八，那个妖里妖气的女的，也没有再出现。"

"妈，你怎么能去跟踪海子呢？我不是让你别管这事了吗？你怎么不听我的？"

"我还不是为你好。"

"妈，你这样做太过分了！"

"我这都是为了你，这大热天的，你不知道谢谢我，还批评我！不跟你说了，拜拜。"

挂了电话。吴婷定定神，转身，小心地撩开了窗帘一条缝，刘晓宇的车已经离去。吴婷松了一口气。她想了想，拨通了电话。

李海正在与高管开会，桌上摊着规划图、建筑的设计图，还有许多表格。

主管财务的负责人向李海汇报："我们现在计划在一年后开盘，如果回款能够达到两个亿，下一期开发就可以继续。"

李海说："不，一旦这块地拍下，我们必须在六个月之内实现回款，这样才能……"正说着手机响了起来，李海一看是吴婷，站起来对下属们说："你们先讨论，我接一个电话。"

李海走出会议室，大洋彼岸的吴婷柔声说："海子，你在忙吗？"

"正在研究那个118号地块的开发周期呢，你有事吗？"李海回答道。

吴婷赶紧说："没什么，我就问问你。"

李海说："我很好，你呢？"

"我……我也还好。"

李海回头看了一眼会议室，大家都在忙着，于是他说："那我回头再打给你，大家在等我呢。"

吴婷说："好。哦，对了，那个叫媛媛的女孩，人家既然开口请你帮忙，你能优惠就给人家再优惠一点吧。"

李海怔了一下，说："行，婷婷，你说怎么做我就怎么做。"

吴婷笑笑说："那我挂了。"

李海将已经是忙音的手机放到额头，内疚地低声说了句："婷婷，对不起。"

"这套房子你到底要不要？你如果不要，我加价五万，一分钟之内就能卖出去！"售楼小姐说。

谢伟低声下气地说："房小姐，能不能再给我们几天时间？"

售楼小姐也很无奈说："那协议上写得明明白白，交纳定金之后，七天之内必须签合同，交首付款，今天可是第八天了！"

谢伟的脸一下涨得通红，他忍了忍说："再给我几天时间，我一定能把首付款筹够！我保证！"

售楼小姐说："不行的，如果你今天不交钱，你的确认单立刻无效。"

谢伟忍了又忍说："我女朋友怀了我的孩子，我很想娶她，但是她妈妈一定要见了购房合同才同意我们结婚。房小姐，能不能通融一下？"

售楼小姐的语气稍稍放松："你也是，早两年房价还没涨的时候，为什么不买房？"

谢伟举起一张照片说："房小姐，你看，这是我儿子的照片，我真的很想给他还有他妈妈一个家，请你帮帮忙！"

售楼小姐一看，原来是张B超照片，她沉默片刻："看在你儿子的分上，我去跟经理说，我把你的资料弄错了，重新改至少需要三天时间；这样，你可以再有三天时间去筹款，但是我会被经理骂死！"

谢伟赶紧说："谢谢你，房小姐，我们全家谢谢你！"

售楼小姐说："别说这些话了，快去筹钱吧。"

自从上次跟李海通话之后，媛媛就再也没有打通过李海的电话。电话里面总是："您所拨打的电话正在通话中。"媛媛心生疑惑，肯定是李海做了手脚。一时气不过，大摇大摆地来到了澄海置业。刚刚进门，却被保安拦住了。保安问她："小姐，请问你找哪位？"

媛媛笑道："我找李海。"

保安问："请问你有预约吗？"

媛媛自信地说："我是他的好朋友，我找他从来都不需要预约。"

保安看了看媛媛笑着说："你稍等一下，我打电话帮你问问。"

媛媛盛气凌人地说："你最好现在就让我上去，不然耽误了事，我让李海把你开除了!"

保安没理她，拿起电话，笑容可掬地问："小姐你贵姓?"

媛媛无奈地说："姓袁。"

保安放下电话对媛媛说："不好意思，李总现在不在公司，要不你改天再来?"

媛媛欲闯进去，却被保安拦住。于是愤愤地咬着嘴唇，转身离去。

媛媛回到家，刚推开门，就看见谢伟与张俐正在谈着什么。媛媛第一反应想避开，但是谢伟张俐已经看见她，并且走了过来，媛媛无奈停住脚步。

谢伟上来追问："媛媛，李海那边有消息吗？出差回来了吗?"

张俐也在边上说着："售楼小姐今天都要取消我们的订单了，谢伟好说歹说，又多给了三天时间。能找他帮忙问问我们房子的事吗？我妈都在催我们了。"

媛媛支吾着："其实，我觉得房子这东西并不重要。"

张俐和谢伟惊讶地看了对方一眼，只觉得被蒙了。

媛媛故作轻松地说："我给你们讲个故事吧。我有一个朋友，被三个男人追，她爸叫三个男人来 PK，一个说我有别墅，另一个说我有一千万，但第三个说，我没有别墅也没有钱，只有个儿子，在你女儿的肚子里。结果，这第三个男人娶了我那朋友，所以呀，谢伟，有没有房子不是最重要的，关键是重要的位置上有没有你的人。"说完，她自己笑了，但是这时候，谢伟和张俐无论如何也笑不出来。

谢伟绝望地问："媛媛，我的事你到底跟李海说了吗?"

媛媛支支吾吾地说："嗯，嗯，这个事……我跟李海虽然私人感情很好，但是……但是我们一般不谈公事，这个事，我看……我看……你们还是另想办法吧。"

谢伟呆住了。张俐颤声问："媛媛，你前两天不是说没问题吗?"

此时媛媛恨不得钻到地下去，但口上依然说："主要李海这个人，特别古板，什么事都公事公办。"

张俐依然抱有希望地追问："但这次，你能不能求他破个例?"

媛媛勉强地说："他们公司他一个人说了也不算。"

张俐反问："他不是董事长吗？董事长说了都不算谁还能算?"

媛媛站起身来说："哎呀，我突然有件事忘了，你们先聊，再见。"媛媛转身，匆匆离去。

看着媛媛离去的背影，张俐一下哭了出来。

媛媛一边走着，一边不安地看着身后，怕谢伟张俐追上来。

一辆车在她身边放慢速度。原来是晓菲，媛媛像是见了救命稻草一样，一把拉开车门，坐了上去。

晓菲问她："你在躲谁？大姨妈又在逼你交房租?"

媛媛说："没有。"

晓菲不解地问："那出什么事了?"

"晓菲，你能不能帮我约一下李海?"媛媛突然来了一句。

晓菲一惊，踩了刹车问："什么？"媛媛看了看她说："我们俩最近闹了点小矛盾，大家都抹不开面子，你和他不是也认识吗？你帮我把他约出来。"晓菲很坚决地说："不，你和他的事，我绝不掺和。"媛媛问道："我们不是好朋友吗？"晓菲正义道："就是因为是朋友，所以我要劝你趁此机会离开他。"媛媛噘着嘴说："我才不呢。""那你也别指望我帮忙。"晓菲也不饶人。媛媛说："那你不帮我，总得帮帮张俐和谢伟吧。我和李海以后怎么发展，先不说，我们得先帮张俐和谢伟把房子的事搞定。"

晓菲想了想说："张俐也是我的好朋友，我没有道理不帮忙，但是你和李海这样的关系，我……我实在不想跟李海有任何的联系。"

媛媛看晓菲很为难地说："算了，这事，还是我自己搞定吧。"又回头说："晓菲，你是不是特别看不起我？"

晓菲想了想说："媛媛，你是单身，你有权利选择自己的生活，我看不起的是李海。"

一天的紧张工作终于结束了，小刘把李海送到家的时候，天已经黑了。

李海下车，正准备掏出钥匙。"海哥！"媛媛的一声惊叫，把李海吓得眼睛瞪得圆圆的。李海惊讶地说："媛媛，你怎么在这里？"

"我都等了你一晚上了。"

"你等我干什么？"

"我有话要跟你说，但是你不接我的电话，我又进不去你的公司，就只有在这等你。"

"好吧，你要说什么？"

"海哥，你让我进去吧，我的脚都站酸了。"

"好吧，有些话，我们当面说清楚了可能更好。"

"媛媛，首先向你道歉，那天晚上我喝多了，失去了控制能力，对不起。"

"你不用道歉。"

"我希望所有的事情都停留那天晚上。你明白我的意思吗？"

"海哥，我爱上你了。"

"我已经结婚了。"

"我不在乎。"

"可我在乎。"

"我不要名分，我只想跟你在一起。"

"绝不可能！对不起。"

"海哥，自从见到你的第一面起，我就爱上你了，我离不开你。"

"媛媛，虽然那天晚上，我们之间有了……有了亲密接触，但是我对你没有感觉，我们之间以前，现在，以后，都不会有任何进一步的关系。"

"难道你不喜欢我？"

"你很活泼很漂亮，我相信会有很多人喜欢你，但是这跟我没有关系。"

"我今天开了一天会,很累了,你也早点回去休息吧。"

"海哥,你不要赶我走。"

"我给你叫出租车。"

"海哥,让我再留一个晚上,求你了。也许这辈子我们都不能在一起,但是请你再给我一个晚上,让我永远地记住你。"

"媛媛,到此为止。哦,对了,请你把手机里的那些照片删除吧。"

"海哥,这些照片是我生活中最美好的记忆,我不会删除的。"

黄蓉接着电话:"……好,我一定来,再见。"黄蓉挂了电话。卫东问:"你要去哪儿?""吴姐她们几个朋友聚会,邀请我参加。"

"算了吧,跟吴婷交往的,一定都是有钱有闲的贵妇人,你离人家太远了。"

黄蓉强势地说:"你要想多点业务,就得多跟这些有钱人接触。"

"人家聚会去的都是高档地方,又是 AA 制,你怎么办?"

黄蓉愣了一下:"舍不得孩子套不着狼。再说了,吴姐还让我做几个家常菜带过去,她们应该要付钱吧。"

"人家吴姐帮我们那么多忙,你还好意思收钱?"

黄蓉想了想说:"各是各的。"卫东摇头。

俗话说,不是冤家不聚头。晓菲在跑步机上跑着,李海走过来,看着晓菲。晓菲跳下跑步机,转身离开。

李海追过去叫:"晓菲!"

"不要跟着我,我也不想和你再有任何交集。"晓菲头也没回地说。

"媛媛都告诉你了?"

晓菲不停步,李海跟在后面:"你听我解释。"

"你去跟吴婷解释吧。"

"如果不是你临时爽约,不会有那天晚上。"

"我?跟我有什么关系?"

"你约了我,然后你和马林都临时有事,来不了,我才会被媛媛灌醉。"

"我约了你?还有马林?"

"媛媛这么说的,不然我不会跟她单独接触。"

晓菲默想片刻,突然想起,媛媛那天跟她借香水,晓菲问她是不是有约会?媛媛笑道不告诉她,然后很神秘地走了。

晓菲回过头问:"你喝醉之后,到底发生了什么?"

"我不知道,酒醒之后,我什么都想不起来。"

"我想让你知道,事情不是你想的那样;另外,我想请你帮我劝劝媛媛。"

"劝她什么?"

"劝她删了照片,也把那天晚上彻底忘记,我跟她是绝不可能的。"

晓菲没有说话。

谢伟把地点定在了一个环境优雅的餐厅里，仿佛这样能让张俐的母亲面子上好过一些。张俐的母亲过来的时候充满期待，以为房子的事情已经搞定了。当听到谢伟的道歉的时候，张母脸色大变说道："房子还是没有买？那你们俩把我叫来做什么？"

张俐说："妈，谢伟这辈子都会对我好的。"

张母嫌弃地说："他都穷成这样了，拿什么对你好？"

张俐劝说："如果只有一碗饭，我相信他一定会分给我一大半。"

张母说："人家在吃肉、吃海鲜，他分一碗白饭给你，算什么？"

张俐一时没话说了。

张母对谢伟说："谢伟，阿姨连棺材本都给你了，你还是达不到要求，你就不要怪阿姨狠心。"

谢伟低头说："阿姨，我一点都不怪你。"

张母下命令："张俐，我们走！"张母站起来拉起张俐，就要离去。

张俐挣脱："妈，我肚子里已经有谢伟的孩子了。"

张母愣住："真的假的？"

张俐从包里拿出了一张医院的证明，说："妈，你就成全我们吧。"

张母看着证明，喃喃自语："四十多天了，嗯，好。现在去医院正好。"

张俐失声道："妈，我不！"

张母厉声道："我的话你也不听？"

张俐哀求道："妈，谢伟他愿意负责！"

"负责是需要能力的，他有这个能力吗？"

谢伟全身一震。

张俐哭着说："谢伟，你说句话呀！"

谢伟抬头："俐，你妈说得对，我就算心里想对你好，但是我没有这个能力。"

张俐问："你什么意思？"

谢伟垂下头说："你跟阿姨走吧。"

晓菲回到家，看到媛媛正在化妆。

"媛媛，我想跟你谈谈。"

"我马上要上班了。"

"我在健身会所遇到李海了。"

"啊？"媛媛心虚地说，"我来不及了，要迟到了。"

晓菲拦住她说："李海都告诉我了。"

媛媛愣住。

"你用我的名义约了李海？你为什么要这么做？"

媛媛转身，将包扔在床上，委屈地说："我喜欢他，但是他不喜欢我，我只有这样做，才能把他约出来！"

"你灌醉了他。"

"他不醉我没有机会！"

"他根本就不爱你！"

"他迟早会爱上我！"

"那吴婷呢？"

"吴婷在加拿大！"

晓菲"啪"地给了媛媛一个耳光。媛媛震惊地捂着脸委屈地说："你打我！"晓菲怒道："我要把你打醒！"媛媛哭着说："你凭什么打我？""凭我们是朋友！"

媛媛要还击，晓菲一把抓住媛媛的手："媛媛，你面对现实吧！在这之前，李海就在躲你；就算你用尽手段，跟他上了床，他还是拒绝你！就算没有吴婷，你也没有机会！"

媛媛的强硬慢慢软化，她滑坐在床上，沮丧地问："他今天还跟你说了什么？"

"他让我劝你把照片删了，他告诉我，你们俩是绝不可能的。"

媛媛沉默。晓菲在媛媛身边坐下轻声说："媛媛，刚才打你，也是为你好。你付出了这么多，还是没有结果，那就该是刹车的时候了。"

媛媛不说话，晓菲接着说："媛媛，你这么漂亮性感，性格又爽朗，一定能找到一个和你般配的男孩子；就算你比较在意对方的经济环境，我相信这样的人也一定会出现的。"媛媛还是沉默。晓菲拍着媛媛的背，抚慰着："忘掉李海，重新出发吧。"媛媛咬着嘴唇。突然，客厅门被撞开，谢伟背着张俐进来，张母跟着，晓菲媛媛都吓了一跳。

谢伟把张俐安顿在床上，媛媛和晓菲来到门口。

晓菲急切地问："出什么事了？"

谢伟说："她低血糖，晕过去了。"

媛媛在一边说："这个时候，可不能大意哦。"

谢伟看了张母一眼说："俐，你好好休息，我回去了。"

但是迷迷糊糊中，张俐却一把抓住谢伟的手，眼泪滚滚落下。谢伟将头埋在张俐的手中，双肩抖动，竭力压抑着，不发出任何声音，张母背过脸去。

晓菲拉了一把媛媛，退出张俐房间。

媛媛问："他们这是怎么了？"晓菲想了想说："应该还是为了房子。"

晓菲问媛媛："他们俩的房子的事情，你跟李海说过没有？"媛媛苦笑了一下："自从那天晚上之后，我就没见过李海。"晓菲点点头。

晓菲拿出手机，正要拨号，看到谢伟脚步沉重地走出去。媛媛安慰道："谢伟，你别着急，晓菲正在找李海帮忙。"晓菲拨着号码，谢伟按住晓菲的手说："晓菲，媛媛，谢谢你们，不用了，我和张俐已经决定分手了。"

晓菲惊讶地问:"为什么?"

谢伟说:"就算大家都帮忙,让我买下了那套房子,但还是掩盖不了一个事实,那就是我无能,我没用,我就不是男人!"

"不,谢伟,我一直觉得你很有责任心。"

"光有心没有房子,又有什么用?"

晓菲想了想:"谢伟,如果我是你,我就带着张俐远走高飞!我相信,总有一个地方可以安放你们没有房子的爱情!"

谢伟摇摇头:"以俐的性格,她永远做不出私奔这种事;而且,就算她愿意,我也不忍心。"

"谢伟,这是你最后的机会,要么裸婚要么私奔!"

谢伟抬起头,忍住眼泪,悲愤地说:"可是我已经没有信心了,在那该死的房子面前,我很自卑!自卑到没有勇气去私奔,或者去裸婚,也没有力气再去爱人了。"

"难道你不打算对张俐负责?"

"阿姨说得对,我离开,才是对张俐最大的负责。"说完,谢伟黯然离去。

晓菲呆呆地站着,脑子里很乱。

谢伟站在硕大的房地产广告牌前,一动不动,周遭的繁华与他毫无关联。而张俐躺在床上,望着天花板,满脸都是眼泪。她从枕头下摸出手机,想拨谢伟的电话,然而,身边母亲发出轻微的鼾声,又让她放下了手机。

媛媛望着远处的高楼大厦,思考着,然后拿出手机,调出那张照片,手指在删除键那里犹豫着。这一夜,大家都过得十分沉重。

第二天一大早,张俐躺在床上,看着天花板发呆,眼睛红肿,显然一夜没睡。张母说:"张俐,起来吧,一会儿我陪你去医院做手术。"

张俐猛地将被子掀开,厉声说:"不!我不去!"

晓菲和媛媛听见张俐母女俩的对话,从自己房间走出,诧异地对望一眼,来到张俐房间门口。

张母抹着眼泪说:"我知道你喜欢谢伟,拆散你们我也不愿意,但是张俐啊,妈没法给你一个好出身,只能让你找个好男人,才能少吃苦啊。这个谢伟,他太老实了,太懦弱了,连个房子都置不下,你跟着他,一定不会有好日子——"

"妈,我愿意。"

"你愿意我不愿意!我辛苦把你养大,不是让你再去吃苦的!"

"妈,求你了——"

"听妈的,明天去了医院,你和他就算彻底了结了。"

"不,我要留下这个孩子。"

"那你这辈子就完了。"

张俐捶着床:"没有谢伟,我这辈子也完了!"

张母推开张俐说:"好,好。"突然,她转身奔到窗前,决绝地说:"张俐,你要不听我的,我就从这窗户跳下去!你不要你的前途,我也不活了。"

张俐吓坏了,从床上扑下来,一把抱住母亲:"妈,我答应你!我答应你!"母女俩抱在一起,哭成一团。

晓菲与媛媛站在门口,看着这一幕。晓菲紧紧抿住嘴,眼中有泪。

媛媛也有些伤感,风吹进,那张检查单飘落在地,媛媛瞟了一眼,心中一动。

晓菲从抽屉深处翻出了那张父亲给的银行卡。一边发动汽车,一边给谢伟打电话:"谢伟,半个小时后,在叠峰阁二期门口等我……少废话,我叫你等着就等着!"谢伟呆呆地坐在叠峰阁的台阶上。晓菲的车驶来,风风火火地来到谢伟面前,把银行卡往他手中一塞:"密码810412,这里面有十万。"

谢伟惊讶地看着她:"晓菲,你这是干什么?"

"钱!你不是正缺七万块钱吗,快进去把那套房子买下来。"

谢伟把钱还回去:"不,晓菲,这是你的钱,我不能要。"

"你啥意思?嫌少?"

谢伟连忙说:"不不不!"

"这钱是借给你的,随便你什么时候还,一年、五年、十年都可以。唯一的条件是你不要告诉别人。"

"你这样让我更自卑了。"

"胡说,我是看好你,才借钱给你。我相信总有一天,你有能力还我的钱,也能让张俐过上好日子。"

谢伟感动地说:"晓菲……"

"你就别推辞了,我也是为张俐,今天一大早,她说不想活了,阿姨也闹着要自杀……"

"啊?唉——都怪我。"

"谢伟,如果这七万块钱能解决你们所有的问题,那真是太值了。"

"谢谢,我这就告诉张俐这个好消息。"

谢伟拨着张俐的电话。

张俐的手机却在医院响着。在张母跟医生交涉之后,张俐按照护士的指示换上了手术袍子,走进手术室。

此时的谢伟,正焦急地等张俐接电话,"张俐不接电话?"他焦急地说。晓菲脸色大变:"她不会已经在医院了吧?"谢伟一惊:"怎么办?"晓菲当即作出决定:"你去签合同,我去医院!"晓菲开着车,一路狂奔,心急如焚。

手术室里医生全副武装走进,医生对躺在产床上的张俐说:"准备上麻药。"

张俐闭上眼睛,眼泪从眼角流下,她伸手,擦了擦眼泪,突然医生不满地问:"她怎么还戴着戒指?"护士对张俐说:"我不是叫你把所有随身物品都放到柜子里吗?来,我帮你取下。"

护士拿起张俐的手。

张俐坚持:"不,我要戴着这个戒指。"

医生说:"不行,虽然这是小手术,但还是什么首饰都不能戴。"

突然,晓菲的声音隐隐传了进来:"张俐,谢伟买到房子了!"张俐几乎不相信自己的耳朵。"张俐!快出来!谢伟买到房子了!"张俐终于听清了,她翻身跳下了手术台。

门被撞开,穿着手术服的张俐冲了出来,张俐问:"晓菲,你说什么?"

"谢伟正在售楼处签合同。"晓菲欢喜地大叫:"你和谢伟可以结婚了!"张俐一把抱住了晓菲。

张母和晓菲扶着张俐走出医院的时候,谢伟正巧赶到。谢伟看着张俐,慢慢一步步走近,然后将手中的购房合同举了起来。谢伟高兴地说:"俐,我们有房子了!"张俐接过那合同,轻轻抚摸着,然后抱在怀里,哇地大哭起。晓菲在旁边露出了欣慰的笑容。

八

加拿大的夜景确实很漂亮，但是何时才能有我的立身之地呢？卫东边想着边开门进家。看到黄蓉正在灯下计算着什么，卫东问："你在干什么呢？"黄蓉这才抬头看了看他，喜滋滋地说："回来了？吃饭没有？我在算账呢。"卫东惊讶地问："你也算账？"黄蓉兴高采烈地说："今天我可小小地发了一笔财。做了四个菜，不算人工，总共才花了十三块，但是吴姐给了我五十块；还跟她的朋友说，这些菜都是我送的，真是面子里子都有了。"卫东听罢感慨道："吴姐就是体贴人。"

"最大的收获还不在这儿呢，吴姐动员她的几个朋友把钱存到你这儿呢。"

听到这个消息，卫东也十分高兴："真的？"

"当然，她们都要了你的电话，明天你就等着召唤吧。"

"黄蓉啊，吴姐真是我们的大恩人，以后她家要有什么事，你和我都得跑快点。"卫东由衷地说。黄蓉点点头说："我知道。"

媛媛坐在健身房里，一动不动，仿佛在思考着什么，终于，她下了决心，给李海拨通了电话。李海看是一个陌生号码，接了之后一听是媛媛，顿时火冒三丈，正准备发火，媛媛在那边说："海哥，我想过了，如果你一定要我删除那张照片，我就删吧。"听见媛媛这么说，李海松了口气。但接下来媛媛说的话，仿佛给李海当头一棒，媛媛说："海哥，我怀孕了。"李海顿时呆住了。

李海在黑暗中一眼就看到了建国，走到吧台边刚刚坐定，建国就"啪"的一下，把酒杯摔到吧台上，对着李海一通喊："那个媛媛，明摆着就是耗子别上了左轮手枪，起了打猫心肠的，难道你就没看出来？"李海耸了耸肩，不置可否。

"那你怎么还跟她单独吃饭？吃饭就算了，还喝酒？喝酒就算了，还被她灌醉？灌醉就算了，你还跟她过了一夜？过了一夜就算了，你居然还被拍了照片？拍了照片就算了，你还把她搞怀孕了！你……你……你作死啊！"

李海朝服务生要了杯酒，喝了一口，低头不语。

"那你现在打算怎么办？"

"我也不知道，所以我来问你。"

建国换了一个姿势："你再给我仔细想想，那天晚上，你们到底那个没有？"

李海抬头，想了片刻："我想不起来。"

"再想！仔细想！用劲儿想！"

"这些天我天天都在想，但是我真没有任何记忆。"

"那我们就给她来个什么都不认！"

"她手机里有张我们睡在一起的照片。"

"就说是PS的。"

"但她肚子里的孩子总不是PS的吧。"

建国想了想说："最麻烦的就是这个。这样吧，这事你就别管了，交给我来处理。"

李海看向他，有点不相信，问道："你行吗？"

建国火了："我是谁？我是林建国，百花丛中过，片叶不沾身的林建国。"

李海苦笑了一下："建国，谢谢！"

建国一摆手："你不用谢我，我不是为你才揽这烂事，我是为吴婷！"

经历了这么多风波，谢伟一家终于迎来了一丝欢快的气氛。谢伟、张俐还有张母围坐一起，正在热烈讨论着。

谢伟说："售楼小姐说，我就算现在加价五万，一分钟之内就能卖出去。"说话的样子好像五万块已经到了他的腰包一样。

张俐不敢相信自己的耳朵："这才几天时间啊。"

张母说："可不，这年头，房子就是一天一个价。谢伟，你看，如果不是我逼你，你这五万块钱哪儿去赚，你不会怪妈逼你买房吧？"

谢伟笑了笑说："怎么会呢？你都是为我们好。"

媛媛从房间里出来，看到他们说："哟，房子买了？"

张俐点点头："是。"

媛媛问："你们那钱是怎么凑够的？"

谢伟犹豫了一下："找一个朋友借了点。"

媛媛半信半疑地"哦"了一声。正准备说话，手机响，媛媛接起电话一听是林建国。

媛媛来到跟建国约好的咖啡馆，一进门，就看到建国朝她招手。媛媛走过去二话没说，直接拿出医院的证明递给林建国。建国看了看问："真的是李海的？"

媛媛冷笑道："要不要我生下来做个亲子鉴定？"

建国笑笑说："那倒不用。"随即拿出几叠钞票，放在桌子上说："媛媛，你去把手术做了，这两万块钱算你的营养费。"

媛媛笑了："是海哥让你来的？"

"我跟李海是多年的朋友，他的事就是我的事。"

媛媛将钱推回去："有什么话，还是请海哥自己来跟我说吧。"

"李海不会再见你。"

"他这么无情？"

"如果你觉得两万不够的话，我可以帮你添点，但最多也就再添一万。"

"三万块钱就要买下我的感情？"

建国哈哈一笑说："要不再加一个LV的包包？"

媛媛幽怨地摇头说："林哥，这些都不是我想要的。"

"那你想要什么？"

媛媛幽幽地说："我要他娶我。"

建国一口咖啡差点喷出来："媛媛，你没睡醒吧？人家李海有吴婷！"

"我知道我在做梦，但是有这张照片，还有这个孩子，我觉得我可以梦想成真。"

建国看她有点走火入魔的感觉，于是换了一个思路问："媛媛，除了这个梦想，你还有其他梦想没有呢？"

"我一直希望有一家属于自己的健身会所。"

"妈呀，你这胃口太大了！"建国想了一下接着说，"这样吧，五万！多的一分钱都没有。你要同意，我现在就给你；你要不同意，我们就再也不说，你想怎么样就怎么样！"建国站起来，作势要走。

媛媛此时不仅没有着急，而是很冷静地说："林哥，你觉得如果吴婷知道这事，一气之下要跟李海离婚，分李海的家产，李海的损失会有多少？"建国愣住。

"如果我一定要把这孩子生下来，然后上法庭，找李海要生活费，你觉得我要多少比较合适？你去告诉李海，一百五十万，如果他还有什么话要对我说，让他亲自来，不要再找中间人了。"说罢她头也不回地离去，只留下愣愣的林建国。

在媛媛和林建国见面的时候，晓菲还在电视机房里忙碌着。听到手机响，晓菲都没有看号码就接起了，一听是她爸爸。

赵毕恭问："晓菲，你是不是买房子了？"

晓菲愣了一下忙说："爸，你怎么这么问？"

"银行有短消息跟我说，你取了八万块钱。"

"哦，对对对，我突然……突然看到一套房子，觉得不错。"

赵毕恭也很支持："好啊，房子怎么样？"

"反正很不错。南二三环之间。"

"小区环境呢？"

"特别好，有游泳池，有会所，种的都是大树。"

"是现房吗？"

"当然，半年后就交房。"

赵毕恭听后比较满意，有问："多大？"

"八九十平方米吧。"

"那你钱够吗？"

"够！完全够！还剩了点呢。"

"那我就放心了。"

"爸，我正在忙呢，过两天忙空了回来看你。"晓菲收了电话，轻轻呼出一口气来。

有阵子没有去看老爷子了，这阵子不仅在工作上还是在生活中，都让李海感到疲惫。李海今天忙完手里的活，就自己驱车去了疗养院。依旧是那个棋盘，依旧是父子俩的博弈，仿佛只有在这个棋盘上，李海才能听到父亲的笑语。李海正与老爷子下得起兴的时候，手机又不合时宜地响了。李海低头一看："老地方。"建国发的。李海弯腰在老爷子耳边说："爸，我还有事，过两天再来看你。"老爷子说："说话算数。"李海点点头，转身离开。

李海开车来到酒吧时天已经黑了，进门朝着建国走去，刚坐下，就听见建国说："海子，我尽力了。"

李海皱起眉问："怎么说？"

"她要一百五十万。"

李海不敢相信自己的耳朵："什么？"

"我也觉得过分，但这娘们儿是下了死心要咬你一口，我也没办法。"

李海冷笑道："一毛钱我都不会给她！"

"你也别太强硬。"

"这是威胁。"

"谁让你有把柄捏在人家手里。"

"我不会屈服任何威胁，哪怕用枪指着我！"

"惹急了，这娘们儿会把事情闹开的，到处毁你的名声，她干得出来！"

"毁就毁吧，反正我们开发商的名声也好不到哪儿去。"

"你可以不顾自己，总得为吴婷想想吧。"李海一下沉默了。

"别冲动，解决问题要紧，我看她那神情，估计二三十万她能接受。海子，听我一句话，凡是钱能解决的问题都不是问题，你就当舍财免灾吧。"

李海再次沉默。

建国拿起李海的手机，塞到李海的手上："给她打个电话，再跟她谈谈。"

李海拨着号码。

"我觉得，她内心深处还是有点喜欢你，也许你哄哄她，也就算了。"

李海拨了电话："婷婷……"

建国大惊，低声说："我叫你给媛媛打电话，你怎么拨到吴婷那儿去了？"

接到李海的电话时，吴婷正睡得迷迷糊糊的。李海抱歉地说："婷婷，不好意思，把你吵醒了。"

吴婷以为出了什么事情忙问："怎么了？"

"婷婷，我准备过来一趟。"

吴婷一下清醒了，坐起身来："你要过来？你不是说年底才有空。"

"有一件很重要的事情，我想我必须当面跟你谈一谈。"

"什么事？"

"见面我会告诉你的。"

吴婷犹豫了一下："行，那你什么时候过来？"

"我现在就去订票。"

吴婷笑了："海子，我不是在做梦吧，我梦到你来了。"

"不是。"

"那你说的重要事，是什么事啊？好事还是不好的事？"

李海含糊地说："也没什么，我就是想你了，再见。"

吴婷挂了电话，一下从床上弹起，冲出门去，欢欣地喊着："英子，你爸要过来了！"说着走进客厅将自己的十字绣绣架挪开。又拿出几瓶酒，摆放在吧台上；又拿出雪茄，放在茶几上；到处看看，又重新规整着插花与挂画。仿佛李海下一刻就要进门了。

英子睡眼惺忪地出现在楼梯口，不解地问："妈，深更半夜的，你搞东搞西，还让不让人睡觉？我明天还得上学啊。"

吴婷看着客厅的摆设头都没回，说了句："你爸要过来了，我得把家里收拾一下。"

"人家钟点工已经擦得很干净了。"

"你爸有些习惯只有我知道。"

英子："不就来个男人吗？激动成这样。"

吴婷回头惊讶地看着女儿："英子，你这说的什么话？"

英子"哼"了一声，转身走进自己房间。吴婷摇摇头，继续收拾。

李海放下电话对建国说："我现在只有这一条路。"

建国看了他一眼："你要去跟吴婷坦白？"李海点头。

"吴婷会伤心的。"

"是，我已经对不起吴婷，我不能再对不起自己。"

建国恨恨地说："最好吴婷就此把你扫地出门！"

"不管她怎么惩罚我，都是我应得的。"

"那你打算怎么跟吴婷说？"

"实话实说！"

"你怎么能实话实说呢？吴婷前脚走，你后脚就跟一个美女吃饭，吃着吃着就吃上床去了。吴婷听了，那得多生气多失望啊！"

"那我该怎么说？"

"你就说你被媛媛陷害，酒里下了药，你是无辜的。必要的时候，我可以帮你作证。"

李海摇头："不，我已经做错了事，不能再对吴婷撒谎。"
"这不叫撒谎，这叫坦白的艺术。"
"建国，谢谢你，这事我自己处理吧。"
建国又问："那媛媛这边？"
"我会给她一个交代的。"

媛媛正在健身房整理着台面，李海径直向媛媛走来。媛媛有一丝慌乱，但很快镇定下来，露出职业性的微笑："海哥，你来了。"李海镇静地说："我们找个地方谈谈。"

此时的媛媛有种撕破脸的感觉，刚一坐下来，她居然先开口："我的条件，林建国都转告你了？"

李海说："是，我是来给你正式回复的。"

看着对面的媛媛，李海突然觉得很可怜说："媛媛，我一直对你印象很好，我觉得你很漂亮，在这个领域也很专业，同时我也很感激你对我的好感，但是我和你的所有交往，也仅限于此。"

媛媛露出不耐烦的表情："你到底要说什么？"

"如果你愿意抹掉我喝醉的那天晚上发生的一切，我会非常感激你，并且我们可以继续以教练与客户的关系交往下去。"

"我也愿意，只是有条件。"

李海摇头说："我不会跟你谈任何条件。"

"你什么意思？"

李海坚定地说："你休想从我这里要走一分钱！"

媛媛突然把声音提高了，尖声说："你就不怕我把照片公开！"

李海转过头看了看前方，随口说："你公开之后，就会知道我怕不怕。"

"你不要忘了，我肚子里还有一个孩子，我会让全世界所有人都知道，这是你的私生子。"

"我告诉你，我李海这辈子从来都不怕威胁！也不怕勒索！这些照片，你肚子里的孩子，你想怎么处理都随便你！"

"我还会把我们的照片，把孩子的照片，特别送一份给吴婷。"

"这不用你操劳了，我已经订了今天下午去加拿大的机票，我会亲自向吴婷坦白这一切。"

媛媛愣了一下："你不怕她杀了你。"

"凭我和她这么多年的感情以及她对我的了解，我想她会原谅我的。"

媛媛一时语塞。

李海接着说："我今天来，就是要告诉你，当初，我不会被你勾引，现在，也不会被你要挟！换成其他人遇到这种事，也许会逃避，也许会妥协，但是我，一定会面对！"

媛媛一下软了："海哥，你不能这样，我们可以再谈谈……"

"我们之间没有任何好谈的。"说完，李海转身离去。

媛媛跌坐在椅子上，片刻之后，媛媛跳起来，冲出去："海哥——"

媛媛追出健身房的大门时，李海已经开车离去。她拨打着李海的手机，但依然是无法接通。媛媛思考着，六神无主地原地踱着，终于她想到了什么，转身离去。

晓菲与马超正在拍摄，接到了媛媛的电话，媛媛在那边带着哭腔说："晓菲，你能不能回来看看我？我现在特别难受。"晓菲为难地看了一下周围，马超正拍得起劲儿。但再想到媛媛肯定遇见什么事了，晓菲马上就答应了。

晓菲收了手机，跟马超打个招呼，马超比了一个OK的手势。晓菲拍拍马超的肩，匆匆离去。晓菲回到家里边开门边喊媛媛。没有人答应，媛媛的房门也紧闭着，晓菲敲敲依然没有动静。她高声喊着："媛媛？媛媛？"还是没人应答，晓菲脸色大变，一咬牙，退后一步，一脚踹去，房间门应声而开。

晓菲冲进去，媛媛躺在床上，似乎已经昏迷。晓菲着急地拍打着媛媛的脸喊："媛媛……"

媛媛呻吟了一声，手摊开，一个药瓶掉在地上。晓菲拾起药瓶一看，顿时吓得脸色都变了，晓菲一巴掌重重打下："媛媛，你这是干什么？"

媛媛迷迷糊糊地回答："我……我……"

晓菲痛心地摇着媛媛："你不是答应我，要重新出发吗？你为什么要这么做？为什么？"

"我……我……没有办法了。"

"怎么了？"

媛媛哭着说："李海不要我，我怀孕了！"

晓菲听后既震惊又生气，恨不得一下就把李海揪到媛媛面前，让他看看他犯下的罪行，她拿起电话就给李海拨了过去。

此时的李海正等着小刘取行李，登机去加拿大向吴婷坦白。听到手机响，李海犹豫了一下接起："晓菲，你好。"

晓菲吼着："李海，我不管你现在在哪儿，你必须马上赶过来！"

李海听到晓菲的语气，也很吃惊说："我的飞机一个小时就要起飞！"

"媛媛自杀了！现在正在华西医院抢救！"李海呆住。

"这都是因为你！李海，我告诉你，媛媛如果有什么不测，天涯海角我都追杀你！"

李海匆匆赶到医院的时候，在手术室门口看到了晓菲，晓菲眼睛红肿，显然刚哭过。李海问："媛媛怎么样？"晓菲瞪着李海一句话也不说。李海无奈，来到急救室门口朝里探望，只见医生正在为媛媛处置。

一个护士走出来，李海拦住她问："请问她怎么样？"

护士说："正在洗胃，不过生命体征还比较正常。"

李海松了一口气。

晓菲在一边讥讽道："媛媛死不了，你松了一口气，是不是？这一关你又过了。你又可以出去找新的年轻女孩了。"

李海吃惊地看着晓菲。

"媛媛有什么错？她不过是一个小女孩，有点爱慕虚荣，想要走走捷径；但是你却利用她，玩弄她，始乱终弃，让她伤心，失意，绝望，最后走到今天这一步。"

"晓菲，不是你说的这样。"李海无奈道。

"作为一个已婚男人，你根本没有资格放纵！在你勾引媛媛的时候，你有考虑过吴婷的感受吗？你顾忌过她的尊严吗？在你心中，究竟有没有家庭，有没有婚姻，有没有责任？"

李海想说什么，忍了忍不语。

晓菲痛心地说："曾经有一段时间，在我眼中，你热心，善良，正直，充满了魅力；但是现在的你，让我非常失望。也许，你为了公益，可以一掷千金，但是骨子里，你和外面那些有了一点钱就开始胡作非为的垃圾男人没有什么两样！"

李海抬头，震惊地看着晓菲说："不！"

晓菲继续控诉："李海，你曾经让我去发现你身上的亮点，可惜，到今天，我看到的你，全是黑斑！作为男人，你伤害了媛媛；作为丈夫，你伤害了吴婷；作为房地产开发商，你伤害了千千万万的购房者。"

"晓菲，我什么时候伤害过购房者？"

"我告诉你，不久之前，我的一个朋友因为买不起你们叠峰阁的房子，被迫和相爱多年的男友分手！还差点失去他们的孩子！"

"这事我不知道。"

"这样的事情，在你们的售楼处里，现在一定也正在发生。我，一个工作六年的白领，面对你们的房价，只有落荒而逃。听到这些，你一定很骄傲吧？因为这意味着你是一个非常赚钱非常成功的开发商！"

李海看着晓菲。

"你每平方米少卖一百元难道会死吗？每套房子少卖几万，对你来说，不过是一瓶酒，但是你毁掉的却是许多人一辈子的幸福！"

李海忍不住说："价格是由市场决定的。"

"市场就是你们这些开发商构成的！"

"在你口中，我简直就是十恶不赦？"

"是！我们本来可以尽情地享受爱情的浪漫与幸福，可以去旅游，去充电，可以去做自己想做的事情，但是你把这个城市的大多数人都变成了一个身份——房奴。也许你们没有杀人放火，但是你们的存在，让我们的爱情变成负担，让我们的生活变得阴暗！"

"我们的产品改变了多少人的居住环境，提高了生活质量。"

"但是你们的产品价格挤压了中国人一代，甚至两代人的幸福指数！"

李海呆住。

正在他们争吵的时候，护士走出急救室："你们谁是家属？"

晓菲忙说："我是。"

护士递过一张单子："交钱。"

李海抢过单子，深深地看了晓菲一眼，转身离去。

李海来到收费窗口对着里面说："要最好的病房，用最好的药。"窗口里递出一张收据。李海接过，脚步沉重地走开。走了两步，李海在大厅中的椅子上坐下，呆呆地看着拥挤人群，脑海里不知道想些什么。终于，他打起精神，向着病房走去。

李海慢慢走进病房，媛媛已经醒了，晓菲正在整理着输液瓶。晓菲冷冷地看着李海，媛媛的眼神有些怯怯的。李海深深地吸了一口气："晓菲，我想跟媛媛单独聊两句。"晓菲愣了一下，放下手中的东西走了出去。

李海在媛媛床前坐下。媛媛有点虚弱："海哥，我……我……"李海诚恳地说："媛媛，对不起。"媛媛转过头去。

李海说："在今天之前，我一直觉得你是自作多情，不自重不自爱，还贪财；我一直想的都是怎么摆脱你的骚扰，怎么把我们之间发生过的一切都抹得一干二净。但是听到你自杀的消息，我突然发现，你被我伤害得这么深。"

媛媛的鼻子发出一阵委屈的窸窸窣窣的声音。

"你在被抢救的时候，晓菲骂了我，我才发现，骨子里我就是一个自私又自我的浅薄之徒。"媛媛有些意外。

"从我们认识之初到现在，我的确对你没有任何非分之想；但是当感觉到你对我有好感的时候，我并没有第一时间向你说明，也没有避开你；为什么？因为内心深处，你的性感与漂亮让我觉得愉悦，你的追求让我这个中年男人找到了久违的征服感；而这一切，给你造成了误会，让你越陷越深。媛媛，对不起，错在我，不在你。"

媛媛不知如何作答："我……"

"包括那天晚上，如果我真是一个洁身自好的男人，当我知道晓菲与马林不能出席的时候，就应该离开；但是内心某种东西，也许是虚荣吧，让我留了下来，失去了控制能力。"

"海哥，那天晚上，对我来说，是很美好的一个晚上……"

李海打断她，继续说："那天晚上证明了我是一个非常糟糕的男人。"

"不，你是一个好人。"

"媛媛，你后来找我要钱，我很愤怒，觉得你在威胁我，很无耻；但是现在，我能体会你的心情，你被伤害了，只有用这种方式找回尊严。"

媛媛有些心虚地转过头去。

"媛媛，你想要健身会所，我有点难以承担，但是我愿意给你二十万。"

媛媛有些不相信："二十万？"

"对，这二十万完全没有任何条件，就是对我放纵自己的一种惩罚，也是对你受到的伤害的一种弥补。至于你手机里的照片，还有你肚子里的……孩子，你打算怎么处理，都随便你。我该付出的代价，一定会付；该承担的责任，我也一定会承担；你放心。我唯一要对你说的就是，媛媛，我们过去，现在，以后，都没有可能。"

媛媛迷惑而感动："海哥，其实，我……我……"

李海不等她说完："对了，我还有一个请求，如果你要把这一切公开，能不能稍晚一点，我希望吴婷不是通过其他渠道知道这件事，而是由我亲口告诉她。"

李海站起来微微一鞠躬："媛媛，请接受我的道歉——对不起。"

媛媛依然无法说话。李海转身。媛媛失声："海哥。"李海站住。媛媛支撑着坐起来："你不用告诉吴婷。"李海疑惑。

"我会把照片和……和那个处理掉的。你放心吧，我不会告诉任何人，我再也不会骚扰你了。"

李海惊讶道："你确定要这么做？"

媛媛咬着嘴唇，点点头。

"你的意思是，你原谅我了？"

媛媛犹豫了一下，点点头。

李海低声："谢谢。"转身走出去。

看到李海走出的背影，媛媛倒在床上，喃喃自语："二十万！二十万！"媛媛开心地笑了。

就在李海和媛媛谈话的时候，晓菲找到了医生，询问一下媛媛的情况，医生翻出媛媛的病历："她血液中安眠药的成分并不多，不过还是再观察一天吧，明天如果没有问题，就可以出院。"

晓菲有些不放心："那些安眠药对她肚子里的孩子没影响吧？"

医生惊诧地说："谁说她怀孕了？"

"她刚刚怀上啊。"

"不可能。"

医生又翻着病历："没有怀孕的迹象啊。你等等……"然后拨着电话再次确认："……你再帮我确认一下52床的检查结果，看看有没有怀孕……知道了。"

医生放下电话，对晓菲摇摇头："她没有怀孕。"

晓菲呆住。

带着疑惑从医生办公室出来的晓菲低头慢慢走着，在病房门口，碰见了李海。

李海说："所有的费用我都结清了，照顾媛媛的事就麻烦你了。"晓菲没说话。

李海诚恳地说:"晓菲,谢谢你。"

晓菲看着李海,想说又忍住了。看着李海离去的背影,晓菲摇了摇头,推开门,看着病床上的媛媛,疑虑重重。媛媛心情很好地对晓菲笑了笑:"医生怎么说?"

"说你明天就可以出院。"

"太好了。"

晓菲想了想:"媛媛,你怎么那么傻呢?你乱吃药,不仅伤害自己也伤害肚子里的孩子呀。"

媛媛愣了一下:"我没想那么多。"

晓菲摸着媛媛你的肚子:"你准备怎么处理?"

媛媛支吾着:"等出了院再说吧。"

晓菲眼中的疑虑更深。

"二十万?"建国不敢相信自己的耳朵,但当看到李海点头及脸上的表情,他就明白了一切,接着说:"那这事就一了百了。那你还回加拿大不?"

李海点头:"回。我想过了,虽然媛媛愿意放过我,但是这件事我还是应该跟吴婷坦白。我打算改签明天的飞机。"

建国认真地说:"千万别!千万别!"

"为什么?"

"你以前要主动坦白,那是因为媛媛扬言要把孩子生下来,所以你必须对吴婷有个交代,但现在既然媛媛都答应到此为止了,你就别节外生枝了。"

"我不能欺骗吴婷。"

"你这样坦白会伤害吴婷。"

"结婚这么多年,什么事我都没有瞒过她。"

"但这件事你必须瞒着她!我不是为你,是为吴婷才这么说的!你自己想想,吴婷如果知道,该是多大的打击!说不定还致命!"

李海沉默。

"是善意地隐瞒还是蓄意地伤害,你自己选。"

李海叹息一声。

"而且你也已经赌咒发誓,绝不再犯,这事,就这么淹了吧。"

李海终于点点头。

建国将李海的手机塞在他手里:"来,给吴婷一个电话,就说太忙,临时走不了了。"

吴婷刚刚停好车,手机就响了。当听到李海说有事来不了了的时候,吴婷一下子像跌落谷底,但她平时的修养和善良,使她马上体谅地说:"那好吧,你忙你的事吧,我在这边挺好的。"

吴婷失望而疲惫，挂了电话，下车打开后备箱，里面全是在超市采购的食品。

看着货品，一滴眼泪流下，吴婷伸手抹去，接着又一滴一滴地流下来……

挂掉电话的李海，心里也很不是滋味。又想起上午晓菲说的话，他突然抬头问建国："建国，我是不是一个坏人？"带着醉意的建国看着李海："我告诉你，从我们俩在海南把那张图纸倒腾出去的那天起，我们俩就已经是坏人了！"

是夜，周兴公司高管正在召开紧急会议。

"118 地块的拍卖会，我们只能赢不能输。"周兴志在必得地说。

刘棋说："最好能探出李海的底线。"

周兴问："马林，你有没有什么主意？"

马林说："老板，这事我就不参加了吧。"

周兴诧异："为什么？"

马林说："项目前期运作我并不擅长，现在，我又正在负责超洋花园二期的销售，我的精力顾不过来。"

周兴想了想："也行，这事你就别管了，不过超洋花园二期一定要把叠峰阁三期给我压下去！"

马林笑了笑，离开。

周兴对剩下的手下说："你们有什么想法？"

刘棋说："老板，有一颗棋子，我们又该动一动了。"

周兴会意地点了点头。

而周兴的竞争对手李海也没有闲着，他们也在就 118 地块商讨对策。

李海说："知己知彼才能百战百胜，我们有没有可能尽量多地了解一下超洋公司的底线？"

刘少勇说："据我所知，给他们做规划的是上海一家公司，我看能不能从这个渠道了解一下。"

财务总监汇报："我也从银行方面了解了一下他的资金情况。"

李海点点头说："其他还有什么渠道？……"

一场战争即将爆发。

因为拿到了钱的缘故，媛媛第二天就出院了，出没在各大商场的她，再也不用为买个奢侈品而犯愁了。"把这个、这个都给我包起来。"媛媛对售货员说着。

拎着大包小袋的她出了商场就给张俐晓菲她们打电话："出来吃个饭吧，姐妹儿请你们吃好的。"

吃饭中，晓菲看到媛媛旁边的大小购物袋，深深地看着媛媛。媛媛故意避开晓菲的眼光，对张俐说："张俐，你别吃这个，这个有辣椒，将来 baby 皮肤会不好。你吃这个，这是专门为你点的，有营养。"

没等张俐回答，晓菲说："说这个有辣椒，你怎么也吃？"

"我为什么不能吃？"媛媛一下反应过来，"你说我那个啊？"随手拍拍肚子："已经解决了。"张俐担忧地问："媛媛，你没事吧？"

媛媛说："我好得很，所以今天才有心情请你们吃饭。"

晓菲怀疑地看着媛媛。媛媛说："我给你们看几样东西。站起来展示着衣服、包，"这是今年的新款，这个也是，这是限量版的，还有这……"媛媛指着自己的下巴。晓菲两个人看得一愣一愣的。媛媛娇嗔："不是，你们没看出来吗？哎呀，对比一下我以前的下巴，是不是有一个向外的曲线了？"

晓菲说："我还真没看出来。"

媛媛着急地说："侧面就很明显了，看出来了吧？"

张俐说："好像是有一点。"

媛媛得意地说："这叫豪门下巴，凡是长了这个下巴的女孩都很容易嫁入豪门。据说那个叫什么安琪拉的女明星，做了这个下巴之后两个月就嫁给了富豪集团的董事长。"

晓菲惊奇地问："你整容了？"

媛媛点头："不，这叫充电。只需一针就 OK 了。"

张俐问："媛媛，这得花多少钱啊，你发财了？"

媛媛顾左右而言他，并且开心地说："干杯！干杯！"

不知不觉天就黑了，媛媛已经醉意盎然，她搂着张俐："俐，我们俩的家庭环境差不多，我告诉你，像我们这样的女孩，想要给自己的未来找点保障，太难了！不耍点手腕不行啊！"

晓菲猛然问："手腕？什么手腕？"

媛媛警惕地捂住嘴巴："我可什么都没说。"

晓菲说："你不说我也知道，你的钱是李海给的。"

媛媛咯咯笑着并没有否认。

晓菲气极了："你不是说你爱李海吗？为什么又要收钱？"

媛媛打开手袋，从里面抽出一张百元钞票，指着上面的人头："我不爱任何人，我只爱他！"一张纸片被带出来，落在地上。晓菲拾起，看了一眼，一惊。原来，媛媛拿了张俐的怀孕诊断书。当晓菲把这个诊断书拍到媛媛面前时，媛媛笑了，说："我只是把名字修改成自己的，然后复印了几份，拿给李海，他竟然相信了。哈哈……"

"你根本就没有怀孕？"晓菲含着眼泪问道。

"我们俩那天什么都没有发生，我拿什么怀孕啊？"接着说，"李海真傻，我不过就暗示了他几句，伪造了一张怀孕诊断书，外加十片安眠药，就给了二十万！哈哈……"

晓菲惊讶："我错怪李海了。"

媛媛说："是，李海是个好男人，现在我是真有点喜欢他了。不过，可惜，也好……至少我还有二十万！"

媛媛得意地笑着，瘫倒在椅子上。

第二天早上，媛媛醒来，睁开迷糊的双眼，看见晓菲站在床头。晓菲扔过来一张毛巾，媛媛看着晓菲的表情，一下坐起来："晓菲，这毛巾是冷的。"

"让你再清醒一些。"

"我昨晚喝了多少？"

"两瓶。"

"怪不得到后来我什么都不知道了。"

"我可什么都知道了。"

"你知道什么？"

晓菲抖出那张诊断书："该知道的，不该知道的，全知道了。"

媛媛捂住自己的嘴。

晓菲没有理她继续说："媛媛，把那二十万退给李海。"

"为什么？"

"这是你无中生有，骗来的钱。"

"别说那么难听，我也有付出。"

"你付出了什么？"

"我付出了我的时间，还付出了我的美貌。"

晓菲听到哭笑不得："你这是诈骗，以非法占有为目的，用虚构事实或者隐瞒真相的方法，骗取数额较大的公私财物的行为！"

媛媛愣住。

"最高可以判三年。"

媛媛一下哭了："我不是诈骗！我就想过点好日子，买点好衣服、好看的包包……"

晓菲语重心长地说："媛媛，你现在回头还来得及，我陪你去找李海，你必须告诉他真相，请他原谅。那二十万，你也必须退回去。"

媛媛擦了擦眼泪坚决地看着晓菲说："不。"

晓菲也很坚决："那我们就再也不是朋友了。"

媛媛不明白："为什么？"

"因为你超出了我的底线。"

媛媛犹豫片刻："要不我分你两万？"

晓菲气愤地说："媛媛，你侮辱你自己就好了，不要侮辱我！"

晓菲转身离去，媛媛追到门口："你去哪儿？你可千万别去跟李海说……"

李海在办公室整理着吴婷从加拿大寄来的包裹，并在电话里说："婷婷，刘英的东西已经到了……正好明天要去银行，我亲自给她送去……她和周兴的事，我们还是别插手吧……行，我关心一下。"李海刚挂了电话。手机又响，李海看着来电显示，是晓菲。

李海来到咖啡馆，坐在对面的晓菲一脸歉意地说："对不起，我误会你了，媛媛根本就没有怀孕，那张诊断书是我们同屋另一个女孩的，你们之间，也……也没有那一晚上。"

李海的表情慢慢变化："什么？"

晓菲说："媛媛一直在骗你。"

李海震惊："你怎么知道？"

"媛媛昨晚喝醉了，她亲口说的。"

李海仿佛卸下重负："我一直对这件事情有所怀疑，现在终于证实了。"

晓菲十分愧疚地说："对不起。"

李海有点意外："晓菲，你帮我打开了一个心结，我应该谢谢你，怎么你反而说起了对不起。"

"你给了媛媛二十万。"

"是。"

"媛媛告诉我，如果不是我在医院骂了你，你不会这么做的，我是她的帮凶。"

"晓菲，这跟你没关系。"

"不，都是我的错，你放心，我一定会督促媛媛把那笔钱退给你，如果……如果我劝不了她，我也一定会想办法赔偿你。"

李海想了想："晓菲，第一，这件事情你没有任何责任；第二，我也不需要媛媛退还那笔钱。"

晓菲惊讶："为什么？"

"那二十万，是我该付出的代价。"

晓菲惊讶："你什么都没有做！"

李海摇头："在行为上，我的确什么都没有做；但是在心理上，我是有亏欠的。"

晓菲疑问："你？"

"明知道媛媛对我有企图，我却没有严词拒绝，甚至还愿意和她单独共处一个晚上，为什么？因为在内心深处，我对媛媛的青春靓丽是有期待的，她的追求也让我沾沾自喜，所以才给了媛媛敲诈的机会。"

"据我所知，媛媛是蓄谋已久。"

"但我行为不检，是不争的事实。"

"你可以不付那二十万。"

"不，我必须付，既然我不是一个完全的受害者，那我就得承担我该承担的责任；而付了这二十万，也才能让我永远记住这个教训，才能永不再犯。"

"李海，你不必这么严苛自己。"

李海苦笑了一下："作为男人，我没有做到洁身自好；作为一个房地产开发商，我一直以为，我对城市建设不算功勋卓著，至少也是作出了贡献的，但是那天你的话，却让看到了另外一个事实。"

晓菲不好意思地说："那天我可能也偏激了一点。"

李海摇头："我只看到了我的业主搬新家时的快乐，但是为了这一个快乐，他们牺牲了太多的幸福。"

晓菲说："这不是你一个人的问题，是整个行业的原罪。"

李海认真地回答："作为行业中的一员，我能逃脱吗？"

李海自嘲地笑了笑："晓菲，你骂得对，我不是个好人。我这辈子，虽然没有违法乱纪，但是违背良心的事儿也干过，有意无意中，可能也伤害过别人，这次我被人骗，被人敲诈，也算活该吧。"

晓菲说："不，李海，你还是一个好人，面对一个勒索你的女孩，你能原谅她，你的善良真的让我很钦佩；那么多人在膜拜你的成功，但你却能对自己事业做这样的思考，你的坦诚，也让我钦佩。"

李海嘘出一口气："晓菲，能得到你这样的评价真是太不容易了。"

晓菲看着李海，眼神中有许多感动。

在一个幽闭的高档茶馆的包间里，周兴一脸狡黠地对坐在对面的老陈说："你必须在拍卖开始前把李海的规划方案交到我手上。"

老陈为难地说："我现在就是办公室里一个打杂的，他们开会讨论我都没资格参加。"

"你不会偷吗？"

"偷？那不是犯法吗？"

"你又不是没干过犯法的事！"

"我什么时候干过？"

"你以前帮我做的那些事，难道不算？如果被李海知道了，他要告你出卖公司机密，你怎么办？你儿子怎么办？"周兴拍着老陈的肩膀说："老陈，现在你只有和我一起把李海彻底做掉，才能安全。"老陈紧紧咬着牙齿，最后脸抽搐了一下。原来，这个老陈就是上次刘棋口中的那颗棋子，他一直在李海的公司工作。这次周兴启动这颗棋子，看来是准备就118地块与李海决一死战。不过，这个手段似乎有点太过卑鄙。但在周兴的心中，只要能打败李海，什么都可以不择手段。

跟老陈分手之后，周兴驱车回到了家中，进门看到刘英正在看电视，两人也不说话，互相看也不看一眼。

得到周兴指示的老陈趁夜赶回澄海置业的办公室，正巧保安巡逻，看到有灯光便走了过去，推开门一看："陈经理，你还在加班？"

老陈淡定地回答："是啊，还有点事没完。对了，我今天没带钥匙，你把你的钥匙留下，待会儿我自己锁门。"

保安没有任何防范地说："好。"便将一大串钥匙放在了老陈桌上，转身离去了。看保安消失在走廊尽头，老陈拿起那串钥匙，溜出了办公室。他紧张地左右看看，手哆嗦着，打开了李海办公室大门。

老陈打开了李海的电脑。屏幕上显示"请输入密码"，他略一思索，输入一串数字，电脑解码，他笑了，电脑的荧光映照得老陈的笑容特别阴森。

突然，老陈听到了什么，僵住，第一反应是用手遮挡电脑屏幕的光芒，可是哪里遮得住。他急忙关了显示器，躲到桌下。

然而什么动静都没有，老陈小心探头，重新坐好，打开显示器，开始寻找他要找的东西。

周兴回到自己的房间，随手放下随身的提包，脱下外套，走进卫生间。不一会儿，水流声传了出来。刘英闪了进来，她朝卫生间看了一眼，直奔周兴的提包，迅速打开翻找着什么。提包内有资料、文件，刘英不屑一顾，只拿了一个硬盘，然后将提包恢复原样，悄悄地出去。刘英飞快地进入书房，将硬盘接入电脑，开始复制其中的内容。

刘英满意地拿着硬盘，蹑手蹑脚地来到周兴的房间门口，拿出钥匙，正要开门，突然听到门内传出周兴打电话发脾气的声音："资金的事情，你们自己去想办法！反正如果让李海拿到那块地，你们全部给我下课！"

刘英收了钥匙，敲门，周兴开门看见刘英，皱眉问："什么事？"

"钱的事儿考虑得怎么样了？"

"我现在没钱。"

"你那么大一个公司，会没钱？"

"都抵押给银行了。"

刘英冷笑："你少拿这些糊弄我，你别忘了，我是干哪行的。"

"那你就更应该清楚我有多少银行贷款。"

刘英猛地推开挡在门口的周兴，直冲入房，抓起提包："我就不信你没钱！"

"你干什么？"周兴追上来，将那提包夺回，但刘英已经将硬盘塞了进去，"你疯了！"

刘英说："那也是你和外面那些女人逼的！"

周兴咆哮着："根本就没有什么女人！"

刘英不让："你觉得我会相信！"

两人互相瞪着。

周兴："五百万，没法再多了。"

刘英嗤笑一声。

"你到底要多少？"

刘英比出一个手指头。

"一千万？你做梦吧。"

"一个亿。"

周兴叫起来："我哪里有那么多钱？"

"我会搞清楚你到底有多少钱的。"

刘英转身走出去，周兴恨恨地将手机摔在地上。

而在澄海置业这边，老陈将钥匙交还保安："收好，小心点。"保安小心回答道:"你放心吧。"老陈笑了笑,离去,消失在夜色中。

媛媛在沙发上心不在焉看着电视,晓菲开门进来,媛媛紧张地看着晓菲没敢说话。晓菲先开口:"我跟李海谈过了。"
媛媛震惊地说:"你都告诉他了?"
晓菲点点头。
"赵晓菲,你出卖我!你根本就不是朋友!"
"我只是做了我该做的事情。"
媛媛焦躁地原地转了两圈:"那他现在准备怎么样?他是不是要报警?你跟他说,钱我可以退给他,不过我已经花了一部分了,我以后可以慢慢还……只要不报警,他要怎么都可以。"
晓菲叹息:"媛媛,早知今日,你又何必当初。"
"完了!我完了!赵晓菲,我要进了监狱,我一定饶不了你!"
"媛媛,你冷静点。李海不准备要回那二十万,也没有要追究你责任的意思。"
媛媛愣住:"什么?"
"他放过了你。"
"他……他……为什么要放过我?"
"因为他很善良,所以遇到问题,总是先检讨自己的责任;而且他非常男人,如果他认定自己也有责任,那他一定会承担,绝不推诿。"
媛媛呆住。
"媛媛,虽然李海不打算要回这二十万,但是我觉得你应该主动退回去。"
媛媛矛盾片刻,想了想:"不。"
"我不相信你能揣得安稳。"
"为了这二十万,我动了那么多脑筋,担惊受怕这么久,我不能就这么什么都没有。"
"你至少还有尊严。"
"我做了这些事,尊严早就没了。"
"你真龌龊。"
媛媛一震,不甘受辱地反击:"反正我在李海面前的形象已经很龌龊了,那就让我龌龊到底吧。"
媛媛走进自己的房间,重重地摔上门。晓菲摇摇头,随即走进自己的房间。
回到房里的媛媛拿出手机,看着手机屏幕上李海与自己的照片。媛媛抚摸着李海熟睡的脸,轻声道:"我是个坏女人,一个配不上你的坏女人。"眼泪落在了手机屏幕上。
晓菲回到房里在垃圾桶里翻找着,终于翻出了那张被揉成一团的报纸,她将折痕抹平,看着李海的照片,陷入了沉思。看来今夜这两个女孩都会怀着各自的心事,无法入眠。

经过上次的乌龙事件，吴婷的生活仿佛又恢复了平静。刘晓宇致信邀请她参加枫信金融成立八周年庆典晚宴。吴婷思考片刻，拨通电话："晓宇，你好，我是吴婷。"

"吴婷，你好，请帖收到了吗？"

"收到了，但我恐怕来不了。"

"我们邀请了很多有意思的宾客，你来多认识些朋友，生活也不会太无聊。"

"谢谢你的邀请，但我那天确实有事。"

"要不，那就换一天。"

吴婷一怔："这怎么行呢？"

"可以的，你哪天有空？"

吴婷忽然意识到什么："我都没有空。"吴婷说完匆忙地挂了电话。

刘晓宇听着电话挂断的声音，非常失落。片刻后，他按下对讲："玛丽，那个周年晚宴取消吧。"

坐在家中的吴婷甩甩头，拿起手机，删除了刘晓宇的号码，又起身找出名片，扔到了垃圾桶里。

晓菲正在电视台机房里忙着工作时，接到了爸爸的电话，得知爸爸提出明天要来看看晓菲买的房子时，晓菲一下子不知如何是好了。她迟疑一下说："没问题。"她放下电话，有些不知所措，她想了想，现在能帮她的也只有李海了，于是拨了李海的电话。

晓菲简单说明了一下自己的意思，李海没有迟疑说："你来取钥匙吧，我这里刚好给自己留了一个小户型。"

晓菲开车到澄海置业的楼下等待着，远远看到李海的车开来，晓菲连忙下车。李海下车喊了声："晓菲。"晓菲迎上去。李海将手里的钥匙递过去。

晓菲感谢地说："我只借一个周末，只要能把我爸应付过去就行。"

"你想借多久都没问题。"

"真是谢谢你了，不然还不知道怎么跟我爸交代。"

李海手一挥："小事一桩。不过我不明白，既然你可以借钱给朋友买房，前段时间叠峰阁二期开盘，为什么不给自己定一套呢？"

"我一直对买房有点排斥。"

"叠峰阁二期现在已经增值15%了。"

晓菲惊讶："又涨了？"

李海点头。

"看来，我的工资永远追不上飞涨的房价了。"

李海感慨道："所以说，这年头，借钱给别人买房的人，是最傻的人。"

晓菲笑了："就算我错过了这辈子唯一一次买得起房子的机会，但是如果不帮张俐和谢伟，他们错过的是这辈子最爱的人！爱与房子，你说哪个更重要？"

李海没有回答，看着晓菲的眼神中有许多欣赏。晓菲突然觉得有些慌乱，她避开了李海的眼神。李海也觉得有些异样，掩饰地看看表："我还要赶到银行见一个朋友。"

"那你快去吧。再见。"

身着银行制服的刘英接待着李海。李海放下一包资料说："这是婷婷为娜娜选的几个学校的资料，这是我们愿意为娜娜提供担保和监护的文件，还有一些是办手续的注意事项。"

刘英感激地说："你给我打个电话，我自己来拿就是了，何必你还亲自跑一趟。"

"我顺便也来问问贷款的事。"李海笑笑说。

"已经在走流程了，估计一个月之内应该能下来。"

"谢谢你。对了，吴婷还让我关心一下你，你和周兴现在怎么样了？"

刘英苦笑了一下："还能怎样？都恨不得把对方吃了。对了，你和周兴是不是在争南山的一块地？"

"这事连你也知道了？"

刘英从抽屉里拿出一个U盘："周兴为118地块做的计划都在这里。"

李海惊讶地问道："你怎么拿到的？"

刘英苦笑了一下说："我和周兴为了财产分割，已经拉锯了一年多了。他总跟我说他没钱，我才不相信呢。为了将来上法庭对我有利，我一直在暗中留意他的资产状况，无意中，拿到了这个。"

刘英将U盘推到李海面前。

李海犹豫着："我应该收下？"

"就当给我帮忙吧，如果周兴把资金都陷在土地里，将来分割起来很麻烦的。"

"用这种手段打败他？"

"商场如战场，李海，那场拍卖牵扯多少人的身家前途，你就别婆婆妈妈了。"

李海一笑，收下："谢谢。"

"我该谢谢你和吴婷。"

"对了，周兴对我好像总有偏见，你知道是为什么吗？"

刘英摇头："不知道，会不会是因为我，他迁怒你和吴婷？"

李海想了想说："也许吧。"

与此同时，周兴和老陈又在那个茶馆见面了。老陈将一个U盘交到周兴手上。周兴问："都在？"老陈点头。周兴满意地笑了，随手递过去一个信封。

九

晓菲载着赵毕恭直接来到了叠峰阁，晓菲与父亲下车。赵毕恭惊喜地说："原来你买的是叠峰阁。"

"爸，连你都知道叠峰阁。"

"开发商叫澄海置业，是不是？"

晓菲点点头。

赵毕恭说："他们最近想到南山来开发，正好跟我们国土局在谈合作……"

两人来到门口，保安"啪"地敬礼："赵小姐，您回来了。"

赵毕恭："哟，连保安都认识你。"晓菲也很意外。

保安说："这儿的业主我们差不多都认识。"赵毕恭点头。

晓菲与父亲走了进去，晓菲突然有些犹豫，转头问保安："请问5栋在哪边？"

保安："赵小姐，您从这儿转左，第三栋就是。"晓菲笑着答谢。

赵毕恭奇怪："你自己买的房子你都找不到。"

"爸，你知道的，我向来都有点稀里糊涂。"

赵毕恭点头："所以爸爸总不放心你。"

晓菲终于找到了房子，她拿出钥匙，打开房门，这才松了一口气。进屋赵毕恭四处查看后十分满意地说："户型不错，质量也不错。"晓菲赔笑。

有人敲门，晓菲茫然地开门，看到外面是物管的工作人员，工作人员说："赵小姐，这是你上个月的物管费收据，我给你送过来了，麻烦你签个字。"晓菲有点惊讶，她签了字，物管工作人员便离开了。

赵毕恭赞不绝口："这物管的工作就是做得细。"

晓菲也被搞得一头雾水，甩了甩头说："爸，我们到花园坐坐吧。"

晓菲与父亲在长椅上坐下。

赵毕恭喜形于色："房子不错，环境不错，物管也不错，你这房子买得好。"

"这回你总该放心了吧。"

赵毕恭点头："晓菲，爸爸最近也有喜事。"

晓菲一下来了劲儿："爸，你有女朋友了？"

"你这孩子,我都还没操心你呢,你倒操心起我来了。"
"是不是嘛?"
"不是。"
晓菲失望:"那还有什么喜事?"
"我要升职了。"
"真的?不过,爸爸,我一直都不知道,你现在是个什么官?"
赵毕恭笑着说:"芝麻官。"
"这么说你要升成黄豆官了。"
"你这孩子,老跟爸爸不正经。"
晓菲哈哈大笑说:"好好好,你说,我正经听。"
"爸爸现在只是国土局一个科级干部,但最近领导找我谈话了,有把我提成副局长的意思。"
"那太好了。"
"唉,其实,爸爸对当官并不太热衷,不然也不会这么多年才当个科长。不过,如果能在副处的位置上退休,将来养老的待遇会好很多。"
"爸,你还有多少年退休?"
"还有五年,五年后,我就带着我的退休工资,到柬阳来跟你一起过。"
"好啊。"
赵毕恭环顾四周:"这个地方养老还是挺舒服的。"
晓菲听到赵毕恭这么说,赶紧圆场:"爸,到时候,说不定我又换房子了。"
"随便你,不管你怎么换,你得给爸爸留一间,爸爸还准备给你带孩子呢。"
晓菲开心地说:"行!"
父女俩在阳光下,开心地规划着未来的生活。

在澄海置业的办公室里,李海与手下开会。
刘少勇举起刘英给的那个U盘问李海:"李总,这个U盘可信吗?"
李海点点头说:"可信。"
刘少勇说:"这里面是周兴为118地块做的所有工作,包括规划设计和资金链,根据这个U盘,可以看出周兴的心理承受底线应该是每亩八十五万。"
财务总监也说:"我从侧面了解了一下,周兴的现金流可以支撑这个价格。"
李海问他:"你没有计算土地每年的增值部分,如果我们现在拿下这块土地,然后用五年时间来开发,这五年里,这块土地本身也在增值。"
财务总监说:"李总,你预计增幅会在多少?"
李海看着窗外:"100%。"
刘少勇一惊:"照你这么算,这块土地我们如果拍到手,就算什么都不做,五年之后,也能把所有的成本赚回来。"
李海说:"是,所以,就算一百四十万一亩,我们依然有赚,六十万之后,我们再出手。我估计，一旦单价上了一百万，周兴就会坐不住了。"说罢，李海站起来，笑着说："我现在很期待拍卖的到来。"

在周兴的办公室里，他也在布置。

财务汇报道："根据李海的规划，他把毛利率设定在30%左右。"

周兴说："那他的地价，每亩不能超过八十万。"

刘棋说："我统计了李海在以前的土地拍卖中的表现，他一般会给自己留出上下10%的空间，也就是说，他可以拼到九十万一亩。"

"那我们就做一百万一亩的准备，我就不信，一百万，杀不死他！"周兴自信地说："明天如果喊到一百万，李海一定招架不住，马林，你觉得呢？"

一直沉默的马林看了一眼周兴说："老板，前期所有工作我都没有参与，我没有意见。"

周兴并不在意马林的答案，而是一拳砸在桌上："我一定要拿下这块地！"

紧张的一天终于到了，此时的南山县国土局拍卖大厅一片空旷，舞台上方悬挂着横幅"118号地块拍卖现场"。不过，相信这种平静不会太久，因为一场紧张激烈的厮杀将要来临。

只见，晓菲跟马超从正门走进来，他们迅速地选择角度，布置摄像器材。这时，赵毕恭和工作人员从侧面进，他径直走上舞台，比试着拍卖台的高矮。

晓菲惊喜地叫了声："爸爸！"

赵毕恭也很惊讶："晓菲，你怎么在这儿？"

"我来采访，咦，爸爸，你今天好精神。"

赵毕恭穿了一身笔挺的西装。

"今天的拍卖我主持。"

晓菲高兴地说："好啊！我多给你拍几个镜头，好留作纪念。"

赵毕恭连忙说："不用，不用。"

晓菲发现赵毕恭的手在微微颤抖，细心地问："爸，你是不是有点紧张？"

赵毕恭有点心神不宁："能不紧张吗？今天的拍卖是南山历史上金额最高的，起拍价都接近六亿。"

"你主持过那么多场拍卖，这次也一定轻松拿下！"晓菲安慰道。

"今天每一次叫价，就是二百多万，而我这一锤下去，就是好几个亿。"

"没事的，爸，我看好你！"

"如果今天能顺利完成，我升副处的事儿也板上钉钉了。"

"你别想太多，专心拍卖吧。"

"但愿今天不出意外。"

不是冤家不聚头，周兴带着马林等人，李海带着手下，两拨人在拍卖大厅门口相遇。

李海笑容可掬地说："周总。"

周兴面无表情地回复:"李海。"

李海说:"你今天看上去气色不错。"

周兴却高傲地说:"你看上去却是一副倒霉样。"

李海丝毫没有当回事说:"心理学上有个词叫投射,你看到的东西,实际上是你内心的反映。"

周兴"哼"了一声:"我已经做好了准备,今天痛斩你。"

李海说:"只怕我的骨头太硬,会把你的刀崩断。"

周兴点头:"那就待会儿见分晓。"

李海颇有风度地伸手:"请。"

周兴却不挪步:"你先请。"

"承让。"李海说罢便向里走去。

周兴在后面说:"先进去的,一般都会先出来。"

李海停了一下,回头说:"我从来不信这些,我只相信自己的实力。"

李海带着人昂首而入,周兴的脸阴鸷地抽动了一下。

马林饶有兴趣地对比着两位老板的风格。

吴婷去接英子放学,她在车边等着,学生们陆陆续续地走了出来,直到最后一个学生走出校门都没有看到英子的影子。吴婷有点诧异,她拨打着英子的手机,但却提示关机。学校门口已经空无一人,吴婷看看表,走进了学校。

吴婷找到了老师办公室用英语问着:"请问你看见李英子了吗?"

老师说:"李英子今天中午就离开学校了。"

"什么?"

"她说她身体不舒服,我就同意她走了。"

吴婷转身匆匆离去。一边走,一边继续拨打英子的手机,依然关机。吴婷匆忙驱车回到家中,几乎是冲进家门,跑到楼上喊:"英子!英子!英子!"然而吴婷上上下下喊了一圈,都不见英子答应,也没有英子的身影。吴婷一时慌了神,连忙拿起手机给李海打电话,结果得到的仍然是关机提示音。吴婷一下子瘫坐在地上。

此时的李海把手机关掉,停止与外界的一切联系,正全力专注于此次的拍卖会。

有人碰了碰李海,李海回头,惊喜地发现竟是晓菲。

李海问:"晓菲,你怎么来了?"

晓菲指指身边过道上正在对焦的马超。

"哦,来采访。"

晓菲点头:"今晚的头条。"

"对了,你爸爸那天看房还高兴吗?"

"很高兴，真是要多谢你，物管太配合了，爸爸一点都没有起疑。"

"我专门跟他们打了招呼。"

"改天我请你吃饭。"

李海笑道："行。"

"拍卖之前，我先采访一下你，你预测今天会是什么结果？"

李海笑了笑："如果我预测，那肯定是我赢。"

"看来你是志在必得，那请问贵公司为了今天的拍卖做了些什么准备工作？"

李海自信地说："你马上就会看到。"

正说着，赵毕恭从侧门走上舞台，他宣布："南山县118号地块土地拍卖正式开始！"

本来闹哄哄的会场一下子静下来了。赵毕恭接着说："今天的起拍价是每亩五十万，每举牌一次加价两万。好，现在拍卖开始，五十二万！"

周兴率先举牌。

赵毕恭大声说："五十二万。"

富临集团举牌。

赵毕恭再次大声说："五十二万。"

几个回合下来，李海却按兵不动。

吴婷走进英子的房间，房间里很乱，她随手拿起一件衣服，她愣住了，那衣服下，有一个烟盒。吴婷拿起，里面还有几支香烟。

吴婷想了想，开始在英子的房间里翻找，她的动作再次僵住，英子的衣柜里，藏了一瓶酒。

吴婷一下有些蒙了，六神无主的她在家中走来走去。她拨打英子的电话，关机；再拨打李海的电话，也是关机。

此刻，在南山县国土局拍卖大厅里，周兴再次举牌。

赵毕恭大声喊："八十万，八十万第一次，八十万第二次。"

周兴转头，看着李海。

李海眉头紧皱。

周兴隐隐地笑了笑。

李海好似十分艰难地举牌。

赵毕恭看向李海大喊："八十五万！八十五万了！"

周兴冷笑，毫不犹豫地举起手中的牌子："九十万！"

赵毕恭又朝向周兴大声说："九十万！九十万第一次，九十万第二次！"

周兴斜睨着李海，李海再一次缓缓举牌，沉声："九十五万。"

此举立即引起现场一阵小小的骚动。

刘棋在周兴耳边悄声提醒："周总，已经突破十亿了，怎么办？"周兴稍作思考，立即举起牌子："一百万。"说完扫了李海一眼。

赵毕恭第一次做这么大额的拍卖会，激动地喊："一百万了，一百万第一次。"

李海笑笑，毫不犹豫地举牌说："一百零五万！"

周兴一惊。

赵毕恭的额头已经冒出汗来："一百零五万第一次！一百零五万第二次！一百零五万……"

在赵毕恭正要落锤的时候，听到周兴沉声说："一百一十万！"

赵毕恭整个人几乎都兴奋了起来，声音已经嘶哑："一百一十万！还有没有，一百一十万！"

几乎同时，李海稳定地举牌："一百一十五万！"

赵毕恭哑着声喊道："一百一十五万！一百一十五万第一次！一百一十五万第二次！……"

周兴看着李海，有些不知所措。

正在紧张之时，马超突然跑向晓菲，磁带报警了。晓菲慌忙掏出手机走到后排拍摄，并回身对马超使眼色，让他快点，此时谁也没有注意晓菲这一举动。

此刻周兴举牌的手在抖，声音已经失控："一百二十万！"

赵毕恭嘶声喊道："一百二十万！还有没有？一百二十万！第一次。"

李海对刘少勇说："等喊道第三次，我要从心理上彻底打垮他！"

周兴喘着粗气。

李海对刘少勇说道："周兴已经是强弩之末了。"

赵毕恭大喊："一百二十万！第二次！"

周兴跳起来，失态地尖叫着："敲！第三次！快敲！"

赵毕恭有些慌了。

李海慢慢地举牌："一百二十五万。"

几乎在毫秒之后，赵毕恭喊出："第三次！"

啪，赵毕恭落槌大喊："成交！"

李海高高举起的手一下僵住，人也惊呆了。

与他一起愣住的还有周兴。

刘棋高兴地大叫："老板，一百二十万！我们赢了！"

周兴也兴奋得跳了起来："我赢了！我赢了！"

李海震惊得说不出话来！

最后一排的晓菲也十分惊讶，手中举起的手机还在拍摄。

周兴等人欢呼雀跃，但马林看看李海，又看看拍卖师，皱起了眉头。

李海站起来大喊："怎么回事？"刘少勇也很茫然。

周兴傲慢地向李海比着胜利的手势。李海根本没有理会，冲到了拍卖台前。

李海对着赵毕恭吼着："我已经举牌了！"赵毕恭一下子有点手足无措，他呆呆地看着李海。

李海拍着桌子："一百二十五万！我已经举牌了！难道你没有看见？"赵毕恭吐出一句话："你……你……你是在我落槌后才举的牌。"李海怒道："胡说！"李海等着赵毕恭回答，赵毕恭躲开了李海的眼神。

　　这时，公证人员走过来说："你是澄海置业的李海？请你在这里签个字。"

　　李海像抓住救命稻草一样："你是公证员？"

　　"是。"

　　"请你为我作证，明明我先举牌，为什么要落槌？"

　　"对不起，我看到是落槌在先，你举牌在后。"公证员说道。

　　李海一愣："我现在质疑这次拍卖有问题！"

　　公证员一惊，看向赵毕恭，赵毕恭求援地看着他。

　　公证员随即强硬地说："这次拍卖没有任何问题，结果是公正的，有效的！"

　　李海大喊："不！"

　　周兴慢慢走到李海的身后带着嘲讽的语气说："李海，你对两位工作人员吼，没有任何意义。你要真能干，刚才就应该用实力说话。"

　　随后周兴轻松地对着公证员说："我在哪儿签字？"

　　周兴签着字，继续说："我说过，我要痛斩你，现在你知道我是说话算话的人吧。"

　　李海对着所有人大喊："我宣布，我要向南山县政府申诉——拍卖无效！"

　　周兴大喊："你休想！"

　　李海看了一眼周兴，冲出大厅。周兴紧紧跟上。

　　晓菲看到这一切，呆在当场，手中紧紧握着手机。

　　家中的座机响了，蜷缩在沙发上的吴婷一下弹了起来，抓起电话："我是……什么……"

　　听到电话那边说的话，她惊叫："不可能！"

　　吴婷放下电话，手指颤抖着，拨着号码，心里念叨："海子，求求你，快开机！快开机！"

　　李海的手机还是忙音。

　　吴婷绝望地靠在沙发上，眼泪流下。片刻，吴婷擦了眼泪，拿起手机，翻找着号码，然后又拿起手袋，翻找着，却什么都没找到。吴婷抓起手袋，冲出门去。

　　一阵急促的敲门声响起，刘晓宇开门看见是吴婷很惊讶。吴婷失魂落魄地抓住刘晓宇哭诉："救救英子！求求你，救救英子！"

　　刘晓宇急切地问："出什么事了？"

　　吴婷稳定了一下情绪说："英子今天中午就从学校溜走了，刚才，我接到警察局的电话，说英子涉嫌……涉嫌大麻案——"

　　刘晓宇返身抓起外套："快走，我跟你去。"

夜色中，吴婷的手哆嗦着，怎么都插不进钥匙，打不开车门。

刘晓宇说："我来开车吧。"他接过钥匙，开了车门对吴婷说："你别着急，加拿大对大麻的管制很宽松，再严重也不会是什么大事。"

吴婷看了他一眼，心里总算是定了下来。

会议室里挤满了人，国土局局长及工作人员，李海和刘少勇，也有周兴及其手下。大家各自都一副心事重重的样子。

李海诚恳地说："请政府成立调查组，对整个拍卖过程进行调查。如果的确存在问题，我请求重拍。"

周兴讥讽道："你自己不敢举牌，现在又后悔，扯这么多没用！"

"现场的人都看到了，是我先举的牌！"

刘少勇等人附和："对，我们都看到了！""我们也看了！明明就是我们先举牌。"

周兴那边的人帮腔："澄海置业耍赖！""一百二十万第一次的时候，你们就该举牌！自找的！活该！"

李海说："黄局长，现在的价格距离我们澄海置业的预期价格，应该还有10%左右的上浮空间，这块土地并没有实现资源的最大价值化。"

周兴嘴角扬起一丝微笑说："李海，愿赌服输！"

李海说道："还没赌完呢！"

双方一时间吵得不可开交！

黄局长这时开口说："大家安静一下。"全场安静下来。

黄局长接着说："你们双方的诉求我已经基本上清楚了，这样吧，请你们双方代表在外面稍微等待一下，我们马上讨论研究，尽快给出一个回复。"

李海和周兴众人走出会议室，看着对方，彼此谁也不服气谁。

李海边走边跟刘少勇指示："你们马上在今天到场的所有人中进行调查，他们在那一瞬间看到了什么，并将调查结果呈交南山国土局。"

刘少勇说："好的。"

李海又说："在国土局没有定论之前，我们做好重新竞拍的准备。"

刘少勇点点头说好。

李海疑问道："今天真是奇怪，周兴好像知道我们的底线，完全是有备而来。"

刘少勇回答："但如果不是出了这个问题的话，这块地应该还是我们的。"

李海一边思考着，一边从兜里摸出手机，看到十几条吴婷的未接来电，他赶紧回了过去。

坐在车上，吴婷望着窗外的夜色，手中紧紧握着手机。手机响起，吴婷全身一震，看着手机上显示李海来电，吴婷带着怨气地接起："李海，你马上回加拿大来！"

李海惊问："婷婷，你又怎么了？"

"你马上回来！赶快！"

"我走不开！"

"英子出事了！"吴婷就要哭出声了。

李海大惊："出什么事了？"

"英子卷入到大麻案里，被带到警察局了！"

"什么？你不是天天看着她吗？你不是天天送她上学放学吗？怎么会出这种事？你成天在家什么事都没有，怎么就看不住她？"

吴婷一听马上就爆发了："竟然还是我的错？你根本就不管我们这个家，什么都是我一个人在做！现在就变成了我一个人的错？难道你就没有责任？"

李海的情绪也变得激烈："我一个人在東阳，难道日子就好过？我在这边打拼，还不是为了你和英子？"

这时，工作人员走过来对李海说："李总，黄局长请你们进去。"

"我马上过来。"

吴婷听到了李海与工作人员的对话："李海，求你了，别开会了！赶快回来！"

"吴婷，我一定尽快赶回来，但现在我要挂电话了。"

"难道还有比女儿，比我们这个家更要紧的事？"

"婷婷，你根本不知道今天发生了什么！"

吴婷强硬地说："李海，你现在必须立刻回来！"

李海反感地说："吴婷，你别任性了！我就算现在回来，也没有航班！"

吴婷根本没听李海再讲什么："李海，你就只知道挣钱！你心里还有没有你的女儿，还有没有这个家？"

吴婷气急败坏地摔了电话，外壳飞溅，旁边的刘晓宇吓了一跳，踩了刹车。

李海也气愤地挂了电话，他竭力按捺着情绪，对工作人员说："对不起。"

吴婷捂住脸，无声哭泣着。刘晓宇将车停靠在路边，他想拍拍吴婷的背，但是伸出去的手犹豫了一下，又缩了回来。

吴婷的哭声稍稍止住，她抬头对刘晓宇说："对不起，我失态了。"

刘晓宇眼中闪过一丝心疼说："你也别太伤心，就算李海赶来了，也是几天后，也帮不上什么忙。"

吴婷摇头："我知道他来了也于事无补，但是如果他能站在我的身边，我也不会这么无助。"

刘晓宇轻声安慰："没事，有我……我这个律师在。"

吴婷摇头："这么多年来，什么都是我一个人，是，我没有工作，我不忙，我的生活中没有什么要紧事，我的一切都不重要……但是这并不等于我就不需要安慰，不需要支撑！"

刘晓宇爱怜地看着吴婷。

"我不是宠物，只要好吃好喝就可以满足了！我也是一个人啊——"

"我明白，内心的荒芜比物质的空虚更有杀伤力。"

吴婷悲恸地说："你根本不知道我在温哥华的日子是怎么过的！"

刘晓宇再不犹豫，伸出手去，轻声哄着："我知道，知道，每个在加拿大的中国人都知道。"脆弱无助的吴婷靠在刘晓宇肩上，痛哭失声。

黄蓉与卫东这对患难夫妻在街边，边走边兴致勃勃地幻想着未来。

卫东说："如果这样的话，不出五年，我们又可以换房子了。"

黄蓉兴奋了起来："对，我要买一个别墅，照很多很多照片，给以前的那些同事们，一人发一张。"

"给那向耘海也寄一张去！"

"不会漏掉他的……咦？那不是吴姐的车吗？这么晚了，她怎么在这儿？"

黄蓉看到吴婷的车停在路边。卫东说："走，去打个招呼，如果没有吴姐和她的朋友们，我这次根本升不了职。"说完便向吴婷的车走去。

黄蓉一把抓住卫东说："等等。"

卫东停住了脚步，他也看到了，驾驶室里，吴婷在刘晓宇肩头哭泣。

卫东疑惑道："那不是刘律师吗？"

黄蓉兴奋得像发现新大陆了一样："原来他们俩有一腿。"

卫东反感地说："你别乱说。"

"上次在我们家吃饭的时候，我就感觉那刘律师看吴婷的眼神有问题。"

"你的眼神才有问题。"

黄蓉摸出手机，对准二人。

卫东惊道："你干什么？"

但是黄蓉已经拍下了一张照片："先拍一张再说。"

"你想怎么样？人家吴姐帮了我们那么多。"

黄蓉却振振有词地说："有这张照片在手上，不怕她以后不帮我们。"

卫东去抢手机。

黄蓉躲开说道："这事你就别管了。"

黄蓉赶紧走远几步，卫东没追上，他停下来，转头看向吴婷的车，眼中充满了担心。

经过半个小时的讨论，大家重新回到了会议室。黄局长说："拍卖师和公证员作出了保证，今天的拍卖程序没有任何问题，操作过程也符合规范。"

李海的神情有些不忿。

黄局长接着说："同时目睹落槌和举牌的人中，有四人认为李海举牌在先，有三人认为落槌在先，还有两人无法判定。"

李海转头悄悄问刘少勇："你调查的结果呢？"

刘少勇低声说："基本一致。"

周兴发出了一声得意的冷笑。

黄局长说:"由于此次拍卖涉及金额巨大,为慎重起见,我们今天暂不做结论。随后我们将进行更加深入的调查,以最后确认拍卖是否有效并确认是否继续竞拍。"

李海表示:"我没有意见,我们澄海置业愿意全力配合。"

黄局长也表示:"我们一定会给出一个让你们双方都信服的结果。"

李海说:"谢谢。"

周兴自信地说:"我相信政府,不过,我把话先说到这儿,成立什么工作组搞什么调查,都是浪费时间。"

从会议室出来,李海觉得今天是最糟糕的一天,仿佛老天在与他开玩笑。不过他并没有气馁,相信一定会找到证据证明此次拍卖会是无效的。他又想起今天吴婷的电话,他想了想,拨打吴婷的电话。

此刻的吴婷正一个人在走廊上紧张地等待着。

李海听着没有信号声音,更加烦躁。他再拨了电话:"最近到温哥华的航班是哪天?周五,好,帮我订一张。"李海挂了电话。

刘少勇小心翼翼地看向他问:"李总,那……拍卖的事怎么办?"

李海闭上眼睛说:"等。"

刘少勇无意地说:"如果现场有监控就好了。"

李海一下抬起头,表情转忧为喜:"现场没有监控,但是有一台摄像机。"

李海兴奋地拨着晓菲的电话,但始终无人接听。

看着电话上显示着李海的名字,晓菲并没有接听,而是心事重重地呆坐着,而她对面的监视器上停留的画面,正是拍卖现场。

李海挂了电话,吩咐小刘:"去电视台。"

此刻,超洋公司周兴办公室里,气氛十分欢悦。

周兴得意的表情溢于言表:"卖房子,我赢了他;买地,我也赢了他!我看他李海,以后还有什么可得意的!"

刘棋说:"不过钱也花了不少。"

"只要能让李海难受,花点钱也值得。"

"老板,我们把成本压一压,多花的钱也就回来了。"

周兴笑着说:"说得也是,马林,学着点儿,你什么都好,就是不注意控制成本,花钱大手大脚。"

马林淡淡一笑,没有接话。

手机响起,周兴接起电话:"喂……什么事?我知道了。"

挂了电话,周兴很不以为然:"国土局通知,所有人到枣阳电视台集合,说是李海要求的,他又搞什么鬼?"

晓菲敲开寇吕的办公室门:"寇姐,你找我?"随即愣了一下,办公室里还有李海。

寇吕看着晓菲说:"今天你和马超去南山国土局参加拍卖,马超是不是把整个过程从头到尾都拍了下来?"

晓菲说:"应该是吧。"

李海说:"我只要最关键的那几分钟,就是拍卖价抬升到一百二十万的那一刻。"

晓菲沉默片刻说:"我不知道马超拍到没有?还没看磁带。"

寇吕对李海说:"你放心,马超是个有经验的摄像,像这种场面,绝对是眼睛都不眨地全程记录。"

晓菲想说什么,又忍住了。

李海说:"那就好,我已经通知了南山县国土局,他们的人也马上就到。"

寇吕说:"周兴呢?"

"为了公平起见,南山县国土局也通知了他,我们几方一起观看当时的录像。"李海说。

寇吕兴奋地说:"我喜欢这种场面!太好了,今天头条就是它!"

"晓菲,我今天给你打电话,你怎么不接呢?"

寇吕抢着回答:"机房那个地方,闹哄哄的,经常听不到手机铃声。"

晓菲勉强笑了笑。

寇吕对晓菲说:"你快去准备吧,一会有大场面了!"

看到刘晓宇带着英子从警局走出来,吴婷连忙迎过去,走到英子面前,却又停步,瞪着英子,英子避开了吴婷的眼光。刘晓宇对吴婷说:"所有手续都办完了,你可以带英子回家了。"吴婷没有回答刘晓宇,而是厉声问英子:"这是怎么回事?"英子沉默。刘晓宇说:"今天警方接到举报,说有个叫王江川的中国留学生在家里种植大麻,警方前往搜查,英子正好也在场,所以英子也被一起带到了警局。"

吴婷问:"王江川是谁?"

英子说:"是我朋友。"

吴婷痛心地说:"你怎么跟这种人交朋友?"

英子撇撇嘴。

吴婷又问:"你怎么认识他的?"

英子不以为然:"认识就认识了呗。"

"什么时间什么地点什么场合认识的?"

英子撇撇嘴。

吴婷一时气不过:"你是不是也在吸大麻?"

"我又没有做错什么,你干吗像审犯人一样审我!"

"到底有没有?"

"我吸了,你满意了吧!"

吴婷退后一步，仿佛被重击，她摇着头，悲痛地说："英子，你竟然吸毒！"

刘晓宇相劝："呃，吴婷，在加拿大，大麻和毒品并没有画等号。"

吴婷控诉着："为了你，我当初放弃了自己的事业；为了你，我和你爸天各一方；可你竟然到加拿大来吸毒？"

英子不耐烦地说："你别把什么都赖在我身上！你从电视台出来，那是因为你干不下去了；你到加拿大来，那是因为你唠叨无聊，我爸都受不了你！"

"啪"！吴婷一巴掌打在了英子脸上。刘晓宇惊住。英子捂着脸，眼泪吧嗒吧嗒大滴落下。吴婷也呆住，脸上有一丝懊悔。英子转头就跑，刘晓宇喊道："英子！"然后追了出去。吴婷想去追，但却无力地滑坐在椅子上，她摸出手机想给李海打电话，但是手机已经坏掉。

电视台机房挤满了人，李海一方，周兴一方，国土局的领导专家，连赵毕恭与公证员也悉数到场。寇吕对晓菲说："晓菲，把磁带放给大家看看。"所有人的表情不一，赵毕恭有些紧张，公证员无所谓，李海十分期待，周兴压抑着愤怒，而马林则探究地看着晓菲。而晓菲不看任何人，默默地将磁带送进编辑机。李海手机响，他瞄了一眼，摁掉。

而电话那边的吴婷盯着手机，听到同样的提示音，一时失望、无助、恨意一起涌上心头，然后猛地再次摔下，将其摔得更烂。吴婷捂住脸，眼泪落下，空荡荡的走廊上，吴婷显得十分无助。

第一盘磁带结束在一百二十万的出价上。晓菲将第二盘磁带送进编辑机——彩条之后，出现的画面是现场已经乱了，李海冲上台去，正与赵毕恭拍着桌子闹着。

李海一时震惊道："怎么会这样？"

晓菲低着头说："落槌的时候，摄像机正在换带。"

寇吕骂着："关键时候，换什么磁带！早干什么去了！马超！马超呢？我要停他的职！"寇吕咆哮着走开。

现场一片沉默。

李海很失望，赵毕恭暗暗松了口气，周兴露出笑容，晓菲低下头去。马林把一切看在眼里。

国土局黄局长咳嗽一声："大家都在这里，那我就宣布吧，由于澄海置业没有提供更加有力的证据证明自己举牌在先，所以，综合现场拍卖师、公证员以及其他参与人员的意见，确定此次拍卖的流程没有任何问题，结果公正有效。"

周兴得偿所愿地捏了捏拳头。

李海受到重击。

周兴压抑不住开心："李海，你还有什么可说？"

李海深深吸口气，转身，伸出手来："周兴，恭喜你，希望你用心开发，不要辜负了那片风景。"

周兴故意不理会李海伸出的那只手,得意地说:"这就不劳你操心了。"

黄局长上前一步,握住李海的手:"李总,虽然这次拍卖失利了,但我们南山县依然欢迎澄海置业前来投资,在下半年,我们还将推出几块土地,希望李总多多关注。"

李海说:"我会关注的。"

李海转身向所有人微微一欠身说:"不好意思,耽误大家的时间了,改天我请客,向大家致歉。"

周兴意气风发地问:"黄局长,我们什么时候签正式合同?"

黄局长说:"我们会尽快安排。"

晓菲审视着周兴,同时又看了看自己的父亲。马林一直看着晓菲,晓菲与马林视线一接触,随即心虚地挪开了。

李海走进停车场,刘少勇担心地问:"李总,你没事吧?"

李海反而笑了:"虽然这块地丢了挺可惜,但一城一池的得失打不垮我李海。你们放心吧。"

刘少勇松了一口气:"那就好,本来大家都还挺担心的。"

李海说:"有什么好担心的,接着干,土地是开发商的生命,你们马上关注一下城南刚刚挂牌的那几块土地。明天下午给我可行性报告。"

刘少勇精神一振:"好,李总,那我们就先回公司了。"

随着刘少勇等人离去,李海摸出手机,先拨打吴婷的手机,依然无法接通。又拨通了家里的电话,也无人接听,李海更添了几分焦虑。

刘晓宇开车将吴婷母女俩送到了家,英子下车径直冲进家门。刘晓宇将车钥匙交给吴婷,叮嘱着:"今天什么都别说了,你们母女俩都好好睡一觉。"吴婷点点头。刘晓宇又说:"明天我再去一趟警局,你就不用操心了。"吴婷无力地说:"谢谢你,早点休息。"

吴婷来到英子房间门口。正在整理被褥的英子一见吴婷,冲过来,重重地摔上了门。吴婷浑身一震,就在这时,家里电话响起。

吴婷接起电话:"你好。"

李海说:"婷婷,你终于接电话了,英子怎么样了?"

吴婷冷笑:"李总,你终于有空了。"

"婷婷,我今天有一场拍卖,涉及十几个亿的资金。"

"既然这样,李总,你快忙你的去吧。"

李海愤怒地说:"你不要这么阴阳怪气好不好?英子现在在哪儿?"

"已经回家了。"

"她没事了?"

"是,除了抽烟喝酒吸毒,什么事都没有。"

"什么?"

"李总，你不用那么震惊，这些都是小事，只有你的事业才是大事，你继续忙吧。"吴婷随即挂了电话。

"婷婷！婷婷……"

手机已经是忙音，李海继续拨着电话。英子蜷在床上哭着，电话响起，听到电话那边李海的声音，英子更加止不住地哭泣："爸爸，你快来吧。"听到英子的声音，李海松了口气："你还好吗？"

"我不好，我不好。"

"到底怎么回事？你妈说你吸毒……"

"我没有吸毒！"

"那你妈为什么……"

"是我认识的几个朋友，跟我没关系，但我说什么她都不相信我，她还打我……呜呜——"

"别哭，别哭，爸爸相信你，爸爸相信你。"李海急切地说。

"你快来吧，我不想跟我妈一起过，我要跟着你过。"

李海叹息一声："你要真不愿意待在加拿大，就回来吧，爸爸没意见。"

英子："我不回去，我要你过来。"

李海："你别着急，我已经订了机票。"

英子抽泣着："你快来吧。"

李海说："英子，别哭了，别哭了，爸爸马上就到。"

吴婷在走廊上，听着英子与李海的低声絮语，想到这么多年自己为这个家，为英子付出的一切，神色失落而痛苦。她走回自己的房间，眼中有深深的伤痛。

所有人都走光了，只剩下晓菲坐在电视机房里一动不动。赵毕恭来到晓菲面前："晓菲，我该回去了。"晓菲抬头："爸爸，我想跟你聊一聊。"

晓菲与父亲走在黄昏的林荫小道上，各自想着自己的心事。

"爸，你怎么看今天这事？"晓菲先开口说。

赵毕恭语气比较轻松："今天这事就算完了吧。"

"你真觉得就这样完了？"

赵毕恭疑惑地看向晓菲。晓菲拿出手机，调出视频。从视频中清楚地看到是李海先举牌，赵毕恭后落槌，赵毕恭的脸色一下变得煞白。

"当时我站在最后一排，我想给你录下一段视频作为纪念。"赵毕恭看着晓菲不说话。晓菲追问："爸爸，你比谁都清楚真相，是不是？你知道，李海先举牌，你后落槌。"沉默良久之后，赵毕恭以手抚额，低声："是。"晓菲的脸色也变了。

晓菲分外郑重地说："爸，我问你一件事，你一定要告诉我实话。"

赵毕恭点头。

"这件事情，和周兴有没有关系？"

赵毕恭有些茫然："什么？"

"你是不是收了周兴的钱，才这么做？"

赵毕恭脸色大变，他怒道："我知道超洋公司，但是不认识周兴，那天在拍卖现场，是第一次见到他本人。"

晓菲听到赵毕恭这么说，顿时松了一口气。

赵毕恭气愤地说："晓菲，你竟然这么猜测我？"

"爸爸，对不起，但是……但是这……"晓菲举起手机："这是为什么？"

赵毕恭叹息一声，艰难地吐出几个字："我失误了。"

"你曾经主持过那么多场拍卖，这次怎么会失误呢？"

"我原来预估，拍卖会在七十万左右结束，可是竟然飙到了一百万；每次喊价，就是五千多万的增幅；这完全超出了我的心理预期。我反复提醒自己不能犯错，但却越提醒越紧张，脑子里一片嘈杂……"

"你乱了阵脚？"

赵毕恭点头："周兴喊出一百二十万，李海迟迟没有应对，周兴跳了起来，大叫着，我心想，终于到头了；我举起了拍卖槌，我想停下，但这时，李海举牌了，但是我已经无法控制了，我落了槌。"

周兴已经抑制不住内心的骄傲，他盼咐手下："合约部在这个星期之内，必须跟南山国土局把合同签了。"接着又跟行政部交代："订最好的餐馆，最贵的菜，把束阳所有的房地产开发商都请上。我要让所有人知道，我，周兴，拿下了118地块！我赢了李海！"

刘棋说："周总，宴请的事，要不等签了正式合同再说吧。"周兴脸色一变。刘棋接着说："李海这个人，诡计多端，我怕他再出什么花招。"

周兴点头："有道理，马林，在签合同之前，你盯着点李海。"

马林说："周总，请你另外安排人吧。"

周兴一惊："什么意思？"

马林上前一步，递上一个信封："这是我的辞职信。"

"什么？"

"该交接的，在今天之前，都已经交接了；销售部的工作我已经安排到一个月之后，这一个月里，如果超洋公司出现任何情况，我仍然会协助处理。"

周兴拈着那个信封："是我钱没给够，还是位置没给够？"

"都不是。"

"那你为什么要辞职？"

"个人原因。"

周兴将信封弹回去："我不准你辞职！"

马林笑了笑说："周总，你的挽留我很感动，但是请允许我文艺一下——我心已去。"

周兴的眼神慢慢阴了下去："凡是离开我的人，都没混出人样来。"

马林大方地说："周总，我相信并且祝愿，在我离开之后，超洋公司更加兴旺发达。"

周兴的嘴角抽动了一下。

马林笑了笑，对周围的同事说："明天晚上，我请大家吃饭。"然后转身离开。

众人看看周兴的神色，没有搭腔。周兴抓起马林的辞职信，撕得粉碎，他狠狠地扫视全场，所有人都低下头去。

看到李海回到公司，秘书走近李海说："李总，有人找你。"李海问："谁？"秘书的神色有些疑惑地指了指办公室里。李海走进办公室，只见马林正在专注地看着效果图。李海惊喜地说道："马林？"

马林回头笑道："海总。"

"你怎么来了？"

"我来看看我将要负责的楼盘。"

李海一下子明白了，兴奋地说："你决定了？"

马林点头。

"上帝如果为你关上了门，那一定在某处为你留了一个开锁匠的电话！我失去了一块土地，但是我得到一员大将！"李海若有所思地说。

马林大笑："呵呵，套一句广告语——我，你值得拥有。"

晓菲说："爸爸，趁还没正式签约，你应该赶快报告，你亲眼看见是李海先举牌。"

"领导一定会问我，为什么我知道李海先举牌却还要落槌？我怎么回答？"

"你就如实回答。"

赵毕恭摇头："连你都疑心，我是不是收了周兴的钱，其他人难道就没有这样的疑虑？"

"你可以解释，你只是失误了，出错了！"

"我没法解释，这个错，我也不能出。"

"为什么？"

赵毕恭找了一张椅子，坐下来："这场拍卖结束后，我的副局长的任命也就下来了。如果在这个节骨眼上，我犯了这么大一个错，那任命也就泡汤了。"

"爸爸，你不是不看重这些吗？"

"以前爸爸不看重，但是现在爸爸老了，不得不为退休之后的生活打算了。如果错过了这一次提升，我以后就再没有机会了。"

"但是这对李海不公平。"

"李海没有任何损失。"

"拍卖价最低应该有一百二十五万，我们南山至少可以多收入五千多万。"

"也就五千多万而已。黄局长他们原来的期望值是八亿，现在已经十四亿多了，已经多了整整六亿。"

"多拍了六个亿，并不意味着你就没有错。"

"晓菲，只要你不说，我就没有犯错。"

晓菲沉默。

"晓菲，我是你爸爸。"

晓菲看着父亲，突然觉得十分陌生。

赵毕恭疲惫地说："把你手机上的视频删了吧。"

晓菲终于开口："爸爸，小时候，有一次，我考了七十八分，然后偷偷地将成绩册改成了九十八，你知道实情之后，狠狠地打了我一巴掌。你说，你不在乎我的分数，你在乎的是我的品德是否诚实，是不是能面对自己的错误。"

赵毕恭语塞。

晓菲愤懑地说："爸爸，我现在想把那个巴掌还给你！"

赵毕恭无言。

父女俩对峙良久，赵毕恭长叹一声："晓菲，请你原谅爸爸，爸爸已经五十多岁了，很多东西，我不能失去了。"

晓菲悲哀地摇着头，眼中浸满眼泪，她转身离去。

李海在办公室开了酒，与马林相互举杯："欢迎加入澄海。"

马林说："谢谢。"

"你能不能告诉我，你一直犹豫，究竟是为什么？"

"海总，你第一次开口的时候，我就心动了，不过那会儿，我不想放弃和你一较高下的机会，所以我放弃了。"

"那一仗我输得心服口服。"

"你能坦然认输，更让我佩服。超洋花园开盘后，我准备离开，但是周兴却向我透露了他在118地块上的拍卖底线，我想我在那个时候走，不合适。"

"如果我没有猜错的话，应该是十亿。"

马林笑了笑："现在，他已经得到了那块地，所以我可以很坦然地离开。"

李海点头："这一仗，我输得并不心服口服。"

"我理解。"

"马林，就你所知，周兴在这场拍卖中，有没有动什么手脚？"

马林抿了一口酒："周兴身上有许多阴暗的东西，这是我离开他的重要原因，但是出于职业经理人的操守，你不能要求我说出他的任何秘密。"

李海想了想，点头："好，我不难为你，不过，你也在现场，你不觉得那个拍卖师很反常吗？"

马林想了想："当时现场那个氛围，所有人都反常。"

李海点头。

马林说："不过，我注意到有一个人，今天在电视台的编辑机房很反常。"

"谁?"

"赵晓菲。"

李海愣住,李海回忆今天在电视机房的画面,想起晓菲躲闪的眼神。李海一下被提醒,他揣测着:"难道那摄像机根本没有换带?难道现场发生的一切其实都拍了下来?"

第二天一大早,英子提着书包从楼上下来,径直往门口走去。却被吴婷拦住了:"你去哪儿?"

英子转过头不看吴婷:"上学。"

"手机交出来。"

"干什么?"

"交出来。"

英子无奈地掏出手机。

"钱包。"

"你拿了我钱包我怎么上学?"

吴婷不顾英子的反抗,取过英子的书包,翻出了钱包说:"我送你。"

英子愣住。

"从今天开始,每天我送你上学,接你放学;回家之后,没有我的允许,不能出门。"

"你这是限制我的人身自由。"

"只有这样才能帮你断绝和那些人的联系。"

"我的事不要你管。"

"在法律上我还是你的监护人。"

"我不需要你的监护。"

"你去跟法官说吧。"

英子瞪着吴婷。

"走。"

英子将书包一甩,咚咚咚冲上楼去。

吴婷的脸抽搐了一下,楼上传来英子发狂地摔书砸门的声音。吴婷痛苦地闭上了眼睛。这时门铃响了,吴婷开门,门外站着的是刘晓宇。

看到吴婷憔悴的模样,刘晓宇吓了一跳:"吴婷,你一夜没睡?"

吴婷点点头。

刘晓宇说:"警方已经把一切调查清楚了。英子没有参加吸食,也没有参加种植,她只是跟那帮人在一起玩。这次的案子可以说跟英子没有关系。"

吴婷长长地松了一口气,几乎站不稳:"那就好,那就好。"

"你可以放心了。"

吴婷点点头:"这么说,英子还有救?"

"救？你说得太严重了吧。"

"严重？英子现在已经在悬崖边上了！如果不是这次的事件，你能保证英子再跟那些人交往下去，不会去吸食大麻？"

"吴婷，你有点过虑了，在美国和加拿大，超过80%的人在青春期尝试过大麻。"

吴婷："大麻，你们叫什么来着？软性毒品？但如果任由她发展下去，有可能就是海洛因，再往下发展，我都不敢想象……"

突然，楼上摔下一个花瓶。

刘晓宇吓了一大跳。吴婷苦涩地说："是英子。"

"她今天不去上学？"

"她在跟我赌气。"

"要不我去跟她谈谈？"

吴婷不敢相信："你？"

吴婷转念一想，现在英子和自己赌气，李海又指不上，也许面前的刘晓宇是个很好的选择，让他跟英子聊聊，也许英子会解开心中的怨气。

吴婷陪着刘晓宇来到英子房间门口，刘晓宇敲了敲门。随即一个东西砸在门上。刘晓宇提高声音："英子，是我，刘律师，我有一个好消息要告诉你。"几秒钟后，英子开了门。

刘晓宇进，英子的房间一片狼藉。刘晓宇自顾自地说："哇，好像又回到了伊拉克。"

英子白了他一眼："你去过伊拉克？"

"我在那边做过两年生意。"

"哦，我妈让你来教训我？"

"恰恰相反，我觉得你妈的教育方式有问题。"

英子听刘晓宇这么说，脸色有些改变。

门外的吴婷看着房间内，英子居然愿意和刘晓宇沟通，有些纳闷地离开。

思考了一夜，晓菲坐在书桌前，手机接到电脑屏幕上，她反复看着那一幕，李海举牌后，赵毕恭落槌。忽然有人敲门。

晓菲惊问："谁？"

张俐推开门："晓菲，有人找你。"

晓菲一眼看见张俐身后的李海，她吓了一跳，连忙将笔记本合上。

李海说："晓菲，我可以进来吗？"

晓菲有些慌乱："请进。"

李海环顾四周，找不到坐的地方，晓菲连忙将椅子让给李海，自己坐在床上。

李海有些感慨："你借钱给朋友买房子，自己却住在这么小的地方。"

晓菲笑了笑说："习惯了。"

突然，李海表情一僵，墙上挂着晓菲与赵毕恭的合影，李海认出了，这是拍卖师。他转身疑惑地看着晓菲，晓菲低声解释："这是我爸。"李海更加惊讶，他看向晓菲，晓菲并没有说话。

思考片刻后，李海说："我发现你和你爸长得挺像的。"

晓菲勉强笑了笑："很多人说我更像我妈。"

"但是严肃时的神气跟你爸简直是一个模子刻出来的。"

"第一次有人这么说。"

"你知道我第一次见你是在哪儿吗？"

"不知道。"

"在电视上，你正在曝澄海置业的光。"

"哦，那是很早的事情了。"

"虽然当时你的表情很严肃，而且你说的话也让我十分郁闷，但是我依然觉得这女孩特别漂亮。"

晓菲自嘲地一笑："很多人都说我曝光的时候凶神恶煞的。"

"那是因为他们不了解你。晓菲，你的美不在五官，而在你的透明，你说的每一句话，都是你内心最真实的写照。"

晓菲愣住了，她明白李海的意思，她扫了一眼桌上的手机，又看了一眼墙上的照片，低下头去。

李海接着说："有句话我只问一次，无论你回答什么，我都不再追问。"

晓菲紧紧咬着嘴唇。

"在我举牌的时候，摄像机的确在换带？"

晓菲犹豫了一下，轻轻点头："是。"

"好，我明白了，打扰了，你早点休息吧。"李海转身离去。

晓菲送到门口，看着李海下楼的背影，晓菲想喊，又忍住了。

十

　　看到李海走出黑暗的单元，马林迎了上去问："有结果吗？"李海摇头。
　　马林问："她怎么说？"
　　李海情绪低落地说："她什么都没说。"
　　马林抬头看看："那就奇怪了。"
　　"没有什么好奇怪的。每个人都是多面的。有些面，是专门拿出来见人的；有些面，是不能见光的。"
　　马林一怔。
　　李海拍拍马林的肩说："走吧，回去吧。"
　　"那这事就这么完了？"
　　"还能怎样呢？"
　　马林没有说话。

　　刘晓宇从楼上下来，吴婷急切地迎上去："你们谈得怎么样？"
　　刘晓宇想了想："吴婷，你有没有想过，问题也许出在你身上？"
　　吴婷惊讶地说："我？你的意思是让我不管她"
　　"不是不管，是放手。"
　　"放手？"
　　刘晓宇耐心地说："遇到问题，让她自己去判断，什么是正确的，什么是错误的，让她自己去选择。"
　　吴婷还是不放心："她那么小，她什么都不懂。"
　　"她懂！她告诉我，其实她对那些朋友的做法也不认同，已经打算疏远那些朋友了，然后警察就到了。"
　　"真是这样？"
　　刘晓宇点头。
　　"那她为什么不跟我说？"
　　"你已经先入为主，认为她已经堕落了，她怎么会跟你说呢？"

吴婷沉默。

刘晓宇继续说："在加拿大，孩子们最怕的不是成绩不好，而是没有朋友。英子之所以和那些留学生在一起，就是基于这样的心理。如果你一步不离地跟着她，她更交不上朋友，会更叛逆。"

"我从来没有干涉过她交朋友的事情，但是她得交有上进心的朋友。"

"我觉得这个你也应该让她自己去判断、去选择。"

吴婷再次沉默。

"你女儿不是傻瓜，她会做出正确的选择的。"

吴婷轻叹一声："我再想想。"

刘晓宇看到吴婷这样，会心地笑了。

等刘晓宇走后，吴婷翻着相册，英子从小到大的照片整齐地排列着。大多数时候，英子都被吴婷抱在怀里。渐渐地，英子长大了，意识到这些，吴婷眼神中有许多思考。正在思索着英子的事，手机响了，接通之后听到李海在那边说："婷婷。"吴婷沉默。

"我订了明天的航班。"

吴婷一怔，神色和缓了许多："你忙完了？"

"没有，但是英子出了这么大的事，我怎么都得过来一趟。她现在怎么样？"

"你也别着急，英子没什么事。"

"是吗？"

"是，警察已经有结论了，大麻案跟英子没有关系。"

李海一下卸下了包袱："太好了！太好了！从一开始我就不相信英子会做这种事。"

"你也别太高兴，我在她房间找到了烟盒和酒瓶。"

李海轻松地说："这不算什么，我小时候背着我爸也干过。但是毒品这事儿，那是千万不能碰的。"

"是，所以昨天我也吓坏了。"

李海小心地措辞："婷婷，有的时候，你还是注意一下教育方法。尽量不要……不要动手。"

吴婷对这个事也很难过："我也是一时没忍住，打了她之后，我也很后悔。"

"女儿大了，体罚解决不了问题。"

吴婷叹息："海子，你说得对，我也正在检讨自己，我的确不该把自己的情绪发泄在英子头上。"

李海有些意外："婷婷，我知道你一个人照顾英子不容易，以后，你要有气，就冲我发吧。"

"你在一万多公里之外，怎么冲你发？"

"先攒着吧。"

吴婷淡淡一笑，忘记了所有的烦恼："对了，你那拍卖怎么样？"

"出了点问题。"

"哦。"

"婷婷，我这段时间事情特别多，公司又来了一个副总，英子的事又算虚惊一场，你看……"

"你不要过来了。"

"还有两个月，不就是我们的纪念日吗？我现在忙一点，腾出时间，到时候多陪你几天。"

吴婷闷了一下："那行吧。"

李海高兴地说："婷婷，谢谢你。"

吴婷苦笑着挂了电话。

圆桌上摆满了没有动过的酒菜，空荡荡的房间里只有马林一个人。马林拿起面前的空酒杯，与每一个空酒杯碰了一圈，叮当的玻璃撞击让马林更觉寂寞。

马林拨了手机："喂，你还欠我一顿饭，该还了吧……对，就现在！"

晓菲出现在门口，看着满桌的酒菜与马林，有些纳闷："你都先点上了。这么多？"

马林说："心疼了？"

"我们俩根本吃不了。"

"吃不了兜着走。"

晓菲看了一下马林："你今天情绪不对。"

"实话告诉你，今儿本来不是请你，是请前任同事们吃顿饭，但是……"马林指着那些空座位，撇撇嘴，耸耸肩。

"前任同事？"

"我从周兴那儿辞职了。"

晓菲笑了笑："恭喜你。那你加入李海公司了？"

马林点头说："弃暗投明。"

两人碰杯。

"你知道李海是什么地方打动了我吗？"

晓菲笑了笑："他的男性魅力？"

"这个我比他还多。"

"那是为什么？"

"他的性情。"

"性情？"

"当他知道我自己掏腰包捐了 114 万之后，他给了我一张 114 万的支票，而且告诉我，这张支票没有任何附加条件。"

晓菲听后有些动容。

马林继续说："当然，我没有收，但是我很感动。我跟他只见了一面，连朋友都算不上，而且帮我就是帮周兴，但是他却不吝付出，只有真正豪迈的人，才能做到这一点。"

晓菲点点头。

"他挖了我两次，我都没有答应他，但是他仍然主动把自己的所有缺点和公司的缺陷暴露在了我面前。这让我震惊，难道他不怕我转头出卖他？"

"我想，这是出于对你的信任，也包括对自己看人的眼光的自信。"

"这两点都有，但更多，我觉得是他天性中的坦诚。我们生活中大多数人也很坦诚，只针对朋友和家人，但是他，对他的竞争对手也一样，所以，我决定帮他！"

晓菲点头赞许："这是一个正确的决定。"

马林热切地说："晓菲，李海是一个好男人，我们应该一起帮他。"

晓菲一怔，下意识地攥紧了手机，想说什么，最终还是紧紧咬着嘴唇。

"你心情好像也不太好？"

"谁说的？"

"在编辑机房，我就看出来了。"

晓菲低下头。

"因为那场拍卖？"

"不说这事儿，喝酒吧。"

晓菲与马林再干一杯。

澄海置业会议室里挤满了公司高管，李海隆重地向大家介绍："我们澄海置业新添了一员大将，马林。"李海身边的马林起立，向大家点头致意。

李海接着说："在叠峰阁二期开盘的时候，马林在给我们造成极大困扰的同时，也让我们对他的能力有了深刻印象，所以我就不用多介绍他了。"

众人鼓掌。

李海对马林说："马林，你跟大家说两句吧。"

马林站起来说："这次能够加入澄海置业，是我的幸运，因为澄海的品牌赫赫有名，澄海的团队也创造过无数佳绩，相信在澄海，我一定受益匪浅。不过，从另一方面来说，我加入澄海置业，也是澄海的幸运。一个在业界驰骋了十五年的品牌，多少会有些暮气，运转上多少会有许多掣肘，而我就是为改变澄海而来……"

众人面面相觑，不知该怎么表示。这时，李海带头鼓起掌，随之大家也鼓起了掌。

李海露出微笑。

而在超洋花园的办公室里，周兴恨恨地说："他居然去了李海的公司！"刘棋说："老板，你别生气。"周兴怒道："为什么偏偏是李海！"刘棋不敢吭声。周兴拍着桌子："我哪儿对不起他？是少给了他钱还少给了他权？"周兴坐下："李海也一定在背后搞了鬼！"

甲说："对，说不定是李海眼红我们拿到了 118 地块，所以出这一招损你。"

刘棋疑问："这才一天时间，李海就把马林挖走了，这也太快了吧。"

乙说："那也许是他们早就勾结上了。"

周兴突然被点醒一样："李海的底价本来是 80 万……"

刘棋说："但是李海最后出到了 125 万。"

甲问："他临时加了价？"

周兴摇头："从 80 万到 125 万，没有人能在现场做出 5 个亿的调整。他一定是早有准备？"

乙说："难道李海知道我们的底线是 100 万。"

周兴恍然大悟："马林知道，他就知道。"

甲说："原来马林就是李海放在我们这里的卧底。"

周兴咬着牙，没说什么，但心里对马林恨到了骨子里。

毫不知情的马林走在澄海置业的走廊上，一路上员工招呼："马总好！"马林一一点头。他走进了老陈原来所在的办公室。

走廊另一头，老陈注视着马林，目光中充满了嫉妒与恨。

吴婷敲敲门，英子没有理睬。吴婷再敲，英子终于开门，不耐烦地说："你不是有钥匙吗？你不是经常偷偷溜进我的房间吗？你敲什么门啊？"吴婷和蔼地说："英子，我把你的手机和钱包还给你。"

英子愣住。

吴婷将钱包和手机放还英子桌上。英子纳闷地问："你这啥意思啊？"吴婷说："英子，那天打了你一巴掌，是妈妈不对，当时我也是气昏了头。"英子没说话。吴婷接着说："妈妈当时很伤心，一是你怕交的那些朋友伤害你，二是因为你对妈妈的那种敌意。想想小时候，你一步都离不开我，现在却不跟我说话，不跟我亲近……"吴婷的眼泪涌出。

英子不耐烦地说："你又来了。"

"英子，妈妈今天想跟你讲点心里话。"

"好好好，你说吧。"

吴婷平息了一下情绪："昨天刘叔叔走了后，我也在反省自己，你现在这么叛逆，是不是跟我也有关系呢？"英子一愣。"在内心深处，我一直觉得你只有两岁，所以总是把你抱在怀里，但是其实，你已经长大了，你想自己走路，想去自己想去的地方，而我越是抱得紧，你就挣扎得越厉害；甚至为了摆脱我，不惜一头栽到地上……"

英子愣愣地看着吴婷。

"英子，是这样吗？"

英子点点头："我……我倒没怎么想过，但是你这么一说，也许是这么回事儿吧。"

"还有件事儿，我一直想不通，为什么你跟你爸爸打电话，总是有说有笑的，而我们俩就不能沟通？"

"因为……因为老爸从来都不板着脸跟我说话。"

"是，你爸爸从来没有居高临下地对待你，你们俩一直都没大没小。"

"对啊，我高兴的时候叫他老李，他高兴的时候叫我小李。"

"因为你们很平等，所以你们能够交流；而我总是一副妈妈的派头，所以让你难以接受。"

"也许吧。"

"所以我决定，要改变你，先从改变我自己开始。从现在起，我决定像你爸爸学习，做一个理解你、尊重你、信任你的妈妈。"

英子呆住。

"我不会再干涉你交朋友的自由，你的时间也由你自由安排。"

"你是说着玩的吧。"

吴婷放下了一把钥匙："这是你房间钥匙，以后，如果没有你的同意，我都不会再进来。不过，为了你的个人卫生，你必须定时清理房间。"

英子惊讶。

吴婷温和地摸摸英子的头："早点睡吧。"

吴婷离去。

英子开口："你有没有想过，我们俩总是处不好，还有一个原因。"

吴婷回头说："你说。"

"自从到了加拿大之后，你太无聊了，所以把所有的注意力都放在我身上，搞得我压力很大。"

吴婷愣住，她想了想："好，我会尽量去克服的。"

英子点点头："妈，你也早点睡吧。"

这一声妈，让吴婷心头一暖，她露出了微笑。

晓菲坐在编辑机前，编辑着拍卖的新闻，一不小心，点开了以前出镜的画面："大概在二十分钟前，我们接到观众热线爆料，说今天早上在叠峰阁二期工地上发生一起建筑垮塌工人坠楼事故。现在我们已经赶到了现场，马上去看一下情况……"当初那个正义的人，去了哪里？她正想着呢，寇吕走过来，着急地对晓菲说："我刚才听说，今天超洋公司和南山政府签约，晓菲，你马上去一趟，拍卖和签约的新闻，今天合成一组发。"

"拍卖过程有争议，也发吗？"

寇吕说："争议就是最大的看点。不过我们的立场一定要客观。"

晓菲指着磁带："在我入行的时候，你告诉我，摄像机就是我们的眼睛。我看到什么就说什么吧。"

"摄像机也有看不到的角落,那个时候,我们只能全凭记者的良心。"晓菲听着寇吕说的话,思考着。"你还愣着干什么?下午三点签约仪式正式开始,还不快走!"寇吕催促道。

晓菲站起来,抓起手机,冲出门去。

在澄海置业李海的办公室里,李海与马林正在商量着下一步的打算。这次118地块失之交臂,下个项目一定不能再错过了。

马林眼光独到地说:"位于118地块东边的阳光谷很快就会挂牌。这对我们来说,是又一个机会。"

李海看着马林说:"你说的这块地我有印象,虽然紧邻118地块,但是论自然条件以及未来交通,这块地与118地块比还是有差距。"

马林自信地说:"没关系,相信我一定可以把差距做成优势。"

李海赞许地看了他一眼说:"我不怀疑你的能力,但是我仍然希望做一个完美的作品,而不是靠后期的包装和营销去弥补。"马林笑了。

突然,门被推开,晓菲出现在门口。

保安追上来:"李总,马总,不好意思,她冲上来,我拦都拦不住。"

晓菲上前,将自己的手机推到李海面前,视频已经点开,拍卖的那一幕显示。李海与马林很震惊。

晓菲说:"当时摄像机的确在换带,可我的手机把整个过程拍了下来。你先举牌,的确是拍卖师的失误。"马林惊喜地看着李海,而李海惊讶之余还有疑问。

晓菲说:"下午三点,南山县国土局要和超洋公司签约,现在赶过去,还来得及。"

李海沉声:"你确定要这么做?"

晓菲坚定地看向李海说:"非常确定!"

马林说:"既然这样,为什么你犹豫了这么多天才把这个交出来?"

晓菲看了一眼李海说:"为了我爸爸。"

马林不解:"你爸爸?"

"不多说了,我还要回电视台准备采访,再见。"

李海看着晓菲的背影,百感交集。

在南山国土局拍卖厅内,舞台上的横幅已经换成了"南山县政府—超洋公司联合开发签约仪式"。工作人员忙碌着,有的在摆位,有的在试话筒。

在去国土局的路上,马林迅速地操纵着笔记本电脑,然后取下U盘递给李海:"晓菲手机上的视频我已经全部拷在这个U盘上,到时候你直接交给黄局长。"

李海说:"好。"

马林说:"我又仔细查看了一遍,晓菲拍摄的角度非常清楚,非常明显,你先举牌,然后才落槌。"

李海这次心里有底了:"有了这个证据在手,我们可以争取重新竞拍。"

采访车也向南山国土局飞奔着，马超开着车对晓菲说道："你放心，三点前准到。"晓菲沉默。

南山国土局拍卖厅内，音乐大作。主持人上台："南山县政府、超洋公司联合开发118号地块签约仪式正式开始。首先请允许我介绍今天到场的嘉宾……"

李海的车与采访车几乎同时到达。李海马林下车，正好与晓菲马超相遇。李海看着晓菲有些犹豫："我最后问你一次，你确定我可以把这个视频交出去？"

晓菲说："当然。"

"但是这对拍卖师本人……"

"那不重要。"

"不，很重要。"

晓菲坚定地说："真相与公平更重要。"

李海看了看她没说话，带着马林转身快步往里走去。途中，马林问李海："晓菲的脸色怎么那么难看？"李海摇头不作回答。

李海和马林刚刚进去，马超扛上摄影机对晓菲说："走。"

晓菲摇摇头说："我就不进去了。"

"为什么？"

"马超，今天的签约仪式可能会出意外，一定要把所有的素材全部保留。"

"你放心，这次我绝对不会犯上次的错了。"

"快去吧。"

"那你？"

"我在这儿等你。"

马超没说什么，扛着摄像机进到了会场。

李海与马林快步走来。突然，李海停住了脚步，门口贴着一张干部任职公示。李海的眼神停留在上面："赵毕恭，男，汉族，1956年9月生，四川南山县人……现任南山县国土局土地法规科科长，拟任县国土局副局长……广大干部群众对上述对象如有意见，可通过来信、来电、来访等形式，向县委组织部反映……"

李海一下迟疑了。

马林说："海总，我们快进去。"

"等等。"李海注视着那张公示，表情十分矛盾。马超越过他们，冲进了大厅。而在门外的晓菲守在采访车边，看着大厅的方向说："爸爸，对不起。"

这时，里面的声音传出主持人的声音："下面，让我们用热烈的掌声有请南山县国土局局长黄魏军、超洋公司董事长周兴走上台，正式签署合作条约。"掌声雷动。

马林焦急地催促："海总，再不进去，就来不及了！"

李海犹豫着。

马林："海总？"

李海下定决心："这个U盘我不能交出去。"

马林："你不想要那块地了？"

李海："我想，但是我不能这么做。"

李海将那个U盘揣进了包里。马林惊讶地看着他。

台上，主持人说："现在激动人心的一刻到来了，请黄局长和周董在你们面前的协议书上分别签下你们的名字，并交换。"

黄局长和周兴一挥而就，双方交换协议，并握手。

李海出现在门口，静静地看着。马林站在旁边百思不解。

这时音乐大作，掌声四起，整个大厅欢腾起来。

李海转身说："走吧。"

马林问："这到底是怎么回事？"

李海没有言语。

马林追上去说："海总，你别跟我玩悬疑啊。"

在拍卖厅的外面，晓菲忐忑不安地等待着。看到李海带着马林走出，晓菲迎上问："怎么样？"

李海笑了笑说："晓菲，没事了，回去吧。"

晓菲问："118地块要重新竞拍吗？"

李海说："你不用管了。"

晓菲退后一步问："你没有把那视频交出去？"

李海说："是。"

晓菲问："你们到晚了吗？"

李海迟疑片刻："是。"

马林在一边忍不住说："不，我们赶到的时候还没有签约，还来得及！"

晓菲很惊讶，她抓住要离去的李海的手臂问："为什么？"

李海说："晓菲，如果我交出了那个视频，会对你父亲造成很大伤害。"

晓菲大义凛然地说："这本就是他的工作失误。"

李海说："我刚刚看到了他的任职公示。"

晓菲一怔："但是……"

李海宽慰晓菲："别多想了，事情已经结束了。"

晓菲歉疚地说："但你没能得到那块土地。"

李海爽朗地笑了笑："土地，到处都有，连南山县都还有几块土地马上挂牌，所以你千万别放在心上。"

"李海，你……"

"虽然没能拍到我想要的地，但是你的正直和善良让我对人性有了更深的感受。晓菲，其实我是最大的赢家。"

晓菲看着李海，眼中隐隐有泪水涌动。突然，晓菲意识到自己还抓着李海的胳膊，连忙松开。

马林插嘴道："那个拍卖师，叫赵毕恭的那个，是你的父亲？"晓菲点头。马林恍然大悟："你们俩一个大义灭亲，一个手下留情。"

晓菲摇摇头说："不，我只是做了我应该做的。"

李海也说："我也只是做了我应该做的。"

李海晓菲再次互相凝视，惺惺相惜之意弥漫。突然，两人都意识到了什么，转开视线。

晓菲讪讪地说："我去看看里面的情况。"说完慌张离去。

马林恋恋不舍地看着晓菲的背影，嘴里赞叹着："是非分明，性情中人。难得，难得。"李海没有接话，但眼中满是赞许。

突然有人喊："马林！"两人转头，只见周兴带着手下走了过来。

周兴恶狠狠地看着："马林，你出卖我？"

马林诧异："周总，请问我在什么时候，在什么地方，出卖了你的什么？"

周兴说："如果不是你，李海怎么会在拍卖会上跟我较劲，让我白白多掏了好几个亿？"

马林哑然失笑："你这是无中生有。"

周兴像个泼妇一样："就是你，你这个吃里爬外的东西！"

马林脸色一凛："周总，我在超洋公司尽心尽力，为你创造了数亿产值，你这吃里爬外何从谈起？"

"你自己心里明白。"

"我看你是头脑糊涂。"

"你……"

周兴欲冲上来动手，马林毫不示弱接招，立刻两人都被拉住。

李海拉住马林："周兴，你已经得到了118号地块，怎么还有这么大的怨气？"

周兴悻悻道："李海，你这个阴险狡诈的小人！你等着瞧！"说完转头离去。

李海抱歉地说："马林，对不起。"

马林说："跟你有什么关系？"

"周兴一直看我不顺眼，你跳槽到我这里，是他最不能容忍的事情，所以才会发这么大脾气。"

马林笑了："职业经理人与东家，有点像恋人；我另寻新欢，弃他而去，心里多少有些歉疚。但他刚才那通没来由的脾气，让我一下觉得，原来我喜新厌旧的责任不在我，全在他。现在我心里特别轻松。"

李海笑："那希望我和你能白头到老。"

"那我也太没出息了！"

"你什么意思？"

"这样说吧，你身上有很多东西让我着迷，所以我愿意跟着你，但是我最终的目的是要让自己强大，直到有一天能够离开你。"

"我得承认，我很难跟上你的思维。"

"这就是你愿意对我付高薪的原因。"马林自信地看着李海。

吴婷听见门铃响,起身开门,门外竟是王江川。吴婷不认识他,问:"请问你找谁?"

王江川有礼貌地问:"请问李英子在家吗?"

"请问你是哪位?"

"我叫王江川……"

吴婷愣了一下:"你稍等。"

吴婷躲在厨房里,一边打着电话,一边眼睛盯住客厅里的王江川:"海子,那个种大麻的来找英子了。"

李海紧张起来:"就说英子不在。"

吴婷迟疑了:"可是……"

"绝对不能让英子再跟他接触!这次是大麻,下次就不知道是什么了。"

吴婷说:"海子,我跟英子谈过了,我承诺过不干涉她交朋友。"

"但是这个人另当别论。"

吴婷思考着。

"婷婷,你不是埋怨我不管英子吗?现在我就要管一管,你去正告他,我们不欢迎他,以后请他再也不要来找英子。婷婷,你在听吗?"

"我在听。"

"快去把他撵出去。"

"好了,我知道了。"

吴婷挂了电话,想了想,又拨通了刘晓宇的电话。

刘晓宇听清吴婷的意思后说:"我觉得你什么都不要做,这是英子的朋友,你就把一切交给英子来处理。"

"万一英子头脑不清,还要跟他交朋友呢?"

"吴婷,你要学会相信英子。"

"可我就是不放心!"

"不放心也要放手,只有英子向你求助的时候,你才能出手。"

吴婷想了想说:"好吧,我试试看。"

听了刘晓宇的话,吴婷敲开英子的门说:"英子,你有个朋友找你。"

英子诧异:"谁啊?"

吴婷在厨房里东擦擦西摸摸,眼睛耳朵却关注着客厅里的英子与王江川。但是两人说话声音很小,吴婷什么都听不见。

突然,英子站起来,向着吴婷走来,吴婷连忙装作正要烧菜。

英子说:"妈,我和王江川想出去走一走。"

吴婷:"啊?"

英子："如果你不同意，那就算了。"
吴婷想了想："你去吧。"
英子有些意外："你真的放我跟他出去？"
吴婷毅然点头："我说过，我要做一个理解你、尊重你、信任你的妈妈。"
英子笑了："谢谢你，妈妈。"
英子转身，吴婷眼神十分担忧。

不知不觉，英子和王江川走到了海边。王江川先开口问："打你电话，你怎么不接啊？"
英子说："我换手机号了。"
王江川问："是因为我吗？"
英子犹豫片刻："是。我被你害惨了！"
王江川没有接话，而是对英子说："英子，我要走了。"
"你去哪儿？"
"回中国。"
"啊？"
"我犯了这个事，根本没法在加拿大呆了。"
英子想了想："你拿到学位了吗？"
"学校早就把我开除了。"
"那你回去怎么跟你爸你妈交代？"
王江川低下头去："我也不知道。"
"那你回去死定了。"
王江川叹息一声："他们卖了两套房子，送我到加拿大，直到现在他们都还以为我是留学生会主席，每年都要获奖，还是荣誉学生……"
"你骗你爸你妈还真有一套。"
"可我现在很后悔。早知道，我还是该少在外面玩，多读点儿书……"
"后悔还来得及吗？"
王江川摇头："英子，我今天来跟你告别，就是想跟你说句话。"
"你说。"
王江川郑重地说道："千万要认真读书，别老跟你爸你妈过不去。千万别走我的老路。"
英子点头："我知道了。"

建国气呼呼地走进雪茄吧叫了声："海子！"
李海有些惊讶："你不是去参加周兴的庆功宴了吗？"
建国毫不遮掩地说："呸！不就拿了块地吗？得意得跟登基一样！"
李海只不在意地笑了笑。

"开席之前,痛骂了你一顿。"
"骂我什么?"
"说你使阴招,拍卖前用钱收买他的手下;又说你实力不够,拍卖的时候被他压得头都抬不起来;还说你卑鄙无赖,在他赢了后又纠缠政府,要求重新竞拍。"
"你相信吗?"
"我当然不信,可他放屁放得那么响,还真有人当爆竹了。气得我凉菜没上完就走了。"
"我都不在乎,你也别生气。"
"那场拍卖到底怎么回事?"
李海拿出那个U盘:"你看了这个就知道了。"
建国接过U盘,拿出迷你笔记本电脑,插上。
建国看着视频,叫起来:"铁证如山,如果不是那个拍卖师失误,这块地明明就该是你的呀!"
"是。"
"那怎么还是落到了周兴手上?"
"我没把这段视频交给南山国土局。"
"你为什么不交?"
"我有我的理由。"
"那这不是白白便宜了周兴?"
"有所为,有所不为吧。"
"周兴说,那块地能让他赚五个亿。"
"如果交给我操作,还不止。"
建国一拍桌子:"换了我,我绝对把视频交出去!"
两名男子走进雪茄吧,直接向着建国、李海走来。
甲:"你们果然在这儿?"
建国:"周兴的饭局结束了?"
乙:"没有,我们俩跟你一样,也是受不了了,提前退场。"
建国问:"怎么了?"

甲:"他喝到第二瓶,就开始痛说革命家史,小学卖作业本给同学一本赚两分钱,然后初中、高中、电大,当我听到他如何在海南遭遇人生重大挫折又如何自强不息的时候,实在听不下去了。"
李海笑着说:"呵呵,估计他要讲到明天早晨。"
乙:"他今天的演讲分为三个内容,一是李海多么卑鄙,二是他有多么高尚,三是提前退场的林建国不给他面子,要好好收拾你!"
建国说:"什么,他要收拾我?"
甲:"是,还说你老了,过气了,早该退出江湖却占着茅坑不让位。"

建国破口大骂："老子在楼市扬名立万的时候，他周兴还在街上卖盒饭呢？不就拿了块地吗，就狂成这样？看来不给他点颜色看看，他还真以为我林建国是八十年代出厂的 12 寸黑白电视！"

建国掀开笔记本电脑，看着里面的东西。

李海觉得不对："建国，你在做什么？"

建国："我把这段视频放到网上去，我要让所有人知道，他周兴那块地拿得多么名不正言不顺！"

李海惊呼："不行！"

"我已经发出去了。"

"建国，你怎么能这么做？"

"我这是为我们俩出气。"

"快删掉！"

建国看了看电脑，一摊手："哇，来不及了，已经被转发了 500 多次了。"

甲："什么视频？给我瞧瞧！"

乙："我也看看！"

李海一把拨出 U 盘，冲了出去。

接到李海的电话时，晓菲已经入睡了，"晓菲，我在你家楼下。"晓菲惊讶，连忙穿上衣服，走出单元门。

"拍卖的视频流出去了。"

晓菲一下子愣住了："什么？"

"我一个朋友把视频传到了网上。"

晓菲面色一下沉重起来："什么时候的事情？"

"三十分钟以前。"

晓菲嘘出一口气。

"对不起。晓菲，我想阻止我那朋友，但是晚了一步。"

晓菲想了想："你不用说对不起，这段视频早就该公布于众，你没有做错什么。"

"但是你父亲可能会因为这个视频……"

"我倒希望，这视频曝光之后，那块土地能够重新竞拍，让你再有一次机会。"

"已经签约，就不会再改变了。"

晓菲失望地"哦"了一声。

不远处，媛媛走下出租车，远远地看见晓菲与李海谈着什么，媛媛愣住，想了想，闪身藏到一棵树后窥探着。

李海担心地问："那你父亲怎么办？"

晓菲担忧地说："他可能会受到影响。"

"都怪我，我不该告诉建国这件事情。"

"你不用自责，我相信不管什么结果，我爸爸能接受，也能正确对待。"

"你确定？"

晓菲犹豫了一下点点头。

李海拉住晓菲的手："晓菲，你不要总为我着想。答应我，如果你父亲遇到问题需要帮忙，一定要通知我。"

晓菲点点头。

媛媛看看表，又看看正在亲密交谈的二人，满脸的疑惑与醋意。犹豫中，媛媛举起手机，拍下了二人拉手的照片。

无聊的时候，吴婷总是用绣十字绣打发时间，不知道今天怎么了，出针总是不准。吴婷有点心烦。正在这时，英子进来喊了声"妈"，就准备上楼了。吴婷连忙站起来，有所期待地看着英子，英子似乎想起什么，回头说："妈，以后我不会再跟王江川联系了。"吴婷颇有些意外："啊？"

英子又说："我会好好读书的，我也尽量不惹你生气。"吴婷欣慰地笑了，支吾着："英子，你……你……"

英子问："你是不是想问我为什么回心转意了？"吴婷一怔。英子狡黠地一笑："我不告诉你。"说完转身上楼，吴婷欣慰地笑了。

经过上次和卫东谈论买房的事后，黄蓉此时正在跟着薇薇安看房。她十分激动地在房间里走来走去，对着空房子描绘未来的布置："我和卫东住这间，小宝就住我们隔壁。……这间最大的，可以隔成两间，租给两家人住。……这车库也可以改成两间，租给两个单身的住客。"

薇薇安问："怎么样，你还满意吗？"

黄蓉点头说："行，就这套。你帮我算算，首付多少？每个月按揭多少？"

薇薇安摸出了计算器。

茶坊包间里，周兴与老陈密谈。

周兴阴沉地说："这几天发生的一切可能都是李海给我下的套。"

老陈惊讶："他还能给你下套？"

周兴说："他收买马林，探听我的底价，然后在拍卖会上故意跟我较劲儿，让我多付了50%；又故意闹事，让我没法反悔，等到土地签约，铁板钉钉后，又放出他事先安排人拍好的视频，好在公众面前羞辱我。"

老陈若有所思地说："你说得还有点道理。"

"他算计好了每一步，让我损失金钱的同时，颜面尽失。"

"不过，李海没有这么毒吧？"

"哼，你太不了解他了，比这更毒的事儿他也干过。"

老陈疑惑地看了周兴一眼："是吗？"

"老陈，我要你立刻查一查这件事。李海是怎么收买马林的，还有那个赵晓菲和李海到底是什么关系？"

"周总，你还要我当间谍？"

"怎么了？"

老陈犹豫地说："但是，但是我有点心虚，万一……"

周兴递过去一个装满钱的信封："拿着这个你就踏实了。"

老陈接过，掂了掂："行，那我就查查看。"

"如果你找到了李海陷害我的证据，我另有奖金。"

"好。"

晓菲提着一个口袋，怀着心事走到了家门口。想要敲门，又在门口站定，调整一下表情，用略显夸张的娇嗔语气喊着："爸——我回来啦！"

没有动静。晓菲在门外："爸，开门。"

里面的赵毕恭坐在沙发上，充耳不闻。

晓菲用钥匙开门，赵毕恭却起身，走进自己的房间。晓菲进门正好看到赵毕恭的房门已关上了。

晓菲赶忙喊了声："爸——"晓菲过去敲门，但是怎么都没有回应。

晓菲失望地在沙发上坐下，愣住，在茶几上有一份还没写完的说明，标题是"118 地块拍卖会的情况说明"。

晓菲一目十行地看着，眉头渐渐紧皱。

说明的最后几句是："……由于我个人的失误，给南山县造成了巨大的经济损失，我愿意接受上级领导的任何处罚决定……"

晓菲放下说明，来到房间门口，对着里面的赵毕恭说："爸，我知道你心里一定在怪罪我，我也很难过，作为女儿，我错了，我没有听你的话，没有保护好你，让你陷入尴尬与非议中，所以无论你怎么惩罚我，我都没有怨言。"

里面没有任何回应。

晓菲着急了，含着眼泪说："爸爸，你开门吧，你能骂我一顿，甚至打我两下，都行！爸爸，你不要不理我，求求你，爸爸——"

门始终没开。

晓菲继续说："爸爸，我也曾想过销毁那视频，但是我做不到，因为从小你就教育我，要做一个诚实的孩子。从小学，到初中，到大学，再到工作，我一直都按照你的教导去做事去做人，你也一直为我骄傲。而这一次，我所做的，也是在遵循你的教导，爸爸，其实你应该为我骄傲啊！"

房间里还是没有任何回应。

晓菲叹息一声，从自己带来的口袋里拿出酒和熟食，一一摆在桌上，拿出纸笔，留了一张纸条，又仔细看看，离开。

门开了，赵毕恭出来，看到餐桌上的酒菜，愣住。

赵毕恭走近，拿起纸条，上面写着："爸爸，我永远爱你，晓菲。"

赵毕恭看看菜，看看酒，沉重地叹息一声。

他拿起酒，给自己倒了满满一杯，咕嘟咕嘟灌了下去。

澄海置业会议室里，李海正与马林等人开会，老陈也在座。

李海说："……物管的质量决定着楼盘的升值空间！……"电话响起，李海接通："黄局长，你好……那好吧，再见。"李海放下电话，面色沉重。

马林问："出什么事了？"

李海说："黄局长说，他们已经看了视频了。"

"流传得还真快。"

李海接着说："他们确认我的确在落槌之前举牌，承认工作失误，但是由于已经与周兴签约，所以拍卖结果不可能更改了，但是他们一定会追究相关人员的责任。"

马林脱口而出："晓菲她爸？"

一直没精打采的老陈一下抬起头来，眨巴着眼睛。

李海看了一眼大家："你们接着说。"说完走了出去。

老陈问："你们说的是赵晓菲？"

马林点头。

物管公司老总："是不是李总让我特别关照的那个赵晓菲？"

老陈再次眨巴着眼睛。

李海来到走廊里给晓菲打电话："晓菲，你爸爸怎么样？"

晓菲犹豫了一下："还好。"

李海说："我刚才接到了南山县国土局局长的电话，那个视频对你爸爸很不利。"

晓菲"嗯"了一声："的确有一点影响。"

"你爸爸怪罪你了吗？"

"没有，我爸爸还夸我呢，说我这么做是对的。"

李海松了一口气："那就好。"

随后两人都无话。

晓菲说："如果没什么事，我就先挂了。"

"哦，好。"

晚上，卫东熄灭了办公室的灯光，正要离开，突然发现角落里还有人埋头苦干。卫东走过去："黄华，还不下班？"灯光下，抬起一张中国人的脸，黄华说："把手上这些案子做完再说。"

卫东笑了："没必要那么拼命。"

黄华一笑："不拼命，一家老老小小吃什么。"

"你这个月不是已经做了五单了吗？"

"我的目标是二十单。"

卫东抽了一口冷气："二十单？我最多的一个月做了七单，那些老外最多的也只做了五单。"

"我们怎么能跟人家比？我们是新移民，想在这里立住脚，不仅要比他们做得好，还要比他们好上两倍甚至三倍才行。"

卫东有点受打击："那你慢慢忙，我先走了。"

卫东想着黄华的话走到了停车场，正要上车，听到旁边有人喊："威廉。"

卫东转身看到了他们部门的经理，赶忙恭敬地说："亨利先生，你好。"

亨利有点颐指气使地说道："你上个月揽储的业绩不错，但是却一分钱贷款都没有发放出去。"

卫东说："我会尽量努力的。"

亨利一下打断他："不！我要的不是尽量，而是必须！如果你下个月还不能发放贷款，黄将取代你的位置。"

卫东凝重地说："我知道了。"

卫东拖着疲惫的身体一进门，黄蓉就兴奋地扑了上来："卫东，你怎么才回来，我有好消息要告诉你。"

卫东情绪十分低落，实在提不起任何兴致，淡淡地问："什么好消息？"

黄蓉依然兴奋地说："今天薇薇安带我去看了套房子，我太满意了！那套房子的首付，正好在我们的承受范围内；而且，我还可以改造出四间出租房来，这样，每个月我们的按揭就只需要付五百美元了。"

卫东看了一眼黄蓉，犹豫一下说："黄蓉，买房子的事还是缓一下吧。"

黄蓉愣了，问："怎么了？"

"我可能快不在现在的职位上了。"

"你又要升职了？"黄蓉瞪大眼睛。

卫东摇头。

"那啥意思？降职？"

"如果我在这个月之内，不能发放一笔贷款出去，另一个中国移民就要取代我的位置。"

黄蓉愤愤不平地说："凭啥呀！你不是才给他们拉了那么多客户吗？"

"那叫揽储。银行如果只揽储，不发放贷款，就没有利润。其实也没啥，就是薪水又回到从前，我们的生活不会有多大影响，只是你的买房计划可能要泡汤了。"

黄蓉："不行！"

"可如果我被降职，别说五百美元的按揭，就是一百美元，我们也付不出来。"

"可我都交了定金了。"

"能退吗？"

"定金是不退的。"

卫东叹息一声。

黄蓉跌坐在椅子上，捂住腮帮："哎哟——"

"你怎么了?"

"牙疼。"

"人家是一说钱就头疼,你怎么是一说钱就牙疼呢?"

黄蓉咬着牙:"我不管!我一定要买那套房子!什么揽储,什么贷款,你一定要想出办法!"

在幽闭的茶馆里,老陈向周兴汇报着:"马林和李海之前的勾连,这个我没查出来。"周兴脸色一沉。老陈赶紧又说:"不过我查到了另外一件事,在拍卖开始之前,李海把自己名下的叠峰阁一期的一套房子给了赵晓菲。"

周兴眼睛一亮,身子前倾:"当真?"

老陈点点头:"我问了叠峰阁一期的物管老总,李海亲自打电话,让他把钥匙送给赵晓菲,还关照物管处所有的工作人员,一定要把赵晓菲作为最尊贵的业主来对待。"

周兴思索着:"难道他们俩真的有一腿?"

"我还查到了一件事情,你知道赵晓菲的父亲是谁吗?"

"是谁?"

"赵毕恭,就是那个拍卖师。"

周兴惊讶:"什么?"

周兴站起来,思考着:"对,他也是个关键人物,如果不是他在现场蛊惑,我哪里会掏那么多钱!"

老陈问:"你觉得他们三个人是一伙的?"

周兴冷笑:"这不明摆着吗!"

老陈说:"还有件事。我偷偷查了一下公司的财务,半年前,李海曾经给过一个袁媛的女人转账了二十万。"

"媛媛?"

"这是她的身份证号码。"说着老陈递给周兴一个纸条……

在南山县国土局办公室,工作人员向赵毕恭宣读着:"……一、对赵毕恭同志的工作失误提出严厉批评,并通告全县,引以为戒。二、鉴于赵毕恭同志所犯错误的严重性,以及对南山县招商引资造成的负面影响,撤销赵毕恭同志国土局副局长的任命,并停职听候处理。三、由县纪委书记李玉林同志牵头,对赵毕恭及其家人是否涉嫌受贿进行调查……"

赵毕恭一下抬起头,十分震惊。

晓菲敲敲门走进寇吕的办公室:"寇姐,你找我?"寇吕示意晓菲坐下,晓菲说:"不坐了,手上还有两篇稿子呢。"寇吕看看她:"我有很重要的事要跟你谈。"晓菲这才注意到寇吕的脸色与往常不太一样。她坐下:"怎么了?"

寇吕问:"李海是不是送了一套房子给你?"

晓菲一惊:"什么?"

寇吕将面前的纸推过去:"台办公室今天上午收到的,而且网络上也有人发了一模一样的帖子,现在已经闹得沸沸扬扬了。"

晓菲接过,一目十行,脸一下涨红:"全都是胡说八道!"

寇吕看着她质问:"叠峰阁一期二栋四单元九号,有没有这套房子?"

晓菲说:"有,但不是这上面说的,什么李海送给我的房子,只是借给我。"

寇吕痛心地说:"明借暗送,官员受贿都用这招。"

晓菲扔下那信:"寇姐,如果你相信这上面的话,那我也没什么可说的,你们想怎么处理我就处理好了。"

寇吕看晓菲这么拧,想帮她都帮不了,一下子火冒三丈:"我要你的解释!"

晓菲也不示弱:"你还不了解我?"

寇吕真是恨铁不成钢:"我了解你,但是这件事情不是你跟我。台办公室的领导呢?还有看到这个帖子的所有网民呢?你要让他们信服!"

晓菲讥讽地说:"这样吧,我上网去发声明:我跟李海没有不正当的关系,我所做的一切都是秉着良心而不是因为奸情!"

寇吕沉默片刻,咬咬牙:"我放你两个星期的假,澄海事件你也不要管了。"

晓菲问:"你要停我的职?"

寇吕敲着桌子:"你不懂什么叫避风头吗?"

晓菲依然很坚定:"我又没有做错什么,我为什么要逃避?"

寇吕真是被晓菲气死了,没好气地说:"你不仅仅是赵晓菲,你还是柬阳电视台的员工,这不仅事关你的名誉,也事关柬阳电视台的声誉!"

晓菲瞪着寇吕,转身离去。

寇吕不忘交代道:"你这段时间最好也别和李海接触……"

晓菲大步流星地走出寇吕的办公室,同事们用异样的眼神注视着。晓菲此时十分憋屈。马超靠近,小声说:"晓菲,网上……"

晓菲没好气地说:"我已经知道了。"

马超不知死活地问:"你真的傍上了李海?"

晓菲仿佛刺猬一样:"你说什么?"

马超连忙闭嘴。晓菲环顾,周围关注她的同事连忙转头。

晓菲一脚站上椅子,大声地说:"谢谢大家对我的关心。不过我要说的是,你们关注的事件根本就不存在,希望各位把精力和智慧用在其他更有价值的事情上!"

说完,晓菲跳下椅子,抓起背包,离开了办公室。

赵毕恭走进叠峰阁一期的物管前台处问:"你好,请问一栋一单元11楼44号的业主是谁?"

物管处女孩回答:"我们不能随意泄露业主的姓名。"
赵毕恭失望说:"哦。"
上次送收据的工作人员走进来,认出了赵毕恭,热情地说:"赵伯伯,你好!有什么需要我帮忙吗?"
赵毕恭问:"我想问问,我上次看过的那套房子的业主是谁?"
工作人员犹豫了一下:"是……是赵晓菲。"
不知情的女孩脱口而出:"不是李海李总吗?"
工作人员狠狠瞪了女孩一眼。
女孩莫名其妙地指着电脑屏:"本来就是啊!"
工作人员一脸尴尬:"赵伯伯……"
赵毕恭摇摇手,转身出。

晓菲心情郁闷地回到了出租房,一进门却看到赵毕恭坐在沙发上,媛媛正在沏茶。晓菲十分惊喜地叫道:"爸爸。"赵毕恭没有答应,脸色很难看。
媛媛把茶端到赵毕恭面前说:"赵伯伯,你喝茶。"放下茶看了晓菲一眼,回到了自己的房间。
晓菲走到赵毕恭面前叫:"爸爸。"赵毕恭痛心地看着晓菲,他猛地拍了一下沙发扶手,悲愤地说:"你为什么要这么对待你的父亲!"
晓菲支吾着不知道说什么:"我……"
赵毕恭说:"你为了一套房子就把我出卖了?"
晓菲疑惑地看着赵毕恭:"爸爸,我没有出卖你!"
正在化妆的媛媛被门外的动静惊动,躲在门口偷听着这对父女的对话。
赵毕恭说:"县纪委现在已经开始调查了!你还要骗我!我什么都知道了!"
晓菲一怔:"知道什么?"
"李海送了你一套房子,然后你就把视频给了他!"
晓菲不明所以地说:"李海没有送房子给我!这两件事也没有任何联系!"
"我去了叠峰阁!你的那套房子是李海的名字。"
听到这,房里的媛媛惊讶不已。
晓菲看着父亲说:"那本来就是李海的。"
"你不是说是你买的?"
"我……爸爸,我本来是准备买房子,但是……"
赵毕恭打断她的话:"你跟李海到底是什么关系?"
晓菲斩钉截铁地说:"我跟李海没有任何关系!"
赵毕恭一怔:"既然没有关系,那你为什么把那视频放到了网上?为什么要帮他整我?"
"爸爸,我帮的是你!"
赵毕恭问:"帮我?"

"爸爸，如果那场拍卖就那样不清不楚，难道你这辈子会心安吗？难道将来你回想起来，不会愧疚吗？"

赵毕恭一怔："这是我的事，不要你管！"

"爸爸，你一直都是我的偶像，在我眼中，你正直、善良、公平、淡泊名利。我知道，这个事情一定对你的事业影响很大，但是我相信，你一定会重新站起来的，你一定能重新……"

赵毕恭一下子气馁了："我没有机会重新站起来了。我已经接到通知，我被提前退休了！"

"什么？"

"你明白吗？这辈子完了！"赵毕恭痛苦地抓住自己的头发。

"爸爸，无论怎样，我永远都是你的女儿。"晓菲跪行上前，抱住父亲的双腿。

良久，赵毕恭长叹一声："我也没有女儿了。我什么都没有了。"他站起来，推开晓菲，黯然离去。

看到父亲离去，晓菲哭倒在地。

而这时却听见掌声响起，媛媛开门走到晓菲身边，拍着手说："赵晓菲，演得真好。"

晓菲一下止住了哭泣，抬头看着媛媛。

媛媛凑近晓菲："当初你苦口婆心地劝我不要和李海接触，劝我要保护好自己，我还真感动，直到今天，我才知道，原来你早就看上李海了，所以你要劝我让位。"

晓菲站起来说："媛媛，我当初真的是为你好！"

"我没有听你的，你很失望吧！你只有在李海身上下功夫，为了跟李海套近乎，你不惜在李海面前破坏我的形象！"

"我从来没有做过！"

"赵晓菲，我一直把你当朋友，什么话都跟你说，但你却千方百计把我踩在脚下，好让自己够得着李海！"

"媛媛，你错了。"

"你当初骂我出卖自己，但你为了一套房子，连自己的父亲都可以出卖！"

"根本没有这回事！"

媛媛不依不饶："我刚才亲耳听见，还说没有！赵晓菲，你平常装得冰清玉洁，看谁都脏都不顺眼，其实你和我都是一类人！不，错了，你比我还下贱！至少我是真实的，而你遮遮掩掩，你当婊子连立牌坊的待遇都要享受！"

晓菲的眼泪一下涌出。

媛媛说："你别哭了，你有什么好哭的？我当初使那么大劲儿，费那么多周折，最后只拿到二十万；你这轻轻松松的，什么都没做，就一套房子到手了。你应该笑啊——你不笑，我帮你笑，哈哈哈——"

媛媛大笑着走进自己的房间。

晓菲哭着，将沙发上所有的东西都拨拉到地上。

此刻的李海正在澄海置业的办公室里发怒："太恶毒了，这是对我的攻击，更是对晓菲的侮辱！"

坐在对面的寇吕说："其实我也不太相信，但毕竟有匿名信向台里举报，我得详细调查，给台里一个确切的回复。"

李海问："什么人举报的？"

"不知道。"

"晓菲现在怎么样？"

"还能怎样？这种事对一个稍微有点儿自尊心的女孩来说，都受不了，更何况晓菲这种平时就很骄傲的女孩。"

"都怪我。"

"我暂时让她停职了。"

"为什么？你明知道她是冤枉的！"

"这个人不仅写了匿名信，还在网上散布了类似的帖子，让晓菲暂时离开公众的视线，有助于把事情淡化。"

"网上还有？……我一定要把这个人揪出来，不管花多少钱，我都要让他付出代价！"

"李海，你就别再来掺和了！"

"一个女孩为我蒙受不白之冤，你要我置之不理？"

"对付谣言的最好方法是不予回应，除非你想把事情越闹越大。"

"这不是我的性格，我一定要还击！"

"我劝你这段时间也最好别和晓菲接触，免得授人以口实。"

"我和晓菲之间本来就什么都没有，我为什么要避讳？"

"你真要帮她，就离她远点。"

李海站起来："我现在就去你们电视台找她，那些人如果要造谣，就让他们造个够！"

寇吕拍着桌子："李海，你只图自己一时痛快，你有没有想过这样会让晓菲更加难堪！"

李海一怔。

"还有吴婷，这些流言如果越传越盛，传到吴婷那里，吴婷又会怎么想？"

李海沉默，慢慢坐了下来。

而谣言的发起人周兴正坐在办公室里听着刘棋的汇报："这个身份证号码的主人叫媛媛，是一家健身会所的教练。"刘棋递上媛媛的照片。

周兴点头："很漂亮。"

"身材也霸道。"

"她和李海是什么关系？"

"她曾经是李海的私人教练。"

周兴问:"现在呢?"

"现在不是,据说是媛媛主动把李海转给了自己的同事。"

"两人闹掰了?"

"以前李海到了会所,两人还是有说有笑,但现在,互相都不怎么理睬。"

"那二十万说不定就是分手费。"

"很有可能。"

周兴思考着:"原来,媛媛是李海的私人教练;后来,李海给了媛媛二十万;再后来,李海给了赵晓菲一套房子;然后就是拍卖……"

刘棋:"媛媛和李海分手,难道是因为赵晓菲?"

周兴轻轻地点头:"如果李海为了那个赵晓菲抛弃了这个媛媛,那她一定很恨李海与赵晓菲。"

十一

在电视台办公室里，寇吕向领导汇报着："……我已经仔细调查过了，这封匿名信反映的情况都不属实。我建议立刻让赵晓菲复职。"领导说："再等一阵儿，等这阵风头过了再说。"

寇吕不同意："既然我们已经认定这封信居心不良，如果还不让赵晓菲复职，那不是正好遂了写信人的心愿？"领导说："无风不起浪，我们慎重一点总是好事。"

"我之前也是这么想的，淡化处理，但是现在我觉得没必要。就是要告诉这些人，你的诽谤没用，就是要让赵晓菲出现在屏幕上，好给他们当头一击！"

"你别太护着手下人！"

寇吕的情绪一下激动起来："如果我都不保护我手下的记者，那还有谁会保护他们？"

在寇吕为了晓菲跟领导争吵的时候，晓菲正在床上呆呆地看着自己与父亲的合影，不知道心里想些什么。她一次一次拨打父亲的电话，均提示拒绝接听。晓菲心里像是堵了一块石头。

而谣言里的另一人李海，此刻也在呆呆地编辑着短信："晓菲，那封匿名信是冲着我来的，没想到连累你被诽谤，还影响了你父亲的事业，对不起。"写完之后，犹豫了片刻，没有发送，而是将短信删除了。晓菲的手机有短信进来，她兴奋地点开，却是寇吕发来的："上班！"晓菲勉强一笑。

媛媛在健身会所里查看着手机照片，一张是她与李海的，另一张是晓菲与李海的。媛媛比对着，脸上满是醋意。正愣神呢，周兴走了进来，看着媛媛。媛媛一抬头，看到有客户进来，马上换了微笑走过来："先生，你好，我叫媛媛，请问你贵姓？"

周兴说："周。"

媛媛笑着说："周先生，你是第一次来吗？"

周兴点头。

"要不我带你参观一下？"

"好。"

媛媛带着周兴四处查看着："我们是目前枣阳最高端的健身会所。我们实行的是会员制，每个会员都配有私人教练进行一对一的全方位指导……"

周兴冷不丁地问："你是李海的私教吧？"

媛媛愣了一下，有些生硬地说："以前是。"

"他现在没有跟着你练了？"

媛媛不屑地说："我觉得他不堪造就，把他转给我的同事了。"

周兴观察着媛媛的表情："哦。"

与此同时，李海驱车来到赵毕恭家楼下，他下车，向周围邻居打听着，邻居指了指赵毕恭的方向。刚好看到赵毕恭在搬一个硕大的花盆，突然手上一松，原来是李海接过了花盆。李海问："往哪儿搬？"赵毕恭没言语，转身上楼。李海追上去："赵伯伯。"

赵毕恭冷淡地说："李总，我现在已经没有在国土局任职了，有什么事，请你去找我从前的同事。"

李海诚恳地说："我想跟你谈谈。"

赵毕恭却十分冷淡："我们俩没什么好谈的。"

"我想跟你谈谈晓菲。"

"我和晓菲因为你，都被搞得灰头土脸了，请你放过我们吧。"

说着，两人已经来到了赵家门口。赵毕恭黑着脸关门，但李海把花盆卡在门口。门关不上，赵毕恭无奈，甩手转身，李海趁势挤进。李海看着墙上晓菲从小到大的照片，指着其中一张："这张晓菲多大？"赵毕恭冷冷地看着李海。李海自顾自地说："应该只有三岁吧，跟你长得真像，也跟你特别亲吧。"赵毕恭没好气地说："亲有什么用？到头来，为了一个外人，就可以出卖我。"

"不，以我对晓菲的了解，她宁可伤害自己，也不愿意伤害你。"

"但是她让我这么难堪！"

李海郑重地说："赵伯伯，那个视频是从我手里流出去的，对不起。"赵毕恭没有言语。

李海说："请你不要再责怪晓菲了。"

"这是我们父女俩的事，跟你没关系。"

"晓菲把视频给我的时候，我曾经问过她，你不怕影响到你父亲吗？她说，爸爸从小就教我要做一个正直的人，他一定能理解的。"赵毕恭听后，沉默了。

李海接着说："听了这些话之后，我非常敬重你，如果不是你的教育，晓菲不会这么出众。"赵毕恭摇摇头。

"赵伯伯，我在商场这么多年，尔虞我诈的事儿见得太多了，就说我自己，昧良心的事也不是没干过。但是这次晓菲的选择让我很震撼，她让我发现，这个世界依然是一个有信念的美好世界。虽然在拍卖中，我什么都没得到，但是我依然很高兴。"

赵毕恭讽刺道："别说你什么都没得到，我才是一无所有！"

李海一下子有些激动："不！你有一个非常优秀的女儿，你也是一个非常成功的父亲。作为一个男人，赵伯伯，晓菲就是你最大成就，相比起来，那个副局长的位置，真的不值一提。"赵毕恭想说什么，终于还是什么都没说，他指着门口："李总，请回吧。"李海失望地欠身，转身离去。

媛媛指着一套器械对周兴说："这是德国出产的，据说全世界目前只有三套，一套被一个好莱坞明星买走了，一套属于迪拜王室，第三套就在我们会所。"

周兴点了点头，说："不错。"

媛媛打量着周兴的身材："周先生，二十年前你一定是个大帅哥，可惜的是现在身材略有发福，如果让我来打造你的话，我包你在三个月之内，恢复二十年前的风采。"

周兴说："是吗？"

媛媛娇笑着说："要不我们打个赌？"

周兴定定地看着媛媛。媛媛被他看得有点发毛，她理了理头发说："周先生？"

周兴说："我很忙，不喜欢浪费时间。"

媛媛不理解周兴的话："健身是享受生活，绝不是浪费时间。"

"我就直说了，你跟李海是什么关系？"

媛媛一愣："什么关系都没有。"

周兴说："他为了赵晓菲，抛弃了你。"

媛媛的脸一下涨红了："谁告诉你的？"

"这你不用管。"

媛媛撂了撂头发，挺胸收腹："你见过赵晓菲吗？"

"见过。"

媛媛自信地说："如果换成你，你会为了她抛弃我吗？"周兴瞠目。

媛媛逼近周兴，傲慢地说："这个世界上能抛弃我媛媛的男人还没出生呢。"

周兴退后一步，惊讶地看着媛媛。

"至于赵晓菲，哼，我妈妈从小就教育我，要把自己不喜欢的旧玩具捐给最贫穷的小朋友。"

周兴疑惑地说："那，那李海为什么要给你二十万？"

媛媛挑了一下眉说："用钱来砸我的男人，他不是第一个，也不是最后一个。"

周兴无语："你……"

媛媛又是自信地一笑："你觉得我像二十万就能买到的女人吗？"

周兴一下有些恍惚，喃喃道："我搞错了，对不起，打扰了。"周兴转身就走。

媛媛想了想："喂，你叫周什么？"

周兴站住，头也没回地说："周兴。"

媛媛恍然："我知道你是谁了，你是跟李海争那块地的超洋的那个老总。"

周兴感到有些意外："你知道？"

"网上那个帖子，点了你的名字，但是没你照片。哦，难怪你跑到这儿来打听李海和赵晓菲的隐私。"

"我被这两个人害了。"

媛媛狡黠地一笑："那你想不想报复？"

"你的意思是……"

"我有一张照片。你一定喜欢。"

周兴大喜。

周兴回到家，坐在书房，打开电脑点开了刘英的邮箱。输入密码的时候，他略一思索，试探地输了几个字母，邮箱竟被打开。周兴寻找到吴婷的地址，复制。周兴另外开了一个邮箱，将媛媛拍摄的那张照片发出去了。

吴婷正在电脑前看着电视剧。突然，有提示邮箱里有新邮件。吴婷顺手点开，然而那封邮件却怎么都打不开……

由于卫东工作上的变动，黄蓉不得不改变计划。她犹豫着拨通了薇薇安的电话："那套房子，我改主意了。"薇薇安惊讶道："你不是很满意那套房子吗？"

"是，当时看着是不错，但回家之后想了一下，还是小了点，地段也差了点，周围邻居的档次也低了点。"

"那行啊，我手上房子多的是，另外给你推荐几套。"

"不急。我老公最近要做些投资，半年之内，我们暂时不换房。"

"那好吧。"

黄蓉轻描淡写地说："对了，我那定金你什么时候退给我？"

薇薇安干脆地说："定金不退。这是规矩。"

黄蓉想了想说："这样吧，如果这次你把定金退给我，我下次买大房子的时候还找你。"

薇薇安轻声笑了一下，说："不管你下次找不找我，这次的定金都是不退的。"

"那怎么行？"

"所以我劝你还是把这房子买下吧。"

黄蓉叹息一声："薇薇安，我就跟你说实话吧，不是我不想买，而是我家的卫东要被减薪了，所以你就帮帮我吧，把定金退给我，我损失小一点。"

薇薇安想了想说："海伦，定金肯定是不退的，但是我现在手上还有套房子，比你看上的那套大，但是价格更便宜，屋主急着出手，佣金给得特别高，如果你能帮我找个买家，佣金我让一半给你。"

"那是多少？"

"五百加元！"

黄蓉思考着……

黄蓉和卫东迎着夕阳在房门前的小路上散步。黄蓉就提起了薇薇安的提议："如果能帮薇薇安把那套房子卖出去，至少定金的损失就回来了。"

卫东摇摇头，觉得不太靠谱："薇薇安是专业经纪人，如果那房子能卖出去，她一定早卖了，为什么还要我们帮忙？"黄蓉说："人家薇薇安不是想帮我们一把吗？"卫东正想说什么，手机却响了："你好，吴姐。……我今天正好休息，我待会儿就过来。"

"吴婷找你？"

"她的电脑出了点问题，让我帮忙看看。"

黄蓉灵机一动："我们可以把那房子卖给吴婷！"

卫东感到好笑："人家吴姐住的是海边的别墅，会买那种小房子。"

"她可以买来投资啊。"

"放着那样一个老公，吴姐还需要自己投资？"

黄蓉有些气馁，随即又打起精神："那也不一定，就算她有钱，但钱这东西，还是多多益善。"

"我劝你别打吴姐的主意了。"

"对了，如果你能劝她办一个按揭，你的任务不也就完成了？这是一箭双雕啊！"

卫东眼睛一亮，随即犹豫："人家吴姐有那么多钱，还需要跟银行借？"

"也是。不过，我们身边能帮我们的人，也只有她了。……这样吧，我跟你一起去，我们尽量说服她。"

卫东摇摇头说："算了。"

黄蓉却不放过任何机会："不，哪怕只有0.1%的希望，我都要去争取。"

黄蓉站在客厅中间，看着露台，目瞪口呆。黄蓉喃喃："卫东，这是人住的房子吗？"卫东笑："是啊，我第一次来，也被这儿的风景给震住了。"这时，吴婷从厨房端出茶水对他们说："随便坐。"

黄蓉感慨道："吴姐啊，你这儿的风景可以收门票了。"

吴婷笑笑："我天天看，也就那样了。"

黄蓉满脸的羡慕："让我在这样的房子里住上一天，一辈子都值了。"

吴婷："好啊，你要有空的时候就来陪我，我还正愁没人跟我说话呢。"

黄蓉惊喜道："真的？"随即黄蓉又黯然地说："不行，在你这住上一天，再回到我那个破家，我一定不习惯。"

吴婷真诚地说："我觉得你们家挺好的，虽然小一点，但是一家人其乐融融，这可是多少钱都换不来的。"卫东笑道："你看吴姐说得多好。"黄蓉给了卫东一个白眼。卫东赶紧转移话题："吴姐，你的电脑在哪儿？"吴婷说："在书房，我带你去。"

吴婷打开电脑，指给卫东看："我收到一封邮件，却怎么都打不开。而且这已经不是第一次了，经常人家给我发文件，我下载下来，就变成这种乱码了。"

"小问题，我帮你下载几个软件，以后什么邮件都能打开了。"

"那拜托你了。"

卫东坐下开始忙碌。

"你慢慢忙，我去外面陪黄蓉说说话。"

吴婷走到客厅，给黄蓉拿了一些零食放到桌上。然后走到露台上，黄蓉正在那里欣赏风景。黄蓉回头对吴婷说："吴姐，我真羡慕你。"吴婷真诚地说："黄蓉，我羡慕你才是真。"黄蓉看看她说："你这是挖苦我吧？"吴婷看向远处："你每天都那么充实，而我，除了无聊就是寂寞。"黄蓉问："吴姐，你有没有想过给自己找个事儿做？"

"如果真有个事儿干，当然最好；但是像卫东这么能干的，都不好找工作，我这种没有一技之长的就更难了。"

"你可以自己做点投资啊？"

"投资什么？"

"投资房地产。"

吴婷笑了笑："那可是李海的活儿。"

"房地产不像你想的那么复杂。你买一幢房子，自己付首付，然后再把它分租出去，收了租金就去交按揭，二十年后，这房子就是你的了。"

吴婷哑然失笑："让我当包租婆？"

"对，就是那个意思。我有个朋友是经纪人，刚刚手上有套房子，价格便宜，位置又好，只要你拿下就赚钱。"

"这我没想过。"

"吴姐，我知道，你不缺钱，但是有个事做，你就不用那么无聊了。"

"这倒也是。不过，如果真要买，按揭就没必要了吧……"

"要要要，从表面上看，银行收利息，你有损失，但是长远来看，对你是有益的。"

"是吗？"

"这中间有个公式，可以算的，具体我也说不清楚，卫东，卫东，你来给吴姐解释一下，为什么按揭比一次性付款划算。卫东——"

黄蓉的喊声传进来，但卫东充耳不闻，呆呆地看着电脑屏幕。照片已经打开，是晓菲与李海，一眼看去，十分亲昵。黄蓉又叫："卫东——你没听见吗？"卫东连忙回答："我马上出来。"

财务总监和马林边走边争吵着，冲进李海的办公室。财务总监将一沓报告摔在桌子上："李总，预算严重超支！"马林不服气："你不要老盯着我花了多少钱，应该看到我能赚多少钱！"李海想了想，在那报告上签下自己的名字说："马林要多少就给他多少！"

财务总监有点不相信地看着李海："李总，我们这么多年来都没这么做过。"

李海说："我就是为这个，才把他挖来的。"

马林笑了。财务总监悻悻地走了出去。马林对着他的背影喊："许宏，我爱你！"财务总监不耐烦地摆摆手："去去去"。李海笑道："老许是个好人。"马林笑了笑："我知道，很优秀的财务总监，我很尊重他。"马林郑重地摸着自己的胸口："在这里。"李海看了他一眼说："对了，有时间，你去看看晓菲。"

"我就喜欢这种任务，顺便谈谈'澄海时间'改版和叠峰阁三期亮相的活动，要不你也一起？"

"我就算了。"

"为什么？"

"最近网上有个帖子，说我和晓菲怎么怎么样，我倒无所谓，但是为了晓菲，我还是避一下嫌吧。"

"我明白了。"

"晓菲和他父亲因为那个视频的事闹得很僵。我很愧疚，但是想帮忙也使不上劲。"

"要不我去跟赵伯伯谈谈。"

"我已经去过了，没用，他还在气头上。"

"那得另外想个办法……"

马林走出李海的办公室就给晓菲打电话："晓菲，我。"

晓菲惊喜地说："马林，有事吗？"

"你还欠我一顿饭，忘了？"

"上次不是还了吗？"

"上次是我买的单！"

"好像是，那你要怎样？"

"那今晚上，我们把这债务清了？"

"行，就今晚，要不……"晓菲吞下了后面的话。

马林突然问："对了，你老爸有什么爱好没有？"

晓菲不解："你问这个做什么？"

"你不用问为什么，你只需要告诉我答案。"

"他喜欢摄影。"

"知道了。晚上见！"

马林干脆利落地挂了电话。晓菲有点奇怪，放下手机，继续编辑新闻。

张俐与谢伟将一张喜帖送到媛媛手上。媛媛惊喜地说："我一定准时到。"张俐问："晓菲呢？还没回来？"

媛媛撇撇嘴："你别问我，我不知道。"张俐拿出一张喜帖："要不你帮我转交？我们俩还要去另外几个朋友那里送喜帖。"媛媛没接话，而是说："还是你自己给她吧。"

张俐问："你们俩还没和好？"

媛媛冷笑："过两天，我找了房子就搬出去。"

张俐劝道："媛媛，我们能够有晓菲这样的好朋友，也是缘分……"

媛媛撇撇嘴："我给你们看样东西。"

看着电脑上到处都是关于李海和晓菲的谣言，谢伟不太相信。张俐也很愤怒，说："这一定都是编的！"媛媛却说："不，是真的，我亲眼看见过他们俩深更半夜在楼底下约会。我还有照片！"

张俐说："你看错人了吧。"

媛媛说："这俩人，我都熟得不得了，你觉得我会看错。"

谢伟也说："我觉得晓菲不是那种人。"

媛媛哼了一声："知人知面不知心。连赵伯伯都要跟她断绝父女关系。"

张俐不相信："怎么会这样？"

媛媛说："晓菲这事，还把赵伯伯害惨了。赵伯伯其实给了晓菲一笔钱，让她去买房子，但是那钱被晓菲挪用了。她跟赵伯伯交代不了，于是出卖自己，找李海要了一套房子。现在事情爆出来了，就说是借的了。哼，谁信啊——"

谢伟突然反应过来，碰了一下张俐："俐，这事是我们俩惹出来的。"张俐内疚地看着他："我们对不起晓菲。"

媛媛却不解："你们在说什么啊？"

听到谢伟和张俐把晓菲借钱给他们买房的事情娓娓道来，媛媛震惊了："你们怎么不早告诉我？"谢伟无辜地说："晓菲不让我告诉别人。"张俐也说："这次你是真错怪晓菲了。"媛媛听了没有说话。

晓菲在一家别有情致的菜馆等着马林，马林走来二话不说，将手中的包裹往桌上一放："给。"晓菲接过问："给我的礼物？"马林白了她一眼："轮不到你。"晓菲打开，是一个镜头。马林说："这是最新上市的定焦镜头，摄影爱好者居家旅行杀人越货之必备单品。"晓菲有点奇怪也有点感动："你这是什么意思？"马林说："给赵伯伯的。"晓菲感动："啊？"

"你爸的事我都知道了。"晓菲轻轻叹息一声。

马林劝慰说："你别太难过，依我看，你爸和你迟早都会和好的，反而是你爸退休后的生活要好好计划一下。"

"我都还没想到哪儿去。"

"你千万别让他觉得失落，要鼓励他去做想做但又一直没时间做的事情。这样，他才会快乐。"

晓菲点头:"谢谢你,马林。"

"要谢我,就再请我吃一顿吧。"

晓菲睁着大眼说:"这顿还没开始呢?"

马林说:"我就是一个吃一看二想三的人。他们说,这叫前瞻性人才。"

晓菲笑:"一顿又一顿的,有完没有?"

马林干脆地回答道:"没有。"

晓菲笑骂:"吃货。"

马林也笑说:"好,说正事吧,'澄海时间'应该改版了,老是追踪质量问题,观众也审美疲劳了,我有一个想法,把'澄海时间'娱乐化……"

卫东大步走进露台。

黄蓉招呼他:"快给吴姐解释一下按揭和一次性付款哪个更划算。"

卫东镇定了一下说:"吴姐,是这样的,我们银行做过一个预估,如果将通货膨胀的预期、土地增值的幅度,以及加拿大的移民政策的趋势综合考虑的话,在温哥华按揭购房比一次性付款最终的收益要高出20%左右。"

黄蓉肯定地说:"他们很专业的。"

吴婷也说:"我相信卫东的判断,只是,我对这个行业太不了解了。"

黄蓉赶紧接上一句:"吴姐,你怕啥呢?房子那边,我那朋友是专家,银行这边,卫东又是自己人。"

卫东说:"吴姐,如果你能在我们银行贷款,对我的业绩也有帮助。"

吴婷点点头:"那我考虑考虑。"黄蓉趁热打铁:"那我让经纪人跟你联系?"

"再等等吧,回头我再跟李海商量一下,听听他的意见。"吴婷说完,回头问:"对了,卫东,我那电脑怎么样了。"

卫东脸色阴晴不定,他支吾着:"呃……呃……你那电脑有点病毒,所以,那些邮件暂时都打不开。"吴婷问:"那怎么办?"卫东说:"呃……有个……有个程序,应该可以解决这个问题,不过我没带在身上,在家里。过两天我重新帮你装一个软件。"

"那就只有麻烦你再跑一趟了。"

"没事。"卫东说完就转头看向了别处。

李海和建国相约在雪茄吧。建国神色十分严肃地问他:"你跟电视台那个赵晓菲到底是怎么回事?"

李海没有回答,反问道:"你是看了网上的帖子还是听谁说了什么?"

建国说:"这你别管。你只需要告诉我,有还是没有?"

李海肯定地说:"那我就告诉你,谣言,全是谣言!"

"真的?"

李海点点头。

建国轻松下来："吓了我一大跳！你要真这样，你怎么对得起吴婷！我怎么向吴婷交代！不过这谣言是从哪儿来的？"

李海分析道："我仔细看了一下网上的帖子，很像是用周兴的视角和思维结构出来的东西。"

"周兴为什么要这么做？"

"你问他去。"

"那你打算怎么办？"

李海恨恨地说："如果真是周兴干的，我一定饶不了他！"

"万一不是呢？"

"不管是谁！骂我我都可以忍，人家晓菲一个清清白白的女孩子，不能平白无故地被泼脏水。"

李海的愤怒让建国有些意外，他想了想说："那赵晓菲是不是长得特别漂亮？"

李海很惊讶："你问这个干什么？"

建国说："我觉得你对她有点特别。"

李海赶忙解释："人家一个女孩子，为了帮我，搭上了父亲的前途和自己的名声，我对人家多关心点，这不过分吧。"

"那你们现在是什么关系？"

"好朋友。"

"男女之间不可能成为好朋友。"

"我和晓菲，现在就是很纯洁的友谊。"

"男女之间不可能有纯洁的友谊，如果有，不外乎三个原因，要么女的太爷儿们，要么男的太娘们儿。"

"你都说错了。"

"那就是最后一个原因，你们互相都有企图，但是彼此都还不知道。"

"你说什么？"

建国脸色顿时变得郑重："我在警告你！你已经从海边捡了一个美丽的贝壳回家了，从此以后，你就不能再去海边了。"

建国的话，触动了李海心中某根琴弦，他一下严肃起来。

离开吴婷的别墅，卫东开着车，黄蓉坐在副驾驶位上。

黄蓉得意地说："本来吴婷没有买房的打算，也不想按揭，结果被我几句话就说动了！卫东，你老婆还是挺能干的吧？"卫东心事重重，没有接话。黄蓉自顾自己说话，没有看出卫东的心事："她答应考虑，考虑就是有戏，我已经成功地把0.1%的希望，变成了80%的可能。卫东，以后你出门谈生意都把我带上，保证你的成功率大大提高。"卫东还是不吭声。

"不过，我今天还是很受打击。你说，大家都是女人，为什么吴婷就能住那么好的房子？过那么好的生活？而我就要过得这么辛苦？"黄蓉继续说道。卫东依旧沉默。黄蓉终于意识到有些不对劲儿："你今天怎么了？是不是也受刺激了？"卫东看了她一眼说："回家再说。"回到家黄蓉就迫不及待地问："什么问题？"

卫东说："……她的电脑根本就没有病毒，但我只有这么说，因为她打不开的那封邮件有问题。"看着黄蓉一脸的不解，回到家后，卫东指指电脑："你自己看吧。"他把位置让给黄蓉，黄蓉看了看脱口而出："这不是李海吗？另外一个是……啊！晓菲！"

"对，是你表妹赵晓菲。"

"她跟李海混在一起做什么？"黄蓉抬起头来，思考着，"深更半夜，靠那么近，还拉着手……晓菲和李海好上了！他们俩一定有一腿。"

卫东说："所以我不能让吴姐看到这张照片。"

"晓菲还是挺能干的嘛，挑来挑去，竟然挑了一个老板。"

卫东看着黄蓉说："黄蓉，趁吴姐没看到照片，什么都不知道，你赶快劝劝晓菲，这种插足人家家庭的事情，千万做不得。"

"你怎么知道吴婷什么都不知道呢？"

"她要知道了，情绪还会那么好？"

黄蓉点头道："也是。"

"所以啊，这事我们得赶快，不管晓菲和李海到什么地步了，我们都必须把他们分开。"

黄蓉思考着："卫东，你有没有觉得这事也可以有另外一个结果呢？"

"什么结果？"

黄蓉幻想着："如果晓菲嫁给了李海，那我就是李海的表姐了。有这么一个有钱的表妹夫，我们还操心什么呢？到时候，李海和晓菲都在柬阳，那幢临海的大别墅就是我们的了。"

卫东呵斥道："黄蓉，你在做什么梦啊！"

"这不是梦，这完全有可能。柬阳那边，晓菲努把力；加拿大这边，我们帮着使把劲儿。李海、吴婷两人一离婚，不就实现了？"

"你竟然想得出这种主意？"

黄蓉突然来了兴致："卫东，你今天错了，你不应该瞒着吴婷，你就应该让她看到这照片！……对了，这照片是谁发的？"

卫东想想说："不知道。"

"说不定就是晓菲发给吴婷的，她就是要让吴婷知道，让吴婷去找李海闹，那李海跟吴婷离婚，就变得顺理成章了……"

"不是晓菲发的，我查过了，是一个匿名的地址。"

"谁发的已经不重要了，卫东，你现在马上回吴婷那儿，就说电脑弄好了，一定要让她看到这几张照片！"

"黄蓉，你这么做太缺德了！"

"我怎么缺德了？我还不是为了我们这个家，我还不是想你不要太辛苦！"

"可你不能去破坏人家的家庭幸福啊!"

"我哪里破坏了!是他们家李海自己要偷腥!被人家拍了照片,还被发到老婆的邮箱里!"

"黄蓉,请你好好想想,自从我们到了加拿大,吴姐帮了我们多少?"

黄蓉沉默。

"就在刚才,人家吴姐明明不缺钱,但是听说贷款能对我的业绩有帮助,人家立刻答应考虑。黄蓉啊,我们得感恩啊——"

黄蓉撇了撇嘴。

"你再想想,就算你把照片发给了吴婷,你那表妹晓菲就能登堂入室?万一晓菲落个灰头土脸,回头吴婷又知道你跟晓菲的关系,你觉得吴婷对我们还像从前一样好?至少我敢肯定,这笔贷款肯定落空!"

黄蓉终于说:"那这事,就先放一放吧。"

卫东严肃地说:"不能放。你现在马上打电话给晓菲,叫她悬崖勒马!"他将手机塞到黄蓉手上:"现在就打!"

晓菲手机响起,是国际长途,正纳闷是谁,一听是黄蓉:"表姐,你在加拿大还好吗?你去了那么久,都没给我来个信……"

黄蓉说:"我这不是忙吗?又买房又买车,自己还要学英语,一天到晚停都停不下来。"

"怎么样?还不错吧。"

"挺好的。我问个事,你男朋友是不是叫李海?是个房地产开发商?"

晓菲一惊:"你说什么?谁告诉你的?"

"你别以为我在加拿大,就什么都不知道。你跟我说老实话,是不是他?"

"这都是根本没有的事。"

"我可有证据。"

"不管你有什么证据,我都告诉你,这是胡说八道。"

这时,厨房里的开水壶叫了起来,黄蓉给了卫东一个手势,卫东走进了厨房。黄蓉压低声音:"晓菲,你就别跟表姐打太极了,表姐先表明一个态度,我支持你!"

晓菲急了:"表姐,真的不是。"

看到卫东从厨房走出来,黄蓉赶紧说:"行了,我知道了。过两天,我再给你打电话。反正我的态度你也知道了,心里有数就行。再见。"黄蓉挂了电话。卫东关切地问:"晓菲怎么说?"黄蓉赶忙说:"她说她跟李海什么关系都没有。"卫东松了一口气:"如果真这样,那就太好了。"黄蓉低声说了句:"也许吧。"

放下电话的晓菲,想拨李海的号码,又烦躁不安地放下。她拉开抽屉,翻出那张报纸,注视着李海,然后又看看镜子里的自己。晓菲猛地将报纸上的照片塞到了抽屉的最深处。

李海躺在床上看着电视，屏幕上正是晓菲在出镜："四月十五日，在南山县国土局拍卖大厅举行了一场土地拍卖，这是南山县有史以来最大的一块地，同时也是保证金最高，起拍总额最高的一块土地，而最后的成交价也创下了历史新高。然而，这场拍卖引起了巨大轰动并引发巨大反响的却并非几个纪录，而是拍卖中发生的一些故事。"

　　李海正看着呢，突然接到吴婷打来的越洋电话："婷婷。"

　　"海子，还没睡？"

　　"在看电视。"

　　"我记得你以前很少看电视的。"

　　"你走了之后，很多习惯都变了。"

　　"我跟你说个事，卫东和黄蓉向我推荐了一套房子，据说很划算。"

　　"我们买房子做什么？"

　　"是买来投资。我们把房子租给别人，用租金去付按揭，最多二十年，这房子就赚回来了。"

　　"我们又不缺钱，没必要去整这些。"

　　"不是为钱，我是想找点事儿做。"

　　"你把英子给我看好，那才是最重要的事。你看前段时间英子多危险，惹了那么多麻烦，所以，你千万别分心。"

　　吴婷失望地说："我知道了，那就这样吧。再见。"

　　李海挂了电话，看着手机，电视上晓菲又出现了，李海看着晓菲，目光中有许多欣赏。与此同时，赵毕恭坐在沙发上，也在收看晓菲的节目。屏幕上，晓菲在说："虽然最后的真相并没有改变拍卖的结果，但是真相肯定比这块土地更有价值。动辄上亿的土地拍卖，很容易让人生出各种心思，只有诚信才能让这一切公正而透明，而这是拍卖的所有参与者的职业尊严和人性的力量。……"

　　片花推出，赵毕恭将电视关掉，在沙发上坐了很久，然后站起来，走进隔壁的房间。这明显是一个女孩的房间，虽然久无人住，但是每一样东西都保存得很好。赵毕恭打开柜子，拿出一个册子，翻开，里面夹着晓菲从小到大的成绩单。赵毕恭翻着，他的手停住了，这张成绩单上写着语文 98 分的地方明显涂改过。赵毕恭抚摸着那个涂改的痕迹，叹息一声。突然，门口响起了敲门声。赵毕恭打开门，看到门外站着张俐与谢伟……

　　今天真是个好日子，天空万里无云，阳光照在晓菲的脸上，仿佛一扫昨日的烦扰。大门口张灯结彩，花牌上写着谢伟与张俐的名字。餐馆内虽然只有几桌喜宴，但依然布置得简单而喜庆。晓菲开心地帮忙安排座位。

　　谢伟与张俐身着礼服正在迎客，张俐的肚子已经有些微隆起。看到赵毕恭走进来，两人迎上："赵伯伯，我们一直在等你呢。"赵毕恭摸出红包："你们俩亲自上门来请，我怎么好不来呢？"谢伟收下红包说："走，我带您进去。"

张俐喊："晓菲，你看谁来了？"

晓菲转过头，惊喜地说："爸爸，我都不知道你要来。"

张俐笑道："我和谢伟请赵伯伯来为我们当证婚人。"

晓菲很惊讶："真的，太好了。"

"晓菲，那赵伯伯就交给你照顾了。"张俐给晓菲挤挤眼睛，便借故走开了。

晓菲为父亲拉开一把椅子："爸，你坐。"赵毕恭犹豫了一下，慢慢坐下。

晓菲小心地挨着赵毕恭坐下："爸，你这段时间身体还好吧？"

赵毕恭直接说："我都知道了。"

"什么？"

"原来你把钱都借给张俐他们买房了。"

晓菲看了一眼张俐和谢伟的背影："他们跟你说的？"赵毕恭点了点头。

晓菲低下头说："爸爸，对不起，我的确骗了你。"

"你应该跟我说实话，我一开始就会支持你。"

"可七万块不是小数目。"

"你爸爸也没那么小气。"

晓菲一下笑了："爸爸。"

赵毕恭叹息一声："李海也来找过我。"

晓菲很意外，问："什么时候？"

"前两天。"

"他……他说什么？"

"他说你很优秀，希望我能原谅你，理解你。我今天来，除了参加他们的婚礼，就是想看看你。"

晓菲一下明白了，她含着眼泪问："爸爸，那你原谅我了吗？"赵毕恭摇头："我不原谅你。"晓菲脸色一沉。赵毕恭说："那天李海走后，我想了很久，你是对的。晓菲，应该是你原谅我。"晓菲喊了声："爸爸。"一下子扑到赵毕恭的怀里。赵毕恭抚摸着女儿的头发："晓菲，爸爸的确应该为你骄傲。"晓菲说："爸爸，我也为你骄傲。"

在父女俩冰释前嫌的时候，婚礼进行曲的音乐声大作，谢伟与张俐牵着手走上舞台。晓菲与父亲连忙坐好。

谢伟很激动："今天非常感谢各位亲朋好友来参加我和张俐的婚礼。不过，在婚礼开始之前，请允许我和张俐用一点时间向两位重要嘉宾表示感谢，因为没有他们，就没有我和张俐的今天。"张俐也很激动地说："他们就是我的好朋友赵晓菲和她的爸爸赵毕恭。"

晓菲和赵毕恭都有些意外。

谢伟说："在这之前，我和张俐遭遇了一次挫折，在我们俩面临分手的时候，是晓菲和赵伯伯向我们伸出了援手，我们的爱情才得以继续。而为了帮助我们，晓菲还蒙受了不白之冤……"

　　舞台上，张俐动情地说："晓菲，赵伯伯，请受我和张俐一拜。"谢伟与张俐在舞台上深深鞠躬。晓菲和赵毕恭连忙站起来，原地回礼。全场掌声一片。媛媛也在其中，动情地鼓掌。

　　英子背着书包，经过操场。突然，一个足球飞来，正砸在英子的背上，英子一个踉跄。彼得慌张奔过来，连声道歉："对不起，我不是有意的。"英子拍拍身上的灰："没关系。"
　　"你怎么样？"
　　"我没事。"
　　彼得关心地说："我陪你去校医那里检查一下吧？"
　　"不用了。"
　　"我认为很有必要。"
　　"我都说了，我没事。"
　　"可是如果你不让我陪你去检查，我怎么有借口认识你呢？"
　　英子愣住。
　　"中国女孩，难道你不知道，我注意你已经很久了。"
　　英子的脸慢慢红了。

　　喜宴已经进行到了尾声，桌子上都是残羹剩饭了。张俐母亲喝了点酒，脸色绯红，十分兴奋。旁边的亲戚就开始家长里短地聊天，其中一个人突然问张母："你们家女婿在柬阳买房了吗？"张母骄傲地说："没买房，我还能让张俐嫁给他？"
　　"买在哪儿？"
　　"买的柬阳最好的楼盘，叠峰阁；而且我们选的那套，还是楼王！"
　　另一个亲戚也凑过来："真的？别是租的吧。上次那谁说在哪儿买了房，哄得丈母娘好高兴，结果等到结婚了才发现，那房子是他租的。"
　　坐在对面的一个朋友也说："就是，现在骗婚的可多了。"
　　张母坚定地说："嘿，你们认识我这么多年，我什么时候骗过你们！"
　　这时，坐在另一桌的赵毕恭起身对晓菲说："我吃好了，该走了。"谢伟和张俐慌忙起身相送，却听到张母扬声喊着："谢伟——"赵毕恭说："丈母娘叫你呢，快去，跑快点。"
　　"赵伯伯，今天照顾不周，改天，我再请你喝酒，晓菲，帮我送送赵伯伯。"
　　晓菲送赵毕恭出门，父女俩并肩走着。
　　晓菲问："爸，退休的生活还适应吗？"
　　"还好吧。你知道的，爸爸喜欢摄影，但是拍来拍去，都是业余水平。现在终于有时间去好好琢磨了。"

晓菲突然想起："对了，你等等。"

晓菲来到自己的汽车前，打开后备箱，拿出马林送的镜头："这个礼物你还喜欢吗？"赵毕恭惊喜地说："哟，我还真想要一个这样的镜头，上次都去看了，觉得价格贵，没好下手。晓菲，你这礼物可送到爸爸心坎儿上了。"

"不是我，是一个朋友送你的。他说，希望你快乐。"

赵毕恭高兴地问："是那种朋友吗？"

"爸，你别多想，还真是一个普通朋友。"

"又让爸爸失望了。"

晓菲笑了笑。

"对了，晓菲，爸爸想见见李海，你能不能帮我约一下他？"

晓菲一怔："现在？"

"是啊，你帮我问问，他有没有空？"

"那你稍等。"晓菲走到一边，拨通了电话："李海，我是晓菲。"

正在查看工地的李海接到晓菲的电话，很惊喜："晓菲，你好。"

"我现在和我爸爸在一起。"

李海更加惊喜，问："你们和好了？"

"是，说起来，还要感谢你。"

"我什么都没做。"

"爸爸都跟我说了，你的话起了关键作用。"

"如果这样的话，我的愧疚也可以减轻一点了。"

"我爸爸想见见你。你现在有空吗？"

李海听到比较意外："有空。"

"那就在我们上次见面的咖啡馆好吗？"

"好，那我马上过去。再见。"

晓菲收了手机对赵毕恭说："他现在正好有空，约好了，就在东大街5号的心动咖啡馆。"

赵毕恭问："你跟我一起去吗？"

晓菲犹豫了一下："我就算了吧，还有好多事呢。"

赵毕恭说："行。"

李海挂了电话，走过去吩咐等候的手下："我现在有点事，今天的现场会挪到明天再开。"说罢转身离去。手下们都觉得有点莫名其妙。李海几乎一路小跑地离开工地，摘下安全帽，扔给保安，急匆匆来到车前，开门上车。上车坐定，他拉下镜子，看着自己的头发，精心地梳理着，又整理起领带……

突然，李海意识到什么，他停下了所有的动作，喃喃："我这是怎么了？"李海再次看着镜子中的自己，突然觉得有点陌生。

张母向大家展示着购房合同："看！叠峰阁二期的购房合同，如假包换！大家都看看……"合同在亲友间传阅着，众人啧啧赞叹。

"我听说叠峰阁现在都涨到八千了。"

"迟早上万。"

"这房子好，我有一个朋友买了他们的一期，里面就跟公园一样。"

亲朋好友你一言我一语地讨论着。谢伟站来外围看着，一脸感慨，晓菲走过来："新郎官，怎么一脸伤感？"谢伟感慨道："今天这婚礼上，没有一个人要求看我们的结婚证，但是都对购房合同这么有兴趣。"晓菲安慰道："你这样想吧，大家这是在替你们高兴呢。"

"看来只有经受了房子考验的感情才是真感情啊！"

"你和张俐不就是吗？"

"我现在觉得，在中国不是一夫一妻，而是一房一妻。有房子，才有妻子。"

晓菲拍拍谢伟的肩膀："有房一族，还那么多感叹，人家那些没买到房的，该怎么办？"张俐说："谢伟，今天是高兴的日子，你别那么多怨言。"谢伟对晓菲说："我不是怨言，我是庆幸！晓菲，谢谢你。"

"没事。"

听到身后有人喊："晓菲。"晓菲回头，有些惊讶："媛媛。"媛媛走过来："晓菲，我想跟你单独说几句话。"

李海来到咖啡馆门口，踌躇了一下，深深吸了一口气，走了进去。看到赵毕恭等待着，李海走了过去：赵伯伯。

赵毕恭笑着打招呼："李总。"

李海问："晓菲呢？"

"她说今天还有事，就没有过来。"

李海失望地"哦"了一声。

赵毕恭诚恳地说："李总，我今天第一想向你表示感谢。"

李海感到很意外："谢我什么？"

"谢谢你让我知道，我有一个非常优秀的女儿。"

"听晓菲说，你已经不再怪罪她了。"

赵毕恭笑了笑："之前是我自己狭隘了，所以想不通，那天你走了之后，我一夜没睡，我突然意识到，这女儿虽然是我一手带大的，但是我不如她。"

"晓菲坦荡无私，很多人都不如她。"

"现在，我为有这样一个女儿骄傲。"

李海欣慰地说："你们父女俩能重归于好，我也很高兴。"

"我今天来，还有一件事，就是向你道歉。如果不是我工作失误，118号地块也许是属于你的。"

"赵伯伯，首先，你不需要道歉，就算你有失误，晓菲的举动已经完全帮你挽回了；其次，当时我在操作上，也不是十全十美，如果我在你第一次叫价的时候举牌，也不会发生后来的事情。"

赵毕恭听到李海这么说，十分佩服李海的心胸："谢谢你的谅解。李海，其实，在拍卖前我是看好你的。"

"是吗？"

"我看过你的规划方案，我也很欣赏你的设计。虽然这次拍卖是这个结果，但我希望以后你能继续为我们南山的发展出力。"

"我会的。对了，赵伯伯，你现在怎么样？"

"我正在努力调整自己，适应退休生活。"

"有没有什么需要我做的？你尽管开口。"

"不用了。自从跟晓菲的心结打开后，我比过去轻松了许多。我告诉你，我现在学摄影，技术大有提高，哪天我给你拍两张照片。"

李海笑着说："好啊。"

媛媛与晓菲在一张满是残羹剩饭的桌前坐下。

媛媛说："我都知道了。"

晓菲问："知道什么？"

媛媛拿起酒瓶，倒了三杯酒："晓菲，这三杯酒，是我跟你赔罪。"

"媛媛，你……"

媛媛将三杯酒一口气干完："我那天说的那些话，太混账了！晓菲，对不起！"

"没事儿，我都没放在心上。"

"自己买不起房子，还借钱给别人买房子！这事如果不是发生在我身边，打死我都不信！"

"其实也不算什么，我只是不忍心看到张俐与谢伟就为这个分手！"

"我也不忍心，但是我什么都没做，晓菲，我和你差得太远了。"

晓菲有点不好意思："就是一件小事。"

"为了这件事情，你受了这么多误解，被我指着鼻子骂，都不吭声！晓菲，我彻底服你了！"

晓菲笑了笑。

媛媛由衷地说："晓菲，你始终都是好女孩，而我始终都是坏女孩！"

"媛媛，你别这么说，你身上也有很多优点。"

"我还有优点？"

"是啊，你对朋友总是那么真诚，对生活充满了热情，而且，你看准了的事，你会很执着，虽然有的时候方向错了。"

媛媛笑了："优点还不少。"

"其实，那天你骂了我之后，我也检讨了我自己。"

"你已经这么好了，还要检讨？"

"媛媛，我以前对你，可能太严厉太偏执了。的确，你身上有很多缺点，但是我也不完美。你和张俐都包容了我的缺陷，我也应该多包容你们。就算你身上有些东西让我很难接受，我也应该多帮你，而不是那种态度。"

媛媛小心地问："那你还接受我这个朋友？"

"为什么不呢？"

媛媛高兴地一把搂住晓菲："我就喜欢这个结果。"

"不过……以后如果我有看不惯你的地方，我还是会说你。"

"没关系，说不说在你，改不改在我。"媛媛突然想起什么："糟了！我真是胸大无脑！"

"什么？"

媛媛支吾着："没……没什么……"晓菲疑惑。

媛媛拉着晓菲的手："晓菲，在我认识的人中，你和李海是好人，最好的人。你记住我这句话。"晓菲犹豫着，点点头。她看着媛媛匆忙离开的背影，笑了。

和晓菲分手之后，媛媛找到一个人的地方，左右看看，拨通了电话："周兴，是我，媛媛。"

"媛媛，你好。"周兴听起来心情不错。

"上次我给你的那张照片呢？"

"在我这儿。"

"你没公开吧。"

周兴犹豫了一下："暂时还没有。"

媛媛松了一口气："谢天谢地，你赶快把那张照片删除了。"

"为什么？"

"那件事我搞错了，赵晓菲和李海，他们之间什么都没有，那张照片，虽然天黑了点，两个人离得近了点，但就是张普通的照片。"

"你的意思是李海没有包养赵晓菲？"

媛媛赶忙说："没有！没有！绝对没有！他们的关系非常纯洁，比你和我还纯洁！……喂喂喂，你在听吗？"

"在。媛媛，你什么时候有空？我想请你吃顿饭。"

"饭就不吃了，你赶快把那张照片给我删除！"

"我知道了。"

"一定哈！"

挂了电话，周兴若有所思地坐在椅子上。

彼得一路伴着英子，直到把她安全送到了家。

英子说："谢谢你陪我回家。"

彼得直截了当地说："也许你可以请我到你家去做客，我们可以一起做作业，其他同学都叫你数学天才，我正好向你请教。"

"我妈妈在家呢。"

彼得却不以为然："你可以把我介绍给她呀。"

"那怎么行？"

"为什么不行？"

"我妈如果看到我跟你在一起，一定会很不高兴的。"

"为什么？因为我是白人？"

"不仅仅是，还因为……因为……我们中国人的事，很难解释的。"

"那我明天还能见你吗？你正好可以给我慢慢解释一下你们中国人的事。"

英子的脸又红了，她轻轻点头。

彼得轻声说："中国女孩，你真可爱。"

英子回到家中，心里总觉得有些不踏实，晚上无事她上网跟娜娜聊着QQ，把今天发生的事情跟娜娜一一道来。娜娜一下子就提醒她："他一定是想泡你。"

"长得帅不帅？胸肌大不大？有没有胸毛？"

"胸肌、胸毛都没看到，但脸很帅。"

"那你还犹豫什么？给人家一个机会！"

"我怕我妈……"

这时，外面的吴婷敲敲门："英子，早点睡。"英子回了一句："马上。"英子继续与娜娜聊着："可我很想早恋。"娜娜说："你都十五岁了，再不早恋就来不及了。"

在雪茄吧里，五六个人围坐一团，讨论着。建国问："最近怎么样？"

甲摇摇头："一个星期只卖了五套。"乙："我也是，这个月冷清得不得了。你呢？"建国说："还用问！门前冷落车马稀！海子。"

李海有些分神："什么？"

建国说："你当时怎么想着把叠峰阁二期一口气就走完了？换以前，你都要分几个批次慢慢卖的。"

李海说："我当时一心想拿118地块，所以必须赶快回款。"

"算你运气。"建国说。

丙说："李海，你说，现在为什么这么反常？"

李海却说："我觉得这是正常的，以前那种疯狂才是反常。"

丁说："但也跌得太猛了。"

建国也问："那这楼市什么时候能爬起来？"

李海摇头："我估计至少一年。"

建国瞪大眼睛："那么久？可我10月就有贷款到期，如果房子再这样卖不出去，我下个月就得死！"

甲说："没有卖不出去的房子，只有卖不出去的价格，要不你降点价？"

乙说:"听说深圳有楼盘开始悄悄降价了。"

建国愤然:"不能降!买房的都是买涨不买跌,我要降了,更卖不出去了。"

丁说:"对,而且他一降,把我们也将死了。跟着他降,楼市就垮了;不跟着他降,买房的又都盯着我们。"

建国说:"对,谁降谁叛徒!"

李海问:"那你准备就这样挺下去?"

建国说:"我有个主意,我们大家一起做一个论坛,造一下舆论。"

甲说:"什么舆论?"

建国说:"就说枣阳楼市现在很火,还会更火;这房价还要再涨!"

乙说:"有道理,买房的一听要涨价,就什么都不顾了。"

丙说:"破一下老百姓的观望情绪。"

李海泼冷水:"但是楼市火不火,你们几个说了也不算,有现实的数据在那儿摆着。"

丁说:"没几个老百姓会去看数据。"

甲说:"他们就喜欢被忽悠。"

李海笑了笑说:"老百姓可不傻。"

建国大放厥词:"老百姓懂个什么,还不是听媒体的?媒体听谁的,还不是听专家的?房产圈谁是专家,我们就是专家!我们说他火就火!那就这么定了!专家们,到时候都来哈!"

乙说:"这是自己的事情,肯定都来!"

建国对李海说:"海子,你是主要专家。"李海犹豫着:"建国,这样做太违心了吧。"建国怪李海:"怎么了?你的叠峰阁走完了,就不管哥哥我的死活了?"李海爽快地说:"行,我一定到。"建国拍拍李海的肩,表示感谢。李海笑了笑。建国低头问:"那商量一下,请哪些媒体?电视台肯定要请……"李海一怔,继续走神。

建国等人的讨论声越来越远。

吴婷一直以来担心的事情,还是发生了。青春的火车驶来,是谁也抵挡不住的。英子与彼得一边看着广场上的表演,一边吃着冰淇淋,十分亲昵。

彼得提议:"今年圣诞节,我、约翰、卡特、瑟琳娜、林赛准备去纽约,你跟我们一起去吗?"英子说:"我想去,可是我妈妈一定不会同意。"彼得惊奇地说:"你已经十五岁了,你可以自己做主了。"英子想了想说:"圣诞节还早呢,再说吧。"

突然,英子脸红了。刘晓宇正笑眯眯地看着她。英子站起来叫:"刘叔叔。"

刘晓宇问:"今天放假?"

"嗯。"

彼得很大方地说:"你好,我叫彼得,我是英子的男朋友。"

刘晓宇说："你好，我是英子的叔叔。你们慢慢玩，我走了。"

刘晓宇转身离去。英子追上来："刘叔叔。"刘晓宇问："怎么了？"

英子难为情地说："今天的事，你能不能别跟我妈说？"

刘晓宇瞟了一眼旁边的彼得："为什么？"英子说："好不容易过了两天清静日子，但如果被她知道我跟彼得的事儿，一定又要闹得天翻地覆。"刘晓宇笑了："你怎么知道她一定会闹呢？"

"她这个人，很古板的。我上初一那年，就跟我说，你绝对不能早恋！何况，彼得还是老外。"

"但你妈妈也会变吧。"

英子满脸的怀疑："会吗？"

"你看，她对你的态度，不是也在改变吗？"

英子还是不相信："但是这事……你觉得她会同意我和彼得？"

"我也不知道，但是你至少去跟你妈谈一谈。在我的印象里，你妈妈一点都不古板，她聪明又豁达。"

"那我试试吧。万一她不同意，刘叔叔，你能不能帮我说两句好话？"

"我说了也不一定有用。"

"一定有用，你的话在我妈那儿还是有点分量的。"

刘晓宇眼睛一亮："真的吗？"

英子狡黠地问："你是不是有点喜欢我妈妈？"

刘晓宇一愣："你妈妈很优秀，有很多人喜欢她，其中当然也包括我。"

英子说："那你真可怜。"

刘晓宇问："为什么？"

"因为你没希望的。我爸爸很帅，而且我妈很爱我爸爸，我爸爸也很爱我妈。"

刘晓宇笑了笑说："那太好了。"

英子疑惑："好？"

"英子，你知道世界上最幸福的事情是什么吗？就是你爱的人幸福快乐。"

英子懵懂地耸耸肩。

十二

吴婷正在厨房忙碌着，英子走进来说："我回来了。"吴婷头也没抬地说："晚饭马上就好。"英子说："妈，你先别忙，我有事要跟你说。"

"怎么了？"

"你坐下。"

吴婷愣愣地坐下。

英子郑重地说："妈，我们今天能不能像两个女人一样谈点事？"

吴婷紧张地站起来："英子，你是不是怀孕了？"

英子惊讶道："吴婷，你太猛了吧……刘叔叔说对了，你果然变了。"

吴婷着急地问："到底怎么了？"

英子："我没怀孕，我只是早恋了。"吴婷松了一口气，坐下："早恋？"

"我本来想瞒着你的，但刘叔叔说，我还是跟你坦白了比较好。"

吴婷问："你跟谁早恋？"

"我同学。"

"中国人？"

"我们班就我一个中国人。"

"还是个老外？"

"在加拿大，我们才是老外。"

吴婷被哽住。英子忽然问："你为什么不问是男孩还是女孩？"吴婷很是惊讶："啊？什么男孩女孩？"

"妈，你应该很庆幸，我早恋的对象是个男孩。"

吴婷又被哽住，她想了想："英子，你还小，各方面都还不成熟……"

"我要成熟了，就不叫早恋了，那叫正常恋爱。"

吴婷担心道："早恋会影响学习的。"

"我保证每次考试都进前三。"

吴婷有些词穷："这样吧，你把你那……那朋友带回家来，让我看看再说。"

"这没问题，但是你不许问人家家住哪儿、家里几口人、爸爸是干什么的、妈妈是干什么的？"

"我多了解一些情况不好吗？"

"我又不跟他结婚，你了解那么多干吗？"

"那你跟他……"

"我们就是上课的时候坐在一起，下课一起做作业，然后一起滑水滑旱冰打球而已。"

吴婷叹息一声："英子，我真拿你没办法。"

英子惊喜地问："你同意了？"

"我真不知道该怎么管你。"

英子站起来，搂住吴婷："妈，你现在已经把我管得很好了。"吴婷忽然问："对了，刘叔叔是什么意见？"

"刘叔叔什么意见都没有。刘叔叔还说，你并不古板，一定会尊重我的选择的。看来，他还是比较了解你。"

吴婷笑了笑。

英子郑重地提醒道："妈，那个刘叔叔，你可要当心点儿他。"

吴婷有些心虚地说："你说什么？"

"他亲口跟我承认，他喜欢你。"

吴婷一怔："刘叔叔开玩笑的，你别当真。"

"不管他是不是开玩笑，我都不会掉以轻心。必要的时候，让老李回来一趟，好让老刘死心。"

"英子，你就乖乖早恋吧，别多管妈妈的闲事了。"

"这可是你的遗传，你就喜欢多管我的闲事。"

英子转身走开，吴婷站在原地，有些怅然。

此刻李海正在养老院陪父亲下棋。父亲聚精会神，而李海心不在焉。

李海说："爸，最近我觉得自己有点儿不对劲。"

父亲不搭茬，只盯着棋盘："你的这个子，不要了？我可要吃了。"

李海心不在焉地应了一声。

父亲一下叫起来："这一步走得好！太妙了！你赢了！"他笑嘻嘻地看着李海。李海满脸凝重，像是对自己说："爸，你放心吧，我会管住我自己的。"

不论谣言再大，也经不起时间的考量。经过上段风波之后，晓菲恢复了正常工作。寇吕将一张请柬递给晓菲："下午你去一趟这个论坛。"晓菲问："都有哪些人参加？"在得知枣阳有头有脸的开发商都会去后，晓菲若有所思地点点头答应了。

晓菲接到寇吕分配的任务后，聚精会神地在电脑前收集着资料。屏幕上的新闻标题是"房价拐点到了吗"，晓菲再翻一页，标题是"一线城市房价悄然下调"……

晓菲拿起手边的请柬，上面写着：房价大涨在即！本世纪最后一个买房的机会！想了一下，她拿起手机，调出李海的电话，又忍住了。重新调出了马林的电话。

"马林，你好，我是晓菲。"

"你好，有事？"

"我问你件事，现在房子好卖吗？"

"那要看谁来卖。如果是我马林，什么时候都好卖；但是如果换个人，就难说了。"

"我明白了，你有没有那楼市近期成交量的数据？"

李海停下车，向着酒店走去。另一边，晓菲与马超也在下车。晓菲这次特意问一下："磁带带够没有？"马超大声说："够。"突然晓菲停下了脚步，前面不远处是李海，再往前走，两人就要相遇了。马超没在意说："走啊。"晓菲没有搭腔，等待李海走进了酒店，晓菲才挪动脚步。

马超问："你在躲他？"

晓菲没说话。

马超惊异地说："晓菲这可不是你的风格。"

"我什么风格？"

"你向来什么都不怕的，怎么这回被那些流言弄得畏首畏尾的？"

晓菲沉默片刻："不是因为流言。"

马超问："那是什么？"

晓菲没有说话。

李海走进会议室摆成了圆桌会议的形式。建国走上前招呼："海子。"李海一路与人点头致意，来到自己的位置前，在房间最中央的位置。李海环顾四周，许多记者都已经到了，但是没有晓菲。他有些怅然，慢慢坐下。建国说："人都到齐了，那我们就开始吧。新机遇，新发展，崃阳楼市未来走势展望高峰论坛现在开始，首先为大家介绍今天到场的嘉宾……"晓菲走进了会议室，一眼就看见了李海。她犹豫了一下，在李海正后方找了位置坐下。

建国介绍："澄海置业董事长，李海。"李海站起来，点头致意。晓菲入神地看着李海的背影。马超来到李海面前，拍摄着。看到马超，李海愣了。李海突然感觉到了，晓菲就在自己身后，而且还看着自己。他想回头，又觉得不妥。建国看着李海有些奇怪地说："李总，请坐。"李海慢慢坐下，晓菲的目光依旧烫在他背上。周遭的一切渐渐模糊、淡化。建国的声音再度清晰："李海，你觉得呢？"

李海一下回过神来："什么？"

建国说："大家刚才都取得了共识，目前崃阳楼市供需两旺。"晓菲的眉头一下皱紧。

李海迟疑片刻："呃，其实，我们澄海置业一直坚持质量为本，客户至上，我相信，凡是购买了澄海置业的房子的业主，一定不会后悔。"建国说："对啊，从1998年到现在，凡是买了房的人，谁会后悔？只有不买房的人，才后悔。"晓菲的眉头皱得更紧。建国接着说："所以说，老百姓如果现在要买房子，赶快出手，不要犹豫！这就是我们今天的主题，如果你再观望，你就会错过你一生之中唯一一次买得起房子的机会。"

突然，一个女人的声音插了进来。晓菲站起来问："我想请问一下各位老总，你们目前在售项目的成交量如何？"谈得正欢的众人看向了晓菲。

建国笑着说："我那楼盘现在门口排起了长队。"

晓菲看了一眼众人，拿出数据说："但是我拿到的数据显示，在过去的一个月，崀阳的新房成交量，相比去年同期，下降了50%，供需两旺谈不上吧。"众人看向建国。建国反驳道："你这些数据不准确。"晓菲说："从房交中心拿出来的数据还不准确？"建国语塞。晓菲没等众人开口，接着说："我刚刚得到一个消息，深圳、上海、广州、杭州、北京等好几个城市已经出现了降价楼盘。请问你们怎么看？"

这时，有人说："与国外的发达城市相比，我们的房价已经很低了。"

晓菲说："你为什么只比房价，不比收入呢？纽约、东京、洛杉矶、伦敦、巴黎这些世界大都市，城市房价与家庭年收入比，最高也不过5∶1。但是我们，已经超过了20∶1，甚至30∶1。"众人沉默。

晓菲继续义正词严地说："一个年薪六万的白领，从20世纪60年代就开始不吃不喝，才能攒够一套一百平方米的房子；而一个工人，得从鸦片战争开始攒钱；如果是一个农民，恐怕得从唐朝开始攒钱，才能攒齐。这样的房价，你们觉得正常吗？不应该调控吗？"众人笑了起来，李海也忍不住露出笑容。建国有点急了："你根本就不懂房地产。"晓菲笑笑说："我的确不懂，不过，我一个不懂房地产的小记者都看出崀阳楼市的成交量在萎缩，在座的懂行的各位为什么就看不出来呢？连我这样一个外行也知道，房价不能再涨了，为什么你们还认定房价应该大涨特涨呢？"建国说："我们这是对未来充满乐观！"晓菲咄咄逼人地追问："是乐观还是谎言？如果是谎言，各位的人品恐怕会受到公众的质疑；如果是乐观，我很难分辨，你们是出自心虚还是自满？"众人沉默。李海轻轻摇头。建国恼羞成怒："你是哪家电视台的？你们台长是谁？你信不信我让你们台长开除你？"晓菲毫不畏惧："林总，我是崀阳城市电视台的赵晓菲。"建国一惊，瞅向李海。

"我知道你认识我们台长，我也知道，你很有能力，但是这一切都改变不了一个事实，那就是在未来三个月内，各位的房子将会更加难卖！房价必将迎来回调的一天！"

建国大吼："你完全是在胡说八道！"

李海忍无可忍，站了出来："她没有胡说，她说的是真话！"所有人都很意外，包括晓菲。李海看着大家说："我们的好日子的确已经过去了！"建国惊呼："海子，你到底在说什么？"

"其实在座各位，心里都跟我一样，非常清楚，房价的拐点已经到了，也该到了。"

全场大惊！

李海诚恳地说："我相信，从长远来看，中国的房地产前途光明，但是最近这一两年，我们可能要过一段紧日子；而我们现在遇到的问题，才只是一个开始。"建国惊奇地说："海子，你怎么也开始胡说了！"李海看着他说："建国，我们今天造了再多舆论，也挽不回目前的颓势；与其在这里自欺欺人，还不如回去苦练内功，迎接冬天的到来。"建国愣住了。李海来开座位，离去了。晓菲震惊地看着李海的背影。建国追了出去。犹豫片刻，晓菲也追了出去。

建国在酒店的走廊里追上了李海："李海，你为什么要临时拆台？"

"对不起，我只是想说点实话。"

"你这是背叛！你背叛朋友，背叛我们这个圈子！"

"我没有。"

"那你现在进去，把你说的所有话收回。"

"不！"

"你是为了那个女人？"

李海回答："跟晓菲没有关系！"

"她说什么你都附和，还帮腔，还说没有关系！"

"她说的都是对的！"

建国吼着："就算她是对的，你也不能站在她那边！"

李海吼了回去："我就要站在她那边！"

建国的声音更大："你是不是爱上了那个女人？"李海脱口而出："是！"建国愣住，李海也愣住。晓菲就站在他们的身后，李海看到了晓菲，也呆住。短暂的沉默之后，李海，抱歉地叫了声："晓菲……"晓菲转身，快步奔出。李海追了两步："晓菲——"突然，李海背上重重挨了一拳，他站立不稳，靠在墙上。建国骂道："李海，你这个浑蛋！这一拳，我是替吴婷揍的！"李海呆住。建国又一拳打上来："这一拳，我们再不是朋友！"李海重重倒在地上。建国转身走了。

晓菲在街头快步走着，风中发丝蓬乱，但晓菲的心更乱。终于，她支撑不住，抱着一棵树，停了下来。晓菲看着熙来攘往的街头，不知所措。回到家的李海站在阳台，也在仰望夜空。他摸出手机，拨通了电话。

吴婷接起电话："海子，你还没睡？"

"是。"

"今天怎么样？"

"还好。"

吴婷听出李海声音有些不对，问："海子，你是不是有什么事儿？"

李海掩饰着："没什么，就想跟你说说话。"
"你的语气听上去不对劲儿。"
"没什么，跟建国闹得有点不愉快。"
"你们俩这么多年朋友了，还有什么事能让你们俩不愉快？"
"小事，你就别操心了。"
"海子，建国虽然说话不太注意，但是个好人；你呢，有的时候不知道控制自己的脾气。有个知根知底的朋友不容易，有的时候，你能让着他，就让点儿。"
"嗯。"李海沉默片刻："婷婷，我……我……"
吴婷一怔："你想说什么？"
"婷婷，你回来吧。"
"怎么突然又要我回去？"
"我……我……我爱你。"李海结巴着。
李海说得干巴巴的，但是吴婷一怔，随即一笑，她低声说："好多年都没听你说这句话了。"
李海说："其实我……"
吴婷浓情蜜意地说："我知道，你嘴上不说，但都在心里。是不是？"
李海勉强地回答道："是。"
"海子，再等一等吧，这段时间我确实不能走，要不，你过来？"
"现在楼市不好，叠峰阁三期又要开盘了，我哪里走得了？"
"那暂时只有这样了。"
吴婷挂了电话，表情中是少有的甜蜜。李海也挂了电话，望着天空，表情焦躁。

晓菲在电脑前忙碌着。马超放下几盒磁带："这是李海专访的素材，这是李海和业主代表见面的资料，这是李海去工地的镜头……"晓菲看过之后，问："怎么都是李海。"马超回头说："我们这节目叫'澄海时间'，澄海的董事长当然领衔主演。"听完马超的话后，晓菲思考片刻，起身去寇吕的办公室。晓菲推门就进："寇姐。"寇吕头也不抬："说。"
"你换个人来做'澄海时间'吧。"
"为什么？"
"我……我……我怕自己不能再保持客观的立场。"
"你一直做得很不错。"
"但是……最近我有点控制不住自己。"
"我也正想跟你谈谈这事。你那天在论坛上的发言，的确有很重的个人情绪。你可以谈对楼市的看法，但不应该对开发商个人进行质疑。"
晓菲暗暗放松一点了。
"我知道你一直对李海有看法，但你并没有把这种情绪带入节目，做得很好。"

不过，有的时候，你也要宽容一点，要多看别人的优点，比如李海，他热心公益，有责任有担当……"

晓菲心中一紧："寇姐，你别说了。"

寇吕很是惊讶。

"我……我不想再做'澄海时间'了。"

"那我考虑一下。"

自从那天李海被建国打倒在地后，这两个老搭档已经很长时间没有见过面了。这么多年的关系不是这么容易说断就断的。李海没有敲门直接进到建国的办公室，建国看到李海，把脸扭过去。李海直接说："你不接我电话，不回我短信，我就只有自己跑一趟了。"建国没好气地说："我跟你没什么好说的。"李海放下一张支票。

"什么？"

"你不是有笔贷款马上要到期吗？"

建国取过支票，眼神中闪过一丝感激，开口道："吴婷怎么办？"李海一怔："这是我的私事。"建国拍着桌子："在媛媛那件事后，你答应过我，从今以后再不干这种蠢事了！现在怎么又冒出一个赵晓菲来？李海，你以前说的话都是放屁呀！"李海低下头去。

建国说："上次那个论坛，算我栽了！但是你得跟赵晓菲断绝所有来往！"李海想都没想就说："我做不到。"

"为什么做不到？你跟媛媛不是都断得一干二净吗？"

"她不一样。"

"都是女人，有什么不一样？再说，她还没媛媛漂亮呢！"

李海吼着，敲着自己的胸口："这不是漂亮不漂亮的问题！是这儿的问题！"

"什么问题？"

"我看见她的时候，我的心会痛！"

李海眼中已经有隐隐的泪水。建国愣住，然后以更大的声音吼了回去："你只知道你痛，你想过吴婷没有？吴婷如果知道，她的心难道就不痛？"李海呆住，一下瘫坐在椅子上。建国逼近："海子，听我一句话，把赵晓菲忘了。"李海看着建国："我也想，但是我做不到。"建国抓住李海，咬牙切齿地喊："你一定要做到！"李海无助地说："我真的不知道。"建国放开李海，眼中是深深的担忧。

一个咖啡馆里，马林向晓菲讲解着他的方案："……我准备用一场婚礼秀作为叠峰阁三期的亮相活动，婚礼秀的电视报道部分打算交给你，这也和'澄海时间'改版后的风格一致。"

晓菲毫无生气地说："马林，还是换一个编导吧。"

"为什么？"

"我已经跟寇姐提出,我退出'澄海时间'。"
"做得好好的,干吗退出呢?"
"因为我自己的原因吧。"
"方便说吗?"
晓菲掩饰着:"就是累了。"
马林惋惜地看着晓菲。

周兴与老陈又在茶馆聚头了。只见老陈正在跟周兴透露着:"李海现在的重心在叠峰阁三期的亮相上。"周兴一下子来了精神:"好啊,我马上开超洋花园二期,再跟他干一把!他什么时候开?准备开多少?"老陈摇头:"不知道,我现在都不算公司高管,很多会议没有资格开。"周兴说:"你以前也不是公司高管,还不是一样拿到了李海的规划方案。"老陈无奈地说:"现在这些资料都在马林的电脑里,我没他密码。"周兴紧皱眉头。"对了,周总,你上次不是说在李海与吴婷的关系上做点文章吗,有效果吗?"老陈问。周兴摇头说:"照片我已经发给吴婷了,但是没有任何效果。"老陈也是一脸纳闷:"难道吴婷不管李海?"周兴说:"也许是想管,但离得太远,管不了。不过,我还听到一个说法,那个赵晓菲和李海根本就不是那么回事。"
"哦。"
"这事先放一放,你还是密切监视李海。"
"周总,我还是想尽快离开澄海,身在曹营心在汉的滋味不好受。"
周兴却拍着老陈的肩膀:"你在曹营比在汉营能发挥更大的作用。"

马林敲敲李海的办公室门走了进去说:"海总,选秀活动所有的细节都确认了,唯一有个遗憾……"
"什么?"
"晓菲说她不想再做'澄海时间',所以我们的活动她不参加。"
"为什么?"
"她说是私人原因。"
李海想着。
"晓菲有激情又有感染力,她来报道最合适不过。"
"我跟她谈谈吧。"

经过与英子的交战之后,吴婷似乎也明白了很多道理。管得越多,似乎得到的效果越不好。算了,不管了。吴婷边想边开车。今天跟佩佩她们约好聚会。
佩佩与小雅、吴婷交谈着。
吴婷问:"你们试过在加拿大买房出租吗?"
小雅说:"我没试过,不过听说这生意好做,特别是那么多中国移民涌进来,房子特别好租。"

佩佩说："我有个朋友在做，听说还赚了不少。"

小雅问吴婷："怎么，你想试试？"

吴婷笑笑说："有个朋友推荐了一套房子，看上去还不错。"

小雅点点头说："你要有余钱，我觉得可以投资。"

佩佩"嗨"了一声："算了吧，那钱怎么赚都是小钱，吴姐看不上的。"

吴婷说："瞧你说的。对了，苏珊怎么到现在都还没到？"

小雅神色神秘地说："她今天可能不会来了，听说她老公回来了。"

佩佩说："好羡慕她。"

三个女人同时叹了一口气。

苏珊走过来说："你们都先到了。"佩佩很惊讶地看着她："还以为你今天不来了呢。"吴婷注意到苏珊的眼睛上一团青肿，问："你眼睛怎么了？"苏珊支吾着："昨晚上碰的。"小雅也关心地问："怎么碰到那儿？"佩佩哈哈大笑说："恐怕不是碰的，是折腾的吧。"小雅不解地问："折腾什么？"佩佩说："苏珊她老公不是刚回来吗？哈哈哈，小别胜新婚，是不是，苏珊？"苏珊苦涩地一笑。吴婷敏锐地注意到了。

黄蓉正在做饭，卫东打着下手。黄蓉问他："房子的事，吴姐回话没？"卫东说："这才两天时间，哪里有那么快？"黄蓉说："回头你催催吴姐啊。"卫东有一搭没一搭地说："行了，我知道了。"

苏珊去完洗手间正在洗手。吴婷走出来愣住了，她看到苏珊露出来的手腕上也是伤痕。苏珊发觉了吴婷的眼神，连忙遮住，吴婷抓住她的手，心痛地问："苏珊，这是怎么回事？"

苏珊一脸委屈："没什么。"吴婷紧张地问："你脸上的伤，也不是碰的吧？"苏珊沉默。

"是谁？谁干的？"

苏珊轻轻挣脱："是我自己不小心。"

吴婷坚持："苏珊，告诉我。"苏珊摇头。

"到底怎么回事？"

苏珊请求："别问了，求求你。"

吴婷想了想："苏珊，我可以不追问，但是……但是……"

苏珊赶忙说："都是小事，过两天就没事了。"

吴婷疑惑。

"也别告诉她们。求你了。"

看着苏珊恳求的眼神，吴婷只得点点头："苏珊，如果你需要帮助，一定要第一时间告诉我！"

苏珊点点头。

晓菲走进健身房，突然她站住了，李海拦在身前。晓菲左右看看，想另寻他路。李海说："晓菲，我一直在这儿等你。"晓菲一愣。李海直奔主题："你不想再做'澄海时间'，是不是因为我？"晓菲很轻很轻地点了点头。李海诚恳地说："晓菲，对不起，那天我一时冲动，口不择言，给你带来了许多困扰。但是这种情况以后不会再发生了。以后在你面前，我再不会多说一个字，而且有你的场合，我也会尽量回避，包括这里，我能不来，就尽量不来。"

"你不必。"

李海叹息一声："我应该克制自己，不管是为你，还是为我自己。"晓菲想说什么，却没有开口。

"以后马林会全权代表我，所有的采访，你跟马林联络。"晓菲沉默。

"请你不要退出'澄海时间'。"

李海微微欠身，离去。晓菲这才抬头，看着他的背影。晓菲从健身房出来，把车开出小区，一辆牌照被蓄意遮挡的面包车跟了上去。晓菲的车拐进电视台，跟踪的车辆也在电视台门口停下，晓菲毫无察觉。

娜娜推着一大堆行李走出机场。吴婷和英子等待着。英子跳起来："娜娜！"娜娜也看见了英子，使劲挥手。吴婷开车，英子与娜娜在后排。娜娜正在学刘英和周兴吵架："……你就是个畜生，只不过碰巧长得像人。……你该吃痔疮药了，你的口蹄疫又犯了。……你是人渣中的极品……你是禽兽中的冠军……"娜娜学得惟妙惟肖，英子听得咯咯笑。娜娜说："他们俩天天吵架，极大地丰富了我的词汇量和想象力，所以我的作文总得90分。"吴婷看着娜娜，觉得十分心疼："娜娜，别说了，阿姨听得好心痛。"娜娜说："阿姨，没事，还有比这更精彩的呢，我早就百毒不侵了。"英子也十分兴奋："还有更精彩的？讲来听听。"娜娜接着讲："有天我爸回家，我妈看都不看他一眼，就像没这个人。等我爸进了厕所，我妈飞身扑到厕所门口偷听；等我爸出来，说时迟那时快，我妈立刻闪身，若无其事，仿佛什么都没发生。"

吴婷感到很奇怪："你妈干吗要偷听你爸上厕所？"娜娜说："因为我爸总躲在厕所里给'小三'儿打电话，我妈要收集证据。"吴婷摇头不信。娜娜说："一次，他们还惊动了警察。"英子感慨："这场面大了。"娜娜说："是啊。我妈偷了我爸公司的资料，我爸报警，说家里来贼了，我妈不甘示弱，也报警，说发生家庭暴力了！警灯闪烁，警笛长鸣，两拨警察同时赶到，邻居们连新闻联播都不看了，全趴窗口上看我们家。"吴婷生气地说："他们俩真是……为了你，也不应该闹成这样。"娜娜无所谓地说："阿姨，我都习惯了。"

吴婷问："他们俩还是因为财产闹？"娜娜说："前两年是因为外面的女人，这两年就是为钱。"吴婷说："按理说，你爸那么多钱，应该不在乎啊！"娜娜老气横秋地说："阿姨，你可说错了。这男人如果喜欢你的时候，你要拿他的肾炒腰花儿他都愿意；但要他想扔掉你的时候，你找他要一毛钱，他都跟割他的肉一样。"吴婷皱眉："谁说的？"娜娜说："我妈说的，她还说她现在最后悔的就是当初我爸还没变的时候，没有多给自己置点房产，不然现在也不会这么被动……"吴婷的眉头皱得更紧了。

到了家，吴婷、英子、娜娜合力将娜娜的行李放好。吴婷说："娜娜，你先休息一下，后天我带你去学校。"

娜娜懂事地说："谢谢阿姨。"

"以后这间房就是你的了，放假的时候，你就过来住。"

英子提议："走，我带你去看海。"娜娜立刻扔下手中的东西："好啊。"吴婷笑了笑，开始收拾娜娜扔下的行李。

这时，电话响了，吴婷一看是卫东打来的。卫东说："吴姐，我是卫东，我就问问你，房子的事你和李哥商量没有？"

"已经商量过了。"

"李哥怎么说？"

"李哥觉得投资的意义不大。"

卫东很是失望："哦，那就算了吧。"

吴婷的目光落在娜娜带来的娜娜和刘英的合影照片上，沉思片刻，突然叫了声："卫东。"

"什么？"

"这样吧，我自己的账户上有点钱，我用这笔钱来买吧，不够的金额麻烦你帮我办贷款。"

卫东喜出望外："太好了，谢谢你，吴姐！"

"没事。"

"那我马上帮你办手续。"

"麻烦你了。"

卫东放下电话，神色兴奋。黄蓉一直在旁边关注，看到卫东的表情她高兴地问："那房子她要了？"卫东点点头："吴姐真是好人，李哥都不同意，但人家吴姐决定用私房钱买。"黄蓉喃喃："她私房钱可真多，够买一套房子，我的私房钱只够买一支口红。"卫东说："你别叽叽咕咕了，这回你总该对吴姐的人品服气了吧。以后，我们只有一心一意对吴姐好，才对得起人家对我们的这片心。"

"我对她也一直挺尊重的。"

"再给你那表妹打个电话，就说她要敢对吴姐不利，表姐表姐夫在加拿大都饶不了她。"

黄蓉不耐烦地说："行了，我知道了。"

晓菲考虑了一下李海的建议，还是决定接手"澄海时间"。晓菲李海来到走廊上，隔着百叶帘，默默地注视着晓菲。虽然被晓菲采访的对象不是他，是马林，但能在这么近的距离默默看着晓菲也很满足了。采访终于结束了。马林问："够了吗?"晓菲收回话筒说:"够了,谢谢。"突然晓菲感觉到什么,扭头看着玻璃外。会议室明亮而走廊昏暗,晓菲什么都看不见,但是她就那样看着,仿佛知道李海就在那里。

走廊上的李海,仿佛正在被晓菲的目光灼烧,他转头离去。晓菲感觉到了李海的离去,转回头来,看到的却是马林探究的目光。马林问她:"你最近怎么魂不守舍的?"晓菲掩饰着:"可能……可能累了吧。"

很快,卫东将一沓文件送到吴婷面前:"吴姐,你在这里签字。"吴婷依言,在文件上签下自己的名字。卫东说:"等贷款手续办完,你就可以收房了。"吴婷请求卫东:"卫东,房子的事,能不能请你帮我暂时保密?"

"什么?"

吴婷说:"你也知道,这是我瞒着李海做的决定,我想等这房子有了收益,再告诉他。"卫东点头说:"没问题。"

李海收拾一下心情,想起上次跟吴婷的通话。李海边开着车,边打着电话:"小李,你妈说你交男朋友了。"英子一听,立马说:"我妈真八卦。"

"那男孩子怎么样?"

"老李,你放心吧,小李是有眼光的。"

"这事呢,我不反对,不过有个要求。"

"你说。"

"有任何情况都要跟你妈汇报。"

"我知道。"

"还有,不能做超出你年龄的事情。"

"行了行了,你现在比吴婷还啰唆。彼得接我上学了,挂了。"英子挂了电话。

李海喃喃:"唉——有了男朋友就忘了老爸了。"

李海收起手机,开了音响,《布列瑟农》的音乐传出。路口红灯,车停下。红灯变成绿灯,李海迟疑着。后面的车狂按喇叭,李海终于选择了一个方向。李海的车不知不觉地,停在了晓菲的楼下。他在车里抬头仰望,晓菲的房间黑暗一片。远远地,车灯晃过,晓菲的车驶来,李海连忙将自己的车退到角落里。晓菲停下车走了下来,李海正要开走。突然,一辆跟踪的面包车开来,一个急刹,拦在晓菲的面前。晓菲诧异,面包车门开了,车上下来两个大汉,向晓菲扑来。晓菲只惊叫了一声——啊!就被两人捂住嘴,架上车去。面包车急速开走,李海大吃一惊,一踩油门,不顾自己的安危,将车横在街中,面包车猛地被逼停。正在车上挣扎的晓菲猝不及防,额头撞在前椅上,晕了过去。

李海冲下车,一把拉开面包车的车门,大吼:"你们想干什么?"面包车上的人弃车而逃。李海想拦,对方人多,李海却面无惧色,揪住其中一人。那人的衣衫被扯破,掉下一样东西。李海更紧地抓住对方问:"你们是什么人?"

那人拿出什么东西，回身一刺，李海手臂中刀，被迫放手。三个歹徒狂奔而去。李海手臂流血，他无暇顾及，冲到面包车前，看到晓菲躺在车中。李海抱起晓菲，呼唤着，摇晃着："晓菲！晓菲！"

晓菲慢慢地醒来，看着李海，一时间不知道发生了什么。李海问："你没事吧？"晓菲突然一把抱住李海，哭出声来："李海！"李海轻轻拍着晓菲的背安慰道："没事了！那些人已经跑了！晓菲，没事了！"晓菲哭着："李海，别离开我！"李海浑身一震："我不会离开你。"晓菲更紧地抱住了李海："永远不要离开我！"李海将晓菲推开一点，看着晓菲，突然明了了晓菲的心意。李海再次将晓菲紧紧拥入怀中，轻声说："我永远不会离开你！"

周围有人闻讯慢慢围了过来。有人拿起手机开始报警。突然，地上的一个手机响了，李海放开晓菲，走过去，拾起手机，屏幕上显示的号码让李海脸色大变。

在派出所里，晓菲仍然瑟瑟发抖，李海把衣服搭在晓菲的肩上。当民警询问晓菲觉得会是什么人干的？晓菲摇摇头表示不知道。

李海在一旁紧紧咬着牙。晓菲与李海在笔录后签下名字。民警送他们走出派出所："如果想起什么，给我打电话。"民警递上名片，李海收下。民警指着李海的胳膊："要不要我们送你去医院？"李海摇头："没事，我能开车。"晓菲说："我来开车吧，你得去医院包扎一下。"李海坚定地看着前方说："不，我要去见一个人。"晓菲问："谁？"李海没有回答。

李海几乎是撞门而入，建国刚刚放下电话，看到李海，表情焦虑不安。李海直接问："是你干的？"建国愣住。

"是你！"

建国看向别处："我干什么？"

"你派人绑架晓菲！"

建国一愣，随即强词："李海，你是不是也被那个女人传染了？到处咬人！"

李海将那手机拍到办公桌上："这是从绑架晓菲的人身上掉下来的。要不要我把最后一个未接电话调出来？"建国愣住。

李海不屑地问："就因为她搅了你的论坛，你就这样？"

建国愤然："我那点破事算什么？我这是为吴婷！"

李海愣住："吴婷？"

"我只想找人给她一个警告！叫她离开你！"

"你要做什么冲我来，你伤害晓菲做什么？"

"我劝不了你，我只有在她身上下手！"

"建国，我警告你，如果你再敢对晓菲不利，我一定对你不客气！"

建国痛心地说："李海，这个女人是个祸水！你还没发现吗？自从她出现后，我的生意没法做了，我们的兄弟感情也没了，连带吴婷也要被她伤害！"李海一愣。建国几乎声泪俱下："李海，你必须得悬崖勒马啊！"

"我的事，不要你管！"

建国说："我不是管你，我要管吴婷。"

李海头也没回地说："吴婷是我的老婆，跟你没关系！"建国一怔，想说什么，又忍了。李海离去，到门口，又回头："手机的事，我没跟警察说，但是我估计警察很快就会找到这里来，你早做打算吧。"建国呆呆地注视着桌上的手机。

李海走出建国的办公室，看到晓菲在车前，他向晓菲走去。

晓菲问："是他吗？"

李海点头。

"他为什么要这么干？"

李海沉默。

"就为了那个论坛？"

李海摇头，低声："他是为了吴婷。他想阻止我们在一起。"

晓菲呆住。

这时，建国出现在李海身后，整个人憔悴了许多。晓菲与李海看着他。建国说："我现在去自首。"说完，打开旁边一辆车的车门，上车急速开走了。看着远去的建国的车，晓菲吩咐李海："上车。"

建国来到派出所，下车径直向着值班民警走去："警官，你好，我是来……"晓菲的声音抢过了建国的话头："我们来销案。"建国惊讶回头，晓菲与李海走进了大厅。晓菲来到民警前："警官，刚才的事情是一场误会。"民警不满地说："绑架案怎么又变成误会了。"晓菲陪着笑："不是什么绑架案，是几个朋友跟我开玩笑，本来想给我一个惊喜，结果把我吓了一跳，就闹成这样啊！"民警板着脸："这种事哪儿能开玩笑？"

"真的，警官，刚才我被吓糊涂了，给你添麻烦了。"

民警将信将疑地瞪着晓菲。晓菲继续陪着笑："警官，真的什么事都没有。"民警瞪着李海："你不是说那些人还用刀伤了你吗？"李海也连忙堆满笑容："我也吓糊涂了，是我自己在车上挂伤的。"民警教训着："我警告你们，法律是威严的，岂能随便儿戏。"

"我知道，我知道。对不起，对不起。以后我们一定注意。"

李海附和着："就是，就是。"

建国在旁边看着，不知道是什么滋味。

三人走出派出所，都心情沉重地拖着步子。走到车前，三个人同时停住脚步。建国抬头，看着晓菲说："对不起。"李海不等晓菲说话："建国，这次是晓菲放你一马，下次你不能再干蠢事了。"建国低声说："谢谢。"晓菲说："你不用谢我，我这么做，是因为你是李海最好的朋友。"建国点点头，对李海说："海子，你的手？"李海说："没事。"

建国拱拱手，转头离去，走了两步，不甘心地回头："尽管你们俩放我一马，可我还是要说，你们俩不能好！"李海与晓菲对看一眼。

李海不顾一切地说，几乎是喊："建国，你到现在还不明白吗？晓菲她值得我去爱。"建国却说："这不是值得不值得，而是你没资格！"李海语塞。建国转头对晓菲说："赵晓菲，你是个聪明女人，你应该明白，我这么做也是为你好。"晓菲沉默。

等建国开车离去，李海与晓菲对望着，仿佛有千言万语。晓菲先开口："他说的是对的，是不是？"

李海轻轻点点头："是。"

晓菲心有不舍："那我们……"

李海不言语。

晓菲似乎用尽全身力气："再见。"

李海轻声："再见。"

晓菲转身，李海转身，两人朝着相反的方向离去。突然，晓菲停下了脚步，仿佛有感应，李海也停下了脚步。猛地，两人同时转身。晓菲已经泪流满面："但是我已经爱上了你。"李海也动容地说："我也爱上了你。"

晓菲轻声："怎么办？"

李海想了想，向前走了一步："晓菲，我也不知道这段感情的结果是什么，但是我愿意和你一起走下去。"晓菲进了一步："走到哪儿？"

"我也不知道。"

"也许我们会走投无路。"

李海向前再走一步："如果真有那么一天，我也不后悔。只要能跟你在一起，哪怕只有几天、几个钟头、几秒钟，也是我这辈子最宝贵的一段。"晓菲感动地看着李海。李海问："你愿意和我一起走下去吗？"晓菲终于轻轻地点头，加快几步。李海紧紧拥住了晓菲。

建国想想昨天的事，是自己做得不对，但再想想李海和晓菲的事，他还是忍不住给吴婷打了个电话："吴婷，你得赶快回来一趟。"

吴婷问："怎么了？"

"你别问了，反正赶快回来。"

吴婷笑了："建国，我都知道了。"

"你都知道啦？你还笑得出来？"

"海子那天跟我提了一句。"

"他还敢跟你提？他也太……太……太不把人放在眼里了。"

"建国，海子有的时候脾气不好，但是对你，倒真是一直把你当好朋友好兄弟。如果他有得罪你的地方，你看在我的面子上，别跟他一般见识。我回头给你道歉，我也再说说他。"吴英解释着。

"吴婷，你到底在说什么事？"

吴婷反问："你和海子最近不是有点小矛盾吗？"

建国一下明白了："唉——我和他都是其次，关键是……"建国觉得难以启齿。

"这样吧，建国，要不等英子放假，我带她一起回来看你；或者你和海子一起到加拿大来，我亲自做菜，给你赔礼道歉。"

"你都不知道什么事，你赔什么礼呀！"

"不管什么事，我这个小妹肯定都站在你这个大哥这边，一定都是海子不对。"

"这么说，你肯定不会回来？"

"这几个月，暂时没这个打算。"

建国泄气地说："那行吧。"

"那就这样了，建国，别生海子的气了啊。"

建国说："我不生他的气。"

建国放下电话，喃喃："我生我自己的气。"

建国无奈地一拳砸在自己胸口。

李海带着晓菲走进一家会所，里面金碧辉煌，晓菲看得目眩神迷。李海介绍着："……这些装饰条都是24K黄金镶嵌……据说这些都是古董，都是真的……今天我点的厨师以前给美国总统做过菜……"晓菲问："你为什么带我来这么豪华的地方？"

"因为这是我们的第一次约会。"

晓菲停住脚："我带你去另外一个地方吧。"也许建国的举动给了晓菲和李海一个在一起更好的理由。冥冥中，建国算是成全了他们。

晓菲与李海下了车。李海很是迷惑："这是什么地方？"晓菲一笑："你很快就会知道。"晓菲轻车熟路地走进学校，李海跟在后面，好奇地东张西望。村长拎了根铁棍，从办公室出来："晓菲。"晓菲喊道："村长。你看我把谁带来了？"村长高兴地说："李总！欢迎欢迎！李总，你来得正好，请你视察一下我们的免费午餐工程。"李海也很惊喜："我们的捐款都资助了这里的孩子？"晓菲说："上次募集的资金一共资助了二十所学校，这是其中之一。"村长上前拉起李海的手："李总，你是大善人啊！办了一件大好事啊！"

李海笑了笑。

晓菲看看表："该放学了吧。"

村长说："我不正要敲钟吗。"

村长来到树下的一块铁皮前，叮叮当当敲响。教室里一下蹿出了许多孩子。发现校园里来了陌生人，孩子们围过来，好奇地看着。突然一声尖叫："晓菲姐姐！"只见妞妞飞扑过来，扑进晓菲怀里。另外几个到过电视台的孩子也认出了李海,叫着:"李叔叔!李叔叔!"有几个胆大的孩子,干脆挂在了李海身上。李海呵呵笑着。村长哄着孩子们:"去去去,快去分饭了!——别玩了!——吃饭了!——吃了饭再出来玩。"孩子们渐渐散开去。

村长问晓菲:"就在这吃。"晓菲看着远去的孩子回答:"好啊。"

晓菲转头问李海:"你在这儿等着。"

各班值班的孩子六个人一组,从厨房里抬出一盆饭,两盆菜。有的班级放在乒乓球台上,有的班级放在窗台上,有的班级放在台阶上。其余的孩子早已经端着空碗排好了队,值日生开始分饭。李海饶有兴趣地看着。

晓菲端着两碗饭菜走过来:"给,你的。"

李海一看——白饭上,一勺豆腐炒肉,一勺白菜。李海接过说:"我还真饿了。"晓菲笑笑说:"管饱。"两人坐在花坛边上,边吃边聊。

晓菲问:"味道怎么样?"

李海说:"说句老实话,味道真的很一般,不过热量和营养还是够了。"

晓菲说:"这顿饭的成本就三块钱,但是在我们做免费午餐工程之前,很多孩子连这样一顿简单的饭都吃不上。"

村长从厨房走出,一边擦着手,一边对着操场上的孩子们喊着:"孩子们,你们今天能吃上这热腾腾香喷喷的饭,还不要家里出钱,知道要感谢谁吗?"

孩子们齐声:"不——知——道!"

村长说:"要感谢那个李叔叔!是李叔叔拿钱出来,给大家买米买油买菜买肉,大家才有饭吃的,我们一起谢谢李叔叔,好不好?"

孩子们:"好——"

孩子们齐齐地转过身来,看着李海。

李海从来没见过这样的场面,他一下站起来,显得有些手足无措。

有孩子像在课堂上值日一样,大喊一声:"敬礼!"

操场上一百多名孩子,齐刷刷地鞠躬,整齐地喊着:"谢——谢——李——叔——叔——"

李海连忙放下饭碗,深深地鞠躬:"孩子们,我要谢谢你们。我……我……我做得太不够了!"

村长说:"好了好了,大家吃饭!"

孩子们又开始刨饭。

妞妞端着饭挨过来,她特地将自己碗里的一块肉,夹到李海碗里:"李叔叔,你吃。"李海愣住,连忙说:"妞妞,不用,你自己吃,叔叔这有。"妞妞执拗地说:"这块肉好大!叔叔,你吃。"晓菲说:"你就吃了吧,这是妞妞的一片心。"李海点点头,郑重地接过来:"谢谢妞妞。"妞妞不好意思地一笑,跑开了。李海将那片肉放进嘴里,慢慢嚼着。晓菲颇有深意地说:"李海,这顿饭,应该比你吃的那些盛宴更舒心吧。"李海深深地点点头。

晓菲挽着袖子，利落地洗着炒菜的锅与勺，李海在旁边打着下手。李海问："你经常来？"晓菲说："有空的时候一个月来一次，忙起来，两个月来一次。"李海有些疑惑："每次来都做什么呢？"晓菲笑笑说："来看看妞妞，跟孩子们玩一玩，跟村长聊聊天，看孩子们还缺什么，就回枣阳去张罗。"

"你为这个学校付出了很多吧。"

"我有付出，但我得到的更多。"

"哦？"

晓菲说："平常，总有这样那样不如意的事儿，但是只要到了这里，看着他们的笑脸，听到他们的叫声，所有的烦恼失意都没有了。这里就像一个熨衣板，可以把我心灵上的褶皱一一熨平。"说着晓菲已经将厨房收拾完毕。

晓菲放着袖子，一边走出门去，一边叫着："老鹰捉小鸡，谁来？"操场上的孩子们发出一阵欢呼。李海走出厨房，晓菲身后已经排了长长一串"小鸡"。晓菲叉着腰，下着战书："来呀，老鹰，来捉我的小鸡。"李海突然童心大起："可以啊，不得先得谈好条件，如果我捉住一只小鸡，你用什么换？"

晓菲想了想："我请你喝咖啡。"

李海压低声音："不，一只小鸡一个吻。"

晓菲的脸一下红了。

突然李海的手机铃声响起，李海一看，脸色微变，是吴婷打来的。李海看了一眼晓菲，不知道该接还是不该接。

晓菲诧异："你接呀。"

李海轻声："吴婷。"

晓菲一怔，她转身走开："你接吧。"

李海接起了电话。

吴婷问："海子，在做什么呢？"

李海看晓菲已经走远，才放开声音："呃，在公司呢，你呢？"

"我都上床了。"

李海匆忙地说："那你快睡吧。"

"你别着急挂，我还不困，跟你说几句话。"

李海看着晓菲已经上了车："那你说吧。"

"建国前两天给我打了一个电话。"

李海一下紧张起来："他说什么了？"

"也没说什么，不过我感觉得出来，他情绪也很不好，你们俩到底为什么事啊？"

李海稍稍松了一口气，支吾着："也没什么，就是公司里的事。"

吴婷说："要不你把建国约出来，请他吃个饭，你们俩都这么多年了，风风雨雨都经历了，还有什么解不开的？"

"我知道了。"

吴婷迟疑了一下:"海子,那句话,我想再听你说一遍。"
李海诧异:"哪句话?"
吴婷说:"就是……就是上次你说过的那句。"
李海明白,却犹豫:"婷婷,我马上要开会了。"
吴婷失望地说:"那你快去吧,我也该睡了。"
李海说:"再见。"

十三

  李海下车接一个电话,电话是他妻子吴婷打来的。晓菲独自一个人坐在车里,晓菲靠着椅背静静地听着汽车的音响里传出的《布列瑟农》,神情忧伤而失落。
  突然,晓菲感觉到李海的目光,她转头,淡淡一笑,说道:"电话打完了。"李海牵起晓菲的手说道:"对不起……"晓菲轻轻地说:"什么都别说,我懂。"李海无言以对。马修的歌声在两人之间萦绕:"虽然,火车将带走我的人,但我的心,却不会片刻相离。哦,我的心不会片刻相离。看着身边白云浮掠,日落月升。我将星辰抛在身后,让他们点亮你的天空……"两人静静地听着。

  在加拿大的一所洋房内,薇薇安将一串钥匙交给黄蓉:"海伦,这房子属于你了。"黄蓉激动地接过钥匙,说道:"谢谢亲爱的。"
  薇薇安说:"我的所有工作结束了,祝你们在这里住得愉快。"
  黄蓉又连声说道:"谢谢,谢谢。"待薇薇安离去后,黄蓉激动地说:"老公,我们终于在加拿大有大房子了。"卫东环顾四周,说道:"我觉得好像在做梦。"
  卫东说:"这离别墅还差得远。"黄蓉说:"但我们一定会买别墅的,而且要买,就买一个和吴婷一样大的别墅!"
  卫东不安地说道:"黄蓉啊,我真有点担心,万一我的收入要有点闪失,这房子可就不属于我们了。"黄蓉说:"没事,有我呢。"

  黄蓉在洋房的阳台上挂上一个写着"For Rent"的牌子。
  她问卫东:"醒目吗?"
  卫东:"很醒目。"
  黄蓉满意地说道:"只等客人上门了。"
  卫东有些担忧地说道:"黄蓉,我们这样做,会不会出事?"
  "能出什么事?"
  "按照规矩,我们应该先去楼宇审批部门申报,拿了许可证才能改建房子。建完之后,还得去保险公司投保。"

"我都打听过了，这些办完，再加什么烟雾探测器，什么防火门，没有两千，根本拿不下来。"

"两千就两千吧，花钱买个平安。"

"你想得太简单了，就算你花了钱，但市政府的人三番五次来检查，起码也得耽误三个月。"

"三个月就三个月吧。"

黄蓉颇不以为然地说道："你知道三个月意味着多少钱吗？我们楼上可以租给两家人，一个月就是一千二；车库可以租给两个单身学生，就是八百；三个月就是六千！"

卫东犹豫了一下："但我们这样做，可是非法的。"

"你别那么老实，我们自己关起门来做生意，没人管的。"

卫东勉强地同意了："那好吧。"

黄蓉感慨道："我们在加拿大的苦日子，终于到头了。"

在一家餐厅的包间里，李海正在焦急地等待着晓菲的到来。这时晓菲推开门出现门口。李海迫不及待地将晓菲拉进屋里，关门，两人对望，李海一把将晓菲拥入怀里。

良久，李海才松开晓菲。

"我有礼物要给你。"

"我也有一样礼物要给你。"晓菲从包里拿出一个 U 盘递给李海。

李海问道："这是什么？"

晓菲故作神秘地说："你回去看了就知道了。"

李海拿出一个信封，递给晓菲。说道："看看我给你的礼物。"

晓菲拆开信封，里面是两张机票。

李海望着晓菲："我们先到上海，然后转乘国际航班到慕尼黑，再从慕尼黑坐车到布列瑟农。"

晓菲惊喜地说："真的……"

李海说："我把手上的工作全部安排妥当，我们正好有五天空档。"

晓菲有些犹豫："可是我手上还有工作呢……"

李海霸道地说："找寇旅请假，现在，立刻，马上。"晓菲看着李海。李海又说："我们一定要去一次布列瑟农。"晓菲想了想，摸出手机，正要拨号，这时李海的手机响了。李海向晓菲比了一个噤声的手势，晓菲的笑容慢慢消失了。

李海接起电话："婷婷。"晓菲悄悄退到了包间的阳台上。

吴婷的声音很兴奋："海子，你机票订了吗？"

李海一脸的诧异："你说什么？"

"你忘了下周什么日子？"

李海茫然地问道："什么日子？"

吴婷娇嗔地说:"下周三是我们结婚十八周年啊!"李海如梦初醒。
"海子,这么重要的日子你怎么能忘呢?"
李海强笑:"婷婷,我跟你开玩笑呢。"
"那就好,我还真怕你忘了呢。"
"我马上就订票。"
"我真想你现在就回来。"
李海言不由衷地说:"我也是。"

餐厅包间阳台上,晓菲望着远处,伤感而迷茫。李海收了手机,走出来。晓菲连忙换上笑容,转头问道:"可以开饭了吗?我已经饿得想吃人了。"李海愧疚地说:"晓菲,对不起。""接个电话,都要说对不起,你也太客气了。""我们的布列瑟农之旅恐怕要延期了。"
"怎么了?"
"我下礼拜要去一趟加拿大。"
沉默了很久,晓菲说:"没问题。"

在加拿大温哥华机场,吴婷焦急地等待着,终于李海拖着行李走了出来。
吴婷激动地摇着手:"海子——"
李海朝吴婷走来,还有两三步远,吴婷便猛扑入李海怀里。李海愣了两三秒,才慢慢伸开双臂,围住吴婷。
车里,吴婷问道:"这一路还顺利?"
李海的情绪并不高:"还好。"
"你好像瘦了?"
"体重还是那样。"
"爸爸呢?有没有好转?"
"老样子。"
"我爸我妈呢?"
"还是老样子。"
"海子,你怎么了?"
李海掩饰着,说道:"时差。"
吴婷理解地笑了笑,伸出手,握住李海的手。李海显得有点被动,他拍拍吴婷的手,然后轻轻抽回:"专心开车。"
吴婷笑了笑,转头用心开车。
很快,他们就到了加拿大的海边别墅。
英子一声尖叫:"老李——"
李海兴奋地叫:"小李——"
英子扑入李海怀里,父女俩抱在一起。

"长了一头啊！齐我肩膀了！"

"在班里还是最矮的。"

"没事，慢慢长。给——"

李海从随身的包里，拿出熊猫玩偶："最新出的。"

英子惊喜地接过，抱在怀里："谢谢老李。"

吴婷走过来："听说你要回来，英子也兴奋得不得了，昨晚上都没睡好。"

英子说："你不也一样。爸，我妈今天五点就起来了，描眉毛画嘴唇搞了两个小时。"

吴婷说："我没有。"

英子说："你有。"

李海看了吴婷一眼，这才注意到，吴婷精心修饰过。

吴婷说："你干吗这么看着我？"

李海由衷地说："婷婷，你越来越漂亮了。"

吴婷舒心地一笑。

晚上，吴婷一边为李海铺好被褥，一边唠叨着："别睡多了，不然，晚上又睡不着，时差更倒不过来了。"

李海说："行了，我知道了。"随后上床，躺下，闭上眼睛。吴婷为李海掖好被子，关灯，轻手轻脚退出。门关上了，李海睁开眼睛，他下床，从外套里摸出手机，想了想，又来到门口，将门反锁上。他把手机打开，却发现没有短信，没有未接来电。

李海给晓菲发了短信："已到，平安，勿念。"待短信发出，他将其从已发送信息中删除，然后将晓菲的名字也从通信录中删除。

晓菲在出租屋电脑前听歌，是《布列瑟农》的曲调。这时短消息提示音响了，晓菲一把抓起手机，看到了李海的短消息。晓菲放心地出了一口气，她放下手机，关灯，钻进了被窝。李海看着手机，等待着，但是良久没有回音。李海将手机放回外套，又悄悄将卧室的门打开，返回床上；想了想，李海又下床，将手机放到床头，再次上床。

李海闭上眼，片刻后睁开，他取过床头的手机，调至震动；李海又闭上眼，再次睁开，取过手机一看，什么都没有；李海失落地放下手机。突然，李海发现床头有两个钟，一个是十一点，一个是三点……

早晨，晓菲醒来，迷糊中第一件事是抓起手机，什么信息都没有，晓菲失望地放下。加拿大这时已是晚上，李海一家人已经吃完饭。吴婷收拾着，李海站起来说："我上楼去歇一会儿。"

晓菲站在电视台的走廊里，而李海躲在别墅的卫生间里，两人小心而紧张地通着电话。

"你安心度假吧。"

"好。"

"如果没什么要紧事,我就不给你打电话,也不回你的短信了。"

"我知道你是为我才克制自己。谢谢你,晓菲。"

"再见。"

"再见。"

英子听到了动静,大感不解。突然,交谈的声音消失,李海的脚步声响起。英子吓得一溜烟跑出主卧。卫生间的门开了,李海心事重重地走出,并未注意到主卧的门在微微地摇晃。

第二天,在加拿大别墅英子的房间里,英子坐在地上,心绪难平,她翻身,抓起电话拨通了娜娜的手机:"娜娜,我问你件事。"

"什么事?"

"我记得你有一次说过,你爸老在卫生间里给小三打电话。"

"是。"

"他为什么这么做?"

"因为那里安全呀!除了我妈这种变态,没人会去偷听别人上厕所……"

英子的脸上浮现出大事不好的表情。

客厅里,吴婷在看电视,李海走来,在吴婷身边坐下。

"加拿大的华语电视台就这水平?"

"是,我第一次看的时候,也是大吃一惊,恨不得立刻回枣阳招一彪人马,到加拿大来组建一个电视台,绝对横扫整个北美。"

"算了吧,你也十多年没摸过电视了。"

"就算离开十多年,也比他们强。"

英子呆呆地看着亲密交谈的父母,有些不知所措。

周兴家别墅的书房里,周兴打着手机:"……媛媛,有没有空?……想请你吃饭……"突然周兴感觉到什么,他住嘴,然后悄悄来到门口,猛地拉开门,只见刘英站在门口。

刘英吓了一跳。

周兴对手机:"我突然有点事,待会儿打给你。"

周兴挂了电话:"刘英,你真是越来越龌龊了!"

刘英已经调整了表情,伸出手:"拿二百万来!"

"凭什么?"

"你女儿现在已经在加拿大了!办手续、飞机票、学费、生活费……哪样不需要钱？"

"留学要花那么多钱！"

"周兴，你还是不是人啊！连女儿读书的钱也要克扣？"

"拿发票来！"

刘英哽住！周兴关上门。

刘英正要捶门，门开了，周兴："我警告你，如果你敢拿假发票来蒙我，我一分钱都不会付！"刘英怒不可遏，举起手准备掌掴他："你这个死没良心的！"周兴一把抓住刘英的手臂："我警告你，下次我打电话别在门口偷听！"刘英大叫："偷听又怎么了？你说了什么龌龊话怕我知道？"周兴将刘英推了一个趔趄，关上了门。刘英跺着脚骂着："周兴，这辈子我都跟你没完！"

餐厅里布置着玫瑰与情人草，气氛浪漫而热闹。吴婷与李海在大厅门口迎接着客人。

小雅、佩佩相携而来。

李海说："小雅。"

小雅说："李海，你再不回来，吴婷就要疯了。"

吴婷说："没那么严重吧。"

小雅说："我们这些留守加拿大的女人，哪个不是寂寞得要发疯。"

吴婷说："海子，这是佩佩，是我在加拿大新交的朋友。"

李海说："经常听吴婷说起你，欢迎啊。"

佩佩说："原来李哥这么帅，难怪吴姐每天都念着呢。"

李海说："呵呵，里面请。"

吴婷说："苏珊没跟你们一起？"

小雅说："她说了要来的，估计晚一点吧。"

吴婷说："那你们先进去吧。"

大厅里，人已经很多。

李海说："你在加拿大竟然有这么多朋友？"

吴婷说："实话跟你说，只有一小半我认识。"

李海说："啊？"

吴婷说："听说有party，很多陌生的朋友辗转托人，要求参加，有的甚至出钱都要来，还有的不请自来。"

李海说："我们在加拿大这么有声望？"

吴婷说："才不是呢。大家都过得太无聊了，好不容易有场热闹，都不想错过。"

李海恍然："我敢打赌，今天很多人连我们俩是谁，都不知道。"

吴婷笑："可能吧。"

黄蓉与卫东来到餐馆门口下车。黄蓉看着门口的花牌——李海先生和吴婷女士十八周年结婚纪念。

黄蓉说:"卫东,你看看人家,年龄比你大一截,还这么浪漫。你呀,连我过生日,都没有一朵花。"

卫东呵呵笑着:"我不是把所有的钱都交给你了吗,那可以买一亩地的花了。"

黄蓉说:"你说,李海和我那表妹究竟有没有一腿?"

卫东说:"肯定没有!要有,能有今天这party。"

黄蓉说:"但是那些照片?"

卫东说:"照片能说明什么!说不定那照片还是PS的!"

黄蓉说:"PS的?不太像吧。"

卫东拉了拉黄蓉:"别想了,走,进去吧。"

黄蓉卫东出现在餐厅里,吴婷迎上:"黄蓉、卫东,这边请。"

黄蓉笑着说:"哟,李哥,一年不见,更加潇洒帅气了!吴姐,你今天好漂亮,就跟电影明星一样!你们俩站在这里,简直是太般配了!卫东,那个词是怎么形容的,一对什么人!"卫东由衷地回答:"一对璧人!"

吴婷有点不好意思:"哪里,我都老了。"

李海说:"是啊,都结婚十八年了。"

黄蓉说:"谁说的,吴姐永远年轻!永远漂亮!"

吴婷高兴地说:"黄蓉,你太会说话了。"

李海说:"里面请吧。"

黄蓉与卫东走进大厅。

吴婷说:"客人都到得差不多了,我们也进去吧。"

李海说:"好。"

吴婷一迈步,轻轻地"嘶"了一声。

李海问:"怎么了?"

吴婷说:"好久没穿高跟鞋了,脚上磨了一个泡。"

李海关切地说:"我看看。"

李海扶着吴婷坐下,半蹲下帮吴婷脱了凉鞋。"有创可贴吗?"

"包里有。"

李海从吴婷手袋里找出一张创可贴,仔细为吴婷贴上,然后帮吴婷穿上凉鞋。

"怎么样?"

"好多了。"

"走吧。"

两人牵手走进大厅。不远处,英子目睹了整个过程,紧皱的眉头渐渐舒展,微笑浮现嘴角……

大厅里摆放着自助餐,宾客们有的三三两两地交谈着,有的举着酒杯向李海吴婷敬酒。吴婷的脸色已经有些绯红。

黄蓉与卫东走过来。

卫东说:"吴姐,李哥,祝你们永远恩爱,白头到老。"

吴婷说:"谢谢。"

卫东说:"李哥,你是哪天到的加拿大?"

李海说:"上周。"

黄蓉说:"枣阳现在怎么样?"

李海说:"变化挺大的。"

卫东:"真想回去看看。"

黄蓉:"李哥,你认识赵晓菲不?"

卫东一惊,转头瞪着黄蓉,但黄蓉一脸若无其事。李海也是暗惊,迟疑着,不知怎么回答。

吴婷惊喜地问:"你说的是枣阳电视台的那个记者?"吴婷的表情让黄蓉有点纳闷:"是啊,她是我表妹。"

"怎么不认识,我还见过她呢。"

"吴姐见过我表妹?"

"是啊,我们还聊了好久,你表妹很优秀。"

"李哥应该也认识她吧?"

"怎么不认识,你表妹还曝过他的光呢!不过,后来大家不打不相识,都是朋友了。"

"哦,原来是这样。"

突然,吴婷的表情有些僵,刘晓宇走进了大厅。刘晓宇走过来。黄蓉热情地招呼:"刘律师!"李海低声问吴婷:"这又是哪位?"

黄蓉说:"李哥,这个就是帮我要回小宝的刘律师!……刘律师,看到你真高兴,你今天气色真好。"李海看向英子,英子向父亲眨了一下眼睛。李海笑了笑,打起精神。

刘晓宇问:"冯先生,冯太太,小宝还好吗?"

黄蓉说:"挺好的,就是淘气。"

卫东说:"上次的事多谢你了。你们慢慢聊。我和黄蓉那边看看。"卫东将黄蓉拉开。

刘晓宇笑了笑,转向吴婷:"不好意思,我做了不速之客。"

"欢迎。我是李海。"

吴婷有些尴尬。

刘晓宇送上名片:"刘晓宇。"两人握手。

李海说:"上次英子的事情,谢谢你。"

刘晓宇说:"客气了。"

吴婷问:"先去吃点东西?"

刘晓宇说:"不用了,我看看就走。这两天很忙,今天正好在这附近办事,于是过来打个招呼。"

李海问："哦，那你看到你想看的了吗？"

刘晓宇温和地笑着："看到了。这里气氛温馨浪漫，大家都很开心，而你们夫妻，非常般配和谐。"李海的眼神也渐渐放松且温和了。

刘晓宇说："再见。"

吴婷问："真的要走？"

刘晓宇说："的确有事。"

李海说："那有空常联络。"

刘晓宇转身离去。吴婷解释道："他以前在柬阳看过我的电视节目，对我有点好感……"

李海说："没事，婷婷，我相信你，而且我直觉，他是个很不错的人，说不定我和他会成为朋友。"吴婷感激地看着李海。远处，佩佩大声喊着："吴婷，快过来喝酒！"

李海说："你去吧，我到那边坐一坐！"吴婷向佩佩、小雅等人走去。李海来到角落里，表情慢慢失落，他悄悄摸出手机。手机上依然什么信息都没有，李海按了晓菲的号码，发出短信："你在做什么？"

走到角落里，卫东轻声对黄蓉说："你刚才提晓菲做什么？"

"没什么，我就随便说说。"

"那现在你该死心了吧，人家吴姐和李海都认识你表妹，大家就是工作关系！"黄蓉不以为然地说："我还是觉得李海的表情有点不对劲。"

"黄蓉，你可千万别没事找事。"

"吴婷房子也买了，贷款也办了，你怕啥呢？"

"你这人怎么这样？"

"走，吃东西去。"

加拿大的餐馆大厅里，李海看着手机，手机没有任何动静。李海自嘲地笑了笑。澄海置业走廊里，晓菲眼中有泪光浮动，她摸出手机，回了一条："呼吸。"犹豫片刻，晓菲再发了两个字："想你。"

突然，音乐突然一变，气氛热闹起来。英子冲过来，兴奋地说："老爸，跳舞的时间到了，快去请老妈跳舞，这是第一支，按规矩，是你们俩的。"李海连忙从已发送的信息中删除了那条信息，然后将手机往兜里一揣。

英子拉着李海："你快点呀！"李海身子一歪："你快把我拉散架了。"手机并没有揣进兜里，而是落在了椅子上。

李海向着吴婷走去，微微欠身，吴婷会意。英子笑嘻嘻地看着，坐下来。突然英子觉得屁股下有什么东西，伸手一摸，是李海的手机，就在这时，手机震动了一下，晓菲的短消息到了——"呼吸。"英子疑惑。紧接着，第二条到了——

"想你。"英子脸色一变。

大厅中央，李海与吴婷已经翩翩起舞，两人外形登对，配合默契。宾客们纷纷鼓掌。英子看着父母，再看看手上的手机，满脸震惊。英子的手颤抖着，将手机放回了原处。餐厅的落地窗外，刘晓宇并没有离去，透过玻璃，他清楚地看着李海与吴婷起舞。眼神中有羡慕也有怅惘，还有欣慰。李海拥着吴婷，吴婷已经陶醉，李海也渐渐沉迷。

李海一家三口回到加拿大的海边别墅，吴婷披着披肩，倚在栏杆边，看着风景。李海来到吴婷身边："婷婷，还不睡？"吴婷转头，嫣然一笑。李海走过来，拉着吴婷："进去吧，这里风大。"

吴婷按了一下手机，《把我的爱留给你》的音乐响起，吴婷优雅地屈膝："李先生，能请你跳个舞吗？"李海犹豫了一下，张开双臂，轻轻地搂住吴婷。吴婷在李海耳边喃喃地说："还记得我们第一次见面吗？"

"记得。"

"什么时候？"

"一九八七年八月四日。"

"在哪儿？"

"在学校的停车场。"

"当时什么情况？"

"为了认识你，我拔了你自行车的气门芯。"

吴婷伸出手来，掌心是一个陈旧的气门芯。李海惊讶地说道："你一直都留着？"吴婷点头。李海感慨而感动地伸出手去，触摸着那个气门芯。

"有件事，我一直没有告诉你。"

"什么？"

"在拔我的气门芯前，你注意我多久了？"

李海想了想说："两年。"

我告诉你一件事情："那两年里，我一直在想，隔壁班那个总穿白衬衣的男孩，什么时候跟我表白？"

李海眼睛一亮说："你也一直在关注我？"吴婷点头。

李海说："你竟然从来没有说过。"

吴婷笑了说："在看见你的第一眼，我就爱上了你。"

英子躲在窗帘后，看着露台上父母相拥着，絮语着，表情十分矛盾。她放下窗帘，拨通电话："娜娜，是我……我明天来找你……有很重要很重要的事情……"

音乐声中，李海和吴婷两人继续舞着。

"有人说，爱情只能维持三年，在三年之后，就变成习惯，变成亲情了。"

"我听到过这种说法。"

"但是为什么在今天晚上,在二十年后,我内心还是那么冲动呢?"

李海一愣。吴婷说:"二十年前,连你的名字都不知道,我就爱上了你;二十年后,我已经深深了解你,你的优点你的缺点,可我还是爱着你;为什么经过了二十年,这感情不仅没有消减,还更加地深邃呢?"李海有些想闪躲:"婷婷……"

"不,海子,别打断我,听我说完,如果不是这点酒意,这些话会让我不好意思,我会很难出口。但是尽管我很少说,但是这些话一直都在我心底,海子,谢谢你。这二十年,因为你爱我,我很快乐,很幸福。"

李海感动地看着吴婷,眼中有许多愧疚。吴婷说:"我们还有更多的幸福和快乐,是不是?"李海轻轻点头。吴婷闭上眼睛,轻轻仰起头,李海突然很为难,他知道他必须回应,但是他怕自己的唇泄露内心的心虚与彷徨。李海正在犹豫,音乐戛然而止,吴婷的手机铃声响起。吴婷睁开眼睛,叹息一声:"谁这么扫兴?"李海放开吴婷,从桌上拿起手机,递给吴婷。吴婷诧异地说:"苏珊的电话。"吴婷接起:"苏珊……"吴婷脸色大变。

十四

李海和吴婷驾车来到苏珊住的别墅,李海与吴婷停好车,然后匆匆下车,奔到门前,狂按门铃。吴婷不顾忌风度地大叫着:"苏珊!苏珊!我是吴婷——"

门开了,血流满面的苏珊出现在李海和吴婷的面前。吴婷吃惊地问:"这是怎么回事?我马上报警!"苏珊抓住吴婷的胳膊:"不……送我去医院。"苏珊的身子晃悠着倒下,李海一把抱住她,大喊:"先去医院!"

医院病房内,苏珊全身上下都包扎着纱布,医生正在做最后的处理。吴婷与李海守在一旁。医生直起身来。

吴婷问:"医生,她怎么样?"

医生说:"暂时没有生命危险。"

吴婷松了一口气。

医生又说:"不过,我必须要报警。这是非常严重的暴力袭击。"

病床上,苏珊迷迷糊糊地说:"不,不能报警。"

医生很生气:"有人非常残忍地伤害了你。"

"不,是我自己摔倒的。"

"你的伤不是摔伤所致。"

"不,是摔伤的,与任何人都没有关系。"

"我尊重你的意愿,但是为了你的安全,你应该慎重考虑我的建议。"

苏珊没有回应。医生摇摇头,走了出去。

吴婷来到苏珊床前:"苏珊,你现在觉得怎么样?"

"好多了。"

"你先生呢?"

苏珊沉默。

吴婷:"他没在你身边吗?……要不要我通知他?……"

苏珊断断续续地开口:"我先生对我很好。……当初追我的时候,我爸不同意,他就在我家门口站了一个通宵。……那是在东北,在冬天。"吴婷一脸的诧异:"苏珊,麻烦你给我一个他的电话。他应该还不知道你现在的情况。"

苏珊说:"……我先生说要一辈子对我好。……结婚的时候,没有房子,但是他说将来一定要给我买别墅。……他做到了。……他还给我买了很多衣服,一辈子都穿不完。……他每月准时都把钱打到我的卡上……"

苏珊的眼泪顺着脸颊落下:"我先生对我很好……"

李海拉了一下吴婷,吴婷诧异地跟着走出病房。

"你干吗?"

"伤害苏珊的,应该就是他的先生。"

吴婷一下醒悟,她吃惊地捂住自己的嘴:"是她先生?"

吴婷愤怒了:"他为什么要这么做?他怎么下得了手?"

李海摇头。

吴婷捧着花束走进医院病房,她愣住了。苏珊的病床前,站了一个表情阴鸷的中年男子和一个八九岁的小男孩。小男孩的额头上绑着纱布。

苏珊介绍道:"这是老袁。"吴婷一惊,再次上下打量老袁。吴婷点头致意。但老袁只是倨傲地看了吴婷一眼,转头对苏珊:"过两天再说吧。"

苏珊:"嗯。"

老袁对那男孩说:"儿子,走。"两人扬长而去。吴婷来到苏珊面前。

"那就是你老公?"

"是。"

"跟你动手的就是他?"

苏珊没有说话。

"上次你的眼睛,还有手上的伤,都是他打的?"

苏珊轻轻吐出一个字:"是。"

"他为什么要打你?"

"因为我没把他儿子看好。"

吴婷皱着眉说:"就为这个?他既然这么爱儿子,没理由对儿子的妈妈下这样的毒手!"

苏珊低声答道:"那孩子不是我生的。不是我的儿子。"

"什么?"

苏珊低声地说道:"那是他和他的二奶在国内生的。"

吴婷思考着说:"那男孩应该有八九岁了,那他和二奶应该至少十年了。"

苏珊点头:"是。八年前,他办移民,其实就是把我支到加拿大来,他好和那个女人名正言顺。"

"你当初什么都不知道吗?"

"我也是到了加拿大,才听说的。但是隔得太远,也就只有睁一只眼闭一只眼。但是没想到……"

苏珊哽咽着说道:"三个月前,他竟然把这孩子带到加拿大来,要我抚养。"
吴婷愤怒地说道:"这太侮辱人了!"

"老袁说,如果他儿子有什么不顺心的事,就拿我问罪。前两天,他儿子自己在花园里摔破了额头,老袁回家看见了,不由分说,就……"苏珊难过得说不下去。
"苏珊,你绝不能再忍了。"
"不忍,我还能怎么办呢?"
"你应该他跟离婚。"
"离婚?"
"他根本没把你当妻子,甚至根本就没把你当人,你何苦还要守在他身边?"
"我也想过,但是我怕……"
"我可以帮你,我相信,小雅和佩佩也一定愿意帮你。"
苏珊感动地说:"谢谢你们。"

英子回到家:"妈,我回来了。"
没有人回应。英子觉得有点奇怪。她上了二楼,正要进自己的房间,发现主卧虚掩着,英子张望了一下,李海正在午休。英子想了想,转身下楼。她奔进客房,李海的行李还横七竖八地放在地上,没有收拾。英子立刻开始翻找。除了一些衣服和杂志,没有任何收获。英子再次来到主卧门口,张望着。李海正沉沉地睡着。英子伏下身去,手脚并用,悄悄爬进。她来到床前,伸手悄悄取下了李海的手机。
英子躺在地毯上,翻找着所有的通话和短信纪录,没有任何收获。她回想着那条短信的号码,一个数字一个数字地复原,然后发出短消息:"今天你还想我吗?"
晓菲手机突然响起,晓菲连忙抓起手机,看着来自李海的短消息,晓菲百感交集。手机上的时间是凌晨四点。晓菲在手机上写下:"无时无刻。"是否发送,她犹豫了。英子等待着,回复始终没有来。突然,床上的李海翻了一个身。英子吓了一跳,连忙伏低身子,动也不动。翻身后的李海没有醒转。但英子不敢再轻举妄动,她小心将手机放回原处,循着来路,爬了出去。
晓菲删除了短信,只是对着手机轻声说道:"李海,我也想你。"晓菲将手机放下,关灯,钻进被窝。

健身会所内,媛媛正整理着资料,周兴慢慢地走近:"美女。"
媛媛抬起头,露出职业性的笑容:"周总,来健身吗?"
"那天你把我灌醉了,我要报复。"
媛媛不屑地一笑:"就凭你这身板?"

"难道不行？"

媛媛斜睨着周兴，周兴挺起了胸。

媛媛带着周兴来到杠铃前："如果你能举起来，坚持十秒，我就给你一个报复我的机会。"

周兴有点发怵："这……有多少斤？"

"跟我的体重一样。"

周兴看着媛媛窈窕健美的身姿，有些晃神。

媛媛蹲下："还要报仇吗？"

"媛媛，我服了你了。"

媛媛拍了拍周兴："要不办张会员卡，先练三个月。再举这杠铃，别说十秒，就是举十天，都轻轻松松。"

周兴坐起来："媛媛，不知道为什么，跟你在一起特别开心。"

"跟我一起锻炼更开心。"

"需要什么条件，才能让你做我的女朋友？"

媛媛愣住。

"我很有诚意。"

"那我得先看看你的诚意。"

……

加拿大海边别墅的露台上，李海听说了苏珊的事后，震怒了："苏珊也太软弱了！那男人也太混账了！"

吴婷劝道："也怪我，我早就发现苏珊情绪不太好，也曾经发现过她身上有伤，但她什么也不说，我觉得这是朋友的隐私，也就没好追问，真没想到……"

吴婷的眼泪流下。李海站起来，发现身边没有纸巾。李海走进客厅，发现客厅也没有纸。这时，手机铃声响起，李海接起："马林，你好……"

李海一边接电话，一边走上楼去。正在餐厅喝水的英子连忙警惕地放下水杯，跟了上去。李海走进卧室，拿了纸巾，取了一条披肩，又转身进了卫生间。英子连忙附在门口偷听，什么都听不清楚，英子越贴越紧。突然卫生间的门开了，英子差点摔倒。

李海惊讶："英子，你在做什么？"

英子站直了："我……我……"

李海手里还捏着手机。

"老爸，给我看看你的手机。"

"做什么？"

"我要打游戏。"

"我手机里有什么游戏，我怎么不知道？"

"我知道就行了。"

英子一把抢过手机，奔进自己的房间。李海摇了摇头。英子倚在窗口，手中握着李海的手机，手机上显示的呼入电话是马林的名字，英子露出了欣慰的表情。

加拿大黄蓉卫东的洋房内，黄蓉与卫东布置着，小宝在一旁偷觑着，时不时想抓一把菜，黄蓉严防死守。
黄蓉说："你说，如果今天我们再提到赵晓菲，李海会是什么反应？"
卫东不满地说："黄蓉，你有完没完！"
"我就是好奇嘛。"
"你一定要把没有的事变成有才甘心？"
"依我看，吴婷说不定对李海的事，比我们还清楚，只不过人家表面装得若无其事。"
"不可能。"
"他们两地分居，一年见不了几回面，不出问题才怪，特别是男的。"
"胡说。"
"唉，你说，如果李海是我们的表妹夫，我们还用得着……"
卫东连忙打断："黄蓉，不要做任何假设。"
正说着，门铃响了。黄蓉与卫东连忙开门迎客。
"李哥，吴姐，欢迎欢迎。英子越长越漂亮了！"
李海一家三口走进，李海送上一个红包："一点小小的心意。"
卫东连忙推辞："李哥，千万别这样。吴姐平常已经帮了我们很多，你再这样就见外了。"
"卫东，你就别推脱了，应该的。"
黄蓉连忙接过红包，爽脆地说："那就谢谢李哥和吴姐了。里面坐！"
吴婷随意看着，赞叹着："这房子还真不错。"
卫东说："吴姐，李哥，英子，这边请。"

餐厅里，周兴与媛媛吃着饭。
媛媛问："你为什么想让我做你的女朋友？"
周兴想了想："第一，你很漂亮，把你带出去，我有面子。"
"这倒是实话。"
"第二，李海没有把你追到手，但是我可以。"
媛媛迟疑了一下："也是实话。"
"第三，跟你在一起的时候，特别放松。"
"就这三点？"
"嗯。"
"你都没有说你爱我。"
"我说了，你会相信吗？"

"有道理。那你的诚意是什么?"
周兴拿出了一张银行卡。
"多少?"
"绝对比李海的多。"
媛媛笑了笑。
"对我这样的男人来说,世界上最重要的东西就是钱。我舍得在你身上花钱,就是我最大的诚意。"
"我可以答应你,但是我得说清楚,我只是看上了你的钱。"
"我明白,我就喜欢你这样。"
"我会不断地让你为我花钱。"
"你要向我要其他东西,我还真没有,唯一有的就是钱。"
媛媛伸出手:"成交!"
"成交。"
"其实,跟你在一起,我也觉得特别放松。"

加拿大黄蓉卫东的洋房里,大家在餐厅坐下,餐桌上已经摆满了饭菜。
"黄阿姨做的菜好香。"
"那你今天就多吃点。"
卫东问:"李哥准备啥时候回去?"
李海答:"下周吧。"
黄蓉问:"能不能请李哥帮我带点东西?"
"可以啊。"
"这边的保健品比国内可便宜多了,我给我妈我爸买了点,还正在想怎么给他们送回去呢。"
吴婷笑着说:"那你交给李海就行了。"黄蓉将早就准备好的一堆东西搬出来:"李哥,那就谢谢你了。"那堆保健品并不少,李海与吴婷暗暗吃惊。
黄蓉笑着说道:"李哥,你回了枣阳,直接交给我表妹赵晓菲好了。"卫东一惊,给黄蓉使眼色。黄蓉完全无视: "你有她的电话吗?"李海含糊地说:"有吧。"
"那就好。"
黄蓉转头对吴婷说:"我这个表妹,什么都好,可就是找不到对象。二十七八岁了,还是单身。"
吴婷说:"这好像是个规律,越优秀的女孩越难找到男朋友。"
"现在已经是剩女了。吴姐,李哥,你们在枣阳有没有合适的人选,介绍给我表妹?"
"对啊,李海,你认识的人多,晓菲你也见过,有没有合适的?"
"我们要求也不高,比着李哥的标准就行了。是不是,李哥?"

李海微笑着站起来："对不起，失陪一下。"

李海离开，一不小心撞在了餐桌的角上。吴婷有些错愕。卫东瞪着黄蓉，黄蓉惶恐中有点小得意。李海走进卫生间，再不掩饰内心的矛盾不安。他洗了一个冷水脸，看着镜子中的自己，努力让自己平静下来。李海摸出手机，犹豫着。电视台机房内，晓菲在编辑机前忙碌着。她仿佛感应到什么，她转头看着桌上的手机，等待着。李海终于还是收起了手机。手机长久地沉默着，晓菲转过头去，继续忙碌。

加拿大黄蓉卫东的洋房内，小宝已经睡着，黄蓉与卫东收拾着房间。
黄蓉说："每次说到晓菲，他都那么反常。"
"你这是捕风捉影！"
黄蓉不服气地说："今天他的反应还不是证据？"
"你表妹自己都否认了，你还瞎起哄干吗？"
黄蓉想了想，拿起电话，拨着号码。
"你要干吗？"
"我要证明我是对的。"

电视台机房内，晓菲正在忙碌，手机响起。
黄蓉嗓门很大地说："晓菲。"
"表姐？"
"我刚刚听说一个事，李海出车祸了！"
晓菲大惊："什么？"
"李海啊！他老婆是吴婷，你认识的，出车祸啦！"
晓菲声音颤抖："他……他人没事吧？"
"我也不知道，我也是听人家说的，说我们这边有辆车翻到悬崖下去了，司机叫李海，是枣阳人！"
"不，不会吧。"
"千真万确！我就问问你，有没有听到什么消息？"
晓菲失声尖叫道："不可能！他一定不会有事的！他答应过我，要好好保重自己……"
黄蓉轻描淡写地说道："那有可能是我听错了。我再打听打听。"黄蓉挂了电话，晓菲全身颤抖着。旁边的人惊讶地看着晓菲。晓菲无暇他顾地拨着李海的手机号码。
黄蓉得意地对卫东说："你现在还有什么好说的？"
电视台的机房内，手机里传来忙音，晓菲喃喃："不！不！"晓菲按掉，继续拨着。

加拿大海边别墅的主卧内，吴婷仍在专心地卸妆。

"婷婷，我回来这么久了，公司的事，你一句都没问过。"

吴婷笑了笑："我又不懂。"

"难道你不关心我的事业？"

吴婷叹息一声，说道："我倒希望你的事业出点问题。"

"为什么？"

"这样你就可以回家了。"

李海愣住，他轻叹一声，将手机放在吴婷的妆台上，转身去整理床铺。手机再次震动起来，吴婷随意地看了一眼："海子，你的电话。"李海走过来，瞟了一眼，脸色一下子变了，他犹豫着。手机依旧顽强地震动着。

吴婷感觉有点奇怪："你的电话，快接啊！"李海笑了笑，佯装烦恼："这又是谁啊？大概还是公司的人吧，有完没完？"

李海抓起电话，走出房间。手机震动着，李海想接，又觉得不安全，继续下楼。

李海走出卧室，左右看看无人，又抬头看看，只见吴婷和英子的房间都亮着灯。

李海接通了电话："晓菲。"

晓菲带着哭腔："李海——"

李海吓了一跳："出什么事了？"

"你没事？"

"我好好的啊，怎么了？"

"好……好，你没事就好！没事就好！"

"到底怎么了？"

"刚才我表姐给我电话，说你出车祸了，我吓坏了！"

"不会吧，刚才还在你表姐家吃饭呢，我还见到你表姐呢，她怎么会说我出车祸呢？是不是你听错了？"

"没关系，没关系！只要你没事，一切都好！……只要能听到你的声音，知道你平安，我就放心了！"

"晓菲，你放心吧，我不会有事的。"

"刚才那几分钟就好像世界末日。本来说好的，不给你打电话，可一听到表姐那么说，我什么都顾不得了……对不起。"

"你不用说对不起，其实我很高兴听到你的声音。就算你不给我电话，我也会给你电话，因为……因为我实在太想念你了。"

"我也是。"

"我会很快回来的。"

"好。"

晓菲挂了电话，推开面前的磁带、笔记本，扑在桌上，号啕大哭起来。

李海挂了电话。吴婷的声音从楼上窗户飘下："海子，还没打完？"李海高声："刚说完。哎呀，刘少勇和马林吵架，要我判公道，所以唠叨了半天。"李海收起电话，走进了卧室。英子在露台的暗角处眼泪静静流下来。

晓菲抬起头，抹了抹眼泪，抓起手机，走了出去。晓菲来到走廊上，拨通电话："表姐……"

"晓菲，我正要给你打电话，刚才那事是我听错了，出车祸叫林海，是个重庆人，不是我们认识的那个李海。"

"哦，我也正要问你是怎么回事呢。"

"你给李海打电话了？"

"嗯。"

"我就知道你们感情不一般。"

"表姐，你可千万别乱说。"

"你放心吧，表姐知道该怎么做，而且表姐会支持你。不过，你以后富贵了，可不能忘了表姐。"

"表姐！"

黄蓉呵呵笑着："你心里有数就行。呵呵……"

晓菲挂断了黄蓉的电话。

黄蓉对着手机："晓菲，我还没说完呢。"

卫东抢过手机："黄蓉，你要再这样，我就……我就……"

黄蓉毫无惧色："你要怎样？说啊！说啊！……看你这样，也不敢怎样！"

卫东无法措辞，将手机一扔："我不准你去破坏人家的家庭。"

"你搞清楚，破坏人家家庭的是晓菲，不是我！"

"你不能在旁边煽风点火！"

"他们家没火苗，我就算在旁边开着电风扇也点不燃。所以，你盯着我，没用的，该来的，迟早会来！"

卫东语塞，只有重重叹息一声。

加拿大的大学校园里，英子和娜娜聊起了昨晚她偷听李海打电话的事。

"你全听见了？"

"每句话都听得清清楚楚。"

"婚外恋果然是镇宅之宝，家家户户都有。"

英子苦着脸："娜娜，别说笑话了，你一定要帮帮我。"

"我要能帮你，我们家就不会像现在这样。"

"难道你就眼睁睁看着我爸我妈跟你爸你妈一样？"

"那很好啊,你立刻就会像我这样成熟懂事了。"

英子哀叫着:"娜娜,我不要啊!我宁愿永远幼稚任性,永远被我妈管,被我妈骂。"娜娜叹息一声:"英子,你要真想保住你们那个家,那就千万别让你妈知道。"英子思考着。

加拿大的码头上,李海吴婷散着步。

李海说:"我想订周末的飞机票回去。"

吴婷惊讶地问:"你要提前走?"

"是。"

"英子还等着我们带她去尼亚加拉。"

李海说:"三期要亮相,马林筹备了一个大活动,还有一些人事变动……婷婷,我就算待在这里,心里也是慌的。"吴婷失望地说:"好吧,我帮你订票。"

晓菲正要睡下,突然,听到外面有异常的响动。晓菲走出自己的房间,只见媛媛跌跌撞撞地走进客厅,手中拎着的购物袋散了一地。

"你又喝酒了?"

媛媛笑嘻嘻地说:"亲爱的,你看,普拉达的最新款;这个送给你,海蓝之谜的面霜;这个是给张俐的,婴儿车中的劳斯莱斯……"

"你怎么又乱花钱?"

"嘘,这回不是乱花,这回是正正经经地花。"

晓菲扶着媛媛,向她的房间走去:"别说了,快睡吧。"晓菲为媛媛除脱了鞋,扶着她躺下。

媛媛咯咯地笑道:"晓菲,有个男人在追我。"

晓菲高兴地问道:"是吗,他人怎么样?"

"人还算帅,而且很有钱,最重要的是,他愿意在我身上花钱。"

"那他爱你吗?"

媛媛笑着问:"什么叫爱?"晓菲一怔。媛媛闭上了眼睛。晓菲为媛媛盖上被子,拍拍她的脸:"好好睡一觉吧。"

"嗯。"

晓菲站起来,轻轻拉上了门。媛媛呓语:"为什么他不是李海呢?"

加拿大海边别墅的门口,李海将行李放进后备箱。李海拍了拍手,说道:"好了。"

"上车吧。"

英子背着书包奔出来:"等等我!"

吴婷惊讶地问:"你干吗?"

"我也要去机场。"

"你今天不上课?"

"我昨天就请了假了。"

"不行,怎么能随便耽误课呢?"

"老爸这一走,不知道哪天才能回来,我想多跟他待一会儿。"

"就让她去吧。"

李海摸摸英子的头,但英子却反感地拨开了李海的手,钻进了后座。李海愣了一下。

吴婷开车,李海坐在旁边。吴婷问:"枣阳那边谁接你?"

"公司有人接。"后座的英子突然说:"爸,把你的手机给我用一下。"

"你要做什么?"

"玩游戏。"

"到底什么游戏那么好玩,我怎么不知道?"

"不告诉你。"

李海将手机递过去,英子从包里取出笔记本电脑,与之相连,开始安装软件。李海瞥了一眼:"还要用笔记本电脑?"英子说:"'90后'玩的,你问了也白问。"李海笑了笑,转过头去,对吴婷:"你女儿现在已经瞧不起我们这些'60后'了。"英子头也不抬:"老爸,我那天看到一句话,说是'60后'男人忙着采野花,'70后'男人忙着往上爬,'80后'男人忙着安个家,你觉得有道理吗?"

"那'90后'在忙着干什么呢?"

"在忙着教育'60后'呢。"

李海哈哈一笑。

英子板着脸:"你别笑,我说真的。"

加拿大机场里,李海与吴婷、英子告别。

李海嘱咐道:"小李,我不在的时候,照顾好妈妈。"英子硬邦邦地说:"李海,照顾她是你的责任,不是我的!"李海一怔。

吴婷埋怨道:"你这孩子,爸爸都要走了,还不好好说话。"

"他要真对你好,就不会这么着急地赶回去了。"

"英子,爸爸有事。"

李海说:"英子,我知道你心里不痛快,没事的,过阵子我就回来了。"

"你心里已经没有我妈了。"

"怎么会呢?"

英子的眼泪落下。

"英子,别哭啊。"

吴婷连忙劝道:"海子,别管她,青春期都这样,情绪不稳定,过一会儿就好了。"

英子赌气道:"我才不是呢!"
说完,生气地走开。
李海与吴婷无奈地笑了笑。
"婷婷,我走了。"
吴婷点头:"路上小心。"
李海想说什么,吴婷期待着,但李海又没有什么话,只得拖起行李,转身。突然吴婷从背后抱住了李海,轻声地说:"空了就赶快回来,我一个人很……很寂寞……很想念你。"
李海脸上掠过一丝愧疚,他拍拍吴婷的手:"我知道。"吴婷放开李海。李海努力对吴婷笑了笑,快步走进了机场。吴婷目送。英子看着这一幕,眼中充满了忧伤。加拿大机场内,李海快步走着,他回头,已经没有了吴婷和英子的踪影。李海摸出手机,拨通了电话。晓菲听着手机,惊喜的眼泪慢慢流下。

束阳机场停车场里,李海拖着行李,走进停车场,四处张望。突然,李海听到了《布列瑟农》的音乐,他循着音乐,在停车场的车辆中穿行着。终于,李海看到了晓菲,她站在自己的车前,车窗里,音响播放着《布列瑟农》。李海慢慢地来到晓菲面前,晓菲一动不动。李海张开双臂,将晓菲紧紧搂在怀里。

十五

晓菲开着车，李海握着晓菲的手："我有很多话要对你说。"
"我也是。"
"那你先说。"
晓菲将手机递给李海，一段视频播放出来，配合着各种情侣的镜头，晓菲的配音："……有的时候，相守是一种爱情；有的时候，放手也是因为爱情；无论快乐还是失落，无论痛苦还是幸福，无论最后的结果是淡然还是绝望，只要深爱过，就是人生最美的风景。"
宣传片结束了。李海久久地沉默后开口："我提前回来，就是不想错过最美的风景。"晓菲踩了刹车，前面的路口标牌提示，转弯是一家酒店。
李海迟疑着："你想……"
"我想带你去看最美的风景。"
"好。"
晓菲转动着方向盘。

加拿大海边别墅的书房内，英子在电脑前操纵着："进这个 MM-star 网站……点这个应用页面……密码是你们的结婚纪念日……好了。"
吴婷说："你知道我是个电脑盲，还给我整这些做什么？"
英子说："我给我爸的手机装了一个定位软件，只要我爸开机，卫星就能找到他，你就能锁定他的位置，知道他现在在哪儿。……稍等一下，现在卫星正在寻找我爸的手机。……找到了。"束阳的地图上，一个红点在移动。
英子说："他刚下飞机，在机场高速上。"
吴婷愣了一下："这不是监视吗？"

就在指示的红点将要转弯的刹那，吴婷伸出手，关闭了电源，屏幕立刻漆黑。
"妈，你干吗？"
"我从来不干这种事。"

"既然你不跟着他回去，那就让卫星帮你随时随地掌握他的行踪。如果他有什么问题，你可以第一时间察觉，然后让他改正。"

"用不着。"

"你以为他很老实？"

"英子，既然十八年前，我决定嫁给你爸，也就决定了，要相信他一辈子。所以，这东西，你最好拿走。"

"吴婷，你太……太……我都不知道怎么说你。"

"英子，我知道，娜娜来了之后，给了你很多压力，但是你放心，我和你爸爸绝不会像他们那样。"

英子怜悯而又气愤地看着吴婷，甩手离去。

酒店房间里，晓菲在李海面前宽衣解带，李海心醉神迷……酒店房间内，激情已经过去。晓菲侧躺着，李海仰面躺着，晓菲的手指顺着李海的额头，从鼻子，到嘴唇，到胸……突然，晓菲坐了起来，仔细看着。

"干什么？"

"我要看看你的六块腹肌。"

"这有什么好看的？"

"老早就听说了，一直很向往，今日才有缘一见。"

"你听谁说的。"

"不告诉你。"

晓菲抚摸着李海的腹肌，李海将晓菲拉倒在怀里。

晓菲问："几点了？"

李海看表，突然想起什么，李海推开晓菲，下床，抓起手机，冲进了卫生间。晓菲翻身坐起，眼中涌起失落与悲伤。酒店卫生间内，李海拨着电话："婷婷？……对不起，一下飞机就忙公司的事情，现在才想起给你打电话……你都睡了吗？……"

"没有。英子要演话剧，我正在帮她缝戏服呢。"

"那就好，我就怕吵醒你了。"

澄海置业楼下，李海从晓菲车上拖下自己的行李，将一大包东西留在晓菲车上。晓菲睁大眼睛："这么多！"

"对了，你那表姐说我遇到车祸的电话是怎么回事？"

"后来我又问了她，她说她听错了，是另外一个叫林海的人撞车了。"

"这么巧？"

"她从小就这样，什么事听一半就跑，又喜欢咋呼。我姨父没少打过她。"

"如果不是她自我介绍，我还真想不到你们俩会是亲戚。"

"其实我们俩最近几年都没什么来往。"

"为什么？"

"小时候我们感情还挺好。我家在镇上，条件比他们家农村好一点，每次上我们家来做客，只要她喜欢的，我都会很大方的送给她。"

"那后来又是为什么生疏了呢？"

"后来，她和姐夫到了崬阳，要买房子，找我借钱，那会儿我的钱都给姐姐做手术了，借不出来，我给她解释，她也不听，觉得我自私，看不起她。然后就……"晓菲摊摊手。

"那现在你们俩又算和好了吧。"

"算吧。"

"我上去了。"

"我也把这些东西给我姨妈送去。"

"路上小心点。"

加拿大刘晓宇办公室里，吴婷正在替苏珊咨询离婚的相关事宜。刘晓宇说："像苏珊这种情况，她可以在国内起诉离婚，判决离婚后相关离婚判决公证，加拿大也承认。"

"如果在加拿大起诉呢？"

"那对苏珊就更加有利了，1993年，加拿大政府出台了一个名为'容忍度为零'的政策，规定对家庭暴力不分轻重必须立案，警察有权入室制止；而且离婚时，用作家庭生活的房屋全归被家庭暴力戕害的妇女所有。"

"这么说，离婚对苏珊来说是好事？"

"只要家庭暴力的证据确凿。"

"那请你帮帮苏珊。"

"这样吧，我明天抽空去一趟医院，为她取证；顺便请她签一个代理协议，我就可以开始着手工作了。"

吴婷感激地站起来："谢谢你。"

"不客气。"

"那我告辞了。"

"我送你出去。对了，李海还在加拿大吗？"

"已经走了。"

刘晓宇惊讶地问："这么快就走了？"

吴婷有些失落："他太忙了。"

"男人嘛，都这样，把事业看得比较重。"

"他一直都是这样的，只不过以前在崬阳感觉不深，到了加拿大，突然就觉得难以接受。不过，我现在也在调整自己。"

"除了这一点之外，我相信他是一个很好的男人。"

吴婷颇有些自得："是。"

"那天见了他，我很高兴，而且也放心了。"

吴婷一怔。

"他应该是那种能带给你幸福的男人。"

吴婷笑了："其实李海对你的印象也挺好的。"

"是吗，看来我和他可以成为朋友。"

"他也这么说。"

"那他下次回来，我们一起吃个饭。"

"好。"

两人边走边聊，来到门口。

"你留步吧，再见。"

"再见。"

在一家雪茄吧，李海把一盒雪茄递给建国。建国接过，惊喜地说："哟，狗尾巴！"

"吴婷让我带给你的。"

"她回来啦？"

"没有，我前两天回去了一趟。"

"怎么突然想到要回去？是不是良心发现了？"

"上周三，是我和婷婷结婚十八周年纪念日。"

"你小子既然什么都记得，就别再荒唐了。"

"你给吴婷打过电话？"

"是，但你的事我一句都没说，我只是劝她回来看着你。"

"谢谢你。"

"我不是为你，我只是怕吴婷伤心。"

"我还是谢谢你。"

"你跟那个赵晓菲还在交往？"

李海点头。

"唉，总有一天你会后悔的。"

"后悔也值。"

叠峰阁的售楼处门口空地上搭起了秀台，四周装扮着白色的纱与浅粉的花，仿佛一场婚礼马上举行。观众还没进场，工作人员来回穿梭忙碌。音频处，晓菲与工作人员正在忙碌着："来，我们再试一次音乐。"《布列瑟农》的音乐传出。

马林走了过来，诧异地问："这是什么音乐？"

"开场的婚礼秀的音乐。"

马林连连摇头："太伤感了，不行！不行！"

"我喜欢这个歌。"

"我最讨厌这种优柔寡断的东西。"

晓菲气结："那你有什么建议？"
"用《橘子汽水》。"
"《橘子汽水》是什么？"
马林怪叫一声："赵晓菲，你是'80后'吗？"
"没听过。"
"你稍等。"
马林拿出手机，扔给音频："我的音乐文件夹，第三首，放给她听听。"很快，欢快的合唱传出。
"这才是爱情。"
"不，我是总导演，听我的！"
"我是总策划，听我的！"
李海走过来："你们俩吵什么呀？"
马林说："真正的总来了，让他决定吧。"
晓菲说："开场的婚礼秀，我想用《布列瑟农》，但是马林坚持要用这首低龄歌曲。"
马林不服气地说："你那《布列瑟农》完全是中老年人的趣味。"
晓菲看了一眼李海，气愤地瞪着马林："你根本就不懂！"
马林跟着音乐摇摆着："你听，这歌多阳光啊！爱就要说出口，就这样牵着你一直走。"
李海有点尴尬地咳嗽一声："晓菲，可能这首歌更适合今天的气氛。"
马林得意地说："2∶1！胜负决出。"
晓菲生气地还想说什么，李海轻轻摇头。
马林说："以我的经验，你的小宇宙马上会有一次爆发，我还是避开一点好。"说完，转身走了。
晓菲不甘心地说："我喜欢《布列瑟农》。"
李海："我知道。"
晓菲小声地说："你也喜欢，难道不是？"
"是。"
"那你为什么支持他？"
李海安慰着晓菲："《布列瑟农》是属于我们俩的，今天这里人太多了。"
晓菲沉默。
"晓菲，我向你保证，会有只属于我们俩的《布列瑟农的》。"
晓菲勉强一笑："好吧。我去忙了。"

晓菲走进后台，临时围起的化妆室里，听见一个工作人员正惊慌失措地对着手机喊着："你们这样会把我整死的！"
晓菲问："怎么了？"

"婚礼秀的那两个演员走错地方了。"

"他们走到哪儿去了？"

"我跟他们说得很清楚是在杨柳路的叠峰阁，但他们走到杨柳村去了。"

"真是南辕北辙。一个在南沿线，一个在火车北站。"

"是啊，我也骂了他们了，但现在怎么办？"

"让他们赶快过来！"

"但是就算他们能打上车，赶过来至少也得一个小时。"

晓菲沉默一会儿，对工作人员说："把马林叫过来。"

马林赶过来问："出什么事了？"

叠峰阁的售楼处门口，李海陪伴宾客已经入座。李海看看表，九点九分。

掌声中，《橘子汽水》的音乐响起，一对新人伴随节奏欢快而出。李海一下睁大了眼睛，装扮成新郎的是马林，而着婚纱走来的，竟然是晓菲。马林牵着晓菲，走到舞台上，摆着各种姿势，展示相亲相爱的场景。李海第一次看到晓菲如此装扮，如此妩媚，目不转睛。音乐渐弱，主持人上场，来到晓菲与马林中间："从现在开始，给爱一个承诺；从现在开始，给爱一个家；从现在开始，告诉所有人，你们会相爱一直到永远……"

婚礼进行曲的音乐响起。马林牵起晓菲的手，轻声而坚定："晓菲，我喜欢你的笑容，也喜欢你发脾气的样子，在我心中，你永远善良而美丽，在此时此刻，我想对你说——我愿意。"

马林的深情表白让晓菲一时有些困惑，她略定定神，拿起话筒："无论你贫穷还是富有，无论你健康还是病患，我的回答都是，我愿意。直到死神降临。"

音乐大作，掌声四起。李海在台下看得如痴如醉。

主持人说道："今天我们相聚叠峰阁，一起见证爱的誓言，感受爱的温暖。刚才是两位演员的表演，而在现实生活中，更多的情侣向我们揭示了爱的真谛，有请本次活动的所有参与选手上场……"

后台化妆室中的晓菲注视着镜子中的自己，觉得陌生而新鲜，一时间舍不得脱下。李海出现在晓菲身后，由衷地赞叹："太美了。"

李海说："我没有想到你还有这一面。"

晓菲提起婚纱来到李海面前，轻声说道："无论贫穷还是富有，无论健康还是病患，我的回答都是我愿意。"

晓菲接着说："如果刚才，是我和你的婚礼，该有多好。"

李海微微变色，他回避地退后一步，脸色有些尴尬："我不能。"

晓菲自嘲地说："不好意思，我入戏太深。以为……"

突然，化妆室的门被推开了。

马林问："晓菲，看到李海没有？"马林一下住嘴，他看见了李海，也感受到了某种微妙的气氛。

　　李海清了清嗓子："你找我。"

　　"马上该你致辞了。"

　　"好。"李海向晓菲点点头，走了出去。

　　马林想说什么。晓菲板着脸："我要换衣服了。"马林点点头，拉上门走了。马林看着李海的背影，又看看身后的门，甩甩头，有许多不解，也有许多猜测。

　　李海的车停在一个十字路口路边。晓菲的车开了过来。两人颇有默契地一前一后驶向远方。他们来到郊外的一个湖边停了下来。晓菲看着湖水，李海来到她身边。

　　"今天的活动很感人，来宾们都赞不绝口。"

　　晓菲点点头。

　　"你有心事？"

　　"我在想，也许我这辈子，只能在舞台上成为新娘。"

　　李海看着远方："我早就告诉过你，我是不可能和吴婷离婚的。"

　　"我知道，我也没有这样要求过你。"

　　"那你现在又何必情绪低落？"

　　"任何一个正常的女子，都会憧憬婚姻，都希望自己能有一天，穿上婚纱，在心爱的人面前说我愿意。"

　　李海有些负气："但是我已经没有资格了。如果你后悔，现在还来得及。"

　　"我选择了你，我就不会后悔。虽然跟你一起吃顿饭都只能到这种人迹罕至的地方；虽然在给你打电话之前，都要揣量你是否方便接听；虽然在我最需要你的时候，你就算近在咫尺也不能伸出手来；虽然我梦想跟你牵手走在太阳下，但最终我只能跟你交换一个眼神……"

　　李海愧疚地望着晓菲："晓菲……"

　　"这一切我都不后悔，我唯一希望的是你能体谅我，在穿上婚纱的时候，我会比别人更多一分失落。"

　　李海拥晓菲入怀："都是我不好。如果我是单身，我会毫不犹豫地娶你。"

　　"生活没有如果，只有结果。"

　　"结果是，我依然爱上了你，除了婚姻，我愿意给你我的一切。"

　　晓菲将头埋进李海怀里。李海抬头看着天："星星出来了。"

　　"哪一颗是织女？哪一颗是牛郎？"

　　李海不确定："这一颗？那颗？或者是那两颗？"

　　"你说，他们见面第一句话会说什么呢？"

　　李海想了想："牛郎一定会说，织女，我们去买两个手机吧，这样就算不见面，也能天天发短消息了。"晓菲笑："那也不行，你知道这两颗星相隔多远吗？"

　　"不知道。"

"八十八光年。也就是说，发个短消息，至少得一百多年后才能收到。"
"那还不如走鹊桥呢。"
晓菲看着星空："布列瑟农的星空和这里一样吗？"
"我们去看一看，就知道了。"
晓菲惊喜地看着李海："我们可以出发吗？"李海微笑着说："可以。"

加拿大医院的病房里，吴婷、小雅、佩佩边走边谈。
小雅说："……我把房间都收拾出来了，她可以直接入住。……"说着，三人走进病房，惊讶地发现病床已经空了，一个护士正在整理床铺。
吴婷问："你好，请问这一床的病人呢？"
护士说："她已经出院了。"
"什么时候？"
"大概五分钟前。"
三人走出去找苏珊。佩佩惊呼："在那里！"只见不远处停车场，老袁将苏珊半扶半塞地弄上车，关上了车门。小雅大喊："苏珊！"但是老袁已经上车，车开走了。

吴婷开着车，佩佩在旁边紧张地打着电话："……我们现在在 82 号公路上，从南往北方向……麻烦你们快点儿……"小雅在后面敲打着吴婷的座椅："快，快……他们准备出去了……左转！左转……"
吴婷沉着地说："我跟着呢！"身后，有警笛声远远传来。小雅回头："好像警察已经跟上来了！"佩佩说："谢天谢地，苏珊有救了！"

两辆警车、老袁的车、吴婷的车都停了下来，警察正在调查。
老袁大发雷霆："绑架？太荒谬了！这是我太太，我刚从医院把她接回家！"
吴婷与小雅从车里扶出苏珊，吴婷说："没事了，苏珊，你已经安全了。"苏珊神色不安。老袁拖过苏珊："你自己跟警察说。"
所有人都看着苏珊。苏珊终于轻声开口："这是我先生，他没有绑架我，我是自愿要跟他回家。"吴婷几乎不相信自己的耳朵。
警察耸耸肩，离开了。三个女人站在原地，都很沮丧。
吴婷说："走吧。"
吴婷来到自己的车前，开门，拿起驾驶台上的手机，发现好几个刘晓宇的未接电话。吴婷拨通电话："晓宇，对不起，刚才出了点事，就没接到你的电话。"
刘晓宇："没什么，我就告诉你一声，一个小时前，苏珊给我电话，取消了所有的代理。"
"啊？"
"她改变主意了，不想离婚了。"

"我也刚刚知道。"

路边，晓菲拖着行李走过来，李海的车驶来停下。
李海打开车门："小姐，去哪儿？"
"去布列瑟农。你这车走吗？"
"巧了，这是去布列瑟农的专车呢。"
晓菲笑着上了车。
"请假还顺利？"
"其他栏目是女生当男生用，男生当畜生用，畜生当机器用。但是在寇姐手下，我直接就被当机器用了。六年了，我这机器也该检修几天吧。"
李海笑着说道："寇吕这么厉害？"
"她就是一个工作狂，然后把所有手下也都逼成了工作狂。"
"我手下背后也这么骂我。"
"那我们出去这么几天，你公司的事儿安排好了吗？"
"没有。不过，再大的事，都没有你重要。"
晓菲欣慰地一笑。

澄海置业走廊里，马林不满地说："现在正在最忙的时候，他怎么能离开呢？"
办公室主任说："李总说他有很重要的事情。"
"什么事情比开盘还重要？"
"那就不知道了。"
"他要走几天？"
"至少一个星期。"
"什么？"
"李总走的时候说了，有事就跟你汇报，一切交给你全权负责。"
"他也太信任我了。"
"可不是。"
"李总是不是又在筹划什么大手笔？"
"估计是。而且这事挺秘密的，都不让小刘送他去机场，只让小刘下午去机场把车开回来……"
两人边说边走。老陈从自己的房间里探头出来，看着他们的背影，神色颇有些好奇。

车上，晓菲对着天窗外的天空，喊："我要去布列瑟农了！"
"小心点！"
"赵晓菲携最爱的男人出访布列瑟农！"
"呵呵。"

李海的手机响了，李海接起："你好，我是李海……英子……什么？你在哪儿？你再说一遍……好，你等着。"
李海踩了刹车，挂了手机。
"怎么了？"
李海困惑地说："英子回来了，她说她现在在枣阳机场，要我去接她。"
"她……她不是在加拿大吗？"
"是啊。事先没有人告诉我她要回来。"
"你是不是搞错了？要不，你再……"
李海的手机再次响起，李海对晓菲："是吴婷。"
晓菲沉默了。
李海接起电话："婷婷？"
吴婷焦急地说："海子，我刚刚接到英子的电话，说她现在在枣阳。"
"是，她刚刚跟我联系了。"
"那我就放心了。"
"她回枣阳连你都不知道？"
"他们学校还有一周才上课，她跟我说，跟彼得他们去远足几天，我同意了，我没想到，她一个人跑回了枣阳。她现在在哪儿？"
"她现在在机场，我马上去接她。"
"接到她之后，再给我一个电话。"
"她为什么不跟我们打招呼呢？"
"你女儿最近这段时间都这样。"
"行吧，我现在去接她了，再见。"
"再见。"
李海挂了电话，抱歉地看着晓菲："晓菲，你都听见了。"
晓菲问："你现在要去接她？"
"是。"
"那我们呢？"
李海迟疑着，说道："我们……我们有的是时间。……我们可以下次……"
晓菲拉开车门，拖起自己的行李，走下车去。
李海喊道："晓菲——"
但晓菲已经走远。李海看看表，发动车，开车离去。
晓菲拖着行李，表情十分郁闷。马路上不断有车从晓菲身边呼啸而过。手机响了，是李海来电，晓菲拒绝接听。李海听着拒绝接听的信号，皱着眉，无奈放下。
回到出租屋里，晓菲扔下行李，倒在床上。

机场门口，英子等待着，李海的车开了过来，停下，李海高兴地下车：

"小李。"

英子板着脸："你怎么现在才到？"

李海一怔："我一接到你的电话，可就赶来了。"

英子问："半路没上哪儿拐个弯？"

李海："从市区到机场二十多公里，还要堵车，我只花了十五分钟，这速度已经可以去参加方程式了。"

英子白了李海一眼，将行李扔给李海，自己上车。李海乐呵呵地开着车："小李，是不是想老李了？"

英子答："不是。"

"那你怎么突然回来了？"

"我想外公外婆了。"

"真乖。不过，你回来还是该跟你妈说一声。"

"跟她说，什么事都办不成。"

"你怎么老对你妈这个态度。"

"难道你不觉得我妈这人心里不装事，很好糊弄吗？"

"胡说。就算不跟你妈说，也该跟我说一声。"

"那怎么行呢？你那么忙，耽误了你的正事可就不好了，是不是，李总？"

"你这孩子，怎么说话怪里怪气的？"

"我说话一直都这样，只是你心里有事，所有才会觉得我怪里怪气。"

李海摇头。

李海别墅里，英子收拾着床铺。

李海在门口打电话："……已经到家了，你放心吧。……不过，她好像有什么心事，跟我说话也是爱理不理的……行，再见。"李海挂了电话，走了进来，问："英子，我回公司一趟，你就好好睡一觉，晚上我回来陪你吃饭。"

英子上了床："不用了。我晚上已经安排好了。老爸，你想干什么就干什么吧。"

"你安排了什么？"

"我要去见老同学，说不定要很晚才回来，所以，你是自由的。"

"那要不要我送你？"

"不用了，回了柬阳，难道我还会找不到路？"

"行吧，需要什么给我打电话。"

李海转身出去了。英子一跃而起。

英子从房间窗户望出去，只见李海的车开走了。英子立刻行动起来。英子冲进李海卧室，翻箱倒柜，然后查看衣帽间，查看卫生间。英子翻找着沙发的缝隙，终于她摸到了什么，兴奋而艰难地抽出来，一看是一只废弃的笔，英子失望地扔到一边。英子摸出自己的手机，凭着记忆，开始拨晓菲的号码，但是关机。

澄海置业走廊里，李海走来，与老陈狭路相逢。

老陈惊讶地问："李总，你不是出门了吗？"

李海郁闷地摇摇头："计划变了。"两人擦肩而过。老陈扭头看着李海的背影。

马林迎上李海："李总，你这是回来了，还是就没走？"李海苦笑着说道："我就没走。"马林说："太好了，有几个事，还是得你亲自做主。"李海说："那就开会吧。"

老陈将这一切听在耳里。

澄海置业行政办公室，工作人员忙碌着。

老陈走了进来，径直走向一个女孩："小艾。"小艾说："陈总。"老陈说："别这么叫，我早就不是什么总了，叫我老陈。"小艾笑了笑。

"我问件事，李总这回是去哪儿出差？"

"不知道。"

"你不是专门负责给李总订机票订酒店吗？"

"但是这次没要我订，是他自己订的。"

在房间里，英子注视着电脑，只见代表李海的红点正在慢慢靠近家的方向。在别墅门口，李海停好车，拨晓菲的手机，还是关机。李海无奈地收起手机，开门，愣住，只见英子背着包，一副出门的打扮。

李海看看表："英子，你还要去哪儿？"

"爸爸，我想外公外婆了，我想去跟他们住。"

"这都几点了，明天再去吧。"

"不，我现在就要去。"

"外公外婆也已经睡下了，你去不是打扰他们吗？"

"不！今晚上如果不看到他们，我就睡不着，我一定要去。"

"英子，别任性。"

英子撒娇地说："爸爸，求你了，我就几天假，我想多一些时间陪他们，你就让我去吧。"李海无奈地说："那我送你去。"

一个茶坊里，老陈与周兴密谈。周兴沉吟着："叠峰阁三期要开盘，他还要走，那么这件事一定是非同小可。"

"我想也是，所以赶着来跟你汇报。"

"机票都自己亲自订，说明这件事情是不可告人的。"

"是很神秘。"

"他又在搞什么阴谋诡计呢？你能不能打听出来。"

"这有点难，连马林都不知道，我就更不清楚了。"

"你说他都去了机场了,但是没有走成。"
"是。"
周兴思考着说道:"我在航空公司正好有朋友……"

加拿大苏珊家门外,吴婷、小雅、佩佩坐在吴婷车上,监视着苏珊家。
佩佩说:"有辆车出来了。"
吴婷说:"车上好像只有老袁和他儿子。"
小雅说:"现在苏珊一个人在家,我们要不要去敲门?"
吴婷说:"等等再说。"
佩佩说:"苏珊出来了。"
小雅说:"她也开上车了。"
佩佩说:"我们要不要把她拦下来?"
吴婷说:"先跟上去再说。"

李海别墅的主卧里,床头的钟显示此时是凌晨一点,李海已经睡熟。突然,李海醒了,他警觉地睁开眼睛,楼下传来了一丝异响。李海慢慢起身,有轻轻脚步声,正在上楼。李海悄然下床,左顾右盼,抓起梳妆台上一个雕塑,来到主卧门口。

李海屏息细听,那脚步声正在悄悄地接近主卧门口。李海紧紧握着那雕塑,表情紧张。那脚步声停在了主卧门口。李海一咬牙,猛地拉开门,举起雕塑,就要砸下。门外的人发出一声尖叫:"啊!——"李海猛地收手,一个踉跄,吃惊地望着英子:"英子!"英子也吓得够呛。
"你不是回外婆那里了吗?"
英子喘着气:"爸——你把我吓坏了!"
"你把我才吓坏了。"
李海顺手开灯。
"你怎么又回来了?"
"我……我在那边睡不着,于是就回来了。"
"你这不是折腾吗?"
英子沉默。
"就算你要回来,也该给我打个电话。"
"我怕影响你休息。"
"可你这样多危险,刚才那一下,万一我砸下来了,伤着你了,怎么办?"
"行了,行了,我知道了,以后我不会了。"
李海无奈地说:"快去睡吧。"
"嗯。"
英子飞快地瞄了一眼主卧,确认把什么都看清楚了,才溜进自己的房间。李海走进房间，悻悻地将那雕塑放回妆台，上床，心有不甘，又起来，拨了吴婷的电话。

李海拨通了吴婷的电话："我实在受不了英子了。"吴婷正在开车："怎么了？"

"十一点半，该睡觉了，突然跟我说，她想去外婆家住，我只有把她送去；然后我回来，刚睡着，她又自己跑回来了！"

"这孩子做事情，就是喜欢心血来潮。"

"她说她在那边睡不着。害得我还以为家里来贼了，差点伤着她！"

"现在没事了吧。"

"现在她去睡觉了，但是我睡不着了！我明天还要开整整一天会呢！"

吴婷笑道："海子，你照顾英子这才一天，你就要崩溃了；可我带她，已经十多年了。"

"小时候不是这样啊？"

"现在是青春期。"

"唉——"

"没事，她还有几天就开学了，到时候你也解脱了。"

"再见。"

"再见。"

吴婷挂了电话。

小雅问："李海的电话？"

"嗯。英子一声不吭突然跑回枣阳去，让李海很头疼。也好，让他知道带孩子的辛苦。"

这时，吴婷突然说道："苏珊转弯了，看样子，她好像要去超市。"

加拿大超市停车场里，苏珊下车，锁好车门，转身，愣住。吴婷、佩佩、小雅拦在面前。苏珊转身要走。

"苏珊，我们只想帮你。"

"求求你们，不要管我的闲事。"

"如果你过得很幸福，很快乐，我们一定不管你。"

"我过得怎么样，跟你们没关系。"

"我们总是朋友吧？"

"你真的愿意这样跟老袁过下去？"

苏珊停下了离开的脚步。

"苏珊，如果你真的舍不得老袁，我们决不会勉强你；如果你不愿意和我们交往，我们以后也不会再打扰你；但是你记住，如果你需要帮助，我们永远都在你身边。"苏珊慢慢转过身来。

加拿大咖啡馆里，她们几个在讨论苏珊离婚的事。

苏珊说："我没法跟他离婚。"

吴婷问："为什么？"

苏珊悲戚地说："离了婚，我就什么都没有了。"

"这点你不用担心，我咨询过律师。按照加拿大的法律，老袁的所有财产你都有权分割；除此之外，你还可以要求赡养费；他的家庭暴力行为，只要你举证，法院还会判他额外赔偿。"

"老袁说如果我要跟他离婚，他一分钱都不会给我；而且他的公司现在欠银行的钱，离婚之后，那些债务我也有份儿！"

"你清楚他的公司经营情况吗？"

"他的公司都在国内，我从来没有过问过。"

"你有没有朋友在他公司，或者认识的人？"

苏珊摇头："没有，自从出来后，跟从前的朋友都断了联系。"

"就算分不了他的钱，加拿大这房子你总有份儿吧？"

"那房子是老袁姐姐的名字。"

"那你名下有什么？"

"什么都没有。"

大家一下子沉默了。

"苏珊，如果你怕离婚后生活有问题，我可以帮你！"

"吴婷，谢谢你，小雅，佩佩，谢谢你们，但是我自己的事，我自己心里有数。"

吴婷拉住苏珊："你听我说……"苏珊掰开吴婷的手："求求你们，不要管我了。我得走了，一会儿老袁回来，看我不在家，又要生事了。"苏珊站起来，离去。

健身会所里，晓菲戴着耳机，无精打采地蹬着自行车。媛媛走过来，晓菲不闻，媛媛扯下了晓菲的耳机，晓菲这才注意到媛媛。媛媛看着晓菲："你脸色好憔悴，是月经失调还是失恋？不过，你生活中连男人都没有，也没有资格失恋。"晓菲苦笑了一下。

"你最近怎么样？"

"挺好。"

"我一直在担心你。"

"我有什么好让你担心的，我现在想买什么就买什么，梦想成真，开心得不得了。"

"媛媛，我问你一个问题，你的那个……那个他，有家庭，你会不会因为他总把家庭放在第一位，而……而有一种被忽视的感觉？"

"你绕来绕去，到底要说什么？"

"你真的一点都不介意他有家庭吗?"

媛媛一笑:"我只介意他有钱没钱以及愿不愿意在我身上花钱。"

晓菲甩甩头:"你没救了。"

"但我有钱了,晚上我请客。"

晓菲环顾左右:"最近李海来过吗?"

"来过一次吧。"

"他……还好吗?"

"应该没什么吧。你知道的,自从上次那件事后,我都躲着他,都是我同事在接待他。"

"哦。"

"听我同事说,他时时刻刻都在听一首英文歌,怪里怪气。"

有客人进来,媛媛连忙迎上去。晓菲犹豫着,拿起手机,开机,片刻后,短消息提示,有十二个李海的未接来电。晓菲的眼睛有点潮湿。

澄海置业会议室里,所有人都是一脸憔悴与疲惫,唯独李海神采奕奕。

李海说:"……那就这么定了,三期提前开盘!各部门下去之后,按照今天会议的决定,马上开始准备。"

众人回答:"是。"

"散会吧,大家都早点回去休息。"

没有人行动。

李海诧异:"你们怎么都不走?"

马林说:"海总,现在已经是凌晨五点多了,是吃早点的时间,而不是早点儿休息的时间。"

李海说:"不好意思,耽误大家这么久,这样吧,大家都回家睡一觉,十一点再来上班。"众人这才纷纷起立。

马林对李海说:"其实我包里还有一个策划案,但我估计,如果我抛出来的话,我们这会还得推迟两个小时才结束。"

李海笑道:"是一个什么策划案?"

"我想继续跟赵晓菲合作,延续'给爱一个承诺'这种思路,大力推广公益性宣传,提升澄海品牌。"

"你跟晓菲商量过吗?"

"还没有,听说她最近请假了。我过几天再找她。"

李海点点头。

散会后,李海开着车,遇到红灯,遂停车若有所思看着远处的晨曦。绿灯亮了,但李海却转向右方。李海开车来到晓菲住的楼下,注视着楼上晓菲的窗口……

十六

　　早上，穿着睡衣的英子走下楼梯，大声叫着："老李，昨晚你啥时候回来的……"无人回应。英子愣了一下，转身上楼敲门道："老李——"虚掩的门开了，英子走进来，床铺很整齐，显然昨夜无人动过。她立刻奔进自己的房间打开电脑，开始跟踪，李海的信号出现，但是不在澄海置业，而在一条陌生的街道——玉双路。她的表情一下凝重起来。

　　早晨，晓菲走出单元门，向着自己的车走去。突然，她愣住了，李海的车停在前面。晓菲犹豫了一下，来到李海车前。李海放下车窗，以命令的语气说："上车。"晓菲犹豫了一下，还是上了车。这时，一辆出租车驶来，出租车上坐的是英子，她好奇地张望着。突然，她认出了前方李海的车。"师傅，麻烦你跟着那辆车。"英子说道。

　　车上，晓菲看着李海的侧脸，他的胡楂已经出现。
　　"你一夜没睡？"晓菲问道。
　　"开会开到五点多，把他们都放回家了，我心里放不下你，不知不觉就把车开到这里来了。"
　　"你就这样在楼下等了三个小时？"
　　"嗯。"
　　"为什么不给我打电话？"
　　"你一直关机。"
　　晓菲轻声地说："我昨晚已经开机了。"李海有些意外，沉默片刻说："晓菲，对不起。"
　　"你没有做错什么。"
　　"我有妻子，有女儿，有的时候，身不由己，只有委屈你了。"
　　"其实，是我任性了，既然爱上一个已婚男人，就必须学会承担这些。你给了我从没体会过的快乐，我超出常规的付出，也是应该的。"两人互相凝望，刹那间，都理解了对方。李海拉起晓菲的手："晓菲，谢谢你，谢谢你的体贴。""我也谢谢你，让我感受到了恋爱的幸福。"两人都没有留意跟踪而来的出租车。

电视台门口，李海的车停下，晓菲下车。"晚上一起吃饭。"李海发出邀约。
"不用了吧，你有时间就多陪陪英子。"
"那你？"
"我没事，你不用管我。你跟英子一年里见面的时间不多，应该多关心一下她。"
李海感激地望着晓菲："好，那过两天，等英子走了，我给你打电话。"
晓菲点头："再见。"
李海的车驶走。晓菲转身走进电视台。突然，有人在身后试探地喊了一声："晓菲。"晓菲转头："请问，你是哪位？""你就是赵晓菲？"英子问道。

咖啡馆里，英子与晓菲相对而坐。
英子严肃地说："我希望我们俩能像两个女人一样进行今天的谈话。"
晓菲有一点好笑："你多大了？"
"十八。"
晓菲想了想："你不会超过十七。"
"这跟年龄没关系，我已经长大了，已经是一个女人了，而且，我也有男朋友，我知道谈恋爱是怎么回事。"
"好吧，你想说什么？"
"你多大了？"
"二十八。"
"原来你是一个剩女，找不到男朋友，难怪抓住我老爸不放。"
晓菲镇定地笑了笑。
"你笑什么？"
晓菲温和地说："你刚才说你知道谈恋爱是怎么回事，但我觉得，你好像又不知道。"
"你还真以为你和我爸在谈恋爱？我告诉你，我妈妈是一个非常完美的女人——她比你漂亮，比你有气质，更比你高贵，她甩你几条街呢！"
"我见过她，你说的全对。"
"你不过就是比她年轻几岁嘛，那又怎么样？你有我年轻吗？你有活力又怎么样？你有我有活力吗？我们母女俩加在一起，你输定了。"
"我和你们之间没有什么战争，何来输赢呢？"
"算了吧，你别装了，我知道你现在一心想从我妈手里把我爸夺走。我告诉你，我爸爸根本看不上你这种女人，他就是空虚寂寞，玩玩而已。"
"这个我自己会判断。"

"你要是聪明人，就别缠着我爸了。"

"英子，我和你爸爸在一起或者分开，都是我和他之间的事情，跟你没有关系。"

"你的存在威胁了我们全家，我是我家里的一分子，怎么跟我没有关系呢？"

"我没有。你们的家庭依然很完整，对你而言，李海仍然是你爸爸，一分都没有打折。"

"但是他为了你欺骗我妈妈！"

晓菲沉默。

"离开他吧，这也是为你好。"英子劝道。

晓菲看着英子，缓缓摇头。英子急了："我苦口婆心说了这么多，你好歹听两句啊。"

"一个二十八岁的剩女应该有自己的主见。"

"你是不是要钱？我的压岁钱存了好几万了，我都可以给你；如果不够的话，我爸给我的基金，我满十八岁就可以自己支配了，我可以先打欠条给你。"

"英子，事情不是你想得那么简单。"

"那你想要怎么样？"

晓菲拿出手机："我要打电话给你爸爸。"英子按住晓菲的手："刚才都说了，这是两个女人之间的对话，不用牵扯他进来。"

"那么你要说的，说完了吗？"

"暂时没有了。"

"我可以走了吗？我还要上班呢。"

"反正今天我说的话，你好好考虑之后给我一个答复。"

"英子，我现在就可以答复你。我二十八岁了，找不到男朋友，并不是因为我条件差，而是我很难遇到一个跟我在一个频率上的男人，但是恰好你爸爸是这样一个男人，他懂我，我也懂他，我们相互非常珍惜。也许将来有一天，我和你爸爸会走不下去，但是在现阶段，我绝不放弃。"

英子站起来，声嘶力竭地说："那我也告诉你，我——李英子，吴婷与李海的女儿，我会用我的一切去保护我妈妈，用我的一切去保护我的家，我会不惜一切代价！"说完转身离开了，晓菲呆呆地看着英子离去的背影。

李海别墅客厅里，李海问英子："你到底知道多少？"

"我都知道了。"

"你妈妈呢？"

"我没告诉她。"

李海松了一口气。

"爸爸，趁妈妈什么都不知道，赶快跟那个坏女人断绝所有的关系，我们家仍然是幸福的一家。你在我心中，还是最完美的爸爸。"

"英子，这件事情，不是你想得那么简单。"

"这能有多复杂，你现在马上打电话给她，叫她不要再纠缠你！"

英子把电话塞到李海手中，李海放下电话说："英子，这是我的事，我自己会处理好的。"

"不，你必须马上处理。"

"英子，相信爸爸。"

"那你告诉我，你打算怎么处理？"

"这你不用管了，唯一需要你做的，就是帮爸爸保密。"

"我可以帮你保密，但是你必须和那个坏女人断绝所有的关系。"

"英子，你该回加拿大了。"

英子倔强地说："不，你不和那个坏女人分手，我是不会回去的。"

在加拿大黄蓉与卫东洋房的车库里，由于空间十分狭小，娜娜只能趴在床上与英子聊天。

"我跟那个贱人交手了！"英子的声音从手机里传来。

"啊，你找到她了？是哪一个？"

"就是你房东的表妹。"

"讲来听听。"

突然，整个房间一片漆黑。娜娜举着手电筒，走出来高声喊着："黄阿姨，怎么停电了？"

黄蓉走出来说："是我拉了闸。"

"为什么？"

"你们该睡觉了。"

"这才十一点。"

"从今天起，十一点准时睡觉！这也是为你们好，让你们养成早睡早起的好习惯。"

"你又是为了省钱吧！"娜娜不屑地说。

"节约也是一个好习惯。"

"可我交了租金给你的。"

"我才收你四百块钱！你又要住我的房子，又要吃我的早饭，还要用我的水电！……这些也没啥，但是你要天天熬通宵，我可就亏不起了！"

"你太吝啬了！"

黄蓉脸色一变："嫌我吝啬，那你搬走啊！前面那条街上正好有空房，随便你晚上熬到几点，但是七百块钱一个月，你搬呀！"

娜娜无话可说，转身走进车库，重重地关上了门。

黄蓉得意地笑了，随后走进卧室。卫东劝道："何必跟小女孩那么认真呢？"

"世界上怕就怕'认真'二字。"

"那点电，能值多少钱。"
"积少成多，节约归己！"
"传出去不好。"
"哎呀，你就安心上你的班，家里的事儿你就别管了。"黄蓉不耐烦地说道。

第二天一早，晓菲刚走出单元门，她突然愣住，英子正看着自己。晓菲惊讶地问："英子，你怎么在这儿？"
"那件事情你想清楚了吗？"
"不好意思，我赶着上班。"
"我爸爸是不可能和我妈妈离婚的，我从来没有见过哪一对夫妻像他们那样相爱……"
晓菲拉开自己的车门。
英子追上去："我爸爸之前才回了加拿大，你知道他回去干什么吗？他是特地回去庆祝和我妈妈结婚十八周年的。十八年，那是六千多天，你跟他才认识几天啊？你能跟我妈妈抗衡吗？"
晓菲上车道："英子，我没有要跟你妈妈争什么，也从来没有想过要拆散你们的家庭……"
英子对着驾驶室里的晓菲喊："那你现在的行为算什么呢？"
"英子，我很抱歉。"
"我不要道歉！我要你永远不再和我爸来往！"
"不好意思，我要迟到了。"
晓菲发动车。英子退后一步说道："只要你继续缠着我爸，我就会一直缠着你……"晓菲匆匆将车开走。

晓菲开着车，电话铃响起，"你好，我是赵晓菲……"
"我是李英子。"
"不好意思，英子，我在开车，不方便接电话。"
晓菲挂了电话。片刻，短消息响起，晓菲拿起一看，是英子发来的："你甩不掉我的！"晓菲叹息一声，放下电话。突然她脸色大变，猛踩刹车！汽车刹住，但距离一辆电瓶车几乎只有几厘米。电瓶车车主破口大骂："你怎么开车的？"晓菲连声道歉："对不起。对不起。"电瓶车车主骂骂咧咧地离去。晓菲长出一口气，甩甩头。手机短消息又响，晓菲拿起一看，还是英子："只要你缠着我爸，我就永远缠着你！"

电视台门口，英子坐在街边的长椅上给赵晓菲发着短消息："只要我在，你就休想得逞。"她得意地按了发送键。突然，一辆车开到她面前，李海沉声说道："英子，上车！"

"我不。"

"上车！"

看李海的脸色很不悦，英子无奈上了车。回到家后，李海拉出英子的行李箱说："机票我已经给你订好了，明天小刘送你去机场。"

"我不走。"

"那我让你妈来接你。"

"那我就把一切都告诉我妈！"

李海停手，耐住性子劝说道："英子，乖，听爸爸的话。快开学了，你得回去上课。"英子哭着说道："家都没有了，还上什么学啊！"

"这些事情你不用管！你只需要把书念好！"

"不，我就要管！"

"就算你要管，你也不能这样去骚扰赵晓菲！"

"我就要！她一天不离开你，我就骚扰她一天。"

李海疲惫地说："英子，回加拿大去！"

"你就想把我支开，然后你就可以和赵晓菲在一起，我才不上你的当呢！"

"你必须给我回去！"

"你要让我回去，我就去死！"

李海愣住。英子生气地将行李箱推倒在地，然后冲上楼去。李海看着一片狼藉，颓丧地坐下。

英子躺在床上，发送着短消息："你别以为你找了我爸，我爸就能把我怎么样？我爸最爱的就是我。"突然，她听到汽车发动的声音，她奔到窗前，正看见李海的车驶出。英子打开电脑，搜寻着李海的信号。

咖啡馆里，李海与晓菲相对而坐。李海无奈地说道："英子不走，还用死来威胁我，我不知道该拿她怎么办？"晓菲深深吸了一口气说："李海，我们分手吧。"

李海一惊："不。"

"你听我说……"

"你先听我说，英子她只是个孩子，她只是本能地要去维护她妈妈。她哭她闹，只是要发泄她内心的不满，过两天就没事了……晓菲，我知道这事很难处理，但是你相信我，给我一点时间，我一定可以把她劝回去。"

晓菲摇头："我一直以为这份爱能给我很多勇气，可以让我面对所有非议。但是一个十六岁的英子，已经让我溃不成军了。我不敢看她的眼睛，不敢接她的电话。"

"我会让她别再骚扰你。"

"不仅仅是骚扰。一想到这么一个小女孩因为我而痛苦，我愧疚，难受，自责，痛苦……"

"你们都是我爱的人，我不愿意看到英子现在这样，也不愿意看到你痛苦……

相比你们，我的痛苦是双倍的，但是我愿意承担，因为如果失去你，我的痛苦会再加倍。"

晓菲沉默了。李海牵起晓菲的手说："晓菲，这事你不用管了，相信我，我会处理好的！"晓菲轻轻叹息。突然，一个杯子砸过来，晓菲猝不及防，被砸到肩头，洒了一身水。晓菲与李海惊呆。只见英子已经冲过来，朝晓菲挥舞着巴掌，晓菲闪躲着，但是脸上已经添了几道血痕。英子嘴里骂着："贱人！你勾引我爸爸！我灭了你！"李海抓住英子呵斥："英子，你干什么？跟阿姨道歉！"

"她不是阿姨！她是贼！不要脸的贼！"

"啪！"李海一个耳光打在英子脸上，所有人都惊呆了。英子捂着脸，颤声说道："爸，你打我？"李海脸上掠过一丝悔意，但仍然强硬地说："英子，你必须道歉！"英子退后一步，摇着头说："从小到大，你从来没有打过我……""你刚才太过分了！"李海也很生气。英子爆发地尖叫："李海，你竟然为了这个女人打我！你不是我爸爸！"随后转身跑开。晓菲喊着："英子！"李海狂怒地吼着："让她去！我没有这么没教养的女儿！"晓菲急了："她这样跑出去会出事的！"李海咬着牙，还是不动。晓菲转身追了出去："英子！"

马路上，英子哭着，跑着，眼泪飞洒地穿过马路。突然，喇叭尖叫，英子抬头一看，一辆汽车朝自己开来。她顿时呆住了，那汽车也在刹车，但是仍然不可阻挡地朝英子撞来。英子吓得不能动弹，突然，有人冲了过来，竭尽全力，将英子推开。英子倒在马路边上，那汽车已经停下，但是有人已经被撞飞几米远，是晓菲！英子呆住了。一摊血慢慢从晓菲身下洇开。

李海与英子守在抢救室门外，两人都没有说话。李海的眼睛紧紧地盯着墙上的钟，英子望着自己的脚尖，她无意中转过眼神，愣住，血从李海的手上一滴滴落下。"爸爸，你的手。"李海这才注意到，手抓得太紧，指甲已经把自己的手戳破。英子慌忙拿出纸巾，为李海擦拭着。看着低头忙碌的女儿，李海轻轻叹口气。门开了，医生走出，他们连忙站起来。

"医生，她怎么样？"李海问道。

"暂时没事了，腿部严重骨折，有轻微脑震荡，身体还有多处软组织挫伤，幸运的是，目前还没有发现脏器损伤，但是还需要密切观察。"

李海几乎站立不稳："谢谢。"

英子轻轻松了一口气。护士将晓菲推了出来，李海连忙扑上去："晓菲，晓菲！"英子想跟过去，又犹豫了。李海拉起晓菲的手，晓菲也紧紧地握住李海的手微弱地问道："英子呢？""在这里。"李海将英子从身后拉出来。英子躲避着晓菲的眼神。"英子，你没事吧？"英子摇摇头。晓菲努力笑了笑："束阳不比加拿大，车多，出门要小心。"英子含着泪，不由自主地点点头。突然，李海手机响了，所有人都愣了一下。

李海接起电话:"婷婷……还没回家呢……英子跟我在一起……好。"李海把电话递给英子,英子迟疑着,不敢去接,电话僵在半空。"你妈要跟你说话。"李海催促着,英子看看李海,又看看推车上的晓菲,终于伸出手去,她低声说道:"妈……我跟爸在外面聊天呢……没事,挺好的……好,我们马上就回去……再见。"李海紧张地看着英子,听到"再见"二字,他暗暗松了一口气。英子将电话递给李海,只见李海的手还紧紧握着晓菲的手,她叹息一声,转身黯然离去。晓菲艰难地说:"英子她……"李海劝慰晓菲说道:"没事,让她自己好好想一想吧。"

　　英子在房间与娜娜通着电话。
　　"我不知道我该怎么办?我最恨的人突然变成了救命恩人。"英子苦恼地说道。
　　"哇,简直太逆转了!"
　　"你说,我是该继续恨她,还是该感谢她?"
　　"你别问我,我也不知道。"

　　晓菲的一条腿打着石膏正在输液,媛媛与张俐进来了。媛媛大呼小叫:"这么大人了,过街都不小心!"晓菲笑着连忙坐起。
　　"现在感觉怎么样?"张俐问道。
　　"已经没事了。"
　　晓菲摸摸张俐的肚子:"你身子不方便,还来做什么?"
　　"我得看看你才放心。"
　　"赵伯伯知道不?"媛媛问着。
　　"他跟着一个什么摄影协会去敦煌拍照片,我没告诉他。"
　　"那就别让赵伯伯知道,免得他担心。"张俐说道。
　　"就是,断条腿,也不是什么大事。"媛媛开着玩笑。
　　"你这话说的,你上次指甲断了,还哭了半天呢。"张俐揶揄着媛媛。
　　"那指甲我可养了一个多月才养成那样,断了当然心痛。"
　　晓菲拍着石膏说:"我这个养一个多月也就回来了。"
　　"要不我来照顾你吧,反正我也没事干。"媛媛主动请缨。
　　"有护士呢。"
　　"护士哪有自家姐妹贴心?"
　　"媛媛,谢谢你,但真的不用麻烦你。"
　　"是不是已经有帅哥在照顾你了?"晓菲脸一下红了:"没有。"
　　"赵晓菲,你根本不擅长撒谎,你看你,脸都红了。"
　　"有也是好事啊!"张俐也笑着说。
　　"我不跟你们说了。"
　　正说着,有人敲门,大家转头,只见马林捧着一束花站在门口。

英子回到了加拿大，吴婷开车接她回家，英子坐在后座上心事重重地望着窗外。
"外公外婆怎么样？"
"就那样。"
"他们有没有说你长高了？"
"没怎么说。"
"去看爷爷了吗？"
"看了。"
"爷爷怎么样？"
"老样子。"
"他这回认出你了吗？"
"没。"
"见同学没有？"
"见了。"
"他们还是水深火热？"
"是。"
"英子，你怎么了？"
"没什么。"
英子靠在后座上，闭上了眼睛。

医院门口，媛媛拎着水果进来，远远地看见晓菲，连忙快步奔过去。突然，她停步，李海扶着晓菲，几乎半搀半抱，两人向门口走来。晓菲与李海也看见了媛媛，便停住了脚步。"媛媛。"晓菲和媛媛打招呼。"海哥，你好，你怎么在这儿？"媛媛问道。李海正要回应，晓菲抢着回答："他来看我，正好医生说我可以出院了，于是我就麻烦他送我回去。"媛媛冷冷地看着晓菲，晓菲的脸慢慢红了。

李海扶着晓菲走进客厅，将她安顿在沙发上，媛媛跟在后面。
"晓菲，如果没什么事，我就先走了。"李海说道。
"谢谢你。"
"媛媛，再见。"
"海哥，慢走。"
李海出去了，媛媛关上门，帮晓菲在后腰垫上一个枕头。"我不是让你别来吗？"晓菲说道。
"我想着你腿上还打着石膏，办出院手续什么的不方便，所以还是来了。不过，没想到，你还真不需要我。"
晓菲尴尬地说："李海来也是碰巧。"媛媛拉了张凳子，在晓菲面前坐下。
"你要干什么？"晓菲问。

"我问你，你和李海到底是怎么回事？"

晓菲的脸红了，支吾着："我们没什么啊。"

"没什么你脸红干吗？"

"我？我……"

"其他事我不如你，但男女之事，你还瞒得过我？"

晓菲沉默。

"他看你的眼神，还有你看他的眼神，就跟加了增稠剂一样。"

晓菲轻轻吐出一口气。

"你前两天出现失恋症状，就是因为他？"晓菲终于点了一下头。媛媛将凳子拉近："那你现在是怎么打算的？"

"我什么打算都没有。"

"你没想过给自己怎么弄点钱或者弄套房子……"

晓菲生气地说："媛媛，你要这么想我就不跟你说了！"媛媛抽了一口冷气说："你竟然动了真气？"

"算是吧。"

"那他有没有说要离婚娶你？"

"我从来没有这样想过。"

"钱也不要，人也不要，赵晓菲，你在学雷锋啊！"

"我爱他，我相信他也爱我。"

"他的爱能换成钱吗？"

"多少钱也换不来爱！"

"你们上床没有？"

晓菲犹豫了一下："我不回答。"媛媛沉吟着，转了两圈，焦虑地说："晓菲，你现在刹车还来得及。"

"为什么？"

"这样下去，你会亏得很惨的！"

"我亏了什么？"

"亏了时间，亏了青春，亏了名声，还亏了感情！"

晓菲沉默。

"你要能坐拥百万豪宅，我也不劝你，我还佩服你，但我估计，凭你赵晓菲的所谓傲气，估计连吃顿饭都要跟人家 AA 制；到最后，他回家去了，浪子回头金不换，还是模范丈夫，你剩下什么呢？你只能在这间租来的房子里空虚寂寞，而且时不时还有人闯上门来指着你的鼻子骂你小三儿，骂你狐狸精，骂你作风败坏，而你，连还嘴都还不了一句。"

晓菲瞠目结舌。

媛媛接着说："晓菲，既然他不打算离婚，那就说明他迟早要回到那个家去。如果这样的话，你就只有两条路，要么狠下心，问他要房子、要车子、要信用卡、要生活费、要零花钱，要么就跟他一刀两断，现在！立刻！马上！"晓菲看着媛媛好一会儿说："媛媛，这两条我都做不到。"

"你脑残啦？"

"是，在这个事情上我就是脑残了！"

"赵晓菲，李海是个好人，你要跟他做朋友，我一点意见都没有！但你要跟他谈感情，你前面就是悬崖！"

晓菲沉默。媛媛站起来，恨铁不成钢地一脚踹翻了凳子。

媛媛住处是一套电梯公寓，家具簇新，摆设浮华。周兴正在看电视。媛媛心事重重地推门进去，一屁股坐在周兴身边的沙发上。"今天怎么不高兴？没抢到那个手机？没关系，年底我带你去香港买。"周兴哄着媛媛。

"你不用管我，我自己闷一会儿就好了。"

"我有正经事要跟你说。"

"你这个人全身就没一个器官是正经的。"

"你跟赵晓菲现在关系怎么样？"

"好朋友啊，最好的朋友。"

"你以前不是说她和李海之间什么都没有吗？"

媛媛警惕地望着周兴："是啊。"

"你被骗了，他们俩肯定有一腿。"

"不可能！"

"媛媛，有件事，只有你能做。"

"什么事？"

"你尽量接近赵晓菲，争取从她那里拿到她和李海的证据，要有实质性接触的，有视频或者证物更好。"

媛媛惊讶地问："你要干什么？"

"我要让李海的老婆看看，也让所有人看看，这个楼市楷模是什么样的人。"

媛媛惊讶地说："你还在恨李海？那场拍卖都过去那么久了。哇，你的小气更上一层楼了。"

周兴摇头："我跟李海之间，不只是那场拍卖。"

"还有什么？"

周兴咬着牙，不说话。

"哟，好像仇还挺深。"

周兴从牙缝里吐出几个字："有他没我，有我没他。"媛媛惊讶地问："呀，说说到底为啥？为女人？为钱？为武林盟主的位置还是为葵花宝典？"

周兴沉默。

媛媛想了想："那事你一定搞错了，我今天跟赵晓菲待了一天，人家有男朋友的，我都见了。"周兴摇头。媛媛凑到他面前："真的，我跟赵晓菲关系特别好，她的事瞒不过我。"

"我告诉你,这事是李海身边的人告诉我的,而且已经从侧面证实了,不会有错。"

"李海身边的人?"

周兴点头。

"谁?"

"这个就不能告诉你。"

"你秘密真多。"

"我最大的秘密就是你。"

媛媛勉强笑了笑,周兴站起来准备出门。"你这就走?"

周兴摸摸媛媛的脸:"我也想跟你多待一会儿,但是没办法。""快走快走。"媛媛将周兴推出了门。

吴婷轻轻拨通了李海电话:"海子,我已经把英子接回家了……但我觉得她好像有什么心事。在枣阳,没发生什么吧……没有,她什么都没说,所以我才问你……那行吧,我再观察一下吧……再见。"

李海与高管正在开会,马林发言:"……在现在的市场环境下,三期绝不能恋战,一定快,要抢时间!"李海手机响起,一个陌生号码的短信传来:"小心无间道。"李海疑惑,回了一个短信:"请问您哪位?"没有回音。李海将手机放在一边:"我赞成马林的意见。"

加拿大街头花园里,彼得以及另外两名朋友穿着自己缝制的古装戏服,手拿剧本,正在认真对着台词。

甲:"山伯,祝英台其实是女扮男装。"

彼得:"啊?这么说她是个女的?"

甲:"是啊!"

彼得:"这么说我不是同性恋,但她是异装癖……"

英子与娜娜聊着自己的心事。英子感慨:"生活太复杂了,我爸说他和我妈早就有问题了,但是我怎么从来没感觉呢?""婚姻是双鞋,舒服不舒服只有脚知道。而且越好看的鞋,脚越辛苦。"娜娜指着不远处,一金发女郎脚上的超高跟鞋说:"比如那双。"英子若有所思地说:"我不止一次听见我妈一个人在家里哭,难道她过得也不开心?"

这时彼得喊道:"英子,该你上场了。""我现在没有心思。"彼得靠过来问:"怎么了?"英子苦着脸说:"彼得,万一我爸爸妈妈离婚了怎么办?""离婚?很好啊。""你怎么能这么说!""我爸爸妈妈没有离婚之前,每天都吵架,恨不得拿枪杀了对方;后来,他们离婚了,反而像朋友一样友好。"英子惊讶地望着彼得:

"不会吧?""真的,我妈妈去年结婚,我爸爸还带着女朋友去参加婚礼呢。"

娜娜羡慕地说:"要我爸妈像你爸妈那样就好了,他们解脱,我也解放。"英子感慨:"我就怕我爸妈步你爸妈的后尘。""那也没什么可怕的,你就像我这样,就算他们打世界大战,都置身事外。"娜娜说道。

"对,那是他们的事情,就算他们离了,也不是世界末日。"彼得附和着。

英子叹息一声。

"这事有可能还有另外一个结果。那就是三个月之后,你爸说不定就把那女人忘得一干二净了。"娜娜分析着。

"但万一这事没有蒸发掉,而有一天,我妈妈又知道了真相,我该怎么办?"彼得安慰英子:"你什么都不需要做,你只需要和现在一样,爱你的妈妈。"

英子想了想,点点头。

出租屋楼下,晓菲拄着双拐下来,李海连忙将晓菲扶上车。

"你不用每天都来接我,我可以自己打的。"

"现在打的跟打仗一样,你又是一个伤兵,估计站两个小时都抢不到一辆。"

"但你天天这样,一定会被人猜测的。"

李海干脆地说:"猜就猜吧,我只做我该做的。"

晓菲沉默片刻说:"如果所有人都知道了,我们该怎么办?"

"至少到现在为止,英子什么都没有跟吴婷说。"

"那也只是暂时的。"

"我们先不考虑这个问题,好吗?"

晓菲迷惘地说道:"但这个问题始终在那儿,你可以把它尽量往后推,但迟早,我们会一头撞上去。"

李海沉默着。

"我甚至在想,所有人知道的那天,是不是就是我们分手的那一天?"晓菲无奈地说。"不,我绝不放弃你。"李海坚决地说。

"那时候,只怕你我都身不由己。"

李海停车,拉起晓菲的手问道:"晓菲,跟我在一起,你快乐吗?"晓菲不由自主地点点头:"我很快乐,但是又害怕。"

"怕什么?"

"怕曝光。"

"有我在。"

晓菲看着李海,有些怀疑。李海说:"既然我们现在在一起很快乐,那就别去想远的事情。我们一起往前走,能走多远算多远。"晓菲转过头去,迷惘地看着前方。

寇吕开着车,慢慢拐进电视台大门,前方的车停下,向保安询问什么,突然,她从后视镜里看到李海将晓菲扶下车。

李海对晓菲说道:"下班来接你。"晓菲点点头。李海重新上车,离去了。寇吕一脸诧异。晓菲拄拐,慢慢走过来,寇吕下车,拦住她。

"寇姐。"

"刚才我看到你从李海的车上下来。"

晓菲一下愣住,犹豫片刻:"是。"

"你们俩怎么在一起?"

"我……他……我们碰上了,我在街边打的,他……他看到我了,就停车了。"

寇吕一下释然了:"原来是这样。"

晓菲的脸红了。

"刚才看见你们俩,我心里还咯噔一下,大清早的,这两个人怎么会在一起。"

"偶然……偶然。"

"这事儿怪我,应该找个人每天接送你。"

"寇姐,不用了。"

后面的车按着喇叭,寇吕连忙上车:"我马上安排。"寇吕的车开走了,晓菲站在原地,表情慢慢变僵了。

加拿大银行里的电梯即将关门,卫东紧跑两步,伸手按住,进去后发现经理也在里面。

"亨利先生。"卫东打着招呼。

"威廉,你这时候才下班?"

"是,加了一会儿班。"

"虽然你经常加班,但是我觉得你的效率并不高;与其这样,还不如不加班。"

卫东一怔:"亨利先生,是不是我有什么地方还做得不够好?"

"你的业绩已经连续三个月停滞不前了。但你的同事琳达每月的业绩都在递增。"

"我会尽量努力的。"

亨利打断他:"不!我要的不是尽量,而是必须!如果你每个月的增幅达不到30%,琳达将取代你的位置。"

卫东愣住,电梯门开了,亨利趾高气扬地走了出去。卫东靠着电梯墙,半天迈不动脚步。

卫东回到家,娜娜的房间门口,黄蓉与娜娜正在吵架。"谁让你擦沐浴露和洗发水的时候不关水呢?"黄蓉强势地说。"怎么洗澡是我的自由!"娜娜据理力争道。

"那不管,反正我只要听到水流时间超过五分钟,我就断水!"

"What a miser!"

"No, I am an environmentalist!"

"Fuck!"

"Go fuck yourself!"黄蓉转身离开，娜娜气得半天说不出话。

卫东坐在桌前，捧着饭碗，半天不动。黄蓉得意地走进来说："跟我吵，当年我可是吵遍全村无敌手！还跟我飙英语，我最早学会的单词全是骂人的……"突然，黄蓉觉得卫东不对劲儿，问道："你咋不吃饭呢？"卫东叹息一声，放下饭碗，站起来，打开抽屉寻找着。

"你找什么？"

"我的烟呢？"

"我扔了。"

卫东火了："你扔我的烟干吗？"黄蓉的声音更大："怎么了，让你戒烟不对吗？你毒害你自己还不够，还要毒害我和小宝？干脆你拿包毒药毒死我们娘儿俩算了！"

卫东软下来："算了，我不跟你争。"

"到底出什么事了？"

卫东在沙发上坐下来，不吭声，黄蓉想了想，声音放得更软："说吧，又怎么了？"

"我们经理嫌我的业绩不够好，要降我的职。"

"你不是给他们拉了那么多生意？"

"那是以前。"

"那你再去拉呀！"

"你说得容易，我去拉谁？我们身边的朋友哪一个被我漏了？"

"那再去找找吴姐？"

"人家帮了我们一次就够了，还要人家帮两次三次，人家是我们什么人啊？"

黄蓉有些惶恐："但是如果你被降职，肯定就要降薪，那时候，我们还不上贷款，这房子就会被银行收回去！"卫东闭上眼睛，疲惫地说："我很累了。"

"来，我给你揉揉肩。"

卫东甩开黄蓉的手："不是身上累，是心里累。……我想回去。"

"回哪儿？"

"回中国，回去做我的软件，那才是我的专业。我闭着眼睛都能在那儿找到位置。"

黄蓉给了卫东一拳："卫东，你是男人不是？遇到这点儿事，你就想趴下，那我和小宝怎么办？"

"黄蓉，自从我们到了加拿大，每天都生活在提心吊胆中，我有点撑不住了。"

"撑不住也得撑！眼看我们马上就要过好日子了，可千万不能松手啊！卫东，这就是黎明前的黑暗，挺过去，天就亮了。"

卫东怔怔地看着黄蓉。

黄蓉柔声说道："卫东，再难，有你在加油站打工的时候难吗？我们现在有车有房了，不能放弃了。"

"真的不回去？"

"要回去也行，但要等到混个人样的时候，我们现在这样回去，会有很多人看我们的笑话的。"

"看就看吧，只要自己能过得轻松点。"

"你以为回去就轻松？房子、车子，还有小宝上学，哪一样不是负担？"

"但至少没人看不起我，我可以活得像个人。"

黄蓉豪迈地说道："等我们有了钱，谁敢看不起我，我拿钱砸死他！"

卫东看着黄蓉，眼神有了一点亮光。

"卫东，上小学的时候，我就看好你，我知道你这辈子一定会有出息！所以我才赖上你！我们从农村拼到了枣阳，又从枣阳拼到了温哥华，卫东，你从来没有辜负我，这次也一定没问题！"

卫东咬咬牙说："好吧，我再拼一拼。"

咖啡馆里，李海和晓菲喝着咖啡。"寇吕今天早晨看见我们了。"晓菲说道。

"哦，她怎么说？"

"她问我，怎么一大早我们俩在一起。我说，我们是偶然碰上的。"

"她相信吗？"

"她相信了，因为这么多年来，我从来没有骗过她。"

"以后我会小心一点。"

"我入行遇到的第一个老师就是寇吕，她不仅教我怎么做新闻，还教我怎么做人，她是我的良师，也是我的益友。"

"你想说什么？"

"一段好的感情，应该把人变成更好的人，但是我们现在的这段感情，却让我必须去欺骗我最信任的人，伤害无辜的人，李海，我们这段感情一定有问题。"

李海想了想说："你的出现，让我变得更宽容更善良更有正义感；而且我能感觉得出来，我让你变得更快乐更有活力；难道这还不能说明我们的感情是最真最纯的？"

"如果这个世界上只有我们两人，那这段感情没有任何问题，但是我们不是生活在真空里。"

"说来说去，还是因为我的身份。"

"是。"

"你要我离婚吗？"

"不，我要跟你分手。"

李海眼中一紧："不是说好了，一起往前走，能走多远算多远吗？"

"现在已经够远了。"

"现在还没到没有路的时候。"
"但已经到了该刹车的时候了。"
"为什么？"
"没有路的地方，也许就是悬崖。"
李海抓住晓菲的手："如果你不爱我了，你要走，我绝对不拦，但是明明你还爱我，却要走，我绝不放弃。"
"李海，你应该明白，我现在作的决定是对的。"
"不，我不管错对，我只要你。"
"我们都必须理智！现在分手，还来得及。"
"也许你来得及，但是我，已经沦陷了。"
"求求你，放我走吧。"
李海摇头。
"你理智一点好吗？"
"不！"
晓菲流着泪，将李海的手一个手指头一个手指头地掰开，站起来说："不要给我打电话，也不要找我。"李海痛楚地喊道："晓菲！"
晓菲架起双拐，走出咖啡馆，然后过街，在街的对面等待着出租车。突然，晓菲愣住，李海站在对面，默默地看着自己。两人默默地对视着，车辆来来往往，恍若空气。这时，一辆公交车从街上开过来，停站。公交车很空，吴婷母亲坐在靠窗的位置上。突然，吴母看见了路边的李海，欣喜地正要招呼，突然觉得李海神情有异。吴母顺着李海的目光看去，看到了街对面的晓菲。吴母诧异，正要下车，公交车启动了，她奔到最后一排，看着街边的李海与晓菲，诧异感越来越浓。终于一辆出租车在晓菲面前停下，开走，晓菲从街头消失。李海还是站在原地。突然李海的手机响了，是英子发来的短信："爸爸，今天距离圣诞节还有一百零二天。"李海痛楚地咬着嘴唇。

吴婷父母家，吴母向吴父描述了今天她看到的场景。
"你眼睛花了。"吴父不敢相信地说道。
"我看得清清楚楚。"
"那就是你又犯神经了。"
吴母急了："你为什么就不能相信我一次呢？"
"你最早还不是怀疑那小保姆想怎么样？结果呢，弄得李海跟吴婷老大不高兴；你后来又怀疑什么钟点工跟李海关系不正常，风里来雨里去，跟踪了李海好几天，结果还不是空穴来风。汪大珍，你让我怎么相信你？"
吴母神色凝重地说："但这次，我的感觉跟前两次都不一样。"
"你上次还感觉股市要涨到八千点呢？"
吴母急了："这可是关系着我们女儿后半生幸福的大事，你就别跟我抬杠了！"

"你吃饱了撑的，我跟着瞎起哄干吗？"

"吴林伟，你一天到晚就知道钓鱼，根本不知道外面的世道。现在啊，狐狸精、蜘蛛精、白骨精多着呢，都惦记着李海这种男人，而吴婷又隔得那么远，就只有我们做父母的帮她把着门了。"

吴父沉默片刻说："那女的长什么样？"

"没看清楚，反正年纪很轻。"

吴父瞪眼："你不是说你看清楚了吗？"

"我只把李海看清楚了。"

"那算什么？"

"李海那表情太怪了。"

"光凭表情，也定不了罪。"

"这种事情，宁可信其有不可信其无。"

"算了，你也别疑神疑鬼了，把李海找来一问不就都明白了？"

"真要有那事，你觉得他会跟我们说老实话？"

"要没那事，这女婿你可就彻底得罪了。"

"所以我跟你商量啊。"

吴父想了想说："还是得跟他谈。但是不能往明了谈。"

"那要怎么谈？"吴母疑惑地说。

"敲山震虎。"吴父胸有成竹地说。

晓菲清理着抽屉，她翻出了那张有着李海照片的报纸，仔细看了看，一咬牙，将那报纸撕得粉碎，扔进垃圾桶，然后她坐下来，将手机上李海的名字删除；突然，手机响了，是李海的号码。晓菲闭上眼睛，用力按下了拒绝键。

李海坐在办公室里，没开灯，电脑上播放着那个U盘。李海发着短信："你可以不接我的电话，但是你阻止不了我想你。"晓菲咬着牙将短信删除。李海注视着没有回音的手机，猛地将电脑上的声音开到最大。孩子的笑声闹声一下传出，其中也夹杂着晓菲的笑声，还有她招呼孩子们的声音："下一个……下一个谁……说得好啊……"李海默默地看着。孩子的笑声闹声从房间里溢出，弥漫着整个走廊。

吴婷父母商量着如何请李海来家里做客。

吴母说道："就说你过生日，好像你的生日就是这个月。"

吴父不满地说："我的生日在冬天！"

"是吗？"

"你从来就没问过我，也没关心过我。"

"你就别扯远了……我过生日，也不合适，李海知道我生日是哪天，还给我买过一件羊绒毛衣……对了，就说我们俩结婚纪念日。"

吴父冷笑："我们俩像要过结婚纪念日的人吗？"

吴母生气地说："我说什么你都反对，那你说吧！"

"按我说，什么借口都别找，就叫他回来吃饭。"

"不行，那会打草惊蛇的。"

吴父沉默片刻说："你去翻翻日历。"

吴母咕哝着："翻日历能翻出什么呢？"嘴上虽这么说，但依然翻出了日历，惊喜地说道："明天是孔子诞辰日，咱们就说庆祝孔子诞辰，让他回来吃饭。"

"合适吗？"

"太合适了，孔子倡导孝悌忠信礼义廉耻，我们就顺着这个话题敲打他！"

吴父点头："也好，让他有则改之无则加勉。"

加拿大花园餐厅里，吴婷向小雅和佩佩介绍着刘晓宇："这就是刘律师，上次我就是把他介绍给了苏珊。"小雅热情地说："刘律师，谢谢你！苏珊的事儿让我们这些女人都很害怕，所以请吴婷把你请来，给我们普及一下加拿大的法律，免得以后碰到同样的事情，两眼一抹黑。"

"不客气，吴婷的朋友就是我的朋友。"

"刘律师，我就直说了，虽然我现在和老公感情还不错，但是万一我们离婚的话，我能分到多少钱？"佩佩直爽地问。

"如果没有财产争议，那就一分为二，各拿一半走人。"刘晓宇答道。

"如果有争议呢？"小雅也问。

"那就上法庭，这对你们更加有利，加拿大的法律和法官几乎都是向弱势群体倾斜的。也就是说，你老公如果败诉就可能一败涂地甚至是一无所有，但你，即使败诉也不会一无所有。"

"看来，要办离婚的话，还得在加拿大办。"佩佩得出结论。

"只要在这边连续居住超过一年就可以申请。"刘晓宇给出建议。

"但是如果他的钱都在中国，就像苏珊那样，我该怎么办？"小雅问道。

"可以取证。"

晓菲在医院康复室里做康复治疗，媛媛抱着晓菲的包在旁边陪同着。"你们就这样分了？"媛媛问。晓菲点头："嗯。"媛媛松了口气说："其实这对你们俩都好。"晓菲勉强一笑："是理智战胜了感情。"媛媛想了想问："他没给你买个车或者买个包作为分手纪念品？"晓菲斥责道："媛媛！"媛媛摇头："真是太亏了。"

"其实我也得到了很多。"

"是，情义无价——这都是那些不愿意花钱泡妞的男人编出来的借口。"

晓菲有点着急："李海不是那种男人，他慷慨大方善良……"媛媛有些怀疑："既然他这么好，你能忘得了他？"晓菲一怔，沉默片刻，低下头轻声说："忘不了也得忘！"

"对，从今以后，世界上没这号人了！"

晓菲艰难地说："可说起来容易，做起来难。"

"再难也要做，你放心吧，我会看着你的。"

晓菲嘴角抽动了一下，突然她听到了什么："媛媛，我的手机是不是在响？"

"没有。"

"那你看看，我是不是调成振动了？"

"也没有。"

"你看看嘛，万一有未接来电呢？或者还有什么短信。"

"我不用看，你的手机从今天早上到现在就没有哼过一声。"

晓菲很失望："哦。"晓菲旋即又说："你把手机给我吧。"媛媛火了："你要手机干吗？你是不是想看看李海有没有给你打电话？"

"我没有。"

"你既然下了决心要分手，就别心里还惦记着他！"

晓菲被戳穿，沉默了。

媛媛劝道："把他戒了！不就是个男人吗？人家戒烟戒酒戒毒都能戒，你把李海戒掉，也一定可以。"

加拿大花园餐厅里，佩佩拉着刘晓宇，还在起劲地问着什么。小雅与吴婷在另一边闲谈。

"这刘律师人真不错。"小雅和吴婷说道。

"是，很能干，又很诚恳。"

"我觉得他有点喜欢你。"

"人家跟我是好朋友。"

"我跟我老公开始的时候，也是好朋友。"

"小雅，我们可是已婚妇女。"

"已婚妇女就得规规矩矩？"

"你今天怎么了？"

小雅喝了一口酒："有一次，我半开玩笑地跟老王说，要不你找个女朋友，帮我照顾一下你；他也半开玩笑地跟我说，要不你在加拿大也找个情人，免得那么寂寞。"

"你们俩还真新潮。"

"不是新潮，是心照不宣。我对他在北京的事情从来不闻不问，他对我在加拿大交些什么朋友，也从来不管。"

"那你……有吗？"

小雅摇头："想有，不敢有。不过，这刘律师不错，你要真寂寞了，可以考虑一下。"

"去去去，我跟李海可没那些问题。"

小雅不以为然地笑了。

十七

吴婷父母家，吴母开门见山地说："海子，今天是孔子的诞辰，孔子是我国古代伟大的思想家、教育家、理论政治家、儒家学派创始人……"李海打断她说："爸妈，我知道你们说什么孔子诞辰都是借口。"吴父吴母交换一个惊讶心虚的眼神。"都怪我，平时对你们关心太少，搞得老人家想吃顿饭，还得找一个借口，以后，我一定注意，工作再忙，也要经常看看你们，陪你们说说话，吃吃饭。"李海说道。吴母给了吴父一个眼神。吴父清清嗓子说："其实纪念孔子，也不全是借口。孔子有很多伟大的理论，在今天也有深远的教育意义。"李海恭敬地说："爸说得对。"

"比如，孔子最著名的那句话——贫贱之交不可忘，糟糠之妻不下堂。"

李海一愣："这是孔子说的吗？"

"孔子的原话不是这样的，但是大概意思是这样。"

李海"哦"了一声。

"这话什么意思呢？就是一个人，无论遭遇什么，怎么发达，都不能忘掉自己的结发妻子。你看我，和吴婷的母亲两地分居那么多年，但是心里，从来都把她的位置摆在最中央。"

"这倒是，你爸虽然脾气不好，但这几十年，对我还是一心一意的。"吴母得意地说。

吴父："你妈的脾气也不好，跟我在性格志趣以及生活情调上，也有一定差距，但是我从来没有嫌弃过她。"吴父沉浸在回忆中："说句老实话，当年我一个人在那大山里，也不是没有女同志对我示好。我现在都还记得有个上海来的女孩子，最喜欢听我拉二胡，经常到我的宿舍里来，缠着我拉《二泉映月》给她听……"李海看了一眼吴母越来越青的脸色，连忙倒了一杯酒："爸，我敬您一杯酒。"

吴父喝下酒，继续说道："还有一个广州女孩子，还是大学生，一到周末就来帮我洗床单。"李海不安地打断吴父："爸……"吴父摇摇手："李海啊，我说这些，就是要告诉你，当年如果我要想有二心，那是轻而易举，我要跟你妈离婚，那也是顺理成章！但是我就记着一句话，贫贱不忘糟糠之妻……"

啪！吴母将酒杯摔碎，大怒："好啊，吴林伟，我竟然还不知道你有这些历史！怪不得当年我说要来看你，你总说不用，原来有人帮你洗床单呢！"

"我说不用，那是因为路上太难走，怕你辛苦！"

"算了吧，你是怕我把你的床单洗完了，就没人来帮你了吧？"

"你怎么这么理解呢？"

"还拉二胡呢？我看是拉郎配吧。"

"爸，妈，连英子都有男朋友了，你们就别扯这些了。"

"这都是陈芝麻烂谷子的事，你吃什么醋啊？"

"这么多年了，我在束阳，一个人拉扯着吴婷，一心一意地盼着你调回来一家团圆，没想到，你在那山沟里风流快活，琢磨着跟我离婚！"

吴父气愤地喊道："我啥时候风流快活了，我啥时候想跟你离婚了？"

"爸妈，这事就到此为止，不说了，不说了。"李海劝着。

吴母激动地说："还嫌我脾气不好，嫌我没生活情调！那当初为啥要追我，还给我写万言情书？"

"我要早知道你现在这样，我绝对不会写一个字！"

"你现在后悔了是不是？现在心里还惦记着洗床单的那个还是听你拉二胡的那个？"

"你不可理喻！"

在他们的争吵中，李海慢慢退到门口，然后说了句："爸，妈，我公司还有点事，我先走了。"没有人理会他。李海拉开门离开，吴婷父母继续吵着。

"你隐瞒历史。"吴母继续吵着。

"你无聊！"吴父无奈地说。

"你无耻！"

"你才无耻！"

两人互相瞪着，各不相让。

"海子，你说他无耻还是我无耻？"吴母问李海，没有人回答，两人这才发现，李海已经离开。

"李海呢？"吴母问道。

"我不知道。"

"他人怎么走了？"

"我怎么知道。"

"我们不是商量好了，今天要好好教育他一下吗？"

"是啊，谁让你突然扭着我吵架呢？"

"谁让你说那么多呢？"

"不说那么多我怎么教育他呢？"

"你绕那么大一弯，结果把我绕进去了。"

"我不婉转点,万一根本没那事,我们和李海不就要结下心结?"

吴母沉默片刻,叹息一声:"还是让婷婷回来一趟吧。"

加拿大银行客户办公室里,卫东将一堆东西递给吴婷,一边讲解着:"吴姐,这是你这个季度的对账单;这些是你的存款收入,这些是贷款的还款金额;这是你上次投资房子的这个季度的租金收入……"

"租金收入和还款金额还有点差距。"

"现在看是这样,但是还款金额是不变的,房租你可以根据市场情况提高。而且房子永远属于你的,还是比较划算。"

"对。谢谢你,卫东。"

"不客气,这是我应该提供的服务。"

"如果没什么事,我就先走了。"

"吴姐。"

"还有事吗?"

卫东犹豫了一下:"吴姐,你这么多现款,其实可以考虑投资一些稳妥的资金和债券。"

吴婷爽快地答应了:"好,我正有这样的想法,你帮推荐一下吧。"

卫东勉强笑了笑:"行。"

吴婷出门后,卫东焦虑地掰着手指。

吴婷走出加拿大银行,接起正在响的手机。

"婷婷啊,你快回来吧。"吴母说道。

"怎么了?"

"你爸他……"

"你们又吵架了。妈,你们好不容易能够在一起生活,又都那么大年纪了,彼此都谦让一下吧。"

"我们没吵架。"

"没吵那就好。"

"但你爸身体不舒服,你就回来一趟吧。"

"他怎么了?"

吴母看了一眼正在看电视的吴父:"呃,心脏病!"

"上次体检不是都还说他血压正常吗?"

突然,电视里的运动员突破到了禁区,吴父激动地叫起来:"过!过他……射!射呀……哎呀!臭脚!还不如换我上……"吴婷在电话这边听得清清楚楚:"我爸在看球吧,我听到了他的声音,挺好的呀。"吴母无言以对,只有冲过去,将电视关掉。吴父闹起来:"你关我电视干吗?你发什么神经啊!"吴母一把捂住他的嘴,对着手机吼着:"反正,吴婷啊,你必须马上回来,你爸不行了!"吴母挂了手机，吴父挣脱开来："你在女儿面前咒我死！你安的什么心？"吴母骂道："明知道我在给吴婷打电话，你闹什么闹！"

李海开着车，音响里播放着《布列瑟农》，他默默地听着。突然手机响起，李海看了一眼，是吴婷打来的，连忙关了音响，接起。

"在忙什么呢？"

"刚下班，在回家的路上。"

"刚才我妈打了一个电话，说我爸有心脏病，叫我回家。"

"我才跟他们一起吃了饭，你爸挺好的呀。"

"我也觉得奇怪，电话里听到我爸的声音，精气神十足。"

"他们俩应该是又吵架了。"

"你怎么知道？"

"就吃饭的时候，你爸多喝了两杯，说起了以前在山里，有女同志很喜欢他，你妈就受不了了。"

"哎呀，我爸真是哪壶不开提哪壶，他们两地分居的时候，我妈最担心的就是我爸在山里有另外的女人。"

李海不敢接话。

"看来我妈是想让我回来灭火。"

"那你回来吗？"

"最近就算了，英子刚开学，事情多，而且我觉得她情绪不好，不知道是不是跟彼得有矛盾了，我得看着点。"

"那行。"

"没什么事，我就挂了。"

"再见。"

李海挂了电话，再次打开音响，《布列瑟农》的音乐再次响起。

出租屋晓菲房间，晓菲在电脑前听着《布列瑟农》。媛媛捧着水果进来问："吃点不？"晓菲摇头。"这歌叫什么名字？"晓菲想了想说："怎么嫁一个亿万富翁。""这觉悟就对了。"媛媛说道。这时手机响了，是马林。晓菲接起马林的电话。

"有一个好消息，还有一个坏消息，你先听哪个？"马林问道。

"先听坏的。"

"谁？"媛媛问着。

"马林。"

媛媛点头："我记得他。"

"坏消息是叠峰阁售楼处今天大门坏了，我忙到现在才处理完。"

"那好消息呢？"

"我们的开盘活动带来了超高的人气，今天客户把大门都挤坏了。"
"恭喜你啊。"
"这也有你的功劳，出来吃个饭吧，我请你。"马林邀请着。
"我脚不方便。"
"我来接你。"
"算了，我跟媛媛吃方便面。"
媛媛抢过晓菲的手机："她没问题，就现在，你来接她吧。""好，十五分钟到。"马林答道。晓菲挂机后问："媛媛，你干吗？""一天三顿，我都伺候你一个星期了，你就算放我假行不？"媛媛调皮地说道。

餐厅里，晓菲和马林边吃饭边聊天。
"楼市最近不是特别清淡吗？"
"是，许多开发商都揭不开锅。"
"那叠峰阁三期为什么还有这么高的人气？"
"一个优秀的妓女，不管有没有性欲，都能接客；一个优秀的作家，不管有没有灵感，都能写出畅销小说；一个优秀的销售员，不管市场多么清淡，都能把产品卖出去。"
晓菲摇头："你的自吹自擂又高了一个境界。"
"这是大家公认的。"
"那李……"晓菲收回了问话。
"不过，这次叠峰阁三期的旺销，有点像回光返照，你看吧，楼市还会向下走。"
晓菲终于还是问了："李海怎么看？"
"李海比我看得更明白，为什么当时叠峰阁二期还没卖完，三期就开始蓄客？他就是想抢这一波。"
"哦。"
"不过，他最近好像有点问题。"
"怎么了？"
"开会的时候老走神，深更半夜也不回家，保安跟我说他也不开灯，在电脑里看什么东西，黑漆漆的房间里全是孩子的笑声，把保安吓坏了，还以为演鬼片呢。"马林笑着说道，但晓菲却僵住了。
"对了，改版后的'澄海时间'收视率怎么样？"马林问道。他抬头一看，只见晓菲咬着嘴唇。
马林诧异地问："晓菲，你不舒服？"晓菲说不出话来，只能点头。
"腿不舒服，还是胃不舒服？"
晓菲慢慢缓过劲来说："送我回家吧。"
"需要去医院吗？"

晓菲艰难地说道："不用，回家就好。"

饭桌上，黄蓉问卫东："你今天见到吴婷了？"
卫东点头："她上午过来收了报表。"
"那你跟她说了吗？"
卫东迟疑了一下："说了。"
"你怎么说的？"
"我让她买点基金和债券。"
"让你跟她说贷款，你跟她说基金债券有什么用啊？"
卫东低声说："我开不了口。"
黄蓉把筷子一摔："冯卫东，你是不是甘心被降职啊？"
"提起降职，我也着急。但是我们已经劝吴姐买了一套她并不需要的房子，现在又让人家买，这说得过去吗？"
"反正她钱多。"
"人家钱多，但是并不傻啊；就算人家不在乎，我们也不能这样成天算计人家啊！"
"这哪叫算计，这叫帮她理财！"
"理财有各种渠道，谁说非得买了一套房子又一套房子。"
"不行，你必须再跟她说！"
"我不去。"
"你不去我去！"
"你也不许去！"

周兴在办公室里拍着桌子说道："叠峰阁三期的楼王已经卖到九千了，居然还有人抢？我们的楼王卖多少？""我们的环境差了一点，如果上了九千，推起来会很难！"一个员工答道。"既然李海能推，我们就能推。"周兴信誓旦旦地说。手下互相看一眼，都低下头去。周兴又问："超洋二期什么时候开？"另一个员工说："现在定的是十二月八号，先开两栋。"周兴摇头："不，只开一个单元。""周总，那才几十套。"手下提醒周兴。周兴点头："其他的留着慢慢卖。"手下还是不放心地说："但是这一次国家的调控政策感觉好像力度很大。""名为调控，实为挑逗。每一次政策出来，楼市都会低迷一时，然后就是报复性反弹。所以，这房价明年一定会上万，那时候，我们再强推二期。"周兴分析道。"卖得越快，亏得越多。"

电视台办公室里，众人正在忙碌。寇吕冲进来，神色严肃地说："都过来！"众人纷纷放下手上的事，围拢来。"收视率报告已经出来了。"寇吕突然绷不住笑了起来："我们创新高了！"所有人一下都轻松起来。寇吕兴奋地说："'澄海时间，平均收视率 4.3，最高的时候达到了 10.8。""创新高了！""不是都超过那世界小姐的选美了吗？""也超过那内衣秀了。"员工们纷纷议论着。

"刚刚台领导高度肯定了我们节目组的成绩，并且发放奖金两万元。"寇吕说道。众人欢呼。"我已经跟澄海置业说好了，今天晚上，我们和澄海置业联欢。吃饭我们请，唱歌，他们埋单！"众人再次欢呼。"今天一律不准加班，全部都去 happy，一个都不能少。"大家喜形于色，只有晓菲面有忧色。

电视台走廊里，寇吕走出办公室，晓菲瘸着腿追上来。

"寇姐，今晚我就不去了吧？"

"你怎么能不去呢？你是头号功臣。"

"你看，我这腿……"

"没事，找几个小伙子把你抬上去。"

"不仅走路不方便，我身体也不舒服。"

"你最近怎么了？"

"我……我……"

寇吕上下打量晓菲，皱眉："你是不是该去医院看看？"

"不用。"

"给你两天假，去医院做一个全身检查。"

"寇姐，我真没事，休息一下就好了。"

"那今晚你就不去吧。不过，如果觉得身体哪儿不舒服，一定要尽快去医院。"

晓菲点头。

宴会厅摆了三桌，人已经到的差不多了，这时李海走了进来。马超大喊一声："李总到！"众人鼓掌。"别这样，大家都是自己人。"寇吕站起来："李海，来，坐我旁边。"李海走过去，坐下的同时，扫视全场，见没有晓菲，李海的失望溢于言表。寇吕举起酒杯，站起来说："李总到了，我们就开始吧。我宣布，今天谁要把澄海置业的人喝倒了，重奖！"记者们叫好起来。马林站起来说道："我也宣布，今天谁赢了电视台的兄弟，准假一天。"澄海置业的员工也开始叫好。气氛一下热闹起来。李海与寇吕干了一杯。

"怎么没有看见晓菲呢？"

"她身体不舒服，特地请假了。"

"她的腿最近好了吗？"

寇吕摇头："腿的问题倒是不大，一天比一天轻松，但其他问题大了。"

李海关切地问："怎么了？"

"我也不知道她是怎么了，就跟变了一个人一样，人也瘦了一圈，今天我还让她去医院检查一下。"寇吕说道。

"哦。"

"你怎么对她那么关心？"

李海遮掩着："哦，如果没有她就不会有澄海时间，我本来今天还打算好好敬她一杯酒的。"

"有一天早上，我看见你送她上班？"

李海小心地应着："是，是有那么一次。"

"不止一次吧，还有其他人见到过。你们俩到底什么关系？"

李海迟疑了一下："她的腿是为了救英子才被撞骨折的，你说我该不该经常接送一下。"寇吕吃惊地望着李海："救英子？我没听她说过呢。"

"她不会说的。"

"这倒是，晓菲做了好事，从来不开口的，上次如果不是为了筹集免费午餐，我也不知道她资助了那么多孩子。"

晓菲坐在电脑前，听着《布列瑟农》。媛媛探头说道："这歌我都会唱了。"媛媛摇头晃脑地哼唱着："嘿，爱因斯坦背时弄你；喂，热死他死得快……"晓菲忍不住笑起来。

"我唱对了吧？"

"对。"

"逗你笑一笑，我的目的就达到了。"

媛媛高兴地缩回头去。晓菲继续笑着，笑着笑着，眼泪就落了下来。

宴会大厅里的气氛达到高潮。寇吕满脸通红，到处跟人碰杯；几个电视台的女孩子围着马林，不时发出尖声大笑；马超跟澄海置业的员工在拼酒……李海在角落里默默看着，他的神色寂寥，之后转身悄悄出门，没有人注意到他的离去。李海开着车，音响里传出的是《布列瑟农》。十字路口，他犹豫了一下，转向晓菲出租屋的方向。李海在出租屋下抬头仰望着，晓菲的房间里灯亮着，李海就这样默默地看着。晓菲打开电脑，《布列瑟农》响起。李海突然隐隐地听到了《布列瑟农》的旋律，他几乎不相信自己的耳朵，再细听，还是那旋律，李海连忙伸手，放大音响。正在凝神细听的晓菲突然听到楼下也有音乐，她疑惑地走了出去。媛媛看着电视，笑得前仰后合。晓菲走过媛媛身边一瘸一拐地来到阳台上，向下张望着，然后她突然愣住了，她看见李海站在楼下。

李海也看见了出现在阳台上的晓菲，呆住，痴痴地不愿挪开眼神。晓菲紧紧地看着李海，突然，她像触电一般，转身，飞奔。但她忘了自己的脚不方便，扑通一声，重重地摔在了地上。媛媛吓了一大跳，从沙发上弹起来："你怎么了？"但晓菲什么都顾不得了，飞快地爬起来，一瘸一拐地冲出门去。媛媛尖叫："你发什么疯了？"媛媛寻找着鞋，追出去。

李海惊讶地望着楼上，只听得不规律的脚步声从四楼冲下，楼梯间的灯，一层一层闪亮。李海的表情急剧变化着，晓菲拖着脚，出现在单元门口，李海不再犹豫，冲上去，将晓菲紧紧抱住。晓菲喃喃自语："是你吗？"

"是我！"李海答道。
"不是梦？"
"不是！"
媛媛追出来，看见这一幕，停住脚步。李海抬起晓菲的脸，只见晓菲满脸都是泪水。李海心痛地吻着那泪水："晓菲，我不能失去你。""我也一样。"
媛媛叹息一声，走到一边，拿出手机："张俐，告诉你一个消息，那两人死灰复燃了。""千万不行啊！媛媛，你一定要想办法阻止晓菲。""地球人都已经无法阻止他们了。"媛媛说道。远处，李海已经开车将晓菲载走。

宴会厅里，马林端着酒杯，已经喝醉了，他拉住一个女孩，看看，放开，又抓住一个女孩，看看，放开。马超截住他："兄弟，干一杯。""我忙着呢。""你在忙什么？"马超问道。马林突然看到了谁，兴奋地走到一个女孩身后，敲敲人家的肩膀，女孩回头。马林失望地说："对不起。"马超问道："你在找谁？"马林笑了笑，没有说话。

李海一只手握着方向盘，另一只手握着晓菲的手："我们去哪儿？"晓菲微笑着："只要跟你在一起，只要往前走，哪儿都行。"
"如果前面没有路了呢？"
"如果是悬崖，我跳！如果是山，哪怕碰得粉身碎骨我也去撞。"
李海更紧地抓了抓晓菲的手。

酒店客房，晓菲与李海抵死缠绵。地毯上，衣物丢了一地，其中有李海的手机。突然，手机屏幕亮了，是英子的短信："爸爸，今天距离圣诞节还有九十二天。"短信熄灭之后，屏幕再次亮起，吴婷来电，手机已经换成了静音。吴婷的来电顽强地闪烁着，最终，还是熄灭了。吴婷看着没被接起的电话，表情有些纳闷，有些茫然。她没来由地叹息了一声。

马林家的书桌上放着厚厚一沓裁减得十分整齐的白纸。马林正在白纸上画画，画的是一个男孩子和一个女孩子。

第二天早上，李海精神焕发地走进大门，他摸出手机，边走边拨通电话："婷婷……昨晚上寇吕请客，喝醉了，别说你的电话，后来我怎么回家的都不知道。……我以后会注意的，再见。"李海收了电话。迎面走来一个年轻女孩向他打招呼："李总，早。"李海点头："早，今天很漂亮。"两人擦肩而过，那女孩受宠若惊地对着玻璃门看着自己，然后得意地离去。

电视台办公室里，晓菲正在忙碌，手机响起，是李海的短信："虽然分开才三十分钟，但是已经开始想你。"晓菲一笑，回着短信："我在分开的那一瞬间，就已经开始想你。"李海露出甜蜜的笑容。

加拿大海边别墅客厅里，吴婷开门，黄蓉亲热地说："吴姐。"吴婷惊喜地说道："黄蓉，快请进。今天怎么有空过来？"

"想你了呗。我们俩也有好一段时间没见面了吧？"

"至少一个月了吧。这边坐。"

黄蓉送上一个大包："我做了几样菜，给你带过来。这是你爱吃的，这是特地给英子做的。"

"真是太谢谢你了，英子那天还在说，黄蓉阿姨的菜做得比四海楼的还好。"

"那以后，英子如果馋了，让她直接给我打电话或者上我家来。"

"好。"

吴婷与黄蓉一同坐下。黄蓉问："吴姐，你那房子怎么样了？"

"还行吧，几个房间都租出去了。"

"听卫东说，收益挺不错的。"

"如果我像你那样，改造一下，多隔出几间来，应该更好，但我懒得折腾。你知道的，我也就是给自己找个事做，不然，一天到晚待在家里太无聊了。"

"我昨天遇到薇薇安了，她手上又有了一套好房子。"

吴婷不在意地说："是吗？"

"薇薇安说，那套房子位置特别好，特别好租，而且租得起价。可惜啊，我没钱，不然，我怎么都要拿下来。"

"哦。"

"对了，吴姐，你可以拿下啊。"

"我？我就算了吧。"

"吴姐，我是跟你说真的，你如果有两套物业在手，什么都不怕了。还是让卫东帮你办贷款，利率上，再给你争取点优惠。"

"我对当包租婆没什么兴趣，有一套就够了。"

"但是这套房子太划算了，你要错过，那可太可惜了。"

"还是算了吧。本来李海也不赞成我在这边买房子，就现在这套，我都还是瞒着他买的，还不知道怎么跟他交代呢？如果背着他，再买一套，我更不好跟他说了。"

"吴姐，难道你什么事都要跟李哥交代？"

"我跟他夫妻之间这么多年，还真是从不隐瞒。"

黄蓉话中有话地说道："那也不一定吧。"

吴婷一怔，正要问什么，门铃响起，吴婷站起来说道："一定是英子。"

吴婷离开，黄蓉打开手袋，拿出一张照片，照片上吴婷靠在刘晓宇肩头哭泣。黄蓉想了想，又把照片放进了手袋。吴婷开门，果然是英子。

"又没带钥匙。"

"带了，手没空。"英子手上抱着一堆模型说道。

"这是什么？"

"我们自己做的化学分子模型，明天要带到学校评奖的。"

"黄蓉阿姨来了。"

英子脸色变了："她来干什么？"

"你这什么话，快过去打个招呼。"吴婷说着英子。

英子走到客厅，勉强招呼了一声："黄阿姨。"

"放学了，几天不见又长漂亮了。"

"黄阿姨特地炒了几个你爱吃的菜来。"吴婷对英子说。

英子冷淡地说："请黄阿姨带回去吧。"黄蓉一怔，赔着笑说："英子，不喜欢吃黄阿姨做的菜吗？""我觉得我们两家还是不要走得太近。"英子口气不善地说。吴婷语气加重："英子！""黄阿姨，你们大人的事，我想管也管不了。不过，请你以后别再上我们家来了。"黄蓉有些心虚地说："英子，你这什么意思？"英子冷冷地回答。"你和你家里人应该清楚。"吴婷愤怒地对英子说："英子，上楼，回你的房间！"英子冷冷地看了黄蓉一眼："虽然我妈什么都不知道，但你们别想糊弄我妈。"黄蓉的脸一下涨红了。吴婷厉声说道："英子，离开这里！"英子转身上楼。

吴婷抱歉地说："黄蓉，这孩子自从到了加拿大，我就管不了她了……"黄蓉站起来，酸酸地说："吴姐，英子说得对，我们是穷人，不配跟你们做朋友。"吴婷歉意地对黄蓉说："对不起，我回头好好教育她，让她亲自给你道歉。"并将一沓钞票塞在黄蓉手里："不好意思，我先把今天的菜钱给你，回头我请你和卫东吃饭，向你们道歉。"黄蓉扫了一眼手中的钞票，塞进兜里，转身离去。

英子在窗口，看着黄蓉把车开走。吴婷走进来，脸色十分难看："英子，你今天太恶劣了。"

"我这么做是有原因的。"

"黄蓉阿姨经济上稍微困难一点，情况差一点，经常请我们帮忙，这就是你看不起人的原因？"

"不。"

"那是什么？"

英子紧紧地咬住嘴唇。

"从小我怎么教育你的，对人要宽容，要帮助弱小贫穷，可你今天表现得这么势利，让我都羞愧难当。"

英子眼泪涌出："妈，不是的。"吴婷又说道："如果不是卫东叔叔帮你补习英语，你会有今天的成绩？你说一句什么好吃，人家立刻做好了给你送来；我从小教你感恩，要记住别人对你的好，你怎么全忘了！你这么恶劣地挤对人家，你……我真是白教了你那么多年。"

英子沉默。

"你必须去向黄蓉阿姨道歉！"

"不。"

"必须去！"

英子惊愕："妈——"吴婷厉声说道："如果你不去，就不是我的女儿！"

黄蓉气冲冲地撞开家门，冲向电脑前。正在教小宝拼变形金刚的卫东诧异地抬头问："你去哪儿了？"黄蓉将手袋一摔："我要报复！""你要报复谁？"卫东问道。黄蓉没有回答一屁股坐下，操作电脑，调出了赵晓菲和李海的照片。卫东惊讶地问："我不是让你删了这张照片吗？"

"我留了一手。"

"你要干什么？"

"我要发给吴婷，我要让她们一家都不安宁。"

卫东抓住黄蓉的手："你不能这么干！"

"他们一家侮辱我！我为什么不能报复？"

"谁侮辱你了？"

"她们家那大小姐。"

"英子？不会吧！"

"她觉得我占了她们家好多便宜，让我以后别去她们家了！"

卫东诧异地说："英子不是这样的孩子呀。"

"不想贷款就算了嘛！我又没有强迫她们，凭啥侮辱人？"

"你又去找吴姐了。"

"是。"

"不是让你别去吗？"

"我还不是为了你！为了我们这个家！"

黄蓉继续操作着，卫东抓住黄蓉的手："不行。"

"你怕什么？反正房子她也买了，款也贷了，我让她再买房子她也拒绝了，不用怕得罪她了。"

"你怎么不想想，吴姐帮过我们多少？"

"我们付出了，谁也不欠谁！"黄蓉用另一只手操作键盘。卫东连忙抓住黄蓉的手："你这样会伤害吴姐的。""我就是要伤害她！"黄蓉任性地说；卫东厉声地说："不行。"黄蓉上下打量卫东："你心痛了？你是不是喜欢吴婷啊？"

"黄蓉，你说什么呀？"

黄蓉推开卫东："你以为她会看上你吗？就算她跟李海分手了，还有一个刘晓宇在那儿等着呢！就凭你，当一个破经理还随时被人降职，你给她提鞋都不配！"

卫东回击："是，我是不配！我也从来没有做过这种梦！但是你看看你自己，锱铢必较，一分钱看得比天还大，一身油烟味加铜臭味！"

"我有油烟味，那是因为我们家请不起钟点工；我一身铜臭味，那是因为我老公无能！大手大脚花钱，谁不会呢？但是他有这个实力吗？我省了又省，节俭了又节俭，还不是为他？"说着，黄蓉号啕大哭起来。小宝也跟着大哭起来。卫东愣在原地。母子哭声震天，卫东无奈地来到黄蓉身边，哄着："别哭了，别哭了，我刚才口不择言。"黄蓉趁势捶着卫东，哭着："你这个死没良心的，竟然还嫌我……我为谁啊……我一天到晚累成这样，你们谁体谅过我啊……"卫东任黄蓉捶打着："都是我的错！都是我无能！你打吧，打吧！"小宝扑过来，拉着黄蓉的手："妈妈，不要打爸爸！不要打爸爸！"卫东一把将黄蓉小宝抱住，重重地叹息了一声。

　　这时门铃响起。卫东开门，十分诧异，门外站着的是吴婷和英子。吴婷歉疚地说："卫东，我和英子是来给黄蓉道歉的。""哦，快，请进。黄蓉，吴姐来了。"卫东喊道。黄蓉从小宝房间出来，愣住了。吴婷对黄蓉说道："黄蓉，英子刚才太失礼了，我已经狠狠地教训了她，现在特地带她来给你道歉。"黄蓉沉默着。吴婷推了英子一下。英子低着头，谁也不看，咕哝着："对不起。""自从到了加拿大之后，课业轻松了，我对她也放手了；没想到，她竟然染上了这些坏脾气，这也是我的疏忽，黄蓉，对不起。"吴婷向黄蓉道着歉。卫东也当和事佬："没事没事，英子还是小孩子，我们不会跟小孩子计较的，对不对，黄蓉？"黄蓉勉强地说："没事。"吴婷稍微轻松些："以后还请你们多帮助她。""这么小的事情，吴姐你还跑一趟，真是……"卫东歉意地说。"希望我们两家还是好朋友，还像以前一样来往。"吴婷真诚地说。"一定一定。"卫东答道。

　　"时候不早了，我就带英子回去了。"

　　"吴姐，你回去的时候小心点。"吴婷点点头。黄蓉突然开口："吴姐，我跟你说的那套房子投资的事儿，你考虑得怎么样了？"卫东轻声呵斥："黄蓉。""我想过了，一套房子够了，我另外找点投资项目吧。"吴婷说道。黄蓉失望地说："哦，好吧。"吴婷带着英子出去了。黄蓉站在原地，脸色慢慢难看起来。

　　走出卫东家，吴婷问英子："娜娜在吗？"
　　"娜娜跟同学去露营了。"英子答道。
　　"那上车吧。"
　　"妈，我什么时候可以去露营？"英子期待地问。
　　"最近三个月都不行。"
　　"我不是已经道歉了吗？"英子不甘心地说。
　　"这是对你刚才无礼行为的惩罚。"

　　屋子内黄蓉站在原地想着什么。卫东劝她："人家吴姐都亲自登门道歉了，你总该气顺了吧？"黄蓉哼了一声。"我看英子也很诚恳，你就别跟小女孩计较了。"卫东说道。黄蓉还是不说话。

　　"你刚才不该提房子的事？"

"她也不买房子，道歉有个屁用？"

"嘿嘿嘿，这是两回事。买不买房子，是人家吴姐的自由；但是人家来道歉，那是人家的诚意。"

"好了，好了，该拉灯了。"黄蓉不耐烦地说。

"要去你去。"

"快去，都已经晚了几分钟了。"

黄蓉把卫东推出，卫东叹息一声，将配电箱里的几个电闸关掉。隔壁和车库立刻传来一阵叫骂之声，卫东摇摇头。

卫东走进房间，看见黄蓉坐在电脑前，正在操作什么。卫东大吼一声："你干什么？"黄蓉得意地说："你别吼！吼也没用！我已经把照片发到吴婷的邮箱里了。"卫东看那电脑，屏幕上显示——邮件已发送。

"人家都道歉了，你怎么还能这样？"

"说两句轻飘飘的对不起，就能弥补我受到的伤害吗？"

"伤害你的也不是吴婷。"

"反正他们是一家人。"

卫东摇头："黄蓉，你太可怕了！"

"是，我就是报复心强！凡是欺负了我的人，我都要让他们付出代价，以后就不会有人欺负我了！"

卫东转身，抓起自己的外套和车钥匙，冲了出去。卫东开着车，满脸焦虑。他不断地踩着油门，不断地超车。

吴婷与英子回到家中。吴婷对英子说道："你快上楼去睡。""你呢？"英子问道。"我再待会儿。"英子上楼，吴婷走进了书房。吴母打电话过来，吴婷接起。

"婷婷，你到底啥时候回来？"

"妈，我暂时不打算回来。"

"你爸你都不管了？"

"妈，我知道我爸没事。"

"谁跟你说你爸没事？"

"我问海子了。"

"唉，我告诉你，你爸是没事，但是李海有事！"

"怎么了？"

"你再不回来，你男人就被别的女人拐跑了！"

"妈，你又来了。"

"这次是真的。"

"妈，你每天不是跟爸吵架，就是怀疑李海有问题，你不累吗？"

"吴婷，其他事你可以不相信我，但这次你一定要相信我。"

"好了，我知道了。"

"赶快回来。再见。"

"再见。"

吴婷放下电话,不甚烦扰。

吴婷打开了电脑,开始浏览新闻页面。屏幕右下角,显示有新邮件,吴婷留意到了,正在发呆,就听门外卫东在叫她。吴婷开门,卫东吞了一口唾沫说道:"吴姐,最近出了一种新型病毒,很多人的电脑都被感染了,我必须马上帮你杀毒。"

吴婷犹豫了一下:"请进。"卫东冲了进去,看见电脑启动着,卫东惊慌地问:"吴姐,你在上网?""我刚打开。"吴婷答道。卫东扑过去,见还停留在邮箱页面,他焦急地问:"吴姐,这个附件你没下载吧?"吴婷犹豫了一下:"还没来得及。"卫东长长松了一口气说:"太好了。哦,这就是我说的那个病毒,一打开,就全完了。"卫东点击彻底删除键。"你赶过来,就是为了这个?"吴婷问。"已经没事了。"卫东叮咛着:"吴姐,以后有陌生的邮件,千万不要随便打开,你通知我,我来帮你处理。"吴婷点点头。"你休息吧。""好。"卫东出来后,吴婷关上了大门,脸上突然涌现出许多悲哀。

英子揉着眼睛出现在楼梯口:"妈,刚才谁来过?""卫东,他来杀一个病毒。""哦,卫东叔叔倒是个好人。"英子说道。英子转身走进自己的房间。吴婷待了片刻,走进书房,吴婷坐到电脑前,点开桌面上的一个文件,是赵晓菲与李海的照片。

卫东回到家后将电脑上的那张照片调出,彻底粉碎。喃喃地说:"吴姐,没有人能伤害你了。"

加拿大海边别墅露台上,衣着单薄的吴婷站在风里,一动不动地想着什么。母亲的话,刘英的话,卫东在超市门口的闪烁的提醒。她终于叹息了一声,拿起手机,拨通号码说:"我想订一张机票……"

康复中心,晓菲丢掉拐杖,尝试着自主行走,李海与医生在旁边观察着。医生点头:"恢复得比预想的好。"晓菲笑了。李海问医生:"坐飞机、火车应该没问题吧?"医生:"都可以,只是半年之内,不能长距离地行走。"李海和晓菲高兴地谢过医生。晓菲拍着自己的腿:"只要能上班,我就满足了。"李海笑道:"难道你不想去布列瑟农?"晓菲愣住,问道:"我们还要去?"

"这一次,我们必须去!"晓菲一下搂住了李海的脖子。

澄海置业会议室内。马林问李海:"你又要出门?"

"就一个星期。"

"你这个老总,经常无缘无故不在岗,太不合格了。"

"无论老总在与不在都能正常运转的公司,才是好公司。"

"你全交给我,我觉得压力有点大。"

"这样吧,我让老陈来给你当助理。老陈这个人,虽然以前犯过错误,但是也过去那么久了,他对公司上下很熟悉,经验也比较丰富。""行。"马林说道。

寇吕狐疑地看着面前满面春风的晓菲。"你怎么像是变了一个人。"寇吕问道。"我……我换了一个护肤霜。"晓菲哀求着:"寇姐,就一个星期?"寇吕叹息一声:"行吧,给你一个星期,把腿养好,回来让我好好折磨你。"晓菲跳起来,亲了寇吕一口:"谢谢寇姐!"晓菲奔出。"等等!"寇吕叫住她问:"你换了一个什么牌子的护肤霜?"晓菲一笑:"独家定制的。"笑着转身走了出去。

加拿大别墅餐厅里,吴婷为英子准备着早餐。吴婷跟英子说:"我和小雅阿姨她们要出去旅游几天。"

"那我自由了。"

"这几天,你自己照顾自己。"

"梦寐以求的时刻终于到来了。"

吴婷呆呆地看着英子,有点走神。

"妈,你怎么?"

"没什么。"

茶馆高档包间里,老陈与周兴密谈。老陈向周兴报告:"李海给我又升了两级,让我给马林当助理。"周兴冷笑着说:"马林那副总的位置本来就是你的,现在让你伺候他,这不明摆着羞辱你吗?"老陈脸色微变。周兴咬着牙道:"我跟马林也有一笔账要算。""周总,下一步我们怎么做?"老陈问道。"你先按兵不动,瞅准机会再说。"老陈点头。"最好你能回到从前的位置上。"老陈摇头说:"我估计我干不过马林。""有我呢。"周兴说道。

马林办公室里,马林打着电话:"晓菲,你最近有空吗?"

"怎么了?"

"我作出了一个决定。"

"什么决定?"

"既然李海都要给自己放假,我也决定抽出时间,料理一下自己的门户。"

"我没听明白。"

"简单地说,你有时间见我吗?"

"不好意思,我正好要出门一趟。"

"是去火星吗?"

"没那么远,下周就回来。"

"那行,我下周跟你联系,再见。"

"再见。"

李海开着车，晓菲兴高采烈地坐在旁边，两人一身休闲打扮。后排座位上，甩着他们的行李。晓菲读着手中的攻略："……德语叫 Brixen，意大利语叫 Pressena。那里最著名的是滑雪场……但我们应该不会去滑雪。""现在是夏天，没法去滑雪。"李海解释道。晓菲继续："……常有小帅哥驾着摩托车，在山谷里风驰电掣……嗯，作为一个有潜质的色女，我喜欢这个场面。""看来我得把你看紧点。"晓菲摸摸李海的头："算了，我已经自带帅哥一名，路上那些就省了。"李海笑了。

机场停车场，李海停车，将停车票塞进遮光板，然后下车，与晓菲一起取下行李。

晓菲望着机场感慨地说："终于启程了！"

"是啊，终于。"

机场大厅里，吴婷等候着自己的行李。她拿出手机，调出李海的号码，犹豫着。行李过来了，吴婷放下手机，提下了行李，走出了出口。李海与晓菲拖着行李，朝门口走去。就在门口，三个人相遇了，三个人互相呆呆地看着。李海和晓菲惊讶中有些疑惑，吴婷的惊讶中有深深的伤心。终于吴婷深深吸了一口气，竭力挤出笑容，并让自己的声音恢复正常："海子，你怎么知道我今天回来？"李海还在愣神："啊？"

"我存心想给你一个惊喜，结果还是被你知道了。"吴婷笑着说。李海终于缓过劲儿来："是是是，我就是知道了。""是英子告诉你的吧，我还叮嘱她别跟你说，结果她还是说了。"李海支吾着："是。"

吴婷转向晓菲："晓菲，你要出门吗？"晓菲慌乱地点点头："嗯。"李海连忙又说，"她在街边打的，我正好看到她，她说要到机场，我一看顺路，让她上车了。""是啊，听说束阳出租车特别难打，你要在街边等，不知道等到什么时候。"吴婷说道。晓菲尴尬地说："对。"

吴婷将自己的行李递过去："海子，那我们就走吧。"李海连忙接过吴婷的行李。吴婷对晓菲说："晓菲，我们就不耽误你赶飞机了，再见。"转而对李海说："还不把晓菲的行李还给人家？"李海反应过来，连忙将自己的行李递给晓菲："晓菲，你的行李。"晓菲木然地接过行李。吴婷跟晓菲说道："你快上去吧。"之后挽起李海："你的车在哪儿？"李海回道："停车场。"两人相携向外面走去。晓菲提着两件行李，呆呆地看着李海与吴婷越走越远。

李海心事重重地问道："你怎么想到突然回来呢？"

"我妈非要让我回来一趟。"

"他们俩又吵上了？"

"嗯。"

"英子怎么样?"

"还好吧。"

李海小心地窥探着吴婷的脸色,但吴婷似乎没感觉,只是呆呆地看着窗外。

到家后,李海略显夸张地张开双手:"婷婷,到家了!欢迎你回家!"吴婷淡淡一笑:"你先帮我收拾一下,我去趟洗手间。"看着紧闭的洗手间,李海拖着吴婷的行李,闪进储藏室,拨了晓菲的号码。晓菲看着手机,犹豫了一下接起。"晓菲,你还好吗?"李海关心地问。晓菲情绪很低落:"还好。"

"我真的不知道她今天回来。"

"我明白。"

"对不起,太委屈你了。"

"没事。"

"我也很难过。"

"别说了,什么都别说了。"

"我现在不能跟你多说,晚一点再跟你联系,我的行李,我会让小刘来取的。"李海挂了电话,走出储藏间,一惊,吴婷正在门口。

"你在这儿多久了?"

"我过来拿一下东西。"

"哦。"

李海让开身,吴婷神色若常地进去了,李海略略松口气。吴婷拿了一样东西出来。李海笑着:"婷婷,今晚上我们庆祝一下吧,你想吃什么?我来订位置。"

"庆祝什么?"

"庆祝你回来呀。"

"这值得庆祝吗?"

李海一愣:"为什么不?"

"算了吧,晚上我想去看看爸妈。"

"那我陪你去。"

"不用了,你忙你的吧。"

吴婷转身走开,李海忐忑地望着她的背影。

吴婷平静了一下自己,拨通了手机:"英子。"

"妈,你们现在在哪儿?"

"我回枣阳了。"

"啊?你不是说要出去旅游吗?"

"我临时改变主意了,回来看看你爸。"

"那……"

"我就跟你说一声，这两天好好照顾自己。"
"你放心吧。"
"我挂了，你早点休息。"
"等等。"
"怎么？"
英子停顿片刻说："妈，我爱你。"吴婷愣了一下："英子，妈妈也爱你。"吴婷挂了电话，觉得有点奇怪。

雪茄吧内，建国惊讶地问李海："吴婷回来了？"
"是，也没跟谁打招呼，突然就回来了。"
"好，太好了，能管住你的人终于回来了。"建国幸灾乐祸地说。
李海叹息一声："在机场，她、我、晓菲，我们三个人撞在一起了。"建国呆住："你被吴婷抓了个正着？"
"我撒了个谎，总算糊弄过去了。"
"你把吴婷给骗过去了？"
"暂时吧，不过，后面的事，我需要你帮忙。"
"你要我怎么样？"
"吴婷心中一定有疑问，只有你能帮她释疑。"
建国摇头："这事，我干不了。"
"建国，帮帮我。"
建国想了想："海子，听哥一句话，既然吴婷回来了，趁她什么都不知道，赶快和赵晓菲一刀两断，从今往后，你还是完美无瑕。"
"建国，不像你说得那么简单。"
"吴婷都回来了，你还要怎么样？"
"让我好好想想。"

吴婷回家看望父母。
"你一定要我回来一趟，就为这个事？我还以为好大的事。"吴婷好笑地对母亲说。"这事还不够大？"吴母为女儿着急着。吴婷故作轻描淡写地说："这是男女间最平常的交往。"
"不，一定有问题，你要相信妈的直觉。"
吴婷脸上掠过一丝阴影，她想了想："您这是捕风捉影。"
"就算捕风捉影，你也要防微杜渐，未雨绸缪。"
"妈，我和李海的事，您就别管了。"
"你如果在枣阳，我就不管；但是现在你们两地分居，我不管谁管？"
吴婷决断地说："反正我和李海不会有任何问题。"
吴母愣住。

"您以后也别瞎猜了。"
"不听老人言,吃亏在眼前。"
吴婷勉强地笑了笑:"妈,不会有事的。"

李海在晓菲家楼下等待她出来。
"你怎么来了?"
"刚跟建国见了面。"
"你应该回家陪吴婷。"
"我放心不下你。你没事吧?"
晓菲苦笑了一下:"你说呢?"
"都怪我。"
"她都知道了?"
"她应该什么都不知道。"
"今天这场面,傻瓜都知道是怎么回事。"
"她已经相信了我的解释。"
晓菲摇头:"你太乐观了。"
"也许吧。"
"李海,就算这一次,她忽略了,但该来的迟早都会来。"
"是,纸包不住火。"
"那时,你打算怎么办?"
李海沉默。
"李海,如果真有那么一天,无论你作出什么决定,我都支持,我没有任何意见。"
"你什么意思?"
晓菲微笑着:"你不用考虑我。怎么能让你心安,你就怎么做。"
"你要我离开你?"
晓菲故作潇洒地说:"吴婷这辈子只有你一个,但是我不一样,就算失去了你,我还有大把的青春和未来,还有大把的帅哥在外面等我呢。所以你不用……"话没说完,晓菲突然泣不成声。李海心痛地搂住晓菲:"晓菲,我不会丢了你的,你有大把青春和未来,但我已经没有了,我只有你!"

十八

　　吴婷坐在沙发上，电视开着，但是吴婷明显心不在焉。李海推门进来，吴婷从沙发上站起来说："你回来啦。"李海大声地说："我早就想回来了，建国不让走，非要让我看看他的规划，所以谈到这会儿。""没事，我去给你盛碗汤。"吴婷走进厨房。李海惴惴不安地看着她的背影，想了想，大声问："你爸妈怎么样？""还是那样。"吴婷端出一碗汤，李海喝了一口："没放盐？"吴婷一怔："对不起，我忘了。"吴婷立刻起身，李海拉住她："你别忙了。"吴婷话中有话地说："那不行。这汤，只要少一样作料，就不是原来的味道了。"
　　"一样能喝。"
　　"但我吴婷做的汤，一定是完美的。"
　　"事事要求完美，你会很累的。"
　　"我愿意。"
　　两人对视片刻，李海挪开了眼神。
　　"海子，你是不是有心事？"
　　李海遮掩着："没有啊。"
　　"你是不是有话要对我说？"
　　李海想了想："你什么时候回去？"
　　"你希望我什么时候回去？"
　　"你不是总放心不下英子吗？"
　　"英子总要学着自己长大，我最放心不下的人，其实是你。"
　　李海愣了片刻，拉起吴婷的手："婷婷，我……"吴婷紧张地看着他。李海苦笑了一下，吞了后面的话："你今天也辛苦了，早点睡吧。"吴婷失望地看着李海。李海拍拍吴婷的手背："我先上去了。"李海将那碗汤一推，离开。吴婷端起那碗汤，走进厨房，慢慢倒掉。

　　李海和吴婷闭着眼睛躺在床上。李海翻身，睁开眼睛，看了看熟睡的吴婷，起身，下床。吴婷其实并没有睡着，她睁开了眼睛。李海来到窗前，拉开窗帘，望着星空，无限怅惘。他拿起手机，发着短信。吴婷侧身，看着李海的背影，表情中充满了痛苦。

露天咖啡馆里，媛媛惊讶地问晓菲："她老婆突然回来了？"
"而且狭路相逢，我们三个人居然在机场门口相遇了。"
"那你们打起来了吗？"
"怎么会呢？"
"然后呢？"
"然后，他们俩回去了，我也就回来了。"
"那他老婆什么都知道了？"
"我不知道她知不知道。"
媛媛纳闷了："我咋听不懂这话呢？"
晓菲难过地说："当我发现站在我面前的是吴婷的时候，我一下就蒙了，我想跑，但是又跑不动，我只能傻傻地站在那里，脑子里一片空白。我根本不知道她说了什么，甚至不敢看她……"
媛媛冷笑："赵晓菲，你不是坏女人的坯子，就别干坏女人的活儿。像我这种没心没肺的人才适合当第三者。你呀，还是趁早撤了吧。"晓菲矛盾地说："我不知道。""还不撤，人家两口子都手牵手回家了，你呢？自己拎两个大箱子在太阳下等出租车，你还不觉得这事冤得慌？"媛媛说道。
晓菲沉默了。
"听我的话，这可是本世纪最后一个撤退机会，赶快抓住。"
"我再想想。"突然，手机响了，晓菲看着短信："从来没有一刻像此刻这样牵挂你，但是我什么都做不了，只有希求你一切都好。"
晓菲的眼睛蒙胧了。

电视台寇吕办公室里，寇吕笑着跟吴婷说："回来也不打个招呼，怎么？突然袭击，查李海的岗？"吴婷勉强一笑："家里有点事，就买张机票回来了。"
"还是你好啊，想去哪儿就去哪儿，像我，已经三年没有休过假了。"
"刚才我进来的时候，怎么没看见赵晓菲？"
"她休假了。"
"哦，去哪儿？"
"没听她说，不过看她的样子，应该是和男朋友一起去的。"
"她……她有男朋友了？"
"应该是吧，她最近情绪反复不定，一会儿天上一会儿地下，典型的恋爱综合征。你找她，是不是要感谢她？"
吴婷怔住："我？感谢她？"
"是啊，我听李海说，晓菲为了救英子，自己的腿被车撞了。"

吴婷呆住:"有这样的事。"
"怎么?你不知道。"
吴婷愣了片刻,勉强笑了笑:"知道一点。"
"吴婷,你没事吧?你脸色好难看。"
"可能是时差还没倒过来吧。"

电视台停车场里,吴婷摸出手机,拨了加拿大英子的电话,但看看时间,下午4点多,又放下了。

在停车场门口,吴婷的车与晓菲的车擦肩而过。吴婷开着车,忧心忡忡。突然,吴婷猛地踩了刹车。紧跟着,车后一片汽车刹车声、喇叭声和叫骂声。吴婷一下清醒了,连忙将车挪到边上,她拨通了电话。

电话响起,英子拉了枕头蒙住耳朵,但电话铃声没完没了,英子终于起身,气愤地抓起电话:"谁呀?"
"英子,是我。"吴婷说道。
英子没好气地说:"妈,现在是半夜两点。"
"我知道,但是我有很重要的事情要问你。"
英子一下清醒了些,小心地问:"你要问什么?"吴婷理了理思绪:"你在枣阳差点撞车的事,怎么都没告诉我?"
"我……我忘了。"
"那么大的事,怎么可能忘呢?"
"真的忘了。"
"是不是中间另有故事?"
"妈,谁跟你说的?"
"告诉我,当时是怎么回事?"
"妈,你别问我,你去问我爸吧。"
吴婷忍无可忍地尖叫起来:"英子,你是我女儿,我要你跟我说实话!"英子一下哭出声来:"妈——"吴婷挂了电话,缓缓放下,表情悲哀而绝望。英子握着已经是忙音的电话,倒在床上,呆呆地看着天花板。

寇吕办公室里,寇吕惊讶地问晓菲:"你怎么又回来了?"
"我回来销假。"
"你不是请了一个星期吗?这才过了两天。"
"计划有变化。"
"那正好,有个专题,我正愁没人呢。"
"交给我吧。"
"你是不是又失恋了?"

"没有。"

寇吕拍着晓菲的肩："在工作和男人之间，永远以工作为重，工作不会辜负你，付出必有回报。"

"谢谢寇姐的金玉良言。"

"肺腑之言。"

建国办公室里，建国正在骂人："……三点一个会，三点半一个会，你们怎么安排的？要把我累死吗？"下属唯唯诺诺。电话响起，建国的表情一下变得可亲："……吴婷，我知道你回来了，还正说请你吃饭呢……现在吗……好，你说地方……我马上到。"建国抓起车钥匙，边走边说道："把所有的会都给我取消。"

茶艺馆里，吴婷正在烹制功夫茶，脸色已经平静了许多，但是一双手却在颤抖，她竭力让自己的手更加平稳，但是却怎么都稳不住。建国匆匆走进来，"我到了！我到了！不好意思，路上走了二十分钟。现在正是下班高峰，二环路上堵得惨绝人寰。""先喝杯茶吧。"吴婷说道。建国坐下，将面前一杯茶一饮而尽。吴婷摇头，再倒一杯："先闻闻香不香，再看看颜色，最后分三次，慢慢喝完。"建国听话地按照吴婷的要求执行，然后点头："好像是跟刚才那杯味道不一样。"吴婷淡淡地笑了。"吴婷，你找我什么事？"吴婷停下手，沉吟片刻，抬头说道："建国，你也许能猜到是什么事。"建国一下心虚了，支支吾吾地说："是不是上次我偷税的那事？那些钱我已经补齐了。"吴婷看着建国，不言语。"那我知道你要问什么，上次那个洗脚房的小姐，哭死哭活要跟我，吓得我只有跟她说我结婚了，是这事吧？"

吴婷轻声说："你是海子最好的朋友，海子的事，你应该都知道吧？"

建国痛苦地呻吟了一声："哎哟，我就怕你问这个，你怎么真就问出来呢？"

"海子出事了，是不是？"

"吴婷，你别问我，打死我，我也不会招的，我不是那种出卖兄弟的人，虽然我这兄弟最近很不靠谱。"

"这么说，都是真的，你都知道。"

"我什么都不知道！上级的姓名我不知道，下级的姓名我也不知道！随便什么辣椒水老虎凳还是美人计，我都不能说的。"

吴婷的眼泪一滴滴落下，落在茶杯里。

建国着急地说："吴婷，你别哭。我回头会教训他的。他一直都很听我的，这回，我一定让他给你认错，让他跪搓衣板；不，跪电脑主板；不，让他跪电视遥控板，换一个台，赏他一个耳光！"

吴婷轻声地问："建国，我该怎么办？"

"我……我也不知道。为这事，我说过他，跟他动过手，甚至还闹到了派出所去。但是……都怪我，没把李海看好。"

"我们这么多年的感情，竟然……竟然也要出这样的事。"

"吴婷，你也别伤心了。你不在他身边，男人嘛，大家都理解的……你既然已经回来了，那就不一样了，要不你跟他谈谈。"

"我跟他谈？"

"李海跟我不一样，我是天生花心，他只是一时糊涂，属于是可以教育好的那一类。你好好教育一下他，他一定会悔悟的！然后那些事，那些人，就像浮云，风一吹，神马都没了。"

"我跟谈他什么呢？"

"这事我还真没经验。你看吧，这就是只恋爱不结婚的好处，你同时谈几个女朋友，最多算风流；而结了婚还要这么干，就是下流了。"

吴婷茫然地看着建国。

"我又说远了，我觉得，你就拿出你的正室范儿来，理直气壮跟他谈，要他承认错误，就地改正……"

吴婷怔怔地想着什么。

李海一边停车，一边给晓菲打着电话："……你怎么又去上班了？虽然去不了布列瑟农，但你在家里休息几天也好啊！"

"在家没事干，容易胡思乱想，还不如来上班，让自己忙起来，心里没那么难受。"

"明白了。"

"今天怎么样？"

"风平浪静，也许你的顾虑是多余的。"

"但愿吧。"

"我到家了，再见。"

"再见。"

李海进屋，喊着："婷婷，我回来了！"没有人回应。李海走进去，一愣，吴婷端坐在沙发上。

"你怎么不回应我一声？"吴婷只是看着李海，仿佛在看着一个陌生人。"今天没有汤喝吗？"李海问道。吴婷轻轻叹息一声："海子，我想跟你谈谈。"李海表情一紧，随即又露出微笑："好啊，这么久没看到你，我也有好多话要跟你说。"李海来到吴婷身边坐下，牵起了吴婷的手。吴婷轻轻挣脱："海子，我们结婚多少年了？"

"我们刚刚过了结婚十八周年纪念日。不过，你还是那么年轻，那么漂亮。"

"你还记得我们结婚前的那个约定吗？"

李海想了想："是将来挣了钱，一定要补一个婚礼的那个约定？"吴婷摇头："不，无论在什么时候，什么地方，我们有任何事情都要第一时间告诉对方。"

"哦,是这个。"

"海子,你有没有什么事忘了告诉我?"

李海试探:"你是说公司的事?"

"你知道我从来不管你公司的事。"

李海犹豫片刻说道:"那应该没什么了。"

吴婷感到非常失望。

"有什么你直说吧,我讨厌这样猜来猜去。"

"好,那我问你,英子差点被车撞的事,你为什么不告诉我?"

李海勉强回答:"怕你着急。"

"英子为什么会被撞车?"

李海眼神一下紧张起来,他小心地回答:"因为她过马路的时候不小心。"吴婷看着李海:"那天在机场,你本来准备去哪里?"李海强笑着:"我就是去接你的呀。"

"你和赵晓菲准备去哪里?"

李海愣住。

"你一身出门的打扮;你手里拖着的,是我们家的行李箱。你和赵晓菲,究竟是怎么回事?"李海紧紧咬着牙,什么都不说。吴婷递过一张照片——媛媛拍摄的那张李海与晓菲的照片。李海惊讶地问:"这照片是哪儿来的?"

"这不重要。"

"你怀疑我,就为这张照片?"

吴婷摇头:"不,恰好相反,我不相信这张照片。从加拿大回来的飞机上,我一直告诉自己,这只是一张再普通不过的照片。但是我回来之后看到的听到的点点滴滴却告诉我,这张照片并不普通。现在,你总可以告诉我,你和赵晓菲是怎么回事了吧?"

"婷婷,你不用知道这些。"

吴婷一下子爆发了:"你是我的老公,我怎么能不知道?"

李海沉默了。

"如果你想改正错误,就说实话吧,把一切都说出来。"

李海痛苦地说:"婷婷,给我点时间!"

"不,我要你现在就说!"吴婷逼问着。

李海依然沉默。

吴婷悲愤地说:"你居然还不愿意说?"吴婷看着李海,深深感到失望与伤心。她起身朝楼上跑去。李海将那张照片揉得粉碎。

吴婷走进房间,紧紧关上了房门,房间内爆发出一阵极力压抑的哭声。客厅里李海呆坐,毫无头绪。这时电话响起,李海接道:"喂。"是英子打来的:"爸爸,你和妈妈还好吧?"

"不太好。"
"几个小时前，妈妈给了我电话，我……我……我都告诉她了。"
"我已经知道了。"
"爸爸，我答应过你，帮你隐瞒到圣诞，但是妈妈她好像什么都知道。"
"英子，爸爸没有怪你，这事本来就跟你没关系。"
英子带着哭腔问："那现在怎么办呢？"
李海疲惫地说："你放心吧，爸爸妈妈能处理好的。"
"妈妈现在怎么样？"
"她现在情绪很激动，希望她能尽快平静下来。"

英子又拨通了吴婷的手机："妈，我是英子，你没事吧？"
吴婷开始啜泣："英子，妈妈不知道该怎么办？"
"爸爸说你们会解决好的。"
"他不认错，也什么都不说，他存心想毁了我们这个家！"
"妈，不会的，不会的。"
吴婷大哭："我该怎么办？"英子眼泪流下来："妈，你别哭啊！你别哭……无论发生什么，我永远都跟你在一起。妈，你等着我，我马上回来。"吴婷一下清醒了些："不，英子，你别回来。"
"我不放心你。"
吴婷深深吸口气说："我会把这个问题解决的，你放心吧。好了，我不跟你说了，你快上学吧。"
"妈？"
"我挂了。"
吴婷挂了电话，捂住脸。英子挂了电话，心神不宁。外面，有铃铛作响，她从窗户看出去，彼得骑着脚踏车，正在等着她。英子叹息一声，抓起书包，出了门。

咖啡馆里，李海与晓菲对坐。
"她都知道了。"
晓菲愕然地问："所有？"
"一切。"
晓菲沉默片刻："该来的，都来了。"
"有人拍了我们的照片，寄给了她。"
晓菲睁大眼睛："什么照片？"
"我们俩，在你们的单元门口，面对面。"
"谁拍的？"
"不知道，也不重要。关键是我们现在必须面对吴婷。"

晓菲沉默片刻："她还好吗？"

李海难过地摇头："她昨晚硬逼着我交代一切，我从来没有见过她那么强硬；我拒绝了，她哭了，我从来没有见过她那么伤心。"晓菲歉疚地说："都是我们的错。"

"你没错，错的是我。"

"如果你什么都没说，那还有一个方法可以挽回。"

李海苦笑摇头："除非时光倒流，我们从没相遇，从不认识。"

"你可以把所有的责任都推到我身上，就说是我在勾引你，我在纠缠你，你只是不忍心伤害我，或者你就是逢场作戏；其实什么都没有发生。"

"你觉得吴婷会相信？"

"她会的，女人总是相信她们愿意相信的。此刻在吴婷内心深处，她希望你给她这样一个答案，我是一个坏女人，而你是一个好丈夫，好父亲。"

"我怎么能贬低你去保全自己？"

"我可以为你牺牲。"

李海断然拒绝："不，我从来不让女人来为我担当！"

"你要有心理准备，也许她会去找你。"

"我没法面对她。"

"你也不用怕，以我对吴婷的了解，就算再伤心再难过，她也不会做出太过分的事情。"

"就算她骂我，也是应该的。"

"不，她应该骂的是我。你是单身，你有权利追求任何人；是我做了自己的身份不允许的事情。现在事情到了这个地步，我必须先保护好你。"

"你打算怎么做？"

"今天晚上，我会跟她好好谈谈，我希望她能明白，这是我和她之间的事，没有必要去迁怒其他任何人。"

"她会接受吗？"

"我力争让她理性一点，这样才能解决问题。"

晓菲沉默片刻，看看表说："我该回去上班了。"

"我也该回公司了，一大堆事在等着我。"

茶艺馆里，刘英怪异地笑着："李海也有小三儿？"吴婷点点头。"哈哈哈，我还以为他是硕果仅存的好男人呢？原来他和周兴也是一类人！男人就没有一个是好东西！"刘英冷笑着。"刘英，我该怎么办？"吴婷问刘英。刘英握住吴婷的手说道："吴婷，你真是问对人了，这种事情，我有大把的经验和教训。我教你怎么对付他们。"

刘英咬牙切齿地说："他开始不承认，被我逮了一个正着之后，又说是那女的勾引她，缠着她不放，让给他点时间，把那女人彻底甩掉。我相信了他，没有再追究。谁知道，他都是骗我，他甩了那个女人，又勾搭上另一个女人。这就是我的教训。"

"李海让我给他一点时间。"

"千万别信，千万别心软，你要动用一切力量，让他知道你的厉害，要让他追悔莫及，从此不敢再犯！"

"但这不是我的性格。"

"那你在重蹈我的覆辙！我和周兴的今天，就是你和李海的明天！"

吴婷犹豫着。

"如果你想保住这个家，如果你不想英子失去父亲，就必须按我说的去做。"

吴婷不由自主地点点头。

"你知道那女的是谁？在哪儿工作吗？"

吴婷点头："知道。"

"太好了，我到现在都不知道周兴的小三儿是谁呢！"

得知晓菲的工作单位后，刘英兴奋地说："还是寇吕的手下？太好了！"

"怎么好？"吴婷问。

"寇吕也是我们的人，让寇吕在单位里整死她！"

"这不太好吧？"

"一定不能便宜了这个狐狸精！你一定要把她搞臭，要让她付出惨重的代价。让她再也不敢惦记别人家的男人！"

"你要怎么做？"

刘英站起来："走，去电视台。"

吴婷犹豫着："我问过寇吕，她这两天休假。"

"没关系，我们先去找寇吕，先把她的情况了解清楚，知己知彼，才能百战百胜。"

吴婷犹豫着。"听我的，错不了！"刘英用力拉起了吴婷。

电视台寇吕办公室里，寇吕动容地问："没有搞错？"刘英激动地说："千真万确！"

"晓菲应该不是这种人吧？"

"现在的年轻女孩子，哪个不是贼？尤其是看见李海这种男人。"刘英气愤地说。

寇吕沉吟着。

刘英敲着桌子："喂，这事你可不能坐视不管。"

"按理说，这是员工的私事，我没有资格插手。"

"员工作风败坏、道德沦丧，组织上难道没有责任？难道没有教育的义务？"

"现在组织上不管这些事了！"

"寇吕，你们电视台成天在屏幕上教育我们观众要做一个高尚的人，一个脱离了低级趣味的人，但你们员工道德水平却如此低下！你们以后怎么面对观众？"

"刘英，你和吴婷先回去。"

"你不管吗？"

"吴婷、李海是我的朋友，晓菲也算我的朋友，我可以从这个角度和晓菲谈谈。"

"不行，你一定要好好整整她，让她知道我们的厉害！"

寇吕略有些不悦："我有分寸，不需要你来告诉我该怎么做。"刘英还要说什么，一直沉默的吴婷拉了拉刘英："刘英，我们走吧。"刘英甩手离去。

电视台办公室的走廊里，刘英愤愤不平："还是多年的老朋友呢，关键时刻，竟然撒手不管！真是跟她白交往了那么多年！"

吴婷说道："寇吕不是说了要跟赵晓菲谈吗。"

"谈有个屁用，按我的经验，直接找来，先骂个狗血淋头，然后停她的职、扣她的钱，全台点名批评！"

"这会不会太过分了？"

"这算轻的！还没直接叫她走人，永不录用呢！"

突然，吴婷停住了脚步。迎面走来的竟然是赵晓菲。赵晓菲看见吴婷，也愣住了。两人互相看着，一时都没有任何动作。

"走啊，你怎么不走了？"

顺着吴婷的目光，刘英看了看晓菲，低声问："是她？她就是赵晓菲？"

"是。"

晓菲退了一步，准备转身，突然刘英一个箭步冲上来，"啪"一个响亮的耳光甩在晓菲脸上。晓菲呆住，脸上指印凸显。吴婷也呆住了，看看晓菲，又看看刘英，不知道如何是好。晓菲颤声问："你为什么打人？"刘英高声答："那当然是你做了欠打的事！""你是什么人？要打，也轮不到你！"晓菲生气地说。"像你这种贱人，人人都可以打！"说着，刘英抡起手中的包，劈头盖脸朝晓菲砸去，一边打一边骂着："打你这个贼！叫你偷人……"晓菲躲避着，但是腿脚不便的她一个趔趄，被刘英一把抓住。吴婷反应过来，连忙喊着："刘英，别这样！"听到动静，走廊两边的办公室里的人都涌了出来。

刘英更加来劲儿："你也真是够贱，满大街都是男人，却偏偏要去偷别人的老公！你这个没人要的烂货！"晓菲躲避着。吴婷拉住刘英劝道："别打了！别打了！"刘英突然"哇"的一声哭了："你干什么不好，非要当小三儿！人家两口子过得好好的，你非要来插一腿……跟你无冤无仇，你却害得人家夫妻分离……你毁了我一辈子啊！"旁人看着，有人目瞪口呆，有人指指点点。哭着哭着，刘英猛地挣脱吴婷，冲上去踢了晓菲一脚，喊着："你还我老公！你还我的家……"吴婷再次冲上前，刘英的第二脚踢在了吴婷身上。

刘英生气地说："你还护着她！"

吴婷忍着痛："刘英，我们不能这样！"

刘英激动地说："我可是为你。"有人大吼了一声："住手！"

人群自动闪开一条道，寇吕冲了过来。只见晓菲头发散乱，脸上有血痕，身上有脚印，眼里忍着泪。刘英擦着眼泪，吴婷一脸狼狈。寇吕脸色铁青，扫视一圈说道："刘英，吴婷，你们闹够了没有？"吴婷一怔，想说什么又忍住了。刘英骂骂咧咧地说："你不得好死！你要遭报应的！"

"这里是工作场所，你们的家事请你们回家去解决！"寇吕严厉地说。

"对不起。"吴婷也觉得歉然。

"该说对不起的是她！"刘英呸了晓菲一口口水，那口水直接挂在晓菲头发上，晓菲已经没有任何反应。吴婷将刘英拉走。

寇吕说："大家都回自己位置上，该干什么干什么。"人群渐渐散去。"赵晓菲，你跟我来。"寇吕说道。晓菲木然地跟着寇吕走进办公室。

看着晓菲狼狈的样子，寇吕恨恨地扯了一张纸巾，递给晓菲，晓菲一动不动。寇吕叹息一声，用那纸巾擦着晓菲头发上的口水，晓菲的眼泪刷地流下。"早知今日，何必当初。"寇吕惋惜地说。晓菲语不成句："寇姐，我没脸再待在这里了！我这就去写辞职报告。"寇吕想了想说："这样也好。"

晓菲回到住处，走进卫生间，也没有脱衣服，她打开水龙头，直接任冷水冲刷着身体。她捂着脸，号啕大哭。

而此时，刘英意犹未尽："我这包可值一万多，用来打那贱人，还真是抬举她了。"

吴婷沉默着。

"如果不是你拉着我，我还能再踢那个贱人两脚，那才解恨。"

"刘英，打人总是不好的。"

"打，那都是轻的！要完全依我，杀了她那才够爽。"

"你觉得这样能解决问题吗？"

"当然能！我们今天这么一闹，第一，能让那个贱人身败名裂，总算小小地报复了一下；第二，让她知道痛的滋味，看她以后还敢不敢勾引李海。"

"虽然今天打了她，也看到了她的狼狈样，但是我一点都不快乐，也不轻松。"

"那是因为李海还没有得到惩罚！你放心吧，今天是第一步，后面几步棋我都给你想好了。第二步，你得争取亲人的支持，你爸你妈，还有李海的爸，你要联合他们一起给李海施加压力。"

吴婷为难地说："老人家年龄都大了，特别是李海的爸爸，谁都不认识了，我们就不要给老人家增加负担了吧？"

"没事的，这些负担，老人都会转嫁给李海的，这就够他受了。"

吴婷摇头说:"算了吧,别惊动老人家。"

"吴婷,这个时候,你听我的,绝对没错。你只要按照我说的去做,保证最后大获全胜……我到了,我就在这里下车。"刘英下车,回头叮咛道:"回家之后,好好睡一觉,明天还有一场仗要打!"

"谢谢你,刘英。"

"不用谢我,我也总算出了一口恶气。"

吴婷回到家,坐在床上思考着,她想了想,拿起电话,拨了寇吕的电话:"寇吕,我是吴婷。"

"有事吗?"

"我想问一下,赵晓菲今天没事吧?"

"她已经辞职了。"

"啊?"

"我现在还在值班,有空了再打给你。"

"好。"

吴婷挂了电话,坐下来,表情中有一丝内疚。

外面,李海重重地敲着门:"吴婷,开门!开门!"吴婷拉开门。李海情绪激动地说:"有什么你冲着我来!别去欺负一个小姑娘!"吴婷愣住:"你说什么?"

"现在你满意了!你骂了,打了,逼得人家在电视台待不下去,已经辞职了!吴婷,你真行,我还真没看出来,你下手这么狠辣!"

吴婷也火了:"李海,你给我把话说清楚!我好好的一个老公,被她迷得本性全失;我好好的一个家,被她搅得七零八落;到底是谁欺负谁?"

"这是我们俩的事,跟晓菲没有关系!"

"如果不是她,我们俩会变成这样?"

"人家一个清清白白的小姑娘,长这么大,从来没受过这样的侮辱,她做错了什么?"

"她偷我的老公,这还叫清白?还没有做错?"

"是我勾引她的!是我强迫她的!所有的罪都在我这身上,你要打要骂跟我招呼,跟她没关系!"

"怎么了?我就是骂了她,我就是打了她,她活该!你是不是很心痛,你是不是恨不得打我一顿,帮她出气!你来呀!"吴婷上前一步,声嘶力竭:"你来呀!来打我呀!打你结发十八年的妻子,为你的情人出气!"李海退后了一步:"吴婷,你照照镜子,你看看你自己,你都变成什么样了……变成了一个泼妇!"吴婷吼着:"那是你逼的!我本来也知书达理,温文尔雅,是你这样一个无耻的丈夫把我逼成了泼妇!"李海瞪着吴婷,憋出一句话:"不可理喻!"说完转身下楼。

吴婷冲到妆台前,看着镜子中的自己,头发蓬乱,眼睛发红,表情狰狞,她害怕地捂住脸,眼泪从指缝中流下。李海冲进客房,大口地喘着气。突然,他愤濆地将床头柜的台灯扫落在地。听到隔壁传来的破碎声，吴婷抬头，全身一震。她拿起一只口红，狠狠地在镜子上划着，直到完全看不见镜子中的自己。

媛媛进门，正在发呆的晓菲惊讶道："你怎么来了？"
"李海给我打电话，说出事了，他拜托我照顾你。"
晓菲恍然。媛媛抬起晓菲的下巴："让我看看。"晓菲眼睛红肿，脸上还有隐隐的血痕。
"他那老婆看着斯斯文文的，怎么撒起泼来，跟那些自由市场上不识字的大婶大娘一样。"
晓菲轻叹："再有涵养的女人面对这种事，都没法控制自己吧。"
"哟，她打了你，你还帮她说话。"
"我有错在先。"
"听说你辞职了。"
晓菲难过地答道："嗯。"
"当初叫你分手，你不愿意，搞成现在这样，真是活该。你现在打算怎么办？"
"其实在吴婷回来的当天，我就跟李海商量过分手的事情，但是李海不愿意。"
"什么？分手？这时候你可千万不能跟李海分手了！你骂也挨了，打也挨了，工作也没了，然后你要分手，你亏不亏呀？""你什么意思？"晓菲问道。
"如果那吴婷一上来好说好商量，大家谈个价钱，看是一百万还是两百万，这个时候，那可以说分手。她既然要出这招，那你就千万别分手。"
"不分手，那还能有什么出路？"
"既然已经闹到这一步了，你也就别退缩了，你一定要死缠着李海不放，要让他们俩闹，推着他们俩往离婚的道上走！到那时候李海人是你的，李海的钱也全是你的。"
晓菲吃惊地看着媛媛。
"你别这么看着我，好像很惊讶的样子。在朋友面前，我是好人，但除此之外，我一直就是个坏女人，从没变过。"

马林家，所有的白纸都已经成画，马林把这些画页装订整齐，然后随手一翻。一页页动画变成了动漫——一个男孩向一个女孩表白。马林得意地看着自己的作品，然后在最后一页上写下："晓菲，我们在一起吧！马林。"

一大早，刘英按响门铃。吴婷开门，憔悴苍白甚至苍老。刘英吃惊地问："你昨晚上一夜没睡？"吴婷点点头。刘英打开冰箱，找出牛奶等早点，端到吴婷面前。
"我吃不下。"
"你必须吃！你现在在打一场大仗，没有体力怎么行？"

吴婷勉强喝着牛奶。

刘英看着楼上："李海呢？"

"我不知道。"

"你们又吵了？"

吴婷点头。

"吵是可以的，但你不能折磨自己。像一夜没睡这种事情，可再不能出现了。"

"我睡不着。"

"睡不着也要强迫自己睡。你想想，我们的敌人是二十多岁的年轻女孩，她们敢骑到我们头上来，唯一仗势的就是自己年轻。所以，我们一定要好好保养！"

吴婷摇头："再保养，也改变不了年龄！"

"你可千万别放弃。我以前就是在这方面吃了亏，一边在银行上班，一边帮周兴打理业务，把自己整得灰头土脸的，都没空收拾，结果让外面的小贱人钻了空子。"

吴婷叹息了一声。

"快吃，吃了之后，我给你化个妆，我们赶快出门。"

"今天去哪儿？"

"去李海公司。"

"我从来不去他的公司。"

"那你现在更得去。"

"去做什么？"

"从今天起，你得寸步不离地跟着李海，要让他没有任何机会跟那个贱人联系；另一方面，你一定要控制李海公司的财务，掌握李海的资产状况，说句难听的话，将来万一要离婚分财产的时候，能分多少钱你心里也有数啊。"

"这些我都不懂。"

刘英拍着胸脯说："我懂啊！我是专家！当年，我就是在这方面吃了亏，周兴让我别插手公司的事情，美其名曰让我多休息，我傻乎乎的居然同意了，如果当初我聪明一点，现在他的公司就还在我手上，哼，他还敢在外面晃？还敢跟我离婚？还敢跟我隐瞒资产？"

会议室里李海揉着太阳穴。马林关心道："李总，你不舒服？"

"昨晚没休息好。"

"不会吧，你上几次熬一个通宵，都还神采奕奕的。"李海勉强一笑："没事，接着开会……"马林接着主持会议："下面给大家汇报一下我为叠峰阁四期做的营销方案……"

李海凝神细听，突然有人敲门，财务总监出现在门口。李海问："有事吗？"财务总监对大家做了一个抱歉的手势，然后来到李海身边，耳语几句。李海脸色一下难看起来："她们在哪儿？"财务总监回答："在我办公室。"李海一咬牙：

"让她们看吧。"

"李总，我继续吗？"马林问道。李海发了片刻呆，说道："继续。"

"我的方案说完了。"

"大家评估一下吧。"

"我先说……"这时门开了，刘少勇的话被打断。刘英与吴婷出现在门口。李海惊愕。刘英将吴婷推进门来。

一个正在记录的工作人员惊讶地打招呼："吴姐。""还愣着干什么？还不快给吴姐找张椅子。"刘英说道。那工作人员连忙将自己的椅子让给吴婷。

"你们继续，吴姐旁听"，刘英又对吴婷低语，"先听着，有不明白的我们下来商量。"吴婷点点头。

众人看向李海，李海尴尬地咳了一声："继续。"大家都没有说话。

刘少勇接着说："呃……马林，你准备动用哪些宣传资源？"

马林说道："这次还是准备和电视台合作，还是准备选赵晓菲的团队。"

吴婷一惊，一下转头紧紧盯着李海。李海扫了一眼吴婷，转过头去。刘少勇转头问李海："李总觉得赵晓菲怎么样？"李海迟疑着。吴婷重重地咳嗽了一声。李海将手中的笔一扔，站起来，拉起吴婷，夺门而出。众人瞠目，尤其是马林，他猛然意识到了什么。

李海拉开车门，将吴婷塞进去。吴婷挣扎着："李海，你要干什么？"

"回家去！"

"我不！"

李海忍无可忍："吴婷，你到底要怎么样？"

"我只要保住我的家！"

"你已经疯了！"

李海上车，飞快地开走！

"你开那么快干吗？减速！李海，你是不是也疯了？"

"是，我也要被你逼疯了！"

李海一个劲儿地踩着油门，眼神接近疯狂。吴婷紧紧地抓住把手，叫着："行，要死我们就一起死！让英子当孤儿吧！"突然，李海猛地踩了刹车。两人沉默。最后李海说："我们回家吧。"

马林思考着，拨了电话："晓菲……你在枣阳吗……你不是去休假了吗……明白了。"马林放下电话。他突然明白了，他站起来，将桌上的策划案猛地朝天花板抛去。写满了文字的纸张在空中散开、飘落，马林站在中间，面色十分沮丧。

李海与吴婷一下车，看见吴婷的父母守在门口，吴父还推着轮椅，上面坐着李海的父亲。李海惊讶地看着吴婷，眼神中有许多难以置信。

吴婷诧异地问:"爸,妈,你们怎么来了?怎么把爸也接来了?你们这是?"吴母吴父一脸愁容。吴母说道:"刘英给我们打了电话!我们都知道了!"吴父喝道:"李海,我们三个老人,想跟你好好谈谈!"李海闭了闭眼,叹息一声,等待即将到来的风暴。

三位老人坐在沙发上。

吴父问道:"李海,当初你和吴婷结婚的时候,我们三个家长都在场;今天你和吴婷有了问题,我们家长也责无旁贷。所以我就自作主张,把你父亲也接来了,你不介意吧?"李海无奈地说:"应该的。"

"当初你父亲也在场,我把婷婷交到你手上,你还记得当时你跟我是怎么承诺的吗?"吴父问道。李海沉默。吴母说道:"你说你会一辈子对婷婷好,绝不让她吃苦,绝不辜负她,我们才让婷婷嫁给你的!可是你现在……"吴母说不下去。吴婷的眼睛也一酸。

吴父继续说:"当初,婷婷嫁给你的时候,你就是穷光蛋一个,房子没有,戒指没有,连像样的婚礼都没有。说句老实话,我和她妈心里是为婷婷委屈的,但是婷婷说她爱你,一辈子吃苦受累都愿意。"

吴母接着说:"九十年代,你去了海南,然后你爸爸就犯病了。婷婷一手带英子,一手照顾你爸,还要工作,一天睡不上六个钟头。有一天,因为过度劳累竟然晕倒在街头……这些,婷婷都不让我们跟你说,说是怕影响你工作。直到现在,这些你大概都不知道吧?"李海惊讶地看了吴婷一眼,吴婷紧紧咬着嘴唇。

"李海,我当初看重你,是因为你为人正直厚道。你可千万不能挣了点钱,就变质啊!"吴父苦口婆心地劝道。"李海,做人要感恩,婷婷这么多年,为你牺牲这么大,你可千万不能忘本啊!"吴母也说道。李海反驳:"我没有。""你对不起婷婷,我这个当父亲的,第一个不饶你。"吴父严肃地说。吴母继续说:"现在的社会,我多少也了解一些,但凡是个老板,都有些不要脸的女人要往上凑。但是那些女人,都是冲着你的钱去的,绝对不可能像婷婷这样,一心一意对你。"李海沉痛地说:"爸妈,你们说的我都知道,都是我的错。"吴父满意地说道:"这个态度就对了!"

吴母着急地说:"有态度还得有行动啊,李海,当着我们三个老人,你说说你打算怎么改正?"李海为难地沉吟着。突然,李海的父亲像个孩子似的大哭起来,一边哭一边喊着:"小王!小王!我要小王!"吴婷连忙走过去拍着老人的背,哄道:"爸,小王马上就来,小王在路上了。"李海的父亲继续闹着:"不,我要小王!叫小王来陪我下棋。"

吴婷束手无策地看着李海:"李海,咱们得把爸送回去,不然他会闹个没完。"

"李海,你快说啊,你打算怎么做?"吴母着急地说。

李海无奈地说:"爸妈,你们怎么说,我就怎么做。"

吴婷父母欣喜地对看一眼。"那我要你跟外面那个女人断绝一切往来。"李海犹豫片刻,点头。"从此以后,你再不能犯这样的错误!再不能跟其他女人有不正当的关系。"李海点头。吴父严厉地说："说到要做到！"吴母松了口气地说："好了，好了，起来吧，知错改错就是好孩子。"

李海不动。"婷婷，去和海子拉拉手，拉了手就没事了，去呀！"在吴母的催促下，吴婷伸出手来。李海犹豫了一下，拉起了吴婷的手。吴婷充满期待地看着李海，但李海躲避着吴婷的眼神，吴婷怔住了。

"爸妈，我送你们回去吧。"李海说道。

"这样吧，你先送你爸回去，我们还要跟婷婷谈谈。"

"行吧。"

李海开着车，父亲坐在旁边。李海倾诉着："爸，都是我的错。但是我没想到，吴婷竟然把您也惊动了，她又不是不知道您的身体……"李海继续倾诉着："……我认识吴婷已经二十年了，结婚也十八年了，直到今天才突然发现，她竟然还有这样一面！她哭她闹她悲伤她痛苦，我都能够理解；可是现在的她，完全是一个陌生人，这是我完全不能接受的……""……我错了，我错了，都是我的错……"父亲的头歪在靠背上，已经发出了鼾声。

吴婷与吴母坐在沙发上，吴父在餐厅里忙碌着。吴母满意地说："看来今天这场谈话还是达到了目的。"吴婷责备地说："妈，你们怎么能把李海爸爸惊动呢？他的身体很虚弱，随时都有可能需要医生；而且他现在连李海都不认识了，你们请他来，又有什么用呢？"

"这是你爸的主意，他说就算李大哥不说话，坐那儿对李海都是威慑。从李海最后的表态来看，这一招，还是有效果的。"

吴婷不以为然地摇摇头。

"婷婷，听妈妈一句话，这事就到此为止了，你也别再跟李海吵了。"吴婷说："妈，事情不会这么简单就解决了。再说，李海也不是这么简单的人。"

"他既然已经答应不跟那个女人来往了，你就给他个台阶下吧。"

"答应了也可以反悔；而且，就算真不来往了，他的心还在那个女人那儿，对我来说又有什么意义呢？"

"那你要怎样？"

吴婷痛苦地摇头："我不知道。"

吴母正色道："婷婷，你可千万别有离婚的想法！"

"如果真有那么一天呢？"

吴母坚决地说："绝不能有！就算他想离，你也不能答应！"

吴婷诧异地看着母亲。

"你想想，你为了他吃了多少苦，好不容易熬到今天，他现在发财了，有钱了，正该你享受的时候，你怎么能走到一边去呢？"

"我不看重这些。"

"就算你不看重，也不能便宜外面那些不要脸的女人啊！婷婷，我和你爸这么多年，这还是第一次遇到事情站在了同一条战线上，那是为啥，还不是为你？这父母对女儿，那是做什么都可以的；所以你看在英子的份儿上，也大事化小小事化了吧。"

"只怕化不了。"吴婷疲惫地说。

"适可而止吧，无论怎么样，这家还是要维持的。再说了，男人嘛，看见花花草草，都要动心，但李海的本性还是好的，这次也是偶然失足，你要给他一个改过自新的机会吧？"

这时手机响了，吴婷接起："刘英。"

刘英十分激动："吴婷，还真被我查出猛料来了！"

"什么猛料？"

"大半年以前，李海从公司划了二十万到一个叫袁媛的女人的账户上！而且这笔钱没有什么出处，没有指明用途，这其中一定有问题。"

"什么问题？"

刘英："我现在就去查那个袁媛到底是谁，查到了我来找你。"

刘英挂了电话。吴婷呆呆地望着前方。

"刘英说什么？"吴母问。

"她说李海莫名其妙给了一个女人二十万。"

"是现在正闹的那个女人吗？"

"好像不是。"

吴母惊讶地说："这小兔崽子，事儿还多着呢……既然这样，那就不是偶犯，而是惯犯，看来，要让他改正错误，还真不那么简单！"

"妈，我想上楼去静一静。"

"这段时间，我和你爸也不回去了，我们帮你看着李海。"

吴婷仿佛梦游一般，走上楼去。

茶馆包间里，老陈与周兴见面。

"李海家里出事了。"老陈说道。

"怎么了？"

"吴婷回来了，知道李海和赵晓菲的事儿了，跑到公司来闹，搞得我们连会都开不下去，李海现在焦头烂额。"

"好。这就是我想要的。不过，照片都发出去几个月了，吴婷怎么现在才来闹？"

"这我就不知道了。"

"澄海最近运转得怎么样？"

"还不错。"

"这可不是我想听到的。"

"你放心吧，只要澄海出一点纰漏，我一定第一时间告诉你。"

"对，这就是我要你留在澄海的用意，看来，你现在领悟得很好。"

"全靠周总点拨。"

刘英拿着一张资料："这个媛媛我已经查到了，是云端健身会所的教练，但奇怪的是她登记的住址是这个。"吴婷没看出所以然。

"我通过电视台在银行的工资账户，也查到了赵晓菲登记的住址。"刘英又递过一张资料。

"一个地址？"吴婷问道。

"对，这两个女人住在同一套房子里。"

"现在也是？"

"有两个可能，李海同时和这两个女孩有染？"

"李海再荒唐，也不至于这样。"

"那就是另一个可能，李海给媛媛的那二十万，其实是给赵晓菲的。"

吴婷点头："说不定，就是这二十万买了赵晓菲。"

"对了，这二十万如果你想要，是能要回来的。这是你们夫妻的共同财产，李海没有权利单独处置！"

"我不要了。"

刘英惊讶地说："二十万呀！"

"既然赵晓菲想要的是钱，那就简单了。"

建国办公室里。"这么做，对那些眼浅皮薄的女人可能有效果，但是对赵晓菲……"建国摇头。

"你很了解她？"吴婷问。

"不，我只是跟她打过几次交道。"

"她曾经收过李海二十万。"

"什么？"

"李海给过赵晓菲二十万，是通过一个叫袁媛的女人转交的。"

"啊？"

"我有银行转账的凭证。"

建国脸色急剧变化着。

吴婷继续说："这个赵晓菲骨子里跟那些眼浅皮薄的女人没什么两样，只是钱多钱少而已。"建国勉强应答道："也许吧。"吴婷将一张支票推过去："建国，这件事能不能请你帮忙？"

"我？你想让我去跟她谈价？"

吴婷点头。

"说句老实话，因为有些事，我在她面前，总有点底气不足。吴婷，要不你自己去？"

"我不想看到她那张脸。"

澄海置业办公室外，马林敲敲门而入。李海抬头道："马林，你来得正好，叠峰阁四期的营销方案我觉得可以执行，已经签字了。"他从桌上找出一份报告，递过来。马林也递过一份文件："李总，我另外有一样东西，需要你签字。"李海接过，表情惊讶，是辞职信。

李海惊讶地问："你要辞职？"马林点头。"为什么？"马林低头回答："个人原因。"李海急切地说："澄海需要你，你也需要澄海。"马林痛苦而轻声说："不。"李海继续挽留："马林，在公司的时候，我是老总，你是我的副手；但是在私底下，我们是朋友；而在内心深处，我把你当兄弟。如果你也把我当朋友、当兄弟，告诉我，为什么？"马林固执地答道："李总，你不要追问了，我想给自己留一点骄傲。"

李海看着马林，犹豫着。马林恳求道："请你签字，放我走吧。"李海终于点点头："我尊重你的选择，我也相信你作出这个决定，一定有迫不得已的理由，我签。"李海签完字，抬头道："如果有一天，你愿意回来，澄海的大门永远向你敞开。"马林点点头，离去。

走到门口，马林回头："你现在打算怎么办？"李海头也不抬："我会让老陈暂时顶你的位置。"马林摇摇头："我说的是晓菲。"李海一怔："晓菲？"马林追问："你打算把她怎么办？"李海无奈地问："你们都知道了？"马林哼了一声："那天会议室发生的事情，智商只要在八十以上的人都知道发生了什么。"李海叹息了一声。马林关切地问："你想让晓菲做你的地下情人，以填补吴婷在枣阳的空缺？"李海立即反驳："不！我从来没有这么想过！""你只想跟她有一腿？"马林追问。李海气愤地说："马林，你这么说，是在侮辱晓菲，也在侮辱我！"马林："那你想跟她结婚？"李海犹豫了一下说道："我也没有想过。"马林疑问重重："开始的时候，你就没想过结果？""来得太快，还没去料想会是怎样的结果，就已经开始了；然后，还来不及策划未来，吴婷就回来了，知道了一切。"李海答道。"那现在呢？"马林问道。李海苦恼地说："我不知道，每个人都问我打算怎么办，但是我真的不知道！一个吴婷已经让我焦头烂额，筋疲力尽了。"马林冷笑："于是你就让晓菲自生自灭。"李海否认："我没有。"马林愤怒地说："一个女孩，把最真最纯的爱给了你，但是你却把她置于这样的境地！李海，你对晓菲太不负责任了！"马林摔门而去。李海愣住了。

黄昏，咖啡馆霓虹闪烁，建国独自坐在桌前自言自语："……我也知道你不是那种爱钱的女孩，但是吴婷把你和媛媛的事搞混了，我又不能出卖李海，你说是不是……其实我今天不想来的，但是我实在拗不过吴婷……哎呀，我知道你是好人，但吴婷也是好人，总之这事是我不好……"建国给了自己一巴掌："跟我有什么关系。"

晓菲来到，建国挥手："晓菲，这边。"晓菲走过来，坐下："林总，你好，请问找我有什么事？"建国尴尬地支吾："呃……嗯……"他咳了两声："是这样的……"他还是无法措辞，干脆将那张支票推到晓菲面前。晓菲愣住。建国更加尴尬："我也是受人之托，忠人之事。"晓菲问："谁？"建国犹豫着。晓菲猜测着："吴婷？"建国眼睛瞄向别处："李海。"晓菲愣住："他？"建国一横心："现在吴婷闹得很厉害，双方的老人家也都惊动了，李海的公司也鸡飞狗跳的，他实在是扛不住了。李海说他先撤，你随意，这支票是他的一点心意。"晓菲轻轻摇头："我不相信。"建国加重了语气，探了探身子："真的，昨晚上，他跟我一起喝酒到半夜，终于下了决心。"

晓菲反问："他为什么自己不来跟我说？"建国开始胡编："他这不是不好意思见你吗？这事，他的确干的不太地道，哪里有自己先撤，让美女掩护的道理。但是我也理解他，老的老，小的小，万一气翻一个，这责任谁都负不起。再说了，他跟吴婷也二十多年了，也不是说扔就能扔的。但是你就不一样了，头发甩甩，就可以转身大步走开。"晓菲摇头："我还是不信。"建国一拍支票："你可以不信我，但不能不信这一百万！"

建国敲着那张支票，晓菲瞄了一眼，突然晓菲的眼神一愣，这张支票是从李海与吴婷的联名账户上开出的。晓菲脸色变化着，开始有些相信了。建国把一杯咖啡一口饮尽，暗中仔细地观察着。晓菲痛心地说："我告诉过他，只要他愿意分手，我无条件地理解、支持、执行。他为什么还要拿这张支票来呢？"建国添油加醋地说："媛媛还没跟他真正睡过，他都给了二十万，何况你？"晓菲忍着眼泪："原来是这样。"建国小心翼翼又说道："当然是这样。"晓菲拿起那张支票，轻轻抚摸着那一百万的数字，嘴里念着："一、二、三、四、五、六，六个零，一百万。"晓菲突然笑了，猛地将那张支票撕得粉碎！

建国惊讶着伸手打算拦住："你？"晓菲打开钱包，数出四百元，摔在建国面前："这四百请你转给他，就说他表现很好，我很满意。"说完晓菲起身离去。建国有点回不过神来，摸着支票的碎片又摸摸那几张钞票："啥意思？一百万不要，还倒找了四百元回来。"

突然，外面一串尖锐的刹车声。建国连忙起身，向窗外一看，只见晓菲的车横冲直撞地冲出了停车场，迎面的车纷纷闪躲，踩刹车的踩刹车，按喇叭的按喇叭。建国吓得惊叫："要出人命了！"建国连忙摸出手机。

十九

在李海的别墅里，吴家三口儿和李海正围坐在餐桌边默默吃饭，气氛显得有些沉闷，这时，李海的电话响了，电话那头传来急促的声音："李海啊，出大事了……"李海赶紧放下碗筷，走进了洗手间继续接听电话。吴母给吴婷使了一个眼色，吴婷心领神会，放下碗筷，也跟了过去。

"李海，你赶紧去跟她解释一下吧，哎哟，那车开得比F1还猛，可千万别出事啊！"建国焦急地说，"我知道了。"李海挂掉电话，匆匆转身，却与吴婷撞个正着。"怎么了？"吴婷问道。"你拿了一百万，让建国去找晓菲？"吴婷脸色一变："是。"

李海心中的怒火"腾"地一下冒起来了："吴婷，你为什么不能相信我？为什么不给我时间，让我来解决这个问题？"

"因为你根本就没想解决，所以我只能靠自己。"

"可是你都做了些什么？你这一招又一招，让我疲于应付，根本没法去思考我们的出路在哪里？"

"我做这些，那也是为了保住我们这个家！"

"你到底想把事情搞成什么样？我告诉你，你把事情搞得越大，我们的问题就越不能解决。"

"我怎么了？赵晓菲要的不就是钱吗？我给她一百万，不是也遂了她的心愿。我难道不是在努力解决我们的问题？"

李海吼道："赵晓菲如果是爱钱的女孩，我和她走不到今天！"

吴婷立马针锋相对地反驳道："如果她不爱钱，你干吗要送她二十万！"

"什么二十万？"李海一头雾水。

"你别以为我不知道，你是通过跟她一屋住的袁媛转交的。"

李海愣了一下，心有点发虚，旋即说："这个问题我不想跟你解释，我现在必须去找晓菲。她现在情绪很激动，一个人开车，很危险，我放心不下。"说完，转身准备走出屋子。吴婷急了，一把拽住李海的胳膊，挡在了门口："你答应过我的，还有我爸我妈，还有你爸，你说再也不跟她见面了！"

"我不会让你走的!"吴婷的表情十分决绝。

李海心急如焚,也顾不了那么多了,猛地拉开吴婷,头也不回地夺门而出……

李海坐在了自己的车里,急切地拨打着晓菲的电话。而晓菲仍然开着车疯狂地行驶在路上,不断地变线,不断地超车。此刻的她,脑子一片空白,这时,她的手机响了,晓菲抓过来一看,是李海,旋即关了手机,猛踩油门,继续狂飙。

见晓菲关机了,李海放下手机,发动了汽车,准备去找晓菲。突然,吴婷的声音从高处传来:"李海——"李海伸头一看,大惊——吴婷正站在别墅顶上!李海连忙下车,奔到楼前:"吴婷,你干什么?"吴婷绝望地喊着:"你怕她出意外,你就不怕我想不开吗?"李海连忙冲进屋中。而吴婷的父母正站在草地上,急得直跳脚。李海冲上屋顶,吴婷站在边缘,一脸的决绝。

"婷婷,你要干吗?"

"我想跳楼。"

"不要!"

"不要?你把我心中最完美最宝贵的东西给毁了!"

"什么?"

"我们的感情,一直是我的信仰!即使在我们最穷的时候,我也从来不觉得困窘,那是因为我拥有的你,是世界上最棒的男人,我们的爱情,是世界上最美好的爱情!后来,条件一天天好起来,我们身边的夫妻离婚的离婚、反目的反目,但是我从来不相信这种事情会发生在我身上,因为我坚信我们的感情是无价之宝,可以抵挡这个世界上的任何诱惑!再后来,我在加拿大,你在枣阳,虽然有各种朋友提醒我,但是我依然相信,二十年的相濡以沫已经把我们融为一体无法分离。但是今天,李海,你把我的信仰打得粉碎!"

李海哭了,涕泪横流:"婷婷,对不起!我不是故意的……这一切都不是我能控制的……现在我宁愿什么都没发生过……婷婷,对不起!"

"没用了!一切都完了!你说再多的对不起也没用了,我什么都没有了!"吴婷的身子摇摇欲坠。

李海扑过去拉住吴婷:"都是我的错!要跳就让我跳吧!"

"你跳了,也不能减轻我的痛苦,只有我跳了,我才能解脱!"

突然,吴父在楼下喊着:"吴婷,李海,英子有话要跟你们说!"

李海吴婷一下都愣住了。吴父把手机免提开到最大。英子拿着手机,哭着爬上了加拿大的别墅的楼顶,对着手机说:"李海、吴婷,你们听好了,我现在也上了屋顶!"吴婷顿时吓傻了:"英子,你要干什么?"李海喊着:"英子,你别干傻事!"英子哭喊着:"爸爸妈妈,如果你们当中的任何一个出了事,我立刻就从这楼顶上跳下去!我说到做到!"

李海与吴婷都沉默了。英子继续说道:"爸爸,你曾经要我相信你,你说你一定能解决好这个问题。"英子又对吴婷说:"妈妈,你也答应过我,说你不会有事的。"吴婷捂住嘴,哭着。"你们答应过我的,你们就一定要做到!"

"英子,爸爸答应你。"

"英子,妈也答应你。英子,你快下来吧!"

英子听后,瘫倒在屋顶上……

回到家后,李海与吴婷相对而坐。吴父给他们一人端来一杯水,拉着吴母退开。

吴婷忍不住先开口:"你是怎么打算的?"

"我现在脑子很乱。"

"你想离开我和英子?"

"不!"

"那你跟她分手!"

"我也没有想过。"

"那你到底要什么?"

李海一声长叹:"我也不知道我想要什么。"

"婷婷,从你发现这件事情到现在,我根本没有时间去思考,我现在心里很乱,脑袋里又是一片空白。"

"我可以给你时间去思考,但是我也有条件。"

"什么条件?"

"这段时间内,你不能再跟她见面。"

李海显得有些犹豫。

吴婷继续说道:"这是你答应过我的,你是男人,必须言而有信。"

李海一咬牙:"好。"

吴婷站起来:"你准备用多长时间去思考,十天,还是半个月?还是两年,三年?"

"你放心吧,不会太长的,而且只要我想明白了,也就知道自己该怎么做了。"李海有些不耐烦地说。

"好,我等你消息。"吴婷转身上楼。

等吴婷上了楼,吴母连忙从自己的房间窜出来:"怎么样?你们谈出什么结果了没有?"吴婷摇了摇头。吴母急了:"我下去再骂他一顿!"吴婷拉住吴母:"妈,你别去!"

"我不能让他这样欺负你。"

"我已经决定了,从今天开始,不逼他,不给他任何压力,让他冷静地想一想。"

"这样行吗?"

"明天你和爸也回去吧。"

"你不要我们帮你?"

"这本来就是我和他之间的事情,其他任何人帮忙都是越帮越忙,还是就在我和他之间解决吧。"

"你一个人对付他,能行吗?"

"我要对付的人,不是他。"

吴母不解。

"妈,你去睡吧,我今天也很累了,我想休息了。"

吴婷转身走进主卧。吴母想下楼看看李海,但最终,还是走进了自己的房间。

李海呆呆地坐在桌前,他想了想,摸出手机,拨出晓菲的电话,但晓菲的手机始终都是关机。李海焦虑不安,他想了想,又拨了晓菲的电话。

不知不觉间,晓菲已经把车开到了曾经和李海约会的河边。她的眼泪慢慢涌出眼眶,趴在方向盘上,无意中触动了音响,《布列瑟农》的音乐飘出。晓菲痴痴地听着,静静地思索:"李海,我这辈子,从来没有这样爱过一个人,明知道你的身份你的家庭都是最大的障碍;明知道这段感情不会被祝福,但依然义无反顾。李海,现在,你要回家了,要回到你的妻子身边,你说,我该怎么做……"她取过手机,开机,七个李海的未接来电。这时,李海的电话又打了过来。晓菲犹豫了一下,终于接起。

李海惊喜地说:"晓菲,你终于接我电话了,你没事吧?"

"没事。"

"晓菲,建国说的话,跟我没有任何关系,那是吴婷让他这么干的!"

晓菲闭上眼睛,眼泪浸出。

"晓菲,你在听吗?"

晓菲擦了擦眼泪:"我在听。"

李海叹息一声:"刚才我和吴婷又大吵了一架。"

"你不应该这样,她心里的痛苦,一定不亚于我们。"

"但她逼得我快要发疯了。"

"不管怎样,你不能再伤害她了。"

"最后她答应,给我一段时间冷静思考。在这段时间里,我可能不方便来见你。"

"我理解。"

"我的确需要好好想一想,我们三个人,不能像现在这样拖下去了,必须得有一个结果。"

"李海,你不用考虑我的感受,你只需作出一个你认为正确的选择。而我只有一个条件。"

"什么条件?"

"不管是什么结果,你一定要亲口告诉我。"

李海很诚恳地说:"好,我答应你。"

晓菲回到家后,天色已晚,简单梳洗过后,靠在床头,放起了电脑里的《布列瑟农》。这时,媛媛的短消息进来了:"晓菲,你还好吗?要不要我来陪你?"晓菲回了一个短信:"不用,我很好,谢谢。"

此刻,媛媛正在为周兴按摩,按着按着,她有点走神。周兴问道:"想什么呢?""我有点担心晓菲。"周兴笑了:"这吴婷不发作也就罢了,一发作,能量挺大。闹吧,闹得越大越好。"

"喂,你老婆是什么样的女人?"媛媛问周兴。

"你问这个干什么?"

"万一有一天,她也找上门来,至少我知道自己是怎么死的。"

"放心吧,我会把你藏得很好的。"

"不过,我也不怕,你别忘了,我是练什么的。"

"还是小心点好。"

"你们怎么认识的?"

"工作认识的。"

"那,她漂亮吗?"

"没你漂亮。"

"那你当初为什么要跟她结婚呢?"

周兴翻过身来:"说出来你也许不信,跟她在一起这么多年,我一直都很压抑。在我起步的时候,她帮过我,所以她一直觉得她是我的恩人,什么事情都要听她的,所有的事情都归她控制……"

第二天早上,周兴的车停在了超洋公司楼下。保安见周兴下了车,赶紧迎上来敬礼,周兴漫不经心地点点头。突然,周兴站住脚,公司门口的绿化带上,一个流浪汉正在吃着捡来的盒饭。

保安大窘:"周总,我撵过他了,可他怎么都不走。"

周兴说道:"给他倒杯热水。"

保安惊讶地问:"周总,你说什么?"

周兴转头又对保镖说:"去给他买点早点。"

保镖:"是。"

周兴又对司机说:"问问他家在哪儿,如果他愿意,送他回家。"

保安愣在原地,看看周兴的背影,看看还在吃饭的流浪汉,完全摸不着头脑。

周兴来到办公室坐下后,秘书连忙送上茶。周兴随意地看着电脑,突然,他坐直了身子,一边抓起手机:"刘棋,你赶快过来!"待刘棋来后,周兴兴奋地指着电脑上的同样页面:"快,找人跟帖,一定要把这事闹得越大越好!把你收集的赵晓菲和吴婷的资料还有李海的资料,全部放上去!要让他们三个都身败名裂!"

刘棋答道:"好,我马上去操作。"

而此时的谢伟也正在家里的电脑前浏览着网页。大着肚子的张俐在餐桌边上吃着饭:"昨天下午,我又去叠峰阁了,树和花都种下去了,售楼小姐说,八月交房肯定没问题。"谢伟没有理会她。张俐摸着肚子,继续说:"如果8月交房,我们的宝宝一出生就可以看到新房子了。"谢伟还是没有回应。张俐抬头,只见谢伟呆呆地坐在电脑前,脸色异常。张俐走过去问:"怎么了?"谢伟指着屏幕,张俐一看,脸色大变,只见电脑上的标题是《一个小三的真面目——束阳电视台女记者赵晓菲的淫荡本色》。于是,张俐赶紧放下吃的,去找晓菲……

到了晓菲家,张俐迫不及待地说:"出事了!你快上网!"晓菲一脸茫然,两人围在电脑前找到了那个帖子。看完后,晓菲完全呆住了。

"晓菲,快跟管理员投诉!赶快删帖!"

晓菲摇头说:"没有用了。"

"但总得想个对策啊?不能让她这么骂街呀!"

"她说的都是事实。"

"你和李海好,那是事实,但是你不是坏女人啊!什么勾引,什么虚荣,什么下贱,这跟你有什么关系?她凭什么这么骂你?"

"她有资格这么骂我!"晓菲跌跌撞撞地冲出自己的房间,来到厨房,抓起一瓶剩下的红酒,咕嘟咕嘟地灌了下去。

张俐一边劝晓菲,一边拨通了媛媛的电话:"媛媛,你快来,出事了……"

吃完早饭,吴婷的父母准备回去了,吴婷在别墅门口送他们。

吴父对吴婷感慨道:"你说得也对,让你和李海自己去解决问题,我和你妈就别掺和进来了。"

吴母接过话:"但如果有事的话,只要你给我打电话,我立刻来帮你!"

吴婷点头:"妈,我知道了。"

吴父有些激动地说:"婷婷,不管怎么样,你要记着,爸爸妈妈永远支持你。无论什么时候,你要回家,我们都接纳你。"

吴婷一下子哽咽了:"谢谢爸爸!"

吴母说:"遇到事情,就算不为我们俩考虑,也要多想想英子。唉,希望你们俩能渡过这个难关。"

吴婷说:"你们放心吧。爸妈,我就不送你们了。"

吴父说:"不用了,你和李海多沟通吧。"

待吴父吴母离去。李海走出客房,疑惑地问吴婷:"爸妈走了?"

"我劝他们走的。"

"哦。"

"虽然他们是好心,但是他们留在这里,只会让我们的问题更复杂。"

"也对。"

"我熬了汤。"

李海转过头,看着餐桌上的那碗汤,突然有点感慨。他慢慢地走过去,端起那碗汤,犹豫了一下,喝下一口,闭上眼睛品味着,觉得许多熟悉的东西又一点点回来了。他睁开眼,转头看着吴婷,连吴婷也渐渐熟悉起来。吴婷感觉到了李海眼神的改变,她突然有点手足无措。这时,她手机响了,仿佛救了她:"我接个电话。"

电话是刘英打来的,她得意地问道:"吴婷,你上网没有?"

"还没呢,怎么了?"

"我昨晚上一夜没睡,帮你做了件大事。"

"什么大事?"

"你赶快上网,输赵晓菲的名字你就知道了,呵呵呵。"刘英说完就挂了电话。吴婷听后,感到有些疑惑。她打开电脑,在百度上输入"赵晓菲"三个字,出来的结果让吴婷惊呆了。手机又响了,吴婷接起,还是刘英。"现在你应该看到了吧?你可要好好谢我!"

吴婷有点担心地扫了一眼餐厅里的李海,压低声音说:"刘英,这些帖子都是你发的?"

"有些是,有些是别人转载的。"

"你赶快把这些帖子都删了!"

"这些帖子现在正火着呢,怎么能删呢?"

"你根本不知道你在做什么!"

"我就是要让所有人都知道,要让那个女人彻底身败名裂!"

"刘英,你这样做会出事的。求求你,赶快把所有的帖子都删掉。"

"那可不行,我要删只能删我发的那几个,转载的我可删不了。而且,这事现在已经传开了,你就别担心了。"

吴婷拿着手机愣住了。

晓菲已经喝醉了,她靠在沙发上,默默地流泪。媛媛看着笔记本电脑:"这他妈谁发的帖子?"

张俐低声说:"还能有谁?"

"吴婷?这女人这一招太狠了。"

"天啊,现在已经有一千多个跟帖了!刚才还只有几十个呢?"

"而且已经有其他网站转载了!"

"天啊,连晓菲的照片都贴出来了。"

"南山的家庭地址也被爆出来了。"

媛媛来到晓菲面前,晓菲已经有些口齿不清了:"媛媛,我是不是很坏?"媛媛皱眉,没有回答。晓菲拉着张俐的手:"张俐,我是不是很坏?我是不是一个坏女人?"张俐答道:"不,晓菲,你是我见过的最好的女孩。""看来你一点都不了解我。"晓菲从地上拿起酒瓶,又喝了一口。张俐抢过酒瓶:"晓菲,别喝了。"媛媛又拿回酒瓶,塞到晓菲手里,对张俐说:"让她喝吧。喝醉了,她心里就会好受点。"晓菲喝了一口,指着自己的胸口:"表面上,我是好人,但是在我的这里的最深的地方,藏着很多黑暗的东西,肮脏的东西,龌龊的东西,我淫荡、下贱、虚荣、自私……"

张俐心痛地说:"不,不是这样的!晓菲,你聪明、善良、正直,你为我和谢伟做过那么多事情,我们一辈子都感激你。"

晓菲又喝一口:"那都是假的,骗你们的!"

"那个帖子都是胡言乱语。"

"我赵晓菲活该被口水淹死!不,我应该被拉到广场上,被石头砸死!我该下地狱!"

媛媛冷笑道:"赵晓菲,你以为坏女人那么好当?坏女人要心狠手辣,抢起别人的老公来从不愧疚;坏女人脸皮要够厚,别说这点口水,就是汪洋大海,都不面不改色心不跳!就你这点道行,连坏女人的门都还没入呢!"

突然,晓菲一头栽下。媛媛赶紧唤她:"晓菲?晓菲!晓菲——"晓菲没有回应……

在别墅里,李海正在收拾餐桌。吴婷走了来,对他说:"有件事,我得先跟你……"这时,李海的手机响了,是媛媛的电话,李海给了吴婷一个稍等的手势,接起电话:"我是李海……什么……"他一脸震惊,然后转头看着吴婷。吴婷有点心虚。李海继续听着电话:"我知道了,我马上到。"李海挂断电话,瞪着吴婷,刚才的那一点温存已经荡然无存。

吴婷问:"怎么了?"

"晓菲酒精中毒,现在在医院的急诊室里,我得赶过去。"

"不行。"

"这女孩是因为我才这样的,我必须对她负责。"

"那我呢?难道你就不对我负责?"

"我们的事以后再谈。"

"不,我不能让你去。"

"不管你怎么阻拦,我都一定要去!"

"昨晚你答应过我的,不再见她。"

李海忍不住吼道:"你昨晚也答应过我的,不再逼我,不再做任何事,不再给我压力,让我安安静静地思考!可是一转身,你就上网发帖子!现在你得意了,成千上万的网友站在你这边,对赵晓菲口诛笔伐!我看你是存心要把她逼上绝路!"

"那帖子不是我发的,刚才我就想跟你解释这件事情。"

"不是你还能是谁?"

吴婷悲愤地说："李海，你为什么不能相信我呢？"

李海也同样怨恨地说："我凭什么相信你？"

吴婷竭力让自己的语气平和下来："你不相信我，我也没办法。但是李海，如果你一定要去，我就跟你一起去！"

李海想了想："不！我不能再让你接近她！"

吴婷没有吭声，转身走进厨房。李海拿起外套和钥匙，准备出门。吴婷走出厨房，手里拎着一瓶酒。她拉住李海，然后将那瓶白酒全部灌下。李海顿时目瞪口呆。吴婷擦了擦嘴角，喘着气："现在，我可以跟你一起去医院了吧？"

李海大惊，赶忙抱着她来到了医院。医生转头吩咐护士先给吴婷洗胃。几个护士上前，将李海挤到一边，开始忙碌。李海抓住一个护士，问："四十分钟前，还有一个酒精中毒的女孩，现在在哪儿？"护士想了想："那女孩已经在输液了。在哪儿我不清楚。"李海奔出吴婷的急诊室，焦虑地一个房间一个房间地寻找着晓菲……

在医院观察室的病床上，晓菲正在输液。媛媛守在旁边，突然，李海冲了进来。媛媛给他做了一个静音的手势。

李海扑到床头："她怎么样？"

"已经洗了胃了，医生说暂时平稳下来了。"

李海松了一口气。

"你怎么现在才来？"

李海摇摇头："我……一言难尽。媛媛，麻烦你照顾一下晓菲，我马上回来。"

"喂——"还没等媛媛问他话，李海已经奔出门去……

李海来到了吴婷的急诊室。护士正在为吴婷洗胃，吴婷剧烈地呕吐着，身体抽搐成一团，李海不由自主地上前抱住吴婷的身体。吴婷又是一阵剧烈的抽搐，李海不忍再看，将脸转向一边。手机响，李海腾出一只手接起。

电话那头的媛媛着急地说："李海，你现在在哪儿？晓菲已经醒了，在喊你的名字，你快过来！"

"我知道了。"李海挂了手机。

护士说："行了，好了。洗了胃就应该没大问题了。"

李海对护士说："麻烦你照看一下她，我马上就回来。"

李海放下吴婷，转身冲出医院急诊室。就这样，李海奔走在吴婷和晓菲二人的病房之间，身心俱疲。待吴婷醒来后，李海要去看晓菲，吴婷见阻拦不成，便拔掉自己手上的针头，尾随李海而来。

在晓菲的病房里，护士正在为晓菲取针。晓菲的精神明显好了很多，她见李海来了，说："你不用管我，去陪吴婷吧。"李海摇头："我放心不下你。"晓菲说："但是你这样对我，她会更难受。"李海苦笑："其实，我才是最难受的那一个。"晓菲一怔。李海扶住晓菲，走到门口，愣住，吴婷拦在了面前，李海与晓菲都愣住了。

李海问:"吴婷,你不是在输液吗?"吴婷脸色苍白,头发蓬乱,她冷着脸,哑着嗓子:"李海,我最后给你一次机会,如果你只是鬼迷心窍一时反复,你就跟我走,我们回加拿大;如果你要选这个女人,你就跟她走!"晓菲挣脱李海的扶携,准备夺门而逃,但是被吴婷一把抓住:"赵晓菲,你别跑!正好,我们三个人今天都在这儿,我们就做一个彻底的了断吧!"护士与媛媛呆在当场。

媛媛连忙劝道:"有话好好说。"

吴婷呵道:"你闭嘴!"

李海也劝道:"婷婷,我们回家再说!"

"不,我们就在这里说!"

"昨天晚上不是说好了吗?你答应给我时间!"

"不,我改主意了!我实在受不了了,我要速战速决。"

李海的声音越来越大:"婷婷,事情不是你想得那么简单!"

吴婷吼着:"我必须要一个痛快!"

吴婷将赵晓菲用力一推,晓菲跟跄几步,李海想去扶。吴婷断喝:"李海,你不准动!"李海走了两步,只有站住。晓菲终于扶着窗子站定。

吴婷满意地说:"赵晓菲,你就站在那里!"李海正站在晓菲与吴婷之间。

吴婷问李海:"你要哪个女人,你就走过去!就现在!"

李海:"吴婷!"

吴婷的情绪已经接近癫狂:"我给你一分钟!现在就选!五十九、五十八……"

李海无法选择!

吴婷继续数着:"三十、二十九……"

晓菲泪流满面,无助而凄惶,吴婷却没有泪,只是神色癫狂地数着:"二十五、二十四……"

李海看看这个,又看看那个……角落里的护士吓得瑟瑟发抖。

吴婷的声音几近撕裂:"五!四!三……"

突然,李海猛地抓起床头护士还没来得及收拾的针头,朝着自己的左臂狠狠扎了下去,护士尖叫着。媛媛也发出尖叫。那针头断在了肉中,李海才终于停止。晓菲扑来,抓住李海的手:"李海——"李海整条手臂鲜血淋淋,吴婷也惊呆了。

在医院的走廊里,媛媛正在打着电话。这时,晓菲冲出了病房。媛媛抬头,看见晓菲的背影,叫她。晓菲充耳不闻。媛媛追上了去,但晓菲已经进了电梯。到医院门外,媛媛拨开人群,四处找着,喊着晓菲的名字,但都没有晓菲的踪影。突然,马林出现了。媛媛仿佛遇到救星:"马林,快,帮我找找晓菲,她跑了!一转眼就不见了!"马林迅速判断:"别着急,你去东边,我去西边。"两人分头离去。

马林焦急地寻找着、张望着,突然,喇叭声大作。马林循声望去,只见失魂落魄的晓菲站在了十字路口的中央，前后左右都是汽车，无路可走。马林疾步奔去。晓菲茫然地站立着，任凭身边车水如流。突然有人抓住了她的手臂，是马林。晓菲无助地看着马林，摇摇欲坠。马林拥着晓菲，穿越车流，回到了人行道上。晓菲坐在街边的长椅上，马林陪在她身边，脸上带着笑："就为网上那些流言蜚语，把自己搞成这样？"晓菲摇头。

马林继续说："赵晓菲连保安的棍棒都不怕，还怕这些言论？"

晓菲轻声说道："马林，带我走吧。"

马林问："去哪儿？"

"去一个没人认识我的地方。"

马林突然哈哈大笑起来。晓菲诧异地看着马林。

马林说："你真以为自己红了？"

晓菲低头："你不会明白的。"

"网络上每天都有层出不穷的热点，你放心吧，三天之后，就没人记得你是谁了。"

晓菲沉默了。

"晓菲，你并没有做错什么。"

"不，都是我的错。"

"错的是缘分，不是你。"

晓菲眼神闪动。

马林说："我不了解吴婷，但是你和李海是我认识的人中，最优秀的一对，无论人品还是才华。"

"你为什么要帮我说话？"

"因为我……我是你的朋友。认识你的人，自然会了解你；爱你的人，自然会懂你。至于其他人，都是浮云，不用在意。"

晓菲的眼泪慢慢涌出："马林，谢谢你。"

"好点了吗？"

晓菲摇头："你冲淡了我内心的负罪感，但是我心中有另外的痛。"

"是什么？"

"送我回去吧。"

马林扶着晓菲回到了家，将晓菲交到媛媛与张俐手中，叮嘱了几句，便转身离去了。

晚上，晓菲靠着媛媛，倾诉着。

"今天我才感觉到，在我们三个中，最痛苦的那个人是李海。"

"他享受了两个女人，高兴还来不及呢，怎么会痛苦呢？"

"如果说我和吴婷的痛苦是1，他的痛苦就是3。"

"你想打退堂鼓？"

"我实在不忍心看他那么痛苦。"

"如果这个时候你退出，你之前的所有付出都白费了。"

"媛媛，我不重要，重要的是李海能平安，能快乐。"

"那你离开他，你就能快乐吗？"

"我会死去活来。"

"那太不划算了！所以，撤的那个人应该是吴婷！"

"什么？"

"现在，三个人痛苦；你离开，两个人痛苦；吴婷离开，她一个人痛苦。所以说，3大于1，该离开的应该是吴婷。"

"你以为感情是小学数学？"

"感情本来就是小学数学，但是被你们这些人整成了高等数学。所以啊，还是不谈感情，只谈钱比较好。你看我，就从来没你这么多麻烦，也没你这么多烦恼。"

晓菲苦笑。

在病房，李海左臂上缠着纱布，沉沉睡去。吴婷守在旁边。李海动了动，醒了。吴婷连忙趋前，李海的表情很迷惘。喃喃道："如果能回到过去……"吴婷扑在李海胸口。李海慢慢用没有受伤的手搂着吴婷："婷婷，我们该好好谈一谈了。"

吴婷问："你们是怎么开始的？"

李海想了想："开始的时候，我一点都不喜欢她，甚至讨厌她，直到那次公益活动……最早，只想跟她化解恩怨；后来觉得这人不错，可以做朋友；再后来，觉得她很优秀，开始欣赏她，最后开始猜测在她心中是不是也有跟我同样的感觉。"

"在这个过程中，你就没有想过我，想过我们的家庭？"

"我想过，但我觉得我能控制，绝对不会影响到我们的婚姻。"

"为什么你有这样的自信？"

"我以为，这只是一段暧昧，一次浪漫，或者一桩来去无痕的婚外恋；我可以收放自如。但是后来，这感情有了自己的生命，它径直要去它想去的地方。我完全失控了。"

"那你还爱我吗？"

李海困惑地说："我不知道，跟她在一起的时候，我的心很慌，很乱，很刺激；但是跟你在一起的时候，我的心会很平静，有一种大局已定的安全感。这也是爱吧，另一种爱。"

"李海，如果你们之间是真爱，我可以退出，成全你们。"

李海脱口而出："不！"

"你已经不再爱我了。"

"不，我爱你，也许我不会为你心动不已，但是我没法想象，我的生活中没有你。"

"那也许只是一种惯性。"

李海紧紧抓住吴婷的手:"我不能失去你!也不能失去这个家!"

吴婷稍稍安慰了些:"那你必须和她断!"

李海却又犹豫了:"婷婷,我没法承受失去你的痛苦,但是一想到,要失去她,我的痛苦同样难以承受。"

吴婷沉默了。

回到家后,李海早早睡去了。门慢慢被推开,吴婷悄悄走进去,她默默地注视着李海,内心爱恨交加。这时,刘英按着门铃,一边起劲儿地喊着:"吴婷,开门啊!开门!"李海被吵醒了,从房间走了出来。吴婷已经下楼了。

李海以手抚额,烦乱地说:"刘英。每次这个女人一来,总会生出许多事情来。"

吴婷解释道:"她也只是想帮我。"

李海不高兴地说:"她自己的婚姻都一团糟,她能帮什么忙?"

吴婷怔住了。

刘英继续敲门:"吴婷,开门啊!"

李海说:"我不想见她。"转身走进客房,关上了门。

吴婷犹豫了一下,还是打开了门。

刘英匆忙地说:"快,穿上衣服,我们走。"

"去哪儿?"

"网上有人把赵晓菲老家的地址都贴出来了,南山县小北街国土局宿舍三幢二单元四楼。我们现在就去。"

"去做什么?"

"在柬阳,她已经身败名裂,但是她老家的人说不定什么都不知道。我都计划好了。我们就去宿舍大院,把她的事情讲给左邻右舍听,让她父母觉得丢脸!让她不敢回家!"

吴婷愣住了。

"别磨蹭了,走吧,到南山县得开一个小时的车呢。"

"刘英,我不去。"

"你不舒服?那就明天去,明天我再来找你。"

"刘英,我不想闹了。"

"李海已经跟她断了?"

吴婷摇头。

刘英摩拳擦掌:"那我们得再接再厉!"

"刘英,谢谢你,但是这件事情我打算自己处理。"

刘英惊讶地问:"你不想报复那个女人?"

"不想。"

"你是不是打算认输了?"

吴婷悲苦地答道:"我早就输了。"

"就算输了,他们也别想赢!就算你不好过,也不能让他们俩好过!"

"我已经决定了。"

"吴婷啊吴婷,这个关键时候,你怎么能软弱呢?你怎么能撒手呢?他们都这样对你了,你怎么不反击呢?"

"我有我的考虑。"

刘英突然哭了:"吴婷,小三儿都欺负到我们头上了,你怎么能临阵脱逃呢?我是没办法,周兴把那个女人藏得太深,我请了私家侦探都找不到,我想报复都找不到人啊!你现在有这么好的机会摆在面前,怎么就不珍惜呢?"

"刘英,请你不要把你的家事和我的家事混在一起。"

"我们俩都是受害者,我们这些原配应该联合起来,打倒这个世界上所有的小三!"

"这样就能挽回男人的心?就能破镜重圆吗?"

刘英语塞。

"刘英,你请回吧。"吴婷拉开了门。

刘英恨铁不成钢:"吴婷,你真给我们女人丢脸!"随即转身离去。

吴婷想了想,敲着客房的门。

李海开门:"她又让你做什么?"

我已经请她回家了。

李海一怔。

吴婷又说:"我想见见赵晓菲。"

得知吴婷要见自己的那一刻,晓菲愣了一下,半天没说话。

媛媛提醒她:"你可得提防一点,万一她往你脸上泼硫酸呢?"

"不会。"

"原配发疯,小三儿致残,这种事经常发生的。"

晓菲想了想说:"这不是吴婷。"

"你了解她?"

"我了解李海,李海爱过的女人不会这么疯狂。"

二十

　　在一家咖啡馆里，李海等待着吴婷与晓菲，显得有些心神不宁。突然，他眼睛一亮，只见吴婷与晓菲从不同的门走进，朝自己这边走来。吴婷精致、优雅、漂亮；晓菲略显憔悴，心事重重，但依然潇洒不羁。李海站起来，为吴婷拉开椅子，又为晓菲拉开椅子。三人各据一方，慢慢坐下。一时都没有说话。

　　吴婷仔细地看着晓菲，专注地思考着。晓菲盯着自己放在桌上的双手。李海略显不安，看看吴婷又看看晓菲。吴婷先开口问道："赵晓菲你能不能告诉我，你对未来是怎么打算的？"晓菲抬头看着李海，李海也看着晓菲，但是都没有在对方的眼睛里找到答案。吴婷继续说道："如果我没有猜错的话，你并没有想过以后的路怎么走。"晓菲轻轻点头。

　　吴婷深情地说："我跟你恰好相反，对于未来，我有很明确的规划。再有三年，英子进入大学，要么我回到柬阳，要么李海结束他在柬阳的所有工作，到加拿大与我团聚，我们将在那里度过下半辈子。英子将慢慢长大、成家、当上妈妈，然后我和李海会一人牵着小孙子的一只手漫步在海滩，而我们的父母就在不远处悠闲地晒着太阳。"

　　"很美的画面。"晓菲应和着。

　　"你应该发现，我的计划跟金钱、地位、权势都没有关系，我想要的只是爱情和亲情。"

　　"本来，这就是人生中最重要的两样东西。"

　　吴婷苦涩地笑了笑："对我来说，尤其重要。因为我的人生中，只有这两样东西，所以我一定会不顾一切去维系它们。"

　　晓菲一怔，看了一眼李海："请原谅，也许当过采访记者的我，问题有点尖刻……"

　　"我也做过采访记者，你请问。"

　　"你觉得，你和李海之间还有爱情吗？"

　　吴婷反问道："那你觉得，你和李海之间的爱情会持续到永远吗？"

　　晓菲怔住。吴婷继续说道："科学已经证实，人类大脑分泌的爱情荷尔蒙最多只能维持三年的爱情关系。当年我和李海是这样，现在你和李海也一样。"

晓菲想要反驳，又忍了。

"我和李海也许只有三年的爱情，但是后来，爱情变成了亲情，变成了彼此的习惯，我们才能互相支撑，走过了后面二十年的岁月，我相信，我们还能一起再走二十年、四十年、六十年……但是三年之后，你和李海还有什么呢？"

"感情不是古董，年代越老越有价值。天长地久值得鼓掌，但是曾经拥有一样珍贵。二十年，是一种感情；两年、两个月、两天，难道就不是感情？"

"我相信你们的感情是真诚的，我甚至相信你对李海的爱不亚于我。但是你别忘了，有一样东西叫作道德，你的幸福不能建立在我的痛苦之上。"

晓菲又是一怔。

吴婷看着李海："而对于李海来说，有一样东西叫责任。作为一个男人，你有权利爱上任何女人；但是你同时也是一个丈夫、一个父亲，保护妻子女儿不受伤害，维护家庭的圆满，是你的责任。"

"是。"

晓菲看着李海："你也承诺过，要保护我。"

"是。"

吴婷急了："但是对我的承诺在先。"

李海痛苦答道："是。"

吴婷继续摊牌："赵晓菲，放手吧！这一切本来就不属于你。"

"放手的那个人，也可以是你。没有爱情的婚姻，你何必苦苦维持？"

"婚姻靠爱情建立，但并不靠爱情来维持，而是靠亲情。从这一点来说，我和李海的婚姻没有任何问题。"

"但是你的存在，让我们三个人都很痛苦。如果你退出，至少有两个人可以解脱。三大于一，这是小学生都知道的道理。"

"现在，我坐在这里，的确是一个人，但是我不仅代表我自己，也代表我的女儿英子，还有李海的父亲，还有我的父母，所以，我这边，其实是五个人，这五个人，都是李海的至爱！而你，只有一个人。"

晓菲的眼神一紧。

吴婷继续施压："如果你坚持不放手，会有五个人陷入痛苦之中，而我们的痛苦，会让李海更加痛苦，就算你能给他安慰，也是杯水车薪。六大于一。"

晓菲叹息一声："让李海自己来衡量吧。"吴婷与晓菲都转而看着李海。

李海艰难地开口说："以前，我的世界是黑白的、枯燥的，除了赚钱就是赚钱，是晓菲的出现，让我的世界有了色彩，有了新的意义。"吴婷眼中顿时闪过颓丧。

李海转向晓菲："但是我和吴婷，已经在一起二十年了。二十年的岁月，已经把我、她还有英子变成了一个不可分割的整体。要我与她分开，我无论如何都做不到，晓菲，我没有这个能力。"晓菲流露出一丝失望。

吴婷接过话去："有人说，相爱的人，就像两个连体婴儿一样，一刻都不能分开，但是这二十年的岁月，已经把我和李海变成了一个人，我中有他、他中有我。如果现在一定要把我们中的一个抽离出去，那不是简单的切割就能办到的，那得把我和他肢解开来，把属于他的，一点点剔出，把属于我的，一点点剖开。这种痛，不是撕心裂肺的痛！而是千刀万剐的痛啊！"李海看着吴婷，有深深的认同。

晓菲问李海："真的会有那么痛？""会。"晓菲动容，低声道："我明白了。"

吴婷说："晓菲，请你放手吧！"

晓菲沉默。

"我和你之间，他只能选一个，在他不能抉择的时候，你退出，是最明智、伤亡最少的结局。"

晓菲终于开口了："不是我一个人放手就能放手的。"她深深吸了一口气，抬头看着李海。吴婷也转头看着李海。李海看看晓菲，又看看吴婷，他本能地站了起来，想离去。吴婷抓住他："李海，你不能再逃避了。"晓菲也轻声说："李海，你说分手，我就分手。"李海显得很焦灼："不！"吴婷急了："那我走！"李海抓住吴婷的手，继续说："不！"

突然，晓菲发出有些失控的尖声："李海，你和我分手，不过就是一刀，但是你和吴婷分开，得把你们俩碎尸万段才行！"

吴婷继续说道："李海，连赵晓菲都这样说了，你必须有一个决定！"

李海心力交瘁地说："不要逼我！"

晓菲双手捧住李海的脸，强迫他看着自己："李海，我们曾经有一个约定，不管是什么结果，你一定要亲口告诉我。"

李海为难地说："我没办法。"

晓菲哭了："你曾经向我承诺过很多，但是都没有实现，现在我只要求你兑现这最后一个承诺。你说呀！说你愿意和我分手。"李海咬紧牙关，眼中含泪。晓菲尖叫着："你不说话！点头都算！"晓菲泪眼蒙胧地看着李海，眼中有深深的痛楚。此时的吴婷也紧张地看着李海。终于，李海轻轻地点了头。晓菲面如死灰，她放开李海，站起来转身离去。与此同时，吴婷全身仿佛虚脱一般，瘫靠在座椅上，而李海紧紧咬着的嘴唇，已经渗出鲜血。他沉默半晌，对吴婷说："我们回加拿大吧。"

在加拿大海边别墅门口，英子正焦急地等着父母的到来。这时，一辆车在家门口停了下来，见是父母下了车，英子赶紧迎了上来，雀跃着："老李，欢迎你回家！"李海摸摸英子的头，笑了笑。英子有些担心地看着吴婷，吴婷回了英子一个安慰的微笑。李海一手拉起行李，一手拉着英子来到门口，他喃喃地感慨："回家了。"吴婷看着父女俩走进家门，也颇为感慨。

天色已晚，餐桌上摆上了晚餐，三人在餐桌边坐下。英子调皮地说："妈，你不在家的时候，我几乎把温哥华所有的中餐外卖都尝了一遍，今天我们吃到的是经过我的初选、复赛、决赛，最后获得冠军的那家。"

吴婷心疼地说："过两天，我教你做两个中国菜吧，免得总是吃外卖。"

英子高兴地说："入得厅堂，下得厨房，那我不是越来越完美了。"

然而，李海却一直埋头吃饭，并没有搭话。

善于察言观色的英子赶紧说："妈，你给爸夹菜呀。"吴婷犹豫了一下，夹了一筷子菜给李海。

李海显得有些不好意思："谢谢。"

"来而不去是不礼貌的。老李，你也应该回敬吴婷一下呀。"英子又说。

李海笑了笑："好啊。"他也夹了菜给吴婷。然后对英子说："来而不往非礼也。"

英子高兴地说："是这个意思啊。"

晚餐过后，英子帮母亲整理着床铺。

英子关切地问："妈，你和爸没事了吧？"吴婷笑了笑："没事了。"

"那就好，我在这边，每天提心吊胆的，就怕你们离婚。"

"别想多了啊，我和你爸毕竟已经二十年了，不会轻易走到那一步的。"

"那你真的原谅我爸了？"

吴婷听后，陷入了沉默。

"妈，我以前犯了那么多那么大的错，那么让你伤心，你最后不是都原谅我了吗？对我爸你也要一视同仁。"

"英子，为了你，为了我们这个家，我会尽量忘掉这件事的。"

这时，李海拖着行李进来了："吴婷，你的箱子。"懂事的英子从床上弹起来，大叫一声："爸爸妈妈，晚安！"她走出卧室，拉上门，并从外面将门锁上了："祝你们度过一个浪漫疯狂的晚上。"见此情形，李海与吴婷不禁相对哑然失笑。

李海显得有些尴尬："这孩子。"

吴婷说："她总是这样，我已经习惯了。"

两人之间一阵短暂的沉默。

李海终于忍不住了："呃……我在東阳已经很习惯一个人睡觉了，我……我想……"

吴婷知趣地说："我明白。"她站起来，从柜子里抱出被褥，递到李海手上。

"婷婷，你不会？"

"我没事，其实我在这边也一个人睡得很习惯了。"

"那就好。"

吴婷抢前一步，帮李海开了门。

"我时差还没倒过来，现在困得不得了。"

"我也是。我们都早点睡吧。"

两人努力对对方笑了笑，李海走出了卧室。吴婷的笑容一下垮了下来。

李海在自己的床上睡下了，手机放在耳边，里面放出的音乐是《布列瑟农》。他闭上双眼，仿佛睡着，但是有一滴眼泪，悄悄渗出。

吴婷将行李箱打开，收拾着。她拉开抽屉，愣住了，那包 KF 还在。她苦笑了一下，将那包 KF 塞进了抽屉最深处……

第二天上午，在别墅的露台上，吴婷在绣着十字绣，整幅画面已经完成，正在做最后的收针，而李海在旁边看书。

这时，李海的手机来了一条短信。吴婷手中的针晃了一下。李海看了一眼手机，放下。吴婷继续绣着。手机又响，李海接起："……你好……嗯……嗯……等我回来吧。"吴婷没有看李海，但是全身每个细胞都在关注。李海挂了手机，顺手放在桌上，起身走进客厅。吴婷看着李海的手机，举着针的手僵在半空。吴婷回头，瞟着李海走进了卫生间，她不再犹豫，放下针查看起手机。突然，身后响起脚步声，吴婷连忙放下手机，但是李海已经来到跟前。吴婷的脸一下红了："对不起。"

出乎意料的是，李海拿起手机交到吴婷手中："以后我的手机，就交给你保管吧。所有的电话和短消息你先看一看，我再接。"

吴婷显得有些后悔："对不起，是我一时失控。"

李海坚持道："还是你拿着吧。"他将手机扔在绣品上，转身准备走开，突然，李海注意到什么，转身看着那幅绣品，有些震撼："你绣的？"

"是。"

"每一针都是？"

"是。"

"绣了多久？"

"半年多一点。"

李海摇头，困惑地说："得多有闲才能绣出这么大一幅绣品。"

吴婷苦笑了一下："可不就是闲得慌吗？"

李海看着吴婷，刹那间生出许多理解："婷婷，我没有想到你在加拿大的日子，竟然这么无聊、寂寞。"

吴婷怔住了。

李海轻叹："我以前对你的体谅的确太少了。"

吴婷眼圈有些泛红，她低下头去。这时，她的手机响了。

"你好，我是吴婷……出什么事了？"吴婷听完对方的话，脸色大变。

原来，吴婷投资的房子出了问题，租户大闹要求检修。

李海了解了事情的原委后，说："看来问题在原来的那个业主身上。你马上联系当初卖房子给你的经纪人，她懂这边的法律，也清楚原来那个业主的情况，让她找那个业主商量处理这件事情。然后你再联系黄蓉、卫东……"

吴婷面有难色："我不想再跟他们一家人有来往了。"

李海却坚持说："这件事情，他们在里面也扮演了重要角色，不能让他们袖手旁观。"他紧紧皱着眉头："我有预感，这将是一个大麻烦。"

吴婷显得有些不安："那……那会是什么结果？"

李海安慰道:"没事,有我在。"
吴婷看着李海的目光,有所改变。

在加拿大的一家咖啡馆里,李海夫妇和薇薇安、黄蓉、卫东坐下来商讨共同承担维修费的事情。
薇薇安说:"李先生,我知道你不在乎这点钱。但是一旦开始诉讼,那些业主有权在诉讼没有结论之前不支付租金,而诉讼时间有可能会拖得很长。你的时间拖得了那么久吗?"
李海愣住了。
卫东咳嗽一声:"李哥,我觉得还是不走法律程序吧?"
李海转头看着卫东:"这件事情,你也脱不了干系。当初这个投资是你鼓动吴婷做的吧?"
卫东愧疚地说:"是。"
黄蓉:"李哥啊,当初卫东也是好心,现在怎么变成我们家卫东的责任了呢?"
卫东擦了擦汗:"李哥,对不起,当时我也疏忽了。"
李海问:"你们自己也买了房子,难道也是这么疏忽?"
黄蓉作势一掩嘴:"李哥,你这一说,可提醒我了,回头我也得去看看我家那房子该什么时候维修。"
李海看出黄蓉在演戏,没有理会,转头对卫东说:"当初吴婷凭着对你的信任,连我都没告知,就投了你的项目,所以你也有责任有义务帮我们解决这个问题。"
卫东连忙应承:"是是是。"
李海继续问:"现在那些租客该怎么办?"
黄蓉:"哎呀,不管他们!既然原来的业主可以拖两年,那我们也可以拖啊!他们闹一阵子,累了也就算了。"
薇薇安摇头。
吴婷忍不住开口:"他们已经说了,三天之内,必须给一个结果,不然就要上法院告我们。"
黄蓉满不在乎地说:"上法院很麻烦的,他们也就是吓唬人而已。"
李海却说:"黄蓉,这是在加拿大,不可能大事化小小事化了。这事我们不能拖,必须面对。"
黄蓉不以为然地撇了撇嘴。
李海问:"薇薇安,以你的经验,这样的房子,如果大修,需要多少钱?"
薇薇安答道:"至少得花三十来万吧。"
黄蓉听后,倒抽了一口冷气。
吴婷也表示很惊讶。
李海继续说:"就算花三十来万,这房子也必须得修,而且得尽快开始。现在我们要解决的是怎么把损失降到最小。"他显得果断而精明，吴婷很少见到李海的这一面，觉得有点新鲜并且陌生。

薇薇安说："维修之后，房子的档次不一样了，你们可以提升租金，这应该可以弥补一部分损失。"

吴婷说："但是现在这些租客的合同都要到明年才到期，提高租金他们一定不会同意。"

薇薇安说："他们会主动要求解除合同的。"

李海问："为什么？"

薇薇安答："房子维修的这几个月里，他们都得暂时搬出去。在温哥华，散租的价格很贵，一算账，他们还不如去租其他的房子。所以，他们一定会提前退租。"

李海说："也好。"

卫东说："我最近认识了一个刚从美国偷渡过来的叫阿洪的福建人，他是做装修的，交给他，总的费用起码节约三分之一。"

李海说："那也得二十来万。"

黄蓉凑上去说："李哥，如果装修费用需要贷款的话，卫东这边还可以向银行争取最优惠的利率。"卫东狠狠拉了一下黄蓉。

李海没有理会黄蓉："这件事情，我们三方都有责任。我觉得我们三方应该共同承担这笔费用。"

黄蓉说："跟我们有什么关系？"

卫东说："你少说两句。"

薇薇安说："这样吧，我把我的代理费拿出一半来，虽然对于维修款来说起不到多大的作用，但毕竟我有疏忽，这是我该承担的责任。"

李海点头。

薇薇安转头看着黄蓉。黄蓉低下头去。卫东推了推黄蓉，黄蓉没有反应。

李海说："你们考虑一下再说吧。我希望尽快解决这件事，因为我不可能在这里耗很长时间的。"

薇薇安说："我会尽力而为的。"

……

在回去的路上，卫东一边开着车，一边对黄蓉说："薇薇安已经把她的代理费让出来了，你拿的也应该退出来吧？"

黄蓉态度很坚决地说："那可是一万多块钱。不行！"

"我们给吴姐推荐了一个这么糟糕的项目，总得承担点责任吧？"

"投资本来就有风险。她赚钱的时候，没说分点给我们，凭啥出问题的时候，就要我们承担。"

"这事李海如果真要较真儿，我们是脱不了干系的，而且李海也已经把话说得很明了了。"

黄蓉郁闷地说:"他们家又不缺钱,为什么偏要从我们身上刮油?就算我把那点钱退给他,对他来说,还不是九牛一毛?"

卫东沉默片刻:"你有没有觉得,吴姐对我们的态度变冷淡了。要在以前,她一定会在李海面前帮我们说话的。唉,说起来这事还得怪你。"

黄蓉突然有了灵感:"吴婷不帮我们说话,总有人帮我们说话。"

"谁?""你别忘了,我们在李海身边,还有一个亲戚。""晓菲?这不好吧。"

黄蓉兴奋地说:"我是为了她才和吴婷闹翻的,现在让她帮我说两句好话,那是天经地义的事情!"

在一家健身会所里,晓菲正在器械上做仰卧起坐,嘴里数着:"一百零八、一百零九、一百一十……"

她明显地已经精疲力竭,但是仍努力坚持。媛媛与张俐坐在旁边的椅子上,呆呆地看着。

"晓菲,你休息一下吧。"张俐劝道。

晓菲气喘吁吁地说:"锻炼贵在坚持,不能休息。"

媛媛接过话:"你这哪儿是锻炼,你是自虐。"

晓菲终于力竭,倒在地板上。

这时,张俐对媛媛说:"不能让她再这样下去了。你给她介绍个男友吧,这样可以分散一下她的注意力。"

媛媛想了想:"是个办法。"

本来,晓菲通过自虐式锻炼来让自己没有时间去想李海,张俐建议媛媛给晓菲介绍一个男朋友转移失恋痛苦。然而,真到相亲的那天,晓菲故意不修边幅就去了,对方认为晓菲是钟点工,结果双方不欢而散……

这天,马林来到晓菲的家里。他看到房间内的家具已经大挪移了,感到很是惊讶。一旁的媛媛叹口气:"都是她干的。"

"她现在人呢?"

"在下面跑步呢。"

"天天都这样?"

"再这样下去,她会把自己累死的。"

"她这是想用身体的痛苦转移精神的痛苦。"

"别说得那么深刻。你得帮我想个办法,让她尽快把这一茬忘掉。"

"让她尽快投入另一场恋爱吧。"

"我试过,我把我觉得最适合她的男人约出来,结果她把人家吓跑了。"

"那男人的胆子也太小了吧。"

媛媛上下打量马林:"我觉得你的胆子应该挺大的。"

马林吓了一跳:"你说我?"

"要不你追求她一下,让她分分心。"

"为什么选我？"

"因为我想出这个主意的时候，你正好就站在我的面前。"

正说着，晓菲冲上楼来。媛媛打断马林："她回来了……晓菲，马林来了。"

晓菲热情地说："你好。"随即准备进屋。媛媛推了马林一把，命令：快上！马林愣了一下，拦在晓菲面前。

晓菲问马林："喝水吗？"

媛媛给马林比着手势。

马林腼腆地开口道："呃……晓菲，有件事我想请教一下你。"

"你说啊。"

"如果我喜欢上一个女孩，你觉得怎么表白会比较有效果。"

晓菲狐疑地看了一眼旁边挤眉弄眼的媛媛，又看看马林："实话实说吧。"

"哦，那好，晓菲，我喜欢你。我一直都很喜欢你。"

晓菲听后，顿时愣住。媛媛在旁边作失望状。

晓菲突然笑了："你这是在演哪一出？"

媛媛痛心疾首地说："马林，你演技太差了！对不起，晓菲，我让他假装追求你，好让你转移一下注意力。但我没想到，他的表演这么生硬……喂，马林，你平常不是蛮机灵活泼的吗？"

马林也没好气地说："你们俩根本就不懂表演！"

晓菲笑着说："我还以为你要跟媛媛表白呢。"

马林顿时泄了气："赵晓菲，你怎么这么没眼光？"

媛媛生气地说："什么叫没眼光？马林，就你这样，再奋斗二十年，也许才能在我这里排个号！"

马林只好服软："算了，不跟你们斗嘴了。晓菲，说真的，我们俩谈场恋爱怎么样？"

晓菲摇头："不。"

媛媛掺和道："为什么不？你们现在虽然互相没感觉，说不定谈着谈着，那感觉突然就来了呢。"

晓菲对媛媛说："我知道你这样安排是想让我尽快忘掉那个人，但是你就没想过，他天天跟那个人在一起，他每天都会带来关于他的信息，我会更加忘不掉他的。"

"这一点你可以放心。我跟那个人也分手了！"

"你辞职了？"

马林点了点头。

"为什么？"

马林想想回答道："年薪太低！"

这时，晓菲指着媛媛："我觉得你们俩倒是一对儿。"

媛媛赶紧摆了摆手："去去去，我名花有主。"

马林叹了口气:"好了,媛媛,你的计划彻底失败了。"

这时,晓菲的手机响了。电话是黄蓉打来的。

"晓菲,我是表姐。"

"表姐,你好。"

"我遇到麻烦了,你快救救我。"

"怎么了?"

"李海家那吴婷,自己买个房子不小心被人坑了。现在李海要追究帮她办贷款的卫东的责任。你说这有道理吗?"

晓菲闭上眼睛,李海的名字,让她心中一阵痛。

"卫东是个老实人,只能李海说什么就认什么。我走投无路,只有向你求救,你去跟李海说说,这事就算了,反正也就是亏点钱。这点钱对他来说算什么啊?"

晓菲深深吸了一口气:"表姐,我跟李海已经不来往了。"

"你别骗我了,你们俩的关系我还不知道。"

"真的,我们已经断了。"

"怎么能断呢?"

"我帮不了你,抱歉。"晓菲挂了电话。随后,她猛地躺倒在地板上,望着天花板,眼神空洞。

而此刻的黄蓉正站在房间中央,一筹莫展。一旁的卫东对她说:"算了吧,退钱吧。"

"退什么钱?花都花了,没钱!"

"那现在怎么办?"

黄蓉执拗地说:"你别着急,我还有一个'撒手锏'没用呢。"接着,她拨通了吴婷的电话。

"吴姐,我是黄蓉。明天你有空吗?有点事我想跟你谈一谈。"

"什么事?"

"见面再说吧,反正是很重要的事情,对了,这件事情,最好不要让你家李哥知道。"

吴婷看了一眼正走进客房的李海的背影,犹豫了一下:"好吧。"

通话结束后,卫东问黄蓉:"你找吴姐做什么?"

黄蓉信心百倍地答道:"你就别管了,反正,这代理费的问题,我一定可以解决。你放心吧。"卫东的表情有些疑惑。

……

第二天,黄蓉来到了吴婷家。吴婷在黄蓉面前放下一杯茶。

黄蓉问:"李总呢?"

"他出去跑步了。"

"他不在正好,我们俩好说话。"

吴婷淡淡地笑了笑:"你找我有事吗?"

"吴姐，最近发生了好多事，但是你忙我也忙，都没来得及跟你沟通。"

"是吗？"

"有件事，我心里愧疚得不得了，都不知道怎么跟你开口。就是我表妹赵晓菲的事。"

吴婷脸色略变："这事我们就不说了吧。"

"不不不，这件事情，我一定要跟你说清楚。我跟赵晓菲，虽然名为表姐妹，但实际上我们很少来往，而且知道她和李海的事之后，我没少骂过她，电话费都用了好几百块。现在我跟她是断绝了所有的往来……"

"这事都过去了。"

"但我怕这事影响我们的关系。"

"你是你，她是她。"

"只要吴姐明白，那就太好了。我就跟卫东说，吴姐是个聪明女人，怎么会把赵晓菲的账算到我们头上呢？"

吴婷嘴角牵动了一下。

"不过，这次李哥硬要卫东也承担责任，卫东实在是很委屈。吴姐，既然大家都还是好朋友，你能不能跟李哥说说……"

"如果卫东有什么想法，请他直接跟李海说吧。"

"不用搞得那么复杂吧，还不就是你一句话。"

"这件事情我已经交给李海全权处理了。"

"你的意思是你就不管了？"

吴婷点点头："本身这房子，李海就不同意买，是我背着他做的决定，现在出了问题，又是他在解决，我不能背着他再作任何决定了。"

黄蓉冷笑道："你也不用说得那么坚决，你背着李海做的事情，也不止这一件。"

吴婷有些纳闷："你什么意思？"

这时，黄蓉从包里拿出吴婷与刘晓宇的照片，推过去。

吴婷看完很震惊："你什么时候照的？"

"这你别管。我一直把你当最好的朋友，所以这件事情，我也一直压在心底，跟谁都没说，但是现在，我就不知道，你是不是也把我当最好的朋友？"

"你说出去也没关系，我和刘晓宇没有任何见不得人的东西。"

"那就不知道李海看了这张照片会怎么想喽。"

"你在威胁我？"

"这怎么能叫威胁呢？你如果帮我，我就帮你。"

吴婷看着黄蓉，好像从不认识她。

外面有开门声，然后是脚步声。黄蓉得意地说："好像是李海回来了。"

吴婷扬声喊道："李海。"黄蓉脸色微变。

一身运动装扮的李海闻声走进露台："……黄蓉也在啊。"

吴婷看着黄蓉："海子，黄蓉这里有张照片，你要不要看看。"

黄蓉有点不知所措。

李海问:"什么照片?"

吴婷示意桌上,李海拿起来,一怔,疑惑地抬眼看着黄蓉,黄蓉一脸尴尬,吴婷竭力压抑愤怒,李海有些明白了,他浮现玩味的笑容:"这不是刘晓宇吗?"他毫不在意地将照片放下说:"手机拍的?效果真差。"然后转身离去。

吴婷看着黄蓉。黄蓉脸上红白不定,她抓起照片,起身准备离开。

吴婷突然好像想起什么,忙问:"李海和赵晓菲的照片是你发给我的?"

黄蓉猝不及防,一时无法反应。

"你一直都在做同样的事情。"

"我……我……我是想提醒你。"

吴婷叹息一声:"那钱,不要你出了,我们也没有必要再来往了。"

第二天,维修房子的工头阿洪告诉李海和吴婷,工期最短也需三个月,租户东北人不满,蓄意挑事,吴婷反驳,被东北人推开,李海见吴婷受到欺负,火气顿时上来,两人扭打在一起,东北人操起手边的铁锹就往李海身上拍去,吴婷及时扑上去护住李海,自己背部却受伤了。刘晓宇从警局将打架的李海保释出来,埋怨李海不该动手,这样有了案底就更难办绿卡,李海并无悔意,称不能眼看吴婷被欺。李海请求刘晓宇保释东北人,毕竟大家都是中国人。

晚上,李海给吴婷受伤的背上敷药:"你干吗要帮我挡那一下呢?"

吴婷笑了笑。

"难道我的身板还不如你?同样的力量,在我身上是轻伤,但在你身上,可就是重伤啊!"

"当时哪儿想得了那么多,我都是本能的反应。"

"下次别这样了。"

"真要有下次,我估计我还是会扑上来。就像你见不得我受伤一样,我也见不得你受伤。"

李海看着吴婷,轻叹一声,眼中有许多感动与怜惜。

"海子,关于那张照片……"

李海神色一紧。

"我和刘晓宇没有任何见不得人的来往……"

"婷婷,你不必……"

吴婷带着一丝情绪:"不,我一定要解释……这就是我们之间的全部交往。"

李海听后,心中有些什么放了下来。

"我知道你心里没有我,所以你不在乎我的解释,但是我还是要……"

"不,婷婷,我很在乎。"

吴婷一惊。

"只要是个男人,都在乎,更何况,并不是像你说的,我对你完全无所谓。"

"你吃醋了?"

"我身上，发生过比这张照片出格一百倍的事，所以，我没有资格要求你解释。"

"那我刚才的解释……"

"我相信你。"

吴婷为难地启齿道："但是，但是我必须向你承认，在我内心深处，其实是为有这样一个追求者而高兴的。因为他的出现，让我的虚荣心得到了不小的满足。"

"我理解。"

"而且……在最寂寞最痛苦的时候，我内心深处还是有过一丝闪念的……"

"在我们吵架的时候？"

"是，当时我觉得你自私、不可理喻、绝情，我烦你、气你，甚至恨你，而身边恰好又有一个这样爱慕我的人，只要我愿意，他一定会给我安慰，甚至更多……但这些都是一瞬间的想法，很快我就意识到，我和你之间的矛盾是暂时的，我们的感情才是永恒的。"

李海沉默。

"我说了这些，你不会看不起我吧？"

"不，婷婷，你的坦白，让我更加愧疚。相比你，我的确做得太差了。"

"不，我的意思不是要让你反省，而是……而是想告诉你，我现在能够理解你，为什么会在枣阳，与其他人发生……发生感情。"

李海惊讶地看着吴婷。

"你在枣阳的寂寞和我在加拿大的寂寞，其实是一样的。"

"是，枣阳的生活，表面上灯红酒绿热闹喧嚣，但是你走了之后，我觉得我们的家也荒芜了。"

"真的，海子，这段时间，我也在反省，我们的婚姻出现这样的……插曲，应该不能全归罪于你，我……我也有责任。"

李海再次搂住了吴婷，感动地说："婷婷，谢谢你。"

二十一

　　为了感谢刘晓宇救出自己，李海主动约他在加拿大一间酒吧见面。李海环顾四周，到加拿大这么多次，他还是第一次走进酒吧，刘晓宇早就在座位上等他了。
　　李海说："这里中国人蛮多的。"
　　刘晓宇抿了一口酒："加拿大的酒吧更像中国的茶馆。在这里，你可以见到各种人，见识各种人生。"
　　李海不解："哦？"
　　刘晓宇示意李海看窗边那个老头："他八十年代就移民过来了，算起来差不多三十年了。也做了快三十年的寓公，白天在家里看中文电视，天黑了出来喝一杯。没有工作没有朋友也没有娱乐。"
　　李海问："那他活着为了什么呢？"
　　"等死。"
　　李海动容。
　　刘晓宇："看到吧台前的那个中国男子了吗？你觉得他有多少岁？"
　　李海："五十？应该五十上下吧。"
　　刘晓宇："他今年才三十五。"
　　李海诧异。
　　刘晓宇继续说："你们在国内，可能很难理解，觉得这边的人不愁吃不愁穿，怎么还有那么多牢骚和烦恼。其实，我们虽然都有了加拿大身份，但是内心深处，还是觉得这是别人的国家，总有一种人在异乡的空虚和悲凉。这种空虚和悲凉，发作起来，会让人狂躁、幻灭甚至失控。"
　　李海点点头："我现在能体会了。"
　　"所以，请你多体谅吴婷，她会突然对你不满，甚至发火，其实那个时候的她是最脆弱和无助的。"刘晓宇解释道。
　　李海低头琢磨了一下，举起酒杯："晓宇，谢谢你，不仅因为你曾经帮助过吴婷和英子，也为你刚才那番话，你让我更理解吴婷了。"
　　"李海，你是一个很幸运的男人。"

"我知道。"

"我非常愿意成为你们夫妻的朋友。"

"我也很高兴,能有你这样一个朋友。"

两人碰杯,干尽杯中酒。

刘晓宇又问:"国内的房地产市场怎么样?"

"现在比较低迷。"

"应该是暂时的,未来十年,我都看好中国。"

"为什么?"

"美国有个经济学家叫保罗·克鲁格曼,他去年预言,美国的次贷危机将愈演愈烈,并最终触发全球金融危机。你看吧,如果金融危机真的爆发了,中国在国际资本市场中的地位会大大提升。"

"你们做律师的也关注这些?"

刘晓宇笑了笑:"不,律师不关注,但是资本家关注。"

李海再次重新打量起了刘晓宇……

第二天,李海准备回国。在别墅里,他与吴婷一起收拾着行李。李海拿出手机,交给吴婷:"我听说有一种软件,可以复制一张卡,这个手机上的所有来电和短信,另外一个手机都可以看到。"

吴婷愣了一下,将手机还给李海:"不需要。"

"我需要。"

"海子,我相信你。"

李海感动地点点头,叹息一声:"回去之后,我也不拍地了。等把叠峰阁三期、四期、五期做完,我就退休吧。"

吴婷很惊讶:"你放得下?"

李海点点头:"把枣阳那边结束,我就回来;或者等英子上了大学,你回枣阳。我们一家人,总得在一起。"

吴婷的眼泪一下涌出来:"好。"

……

在加拿大机场大厅,夫妻二人互道珍重后,李海转身拉起行李,走了两步,又站住,回过身来,扔了行李,来到吴婷面前,看着吴婷,他为吴婷理理头发,吴婷顺势将自己的脸放在李海手心。良久,两人才分开。李海对吴婷笑了笑,转身离去。看着李海的背影,微笑终于浮上吴婷的嘴角。

李海回国了,虽然克制自己不去见晓菲,但心里仍然放不下,司机小刘开着车,李海在后座,茫然地看着枣阳的街景。车里不停地在播放《布列瑟农》的歌曲。

李海收回目光,拿起手机,拨了晓菲的号码,李海凝视着那些熟悉的数字,终于,他按了删除键。李海再拨号码,是吴婷:"婷婷,我到枣阳了,很顺利……"

李海突然想去见见晓菲，看看她现在过得怎么样。于是他来到了健身房，但是环顾四周却没有见到晓菲的身影。李海的表情不知是安心还是失望。

李海找了一个划船机，开始锻炼起来。

"海哥。"

李海回头一看，原来是媛媛。

媛媛问："你什么时候回来的？"

"前几天。"

"看上去气色不错。"

李海勉强笑了笑，问："她……她还好吗？"

媛媛想了想说："很好。特别好。好得不得了。"

李海吐出一口气："那就好。"然后发起了呆。

"海哥？"

李海没有回应。于是，媛媛悄悄地退开了。周遭嘈杂，仿佛潮水，李海静坐，恍若礁石，一切都与他没有关联。

媛媛离开健身房后，直接去了晓菲家。一进门，媛媛就说："你猜我今天遇到谁了？"

正在跑步机上慢跑的晓菲问："谁？"

"李海！他回来了。"

晓菲脸色一沉。

"他还问起你，为了给你长脸，我说你很好，特别好，好得不得了……"

晓菲调整着跑步机的速度。

"不过他看上去不太好，瘦了，没有原来精神了……你怎么了？"

晓菲已经把速度调得飞快，并且越来越快。

媛媛惊叫："你别跑那么快！……你停下来！……快停下！……"

但晓菲却根本不停，继续疯跑着。

终于，晓菲从跑步机上摔了下来，膝盖摔破了，她就势躺在地板上。媛媛"哇"的一声哭了，但晓菲却怪异地笑了。

媛媛一边为晓菲贴着创可贴，一边责怪着："你这个样子，难受的还不是自己。他又看不到，又不能安慰你，又不能补偿你，多不划算啊……"

晓菲不在意地笑着。突然，晓菲笑容消失，恍惚间听到有人在播放《布列瑟农》。晓菲定定神，再仔细倾听着，那音乐又消失了。晓菲稍微放松，那音乐好像又来了。晓菲再也按捺不住，她一下跳起来，酒精和创可贴被撞翻。媛媛惊讶地问："怎么了？"晓菲却已经冲到了阳台上，向下张望着，楼下空无一人。晓菲再次倾听，四周寂静一片，那音乐果然是她的幻觉。她黯然地靠在栏杆上，媛媛忧伤地看着晓菲的背影……

李海回到家里，一边开门，一边给吴婷打着电话："今天忙死了，上午九点开例会；十点半，赶到房协开会；十二点，跟房协的领导吃了饭。下午两点又回公司招标，五点听工程部的汇报；六点和物管的老总一起吃饭，边吃边听他下半年的计划；吃完饭又去健身房练了一下，就一直到现在。"

吴婷关心道："注意休息。"

两人之间一阵短暂的沉默后，吴婷说："你早点睡吧。"

"好，明天给你电话。"

"海子……"

"还有事吗？"

"你，你不用给我汇报你每个小时的行踪。"

"好。"两人都挂了电话。

在加拿大，阿洪带着几个中国人正在清理外墙。吴婷从车上搬下一箱东西："阿洪，让大家休息一下吧！"

阿洪喊了一声："吴姐又给我们送东西来了。"

几个工人发出快乐的叫声，放下手中的活儿，围过来。吴婷递上水和食物。

工人们接过："谢谢吴姐……吴姐，你真是太好了！"工人们走到一边。阿洪最后走过来，感激地说："吴姐，你用不着这样啦。"

吴婷递过一瓶矿泉水和一个汉堡："反正我也没事，每天来看看你们，时间过得快一点。"

"你吃饭了吗？"

"已经吃过了，你们慢慢吃。"

"那我们就不客气了。"

吴婷随意地查看着，阿洪陪在身后。

"入冬之前能完工吗？"

"十一月中旬肯定完。"

"那就好。"吴婷转到了房子的背后，表情惊诧，白墙上，一个漫画的女人，栩栩如生。"这是谁画的？"吴婷问道。

阿洪有些不好意思地说："我。"

"你会画画？"

"在老家，我在中学里教美术。"

吴婷再次上下打量阿洪，惊讶地说："真没想到！"

"出来了，为了找口饭吃，那肯定什么都得干啦，以前的身份都顾不得了。"

"你画的是谁？"

"我老婆。"

吴婷仔细看着。

阿洪有点紧张："吴姐，我当时在试喷枪，随手画了几笔。贴砖之前，这画会被铲掉的。"

"你老婆好漂亮。虽然我不太懂艺术，但我能感觉出来，你一定很想念她。"

阿洪眼圈一红，低下头去。

吴婷又问："她还在中国？"

阿洪点点头："我们已经有三年没见面了。"

吴婷接着问："也是画画的？"

"我们是美院的同学。"

"你怎么想到来这边呢？"

阿洪叹息一声："还不是为了多挣点钱。那些蛇头讲得天花乱坠的，我也就心动了。"

"但你不能一辈子这样黑下去啊？"

"我现在的梦想就是能申请到难民身份，然后再找个机会，把老婆接过来。再苦再累，只要两口子在一起，就什么都不怕了。"

阿洪的目光落在女人的画像上。吴婷没有言语。

过了一会儿，阿洪对吴婷说："吴姐，我争取在十一月之前结束所有的工程。这样你也可以多收一个月的租金。"

"阿洪，谢谢你。"

"不客气，我也是为我自己，早点拿到工程款，早点寄回去给老婆。"

"你挣的所有钱都要寄回去？"

"老婆在家里，又要带孩子，又要照顾老人，我什么忙都帮不了，只有多寄点钱给她，心里才不那么愧疚。"

"我问一个私人问题，你不会介意吧？"

"吴姐，你随便问啦。"

"你们这样两地分居，夫妻关系不会出问题吗？"

阿洪叹息一声："吴姐，你真是问到我心里去了。刚开始，我们每周都要通电话，后来，一个月一次，现在，逢年过节才有一个电话。以前，话怎么说都说不完，现在却没有什么话好讲……"

"那你后悔吗？"

"夜深人静的时候，我也经常问自己，我出来到底是为什么？当初想的是为了让家里经济好一点，可是为了挣钱，我把老婆丢了，把家丢了，值得吗？每次一想到这些问题，我就不敢再想下去，只有胡乱睡着了事。"

"如果重新选择，你还会出来吗？"

"重新选？"阿洪望着天边的彩霞，陷入思考中。突然，警笛声由远而近。阿洪的脸色渐渐变了，几个手下也面现惊惶之色。吴婷感到莫名其妙。警车出现了。阿洪喊了一声"快跑啦——"手下工人立刻扔了手中的食物和水，作鸟兽散。但是阿洪慢了一步，被几个警察团团围住。吴婷不知道发生了什么……

在加拿大移民局探视室内，吴婷与刘晓宇等待着，警察将阿洪带了出来。

阿洪感动地说："吴姐。"

吴婷关切地问:"你还好吧?"

阿洪勉强笑了笑:"里面条件还算不错。吴姐对不起,我出事了,你的工程也搁下了。"

吴婷说:"那都是小事,你就别管了。这是刘律师,我的朋友,我专门请他过来,看能不能帮帮你。"

阿洪眼睛一下湿了:"吴姐,我这辈子都没法报答你。"

这时,刘晓宇插话道:"阿洪,我看过你的卷宗了,按照你的情况,你有可能会被判强制羁押一年。"

阿洪听后,面色一沉。

吴婷又接过话说:"一年时间很快就会过去。一年期满之后,你可以申请难民身份。"

阿洪却摇头。

"阿洪,你不就是想要这个结果吗?"

"我想回去,就让他们遣返我吧。"

"你以前不是这样规划的?"

"吴姐,你那天问我,如果重新选择,还会不会出来?我想了几天,终于有了答案,那就是绝不。"

"为什么?"

"我偷渡到这里来,是想让我和我爱的人过上更好的生活,但这三年里,我每天提心吊胆,我老婆一个人在家,也是辛苦万分,我们的生活不仅没有改善,而是一天比一天糟糕。"

"是不是这次被抓,让你很受打击?"

"不仅仅是这次,从我到加拿大的第一天起,我就很受打击!在家乡,我受人尊重,但是在这里,我备受歧视;在家乡,我可以随时拿起画笔画我想画的任何东西,而在这里,我除了拿起喷枪在墙上涂鸦,什么都做不了,我受够了!"

"你想清楚了?"

"是的。当我决定回去的时候,心里一下轻松了,我知道我作了一个正确的决定。"

"阿洪,其实我很能理解你。"

阿洪笑了:"谢谢你,吴姐,认识你,也许是我在加拿大唯一的收获。"

"阿洪,我祝你早日回家。"

"我也盼着回家呢。也许幸福,只有在自己的家乡,才能得到。"

吴婷深深地点了点头。

……

在加拿大的海边别墅里,吴婷拨通了李海的电话,聊起了阿洪的事情。

李海感叹地问:"他不想挣钱了?"

"他说只要一家人能在一起,钱根本不算什么。"

"他终于想明白了。"

吴婷话中有话："是，虽然是一个很简单的道理，但是阿洪却付出了这么大的代价才能明白。"

李海沉默了一会儿。

吴婷继续说："对了，阿洪这一出事，我们的工程只有换人，刘晓宇帮我们介绍了一个老外，他承诺在入冬前交工，但是价格比阿洪贵两成。"

"贵就贵一点吧，回头我再给你的账户转一笔钱。"

"对不起，当初由于我的轻率，让你损失了这么多。"

"婷婷，钱算什么呢？只要你高兴，我愿意付出我的所有。"

吴婷百感交集地说了一声："海子。"

"过去，我曾经让你伤心，现在我……"

吴婷打断道："我们都别提过去了，过去的就过去吧，海子，让我们一起继续往前走吧。"

"好。一起往前走。"

一种谅解的情愫在两人之间流淌，沉默片刻，李海说："婷婷，你早点睡吧。"

"好，再见。"吴婷依依不舍地挂了电话。

寇吕的电视栏目要扩容，准备劝晓菲继续回电视台上班。这天，她来到了晓菲的家里。一进门，寇吕就劈头盖脸地问："为什么不接电话？不回短信？邮件也不理睬？QQ也不上？你玩失踪啊！"

晓菲羞愧地说："寇姐，我……"

"明天给我滚回来上班！"

"寇姐，我……我……不想再回去了。"

"栏目要扩容，我现在正缺人手。"

"寇姐，谢谢你还要我，但是我的确……的确没法胜任那些工作了。"

寇吕的语气缓和了些："就当给我帮个忙？"

晓菲摇了摇头。

寇吕火了："赵晓菲，你不是想当中国的法拉奇吗？你这样半途而废这辈子连法拉奇的脚趾头都够不上。"

晓菲颓丧地说："我现在什么都不想了。"

"你还在在乎人家的眼光？你穿自己的鞋，走自己的路，管他们的！"

"我也无所谓了。"

"那是为什么？"

"没什么，我就是喜欢现在这种状态，什么都不想，吃饱等饿，睡醒等困。"

寇吕痛心地说："你还是赵晓菲吗？那个充满理想，充满激情，什么都不怕，什么挫折都打不垮的赵晓菲？"

晓菲沉默片刻，回答道："不是。"

寇吕哽住，恨恨地说："你真让我失望。"

晓菲低声说道："是，我也对我自己失望。"

寇吕转身离去。寇吕走出单元门时，正好赶上马林来了。马林关切地问："怎么样？"

寇吕失望地摇了摇头。

"连你都不能让她振作起来？"

"我看她已经彻底放弃自己了。"

马林一筹莫展。

寇吕感慨道："爱错人会有这么大的杀伤力？会让一个那么优秀的女孩变得那么颓废绝望？恋爱太可怕了。幸好，我这辈子不谈恋爱，不结婚，不然，我也在劫难逃。"

"恋爱可以杀人，也可以救人。我一定要救她。"

"不，她不爱你，你伤害不了她，也救不了她。"

"就算赵晓菲自己放弃自己，我也不放弃她。"

待寇吕走后，马林走进了晓菲的家门。看到晓菲正在跑步，媛媛在一旁陪她说着话。马林沉默片刻，深深吸了一口气，然后将晓菲从跑步机上扯下来，按在墙上，狠狠吻了下去。晓菲蒙了，旁边看着的媛媛也蒙了。突然清醒过来的晓菲推开马林，狠狠地给了马林一个耳光。马林迅捷地一个耳光回击过去。晓菲和媛媛都呆住了。

马林忍无可忍地吼着："赵晓菲，你还是我从前认识的赵晓菲吗？你以为你这是思念，你这是犯贱！你面对保安的铁棍都没有怯一下场，这么个破事就把自己搞成这样！不就失个恋吗？谁没失恋过！不就是爱错了人吗？谁会一辈子完美？不就为一个李海吗？只要你吹一下口哨，外面大把的帅哥等着你糟蹋！"

晓菲仍旧呆呆地看着马林。

马林继续说道："你看看你现在的样子，邋遢、颓废，除了逃避就是逃避！你准备为了李海一辈子不出门吗？你准备为了他一辈子不嫁人吗？你觉得自己很伟大在为爱情守节？狗屁！这些桥段在我们眼里一文不值！你这些行为，除了让所有爱你的人着急担心之外，没有任何意义！"

晓菲的脸涨得通红，嘴唇翕动着："你……"

"你你你，把你的脸擦干净，把你的头发梳好，把你的胸挺起来，给我走出门去。你会发现，世界很大，生活很精彩，你那点感情上的小纠结，其实什么都不算！"

晓菲呆呆坐下，然后将头埋在手臂里，号啕大哭。

晚上晓菲很早就睡下了，脸上犹有泪痕和指印。媛媛为晓菲披披被子，出去带上了门。马林的脸上也还有指印。

媛媛说："和李海分手到现在，她就没有哭过。"

马林轻叹："今天总算是发泄出来了。"

"我让你演言情戏，你怎么擅自改动作片啊？"
"你不觉得动作片发挥了效果吗？"
"我今天有个感觉，我觉得你是真的很喜欢晓菲。"
"你才发现啊。"
"以前一直以为你是闹着玩的。"
"这事能玩吗？"
"我就一直在玩啊。"
"好吧，你赢了。"
"那晓菲知道吗？"

马林想了想："媛媛，楼下单元门口有棵樱花树特别漂亮，你发现了吗？"

媛媛茫然："哪一棵？左边还是右边？还是对面？"

马林叹息一声："看吧，人总是对最显而易见的东西视而不见。这是我的悲哀，也是那棵樱花树的悲哀。"

媛媛眨巴着眼睛，努力想搞懂马林的意思，最后她放弃了，问："那你准备怎么办呢？"

马林甩甩头，振作了一下："总有一天她会看见我的。"

"要我帮忙吗？"

"不，我马林做事，不需要帮忙。"

……

第二天上午，晓菲给媛媛打电话："今天有没有空陪我去剪头发？"

媛媛听后很是惊喜，忙说："有有有！我带你去日本人开的那家发型屋，我请客！"

"不用，还是去老地方吧。"

"晓菲，你终于愿意出门了。"

"我想通了，我不能逃避了。"

"那就好！那就好！"

这时，有人敲门。晓菲对媛媛说："有人敲门。"

媛媛笑着说："一定是马林。每天都来报到，干脆把我原来那间房租给他算了。"

晓菲挂了电话，走过去，拉开门，惊讶地叫道："爸爸！"原来，门外站着的是赵毕恭。赵毕恭黑了、瘦了，背着相机，十分精神。

赵毕恭说："我昨晚回的南山，就听说了你的事情，一晚上没睡好，一大早就赶来了。"

晓菲低着头，陷入了沉默。

赵毕恭叹息一声："晓菲，这件事你的确不对。"

晓菲低声说："我知道，我和他已经分手了。"

赵毕恭松了一口气："那就好。但是我又担心你，怕你承受不起。"

"我没事的。"

"你都这个样子了,还说没事。"

晓菲眼睛一红。

赵毕恭说:"晓菲,你要相信一点,再难的事,都会过去的,以后的日子一定会比今天好。所以,现在你再难受,再想不开,但总会过去的。"

"会过去吗?我就怕这种痛会跟着我一辈子。"

"晓菲,爸爸一年前,也跟你一样。眼看就要到手的位置,一下飞了;干了一辈子的工作,突然没了;还犯了那么大一错误,走哪儿都觉得有人指指点点。心里难受得不得了,只想找个没有人的深山老林,等死算了。"

"万念俱灰!"

赵毕恭点头:"是。但后来,爸爸慢慢想通了,人这辈子就像赶路,这一截阳光灿烂,下一段可能就会暴风骤雨。不管出太阳,还是刮大风下大雨,我们都得往前走。如果你遇到风雨就不走了,那你就只能永远淋着雨,只要你往前走,就能走到太阳底下。"

晓菲有些领悟地点点头:"爸,那你现在怎么样?"

赵毕恭笑了:"爸爸现在心情好得不得了。"他拍拍身上的相机:"还要多谢马林送的这个礼物,爸爸现在找到了另外的世界,这可比上班有趣多了,来来来,看看爸爸这次在西北拍的照片……"说着,赵毕恭兴致勃勃地拿起相机向晓菲展示:"我们那队伍里,有拍了二三十年的老摄影家,他们都夸我拍得好……唉,你爸爸我,应该早点改行!"看着父亲自得的样子,晓菲露出笑容。

赵毕恭接着说:"所以啊,晓菲,往前看,会好起来的。爸爸我就是一个最生动的例子。"

"爸,我明白了,您放心吧,我会振作的。"

"这才是我的好女儿。"

"爸,你下一步,准备去哪儿拍片呢?"

"我们几个摄友准备十二号去秀山拍自然保护区,但是我记挂着你,正在犹豫。"

"去去去,你不用管我。"

"你不让爸爸多陪你两天?"

"爸,你刚才跟我说的那些话,已经让我心里亮堂了许多,你就放心去吧。"

"你真没事?"

"爸,你相信我,既然我打算重新出发,我就一定能做到。"

看赵毕恭还在犹豫着,晓菲说:"爸爸,只要你开心,我会更开心。"

"好,那我马上给他们打电话,明天等着我!"

晓菲笑了。

晚上,赵毕恭和晓菲邀请媛媛和马林一起在餐馆吃饭。其间,赵毕恭又向马林展示着自己的照片。

马林大呼小叫:"赵叔叔,我觉得你的风格和威廉姆·亨利·杰克逊有点类似。"

赵毕恭顿生知己之感:"马林,你算说对了,我最喜欢的摄影师就是他!"

"我喜欢他照片中的那种虚幻感。"

"对,这个摄影师本身在绘画上的造诣就很高……"

媛媛问晓菲:"他们说的是谁?"

晓菲说:"我也不知道,但是我可以肯定,马林拍马屁的功夫真的很高。"

马林说:"赵叔叔,我今天给你准备了一件礼物。"马林拿出一个盒子,赵毕恭接过,是一件摄影背心。

赵毕恭套上,正合适,十分欣喜:"哟!你看,上次你送我一个镜头,我还没好好感谢你,这次你又送我这么一件背心。"

马林笑着说:"赵叔叔,我送礼物给你,还是有条件的。"

"你说。"

"我在你的作品中挑两幅,放大了,挂在我公司里。"

赵毕恭高兴地说:"行!没问题!这次到虹口,我一定好好给你拍几张,你自己来选。"

"那就说定了。"

两人举杯相碰。

媛媛凑在晓菲耳畔说:"马林跟你老爸还真合得来。"

"马林跟谁合不来!"

"我觉得马林这个人不错!"

"你看上他啦,要不要我帮你做个媒?"

媛媛白了晓菲一眼:"我有男朋友哈。"

晓菲脸色郑重地说:"媛媛,有句话,在我心里很久了。"

"什么话?"

"跟你那个见不得光的男朋友分手吧。"

"你又来了。"

"虽然我们俩许多想法不一样,但是我心里,一直把你当亲姐妹。"

媛媛想了想:"我知道你对我好。"

"所以我不希望我经受的痛苦,将来你再经受一遍。"

"晓菲,你痛苦,是因为你动了真气;我跟你不一样,我们俩一开始就说好了,我们不讲感情,只是交易。"

"我知道你更多考虑的是钱,但不管是为钱还是为感情,这件事是错的,就不应该去做;不小心做了,就要立刻刹车。"

"我为什么要刹车?他刚刚还说要送我一套房子。"

"最后受伤的一定是你。"

"只要我不爱他,我就不会受伤。"

"就算没有爱，你总有尊严吧！"

"没车没房，才没尊严呢。"

"你总得为自己的未来考虑吧？就这样不明不白的一辈子？"

"晓菲，你就放心吧，我有未来。我的情况跟你不一样。李海是舍不得他老婆，而我那男朋友，跟他老婆闹离婚已经好几年了。"

"就算他们感情不好，你的介入也是不道德的。"

"就算没有我，他们也过不了多久了。等他们离了婚，我就顺理成章地从实习生转成正式工了。那个时候，你说的什么道德也好，钱也好，我都占了。"

晓菲吃惊地看着媛媛："原来你是这样打算的？"

"你等着吧，小三儿转正的传奇会在我身上发生的。"

晓菲摇头，郁闷地灌下一杯酒："我真无能，我劝不了你。"

……

吃完饭后，赵毕恭对大家说："你们就不用管我了，我想去春熙路拍拍夜景，拍完了我就自己回去。"

媛媛说："赵叔叔，我陪你去。"

晓菲问："你也爱上摄影了？"

媛媛说："不，我去商场看看有没有新款。马林，你送晓菲回家吧。"

马林拍着胸脯说："没问题。"

媛媛挽起赵毕恭："赵叔叔，我们走吧。"

见两人走远后，马林对晓菲说："我们也走吧。"于是，两人向着另一方向走去。

马林说："晓菲，其实我今天有正事找你。"

"你说。"

"我成立了一家代理公司。"

"恭喜你啊。"

"我想邀请你加盟。"

"我？"

"在我眼中，你是最优秀的策划总监。"

"我能干这个？"

"在我们过去的合作中，你干的就是一个策划总监干的活。"

晓菲慢慢摇头。

马林问："为什么？"

"从大学毕业到现在，我一直马不停蹄地上班加班，也没有机会出去看看，正好现在空了，我想出去走走。"

"好啊，那我陪你。"

"不用了，你的公司刚成立，一定有很多事情。"

"你打算去哪儿？"

"初步打算去深圳。"

"什么时候走？"

"十二号，上午送我爸去秀山，下午我就去深圳。"

"我来送你，总可以吧？"

"我喜欢一个人独来独往。"

"那这样吧，我不送你，但是回来的时候，一定让我来接你。好不好？"

晓菲一怔，犹豫片刻，终于点头。

媛媛说服周兴给她购置房子，来到周兴的建筑工地上两人看起了日后的新居。周兴与媛媛戴着安全头盔，在工地里转悠着。媛媛拿出手机自拍，端详着自己戴安全帽的样子。

与此同时，赵毕恭与"驴友"要去秀山踏青摄影，晓菲送别了赵毕恭。她拖着行李，准备南下深圳。在经过澄海置业办公楼时，晓菲喃喃自语："李海，我走了。"晓菲退后一步，准备转身。突然，晓菲愣住，李海的窗户在晃动。晓菲甩甩头再次定睛，脸色大变，整个大楼都在晃动。紧接着，一阵怪异的声音从地底传出！

有人狂呼："地震了！——地震了！——快跑啊！——快跑啊！"

整个街面大乱。大楼在晃动，路灯咔咔作响，喷泉倾覆，地面起伏。惊恐的人们纷纷涌上街头。这时，正在办公室的李海猛地站起来，身子一歪，高楼上的摇晃远胜地面，几乎无法站稳。他一刻没有停留，跌跌撞撞冲出办公室。

走廊上已经兵荒马乱！有人往左，有人往右，将走廊堵得水泄不通。男人在叫，女人在哭，夹杂着钢筋撕扯声，玻璃噼啪作响声，重物落地声……一个声音压住了所有的杂音，李海高喊："不要慌！所有人听我指挥！"慌乱的人群稍稍有所控制。李海指挥着："从楼梯跑下去！女人优先！快！快！……"混乱的场面渐渐有序。一个女孩子吓得无法迈步，李海指挥两个男人："你们俩架着她！"有人奔向电梯方向，李海大吼："电梯危险！"

人群如潮水般奔出澄海置业的大楼。

晓菲扔下行李，在奔逃出来的人群中扒拉着、寻找着。

晓菲一把抓住一个从前马林的手下，尖声问："李海呢？李海在哪儿？看见李海没有？"

那男子惊魂未定："李总还在上面！"

晓菲抬头，大楼仿佛风中的柳树，前俯后仰，随时都要坍塌。

走廊上拥堵的员工渐渐少了，刘少勇等几名高管跑落在最后。李海对着走廊深处喊着："还有人吗？有人吗？"没有人回答，李海跟在刘少勇等人身后向楼梯口跑去。经过办公室时，李海突然停下了脚步，他冲进去拔下了电脑上的U盘。又是一阵剧烈的摇晃，李海紧紧抓住办公桌。"嘣！"李海抬头，玻璃门重重关上了。李海冲到门边，钢筋已经被撕裂变形，怎么都拉不开了。

在澄海置业楼下，晓菲守在门口，人们陆陆续续奔出大楼，始终没有李海的身影。晓菲越来越焦急。刘少勇等几个高管奔出来了。晓菲一把抓住少勇，问："刘总，李海呢？"

"后面！"刘少勇转身，但是身后已经无人，他脸色一变："他明明在我后面！"

再无一人奔出大楼。于是，晓菲决定往里冲。刘少勇伸手拉住她，说："危险！"但刘少勇只拉住了晓菲的衣襟，晓菲就势甩了衣服，冲进了大楼……

在这期间，周兴与媛媛也在一前一后，跌跌撞撞，顺着未完工的楼梯向下跑着。一个靠着墙的木梯在摇晃中突然倒在了媛媛面前。媛媛尖叫一声，闪躲着，却脚下一空，摔倒在地。但周兴已经叮叮咚咚又冲下去一层。媛媛爬起来，但摇晃着根本站不起来，她趴在地上，绝望地哭喊着："我不想死！我不想死！"突然，周兴的面孔出现在媛媛面前，他竟然又折回来了。周兴一把扶起媛媛，媛媛愣住了。然后周兴拉着媛媛，向下跑去。媛媛看看自己与周兴相握的手，有许多崭新的情愫在慢慢滋生……

在李海的办公室里，李海用钥匙捅着，钥匙转动，门锁开了，但门怎么都打不开。摇晃在继续，书架上陈列的杂物纷纷掉下。而在摇晃中，晓菲跌跌撞撞地爬着楼梯。楼梯的墙壁已经裂缝，水泥石膏纷纷掉下。晓菲不管不顾，一个劲儿地往上冲。李海举起一把椅子砸门，玻璃门依然坚固。窗户外面，对面的高楼晃过去又晃过来！李海绝望了！他喘着气，扶着桌子，浮现听天由命的表情。突然，李海几乎不相信自己的眼睛，楼梯口，一个女孩的身影出现，是晓菲。

晓菲高声喊着："李海！李海！"整个公司已经空无一人。晓菲彷徨四顾，突然她看到了李海，在办公室的玻璃门后，晓菲扑了过去。晓菲拍着门："快走！快！"

李海说："我出不去了！你快跑！这里危险！"

晓菲就近抓起一个滚落在地的灭火筒狂砸着玻璃。

李海："没用的！你别管我！"

玻璃连一丝裂痕都没有。晓菲绝望地扔了灭火器，在门前跪下。

李海吼着："走！"

晓菲："不！"

"哗啦！"李海身后，吊灯终于无法支持，跌落。

李海用拳头砸着玻璃，嘶声吼着："走！"

晓菲坚持而绝望地摇着头："不！我死都不丢下你！"李海怔住！晓菲突然平静下来，李海也突然平静下来，两人扶着玻璃对看着。大楼还在摇晃。晓菲笑了，李海也笑了，幸福而知足地等待最后一刻的来临。突然，所有的摇晃都停止了。两人睁开眼睛，茫然地看着周围。一切真的静止了下来！李海看着晓菲，目光难以离开，难以置信："我终于见到你了！"

"我也终于见到你了！"

"我们这是还活着吗？"

"我不知道。只要跟你在一起，是生还是死，都不重要。"

李海咀嚼着："对，只要在一起，什么都不重要。"
　　两人凝望着。
　　突然一阵嘈杂声："李总？……李总！……在这里！"
　　刘少勇带着几个人冲了上来。他去拉门，门打不开，接着喊道："小李，去杂物间找根撬棍！"小李冲进走廊上的杂物间，拎了一根铁棍出来。小李对着玻璃门的边角使劲砸下，玻璃门终于出现裂纹。另外一个小伙子抓起晓菲丢下的灭火器，砸着玻璃门的另一个边角。"哗啦，"玻璃门终于碎裂。李海冲出，一把抱住晓菲，将晓菲的头死死按在胸前。刘少勇跺脚："李总，我们得赶快下去，马上会有余震！"李海抓着晓菲的手："走！"一行人从楼梯奔下。李海、晓菲、刘少勇等人奔出楼后，李海仰望天空，深深地吸了一口气，仿佛再世为人……

二十二

　　绿化带、人行道、马路上都挤满了人，汽车散乱地停放在道路上。保安已经抬来了几张桌子，桌子上贴着白纸，上面是手写的"澄海置业临时指挥点"。李海和几个工作人员正在商议着。晓菲坐在自己的行李箱上，拨打着父亲的电话，但一直打不通。
　　晓菲有些彷徨："我不能在这里坐等。"
　　李海决断地说："你哪里都不准去，就待在我身边。"
　　晓菲看着李海，没有言语。
　　李海这时注意到晓菲的行李箱："这是你的？"
　　"是。"
　　"你要去哪儿？"
　　"深圳。"
　　李海诧异地看着她。
　　"本来打算再也不回来了。"
　　"现在呢？"
　　"我就待在你身边。"
　　李海深深地看了晓菲一眼，点头道："好"。
　　突然，汽车上，电台的女主播的声音响起："现在播报《枣阳市人民政府公告》……"街上的人都把音量开到了最大。瞬间，整条街安静了下来。人们自动地围拢到收音机周围。
　　女主播广播："……秀山县发生7.8级地震，枣阳地区出现强烈震感……"
　　晓菲立刻紧张起来："秀山？"
　　"怎么了？"李海问道。
　　"今天早晨，我爸去了秀山。"
　　"你看枣阳都没事，那边也不会有问题。"
　　晓菲脸色稍稍放松："7.8级是什么概念？"
　　"唐山大地震就是7.8级。"

晓菲再次忧虑起来。

人们围坐在收音机旁，听着播报："……今后 24 小时可能还会有余震，除危房外，市民可以进入室内正常休息，请广大市民不要恐慌。……"

晓菲拨着电话，还是无法拨通。

李海安慰着："别着急，现在所有的电话都打不通。"

有人将收音机换了一个频率，一个男主播焦急地播报着："我们刚刚接到来自震区的求救，在今天下午的地震中，许多民房垮塌，现在急需救援……"

晓菲呆住了。

李海立刻命令着："刘少勇！赶快把我们工程部的人召集起来，我们去！现在是非常时刻，澄海置业决定成立救援队，去参加救援。如果有不愿意或者家里需要照顾的，可以不去，我绝不责怪。"

队伍里，没有一个人动。

李海说："好，都是好样的……刘少勇，你留下。"

刘少勇说："李总，凭啥不让我去？"

李海说："你留下坐镇。"

刘少勇说："不！"

李海说："公司和业主需要你。"

行政部总监奔过来，递过几把钥匙："李总，车都在这儿。保安部正在装车。"

李海命令道："出发！"

晓菲站出来，拖起行李："我跟着你们一起去。"

李海说："女人留在这里。"

晓菲叫着："我爸在秀山！"

李海沉吟片刻："上车。"

李海带着车队，驶离了枣阳。小刘开着车，晓菲与李海一路沉默。公路上已经有很多车辆，都闪着应急灯，向着前方奔驰。李海张望着，沿途都是倒塌的民房。李海神色严峻："这边受灾的情况比我们想象的要严重得多。"他扫了一眼身边的晓菲，晓菲的神色十分沉重。

……

在加拿大的别墅里，熟睡中的吴婷被一阵电话铃声吵醒了。电话是卫东打来的。只听电话那头焦急地说："吴姐啊，出事了！枣阳地震了！"

吴婷一下清醒了："什么？"

"枣阳地震了！"

"地震？"

"快看电视！"

电话从吴婷手中落下。突然，她反应过来，抓起手机，拨着李海的电话，还是无法接通。吴婷慌了，跳下床，失控地大叫着："英子！英子——"

吴婷与英子守在电视机前，屏幕上出现了地震的画面。

吴婷焦急地问："怎么说？"

英子翻译着："中国秀山发生地震，震级在7.8级以上，现在尚不确定伤亡情况……"吴婷拿起手机，手发抖，怎么也对不准按键，吴婷竭力控制自己的情绪，终于拨出，李海的电话依旧无法接通，吴婷拨家里的电话，还是无法接通。吴婷再拨妈妈家的电话，还是无法接通。

吴婷全身开始颤抖，再拨一个号码："订票中心……我需要一张到枣阳的机票！越快越好！……什么不……"

吴婷尖叫起来。

英子问："怎么了？"

吴婷绝望地说："到枣阳的航班全部暂停。"

突然，电话铃响了。

吴婷和英子呆呆地看着电话。

吴婷扑过去，抓起电话，尖叫着："海子？"但传来的却是刘晓宇的声音："吴婷，是我。刘晓宇。我刚听说，枣阳发生严重地震，有李海的消息吗？"

"没有！他的电话一直打不通！枣阳所有的电话都打不通。到枣阳的航班已经暂停……"

"我马上赶来。"

……

门铃响了，英子起身开门。

刘晓宇走进来，开门的英子哭着："刘叔叔……"

刘晓宇安慰着英子。他望向吴婷，沙发上的吴婷神色憔悴，于是安慰道："从最新电视新闻上看，枣阳的房子好像都没事。"

吴婷有些失控："可李海的电话为什么打不通？为什么所有人的电话都打不通？为什么取消所有的航班？难道枣阳已经全城覆没？"

刘晓宇无法回答。

突然，英子叫起来："爸爸的电话有信号了！"

吴婷一下扑过去，抓过手机，听筒里传来的不再是无法接通，而是等待接听的声音。于是，吴婷马不停蹄地订回国的机票，并把手上的财务交予卫东打理，同时请求黄蓉照看英子。吴婷拜托刘晓宇全权代理她和李海在加拿大的资产，并把一封遗书交给刘晓宇，如果她回国后真有不测，希望刘晓宇等英子成人后再把遗书交给英子。

小刘猛地踩了刹车，车速慢下来："李总，你们看。"只见白鹭村村长站在路边，满身都是灰土，正使劲招手。但过往车辆忙着赶路，匆匆而过。晓菲惊呼："是村长！快停车。"李海与晓菲奔过去。村长定睛看着李海与晓菲，几乎要哭出来："快救人啊！"村长称还有小孩被困，于是李海马上带人去营救，晓菲则继续乘车去秀山寻找父亲。

李海带着十几个小伙子冲进学校,立刻震惊了。村小学的两层小楼已经变成了废墟,有家长正徒手刨着砖头瓦块,到处是哭声。

李海沉声说:"所有人分成两组。"队伍自动分成了两组。

李海命令道:"一组跟我留下来,另一组跟着村长去村里救人。"

村长一瘸一拐地带着几个小伙子离开。

李海带着人冲到废墟前,高喊着:"哪里埋着孩子?"有家长哭着:"这边!这边!我儿子还在里面。"李海冲过去,用力抬起石头。

……

晚上,载着晓菲的货车突然停下了。司机探出身子喊着:"姑娘,前面那个路口就是往秀山方向的,我不能送你了,我还得去玉龙山那边送物资。"

晓菲跳下货车:"谢谢了,我自己过去。"

货车开走,晓菲向着路口奔去。路口挤满了神情焦虑的人。晓菲扒开人群,来到前面,几个武警战士把守着路口,谁也不让通过。晓菲问身边的人:"大姐,怎么回事?"

"前面路口塌方了,里面正在抢修,现在不让过。"

"什么时候能修好?"

"不知道,我已经等了三个小时了。"

"可我爸还在里面呢!"

"我全家都在里面!"

晓菲拿出电话,拨打着父亲的电话,还是无法接通。她的手机显示,电池电量快要耗完。晓菲望着黑漆漆的天,心急如焚。

天上下起了淅淅沥沥的小雨。晓菲在人群中等待着。突然,几个人影从封闭的路口走出,这边等待的人群一下骚动起来,围了上去。出来的是两个山民,一身泥水汗水,满脸疲惫与惊慌。有人递上矿泉水,问:"老乡,里面情况怎么样?"

老乡甲惊魂未定地说:"垮了!全垮了!人死了好多!房子没了,路也没了!太可怕了!"

"那你们是怎么出来的?"

"我们是翻山逃出来的,走了十个小时。"

"你们是哪儿的?"

"秀山麻柳村的。"

"秀山是什么情况?"

"镇上不知道,但我们村口,整座山都垮下来了!"

"那你有没有见到一个背照相机穿着卡其色背心的五十多岁的老人?大概这么高,头发花白了?"

"没看见。"

有人将晓菲挤开,问:"老乡,麻柳村旁边的三柳村的情况怎么样?"

"别提三柳村了!垮山把这个村都埋了!"

"听说一个都没跑出来。"

问话的人一下瘫在地上，拍着地，号啕大哭。哭声仿佛传染，人群里许多人也大哭起来。

晓菲呆呆地站在原地。

……

李海正在拨吴婷的电话，还没拨通，村长气急败坏地跑过来："李总，李总，不好了。"

李海收起电话问村长："怎么了？"

"妞妞没找到！"

"怎么不早说？"

"妞妞家只有她和她爸，她爸今天被砸死了，就没人来报案。我也是刚才统计人数，统计来统计去，少一个，才发现妞妞不在了。"

"妞妞现在在哪儿？"

"我问了一圈，有孩子说地震发生的时候，妞妞在厕所里。"

李海站起来，喊着："大家再加把劲，还有个孩子在废墟里。"

员工们一下都站了起来。在大伙儿的努力下，最后终于把妞妞救了出来。李海小心地将妞妞放到车后座上，送往医院。

李海开车行进着，突然，他发现路上有异，只见前后左右都是出租车，都打着应急灯，十分有序地向着前方飞驶着。李海扭开电台，主播的声音传出："……现在已经有成千上万辆出租车正自发地赶往震区运送伤员！在这里，我要向这些师傅们说一声，谢谢你们！你们辛苦了！"

村长茫然："这些都是出租车？"

李海感动地说："是，但在今天晚上，他们都是救护车！"

到了临时救护站，李海将妞妞交到护士手中。护士们连忙对妞妞的腿开始清创。村长守在旁边。

路口还没有放行。车、人聚集着。李海跳下车，在人群中寻找着。终于李海看到了晓菲在雨中瑟缩的身影，他停住脚，望望天，重重地呼出一口气来。李海慢慢走过去，来到晓菲跟前，晓菲抬头，难以置信。李海抹了一把脸，分不清是泪水还是雨水。晓菲哽咽着："前面的路垮了……我爸还是没有消息……"李海脱下外套，将晓菲裹住，紧紧拥在胸前。

突然，前方传来一阵喧嚣，拥挤的人群渐渐松动。有人喊着："路通了！车不能通行，但人可以走了。"

晓菲挣脱李海的怀抱："我要去找我爸！"

"我跟你一起去。"李海牵着晓菲，随着人群在已经被地震破坏得面目全非的公路上行进着。

在灾区，李海与晓菲震惊地看着眼前的景象。街道两边的房子几乎全是废墟。军人、医生、志愿者、灾民来来往往，有人在挖掘抢险，有人在废墟上翻捡着，有人在街边的尸体旁哀泣，有人抬着伤者匆匆而过……李海与晓菲穿越混乱的人群。晓菲努力不放过每一张经过眼前的人脸，但没有一张是赵毕恭。广场的空地上搭着简易的帐篷，劫后余生的人们聚集在此。

晓菲一个帐篷一个帐篷地寻找着、询问着。广场的一角，是临时的救护点。李海在伤员中穿行着、询问着。有人喊："这里找到一个！快来几个人啊！"李海闻声而去。

废墟上，那名男子已经死了，下半身还压着块石板。李海、晓菲和救援人员默立着。

晓菲的眼泪大颗大颗地落在废墟上。李海抬起头："晓菲，我得回去一趟。"

晓菲："回柬阳？"

"是。光凭一双手，我们救不了多少人，我要回去调人调机械。"

"好。"

"你跟我一起回去。"

"不，我就留在这里。灾区需要人手，而且我可以一边当志愿者一边寻找我爸。李海，你看看我们周围，我们还活着，已经很幸运了。"

"好。"

绿化带上搭起了许多帐篷，有人在帐篷前吃着方便面，有人在打牌……显然，柬阳人已经在此安家。

一个男人正在打狗，狗狗可怜巴巴地叫着。

其他人问："你打它做什么？"

男人愤愤地说："人家老五养的中华田园犬，地震那天叫了一中午，非不准老五待在屋里。结果老五刚出门，就地震了！它倒好，一声不叫不说，我把它抱出去都还没醒！我每天还喂它进口狗粮！真是没用，你说该打不该打！"

澄海公司的临时指挥点也在这里，只是多了一把巨大的遮阳伞，伞骨上吊着电灯。

刘少勇正在电话分派工作："……只要是我们的业主，哪怕还没交房，只要她提出要求，都无条件安置。如果员工家属没有地方避震，就到我们自己的小区去，请老陈安排帐篷……就说是我说的……"

一辆货车在刘少勇面前停下，一个浑身泥水的人跳下车来，跟货车司机挥挥手，货车开走。

刘少勇吃惊地看着这泥人，对着电话："……我等会儿打过来。"

刘少勇放下电话，试探的："李总？"

李海点头。

刘少勇连忙扶着李海坐下。

李海虚弱地说："有吃的和喝的吗？"

刘少勇连忙递过一瓶矿泉水，高声吩咐："赶快给李总泡碗方便面！"

公司里其他高管围过来，惊讶的："这是李总吗？真是李总？真认不出来了！"

李海饥渴地喝着水。

刘少勇："你怎么搞成这样了？"

李海："你马上给工地上打电话，叫他们立刻准备挖车、叉车、铲车，还有吊车……再组织一支救援队。"

刘少勇："去哪儿？"

李海："灾区！现在灾区最缺的就是这些重型救援机械。"

刘少勇："我马上安排。"

刘少勇走到一边，拨着电话，安排着。

行政部总监送上一碗方便面："李总，刚泡好的。"

李海："谢谢。这两天情况怎么样？"

行政部总监："你走之前安排的事，都办好了。然后，十二号晚上，我们组织了一批员工去天府广场献血，今天晚上，我们还要组织第二批员工去献血！"

李海："做得好！"

行政部总监："李总，你不知道，这几天献血的队伍排得老长，有的正结婚呢，听说血库紧张，仪式一完也来献血了……看到那个场面，我这个老头子，都热血沸腾了。"

李海揭开方便面，一面狼吞虎咽地吃着，一面吩咐："除了献血，我们还可以做得更多。你带几个人，立刻去药店……治感冒的，拉肚子的，消炎的……有多少要多少！"

行政部总监："好。"

李海："还要买帐篷，越多越好！"

行政部总监："我马上安排。"

刘少勇收了电话，走过来："已经跟建筑公司说了，他们很支持。我马上去跟他们碰头，商量组织协调的工作。"

李海："一定要争分夺秒。"

刘少勇："李总，这支救援队，就让我来带队吧。这个指挥点，可以让老陈来坐镇。"

李海想了想："行。"

刘少勇兴奋地给李海行了一个军礼："李总，那我去了。"

李海回了一个军礼。

刘少勇离去。

李海将面汤喝完，擦擦嘴："你通知老陈来接刘少勇的班。我回家换身衣服，顺便看看老人。"

行政部总监："李总，要不要我送你回去？"

李海："不用，给我一个车就行！"

总监递上钥匙："我的车。"

李海："手机借给我。"

总监递出手机。

李海拨通，边走边说："建国，我是李海……我才从灾区回来！我有十万火急的事情，你把能约的开发商都约着……好，你约好了通知我。"

茶馆很简陋，与李海等人经常出入的地方不可同日而语。

建国说："我走了五条街，就只有这家的老板胆子大，还开着门，其他所有的餐馆、茶馆、咖啡馆统统关门了！"

"只要能谈事，哪儿都行。"

周兴阴沉沉地说："李海，别磨蹭了，有啥事，快说。"

"我是来向大家要钱的。"

所有人惊讶，对看一眼。

"你还缺钱？"

"大家别着急，这钱不是为我要，是为灾区！澄海的第二支救援队已经出发了，但是仅仅澄海一家，力量太微不足道了，所以，我把大家连夜请来，拜托大家，有钱出钱，有力出力。"

在座的一片沉默。

建国首先发言："我赞成！现在天天闹余震，没地方去，钱也没地方花，还不如去救灾呢。我林建国认一百万！"

又有人发言："其实我这两天一直在想，我们该做点什么，李海刚才这么一说，我更坚定了这个想法！我也认一百万。"

还有人发言："我们这么多年，钱挣了不少，但有意思的事，没干几件！李海的倡议，我同意！我认八十万。我还有个建议，我们也不要分头去捐，我们把钱和物都集中起来，交给李海，灾区的情况他熟悉，由他来安排。"

建国点点头："同意！"

只有周兴没有说话。

李海说："周兴，我知道你对我有成见，但是国事为大，希望你不要因为是我在撑头，就放弃为灾区做点事。"

周兴咳嗽一声："你李海从来就是沽名钓誉之人，他们看不出来，我还不知道！"

李海沉默了。

建国劝道："周兴，国家大事放中间，私人恩怨放两边。"

周兴说："但是现在非常时期，我就不跟你计较了，我们超洋花园认二百万！"

李海笑了："我代表灾区人民，谢谢你。"

周兴不高兴了："你有什么资格代表灾区人民？"

李海笑着说："行，算我说错了，我代表我个人谢谢你。"接着，他掏出两张纸："这是灾区最缺的物品；这是需要重点救援的地区，我建议我们几家公司组成一个联合队伍，有组织地分批分地区地进行救援。关于路线……"

在广场的空地上，天光已经昏暗，在电筒的照明下，晓菲身上套着一件志愿者的 T 恤与其他志愿者一起搭着帐篷。
有人问："请问指挥部在哪边？"
晓菲回头，惊讶地说："马超！"
马超也很吃惊："晓菲，你怎么在这里？"
"我十三号早上就到了。你是过来采访？"
"是，寇姐把我们全放出来了，各处都派了记者，我一个人到这儿。"
"注意安全。"
"要不你和我一起去？有你在，我心里就踏实了。"
"可我已经不是电视台的记者了。"
"你等等。"马超转头拨着电话。
晓菲继续和其他志愿者一起搭着帐篷。
一会儿，马超走过来："晓菲，寇姐找你。"
晓菲愣了一下，接过电话："寇姐？"
寇吕说："赵晓菲，我现在任命你为电视台秀山灾区报道组的特约记者！你立刻和马超一起开始采访。"
"可是我现在手上还有志愿者的工作。"
"我知道你在当志愿者！特约记者也是志愿者，你的报道能及时传递灾情，会对灾区有更大的帮助！"
晓菲不再犹豫："好，我马上上岗！"她带着马超，向着一个火堆走去。走近了，只见七八个志愿者围着火堆。每个人都显得疲惫不堪。晓菲转身对着镜头："现在是北京时间凌晨两点，我现在是在秀山灾区，因为停电，四周一片漆黑，但是志愿者们还没休息。你好，请问你们在商量什么？"
一个志愿者对着镜头："我们在分派明天的工作。"
"你们已经有多少个小时没有休息了？"
志愿者想了想说："二十个小时。"
"累吗？"
"累。"
"那你们赶快休息吧。"
"不，我们不能停，因为和我们赛跑的是死神。"
"谢谢。"
突然，一阵电筒光和脚步声由远而近。晓菲对着镜头："应该是又一组志愿者回来了，我们去看看。"果然，三个志愿者现身，精疲力竭地在火堆边一屁股坐下。
为首的是家明："好吃好喝的，赶快给大爷伺候上来。大爷今天累崩盘了！"有人扔给他们一瓶矿泉水和一包饼干。

晓菲说:"家明,你好。"

"晓菲姐……哟,你怎么当上记者了?"

"客串一下。你从哪儿回来?"

"鸡鸣山。"

"那边的情况怎么样?"

家明等人囫囵地吃着,回答道:"重灾区……路全部被石头压断了,车根本开不上去,我们是走上去的。"

"村子里是什么情况?"

"我们去了两个村子,房子基本上全垮了,最麻烦的是路断完了,伤员都运不出来。我们已经向指挥部报告了,明天会有一个医疗队上去。"

"马超,那我们明天就跟着这个医疗队上山。"

"好。"

"今天就到这里吧。你赶快休息,明天上山会很艰苦的。"

马超放下了摄像机。

家明说:"对了,晓菲姐,你拜托我找的人……"

晓菲充满期望地看着家明,家明抱歉地摇头。晓菲脸色一下黯淡下来,走到一边,望着黑暗中的山色。马超跟了上去:"晓菲,你在找谁?"

"你还记得我爸吗?"

"赵伯伯,记得,我还拍过他呢。"

晓菲的声音低落下去:"地震那天,他就在这儿……我找了许多地方,拜托了很多人,也去了救护点,甚至去看了那些无主的尸体,但还是没找到他。"晓菲的眼泪在眼眶里打转。

马超担忧地说:"现在已经过了黄金救援的七十二个小时了……"

晓菲听后,神色一紧。

马超连忙给了自己一个耳光:"晓菲,你别伤心,赵伯伯吉人天相,一定会没事的。"

晓菲抬头,忍着眼泪:"但愿吧!"

二十三

　　避难的灾民和志愿者都比前些天多了许多。李海极目四望，到处都没有晓菲的影子。李海抓住一个志愿者："请问你认识赵晓菲吗？她也是志愿者。"志愿者摇头："现在秀山有上千名志愿者，我不知道你说的赵晓菲是谁？"于是，李海继续在人群中穿行着，突然，他看到了晓菲的背影，惊喜地上前喊道："晓菲！"女孩儿转头，却不是晓菲。李海站在原地，转着圈，人头攒动，不知怎么寻找晓菲。他大呼着晓菲的名字，周围人只是多看了两眼，让开两步，没有任何回音。李海几乎绝望了。

　　突然，广场上空响起了晓菲的声音，虽然有些嘶哑，但依然是李海再熟悉不过的声音："现在播送寻人启事——秀山中学的卢雪华老师，秀山中学的卢雪华老师，你的同学正在找你。寻找宝珠村的亲人，他们的名字是任正风、任天辉、任长天、任小秀。中国银行的康旭，中国银行的康旭，你的同事很牵挂你。寻找来自枣阳的赵毕恭先生，你的女儿正在寻找你……"

　　李海惊喜地寻找着，一个简易的喇叭被挂在广场的高处。在晓菲的播报声中，李海顺着喇叭的线走着。终于，在广场的一个角落里，李海看到了晓菲。她坐在一张桌子后，脸色憔悴、头发蓬乱，正在话筒前专注地播报着："请以上朋友听到广播后，速到位于广场东北角的临时指挥部，你们的亲人正等着你们。如果有知道以上朋友线索的，请与位于广场东北角的临时指挥部联系，以帮助这些朋友尽快与亲人团聚。这次寻人播报暂时到这里，下一个准点，我们继续播报。"

　　晓菲关闭话筒，抬起头一看，顿时愣住了，不知道什么时候李海站在自己的面前正看着自己。她惊讶地问："你这么快就回来了？"李海说："我放心不下你。"满面尘灰的两人对视着，目光都舍不得挪开。突然，有志愿者大呼小叫地奔了过来："晓菲姐！晓菲姐！有赵伯伯的线索了！"晓菲赶忙和报信的志愿者急匆匆地跑去，李海也紧紧跟在后边。

　　在江边，几个老乡和志愿者正齐心合力地将一台倾覆的、沾满泥土、面目全非的越野车拖上路基。报信的志愿者气喘吁吁地指着那辆越野车："这车前些日子一直埋在下面，这两天余震，将压在它上面的一块大石头给震翻了，才露出来。"

晓菲上前，犹豫了一下，用手拂去牌照上的泥浆——车牌号显露了出来。她赶忙问："车上的人呢？"

志愿者说："我们发现这车的时候，车上没人。"

晓菲的身子颤抖了一下。李海扶住晓菲："你别着急，有可能地震发生后，车上的人弃车逃命了。"

"那为什么我爸直到现在都不跟我联系。"

"灾区信号不好，我也经常打不通你的电话。"

"可是这么多天了，总该有一个电话能打通吧？"

李海不知道怎么回答。突然，一个老乡开口道："我见过这车上的人。"晓菲猛地扭头："什么时候？"

老乡答："就地震发生前几分钟吧。我在这边山上捡菌子，看到几个人从这车上下来了。"

晓菲急迫地抓住老乡的手："大叔，那你一定见过我爸，他穿着一个卡其色的摄影背心，有很多口袋的那种，拿着摄像机。"

老乡想了想："有这人。"

"那他们后来去哪儿了？"

"我看他们的方向应该是去回水湾，那边风景好，每天都有人去那儿照相。"

"回水湾在哪儿？"

老乡指着江边："以前在那儿。"

晓菲茫然，那是一个庞大的土堆。

老乡继续说："地震的时候，这片山垮了，把回水湾填成了这样。"

李海问："你说这土堆下，是回水湾？"

老乡肯定地答道："是。"

这时，晓菲爆发了一声："不——"随即撒腿就跑。李海见势连忙跟上去。晓菲奔到江边，扑倒在土堆前，她像发疯一样，一边用手刨着土堆，一边喊着："爸——我来救你了！爸，你撑住啊！我是晓菲，我来救你了！"李海劝她这样挖没用的！晓菲置之不理，只是一个劲儿地挖着，刨着，十指已经流血。

李海一把将晓菲的手紧紧抓住，晓菲挣扎着。他大吼道："你听我说！今天已经是第四天了。如果你爸爸真的在下面，你就算把他挖出来，也已经没用了。"晓菲全身颤抖，她使劲地摇着头。李海继续说："还有一种可能，你爸爸也许还活着，只是受伤了，所以暂时与你失去了联系。过两天我们就能找到他，我向你保证。"晓菲看着李海，她希望相信李海的说法，但最终，她绝望地摇了摇头。她推开李海，转身跪下，目光悲苦凝固，喉头哽咽，想哭却又哭不出来，想说也说不出来。

晓菲跪在土堆边，一动不动，没有眼泪，神情木然。李海走来，在土堆前放下了两根白色的蜡烛和几支香烟。他将蜡烛和香烟点燃："赵伯伯，我们来祭奠你了。"晓菲匍匐在地，良久，她直起身，望着土堆。

李海安慰道："晓菲，你想哭就哭吧。"晓菲摇摇头。李海又说："你想说什么就说吧，想喊什么就喊吧。"晓菲还是摇头。李海叹息一声，跪下："赵伯伯，如果你在这土堆下面，那你就一定能听见我说话。晓菲她已经整整一天不吃不喝了，我非常心痛，我相信，此刻你一定比我还难过。你这辈子最大的心愿就是她能平安快乐，但她现在这个样子，让你无论在哪儿，都很难安宁啊！"随后又转头对晓菲说："晓菲，为了赵伯伯，你能不能不要这样！"晓菲木然。

李海无奈地转回头："赵伯伯，你放心去吧，晓菲交给我了。我向你发誓，我一定会让她重新快乐起来！我相信，这才是你真正愿意看到的！"他磕了三个头，然后脱下衬衣，裹了一包泥土，站起来说："晓菲，我们走吧。"晓菲茫然地看着李海。李海硬拉起晓菲，离开了。

李海开着车，晓菲抱着那包泥土，呆呆地坐在旁边。一路上，李海不断地安慰着晓菲："我知道，你很难接受这个现实。但是晓菲，你想这样一辈子吗？"晓菲没有回应。

"我知道你心里很难过，但是再难过，我们都得活下去，为了死去的人，我们得活得更好。你说对不对？"晓菲还是没有回应。李海猛地踩了刹车，大吼道："虽然赵伯伯不在了，但你还有我！"晓菲只看了一眼李海，又茫然地看着前方。李海扳过晓菲的脸，强迫她看着自己："你现在这个样子，最受折磨的是我！我想帮你，但是我不知道怎么做！求求你，给我一个提示，你需要我做什么？只要能让你走出来，我做什么都可以！"但晓菲的眼神还是那么空洞。李海绝望地放开晓菲，推开车门，冲下车去，他站在路边，对着旷野狂吼了一声"啊——"晓菲坐在车上，无动于衷。发泄完的李海喘着气，无助地四处看着，突然，李海发现，前面不远，就是去往白鹭村的岔口。李海上车，然后将车拐进了白鹭村。

学校废墟仍在，原来的操场上，搭起了许多帐篷，村民们在帐篷里进进出出，孩子们在帐篷边嬉闹玩耍，生活仿佛恢复了正常。晓菲坐在一块石头上，望着学校背后的山发呆。村长和李海站在不远处。

李海问："妞妞怎么样？"

村长说："已经出院了，正跟着那些孩子玩呢。"

"那就好，我一直记挂着她。"

村长突然瞥见了晓菲："这是晓菲吗？瞅着怎么完全变了个人。"

"是。"

村长上前几步，来到晓菲面前："晓菲。"

晓菲木然地看着村长。

村长大惊："晓菲，你怎么了？你这是……"

李海把村长拉开几步，解释着："她爸爸在地震中被埋了，连挖都挖不出来。"

村长长叹一声："唉——"

"从知道他爸的事到现在，不吃不喝，不说话，也不哭，我怕她憋出病来。"

"唉，换成谁也受不了啊，更何况，晓菲本来就是个重情的人。"

"已经两天了。"

"慢慢来吧，总会过去的。"

李海焦虑地看着晓菲。

村长说："让她坐那儿歇息一下，有几个事，我要给你汇报。"

村长带着李海在帐篷间穿行着，介绍说："这边的清理完了之后，你们公司的人就去其他灾区救援了；前天，又来了一个车队，说是你安排的，帮我们搭了帐篷，还留了水、药和方便面。有个大老板还给了一张名片，说有事情给他电话。"村长摸出名片，李海一看，笑了，是建国……

晓菲仍旧呆呆地坐着，这时一个球滚到脚边，一个孩子奔过来拾起球，突然孩子愣住了："晓菲姐姐？"晓菲仿佛没有听见。孩子惊喜地拉着晓菲的胳膊："晓菲姐姐！晓菲姐姐，我是立水呀！"晓菲有些茫然。孩子用力拉起晓菲，往最近的帐篷走去，兴奋地喊着："你们看谁来了？快来看呀！"又有两个男孩子奔出来，其中一个是大志："晓菲姐姐！"大志和立水一人拽着晓菲一只胳膊，另一个孩子在后面推着，将晓菲推进了帐篷。

在帐篷内正捧着课本的妞妞尖叫一声："晓菲姐姐！"妞妞的腿上还裹着纱布，走路也不利落，她扑了过来，抱着晓菲的大腿，大哭着："晓菲姐姐，我好害怕，我以为再也见不着你了！你也不来看我，我以为你不要我了！"晓菲不由自主地蹲下去，伸出一只手抱紧了妞妞。另外几个孩子围过来，大点的孩子劝慰着："妞妞，好了，好了，晓菲姐姐来了，你就别哭了。"妞妞的哭声渐渐止住。

妞妞把自己的书塞到晓菲手里："晓菲姐姐，你教我们读课文吧，这里好多生字我们都不认识。"晓菲低头看着课本，两个字映入眼帘——爸爸。她神色一紧，抬头，却对上了孩子们恳求的眼神，孩子们期待地说："晓菲姐姐，我们跟着你读……对啊，晓菲姐姐，你给我们当老师吧……晓菲姐姐，快读啊？"晓菲深深吸了一口气，她举起书轻声读出："爸爸走进旧书店……"眼泪一下涌了出来。孩子们静静地望着晓菲，没有言语。晓菲努力控制着自己的声音："……从一堆书里给我挑了这本《皇帝的悲哀》。尽管这本书很薄很薄，我捧着它还是像捧着一件珍宝似的……"

李海走到帐篷门口，从窗户望进去，只见孩子们专心地望着晓菲，而晓菲动情地朗读着。他在帐篷外坐下，捂住脸，眼泪从指缝间流下。村长跟了上来，拍着李海的背，嘴里欣慰地喃喃："好了，好了。她说话了……她哭出来了。"

晚上，晓菲拥着那包泥土，坐在临时的路灯下。她的包里，手机震动着，但是晓菲浑然不觉。家明走过来，递给晓菲一杯水。晓菲的嘴唇已经干裂，但她摇头。晓菲的手机静止下来。家明无奈退开，走到一边，问一直注视着晓菲的李海："她一直都这样？"

"自从知道她爸爸的下落之后，就一直这样。"

"你把她带回枣阳吧。"

李海诧异地看着家明。

"在这里，只要一看到那个土堆，她就会伤心，走出来会很难。"

李海来到晓菲面前，蹲下："晓菲，我们回枣阳好吗？"

晓菲只是愣愣地看着李海，没有任何反应。

在白鹭村的村口，卡车缓缓停下。副驾驶位置上利落地跳下一人，转身扳着卡车围挡的插销。李海与晓菲见势迎上去。李海问："你好，请问是从枣阳过来的吗？"那人转过头，是吴婷！三个人都惊呆了。

李海惊讶地问："婷婷，怎么是你？"

吴婷看着晓菲与李海："你们？你们一直在这里？"

"我们上午从秀山赶过来。"李海说。

吴婷思考着。

李海又问："你怎么来了？"

吴婷说："我说过，我会来的。"

吴婷看向晓菲，晓菲本能地退后一步，吴婷正要问什么，村长带着几个村民大呼小叫地赶来："又是你们啦！又送东西来啦！好人啊！好人啊！"村长转头对李海解释："上次给我们送东西的，也是这两辆车。"

吴婷问："你是村长吧？建国跟我说起过你。"

"是是是，我就是白鹭村的村长。"

吴婷伸出手："我叫吴婷，林建国林总这次委托我来给你们送点东西。"说着，她拿出一张单子："村长，这次我们送来的物资以生活用品为主，有被褥、防潮的垫子、还有防寒的衣服鞋子，然后还有些锅碗瓢盆、电筒收音机电池等，这是清单，你核对一下。"村长接过清单："你们想得太周到了，现在缺的就是这些。"

吴婷又说："那麻烦大家搬下来吧。"村长转身吩咐："枣阳好人送爱心来了，快去叫大家都来搬东西。"村民向村里奔去。吴婷半天扳不动那卡车的插销，李海伸手，卸下了围挡。村民们纷纷赶来。李海大声地喊："一趟趟地搬太麻烦了，大家排成一列，一样样传递进去。"村民们自动地排成一列，从卡车前一直排到帐篷区。李海跳上卡车，将东西一样样卸下。他将一床被褥递到车下的吴婷手中，吴婷转身递出，她愣住了，站在她身边的，恰好是晓菲，晓菲也愣住了。只犹豫了几秒，吴婷毫不犹豫地将手中的被褥交给晓菲，晓菲接过，传递给自己身后的村长。一个一个爱心包袱，从李海手中到吴婷手中，再到晓菲手中，最后到村民手中……

夜晚，在帐篷里，李海、吴婷、晓菲、村长商量着。

李海问："村长，村里还缺什么你最清楚。"

村长说："前前后后，你们送了四车东西来，有吃有穿，生活上没大问题了。只是自从地震之后，白鹭村就停电了，据说抢修还没抢修到这山里来，能不能先帮我们拉根电线，让村里晚上有个亮光就行。"

李海记录着："不用拉线，下次送一台柴油发电机过来，把柴油也配好。"

村长兴奋地说："那太好了，其他没什么了。明天我准备招呼大家还是把田里的蔬菜水稻伺候一下，不能老是靠救济。只要地里还长东西，我们的日子就能好起来。"

接着，吴婷开口道："我说一下吧，刚才我去各个帐篷看了一下，发现大家都吃了好几天的方便面了。我觉得下次应该组织一批蔬菜、大米、鸡蛋还有冷鲜的猪肉过来。特别是孩子们，不仅要让他们吃饱，还要吃好。"晓菲感激又惊讶地看了吴婷一眼。李海点头，记录着。

村长高兴地说："哎哟，你们想得真是太周到了。"

李海问："还有什么？"

晓菲说："能不能给孩子们送点课本来？他们现在用的课本都是从废墟里挖出来的，又脏又破，而且不齐全。"

吴婷诧异地看着晓菲。李海连忙解释："晓菲要在这里办一个帐篷小学。"吴婷沉吟着："如果是这样的话，那还应该有配套的作业本、文具还有课桌。现在一共多少个孩子？"

晓菲答道："现在跟着我的有二十四个，但是我估计，这帐篷小学一旦开学，附近的孩子一定都会过来的。"

吴婷说："那就先按一百个孩子的标准准备。"

晓菲说："谢谢。"吴婷注视着晓菲："谢谢你。"

这时，李海看看吴婷，又看看晓菲，有些感慨。

夜深了，李海与吴婷准备回去了，村长、晓菲、村民们举着电筒相送。李海跟大家挥挥手与吴婷上车。车开走了，晓菲站在黑暗中，久久没有移动脚步。

李海开着车，车上有一种异样的沉默。吴婷伸手打开了音响，然而播出的却是《布列瑟农》。李海立刻伸手关掉。吴婷有些诧异，没有言语。李海清了清嗓子："她父亲被埋在了秀山。"

吴婷动容了："她家里还有其他亲人吗？"

"没有了，她母亲早就去世了，她是跟着父亲长大的。"李海深呼吸，继续说道："婷婷，其实我……"

吴婷打断道："海子，我打算回加拿大为灾区募捐。"

"什么？"

"很多在加拿大的中国人，只能通过新闻了解地震灾情，但是灾区究竟什么样，他们并不知道，对地震的惨烈也没法感同身受。他们想为灾区做点事情，又不知道该做些什么。我现在回去，正是时候。"

李海惊讶地看着吴婷。

"你为什么这么看着我？你觉得我做不了这件事，还是觉得我不能为灾区做事？"

"婷婷，你用不着那么辛苦。我为灾区做的事也代表了你。"

"以前你都可以代表我,但是这一次,我想亲自去做。"

……

卧室内,吴婷醒了,李海不在身边。吴婷诧异,披衣而起。只见李海站在露台上,望着夜色发呆。吴婷迟疑了一下,转身取了一件睡衣。李海想着什么,吴婷轻轻走来,将睡衣披上李海的肩。吴婷说:"这会儿英子正好下课。你可以给她打个电话。"李海拍拍吴婷的手,脸上浮现出了笑容。

电话打通了,那边的英子惊喜地喊道:"老李。"

"小李,最近怎么样?"

"老李,我妈说你是个英雄。"

李海看了一眼吴婷:"你妈太夸张了。"

"真的,她说你救了好多人。我在学校里都跟我同学说你的事迹,他们好崇拜我。"

"你妈妈也为灾区做了很多事情。"

"那你们俩岂不是英雄夫妻?"

"我们只是做了想做的事情而已。"

"爸爸,我好想回束阳当志愿者。"

"爸爸支持你,不过,现在要求志愿者必须有专业技能,比如能爬山、懂急救、有装备,你行吗?"

"我……"

"如果不行的话,就别来灾区添乱了。"

"我马上就去报名上培训课,爸妈,你们等着,我学到专业技能,立刻就来。"

"行,爸爸等着你。"

"老李,说好了。"

"说好了。"

"那我要去找培训课程了,不跟你多说了,你们注意安全。"

"你在家一个人也要乖乖的。"

"好,再见。"

李海挂了电话,对吴婷说:"英子越来越懂事了。"

吴婷点点头:"这次地震,让她在心理上也成熟了许多。"

"但愿孩子们都快快长大吧。"

"睡吧。"

"你先睡吧,我再想点事。"

吴婷点头,转身进屋。李海的微笑消失,他再次陷入思考。

第二天,吴婷找寇吕要地震的一些视频素材,向寇吕说起李海一直与晓菲在一起,寇吕闻言劝吴婷别去加拿大了,应该守在李海身边,吴婷不以为然,称这次她决定放手。一切准备就绪后,吴婷告别了李海,乘飞机去了加拿大。

在加拿大，卫东在吃早餐，而黄蓉在一边打着电话："……我和卫东商量一下吧。"黄蓉挂了电话，愁容满面。

卫东问："牙还在疼？"

黄蓉没好气地答道："牙疼都不算什么了，现在头疼。"

"怎么了？"

"我妈说他们的房子不能住了。"

"不是没垮吗？人也没事吗？"

"政府请了建筑专家去检查，说那房子已经被震出了裂缝，是危房！"

"当初我就说那房子太老太旧，你们贪便宜非要买，现在好了。"

"以前的事你就别提了，关键是现在怎么办？"

"那能怎么办？让你妈他们快搬出来吧。"

"搬出来住哪儿？"

"租一套房子先住着。"

"我也是这么说的，但是我妈……我妈想让我们给她买套新房。"

"那得多少钱？"

"人民币至少也得四十多万吧。"

卫东吓了一跳："我们哪有那么多钱？"

"我也是这么说，但她不信，说我们住大别墅开豪车，随便扯根毛，就够她买房子了。"

"都怪你，又寄照片又发视频，搞得大家都以为我们在加拿大发大财了。"

"我又没吹牛，我说的都是事实。"

"那你为什么不补充说明，车是二手的，便宜得跟白捡一样；房子是按揭的，所有的存款给了首付，每月收入还了贷款，就只够生活费。"

"我说了，她不信，说我跟她哭穷！我妈后面的话已经很难听了，什么养了白眼狼，只顾自己发财，不顾亲娘！"

"那你准备怎么办？"

"我这不跟你商量吗？"

"唯一的办法，就是我们把这房子卖了，凑一笔钱给你妈，然后我们继续租房住。"

黄蓉斩钉截铁地反对道："那不行。"

"那我也没办法了。"卫东站起来，拿起外套走出门去。

黄蓉郁闷地坐在餐桌边，拿起卫东吃剩的面包咬了一口。突然，黄蓉跳起来，捂着牙，疼得脸都变形了！她拉开抽屉，找着止痛药。突然，黄蓉的目光落在了抽屉里的一个信封上，那是吴婷的信封。黄蓉的手伸向了信封，突然，她又觉得不对，收回手，猛地将抽屉关上。黄蓉心神不定地坐了片刻，又慢慢地将抽屉拉开。

……

吴婷刚下飞机回到别墅，马上就给小雅打电话："小雅，我是吴婷，我回来了。……有重要的工作派给你和佩佩……马上到我家来……"放下电话后，吴婷开始整理行李，这时门铃响了。

吴婷握着手机拉开门，是刘晓宇。

刘晓宇惊喜地问道："吴婷？你什么时候回来的？"

"刚到，正准备给你打电话呢。"

刘晓宇上下打量吴婷，有些激动："你平安回来了，真是太好了……太好了……"

吴婷笑了笑："进来坐，我还正有事请你帮忙。"

刘晓宇问："李海呢？没跟你一起回来。"

"他在柬阳忙救灾的事呢。"

等大家都到齐后，吴婷说明了自己的计划："我准备5月31日，在四海楼餐厅做一个募捐活动，希望能够把温哥华以及温哥华附近的所有华人都动员起来，为灾区尽一份心力。"英子自告奋勇："所有的设计交给我和彼得来做。彼得，你没问题吧？"彼得用生硬的中文回答："为人民服务。"英子赞许地拍拍他的肩膀。大家忍俊不禁。

小雅说："我和佩佩负责分发宣传单吧。保证让温哥华的每一个角落都知道我们这个活动。"

刘晓宇说："我负责联系华商会、炎黄协会、中华联合会这些民间组织。"

最后，吴婷又给卫东打了一次电话，动员他也加入到募捐活动中。卫东自然是没有话说，放下电话后，他兴奋地对黄蓉说："吴姐平安回来了！"

黄蓉感到很惊讶："啊？这么快她就回来了。"

"她说是赶着回来为灾区募捐，所以就提前回来了。"

"哦。"

"吴姐准备在四海楼做一个募捐活动，邀请我们参加。"

黄蓉心神不宁地应承着："嗯。"

"吴姐还说，柬阳很安全，叫你放心……你怎么了？"

"没什么。"

"对了，吴婷既然回来了，人家委托我们保管的那些东西也该还回去了。"

黄蓉不耐烦地说："我知道。"

……

第二天，吴婷、刘晓宇、小雅、佩佩、英子着手布置餐厅。吴婷与英子将投影仪挪到相应的位置。吴婷喘着气，拿出手机，拨着李海的电话，然而李海的电话却总是占线。吴婷失望地挂了电话，搬起了募捐箱。突然，吴婷觉得手上一轻，原来是刘晓宇接过募捐箱，放到舞台一角。吴婷感激地一笑。

大厅前方搭起了舞台，舞台上方挂着中英文的横幅："无论相隔多远，我和你永远在一起。"舞台旁摆放着投影仪与募捐箱。大厅四周贴着灾区的照片与文字说明。舞台下的座位布置成了剧场式。座位已经坐满，人们等待着。

突然，音乐起，吴婷走上了舞台。大厅里一下安静了下来。吴婷拿起话筒，大脑突然一片空白，她什么都说不出来，眼中流露出一丝慌乱。突然，台下有人鼓掌，在他的带动下，全场掌声响起，是刘晓宇。吴婷感激地看了刘晓宇一眼，深深吸了一口气，开始了主持："今天到场的许多朋友，我都不认识，但是有一样东西，把素昧平生的我们聚集到这里，那就是在我们的身体里流淌着的中国人的血液，以及我们对灾区同胞的共同牵挂。"吴婷越说越流利，也越来越自如："三天前，我去了地震灾区，内心受到了非常大的冲击。地震，比我们所知道的还要惨烈；地震带来的伤害，比我们所看到的更加触目惊心；但是我们的同胞，也比我们想象中更加坚强。"

全场灯光暗下，英子和彼得操纵着电脑。投影仪上，地震短片播出。卫东神情严肃，黄蓉抹着眼泪，佩佩捂着嘴，小雅已经啜泣出声。刘晓宇的目光则一直落在舞台边伫立的吴婷身上。短片结束，视频定格在那只从废墟下伸出的小手上。灯光亮起，吴婷走上舞台："各位亲爱的朋友，这是一只从废墟中伸出的求救的小手，让我们伸出手，拉拉这只小手，给他温暖，给他信心，给他力量。让我们一起告诉那些千里之外的同胞，无论相隔多远，其实我们永远在一起！"吴婷的眼泪落下。全场静默。

刘晓宇率先走上舞台，他抹了抹眼泪，取过话筒："我叫刘晓宇，我已经有十年没有回过中国了，但是中国永远是我的家！"刘晓宇向募捐箱中投下了一张支票。吴婷深深鞠躬："谢谢！"

台下的气氛一下激昂起来，同胞们争先恐后地走上舞台，在募捐箱中，或是投下支票，或是投下现钞。

台下一角。黄蓉一边擦着眼泪，一边推着卫东："你还愣着干什么？"卫东拿出钱包，取出了几张钞票，走上台去。他正要将几张钞票投入箱中，突然听到黄蓉说了一句："等等。"

只见黄蓉抢过那几张钱，卫东诧然。

"把钱包拿出来！"黄蓉命令道。

卫东掏出钱包，黄蓉将钱包里所有的钱都投入了箱子中。卫东惊讶地看着黄蓉。

吴婷感动地说："谢谢。"

"这是我们应该做的。吴姐，那我们就走了，小宝一个人在家呢。"

卫东问："不是请了人看着吗？"

黄蓉说："请的人怎么放心呢。"说完，拉起卫东就走。

"黄蓉。"吴婷叫住了黄蓉。黄蓉有些担心地停下脚步。

吴婷说："在東阳那几天太忙，我就没有亲自去看你爸爸妈妈，但我给他们打了电话，他们说没事。"

卫东说："我们也跟他们联系上了，他们只是房子被震成危房了。"

黄蓉暗暗给了卫东一下，不想让卫东提房子的事。

吴婷接着说："只要人没事，什么都好。"

黄蓉敷衍着："是啊，是啊。"

"我还见到了……见到了你表妹赵晓菲，她也没事，但是，她父亲，应该是你姨夫吧，听说他……他不在了。"

"呀，这我倒还不知道，只听我妈说打不通他们的电话，哎哟，我得打电话回去问问，走吧走吧。"

望着二人的背影，吴婷觉得有点奇怪。

刘晓宇拿着一瓶矿泉水走过来："吴婷，喝点水吧。"

吴婷笑着说："谢谢。"

刘晓宇说："今天的活动非常成功。"

吴婷说："那是因为大家都有一颗中国心。"

刘晓宇退后一步，再次打量吴婷："吴婷，十多年前在枣阳，你的每一期节目，我几乎全部看过，但是今天晚上的你，比从前任何一期节目中的你都更打动人。"

吴婷的脸微微有些红了。

二十四

在茶坊里,李海从图纸上抬起头来:"这次修改还不错,可以向上报了……咦,怎么最近几次都没看见周兴?"

建国说:"你还不知道?"

"什么事?"

"周兴现在火烧屁股了。"

"怎么了?"

"这次地震,大家发现这不动产动起来能吓死人,周兴的超洋花园二期开不了盘,资金链都绷成一根头发丝了。听说,他现在准备把南山那块地出手。"

李海心念一动:"哦,那他准备卖多少?"

建国惊讶地问:"你想要?"

"那块地本来就是我的。"

"你别自寻烦恼。"

"不,我想趁火打劫。"

……

在澄海置业会议室里,李海与高管们正在开会。

财务总监说:"李总,如果你买了那块地,我们不算紧张的资金链也会跟着紧张起来。"

刘少勇说:"我也觉得应该慎重,未来两三年内,枣阳楼市都无法恢复。"

李海却说:"这我倒不担心,从心理上来说,人对一件事情的关注度,最多只能维持三个月,最迟到八月,人们也会走出地震的阴影。"

刘少勇摇头,其他几个高管都摇头。

李海说:"这样吧,老陈,你收集一下大家的意见,并对118地块进行评估,这块地,我们要还是不要?如果要,什么价位合适,明天下午五点之前,给我评估报告。"

周兴听说这事儿后,问老陈:"李海准备出多少钱?"

老陈回答:"不知道,但是他让我出评估报告。"

"他的资金很充裕?"

"不算,叠峰阁三期尾盘,一分钱现金都没有回笼。"

周兴思考着:"……如果他把118地块接过去,那我的资金就活过来了;老陈,如果你能促成李海原价收购这块地,我算你1%。"

"周总,我记得当时你花了十四亿。"

"对,给你一千四百万!"

老陈难以置信,张开的嘴久久合不上,终于吐出一句话:"拿到这笔钱,我就不干了。"周兴笑了笑:"不,你得继续干下去。这块地会把李海拖得生不如死,半年之内,李海的资金链也会像今天的我一样,出大问题,到那个时候,你我里应外合,拿下澄海!"老陈惊讶道:"周总,这是不是太……太过了一点儿。"周兴恨恨地说:"我等的就是这一天!"

老陈说:"地震的时候,你和李海一直都在合作,我还以为你们已经讲和了。"

周兴冷笑:"地震是地震,我这个人最顾大局,所以把个人恩怨暂时放下,但是我和李海的仇,一辈子都化不了。"

"但经过地震这个事,我觉得李海虽然有性格缺陷,但也不是坏人。"

"不,你不了解他。虽然他现在看上去很清白,但是根上的坏,那是怎么洗刷都洗不干净的。"

"但你想吞并澄海,这事我做不了。"

"不是我想吞并澄海,是我们。"

老陈又是一惊:"周总,你的意思是……"

"如果我拿下了澄海,20%的股份归你。"

老陈看着周兴,难以置信。

周兴拍着老陈的肩膀:"老陈,你打了一辈子的工,也该尝尝当老板的滋味了。"

老陈语无伦次地说:"我……我……"

周兴追问道:"怎么样?老陈,干不干?"

老陈一咬牙:"干!"

在加拿大的一个码头,吴婷、小雅、佩佩等人正在集装箱前核对填单。"等这几天忙完,我们去看看苏珊吧。"吴婷说。佩佩说:"苏珊都不愿意跟我们来往,还去找她。"吴婷说:"这次募捐,苏珊也捐了不少,我怎么都该去说声谢谢。而且,自从那件事后,我一直都放心不下……"

"她连电话都换了,摆明了要跟我们绝交。"

"我还是不想放弃这个朋友。"

另一边,小雅指着面前的箱子高声问:"药品是送哪儿的?"吴婷大声回应:"有红色标签的发到擂鼓镇,蓝色标签的到青城山镇。"小雅一一核对着。

佩佩问:"我这边的这个箱子到哪儿?"吴婷说:"这个到彭州小鱼洞镇。"

小雅说:"吴婷,再帮着核对一下这个箱子。"吴婷迟疑了一下:"这个箱子是发到豫园镇白鹭乡的白鹭村帐篷小学。"

"是指定给那个学校吗?"

"是。"

"收货人赵晓菲?"

"是。"

……

在白鹭村的帐篷小学里,晓菲正在批改着作业。突然,帐篷外传出妞妞欢乐的尖叫声。晓菲走出帐篷,只见李海抱着妞妞,正往上抛着,村长在旁边笑呵呵地看着。晓菲:"今天怎么过来了?"李海放下妞妞:"给你们看样东西。"李海取过包,从里面拿出几张图纸,在帐篷外的桌子上铺开。晓菲和村长凑近看着,是一所小学的规划图。

村长问:"这是什么?"

晓菲惊喜:"是重建的白鹭村小学?"

李海点点头:"春节前,孩子们就有新学校了。"

晓菲高兴地说:"太好了。"

妞妞凑过来:"晓菲妈妈,我也要看。"

晓菲蹲下来:"妞妞,这是教学楼,这是宿舍楼,这是食堂,喜欢吗?"

"喜欢。"

"妞妞现在叫你什么?"李海问道。

"晓菲妈妈。"

"你?"

晓菲点点头,对妞妞说:"去,把图纸给哥哥姐姐都看看。"妞妞高兴地抱着图纸跑开去。

晓菲郑重地说:"我打算收养妞妞。"李海和村长都是一惊。

村长问:"你要干什么?"

晓菲说:"村长,办正式收养手续的时候,还需要你帮我出证明。"村长犹豫着:"晓菲,你一个大姑娘,突然多出一个女儿,人家不知道的人,还以为你……你……"

晓菲笑了笑:"那些不相关的人,我才不在乎他们怎么看呢。"

"可是多一个孩子,那就多一分开销。"

"你放心,我能对妞妞负责。"

"可你带着一个女儿,将来嫁人……人家会不会嫌弃你?或者嫌弃妞妞?"

晓菲看了一眼李海:"你放心,我不会让任何人嫌弃妞妞,大不了,这辈子我就不嫁人。"

村长摇着头:"不行,这事我不能答应。"

晓菲有点着急,拉着村长的袖子:"村长,我也是一个没有妈妈也没有爸爸的孩子，我今年二十九岁，这种痛都难以承受，而妞妞才六岁。地震之后那几天，她每天都是哭着睡着，然后又哭醒……"晓菲的眼泪又下来了。

"慢慢会好的。"

"当我知道爸爸不在的时候，我最渴望的就是能重新有一个家，能再感受到亲人的爱。我知道，妞妞也在这么渴望着，而现在能够给妞妞爱的、最合适的人就是我！村长，你就让我给妞妞一个家吧。"

村长为难地说："晓菲，我也得对你负责啊！"

晓菲哀求着："村长……"

李海看着晓菲，又看了看远处和几个孩子在争相看着图纸的妞妞，神色十分复杂……

在叠峰阁二期工地上，刘少勇、老陈等人陪着李海在工地上检查着。刘少勇说："建委的检验、审查小组是上午离开的，他们一致认为我们可以全面恢复施工。"

李海说："马上跟建筑公司联系，争取明天就能复工。"随后又问老陈："老陈，你的评估报告呢？"

老陈答道："根据118地块的前景以及我们的规划，我觉得十四亿可以考虑。"

刘少勇惊讶地问："这不是周兴当初拿地的价格吗？"

老陈答："是，我估计这个价格，也是周兴唯一愿意接受的价格。"

刘少勇摇头："太高了！现在土地行情萧条，周兴又急着出手，我们最多出到五亿。"

老陈又说："我得到一个非常确切的消息，现在有一家广东开发商，正在跟周兴谈，对方出价已经到十三亿了。"

刘少勇惊讶："十三亿？"

"还有一家北京的开发商，据说也瞄准了这块地，按照这个开发商的一贯风格，估计出手也在十三亿以上。"

"十四亿，太冒险了？"

老陈打断他的话："如果拿下这块地，我们利润在十亿左右。"

李海接过老陈手中的评估报告："都别争了，我考虑一下。"李海阅读着老陈的评估报告。随后，他拿起电话："建国，帮我约一下周兴。"

晚上，在一家雪茄吧，李海、建国、周兴三人各据一方。

周兴倨傲地说："那块地我是有意要转让，但是我不想卖给你。"

建国问："为什么？"

"不为什么。"

建国不解地问："周兴，你都揭不开锅了，还挑三拣四？"周兴冷笑一声。

李海说："周兴，卖给谁是你的自由，不过现在只有我对这块地有兴趣。"

周兴说："那可不一定。我实话告诉你，就今天上午，我接到了三个问询电话。"

建国说："行行，你不卖算了。李海，要不我把我去年那块地转给你，这样我的资金压力就小了。"

周兴说："你那块地，只怕李海看不上，他梦寐以求的就是118地块。"

李海说："你说对了，我就喜欢那块地，所以在资金链紧张的情况下，我还是有意愿出价。"

周兴说："好吧，看着你这么痴情的份儿上，我给你一个机会，不过少了十六亿，我绝不卖！"

建国说："十六亿？周兴，现在国际局势、国内形势不是小坏，是一片大坏！"

李海说："六亿。"

周兴一惊："什么？有人出到十三亿我都没卖！"

李海摇头："的确有两家集团曾经有过这样的意向，不过，就在上周，他们的提议都被董事会否决了。"

周兴愣了一下："他们不买，还有其他人买。"

李海："听说，最近束阳所有的土地拍卖都流拍了。"

周兴沉默片刻："我这块地至少值十六亿，这可是你的原话！"

李海微微一笑："那是2007年，但现在是2008年。"

周兴说："一年跌60%？"

李海说："有人还预测要跌80%呢？"

周兴指着李海，全身颤抖："李海，你这是欺人太甚！"

李海说："我是随行就市！"

周兴说："我不卖了！"拂袖而去。

走到门口，周兴停住，忍了很久，慢慢转身："八亿。"

李海嘴角露出意味深长的微笑："六亿。"

周兴看着李海，牙齿咬紧。李海好整以暇地抿了一口酒。周兴扭头离去。

建国说："海子，我今天才发现，你也够狠。"

李海苦笑了一下："不是我狠，是我也只有这个实力。"

建国说："其实八亿买那块地，也划算。我是没钱，如果有钱，我一定拿下。"

李海摇头："三个月之后，市场一定回暖，花六亿去拿块地，风险还可控，但是如果是八亿，风险就太大了。"

建国说："这地震，让我们的日子雪上加霜啊！"

李海说："会过去的。"

李海笑了笑，抿了口酒，神色有些遥远："建国，你在地震的时候，第一个想的是谁？"

建国想了想，说："我妈。"

李海说："没想你的女朋友和你的前妻们？"

建国说："我妈才是我最亲的人。"李海听后，若有所思。

……

晚上，媛媛在家里哼着歌，兴冲冲地开门，突然，看见沙发上一个黑影。媛媛吓了一跳，摆了一个架势："谁？我警告你，我可是混健身房的。"黑影沉默。媛媛开了灯，见是周兴。

"干吗呀？灯也不开，动也不动，演僵尸啦！"周兴还是沉默。媛媛觉得有点不对劲，上前问："你喝酒了？没我保驾，还喝这么多，你不是找死吗？"周兴不言语，但是却有眼泪从紧闭的双眼滑落："媛媛，我完了！"媛媛吓了一跳："完了是什么意思？"

周兴苦涩地说："我欠了银行六个亿，另外还有高利贷，如果星期五之前，找不到八个亿，我就彻底完了。"

媛媛愣住，想了想："你不是有那么多房子吗？随便卖一套都是几十万呢。"

"要能卖出去，我哪会到这地步呢？"

"可是……可是……"

"我唯一能卖的，就只有一块地。李海算准了我缺钱，只给我六亿！我十四亿买来的地啊！"

"要不你跟他好好说说？"

"李海，这个强盗！十五年前，他抢了我一百万，害我一无所有家破人亡！十五年后，他又想趁火打劫。李海，我要杀了你！"

媛媛连忙拉住周兴："周哥，你别冲动，有话好好说。"

周兴突然号啕大哭起来："我不想回到九三年啊……"

媛媛像母亲一样，将周兴搂在怀里："好，我们不回去……不回去……"

"我不想再去摆摊了！我不要被城管像条狗一样地撵来撵去！……我不要啊！"

媛媛拍着周兴的背，周兴慢慢地平静下来。

他擤了擤鼻子，摸出一张银行卡，放在桌上："媛媛，我身上就这点儿现金了，你走吧。"

"你要赶我走？"

"我养不起你了。"

媛媛看着那张卡，再看看周兴，神色中有一丝感动，她缓缓地说："我不走。"

"我们的合同执行不了了，解约吧。"

"不，我不解约！你给我听好了，九三年那么惨，你都能重新翻起来，这次也一定没问题！"

周兴怔怔地看着媛媛。

"周哥，你一定能撑过去！我还等着你给我买别墅买爱马仕买百达翡丽呢！我知道你不会让我失望的！"

振奋与感动在周兴脸上一闪而过，周兴很快陷入绝望之中："媛媛，这次和九三年不一样，那次，我是被李海坑了；但这次，是整个市场要灭我。"周兴长叹，歪倒在沙发上。媛媛看着周兴，脸上掠过真切的哀伤。

……

在澄海置业会议室，李海与刘少勇、老陈商谈着。

李海问："周兴回话了吗？"

"还没有，"老陈说："李总，周兴喊价八亿，也是千值万值。"

刘少勇说："要我说，这块地还是不要得好。"

李海笑了笑："我对这块地有感情，所以很想拿下，但是如果超过六亿，也只有割爱。"

这时，秘书敲门进来了："李总，有人找你。"

李海问："谁？"媛媛出现在秘书身后……

媛媛对李海说，他二十年前就坑过周兴一次，求他这次帮帮周兴。李海这才恍然大悟，原来当年那张图纸转到了周兴那里，怪不得周兴一直把他当仇人。李海与建国商量，打算就用八个亿买下那块地，拉周兴一把，弥补二十年前对周兴造成的损失。李海与周兴的交易达成后，周兴又怀疑李海另有阴谋，周兴觉得谁都知道这个时候这块地是个包袱，他不懂李海为何要拿下。

在白鹭村帐篷小学的空地上，晓菲带着孩子们正在画画。孩子们眼前是废墟，但白纸上画出的却是未来的学校。晓菲挨个儿查看着，不断点头赞许。这时，汽车声响起。晓菲转过头，只见李海的车远远开来。李海下车，向晓菲挥舞着手中的合同……

凳子上，摆放着晓菲从秀山带回来的泥土。凳子前，摆放着点燃的香与蜡。晓菲展开那份合同："爸爸，你一直觉得对不起李海，现在118号地块又回到了李海手中，你心中的结也应该解开了吧？"

李海说："赵伯伯，你放心吧。我一定不会辜负南山人的厚望，一定会把118号地块打造成中国最美的小区。"

晓菲说："爸爸，你听到了吗？我们南山一定会越来越美。"

李海说："赵伯伯，还有一件事，也请您放心，晓菲以后就交给我了，我会照顾她，保护她，直到我的生命走到尽头。"

晓菲转过头，惊讶地看着李海："你说什么？"

李海说："我要和你在一起，再不分开。"

晓菲又问："什么？"

李海坚定地说："从今以后，无论发生什么事，我都会陪在你身边，照顾你、保护你。我和你，再不分开！"

晓菲泪盈于睫。李海拉起晓菲的手，但晓菲却慢慢抽出。

"你是因为我在地震中失去了父亲，才作出这样的决定？"

"不，我作这个决定不是因为同情。"

"那是为什么？"

李海看着晓菲："地震发生的那一刻，所有人都在往外跑，为什么你反而冲进了澄海置业?"

晓菲低声说:"因为你在里面。"

李海说:"人总要到了生死一线的时候,才明白自己最想要的是什么。"

晓菲深有感触地点点头。

李海问:"那你知道,地震发生的时候,我为什么会被困在办公室吗?"

晓菲摇头:"我不知道。"

"我又折回去拿一样东西。""什么东西比命还重要?"

李海从兜里掏出一样东西,晓菲认出是那个U盘!她的眼睛湿润了。

李海说:"如果没有地震,也许我们就分开了,哪怕内心无法舍弃,但也只能天各一方再不相见,但是地震发生了,在经历了生死考验之后,我们又见面了,那我们就再也不能分开。"

晓菲感动地看着李海。李海伸手,晓菲再次闪躲了。

晓菲问:"吴婷呢?"

李海说:"我来处理。晓菲,相信我,这一次,我不会再像从前那样难以抉择,我非常清楚我应该怎么做。晓菲,你想做妞妞的妈妈,而妞妞也需要一个爸爸,就让我来做这个爸爸吧。"

这次,李海拥晓菲入怀,晓菲没有抗拒。

晓菲与李海手牵手地走回村子。

李海说:"地震发生之后,我就在考虑这件事情,当你决定收养妞妞的时候,我最后下定了决心。"

"但这不是我们两个人的事情。"

"晓菲,此时此刻,就是我们两个人。"

晓菲正要说什么,一辆物流的卡车驶来。村长从驾驶室里探出身子,远远地大呼小叫着:"晓菲,有人给我们学校送东西来了!还是从国外送来的!好多东西啊。"

卡车停下,晓菲、李海迎上去。村长与司机下车。司机问:"谁是赵晓菲?"

晓菲有些意外:"我?"

司机拿出物流单:"收货之后签个字。"晓菲接过物流单仔细地看着。村长带着村民们已经在翻看货箱中的东西。有儿童室外游乐架、课桌,还有给孩子学英文用的道具……

村民们发出阵阵惊呼。李海抬头,想起了什么,他绕到车头,只见晓菲拿着那张单子在发呆。听到李海的脚步,晓菲抬头,举起手中的单子:"这是从加拿大发来的,发货人是吴婷。"

村民们兴高采烈地搬运着物资,孩子们在旁边雀跃欢呼。李海与晓菲在旁边看着。

晓菲叹息一声:"我心里很内疚。吴婷会再次受到伤害。你刚才说的话,可以全部收回。"

"不，刚才那些话，是我深思熟虑的结果。"
"可是吴婷……"
"和你没有关系。"
"我能置身事外吗？"
"晓菲，这次是我作出决定，怎么处理我和吴婷的婚姻，是我和吴婷的事情。跟你没有关系，你明白吗？是我在伤害吴婷，不是你。"
晓菲紧紧咬着嘴唇。
"我现在手上没有多余的资金，三个月之后，南山项目进入回报期，一切上了轨道，我会向吴婷提出离婚，并且所有的财产都留给她。"
"你觉得能补偿她吗？"
"我唯一能做的，只有这些。"
"你是个浑蛋。"
"是。为了你，我甘愿做一个浑蛋。"
晓菲眼泪涌出，紧紧抱住了李海。

在加拿大的海边别墅里，吴婷拨通了黄蓉的电话："黄蓉你好，我是吴婷。"
"哟，是吴姐啊。你最近好吗？身体还不错吧？英子怎么样？成绩还好吗？"
吴婷打断："黄蓉，我有事找你。"
"什么事啊？我正在烧菜，要不待会儿我打给你。"
"我就两句话。最近有朋友跟我说，美国的金融市场波动很大，也会影响到加拿大这边，我手上的那些债券和基金，我想处理一下，麻烦你把我寄存在你那儿的东西还给我。"
"你说什么？"
"你看你什么时候方便，我自己开车过来拿？"
"拿什么呀？"
"拿我的那些东西啊。"
"在我这里吗？"
"黄蓉，你忘了吗？就是地震的时候，我准备回中国，走的时候交给卫东保管的，当时是你接过去的，是一个信封。"
"吴姐，你记错了吧，我记得你当时只是让我帮忙照看一下英子，没有什么信封啊。吴姐，那会儿你又慌又着急，完全有可能记错。对了，我记得你交了好几包东西给刘律师，你是不是把那个什么信封交给他了？"
吴婷握着电话，呆住。过了一会儿，她又拨通了卫东的电话，说明了事情的原委。
卫东说："应该是黄蓉记错了吧！"
"卫东，你这么说，我就放心了，我是记得我把信封给你，你不接，然后黄蓉接过去了。但是黄蓉说得那么肯定，我还真怀疑我是不是记混了，所以赶着来问问你。"

"黄蓉一定是记糊涂了。吴姐，你放心，那信封一定还在我家，我下班就去找，找到了今晚我亲自给你送去。"

"那就麻烦你了。"

"应该的。"

卫东回到家后，质问黄蓉此事。

黄蓉十分肯定地回答道："没这回事。"

"不可能。你说我一个人记错了，我承认有可能，但怎么可能我和吴姐两个人都记错了呢？"

"冯卫东，你是相信你老婆，还是相信外人？"

"我相信我自己！"

"懒得跟你说。"黄蓉准备去厨房。卫东一把拉住她："黄蓉，吴姐的东西在哪儿？"

"没有！没有！没有！"

"你跟我说老实话，这到底是怎么回事？"

黄蓉甩开卫东的手，卫东再次抓住她："黄蓉，你给你说清楚！"

黄蓉低下头，无奈地说："吴姐的钱，我……我挪用了一部分。"

"你挪用来做什么？"

"拿去看牙医了！"

"多少钱？"

"四千一百五十元。"

"还好，只有四千多元，我明天去申请贷款，咱们把钱补上，赶紧给人家还回去。"

"我挪用的不止这些。"

卫东睁大眼睛："还有？"

"我给我妈汇了五万去。"

"五万？加币？"

黄蓉点头："她看上了一套二手房。"

"你怎么能这样？"

"那我还能怎样？我要不给钱，我妈和我爸就要去住桥洞！他们把我养大容易吗？辛苦了一辈子，老了还住桥洞，我这个做女儿的也太不孝了吧！"

卫东想了想："吴姐的账户上没有那么多现金。"

"我……我……卖了一些她的股票。"

"你怎么能随便动吴姐的股票？"

"前两天，不是一直在跌嘛，我想着过两天再低价买回来，不就神不知鬼不觉吗？谁知道，这两天，那股票还噌噌噌地往上涨了……"

"那这来回的亏空账可就不是五万了！"

"我怎么知道呢？"

"黄蓉啊黄蓉，你怎么那么糊涂？你要真想给你爸妈买房子，可以把我们这房子卖了呀！"

"不，我们这房子绝不能卖！"

"我们这房子必须得卖！"

"为什么？"

"你把人家吴姐的钱弄了那么大一个窟窿，不卖房子，我们怎么还？"

"其实这些钱，对我们来说是个大数目，但是对吴婷来说算什么呢？她老公是亿万富翁，她自己名下，也有那么多资产……"

"人家钱再多也是人家的，不是我们的！"

卫东瞪着黄蓉，黄蓉低下了头。卫东起身，拿起电话。黄蓉赶忙问："你要干吗？"

"我给薇薇安打电话，让她帮我们把这房子卖了！"

黄蓉抢过电话："不行！"

"我们没有别的办法了。"

"卫东，你傻呀，吴婷交给我们的那些东西，有些是不记名的，只要我们咬死了是我们的，她拿我们一点办法都没有！"

卫东吃惊地看着黄蓉："你竟然这样想？"

"反正拿一分也是拿，拿十万也是拿！干脆我们就狠个心，这房子的管道也该换了，地板也该修了，小宝也该换个好点的学校……"

"你给我闭嘴！黄蓉，你知不知道你在做什么？你这是在做贼！"

黄蓉声音更大："我是贼，你也好不了哪儿去？你是贼的老公，你儿子就是贼儿子！""啪！"卫东给了黄蓉一个耳光。两个人都惊呆了。黄蓉一头撞倒在卫东怀里，哭叫着："你打我！你竟然敢打我！有种你打死我啊！冯卫东，你今天不打死我，你不是男人！"卫东招架不住，连连后退，最后退到墙边，黄蓉挥舞着手，指甲在卫东脸上划出血痕，卫东被迫抵挡，一手却将黄蓉推倒在地。

黄蓉就势一屁股坐在地上，拍着地板："我作了什么孽啊！我的命咋这么苦啊！嫁个男人没吃没穿，我为他打算，他还骂我是贼啊！"卫东一跺脚，转身出门。黄蓉一口唾沫吐过去："滚！你给我滚！有本事你永远都别回来！最好就让吴婷收留你！"

晚上，卫东来到了吴婷家。

他狼狈不堪，一脸羞愧地说："吴姐，对不起。答应你的事，我……我没办到。"

"黄蓉怎么说？"

"我……我没法说服她。不过，吴姐，你放心，我会继续跟她谈的。我保证你的东西，一定一分不少地给你还回来，只是，只是……请你多给我一点时间。"

"这倒不着急。"

"吴姐，对不起。"

卫东鞠躬，然后转身离去。吴婷有些担忧地看着卫东的背影……

刘晓宇听说此事后，惊讶地问吴婷："什么？她不准备退还给你？"

吴婷点头："如果黄蓉真的想赖掉，晓宇，你能不能为我作证，证明那些东西我的确是亲手交给了黄蓉。"

刘晓宇想了想："你们在交接这些东西的时候，我在另外一边打电话，不算亲见，所以我不能为你作证。不过，黄蓉也太小看加拿大的法律了。就算她钻了空子，将那些钱据为己有，但是我们仍然可以动用法律手段追回这些财产，甚至还可以以欺诈罪起诉她！"

吴婷吓了一跳："起诉？"

"是，罪名成立，她至少会面临三年拘禁的处罚。"

吴婷思考着。

"要不要现在启动？"

"暂时还是不要吧，卫东说他会去说服黄蓉的，给他们一个机会吧。"

"万一卫东说服不了黄蓉呢？如果要进入法律程序，我们现在就要开始取证。"

吴婷想了想："还是算了吧。那笔钱也不多，也就几万块。黄蓉和卫东一直都很拮据，如果能帮到他们，也算用对了地方。大不了，我以后再不跟他们来往。"

"吴婷你怎么能那么善良？"

"不过就是损失些金钱吧。"

"对了，我这边还有东西要交还给你。"

刘晓宇转身，从文件柜取出一个信封："你既然平安回来了，这些东西就完璧归赵吧。"

吴婷将那个信封推回去："晓宇，今天我来，除了刚才那件事，其实还有另外一件事。我和李海商量过了，我们正式聘请你为我们在加拿大的律师，所以这些东西还是交给你打理最好。"

刘晓宇一怔："那我谢谢你们全家对我的信任。"

"你早就是我们全家最好的朋友了。"

……

卫东胡子拉碴，疲惫又狼狈地回到了家，而黄蓉板着脸，脸色铁青。

卫东说："黄蓉，吴姐的钱，我们无论如何也要还。"

"你要还你还。"

"先把房子卖了吧，我们以后还有机会买房子。"

"谁也别想动我的房子！"

"黄蓉！"

"怎么？你还想打我？来呀！这么多人看着，只要你敢动我一手指头，我立马报警，告你家庭暴力，让警察把你抓起来。"

卫东努力克制自己："黄蓉，吴姐完全可以上法庭告我们！"

"她没有证据！"

"我可以帮她作证。"

黄蓉瞪着卫东："你敢？冯卫东，你翅膀真是长硬了！前天敢打我的耳光，今天又威胁要告我。你还当我是你老婆吗？"

卫东叹息一声，"啪！"重重地给了自己一个耳光。黄蓉愣了一下。"啪！"卫东又给了自己一个耳光！黄蓉看着卫东。"啪！"卫东给了自己第三个耳光！

黄蓉怨恨地说："我嫁给你这么多年，吃苦受累，还为你们冯家生了儿子，永远都不够！"

"自从跟了我，你没过几天舒心日子，我心里也很愧疚。但是，黄蓉，我们不能因为穷，就去拿人家东西啊！"

"我没拿！"

"黄蓉，如果你一定要这样的话，那我跟你没法过下去了。"

"你什么意思？"

"我就直说了吧，黄蓉，你身上有很多毛病，我都可以忍，但是唯独这件事是原则问题，我不能忍！"

黄蓉突然笑了："冯卫东，你如果想跟我离婚，我绝对奉陪到底！你搞清楚，这是在加拿大！女人最不怕的就是离婚！"

卫东吞口唾沫，想说什么又忍了！

"你还真提醒我了，离了婚之后，房子是我的，小宝和我的赡养费你一分都不能少，我过得只有比现在轻松。好啊，离就离，谁怕谁啊！"

"我们……我们也不是一定要走这一步。"

"不！离就离！谁怕谁啊？谁不离，谁是孙子！"黄蓉站起来："我这就找律师去！"随后起身离去。

卫东呆呆地坐着，突然，卫东站起来，将咖啡桌掀倒在地："我怎么了？我也想知道我怎么了？我在中国活得好好的，老婆贤惠儿子聪明，我出差都是坐头等舱，我到底是被什么鬼迷了心窍跑到这里来？"他蹲下去，抱着头，号啕大哭。

在澄海置业的办公室里，李海正在听取老陈与营销总监老蒋的汇报："从报表上可以看出，这几个月的成交量在慢慢放大。"

李海点头："不错，照这个势头下去，我们的资金压力应该越来越小。"

突然，走廊外传来一阵急促的脚步声，刘少勇没有敲门就闯了进来，他神色十分慌张："李总！"

老陈失色："又地震啦？"

刘少勇将一份报纸放到李海面前，标题是"雷曼兄弟公司宣布破产 全球金融危机再次升级"。

李海脸色大变。

老陈不解："这外国公司破产，你们怎么那么着急？"

李海命令道："召集所有高管，马上召开紧急会议。"

会议上，李海说："我担心这次金融危机可能会让已经收紧的银根更加紧缩。"

老陈露出恍然大悟的神情。

财务总监惊呼："那可不行。我们内在造血功能已经出问题了，还指望输血救命呢！如果银根紧缩，那不等于把输血的管子给掐断了！"

李海转向营销总监老蒋："如果不靠输血，靠自己造血呢？"

老蒋为难地说："如果没有地震，没有金融危机，一点儿问题都没有，但是……"

刘少勇说："澄海置业现在花钱的地方还不少，南山一经启动就不能停下，叠峰阁二期要收尾，四期要实现正负零，都指望三期能够回款。"

营销总监说："我插一句，四期必须按时实现正负零，不然我没房子卖，就更没法回笼资金了。"

李海说："这样吧，四期实现正负零的事情，请刘总再和建筑公司沟通，看能不能找到解决方案；银行贷款那边，我来做工作。大家也都回去想想，还有什么办法能帮助公司渡过危机。另外，今天会议的内容，请大家一定要严格保密，如果泄露出去，我一定会追查到底。"

众人点头。

李海说："散会。"众人起身离开会议室。

李海收拾着桌面，财务总监挨过来："李总，有件事，我刚才没说，怕影响大家的情绪……我们有一笔银行贷款快到期了。"李海眼神骤然一紧："什么时候？"

"年底。"

李海愣住。

财务总监说："这才是真正要命的！"

李海慢慢地坐下，神色十分严峻……

在茶楼包间里，周兴听说了此事后，说："李海已经疯了！"

老陈说："我也有这个感觉。"

"他以为他在拯救中国楼市？哼，他在自掘坟墓。"

"他现在至少有两千万的资金缺口，周总，我们可以出手了。"

周兴摇头："不，两千万对李海来说，还不算什么。"

"那你还要等到什么时候？"

"他现在只是在悬崖边上，我要等到他摇摇欲坠。那个时候，不管我伸出什么，他都会紧紧抓住。"

……

在帐篷小学外，晓菲正晾晒着衣服。村长的声音响起："晓菲，重建办公室派人来了解情况了？"晓菲撩开衣服看，愣住了。在村长的陪同下，走过来的工作人员竟然是马林。两人互相凝望着，一时眼睛都有些湿润了。马林张开双臂，晓菲与马林紧紧拥抱。

马林与晓菲席地而坐。

马林说:"本来我负责另外的工作,但是看到白鹭村登记的志愿者叫赵晓菲,我就主动把这事接过来了,没想到,果然是你。"

"你怎么也做了志愿者?"

"十二号我就进灾区了。先到了其他灾区,你呢?"

"我去了秀山,五月底到了这里。"

"我一直以为你去深圳了。"

"地震发生后……出了一些事,我就没走。"

"你我都很优秀。"

晓菲笑了笑:"你还是没变。对了,你的公司呢?"

马林笑了:"地震发生后,公司的事儿就搁下了。不过,等这学校开始修了,我还是要回去开我的公司。"

"等学校修好,专业的老师就位,我也该离开了。"

"赵伯伯还好吗?"

晓菲轻轻叹息一声,她取过身后的那个装满泥土的包袱,小心地抱在胸前。

马林惊讶:"晓菲,这是?"

"地震发生的时候,我爸正好在秀山。"

"赵伯伯他……"

"直到现在,我也不知道他在哪儿。我只能在最后有人看见他的地方,取了一包泥土……没有一句话,没有一样物件,爸爸唯一留给我的,只有这包泥土……"晓菲轻轻抚摸着那包泥土,泪盈于睫。

"晓菲,你别伤心。"

"爸爸再也不会回来了。"

"虽然赵伯伯不会回来了,但是他并没有走远,他只是在某个地方等着你。"

"真的?"

"是,迟早有一天,我们都会去那个地方,你和赵伯伯也会再相见。"

晓菲咀嚼着马林的话。

"在这段暂时不能相见的日子里,你一定要快乐,要保重自己,当你再见到赵伯伯的时候,他才会因为你健康成熟而欣慰。"

晓菲望着马林:"谢谢你,你总能让我豁然开朗。"

马林笑了笑:"你没发现,在你的生活中,我总是扮演这样的角色吗?"

晓菲也笑了。马林注视着晓菲的笑脸,有些沉迷。

"你今天过来,一定有事吧?"

"差点忘了。"马林在地上铺开一张简易的地图:"地震发生前,这里、这里还有这里,分别有三个村小,这次灾后重建,准备把这三个村小合并成一个中心校。我这次来,主要征求各村的意见,看重建的中心校在哪里选址更合适……"

天色已晚,马林要离开了,晓菲相送。

马林欲说还休："晓菲，你还记得吗？在地震之前，我们有一个约定。"

"是关于你的公司？"

马林摇头："算了，等正事忙完，再跟你算账。"

晓菲有些莫名其妙："好吧。"

"需要朋友的时候，给我打电话。"

"好。"

马林转身，大步离开，背对着晓菲挥着手，丢下一句话："需要男朋友的时候，也给我打电话。"

晓菲失笑。背对晓菲的马林，脸上有一丝甜蜜。

二十五

柬阳市商业银行的大厅里，人声嘈杂，几个人拦住值班经理吼着："你们不给贷款，我们就住在这儿！"金融危机之后，许多房地产业资金链断裂，昔日风光无限的地产商们挺不住了。李海扫了一眼忙乱的人群，急匆匆迈进电梯，直奔银行二楼的信贷办公室。

李海一把推开信贷办公室的门："刘英，我今天是来向你求助的。"正在埋头看文件的刘英抬了一下眼："你别说了，我知道你为什么而来，但是我帮不了你。"李海双手按在宽大的办公桌上，探身问："为什么？"刘英指了指玻璃隔墙："你进来的时候，有没有看到走廊上挤满了人？都是来申请贷款的。其中最长的，已经等了两个月了，最短的也等了三天。"李海心里有数，多米诺骨牌倒下的一刻肯定不只是自己那一张，但是天无绝人之路，他要奋力抓住任何一根稻草，他咬了咬牙盯着刘英说："刘英，我知道你现在也很难，但是这次你必须帮我，不然，我就要没命了。"刘英站起身，倒了杯水递给他："我私人可以借个十万二十万给你，但是如果你想从我们银行借钱，真的没办法。现在到处都在严格控制信贷规模，哪家银行都没用。"李海脸色凝重进一步解释道："我不瞒你，澄海置业现在已经非常危急了，公司所有的流动资金都已经消耗殆尽，而前面一笔银行贷款又马上到期，如果到时还不出钱来，后果不堪设想。"

近日来已被各路人马纠缠得筋疲力尽的刘英，本来只想麻木地回绝他，但此时好友吴婷笑眯眯的身影浮现在了眼前，她摇了摇头，语气和缓下来："别急！先坐下来喝口水，想想办法，你那么多已经封顶的楼盘，降价卖了吧！""我已经降了15%了，但是没用，你知道的，所有的购房者都是买涨不买跌。"刘英皱了皱眉，这的确很棘手："跟朋友借一下呢？不然就卖掉一部分公司资产啊。"

李海搓着手苦笑道："一时半会儿的，你让我到哪儿去找买家？而且山穷水尽时变卖资产，一般都会遭遇趁火打劫。"刘英在房间里踱起了步子："你有没有跟私募基金接触过？""有，下午我还要见一家。但是对房地产的未来走势，他们也很茫然，不敢出手。"刘英无奈地拍了拍他："那我的确想不出来还能有什么办法帮到你。"

李海苦笑着站起身："谢谢你了，刘英。能再请你帮个忙吗？"刘英有些尴尬地回道："不好意思。只要我能办到的，都没问题。"李海低声说："这些事，请你千万别告诉吴婷。她也帮不了忙，知道了，反而徒生烦恼。"刘英低头沉吟："你对吴婷真好。"

李海勉强笑了笑，脸上的肌肉抽搐了一下。

李海走出刘英的办公室，走廊两边挤满了人，都是一脸焦灼。李海听不到两边混杂的人声，银行走廊如此漫长，他硬着头皮穿身而过，竭力维持着平静。

终于走出银行大楼，李海取出电话，颤抖地拨着号码："建国，我是海子，有些事想跟你见个面聊一下……"

加拿大魁北克省北部的一片别墅区，被漫长的北极之夜笼罩着，小区内一片冷寂，只有从窗口透出的橘黄色灯光，在漫无边际的黑夜中传递着温暖。在其中一幢别墅里，娜娜正在写着作业，突然，"咔哒"一声，房间霎时陷入了黑暗。"Shit！"娜娜骂了一句，然后从床上抓起一条被子，披到身上，刚躺下，房间又亮了，她继续写着，写了两笔，电又停了。娜娜高声喊着："黄姐，我作业还没做完呢？再缓两分钟吧？"黄蓉的声音传来："你白天为什么不抓紧时间做作业？"娜娜提高了音量："求求你，再给两分钟！""一分钟都不给，规矩不能坏！"娜娜气郁地扔了笔，上床躺下。

束阳市郊的一个农家乐小院里，李海坐在圆桌旁，藤架下凉风习习，一杯茶水呲呲冒着热气，几片茶叶上下翻腾舒卷等待着识香的主人。

一辆破旧的小车开来，李海吃惊地发现，下车的竟然是戴着墨镜的建国。建国慌慌张张地前后望着。李海连忙起身走到院门口招呼道："怎么开了这么一辆破车？有特务跟踪你？老朋友见面，还搞得跟地下党接头一样。"

建国取下墨镜："我现在自己的车也不敢开，常去的地方也不敢去，成天过着隐姓埋名东躲西藏的日子，跟地下党也差不了多远了。""怎么了？""还不是那几个债主。不就一千多万吗？可他们盯我那劲头，就跟我欠他们一个亿一样！"

李海拉他坐下，把茶杯往他面前推了推："别着急！先喝口水。你不是去年收缩了几个项目吗？怎么也缺钱？"建国一听不由得自嘲道："这年头，稍微有头有脸的人谁不缺钱啊？说句不好听的，没个上千万的外债，出门都不好意思跟人打招呼。不过，我们身边还真有人不缺钱。"李海瞄了他一眼："谁？""周兴啊！他现在手上捏着现金，到处看人笑话呢。"建国抿了口茶，摇头晃脑地唱了起来："李海的恩情啊，比那东海深……"有时候，再风高浪大的窘境，遇到老朋友就立马被打回了原形，压力暂时被抛到了九霄云外。李海看他那样儿也不由得笑了笑："那你怎么办？""凉拌！先拖着呗。唉，钱到用时方恨少啊……对了，最近大家都在疯了一样的到处找钱，怎么不见你动静？你不缺钱？"

李海不死心，心想老朋友多少也能救救急，于是不再藏着掖着，直奔主题：

"我现在有一个多亿的缺口……"还没等他说完,建国就竖起大拇指:"海子,还是你行!欠债都比我们欠得有气魄!你打算怎么办?""我不知道,银行贷款是不可能的,我还是想找你借钱……"建国一听连忙摆手打断了他的话:"千万别找我,我现在家徒四壁,能抵押的都抵押了,连喜儿都没有了!"

李海叹了口气:"我知道。但如果我在十二月初还不出一个亿的贷款,我就全完了!"建国倒抽一口冷气:"你已经紧到这地步?"李海点点头。

建国略一思索,随即一咬牙:"我还有五百万,这事谁都不知道,要不你先拿去用?"李海十分感动,心想这个老朋友真没白交,够哥们儿!心下竖起了大拇指!但这点儿钱相对于一个多亿的亏空实在是有点杯水车薪,还是让他自己留着救命吧。

建国一扬脑袋:"我可以再撑两个月。你先拿去用!"李海摆了摆手:"五百万也救不了我。"

建国挠头想了想,出了个主意:"要不你跟周兴谈谈,他有钱,你有地,你们可以合作。"

李海沉吟片刻:"你觉得周兴会愿意跟我合作吗?"

建国眨了眨眼提醒他:"你不才救了他的命吗?他应该感恩啊!"

加拿大,黄蓉住处门口,冬夜,雪花静静飘落,院子里的草坪上已经积了厚厚一层白雪。

娜娜醒了,取过床头的手机,看看时间,凌晨三点。她吸着气,缩进被窝蜷成一团,翻过来又翻过去,还是睡不着。娜娜再次取过手机,测试着室内的温度,已经在零度以下。她气得翻身而起,披上毯子,跑到二层小楼的门口拍着门。房间里的灯亮了,传来黄蓉睡眼惺忪的声音:"谁啊?什么事啊?""我是娜娜!开门!快开门!"黄蓉把门打开,娜娜迅捷地冲了进去,跨入门厅,扭开了暖气开关,暖气一下轰鸣起来,同时娜娜也把用电开关打开了。

刚刚反应过来的黄蓉指着娜娜厉声说道:"你干什么你?"娜娜跺着脚:"我都快被冻死了!""嫌冷,你多盖两床被子呀!""这么大的雪,盖被子能保暖吗?"黄蓉扭了一下身子,阴阳怪气:"哟,大小姐,你在枣阳十多年,冬天没暖气也没见你冻死呢!"娜娜拿出手机晃了晃:"你自己看看现在几度?你还把暖气关掉,你这是谋杀!"黄蓉依旧不依不饶:"暖气不要钱啊?你给了多少房租,还想二十四小时供应暖气!""政府有规定,冬天必须开暖气!""那你找政府给你包食宿去,别在我这儿赖着。"

黄蓉一边说着,一边气哼哼地关了暖气。娜娜也不示弱,一把推开她,又把暖气打开。黄蓉气得更加用力推了娜娜一把:"我才是这儿的房东!我说了算!"两人就在暖气开关前拉扯了起来。

黄蓉一发力,将娜娜推倒在地,娜娜的头撞在了墙上。娜娜一下哭了,爬起来,抓起电话:"警察局吗?我要报警,我被人打了……"黄蓉惊叫:"不准报警！"

黄蓉扑过来，两人争抢着电话，娜娜对着话筒尖叫着："救命啊！救命啊……"黄蓉终于抢过电话，娜娜又着急地抢回，两人扭打起来。

小宝穿着厚厚的睡衣懵懵懂懂地走出自己的房间，看到这一幕，吓得哇哇大哭。

"丁零零，丁零零"此刻，位于加拿大海边的一幢别墅里，正在熟睡当中的吴婷突然被电话铃惊醒，她连忙抓起电话问："喂？"电话里传来一个女声："请问你是吴婷女士吗？"

"我是。""请问你是周娜娜在加拿大的紧急联系人吗？"吴婷睡意全无："娜娜出什么事了？"

同一时刻，卫东的临时住处内，手机响起，正在休息的卫东跑过去抓起手机："Hello……What？"手机另一头的话语却让卫东吓得脸色大变。

这时，娜娜正坐在自己房间的小床边，低声啜泣着，一个女警和一起的房客在旁边安慰着。

吴婷带着英子急匆匆走进，她俩焦急地大喊着："娜娜！娜娜！"

娜娜听到这熟悉的声音，仿佛见到了亲人，立即跑出来，一下子扑到吴婷怀里："吴阿姨——"

吴婷拥抱着她，轻轻拍着她的后背，安抚道："没事了，没事了。"

吴婷打量四周，房间的狭小让吴婷皱眉。英子拉着娜娜的手说："娜娜，你到我们家去住几天吧。你不用担心上学远，我妈可以送你。"娜娜忙不迭地说："谢谢吴阿姨！谢谢英子！"

吴婷转身问女警："我可以把她带走吗？"女警点点头："如果她愿意，没有问题，不过明天上午十点，她需要到警局来一趟。"

娜娜点头。吴婷指了指黄蓉问："那海伦呢？"女警温和地回道："我的同事正在询问她。"

吴婷带着娜娜走出来，正要上车，卫东坐着一辆出租车赶到了。

卫东跳下车打着招呼："娜娜！"娜娜只是看了他一眼，转身上车。突然卫东看到了吴婷，十分惊讶："吴姐？你怎么在这儿？"吴婷懒得搭理他："有什么事，明天再说吧。"说完，启动了车子，卫东连忙走进家门。

客厅内，黄蓉正在跟警察争执。

警察正色问道："车库改出租房，报市政厅批准了吗？"黄蓉固执地坚持着："我自己花钱买的房子，我想怎么改就怎么改！""我在来的路上查阅了你的档案，你曾经涉嫌虐待孩子。"黄蓉甩着脸用中文说道："那是你们加拿大人多管闲事！"警察也急了："搬到这里来，你又非法出租房屋牟利，还涉嫌伤害他人身体！"黄蓉尖叫着："没有！我们没有伤害她！我们只是争吵了一下！""你非法出租还不给租房客提供暖气，这不是伤害他人身体吗？你知道现在户外是多少度吗？零下二度！你还阻挠他人报警，耽误了我们出警的时间，要不是我们锁定了电话的方位，还找不到这里来呢！"

卫东走进屋，连声道歉："警官，对不起，对不起！误会！误会！"警察板着脸："这不是什么误会，这是非常严重的案件。"

卫东转头问黄蓉："我看见吴婷带走了娜娜，她们认识？"黄蓉点点头："是英子把她带来租的我们的房子，据说周娜娜她妈和吴婷是同学。"卫东松了一口气："这就好办了。"

卫东转向警察："警官，刚才带走周娜娜的吴婷是我们的好朋友，娜娜是吴婷的女儿英子的朋友。这是朋友之间的矛盾，我们明天自己解决吧！"警官耸了耸肩："不行！周娜娜已经报案了，我们已经出警了，明天上午十点到警局！"

他递了一张单子给卫东，然后招呼其他警察："收队！"

警察们呼啦啦地出去了。

吴婷手握方向盘一路疾驶，娜娜和英子坐在后座上，不停地聊着，娜娜诉说着："黄蓉说，上了床盖上被子，一觉就到天明，没必要用暖气。所以每天一到十一点，暖气就关上了。"英子一听就急了："那没法过啊！你们这边的雪比我们那边还大得多。""黄蓉说，加床被子就可以了。"英子攥着拳头："你为什么不打911呢？你应该早报警的。"娜娜无奈地解释道："我怕报了警之后，找不到这么便宜的房子了。"

正专注驾驶的吴婷责怪着："娜娜，你为什么不早跟我说呢？"娜娜怯声回道："阿姨，我怕给你添麻烦。"吴婷心痛地提高了嗓音："你要冻出病来，我怎么跟你妈交代？"

警察一一撤走了，别墅区恢复了先前的平静。房间里只剩下卫东与黄蓉。卫东恨铁不成钢地斥责着："黄蓉啊，你怎么还不反省？这里是加拿大！你打自己的孩子都不行，你还敢和租房客干架？"

黄蓉嘴硬道："我没有打她，我只是推了她一下，而且是她先推我的！""那关暖气这事呢？"

黄蓉不以为然："这能是多大的事？"卫东急得跺脚："去年有个案子，一中国移民冻死了自己的宠物狗，被判坐牢两年罚款六万块。"一听钱，黄蓉愣住了："真的？"卫东起身打开电脑："你自己就可以查！"黄蓉慌了："那这些警察会把我怎么样？""判刑。"

黄蓉六神无主地看着电脑上冰冷的窗口，她有些害怕了，在这人生地不熟的地方，自己的语言又不畅通流利，一旦遇上官司，有理说不清啊！她责怪起来："你怎么不早说？"卫东气恼地回道："你一向偏执，一条道走到黑，你有听过我的话吗？"黄蓉委屈地抹了把眼泪："我还不是想省几个钱，还不是为你，为这个家！"卫东正在气头上，话也拦不住："你省钱省出这个结果了！你满意了吧？"黄蓉撒起泼来："那就让警察把我抓起来吧，最好把我脑袋砍了，那样你就彻底解放了！你正好另外找一个又会花钱又不给你丢人的新老婆！"

卫东突然心软下来，拍拍她："你在说什么呀？"黄蓉的性格就是吃软不吃硬，这一拍让她一口气一下子吐了出来，嗔怪道："这不就是你心里想的吗？"卫东被激火了："我要是这么想的，我会这么慌张地赶过来吗？一听说你出事了，我急得连袜子都没顾上穿！"

黄蓉这才注意到，卫东光脚穿着一双鞋。卫东大声说："黄蓉，我怎么对你，你难道还不知道？"黄蓉有点下不来台，她索性大哭起来："我要坐牢了！我要被撵回国去了！小宝就要没有妈了！"卫东叹息一声，上前将黄蓉搂在怀里："不会的，有我呢。你放心吧，我一定会想办法救你的。"黄蓉呜呜地哭着，将眼泪鼻涕全擦在卫东胸前。

卧室里，小宝睡得酣酣的。客厅里，卫东一边劝着黄蓉，一边在心里筹划着下一步怎么帮她摆脱困局。

柬阳市新经济开发区，新起的楼盘鳞次栉比，在叠峰阁二期的小区，大门口悬挂着大红横幅："亲爱的业主，欢迎你回家！"

业主们三三两两地走进大门，保安制服笔挺的迎接着，指引着大家走向物业服务管理大厅。张俐、谢伟抱着刚出生的孩子也在其中，业主们排着队，登记着，物管工作人员发放着钥匙。

李海在旁边默默地看着，张俐与谢伟收了钥匙，来到李海面前笑着打招呼："李总，你那么忙，怎么今天也来了？"李海笑呵呵地回应："我每修一幢房子，最高兴的一刻就是看着你们满意地走进新家，所以我绝对不会错过今天。"谢伟开心地说："李总，真的很谢谢你啊！"李海拱了拱手："希望你们喜欢自己的新家。"谢伟举起手中的娃娃："儿子，我们去看新家了！我们住新房子了！"谢伟和张俐欢天喜地地离去，李海微笑着目送他们。

财务总监走过来，递给李海一张纸条，上面写着：43。

李海有一丝不祥的预感，回过头问："这是什么意思？"财务总监压低声音说："这是公司账上现在的余额。"这时，财务总监又给了李海一张纸条，上面的数字是20000000，"这是四期要实现正负零，需要的资金。"随后，第三张纸条又递过来：40000000。财务总监在他耳边低语着："这是我们早就应该付出去的拖欠各方的欠款。"接着，财务总监又递过一张纸条：100000000。

李海浑身的汗毛立了起来，紧张地问："这又是什么？""这是那笔马上到期的银行贷款！"李海把那四张纸条紧紧攥在手里："你知道我最羡慕的人是谁吗？"财务总监想了想，回道："没有银行贷款的人。"李海摇头："不，是他们。"李海指着张俐与谢伟的背影，由衷地说："他们的幸福，才是真的幸福。"

澄海置业会议室内，所有高管齐聚一堂，气氛十分沉郁。

大家都看着李海，而李海紧紧盯着眼前的四张纸条。

李海抬头扫了一眼这些跟自己奋战至今的老部下："上次会议结束后，给大家布置了工作，请大家都想一想，有没有什么好办法渡过眼前的难关，怎么样，大家有思路了吗？"

所有人低下头去。李海摇了摇头，开始点兵："老蒋。"营销总监老蒋无奈地抬头："上次开会之后，征得李总的同意，我们把叠峰阁二期的车库降价清盘，应该回笼了一些资金。"

财务总监："你挣的那点碎银子，连塞牙缝都不够。"

营销总监："四期不实现正负零，我根本就没房子卖啊。"

工程总监："你钱都没回来，四期拿什么实现正负零？"

刘少勇观察到李海的脸色越来越暗，便站起身："大家不要吵，今天会议的主题是想办法。"营销总监委屈地说："大家不要老盯着我呀。"李海突然问了一句："你们谁知道马林现在在做什么？"公关总监推了推眼镜："听说地震的第二天，马林就去灾区当志愿者了，现在都还没有回来。"李海点头。刘少勇疑惑地开口道："李总，我们现在怎么办？"李海笑了："大家还是把手上的工作继续往前推进吧。会有办法的。"财务总监欲言又止："李总……"李海摆摆手："下来再说。"

老陈看着李海，眼神闪烁。

办公室内，财务总监正在忙碌，老陈敲敲门。财务总监立即起身招呼着："陈总。"老陈连忙指着椅子："坐，坐，别客气。"财务总监坐下，表情郁闷。老陈深明其因："我有个感觉，公司的状况比我们知道的要糟糕得多。"财务总监叹息一声。老陈关切地说："你跟我说老实话，公司现在的缺口究竟有多少？"财务总监："陈总，我不能说。""为什么？难道你还不信任我？我可是公司的元老，几起几落，都还是公司的二把手。"财务总监一副为难的样子："陈总，我不是不信任你，我是怕吓着你。"老陈："那你更得跟我说了。"财务总监沉默。

老陈叹息一声："李总是个好人，什么都自己一个人扛了，我这个做副手的，不能为他分担，心里着急啊……"语毕，站起来，准备离身。财务总监叫住他："陈总，我跟你说了，但是你一定要保密。""当然。"财务总监戳着食指："一亿六千万！"老陈动容。

李海一个人独坐在澄海置业会议室，眼前放着财务总监给他的几张纸条，内心正翻江倒海。良久，他拨通了电话："建国，能不能帮我联系一下周兴？"

茶馆包间内，忽明忽暗的光线中，周兴和老陈正在品着碧螺春，老陈谄媚地首先开了口："李海的资金链已经断了。"周兴抬了抬眼角："确定？"老陈点了点头："按照原来的规划，叠峰阁四期应该在六月实现正负零，然后开始销售，并在七月回笼资金一个亿，然后再滚着走下去。但是直到今天，叠峰阁四期都没有实现正负零。"周兴嘿嘿一笑："那他还有没有其他资产？""四期、五期的土地已经抵押出去了，他手上本来还有澄海置业的办公大楼，但是上个月他已经抵押出去了，用来启动南山项目。"周兴从鼻子里哼了一声："一共多少缺口？"老陈和盘托出："欠的工程款，加上四期实现正负零需要的四千万，加银行贷款，李海一共有一亿六千万的缺口。"又连忙添了一句："现在是你进场的最好机会。"

周兴思考着。

老陈抿了一口茶问:"周总,要不要我来联系一下李海,你们谈谈?"周兴摇头:"不用,李海自己已经送上门来了。""他主动找你?"周兴提起茶壶给他添了些茶水:"他让林建国来找我,我让他明天到我公司来。你把澄海现在所有的资产清单给我一份。"老陈饮了一大口水:"你这是准备?"周兴握紧拳头在茶桌上撑了一下:"我要把他给我的,全部还给他。"

加拿大海边别墅门口,听到门铃响,吴婷赶去开门。

门外站着卫东。

吴婷疑惑地问道:"卫东,娜娜不在,她去学校了。而且,如果有什么事,我建议你们最好还是通过警局……"卫东略一鞠躬:"吴姐,我是来找你的。"

吴婷有些意外。

客厅里,吴婷放下茶请卫东落座。

卫东羞愧地说:"吴姐,黄蓉扣着你的东西不还,这事还没了结,我是没脸来见你的。但是这次黄蓉闯的祸实在太大,我也是实在没办法,才厚着脸皮来向吴姐你求助。"吴婷叹息一声:"卫东,不是我不帮你,第一,这次是娜娜要告你们,不是我;第二,这件事情,你们也的确做得太过分了。"卫东连忙说:"是。之前我也反复劝过黄蓉,但是她都听不进去。她跟娜娜争执那天,我并不在家,如果在,我一定会让她打开暖气的。"

吴婷探询地问:"你们想怎么样?"卫东热切地说:"吴姐,能不能请娜娜撤销控诉?"吴婷一听,很是诧异:"这恐怕不行吧。这件事情,你们真是很伤害娜娜。你们也是做父母的,如果将来小宝外出求学,下大雪的天里,房东把暖气关掉,你们作何感想?"卫东语气急切:"你是娜娜在加拿大的监护人,你说话,娜娜一定听的。"吴婷很气愤:"幼吾幼以及人之幼。黄蓉那么爱小宝,为什么就不能对别人家的孩子多一点爱心呢?"

卫东充满歉意地恳求:"吴姐,请你不要怪黄蓉。"吴婷惊讶地问:"你还护着她?"卫东恳切地说:"就算她千错万错,都是我老婆,我不护她,谁护她呢?"吴婷看着卫东,神色和缓了许多:"这倒也是。"

卫东叹息一声:"吴姐,黄蓉她不是坏人,她只是穷怕了。"吴婷说:"我知道,你们都是苦出身。"卫东问道:"吴姐,你知道我上大学第一年的行李是什么吗?"吴婷摇了摇头。卫东解释说:"是一捆铺床的稻草。"吴婷惊讶地叫了一声:"啊?"卫东有些激动地说:"这是我家唯一能拿得出来的东西。你们城里人,永远不会知道农村的穷和苦是什么滋味,而我和黄蓉都是最底层的农村孩子。"吴婷动容地说:"好汉不论出身,卫东,你后来不是有出息了吗?"卫东有些哽咽地说:"是的,大学毕业之后,我留在了束阳,把黄蓉也接了过来。我们没有背景、没有人脉,只能靠自己的一双手,从最底层慢慢向上打拼。我们没有基础也没有退路,唯一能带给我们安全感的只有钱。所以,我们把钱看得很重,所以我们省了又省,不管对别人还是对自己，都是那样。"吴婷沉默了。卫东继续说："我们在崃阳买了房，站稳了脚跟。后来，看到别人出国了，移民了，我们也跃跃欲试。我们以为，在加拿大，我们也能复制在崃阳的成功，只要努力，只要能干，只要节俭，我们也可以在加拿大站稳脚跟，但是这一次，我却失算了。这里根本就没有我们的空间！在别人的舞台上，我们再苦再累再努力，我们始终都是跑龙套的，我们得到的，都是人家剩下的一些碎屑！"说到这里，他已经泣不成声。

吴婷轻轻吐出一口气，安慰他说："卫东，你别太难过。"卫东恳求地说："吴姐，黄蓉她真的不是坏人。在崃阳的时候，她也是热心人，帮助别人的时候从不计较。她只是在加拿大过得太苦了，太累了，受了太多打击，才一时冲动，做出了那件事情……"吴婷点了点头说："我知道，我明白。"卫东一看吴婷态度软化，赶忙哀求说："吴姐，求你救救黄蓉！如果娜娜坚持控诉的话，黄蓉一定会被判监禁，到那个时候，我和小宝真不知道该怎么办？"吴婷叹息了一声。卫东抓住她的手说："吴姐，小宝不能没有妈妈啊——"吴婷终于答应了："卫东，这样吧，等娜娜回来，我尽量劝劝她。"卫东感激涕零地说："吴姐，谢谢你！"

李海刚走进周兴办公大楼的大厅，就被保安拦住了。李海对保安解释说："我是澄海置业的李海，跟你们周总约好的。"保安板着脸说："我知道，你是澄海置业的董事长，但是我们周总吩咐了，无论什么人进我们超洋公司，都要守我们超洋公司的规矩。"李海忍住不悦："行，请问你们需要我做什么？"保安不耐烦地说："身份证。"李海只好摸出身份证递给他。保安看了看身份证，又扔出一张表格大声说："填表！"李海摸出笔，想找把椅子坐下，然而附近却找不到椅子，他只好弓着身子，在桌上填起了表。此时，周兴正站在二楼平台上的暗处，倚着栏杆，看着保安刁难李海，脸上说不出的快意。

李海将填好的表格递给保安说："我可以进去了吧？"保安说了声："等等"，然后拿出一个金属探测器对着李海说："手举起来！"李海无奈地举起双手，保安上下探测着。李海有些不高兴地对保安说："有必要吗？"保安一本正经地说："当然有必要喽！现在居心不良的人多，我们周总又是一个不设防的人，我们必须好好保护他！"李海嗫嚅地说："明白了。"保安对李海全身都探测了一遍，什么都没有探测出来。李海问他："好了吗？"保安这才说："好了，可以进去了。周总在二楼办公室等你。"李海强压神色，走进了办公楼。周兴脸上露出一丝不可捉摸的微笑，心里得意地说："李海，你终于送上门来了。"

李海来到周兴秘书办公室。女秘书站起来拦住李海说："李总，不好意思，我们周总这会儿正好有事，麻烦你在门口等一下。"李海："我跟他约的是十点，现在已经到了。"女秘书微微一笑："不好意思。"李海只好问她："那我在这儿等他行不？"女秘书仍然面带微笑地拒绝了他："不好意思。"李海强压怒火，无奈地走到走廊上，静静等着。

周兴坐在空无一人的办公室里，慢慢地刮着胡子。刮完了胡子，他又拿出一本画报，仔细地翻看着。

李海在走廊站了二十多分钟，感到有些累了，便换了姿势靠在墙上。过了一刻钟后，他换到另一面墙上靠着。又过了二十几分钟，周兴还没有通知他进去，李海不禁有些焦虑，就在走廊上走来走去。他完全不知道，周兴正在百叶窗后，偷偷地看着他，神色十分兴奋。

周兴看了看表，已经十一点零五了，便按下了对讲，告诉秘书让李海进来。片刻，李海大步走了进来。周兴假意站起来迎接他："李海，真是对不起，让你久等了。请坐请坐。"李海揶揄地说："没关系，不过，你这里的安防措施也太严密了，跟加拿大大使馆有一拼。"周兴双手一摊："没办法呀！前段时间有个流氓不知怎么就混进来了，把公司上下搅得一塌糊涂，我就只有下令他们加强保安。"周兴话中有刺，李海听了也只是淡淡一笑。

周兴直截了当地问李海："听建国说，你有事要找我商量，说吧，什么事？只要能帮的忙，我一定帮。"李海婉转地说："我手上有几个项目，都很不错，但是我现在资金运转不是特别畅通，所以我想寻求一个合作伙伴，不知道你有没有兴趣？"周兴按捺不住一脸笑意："哟，瞧你说的多婉转，资金运转不是特别畅通，不就是缺钱吗？"李海不动声色地回答："是。"周兴得意地说："话又说回来，现在谁不缺钱呢？"李海没有答话。周兴倨傲地说："我就不缺钱。"

李海接过他的话说："这也是我今天到这里来的目的。"

周兴伸出四根手指头在李海面前晃了晃："现在至少有四家房地产公司等着我拉他们一把，给的条件都很优厚，但是我都看不上。我只想拉一个人——你。"

李海欠了欠上身说："谢谢。"

周兴接着说："你知道的，我一直对南山项目都很看好，而澄海叠峰阁的招牌，在业内也是响当当的。"李海神色稍稍松弛："既然你对澄海这么看重，那么我们的合作就有基础了。我们可以联合开发南山，也可以在叠峰阁四期、五期这几个项目上深入合作。"周兴大手一挥："没问题。"李海眼中露出隐隐的喜色："太好了，相信我们的合作一定能为彼此带来相当的效益。"他随即打开皮包，拿出资料："我给你介绍一下我现在手上在建的几个项目……"没想到周兴又挥了挥手说："不用介绍了，我出一亿六千万。"李海眉毛一挑，有些诧异地说："一亿六千万？那我们就按照这个数据来核算投资分成的比例。"

周兴往前伸了伸身体说："不用算项目的投资，给我算澄海的股份吧。"

李海惊讶地问："你想要澄海？"

周兴狮子大张口："对。而且我要占澄海90%的股份。"

李海一下站了起来："90%？"

"90%。"

李海失笑："就算市场缩水，澄海的总资产现在至少也值八个亿。你一亿六千万就要我90%的股份，你这不是趁火打劫吗？"

周兴大笑着说："没错。趁火打劫，偷梁换柱，两面三刀，尔虞我诈，巧取豪夺……我们在这个市场上，玩来玩去，不就这些吗？"

李海严肃地说："你这条件换了谁都不会接受。"

周兴瞪大眼睛盯着李海："你别无选择。因为你有四千万的债务，你的叠峰阁三期要实现正负零需要两千万，你还有一笔一个亿的银行贷款要还！"

李海冷冷地对视着他："我的底细看来你都知道。"

周兴趾高气扬地说："是，除了我之外，没有任何人能救你！"

李海生气地说："可你这不是搭救，是掠夺。"

周兴毫不掩饰地说："是，我这么多年来，做梦都在计划怎么掠夺你。今天，我终于有了机会！"

李海点点头："我很理解你为什么要这么做，但是我不接受。"

周兴拍着桌子："李海，你可要想清楚！"

李海平静地说："到这里之前，我没有想清楚，但是跟你谈了之后，我想清楚了！"说完，他转身准备离去。周兴叫道："李海。"李海站住。周兴问道："你现在总可以告诉我，你为什么要买下118地块？"李海犹豫片刻说："因为海南的那块土地。"

周兴愣住，随即表情变得狰狞："原来你早就知道是我，但是这么多年，你一直装聋作哑，好像跟我从不相识，李海，你真是好演技。"

李海摇摇头说："不，我也是最近才知道你是那张图纸的最后买家。"

周兴冷笑一声："二十年前，你卖了一块地给我；二十年后，我卖了一块地给你。"

李海问道："不知道我们几个月前的交易，能不能补偿你二十年前的损失。"

周兴沉默片刻之后，慢慢开口："我买下那张图纸后的一个星期，海南的泡沫就破灭了。我跳海自杀，被一个渔民救了起来。我是靠要饭，才回到了崃阳。我先在火车站当苦力，挣了一点钱之后，又在夜市上摆地摊。有一天，为了逃避城管，我连人带货躲进了下水道里，在那臭气熏天的管子里，我发誓，如果有钱之后，我一定要报复把我陷入这个境遇的人。"周兴最后从牙齿缝里吐出几个字："我要让他死！"

李海默然片刻，转身离去。

李海驱车来到南山山头，他停好车，从车上下来，来到山头，注视着这片山谷。山谷中，已经有工程车进入施工。李海默默地看着、思考着、回忆着。他想起了自己在海南街头的日子。那时的他，困顿、绝望、疲惫地坐在街边，望着行人发呆。突然，一个声音飘来："……下面这首歌要送给来自崃阳的李海先生，这是你的妻子吴婷从遥远的崃阳为你点播的。她想告诉你，无论你走到哪儿，她的爱一直都会陪伴着你。"李海慢慢坐起来，呆住了。谭咏麟的《把我的爱留给你》从旁边老人的收音机中传出来。倾听着这美妙的歌声，李海一动不动，绝望与困顿从脸上渐渐褪去。旁边的建国听得眼泪横流。他又想起了和晓菲在一起的时光，想到了地震时两人隔着玻璃相望的画面。想到这里，李海深深吸了一口气，转身离去。

　　下班后，周兴和媛媛来到了肥肠粉店门口。媛媛望着内堂，狐疑地问："这里？"周兴肯定地回答说："是。"媛媛问道："这不就是肥肠粉吗？"周兴笑着说："世界上最好吃的就是它了。"周兴显然是这里的熟客。店老板看见了他，赶忙过来热情招呼："周老板，好久没来了。"周兴点点头说："最近忙啊。"老板问道："老规矩？"周兴说："是，给她也来一份。"老板看了看媛媛，夸奖说："这是你女朋友啊？好漂亮哦！"周兴得意地一笑，带着媛媛走进了店里。媛媛嫌弃地看着油腻的桌椅，但周兴毫不介意地坐了下来。媛媛谨慎地选了一个角度，扭扭捏捏地坐下。媛媛奇怪地问周兴："你怎么会到这种地方来吃饭？"周兴反问道："我为什么不能在这里吃饭？"媛媛轻蔑地说："太不高端了。"周兴叹息一声："但我曾经穷得连一碗肥肠粉都吃不起。"媛媛想了想："那是解放前吧。"周兴摇了摇头说："就是二十年前。我还是个流动摊贩，遇到城管，货全没了，全身上下只有两毛钱。我饿得心慌，但一碗肥肠粉要三毛，我说要一碗素粉，老板说素粉两毛五，我说，我只有两毛钱，能不能少挑点粉。老板看我的样子，已经站不住了，说行。然后，给我端了满满的一碗粉，上面加了许多肥肠……"说到这里，周兴的眼中隐隐显现出泪花。他放低声音说："那碗肥肠粉是我这辈子吃过的最好吃的东西。""所以，你就爱上了这个。"周兴点头。老板将粉端上桌来，热情地招呼说："周老板，慢吃。"周兴自己取了一双筷子，大口地吃起来。突然，周兴抬头看了看媛媛："你怎么不吃？"媛媛解释说："我减肥呀。"周兴笑着说："我们是出来庆祝的，你就别减了。"媛媛好奇地问："庆祝什么呀？"周兴说："今天，我终于好好地把李海羞辱了一顿。"媛媛惊讶地问："李海不是才拉了你一把吗？"周兴说："你是说那八个亿？"媛媛说："对啊，如果没有李海，你的公司都归银行了，房子归债主了，连我都走了！你应该好好谢谢李海才对，怎么还羞辱人家？"周兴不以为然地说："那块地本来值十四亿。"媛媛说："人家本来可以不管你的。"周兴敲着桌子："他欠我的，何止八个亿！当年海南那一百万，如果留到今天，早变成一百个亿了！"媛媛被周兴的动作和神情吓了一跳。周兴咬着牙，恨恨地说："他欠我的，我一定要让他一笔笔地还出来！"媛媛忧伤地看着周兴，仿佛面前的是一个陌生人。

　　李海从工地赶到医院，他的父亲正在做心电图检查。李海在旁边陪同着。李海看着心电图上的曲线，不禁心生感慨："人生其实就是这心电图，有起伏，有波折，才能证明我们还活着。如果突然有一天，变成直线了，生命也就到终点了……"父亲的头低下来，鼾声轻轻传出。李海看着父亲，将他的头小心放正，然后在父亲身上围了一条毯子。

　　晚饭后，李海来到了雪茄吧，这里是他和建国畅谈的地方。听完周兴趁火打劫的行径，建国生气地说："一亿六千万就要占你90%的股份？这比抢银行还来得快！"李海说："其实，他根本就不想跟我合作，他只想羞辱我。"建国不相信地说："你都那样帮他了，他还是放不下！"李海沉默不语。建国说："要不我再帮你找些渠道。我就不信，圈子里就只有周兴一个人有钱。"李海摇摇头说："没用的。""不试怎么知道？""现在僧多粥少。前些天，还有朋友给我介绍了一个朋友的朋友的朋友的朋友，说是可以合作。我去了，发现人家门口已经排了一长串人了，还都是认识的，都是开发商。""你转身就走？""不，我还是排了队，还是跟对方谈了，但是没有下文。"建国同情地问道："那你现在打算怎么办？"李海笑了笑："剩下的日子，我要好好筹划一下自己的葬礼。"

　　远在加拿大，卫东和黄蓉正在家里商量如何渡过危机。黄蓉已经完全没有了从前的神气，她坐在桌前，呆呆地说："卫东，我真的会坐牢吗？我要坐牢了，你会不会不要我啊？小宝怎么办啊？"卫东安慰她说："你别着急，我正在联络律师。"黄蓉突然情绪又上来了，激昂地说："我宁愿去死，也不去坐牢！"卫东平静地说："还没到最后关头呢。"这时，电话突然响了起来，两人都愣住了。卫东对黄蓉说："接电话。"黄蓉不安地问："会不会是抓我的电话？"卫东催促说："如果真要坐牢，也要等法庭判，快接电话吧。"黄蓉战战兢兢地接起电话，脸上一会儿暗一会儿明，她放下电话后，半天愣在那里。卫东关切地问："谁的电话？说什么？"黄蓉困惑地回答："警察说娜娜撤销控诉了，让我明天去签字。"卫东终于松了一口气。黄蓉还是不解地问："娜娜怎么突然大发善心呢？我那天在警察局见到她，她都还恶狠狠地瞪着我呢。"卫东解释说："肯定是吴姐帮忙了。"

　　"吴姐？""我去找过吴姐，请吴姐说服娜娜撤回控诉。"黄蓉还是不能相信："真的是吴姐？"卫东肯定地答道："是。"黄蓉惊奇地问："她为什么不恨我？她为什么还要帮我？"卫东说："你现在知道吴姐是一个什么样的人了吧？"

　　李海认真地想好了退路，他紧张地实施着自己的计划。他跑遍了公证处、银行、律师事务所，将所有的手续都办妥。直到深夜，李海将厚厚的一堆资料放入信封、封口，然后在收件人一栏，郑重写下了吴婷的名字。李海手拿信封，注视着墙上的吴婷的照片。李海的手指轻轻抚摸着吴婷的脸，眼中有深深的不舍与遗憾。

　　晚上，有人敲响了吴婷加拿大海边别墅的大门。

　　吴婷开门，吃惊地看着卫东与黄蓉。卫东感激地叫道："吴姐。"他看到黄蓉呆呆地站在旁边，便轻轻碰了碰她。黄蓉上前一步，突然给吴婷跪下了，哽咽着说："吴姐，我对不起你！"

　　吴婷吓了一跳，连忙扶起黄蓉："黄蓉，你别这样！"

　　黄蓉哭着说："吴姐，跟你一比，我真的不是人啊！"

吴婷劝慰她说："这都是小事。"

黄蓉忙说："不，不，对你来说是小事，对我来说，都是大事啊。"卫东从包里拿出那个信封。黄蓉接过后又递给吴婷："吴姐，这是当初你托付给我的东西，我现在还给你。但是……但是我挪用了一部分。"接着，黄蓉保证道："这些钱，我一定会还的！"卫东也说："吴姐，我们现在经济比较紧张，一时半会儿还不出来。但我列了一张分期还款的单子，这是本金，这是利息。请吴姐谅解。"说完，递过一张单子，吴婷接过，扫了一眼，放下："好了，好了，没事了。"黄蓉继续说："不，吴姐，我干过的亏心事不止这一件。当初我表妹赵晓菲插足你和李哥的家庭，其实我早就知道，但是我没有制止她，还在里面瞎搅和……"吴婷打断她的话："过去的事情都过去了，我和海子现在感情很好，希望你和卫东也平安快乐。"黄蓉眼泪巴巴看着吴婷："吴姐，你能原谅我吗？"吴婷握住黄蓉的手，真诚地说："黄蓉，人这辈子，谁没有犯糊涂的时候呢？只要能意识到就好。"黄蓉感动地说："吴姐，你太好了。"吴婷安慰她说："那天卫东给我讲了你们以前的事，我也很感动，这么多年，你们也挺不容易，以后，只要我能帮忙的，一定继续帮忙。"卫东惭愧地说："吴姐，你这么说，让我们更无地自容了。"吴婷笑了笑："大家都是中国人，出门在外，应该的。"黄蓉叹息一声："吴姐，说到这儿，我心里真是说不出的憋闷，我们在崍阳生活得好好的，可是自从到了这里，唉，不怕你笑话，我和卫东在这里一年多吵的架，超过了我们认识以来的总和。"卫东插话说："是啊，闹得差点离婚。"黄蓉自责自怨地说："什么都变了！变得最多的，还是我自己。吴姐，我本来也是一个很要强的女人，什么都不想输给别人，可是到了这里，我竟然做出这种事，竟然变成了一个……一个贼！"说着又哭了起来。卫东搂着黄蓉的肩，轻轻拍着，黄蓉趴在卫东肩头痛哭起来。吴婷在旁边默默看着。

澄海置业会议室。李海坐在会议桌前等待着，面前垒着一堆资料，高管们陆陆续续走进。财务总监一脸焦虑，看着李海，想说什么，刚一开口，李海便笑了笑，摆摆手制止了他。财务总监只好收住话，默默地坐下。等高管们都坐定了，李海带着歉意："今天可能是我们最后一次在一起开会了。"众人听了大惊失色，相顾茫然，不知道发生了什么事情。李海解释说："三个月之前，公司的资金链出现了问题，大家想了各种办法做了各种努力，但是非常遗憾的是，我们没能改变最后的结果。我非常遗憾地告诉大家，澄海置业的资金链已经断裂。"刘少勇惊呼说："李总，你在开玩笑吧？"其他人也纷纷说："不可能！""不会吧。"李海郑重地说："我说的每一个字都不是玩笑，是现实。"

刘少勇站起来说："不就是三期实现正负零差两千万吗？我就不信，大家凑一凑也就够了！我就不信，两千万能逼死这么大一个澄海！"其他人附和："对！对！对！"李海看大家不太相信，便对财务总监说："你跟大家说一下吧。"财务总监老许不情愿地告诉大家："我们有一笔一个亿的银行贷款，今天是最后还款日。"

众人听完感到十分震惊。李海难过地说："公司现在已经是山穷水尽了！"会议室里一片沉默。突然，老陈高声打破了沉默："李总，听说周兴来找过你，他愿意出钱帮我们解围？你为什么不同意呢？"李海只好解释说："他只出一亿六千万，刚够我们解困，但是却要占90%的股份。"老陈不假思索地说："可以啊。"李海却斩钉截铁地说："我可以接受破产，但不接受羞辱！我已经回绝了，我宁可把自己赔给银行，也不卖给他。"老陈听了，没敢再说话。

李海接着说："我们所有储备的土地，还有这幢大楼，都已经抵押给了银行，由于我们还不了贷款，这些资产很快将归银行所有，我已经把所有的授权给了老许，接下来的一个月，请大家配合银行的清算工作。"刘少勇等人都看向老许。老许艰难地点了点头。李海用目光扫视一遍大家，缓缓地说："此时此刻，最让我难受的不是澄海的命运，而是觉得对不起你们。各位兄弟，澄海走到今天，已经十年，从一个默默无闻的小公司，到后来成为枣阳楼市的一面旗帜，都离不开你们的辛勤付出。老蒋，我还记得2000年，你结婚，正好也是桃花岛开盘，本来给了你两天假，但是因为人手不够，洞房的晚上，我给你电话，要你明天必须上班，你二话不说，立刻答应了。后来，我承诺补你三十天婚假，但是公司一个盘接一个盘地推，到现在这婚假都没给你补上，真是对不住。"销售总监忙摇摇手："李总，你一辈子不给我补，我都愿意！"

李海又望着公关总监："老叶，2002年，你夫人生孩子，公司正好在做一个大型活动，你一天假都没有请。在女人最需要老公陪伴的时候，我却让你把时间和精力贡献给了澄海。唉，真是对不住你家闺女，对不住你夫人，请你代我跟她们道歉。"公关总监含泪点头。

李海将目光移向了坐在角落里正在记录的小女生："小邓，我经常熬夜开会，也连累你这个秘书经常加班。你22岁进澄海，今年26岁了，因为工作太忙，到现在都还没有男朋友。唉，对不起，希望离开澄海之后，你能找到一份轻松点，规律点的工作，尽快找到一个男朋友。"小邓哇地大哭起来："李总，我这辈子不嫁，我都不离开澄海。"大家都心酸地说不出话来。

李海再次扫视全场："这十年来，你们每一个人为澄海的点滴付出，我都记在心上。我期待着有一天，能以澄海的壮大来回报你们每一位，但遗憾的是，澄海的路只能走到这里。我愧对你们各位，愧对你们的家人，我只能用一个鞠躬，来表示深深的歉意。"他站了起来，对着所有人深深一鞠躬。李海直起身继续说："你们带着梦想来追随我，与我同甘共苦，一起打拼，但是因为我对时局的判断出现重大失误，导致澄海集团破产，耽误了大家。真的很对不起大家，在这里，我向大家郑重致歉。"李海再次深深一鞠躬。李海接着说："我抵押了一部分个人资产，为你们每一位准备了一笔遣散费，钱不多，只能代表我的一点心意。并且，我也给你们每个人写了一封推荐信，我相信凭借在澄海的优秀表现，你们会很快在其他地方找到你们的位置。"李海第三次深深一鞠躬，然后，快速离开了会议室。所有人坐在自己的位置上，一动不动，好像还没有完全反应过来。

李海开着车，沿着高速公路狂飙着，音响里《布列瑟农》的音乐几乎被开到最大。他一边开车，一边将手机、领带扔出了车窗外。李海将车停在了白鹭村的村口，他下车后向村里狂奔而去。

　　晓菲正在帐篷内上课。高年级的在做作业，低年级的在专心听着晓菲讲解："……请大家开动脑筋，除了 1 和 9 之外，还有哪个数和哪个数加起来也等于 10？"孩子们有的在思考，有的在掰指头。突然，帐篷外的李海嘴里模仿着铃声："丁零零——"孩子们诧异地看着李海。李海高兴地对他们说："孩子们，下课了！快出去玩吧！"有的小孩子已经离开了座位，大孩子却看着晓菲不动。晓菲看看表："还有五分钟！"李海笑着说："今天特例。"晓菲无奈地对学生们说："提前下课吧。"孩子们发出一声欢呼，蜂拥而出。晓菲来到李海面前嗔怪地说："下不为例！对了，今天怎么有空过来？"李海压抑不住兴奋说："从今天起，我有很长一段空闲时间了。"晓菲惊讶地问："怎么了？"李海说："以后慢慢告诉你。不过有件事我要现在说……吴婷应该已经收到了我的离婚申请。"晓菲听完愣住了。

　　在加拿大海边的别墅里。吴婷躺在主卧的床上，拨打着李海的电话，却始终无人接听，她感到有些诧异。这时，有人打进电话。她本以为是李海回拨过来的，但没想到却听到了一个令她震惊的消息："苏珊自杀了。"

　　吴婷、小雅、佩佩匆匆赶往墓园，三个人一身素黑，默默立在苏珊的墓前。墓碑上，苏珊沉静地微笑着。

　　佩佩抽泣着说："她为什么要走这条路？"

　　小雅说："也许她实在不能忍受老袁给她的屈辱，只能以这种方式解脱。"

　　佩佩说："她可以与老袁离婚啊！只要她说一声，我们都可以帮她。"

　　小雅说："也许她没有勇气去改变。"

　　佩佩说："她连死都不怕，为什么还怕改变？"

　　吴婷说："对苏珊来说，死，只需要瞬间的勇气，而活着，则需要更多的忍耐与抉择。"

　　三人各自放下手上的鲜花，低头默哀。片刻后，小雅说："苏珊，我们走了，但我们会常来看你的。"吴婷有些愧疚地说："那天，如果我再坚持一下，也许苏珊就会开门，也许她就不会走上这条路。"小雅安慰她说："吴婷，你别愧疚了，以苏珊的性格，这也许是她最好的归宿了。"吴婷难过地说："不，我们应该有机会救她的。"小雅叹了一口气说："苏珊已经走了，还是多想想我们自己吧，说不定有一天，我们也会跟苏珊一样。"吴婷不禁打了一个寒噤："不会吧。"小雅说："仔细想想，我们和苏珊有什么区别，虽然衣食无忧，但不过是男人养在窗口的一盆花，想种就种，想摘就摘，哪天不喜欢了，往垃圾堆里一扔也不会心疼。"佩佩颤声道："不是这样的！"小雅继续说："唯一不同的是，我们遇到的男人比老袁多点良心，所以我们现在还安然无恙。"三人都沉默不语了，各自来到自己的车前。

小雅冲着吴婷和佩佩说:"我不知道你们俩是怎么打算的,反正我准备回北京。"佩佩问道:"你要走?"小雅点头:"苏珊自杀给我的触动很大,我一定要找回自己的生活。"佩佩点点头:"我的移民监还有一年才到期,我没想好怎么做,但是我绝对不会再过现在这样的日子了。吴姐,你呢?"吴婷摇摇头说:"我也没有想好做什么,但是我不会做别人养的花,我要做那棵树,自己想怎么生长就怎么生长。"小雅伸出手:"我们互相鼓励,互相支持吧。"吴婷伸出手:"绝不让第二个苏珊在我们中间出现。"佩佩伸出手:"好。说定了。"三个女人的手握在一起。

吴婷上了车,拿起手机,拨通了李海的电话,依旧是无人接听。她转拨家中的电话,也是无人接听。吴婷想了想,又转拨李海办公室的电话,依然无人接听。吴婷正感到诧异时,建国给她打来了电话。

"建国,你好。"

"吴婷,李海跟你在一起吗?"

吴婷惊讶地问:"建国,我现在在加拿大,李海怎么会跟我在一起呢?"

建国的声音一下慌张起来:"啊?李海没去加拿大?"

吴婷追问:"怎么了?"

建国的声音十分慌张:"李海的公司出事了!李海失踪了!公司里的人着急把我找来了。他是不是回加拿大了?"

"没有。"

"那他去哪儿了呢?"

"李海的公司出什么事了?"

"他的资金链断了,银行要没收他的所有资产。"

吴婷大惊:"什么?"

"他的资金本来比我们所有人都充裕……"这时,吴婷手机收到刘晓宇发来的一条短信:"速回电话,急!"

吴婷抱歉地对建国说:"我稍微晚点给你打过去。"吴婷挂断建国的电话后,迅速拨了刘晓宇的电话。

刘晓宇着急地说:"吴婷,我收到了一包李海寄来的东西。"

"什么东西?"

"你到我的办公室来一趟吧,你看了就知道了。"

吴婷:"我马上过来。"

吴婷挂断电话,拿出钥匙,准备发动汽车,但是却双手颤抖,怎么都无法点燃。她放下钥匙,竭力平息着自己的呼吸,再次打火,这一次,终于点燃,开车离去。

二十六

　　吴婷匆匆走进刘晓宇的办公室。她一看到刘晓宇，就焦急地问："晓宇，李海寄给你的是什么东西？"刘晓宇平静地说："你先坐下。"吴婷坐下后又急切地问："是什么？"刘晓宇慢吞吞地给吴婷倒了一杯水说："你先喝点水。"吴婷情绪近乎失控，冲着刘晓宇大声说："到底是什么？快告诉我！"

　　刘晓宇拿出一包资料，放到吴婷面前。吴婷迫不及待地翻捡着，只见其中有各种证件，有房契、公证书、证明，还有手写的授权书等。刘晓宇向她解释说："李海将自己名下所有的私人财产，包括棘阳的别墅，加拿大的别墅，债券、基金、股票、古玩等，全部过户到了你的名下。而且他把所有的手续都准备齐全了，只等你签字就可生效。"

　　吴婷愣住了："他把这些给我干什么？"

　　刘晓宇继续说："他同时委托他的律师向我致函。"

　　"你？"

　　"因为在加拿大，我代表你的权益。"刘晓宇说。

　　吴婷愣住了，一时有点反应不过来。

　　刘晓宇将另一个信封放在吴婷面前，轻声说道："他向你提出了一个请求。"她抬头疑惑地问："请求什么？"刘晓宇沉吟片刻，字斟句酌地告诉吴婷："他请求你同意离婚。"

　　吴婷好像没有听清楚："他要跟我离婚？"

　　"是的，他提出了申请。"

　　"那他为什么不自己跟我说，而要通过律师？"

　　"也许他没有勇气当面告诉你。"

　　吴婷沉默了好一会儿。她拿出手机拨通了李海的电话，还是无人接听。吴婷抬头盯着刘晓宇一字一顿地说："我要回棘阳。"

　　刘晓宇皱着眉头说："以我的经验，如果一个男人做出了这样的安排，那么他应该是下了很大的决心。"

　　吴婷说："在我到你的办公室之前，我接到一个电话，说李海失踪了，李海的公司资金链断裂了。"

刘晓宇愣住了："什么？"

"所以我要回去，我想知道到底发生了什么？我要找到他！"

"我陪你一起回去。"

吴婷深深吸了一口气拒绝说："不用了。不管发生什么，我自己能处理"。

白鹭村的村民们正在修建新房，李海帮忙指点着："……不行，这根梁如果架在这里，承重会有问题。"村长刚说了一句"李总"，就被李海打断："在这里，我不是什么李总，叫我李海。"村长赶忙改口问："李哥，那你说该怎么架？"李海用目光仔细测量后，指着一个地方说："这里。"然后，李海连同几个村民，齐心合力，将一根新梁准确地架上了墙。众人发出一阵欢呼，李海头上却落满了灰土。

两个村民已经摆好了一桌饭菜，冲着李海他们喊道："吃饭了！"有个孩子悄悄地溜到旁边刚偷吃了几口菜，就被一个村民发现了，在他屁股上打了一巴掌，并催促他说："快去请你们赵老师。"孩子拔腿跑开，不一会儿，就拖着晓菲过来了。

看到李海满头灰土，晓菲连忙扯了毛巾帮李海收拾着。她关心地问："今天累坏了吧？"李海高兴地回答说："累是累点，但是心里高兴，说句老实话，当了这么多年开发商，盖了那么多房子，我今天还是第一次亲手修房子呢。"

村长走过来招呼说："李哥，赵老师，你们请上座。"李海向大家招呼说："大家一起吧。"几个人坐下后，李海忽然发现，垫在饭菜下的桌子，竟然是那个标注着儿童室外游乐架的箱子。他奇怪地问："这怎么还没安上呢？"晓菲也很奇怪："对啊，安装好孩子们正好可以玩呀。"村长为难地说："哎呀，这玩意儿好是好，但是上面尽是外文，我们看不懂呢。"李海听了呵呵一笑："没问题，不有我呢嘛。"

吴婷连夜乘机飞回国内，一走出海关，就看到了等候她的建国。建国一边开着车，一边将他所知道的情况告诉了吴婷。吴婷吃惊地问："今年的房地产真的有这么难？"建国叹息一声："百年难遇的地震！百年难遇的金融危机！加起来就是两百年！能不难吗？"吴婷有些自责："我竟然什么都没感觉到，还以为他的事业风生水起。"建国解释说："他是故意瞒着你，不想让你担心。"吴婷听了，鼻子一酸，她赶紧转头望向窗外，问道："他现在在哪儿呢？"建国回答说："我也不知道，能找的地方我都找过了，能问的人我也都问了，都没结果。不过，不管去哪儿，他怎么也应给跟你说一声啊！"吴婷沉默了。建国激动地说："唉，很多时候我也很想像李海一样，一走了之！什么都不管了，爱哪儿哪，爱谁谁。最后，嘎嘣儿一声，干脆利落地客死异乡，一了百了！"他越说越激动，吴婷吃惊地看着建国。建国发现了自己的失态，赶忙说："对不起！"吴婷摇了摇头说："以李海的性格,不会因为事业上的压力一走了之。"建国反问道:"那他为什么玩失踪?难道他在躲谁?"吴婷没有回答,只是苦涩地笑了笑。

建国将吴婷送到李海别墅。吴婷拖着行李走进客厅。她站在屋子中央,举目四望:所有的家具上都蒙着白布,到处干净而整齐。显然,李海在出走前做了充分的准备。她进入主卧,一切依旧干净整齐,床头柜上的两个钟依照十分准时。照片中李海与吴婷在风景中依旧十分恩爱,就连衣帽间李海的衣服也挂放得十分齐整。吴婷拿起电话,拨通了李海的号码,但是无人接听。

这时,门铃忽然响了。她迫不及待地拉开门,门外站着的竟然是刘晓宇。吴婷很意外,又有些失望:"晓宇?"刘晓宇微笑着解释说:"发生这么大的事,你肯定有许多财务和法律上的手续要办理,作为你的律师,我应该在你身边。"吴婷满怀感激地说:"谢谢。""而且,我自己有一些计划,也想过来看看。当然,最根本的原因还是我不放心你。"刘晓宇关心地说。"我不会有事的。"刘晓宇询问道:"有李海的下落吗?"吴婷摇了摇头。

吴婷突然想起英子曾说过给李海的手机装过一个定位软件,连忙向书房走去。刘晓宇也跟着进了书房。吴婷来到电脑前,点击操作起来,画面已经打开,屏幕上是一幅地图,某个点上,标注了一个红色的箭头,不远处的地名叫白鹭村。刘晓宇不解地问:"这是什么?"吴婷顿时面如死灰,伤心地说:"恐怕短时间之内,李海不会出现了。"刘晓宇问:"你找到他了?"吴婷沉默不语,转身跌跌撞撞跑了出去。刘晓宇不放心地跟了上去。吴婷奔进厨房,倒了一杯水,一饮而尽;然后倒满,再一饮而尽;再次倒满,再次一饮而尽!吴婷又一次倒满,刘晓宇拉住她的手:"吴婷!"吴婷大口大口地喘着气。刘晓宇对她说:"这不是世界末日。"吴婷看着刘晓宇,不说话。刘晓宇安慰她说:"在这个世界上,每秒钟都有一对夫妻离婚。"吴婷还是不说话。"我相信,总有一天,李海会后悔的。"刘晓宇继续安慰她。

吴婷轻声说"让我再喝一杯"。刘晓宇放开吴婷,给她倒了一杯水,吴婷一饮而尽。突然,吴婷的身体往前扑倒,喝下的所有水一口喷出。吴婷的身体痉挛着,刘晓宇连忙抱住吴婷,心痛地拍着吴婷的背:"没事的!没事的!"吴婷喘息着,突然笑了:"没有别的原因,他就是想和我离婚。"刘晓宇问:"吴婷,需要我做什么?"吴婷的痉挛稍稍平息,她继续笑着说:"我早该料到的……其实,我们早就该离了……可是我直到现在,才明白这个道理……"刘晓宇扶正吴婷:"你听我说,不管什么情况下,我都代表你的利益,站在你这边。"吴婷稍稍平静了些,笑容消失:"也许你不相信,对今天,其实我有心理准备。"刘晓宇心痛无比地看着吴婷。

夜已很深了。吴婷静静地坐在别墅的露台上。良久,吴婷摊开手心,是一个陈旧的气门芯。吴婷的眼泪一滴滴落在掌心。吴婷抬起头,用力将那气门芯抛进黑暗中。而此时,李海与晓菲正坐在帐篷外。晓菲轻轻哼着《布列瑟农》的旋律,李海应和着。一曲终了,晓菲抬头,凝望着天上的点点繁星。李海遗憾地说:"可惜,我们的布列瑟农之旅始终没有成行。"晓菲满足地说:"不,这儿就是我们的布列瑟农。"李海意会,轻轻地吻上了晓菲的嘴。良久,两人才慢慢分开。李海站了起来,看着沉沉的黑夜,思考着什么。晓菲担忧地问他:"你怎么了?"李海答道:"没什么。"晓菲没有再言语。

第二天,在一家酒店咖啡厅里。刘晓宇与吴婷相对而坐。刘晓宇对吴婷说:"我已经见了李海的律师,所有事务都已经安排好了,明天签字,签完字你就回加拿大,剩下的事务我来处理;机票已经定了。"吴婷没有应声。刘晓宇继续说:"在移交之后,有一部分资产,我建议你继续持有;但有些资产,我建议你出手……"刘晓宇递过去一沓资料:"吴婷,你在听我说吗?"吴婷推开刘晓宇递过来的资料:"我想去澄海置业看看。""有必要吗?"刘晓宇问道。吴婷坚持地点头。刘晓宇看她如此坚持,便说:"那我陪你去。"

当刘晓宇陪着吴婷走进澄海置业会议室时,所有的高管都起立迎候。吴婷赶忙说:"大家都请坐。"大家都坐下后,刘少勇告诉吴婷:"吴姐,澄海所有的高管都在这里。"吴婷有些意外地问:"大家都还没走?"人力资源总监老徐说:"下面的员工有的离开了,但是高管们都没走。"刘少勇说:"李总走之前,对员工的遣散做了很周全的安排,但是大家都有一个共识,那就是不到最后一刻,绝不放弃,所以,我们都没有去领遣散费,而且天天准时来上班,该做什么就做什么。"人力资源总监老徐说:"在澄海,我们得到了不少东西;现在,就算给澄海送终,我们也要坚持到最后。"营销总监老蒋说:"李总带着澄海创造过很多奇迹,我相信,在银行把澄海收走的最后一刻,李总一定会赶回来的,而且带着足够的钱,重新拯救澄海!"众人都点头赞同。

吴婷有些动容:"谢谢大家。你们谁能告诉我现在最新的情况?"

财务总监清了清嗓子:"吴姐,我们已经过了还贷的最后期限,也已经正式通知银行,我们无力还贷。估计,十五天之内,银行的清算组将进入澄海,清理所有资产,办理交接手续。"

吴婷问:"银行会怎么做?"

财务总监说:"在完成所有的交接手续后,银行会把澄海抵押的所有土地进行拍卖,并将拍卖所得,用于偿还贷款以及澄海的其他债务。"

吴婷注视着大家说:"我听到一个说法,其实澄海现在储备的土地价值十几个亿,如果拍卖的话,是足够偿还贷款的。"

刘少勇回答说:"是,但关键是现在没人愿意拍地。"老蒋也补充说:"只要市场好转,一个亿的贷款对澄海来说,根本什么都不算。"吴婷问大家:"你们估计,市场什么时候能好转。"老蒋答道:"两三年之内,那是肯定的。"但老许补充说:"可银行不会给我们三年时间。"吴婷所有所思地说道:"真正把澄海逼上绝路的,不是钱,是时间?"众人点头。

晚上,在白鹭村晓菲的帐篷里,李海在给妞妞讲着故事:"……白雪公主从此和王子幸福地生活在一起。"妞妞听得很入神。李海:"好了,故事讲完了,妞妞该睡觉了。闭上眼睛,一觉到天明。"妞妞听话地闭上了眼睛。李海为妞妞理了理被盖,走出帐篷。

晓菲正在灯下洗着妞妞的衣服。李海来到晓菲身边:"小时候讲给英子听的故事,没想到妞妞也喜欢。"晓菲笑了笑:"小时候,我也喜欢白雪公主的故事。"李海点头,脸上的笑容消失。"想英子了?"晓菲问道。李海点点头。"要不给她打一个电话。""现在还不是时候,等一切尘埃落定吧。"晓菲沉默了。李海搂着晓菲,望着山外的方向:"吴婷应该已经在那离婚书上签字了吧……银行应该开始清算澄海的资产了……"晓菲问:"要不要回去看看?"李海苦笑了一下:"看也没用,我想象得出来,银行的清算组已经在着手接收澄海的资产。再有半年,叠峰阁三期四期的土地、澄海大楼,还有南山的那块土地将被重新拍卖。在拍卖的新闻中,'澄海置业'这个名号会再次出现,但也是最后一次出现了。"晓菲疑惑地问:"澄海真的只有这一条路?"李海:"如果仅仅想保住这块牌子,还是有办法的。但是,我厌倦了,我宁愿用这种方式退出,然后去过我一直想过的生活。"晓菲深情地问:"这种快乐,真的是你想要的吗?"李海慢慢低下头,没有说话。

晚上,澄海置业李海办公室仍然亮着灯。吴婷与刘晓宇对坐着。吴婷对刘晓宇说:"请你帮我折算一下,李海给我的所有财产加在一起值多少钱?"刘晓宇摁着计算器:"按照现在的汇率,总价值应该在人民币四千万左右。"吴婷喃喃说道:"四千万。"吴婷站起来,来到窗前,望着楼下的车水马龙,过了片刻,转头问刘晓宇:"如果把这些资产全部抵押变现,需要多长时间?"刘晓宇问:"你想做什么?"吴婷的眼光落在墙上挂着的效果图上:"我不甘心看着澄海就这样倒闭。"刘晓宇问:"澄海的资金缺口是一亿六千万。就算拿出四千万,还有一亿两千万,你怎么解决?"吴婷沉默了。刘晓宇劝她说:"这潭浑水,不是你能蹚的。"可吴婷不甘心,她说:"我总得做点什么?"刘晓宇说:"吴婷,李海之所以那么着急地在经济上与你做一个切割,就是要保护你的生活不受他的债务影响。所以,对你来说,最好的选择是带着这四千万置身事外。"吴婷摇摇头。刘晓宇继续劝着她:"吴婷,李海都无法解决的问题,你更解决不了。"吴婷若有所思,没有说话。

白鹭村安装游乐器材的地面已经平整出来。一身泥水的李海与村民们正在安装着滑梯。远处,一辆手扶拖拉机驶来,停在村口。马林跳了下来,向司机挥挥手告别,然后目不斜视地向着帐篷小学方向走去。孩子们在帐篷内上着自习。晓菲正在严肃地教育一个小男孩:"……你说,这次怎么惩罚你?"小男孩默默地伸出了手掌。"这可是你自愿的？"小男孩点点头。晓菲一咬牙，高高举起教鞭。小男孩一声尖叫："啊——"。晓菲说："我还没打呢？"小男孩委屈地说："但是我已经感觉到痛了！"晓菲放下教鞭问："那你以后还欺负女同学不？"小男孩说："我再也不敢了！"晓菲说："记住啊，不然下次我真要打下来了。"小男孩点头。"进去吧。"小男孩进了帐篷。

旁边，有人扑哧地一笑。晓菲转头一看，惊讶地叫出声来："马林。"马林笑着说："你上当了，我小时候经常用这招骗我们数学老师。"晓菲也笑着："上就上呗，反正那一鞭子，我也根本抽不下去。你今天又来调查什么？""我来跟你告别。""啊？""新的中心校已经开工了，我的志愿者工作也基本完成了。我准备回枣阳。""去开你的公司？""去重建我地震前的梦想。"晓菲看着帐篷里的孩子："等把他们送进新学校，我也该回去了。"

马林对晓菲说："上次跟你告别之后，我想了很多。经历了地震之后，我突然发现，很多事情不必等到有了十成把握才去做，因为谁也不知道，明天和意外，哪个会先来。"

晓菲想了想，困惑地问他："你指什么？"

马林下定决心，正准备向晓菲表白时，妞妞突然奔了过来："妈妈——"。她看到马林，惊喜地招呼着："马林哥哥。"妞妞转头又对晓菲："爸爸已经把那个游乐场弄好了。"

马林疑惑地问晓菲："她叫你妈妈？"

晓菲笑着回答说："我决定收养妞妞，只是没有办正式的手续。"

"那她不能再叫我哥哥了，应该叫……"

妞妞转头，喊了一声："爸爸——"。她一头扑进了从远处走来的李海的怀里。

马林愣住，惊讶地看看对面的三人，疑惑、不解、悲催。

李海高兴地说："咦，这不是马林吗？"马林尽量调整着自己的表情："李哥。"李海兴奋地给了马林一拳，然后紧紧拥抱马林："真没想到，在这里遇到你，前两天，我还念着你，他们说你在做志愿者。"晓菲在旁插话说："是啊，马林还是志愿者的头，修新中心校，马林出了不少主意。"李海说："那都是枣阳的开发商们捐的钱，你那老东家周兴负责规划设计。"马林感叹地说："看来大家都在为灾后重建出力。"

李海拉起晓菲，"走，去看看我搞的新玩意儿。"

马林对着天空，比了一个绝望的手势。

吴婷来到刘英办公室，她想询问能不能再申请贷款。刘英只一句"澄海还有什么可以抵押吗？"就让吴婷语塞。吴婷不甘心地问道："那我该怎么办？"刘英看了看她说："我如果是你，立刻签字走人。"吴婷摇了摇头。刘英劝她说："据我所知，这些房地产开发商都不只欠银行的钱，万一李海在外面的债主追讨债务，而你和李海还存续有夫妻关系，你手上这四千万都保不住。"吴婷脸上微微变色。

刘英用右手在空中划了一下："赶快跟李海一刀两断。"但吴婷表示不能这么做。刘英继续劝她说："夫妻本是同林鸟，大难来临各自飞。再说了，他绝情在先，你做什么都不过分！更何况，这也是他要求你做的。"吴婷看着刘英，过了好久，还是轻轻地摇头。刘英不解地问道："你要干吗？人家都不要你了，你还想追上去，陪着他死！"

吴婷怀着希望出去，带着失望回来。她呆坐在澄海置业李海的办公室里，愁闷地看着窗外。

刘晓宇接了个电话，好像和什么人商谈着什么。他挂了电话，思考片刻，然后来到吴婷面前坐下："吴婷，你真的很想救澄海？""是。""你还是放不下李海？"吴婷摇摇头："跟李海没关系，当我知道李海现在在哪儿，我跟他之间，已经什么都不剩了。"刘晓宇光十分不解："那你为什么还守在这里？为什么还不死心，还想给澄海找一条活路？"吴婷沉默不语。刘晓宇看着吴婷："你不必为一个变心的男人，冒这样的风险。"吴婷也看着刘晓宇："我不仅是为他，也是为我自己。"

刘晓宇告诉她："不管在情感上在婚姻上，还是在经济上，李海已经与你划清了界限。他是他，你是你。"吴婷轻声说："即便我们在感情上所剩无几，但责任还在；澄海虽然已经破产，但李海作为老总的责任还在；就算他无能为力，我曾经也从澄海得到过很多，我的责任还在。""可李海已经放弃了。""李海有权利选择放弃，但是我不会因为他而改变自己的原则。不管对婚姻还是对事业，我要坚持到底。"

刘晓宇皱着眉头说："吴婷，作为你的律师，我认为你的做法是非常愚蠢的。但作为一个男人，我很敬佩你。"

吴婷忧伤地说："可是我很无能，我手上只有四千万，我还不了银行的贷款，也不能让叠峰阁四期实现正负零。"

刘晓宇不紧不慢地说："如果我愿意为澄海置业注资一亿两千万呢？"

吴婷睁大眼睛："你说什么？"

"既然要救澄海，就要救得彻底一点。"

吴婷惊愕地问道："你怎么会有那么多钱？"

刘晓宇苦涩地一笑，说道："吴婷，你从来没有关心过我，你甚至没问过我，我到底是做什么的。""你不是律师吗？""是，我有一张律师证，有一家事务所，但同时，我还有一家投资公司。在我的名片上，在律师头衔的后面，还有一个头衔，执行董事；名片的下方，也注明了投资公司的名称：'枫信金融。'"吴婷的脸一下红了："你的名片，我……我早就扔了。""在我的办公室门口，也挂着'枫信金融'的招牌。""我每次去都没有仔细看过那些英文。对不起。"

刘晓宇微笑着说："没关系，我已经习惯了。"

"但是，但是……晓宇，你不必为我做这些？我没有东西可以回报你！"

刘晓宇笑了:"我不要你回报,我要澄海置业30%的股份。"

"啊?"

"早在两年前,我就在关注中国市场了;一年前,我认定,百年难遇的金融危机对投资者来说,其实是百年难遇的机会,我要做的,只是找一个进入的时间点;当李海的公司都因为资金链断裂破产的时候,我知道,这个时间点到了。"

"你真的要投资?"

"我比你晚两天到崃阳,这两天里,我一直在和我的客户讨论是否投资中国的房地产。刚才他们正式回复我,同意我的观点,并全权委托我寻找项目。"

吴婷一脸的惊愕。

在白鹭村,滑梯已经伫立起来,孩子们上上下下攀爬着,村民们围着看热闹。李海带着晓菲和马林走过来。孩子们大声招呼:"赵老师,赵老师!——赵老师,和我们一起玩!——赵老师,快来呀!"晓菲大声说了句:"好!"便爬上滑梯,带着孩子们溜了下来。瞬间,尖叫声、欢笑声震彻天空。李海与马林在旁边看着,李海脸上洋溢着笑容。

马林问李海:"你和晓菲又在一起了?"

"是。"

"那你对未来是怎么打算的?"

"我要对晓菲负责。"

马林诧异。李海解释说:"我已经向吴婷提出了离婚。"

马林脸上交替闪过惊讶、痛苦、担忧。

"晓菲已经没有了父亲,请你千万不要伤害她。你要一辈子对晓菲好。"

"我会的。"

李海转头凝视着晓菲:"她值得我这么做。"

晓菲在滑梯上向他们招呼着:"你们俩快上来啊!来重温一下童年!"

李海爬上了滑梯,然后抱着妞妞,从滑梯上溜下,丢下一串笑声。

马林抬头,看着天,喃喃自语道:"喂,为什么要对我这么残忍?"

在澄海置业李海办公室里,吴婷、刘晓宇、财务总监、刘少勇坐在一起商谈。当听到吴婷和刘晓宇决定分别为澄海注资四千万和一亿两千万的消息时,财务总监惊讶地叫出声来:"加起来正好是一亿六千万。"吴婷肯定地说:"是,这笔资金就用来启动叠峰阁四期和偿还已经到期的银行贷款。"财务总监与刘少勇交换一个眼神。老许难掩兴奋地说:"这么说,澄海有救了!"刘晓宇告诉大家,"为了救澄海,吴婷准备把全部家产抵押。"刘少勇的眼中一下盈满了泪水:"澄海不会破产了!"

财务总监询问这些钱什么时候到位。刘晓宇表示,"三天之内,这笔资金会打入澄海账户。你们现在就可以和银行方面接洽还款的事了。"吴婷望着老许说:

"你们部门恐怕要加班了。"财务总监激动地说:"我们非常愿意加班!"

等大家激动的情绪平静下来后,刘晓宇说:"我和吴婷投资的这一亿六千万,并不是无条件的。"众人看向刘晓宇,吴婷也有些诧异。刘晓宇提出,"我们分别要占澄海10%和30%的股份。"财务总监有些为难地说:"澄海现在的市值最少十六个亿,一亿六千万只占10%。"刘少勇也说:"现在市场不好,如果回到正常水平,澄海的市值应该可以达到三十个亿。"

刘晓宇看着他们两个,"但是吴婷的这四千万,换来了澄海未来的生存机会,这又该怎么计算呢?"财务总监咬咬牙说道:"这样吧,最多算15%。"刘少勇提出:"将来澄海发展壮大,一亿六千万变成十六亿也是可能的。"

刘晓宇摇摇头说:"你们看见的是机会,但我看见的是风险,这一亿六千万也有可能变成一千六百万、一百六十万,甚至零。而且你们刚才十六亿和三十亿的估值都不准确,我对澄海未来一年的自由现金流和资本成本进行了预测,在现在的市场情况下,我对澄海的估值是四亿!所以,一亿六千万换40%,非常公平。"

刘少勇和财务总监听完都沉默了。

吴婷打破僵局说:"你们别争了,我不要什么股份。"

刘晓宇坚决地说:"你必须要。"

刘少勇看到吴婷表态,趁机提出:"李总和吴姐本来就是一家人,没必要把股份划来划去吧。"

刘晓宇依然决断地说:"不,很有必要。"

财务总监说:"说句老实话,比较以前有人出价一亿六千万买澄海90%的股份,现在一亿六千万占40%,也算厚道了。"刘少勇也感觉老许说得有道理,便说:"就40%吧,我没有意见。"刘晓宇满意地笑了:"现在找不到李海,但是澄海的危机又迫在眉睫,先以借贷的名义明确这一亿六千万。至于股权的重新划分,先草签一个协议,由吴婷和刘总代替李海签字,等找到李海,再履行相关的手续。"刘少勇和财务总监都表示同意。

刘少勇征询吴婷的意见:"吴姐,那我能不能向大家宣布这个好消息,让大家安心。"

"好吧。"

"那我现在就去召集,吴姐,一会儿你给大家说两句吧。"

"你先召集吧,我和刘晓宇还有几句话要说。"

"好。"

吴婷等刘少勇和老许出去后,对刘晓宇说:"我不需要什么股份。"

刘晓宇正色地说:"既然你聘请我做你的律师,保护你的利益是我的责任。"

"这些股份对我来说没用。"

"股权并不仅仅意味着利益,更多的还是责任与权利。你有了权,才能行使职责。既然你决定担起这个本该由李海来承担的责任,那么你就必须拥有相关的权利。"

吴婷想了想："我明白了。晓宇，尽管你有功利的目的，但是我还是非常谢谢你。"

刘晓宇笑了："我也谢谢你。我一直看好未来的中国房地产市场，但一直没有合适的机会。谢谢你把澄海带到我面前。"

吴婷满是感激地说："有很多项目你可以选择，但是你选择了帮我，这一点我很明白。"

刘晓宇突然有点腼腆："呃……其实，没……没什么。"

突然，会议室爆发出一阵震天的欢呼。刘少勇敲门进来说："吴姐，大家都在等着你。"

吴婷、刘晓宇、刘少勇走进澄海置业会议室，只见高管们大多喜形于色。

吴婷指着刘晓宇向大家介绍说："这位是我们公司的新股东。加拿大'枫信金融'执行董事，副总经理刘晓宇先生。"刘晓宇向大家欠身表示致意。

吴婷说："这次多亏刘先生鼎力相助，澄海才能渡过难关，在这里，我代表澄海的所有员工谢谢刘晓宇先生。"吴婷向刘晓宇鞠躬，刘晓宇鞠躬还礼。众人拼命地鼓掌叫好。

吴婷笑了笑，转头面向众人："其次，我要谢谢在座的每一位，你们在澄海最危难的时候，不离不弃，是你们给了我信心，让我决定将澄海坚持做下去。现在，澄海虽然暂时过了一关，但是前面的路上肯定还有各种困难，希望大家齐心协力，共渡难关。"吴婷向众人鞠躬。高管们再次爆发热烈的掌声。

营销总监喊着："兄弟们，大家别光顾着欢呼，回头大家铆足了劲儿干吧。"

人力资源总监也喊道："兄弟们，真的英雄，不是狭路相逢勇者胜，而是在经历了磨难与低谷之后的王者归来！"

刘少勇用力地举起右臂："好，为了澄海置业王者归来，让我们再拼一把！"

整个会议室里洋溢着激昂的情绪，吴婷欣慰地笑了！

唯有老陈，有许多不解，也有些不甘。

在一家律师事务所办公室。刘英正与三位律师在一起讨论着。他们的面前，摆着厚厚的卷宗。一个律师说："现在，我们应该比他本人都更清楚他的资产状况。"另一名律师说："针对他可能采取的应对措施，我们也都有了预案。"第三名律师说："不过，我们唯一还欠缺一个最关键证据。"刘英点点头："我知道你们说的是什么，放心吧，我会拿到的。"

夜晚的白鹭村，李海与村民们围坐在院子中的桌子边，喝酒猜拳，不亦乐乎。晓菲与马林没有喝酒，坐在外围看着。马林看着李海说："他好像很喜欢这种生活。"晓菲却慢慢地摇头："我总觉得他只是在逃避。""逃避澄海的破产？""也逃避吴婷。""逃避解决不了问题。"晓菲沉默不语。马林转头看着晓菲说："不管李海的快乐是否纯粹，你快乐吗？"晓菲想了想说："我很快乐。"马林笑了："那就好，也不枉我一直为你操心。"他站起来："我该走了。"

李海与村民勾肩搭背，已经醉意盎然。马林来到李海面前，李海端起一碗酒："马林，来喝酒！我们哥俩算是劫后余生，值得一醉！"马林端起酒："李哥，我羡慕你，甚至嫉妒你。"李海笑着："我一个破产之人，哪里还值得你羡慕嫉妒？""但是你有晓菲。"李海一怔，突然明白了马林的意思，他转头去看晓菲。晓菲正与几个孩子玩着橡皮筋。马林有些失落地说："她并不知道。"李海慢慢笑了："兄弟，对不起，我捷足先登了。""没什么，得到不一定能长久；失去也不一定不再有。"李海不高兴地说："你这话该罚！"马林干尽杯中酒："李哥，我还想说一句话。""你说。"马林对他说："逃避不一定躲得过，面对也不一定最难受。"李海怔住。马林再次干尽杯中酒，将酒杯一扔："走了！"转身离去。李海看着杯中酒，想着马林的话，任凭村民们一再劝酒，他却怎么都喝不下去。晓菲玩橡皮筋的间隙抬头，看到出神的李海，脸上浮现出担忧。

晚上，吴婷仍然待在澄海置业李海的办公室里。她从档案柜里取出了一个标注着《澄海时间》的文件夹，认真翻阅着。赵晓菲的名字屡屡出现，吴婷不禁陷入了思考。

在一间茶馆的包间里，周兴和老陈正在低声交谈着。当听到叠峰阁四期复工的消息，周兴有些惊讶。他的第一感觉，是以为李海回来了。老陈告诉他，李海并没有回来，据说吴婷把所有身家甚至包括加拿大的房子抵押了，凑了四千万。吴婷又从加拿大找了一个投资公司，出一亿两千万买了澄海30%的股份。听到这里，周兴感觉有些意外。老陈看了看他，说："所有人都觉得很意外。"

周兴还是关心李海的动向。"李海还是没有消息。有人说，他已经去加拿大了。估计吴婷的出现，就是他在背后遥控。"老陈猜测说。

周兴想了想说："那就等着看吧。就算四期能开盘，但现在这个市场情况，还是卖不出去。银行贷款还不上，等着澄海置业的，还是一个'死'字！"

周兴从茶馆出来，驱车离去。与此同时，旁边的一辆车立即发动，紧紧跟随在周兴后面。周兴浑然不觉，他像往常一样开到媛媛住处的楼下，下车走进了楼里。一直跟踪他的那辆车停下，拍下了周兴步入楼房的照片。

建国特意找了一家特色餐馆，请吴婷一起用晚餐。建国兴奋地说："业内都在说澄海是一个奇迹，我说那是因为澄海有了吴婷，吴婷是奇迹中的战斗机！"

吴婷笑着说："我什么都没做，都是朋友帮忙，员工也努力。"

"低调其实是最牛的炫耀！"

"我是说真的，对于房地产，我什么都不懂，虽然澄海已经开始运作了，但是下一步该怎么做，我一点头绪都没有。"

建国羡慕地说："吴婷，你什么都不懂，却一举解决了澄海的债务危机，让一个休克的公司重新运转，你让我们这些干了十多年房产的老同志情何以堪？"

吴婷不好意思地笑了笑。

建国又说："如果李海看到今天澄海的局面，一定会去撞墙。"

吴婷沉默。

建国关切地询问她："还是没有李海的消息？"

吴婷点头。

建国不解地问："你说如果是因为破产了，他没脸见人，被迫失踪，现在澄海缓过劲儿来了，该还的钱也还了，他也该回来了吧。难道他还不知道消息？"

吴婷低声说："他不想看到的，不仅仅是那些债主，也包括我。"

建国疑惑地问："他为什么要逃避你。"

吴婷将那份律师函递给建国。

建国扫了一眼，大惊失色："呀，还有这一出，我怎么不知道？什么时候的事情？"

吴婷说："在我回来之前。"建国安慰她说："吴婷你别着急，这事交给我。明天，不，现在，我立刻就去找他，发动所有人，发动所有关系，哪怕挖地三尺，也要把他找出来。然后我一定亲手把他绑上，你把他带回加拿大去。"

吴婷轻轻摇头："我带走一个躯壳，又有什么用呢？"

建国有些疑惑地问："难道你不要他了？"

吴婷深深吸了一口气，痛苦地喝下杯中酒说："是他不要我了。"

建国拍着桌子气愤地说："傻冒年年有，怎么今年又轮到他了！"

吴婷的手机突然响起，她接通电话刚听了两句，突然脸色大变。建国急忙问："出什么事了？"

吴婷语带悲伤地说："我必须去找李海。"

白鹭村帐篷小学，空地上挂着红色的条幅，上书"白鹭村帐篷小学散学典礼"。横幅下摆了几张课桌，算作主席台。主席台下，晓菲带着孩子们整齐地坐成几排，村民们或坐或站，围在周围，李海也在其中。村长拿了一个喇叭喊着话："安静！安静！"村民们稍稍安静。

村长主持说："白鹭村帐篷小学散学典礼现在开始。下面有请教委领导讲话。在大家的掌声中，一名戴眼镜的老师走上台，村长将喇叭递过去。"

那位老师接过喇叭，清了清嗓子说："各位同学，各位家长，我向大家报告一个好消息。白鹭镇中心校已经正式落成，师资队伍也已经就位，下个学期，我们白鹭村所有的孩子都将在新学校里就读了。"全场爆发出热烈的掌声。

老师将喇叭交给村长，村长接过说："领导说了，新学校条件很好，比这帐篷好一千倍好一万倍，但是我们进了新学校，也不能忘记帐篷里的日子，更不能忘了将这帐篷小学办起来的晓菲老师。我提议，让晓菲老师给大家讲几句。"

台下的晓菲一下愣住了，连忙冲村长摇手："村长，算了吧，我都没有准备。"

村长坚持说:"要讲,要讲。"旁边的村民们也一起说:"赵老师,你就上台说两句吧。""……我们白鹭村最要感谢的人就是你,你就别推辞了。""……晓菲老师,上去亮个相吧。"

晓菲无奈,只好走上台。

村长对她说:"晓菲老师,你对娃娃的好,大伙儿都看在眼里。我们山里人,最笨,也不会说什么,我们就一起给晓菲老师敬个礼吧。大家听我的口令,起立!"

所有的村民和孩子一下子都站了起来。

村长好像值日生一样喊道:"敬礼!"

所有村民、孩子鞠躬,齐声说:"老师好——"

晓菲连忙还礼:"同学们好,各位家长好,乡亲们好。"

村长将喇叭递给晓菲。

晓菲清了清嗓子,说道:"大家请坐。我……"晓菲突然按捺不住内心情绪,眼泪一下涌出,哽咽了:"我……"晓菲捂住嘴,竭力平静了自己,然后才开了口:"大家对我这么好,我真是担待不起。……其实,真正应该是我谢谢大家。几个月前,我一无所有,来到白鹭村,是孩子们的笑脸,冲淡了我失去父亲的悲痛;是孩子们充满期待的眼神,让我有了重新生活的动力。其实我只是教孩子们做做功课,做做游戏,但是乡亲们给我的,却是亲人一般的爱。我谢谢大家"。晓菲放下喇叭,深深鞠躬。

台下响起雷鸣般的掌声。

村长拿起喇叭:"我们白鹭村能在地震之后,这么快就重新建设好,离不开党的关怀,离不开政府的领导,也离不开许许多多好心人。除了晓菲老师,还有很多人给我们捐钱捐物。今天有一位好心人就在我们中间,我们也请他来给大家说两句。李海,上来吧。"

李海颇为意外:"村长,你就放过我吧。"

村长大声说:"快上来!我们要给你颁奖!"

李海身边的村民们嘻嘻哈哈地将李海又推又拖地拉上了舞台,站在晓菲身边。

村长接着说:"下面,我代表村委会,向好心人李海发奖——灾后重建最佳外援奖!"随后,他将一张奖状郑重地交到李海手中。李海也极其郑重地与村长握手,双手接过奖状。村长将喇叭递到李海手中。李海看着手中的奖状,不过就是一张纸,上面的字也写得不算工整。李海向大家展示着这张特殊的奖状,他开口说道:"我这辈子领过很多奖,有金箔的,有水晶的,有雕花的,都比这个奖状来得精致,但是在我心里,这个奖状的分量最重。我一定会把这个奖状收藏好,因为在白鹭村,我和你们一起度过了一生中最快乐、最难忘的时光!"说完,李海深深地给大家鞠了一个躬。村民再次热烈地鼓掌。

突然,李海愣住了,在人群外,孤零零地站着一个女人,是吴婷。晓菲发现李海神情有异,顺着李海的视线望去,她也愣住了。音乐正好完毕,村民们自动闪出一条路来。吴婷径直来到李海面前："爸爸……你父亲……病危。"

李海冲进医院病房，看见父亲躺在床上，身上插满了管子，床前安满了监护的仪器。他扑到病床前，大声叫道："爸！爸！爸——"父亲闭着双眼，没有任何应答，监护仪上的曲线没有任何变化。吴婷也走了进来。

一直到晚上，李海始终握着父亲的手，守在病床前，吴婷在旁陪伴着。
除了监护仪运转的声音，病房里一片寂静。

凌晨。吴婷靠着椅背，打着瞌睡；李海痴痴地看着父亲的脸。突然，父亲的手动了动。李海感觉到了。父亲慢慢睁开了眼睛，眼神是从未有过的清亮。李海惊喜地叫了一声："爸。"吴婷一下醒来，也凑上前来，轻声呼唤："爸。"父亲颤颤巍巍地说："李海。"李海愣住，随即狂喜："爸，你认出我了？"父亲眼神移动，落到吴婷身上："吴婷。"吴婷赶紧回应："爸。"李海吩咐吴婷："快去叫贾医生。"父亲轻声说："不……不用……"李海赶忙说："爸，你别说这些，医生马上就来，你会没事的。"吴婷意识到了什么，制止李海："听爸说。"父亲从李海手中抽出手，反握住李海的手，然后向吴婷抬起右手，吴婷连忙握住。虚弱的父亲努力地将李海的手向吴婷的手靠拢，两人不明所以。最后，父亲将李海的手放到吴婷手中，期待地看着吴婷，想说什么却已经说不出了，眼神中有许多急切。吴婷明白父亲的意思，轻声说道："爸，你放心，我会把海子照顾好的。"父亲的眼神慢慢放松，脸上浮现微笑，然后闭上了眼睛。监护仪发出警报，所有的曲线瞬间变成了直线。李海呆呆地看着父亲，难以置信。

突然，李海猛地扑倒在父亲身上："爸——"李海号啕大哭。吴婷也流下了伤心的眼泪。

二十七

在李海别墅客厅里，哀乐低回。李海父亲在圈着黑纱的照片上微笑着。照片下，放置着香炉以及以吴婷、李海名义送的花圈和以英子的名义送的花圈。吴婷的父母最先赶过来，他们径直来到遗像前敬香、默哀、致礼。一身素黑的李海与吴婷站在旁边回礼。

吴父握着李海的手劝他说："节哀顺变。"李海满脸悲戚地点头。吴母问女儿："婷婷，你是哪天回来的？"吴婷支吾着说："呃……爸病危之前就回来了。"吴父感叹地说："李大哥怎么说走就走了呢？"吴婷解释说："爸爸老年痴呆已经很多年了，身体状况也一直不好，这次走，也算意料之中吧。"吴母又问："李大哥走的时候，你和李海都在身边？"吴婷回答："我们都守在他身边。"吴父感叹地说："那李大哥应该走得很安心。"吴婷安慰着说道："是的，一点痛苦都没有，最后的表情，也是在微笑。"吴母心疼地说："有你这样的儿媳，李大哥也该安心了！"听了母亲的话，吴婷的嘴角苦涩地牵动了一下。李海则沉默地低下了头。

吴婷的手机忽然响了起来，吴婷拿起一看，是英子打来的。她告诉英子说："爷爷的事都安排好了。……你不用回来，妈妈已经帮你尽心了。……妈妈和爸爸都好，外公外婆就在我身边，你跟他们说两句吧。"吴婷将手机递给父母。老两口走到一边，抢着和英子通电话。

建国也闻讯赶了过来。吴婷连忙迎上前去："建国，这边请。"建国已经一眼看见了李海，愣了一下："他回来了。"吴婷点了点头："是。"建国来到遗像前，瞪了李海一眼，然后向遗像鞠躬。吴婷给建国递上三支香。建国恭恭敬敬地上了香，跪在地上磕了三个头。李海与吴婷跪在一旁还礼。

建国站来后对李海说："你终于回来了"。李海默默地点了点头。建国又问："这段时间，你都去哪儿了？""说来话长。"建国咬牙切齿地问："听说你要跟吴婷离婚？"李海一愣。吴婷连忙上前制止："建国，别当着爸的面说这些。"建国看了一眼李海的父亲的照片："好，今天我们只说老爷子的事，其他事暂时搁下。不过，我还是一句话，如果你敢让吴婷伤心，我就没你这个兄弟！"

建国转向吴婷："老爷子的后事都安排好了吗？"

"都安排好了。"

"墓地呢？"

"墓地选好了。墓碑正在刻，今天下午就可以刻好，直接送过去；日子时辰也都定了，也请人看了，说没问题；车也安排好了。"

建国指着吴婷，质问李海说："这么好的老婆，你还要怎样？"他又悲愤地指着李海："你呀！就是一个傻子！我真不想再看见你！"骂完便甩手离去。

出租屋内，晓菲牵着妞妞，轻轻地推开门，屋里一切都没变，简单、实用。妞妞好奇地问："妈妈，这是哪儿？"晓菲环顾了一下四周："这是我们的家。"晓菲走进房间，家具上蒙着一层厚厚的灰。晓菲的目光落在了墙上自己与父亲的合影上。晓菲呆了呆，取下那张照片，用手抹去灰尘，痴痴地看着父亲的脸。良久，晓菲从随身的包里取出那包泥土，将两样东西放上书桌，轻轻抚摸着。

晓菲在健身会所外等待着媛媛。不一会儿，身后传来一阵急促的脚步声。晓菲转头一看，媛媛气喘吁吁地跑了过来。近了，媛媛陡然停住，直愣愣地看着晓菲。晓菲脸上挂着淡淡的微笑："媛媛。"媛媛上前一步，一巴掌打在晓菲肩上，骂着："你还活着啊！"晓菲正要回应，媛媛一巴掌接一巴掌，一句接一句地骂将出来："你死到哪儿去了？你到底在深圳还是在哪儿？我也不知道你是在深圳把我忘了，还是被地震埋了？我也不知道该报警还是该给你烧香！电话也打不通，短信也不回！知不知道我为你着急担心？你知不知道我哭了好多场？……"说着，媛媛一把抱住晓菲，"呜呜"地大哭起来。

晓菲感动地说："媛媛，别哭了，别哭了。我这不是好好的吗？"

李海与吴婷伫立坟前，簇新的墓碑上写着——父亲李庆恒之墓，子李海立。

吴婷对李海说："入土为安，爸安定下来了，我们也可以安心了。"

李海歉意地说："婷婷，这段时间你辛苦了，谢谢你。"

吴婷平静地说："剩下的时间，该解决我们的问题了。"

李海转头看着吴婷："你已经收到了我的律师函？"

"是。"

"对不起。"

吴婷的语气显得很平淡："你没有什么对不起我的地方。你有权选择你想过的生活，就算我是你的妻子，我也没有权力阻止你。""但是我们之间曾经有过承诺。""承诺，只有在在乎对方的时候才有效。""婷婷，其实，到现在，我都很在乎你。"吴婷浮现讥讽的微笑："李海，你不觉得你这话很讽刺吗？！"

李海垂着头说："也许你会觉得我虚伪，但是我说的都是真的，我也很努力地想把她从我心里摘走，但是我失败了。"

吴婷黯然："失败的是我，我曾经很努力地想维护我们的婚姻，但是现在，我认输……也许，我魅力不够；也许，她更适合你；也许，男人就是这样……"

"不，你是一个很好的女人，我曾经和你有过一段非常美好的爱情，也有过非常圆满的婚姻，而且我也非常真诚地想和你一起走下去……但是，我只能选一个。我们现在的结果，我内心深处也觉得非常的遗憾。"

吴婷发出一声冷笑："遗憾？难道有谁逼着你和我分手？难道你不是一个成年人，无法自主地判断与选择？难道赵晓菲在你身上下了毒，让你离开她就活不下去？李海，你无法自控，你背叛成瘾，你喜新厌旧，你就承认吧？至少你还是一个磊落的浑蛋！"

"婷婷，你怎么骂我，都不过分，我的确很无赖，也很无耻。但我希望不要因为我们的分手，而影响你对自己的判断。我选择赵晓菲，不是因为你不够好，而是因为……因为太多的原因。"

吴婷仰天失笑："没有关系，在你心中我不如赵晓菲这个事实，不会让我自卑。我只是想提醒你，赵晓菲给你的青春和激情，我曾经都拥有，只是随着我们的年龄增长，这些东西慢慢消失了，这是不可逆的自然规律，所以她现在能给你的，终有一天也会消失。到了那一天，你又该怎么办呢？又去寻找更加年轻的女孩？"

"对不起。"

"你放心吧，我会尽快签字的，不过关于财产，恐怕需要我们双方的律师重新商谈。"

"婷婷，有件事情可能你不知道，澄海置业已经破产了。不过，在破产之前，我对我们的个人财产做了一个清理。我现在分割给你的那些东西，已经是我的全部，虽然不算多，但你后半生的生活应该不会有什么影响。"

"李海，有件事情可能你不知道，在两个多月前，我就已经回到了枣阳。"

李海吃惊地看着吴婷："什么？"

"在你失踪之后，我接管了公司。现在澄海置业正在为叠峰阁四期开盘做着准备。"

李海震惊："不可能！"

"我从一开始就知道你在白鹭村。只是澄海的事务太忙，所以一直没有打扰你们。"

李海不敢相信这一切："不，不，不可能！"

"你现在可以去公司，看看我说的是真是假。"

李海倒退一步，转身快步离去。

吴婷在坟前跪下："爸，对不起，你把李海交到我手上，但现在这个责任，我没法担下去了……那个女孩，也许真的比我更适合他。"她的眼泪落到地上，湿了一片泥土。

在健身会所内，媛媛问着晓菲："那赵伯伯就这样，活不见人死不见尸？"晓菲点头，眼中又含满了泪水。媛媛想了想说："你是不是太悲观了，我觉得，赵伯伯说不定还活着呢！""地震过去已经这么久了，如果他还活着，为什么不跟我联系呢？""也许……也许他被救到外地去了……对了，也许他失忆了呢！韩剧经常有这样的桥段的。"晓菲落下泪水："父女之间是有心灵感应的，我能感觉到，爸爸已经走了，去了一个很远的地方。"媛媛又抹起了眼泪："可怜的晓菲……"晓菲努力微笑着说："媛媛，你别伤心，我没事，我已经走出来了。""可你这大半年一定很难过。""还好，李海一直陪着我。"媛媛惊讶地问："李海？"晓菲点头。这时，妞妞跑过来，手上抱着一堆零食："妈妈，那边有个机器，放钱进去，就掉吃的下来。"媛媛更是震惊："妈妈？"晓菲解释说："这是我的女儿，妞妞，叫阿姨。""阿姨。"媛媛着急地问："晓菲，天哪，这到底是怎么回事？我是不是穿越了？"

晓菲说："地震，让我失去了父亲，但是多了一个女儿。"

"那李海呢？""他决定了要跟我在一起。""那你打算怎么办？""我打算给妞妞在枣阳找个学校。""我问你和李海？""他已经向吴婷提出了离婚。"媛媛的嘴一下张得老大："这么说，你终于还是把他给彻底征服了。""我什么都没做。也许他在经历了地震之后，想清楚了一些事情，作了这样的选择。""晓菲，我对你真是羡慕嫉妒恨啊！""为什么？"媛媛："我跟我那男朋友，也算经历了地震考验，可是我们俩的关系，还是原地踏步。"晓菲摇摇头说："媛媛，你别羡慕我，其实，我心里也挺乱的。""难道你不想跟他在一起？难道你不爱他？""我爱他，我也想跟他在一起。""那你乱什么乱呢？""我不知道。"媛媛长叹一声："唉——我怎么着才能让我和他的关系再进一步呢？"

在自闭症儿童培训学校老师办公室，老陈与老师交流着自闭症儿童的治疗技术。老师告诉老陈，美国治疗自闭症儿童的医疗技术目前是世界上最为先进的。美国最著名的儿童心理专家劳拉·贝克，研究自闭症已经有二十多年历史。如果想治好星星的病，最好带孩子去美国。老陈试探地问老师："如果我决定带星星去试一试，需要多少费用？""整个疗程大概需要两到三年，每年至少6万美金。"老陈惊讶地张大了嘴："这么昂贵？"老师叹息一声："是啊。"老陈想了半天，最后咬着牙说："再贵，为了星星，我还是要去！"

李海来到澄海置业楼下，望着门口"澄海置业集团"的招牌，十分感慨。保安热情地迎上去："李总！"李海摇摇手，径直走进大楼。各个办公室灯火通明，工作人员进进出出，一派繁忙景象。有员工认出了李海，惊讶地问："李总，你回来了？"有人喊着："李总回来了！李总回来了！"一时间，许多员工涌出办公室，来到走廊上，惊喜地围在李海身边。李海下意识地躲闪着、退却着，走进了自己的办公室。李海心潮起伏，难以平静。

老陈正在办公室电脑前忙碌，有手下探头进来报告："陈总，李总回来了。"

老陈一惊:"谁?"老陈匆忙来到走廊,透过玻璃门,只见李海望着窗外,心事重重。老陈慢慢地退到一边,拨了周兴的电话,依然无法接通,便发了一条短信:"李海回来了。"很快,手机铃响了,老陈接起电话,只听到周兴低沉地说了句"老地方见。"便挂断了。

在酒店大堂。刘晓宇问吴婷:"老人家的事情都办完了?"吴婷轻轻点头。刘晓宇将手中的资料推过去:"这是按照你的意见,重新修改过的离婚协议。"吴婷伸手去拿:"谢谢。"刘晓宇按住:"要不你再考虑一下?"吴婷果断地说:"我已经考虑了两个月。""没有必要在这个问题上赌气。"吴婷眉毛一挑:"这不是赌气,也不是冲动。我只是想明白了,人唯一真正拥有的,只有自己。甩开这些身外之物,才能让我更快地找回自己。"刘晓宇钦佩地看着吴婷,松开了按住文件的手。吴婷取回了那份文件。吴婷看了看,感觉比较满意,便拨通了李海的电话:"你应该已经清楚现在的情况了,我们谈谈吧。"

李海赶往一家咖啡馆。吴婷将一份文件推到李海面前。李海问:"这是什么?""我重新拟了一份离婚协议,主要是对我们的财产分割,进行了调整。""应该的。之前我担心澄海发生不测,影响你的生活,所以做了这样的分割。现在澄海已经恢复运转,并且产生了效益,那的确应该重新调整。婷婷,我很感谢你为挽救澄海所做的一切,刘晓宇提出40%的股份,我也没有任何异议。至于剩下的那60%……"吴婷打断李海的话:"我什么都不要。"李海吃惊地问:"什么?"吴婷清晰地告诉他:"澄海集团总共70%的股份,都是你的。"李海愣愣地看着吴婷,还是不相信自己的耳朵:"你说什么?"吴婷指着文件:"这上面都写得很明白,你看看吧,如果没有意见,请你签字。"李海低头翻阅着那份协议,然后抬头震惊地看着吴婷:"你为什么要这么做?"吴婷拿起桌上的一支笔,递过去:"我已经签字了,只差你了。"李海呆若木鸡。吴婷无奈,只得将笔塞到李海手里。李海握着笔,一动不动。吴婷对李海说:"你放心吧,你什么都没失去。"李海看着吴婷说道:"我离开的时候,澄海是0;所以,现在澄海70%的股份,应该全部都是你的。""你的钱,我一分都不要。"李海沉默。"李海,请你签字。"吴婷提醒道。李海扔下笔:"离婚,我同意,但是我不同意这样分割财产。"吴婷突然忍不住:"你到底要怎样?"李海扔下一句"我会重新拟一份离婚协议给你"后,站了起来,迅速离去。

晚上,在李海别墅的主卧里。吴婷将自己的衣物放进行李箱,然后拖着行李箱下楼来。吴婷来到照片墙前,看着一张张照片,眼神中有许多不舍与苦涩。终于,她苦笑了一下,毅然转身,拖起行李箱,关好房灯,离开了别墅。她来到酒店大堂,刘晓宇走过来,问她:"李海签字了吗?"吴婷摇头。"为什么?""他不同意财产这样分割。"刘晓宇有些愤怒:"他还要怎么样?"吴婷慢慢地说道:"他一分钱也不要。他要我把澄海70%的股份全部拿走。"刘晓宇感慨:"我从来没有见过你们这样的夫妻。其他人为了争财产，打得头破血流，你们俩却是谁都不要。"吴婷冷笑了一下："他不过是想用钱减轻内心的愧疚。"刘晓宇说："但是李海能做到这一步，还是让我很佩服。"吴婷有些意外地看了刘晓宇一眼，两人走进电梯。到了房间门口，吴婷开了门，转身对刘晓宇说道："晚安。"刘晓宇将行李交给吴婷也说道："晚安。"吴婷接过行李，正要关门，突然想起什么："晓宇。""什么？""澄海只是暂时没有了债务危机，但是后面的路还是很难，而最适合带着澄海走出困境的人，是李海。""你的意思是，不管股份最后的归属是谁，你还是希望李海能做总经理。"吴婷点头："是，尽管作为丈夫，他很浑蛋；但是作为老总，他很优秀。"刘晓宇看了看吴婷说："那我来跟他谈吧。"

  出租屋客厅。妞妞在沙发上看着动画片。李海与晓菲在餐桌旁相对而坐。李海困惑而痛苦："……好像有一颗子弹，打进我的身体里，直到现在，我都还在震荡。让我不能思考也不能呼吸。"晓菲震惊："吴婷拯救了澄海？"李海："我与她一起过了二十年；可是今天，我突然觉得我不认识她，她好像变成了一个全新的女人。"晓菲："也许你从来没有了解过她。"李海："我也从来没有了解过自己。我一直觉得我是个男人，就算公司破产，我也没有亏欠过谁；就算移情别恋，我也是净身出户。我以为我已经足够有担当，但是今天在吴婷面前，我无地自容。"晓菲："那你现在怎么打算？"李海摇头："打死我，我也不能再接受澄海的一分钱股份。"晓菲点头。李海轻叹："她告诉我，我什么都没失去，但是……"李海没有说下去。晓菲的眼神一下有些悲戚。

  这时，李海的手机收到一条短信，是英子发来的："老李，上QQ，速度！"李海用晓菲的笔记本电脑登上了QQ。英子又发送了一条消息："视频！"李海点击了开始视频。片刻后，惊慌的英子出现在窗口上："爸爸，你和妈妈又怎么了？""你妈妈跟你说什么了吗？""我给家里打电话，没人接，我打她手机，她说她从家里搬出来了！""什么？她搬出去了？""她还说跟你有什么问题要解决，你们俩又出了什么问题？"李海深深地呼吸了一口气："英子，我和你妈妈决定离婚。"英子惊呼："什么？怎么可能？上次你们不是还好好的吗？怎么突然又说起这事了？你们俩怎么一点都不让人省心？"李海："英子……""你等等。"英子迅速拨通了吴婷的电话："妈，你赶快上QQ，我有重要的事情找你。"英子操纵着，把对话变成三个人。李海紧紧地盯着吴婷的头像，头像亮了，吴婷也出现在了视频上。"妈妈。""婷婷。"吴婷看见英子，还有笑容，转眼一见李海，笑容顿失。英子问吴婷："妈，你和我爸要离婚？""是，这是我们共同商议的结果。"英子尖叫："我不同意！我不同意！我不同意！"吴婷说："英子，这是爸爸和妈妈两个人的事情，你不用管，好吗？"英子坚决地说："不，我是家庭的一分子，这么大的事情，我一定有一票。""这是妈妈深思熟虑的结果。""不。"吴婷只是摇摇头。过了一会儿，英子说了句"你们等等"，便从屏幕上消失了。

  李海问："婷婷，你现在在哪儿？"吴婷沉默。"你不用搬走，我走。""李海，我不会再回去了。"

英子重新出现在屏幕上,一手拿着一个熊猫:"爸爸妈妈,你们还记得它们吗?"吴婷说:"这个熊猫叫大大,那个熊猫叫小小。"李海说:"这还是你三岁生日的时候,我买给你的。"英子点头说:"是,三岁那年,妈妈说我已经长大了,应该学会一个人睡觉。"李海说:"当时你很害怕,于是我就买了这两个熊猫给你,让它们陪着你。"英子说:"我给它们取名字叫大大、小小,但是其实在我心里,这是爸爸,这是妈妈。每天晚上,关灯之后,我怕得不得了,但是一看到它们俩在枕头边上,我心里就安稳多了,因为爸爸妈妈一起陪着我。"李海与吴婷都沉默了。英子将大大、小小搂在一起,哭着:"爸爸妈妈,我不要你们分开,我要你们永远一起陪着我。"吴婷眼中有泪:"英子……"李海沉默。吴婷的眼泪流下:"英子,妈妈很抱歉。"吴婷的视频断了,她下线了!英子一下大哭起来:"妈妈——妈妈——"

李海安慰她说:"英子,别哭,别哭。"英子哭着:"爸爸,你一定要把妈妈找回来。我求你了!"李海为难地沉默着。英子继续央求着:"爸爸,我不能没有妈妈,也不能没有你!爸爸,你答应我!答应我!"

晓菲听着里面传出的英子的哭声,眼睛也湿润了。李海艰难地说:"英子,我会处理好的,你放心吧。"英子反复问李海:"那你答应我了?你说啊,你是不是答应我了?"终于,李海轻轻地点点头。"老李,那你说话要算话,你一定要把吴婷找回来!……那我等你的好消息!"英子的声音传到晓菲的耳中,晓菲不禁全身一震。片刻后,李海走出房间。晓菲调整着表情,平静地抬头:"天晚了,你该回去了。"李海点点头,开门离去。望着李海的离开,晓菲心中说不出的难受。

周兴像往常一样和老陈在茶坊包间碰头。

周兴问道:"李海什么时候回来的?""昨天中午。""欠的钱都还完了,他也该露面了。"老陈盯着周兴说:"周总,有个事我想跟你商量一下。""你说。""前两天,孩子的培训学校老师告诉我,他们学校争取了一个去美国治疗的名额。""哦。""这一去,至少两年,我准备从澄海辞职。所有的费用加一块,至少100多万,所以……我在想,那笔钱你能不能给我,我也好没有后顾之忧地带着孩子去美国。"周兴想了想:"你打算什么时候走?"老陈:"这个项目是明年春天正是启动,我打算明年三月走。"周兴想了想说:"那你也别忙着辞职,澄海置业又起来了,我跟李海的对决还需要你帮忙。等我拿下了澄海,所有的账我跟你一起结。"老陈想了想,无奈地表示:"好吧。"

李海回到自己的别墅,打开房灯,房间虽然整齐、干净,却弥漫着一片寂寞。他回想起从前,他每次回家,吴婷就会从厨房走出来,将一碗热汤放在桌上,招呼说:"先喝碗汤吧。"他走进主卧,吴婷就会从卫生间走出来告诉他:"水已经给你放好了。"李海来到卧室床头,注视着床头桌上的照片,他们俩曾经是如此亲密与温馨。可是，一切已经成为过去。他对着照片上的吴婷喃喃自语："婷婷，对不起。"

在游乐场，妞妞正在高兴地玩着旋转木马。晓菲与媛媛一边在外面等候，一边交谈着。听说吴婷一分钱都不要，媛媛感到很惊讶，她不解地问："她在想什么呢？"晓菲解释说："对她来说，最重要的东西就不是钱。所以她根本不在乎。"媛媛问："那对她来说，什么是最重要的呢？"晓菲想了想："也许是尊严吧。"媛媛哼了一声："钱也没了，人也没了，有个屁的尊严。"晓菲由衷地说："不，我现在很佩服吴婷。"媛媛不屑地说："那么傻的女人，你都佩服！"晓菲若有所思地说："也许吧，因为我比她更傻。"媛媛困惑地望着晓菲。这时，妞妞已经跳下木马，向着她们走来，忧郁的晓菲连忙换了笑容。

晓菲将妞妞抱上一个轨道自行车，笑着跟妞妞挥手。看着妞妞驶远，晓菲叹息。媛媛问："你叹什么气？"晓菲："我有一个感觉，我觉得李海真正爱的，其实不是我。""他们俩不是都要离婚了吗？""但并不等于他不爱吴婷。""你可别瞎猜。你那么好，那么完美，李海怎么可能不爱你呢？""媛媛，吴婷比我更好，更完美。""如果你们俩是在应聘的话，晓菲，我觉得你更胜任做李海的妻子，你又聪明人又好，而吴婷，不过就是……就是……工作经验比你丰富。"晓菲摇头。媛媛郑重地说："晓菲，这个时候，你可千万不能松手！必要的时候，你得拉李海一把。"晓菲反问："怎么拉？""一哭二闹三上吊，中国女人的居家日用户外防身抢夺男人保护自己的必备利器，难道还要我教你？"晓菲不耐烦地说："去去去，又是馊主意。""晓菲，现在是黎明前的黑暗，你要记住，前途光明，坚持就是胜利。""也许最深的感情，不是把对方留下，而是自己离开！""你们这些有内涵的人，就喜欢把事情搞得跟一团乱麻一样。如果换成我，我要真喜欢上谁，我一定要霸占他，谁也别想跟我分，更别想拿走！"她们俩正聊得投入时，远处一个中年男子举起相机，拍下了媛媛和晓菲的照片。

李海到了酒店大堂，刘晓宇走了过来。两个人礼貌地握了下手。

李海感激地说："非常谢谢你，能在澄海置业最危急的时候，伸出援助的手。"

刘晓宇摇摇头："你不用谢我，你要感谢的人是吴婷，是她的责任感感动了我。"

李海一怔。

刘晓宇态度坦白："另外，我也不是为助人为乐才出手的，我也在为我的客户寻求最大的利润。"李海点点头："那我佩服你的眼光。明年春节之前，市场一定会复苏，你的投资会立刻见到效益。"刘晓宇不相信："哦，你这么肯定？"

李海点头。

刘晓宇的脸上涌现一丝嘲讽："你也曾经预言，地震之后三个月，楼市就会复苏，结果差点倾覆澄海。"李海沉默不语。刘晓宇笑了笑："那你觉得叠峰阁四期什么时候开盘比较合适？"李海直截了当："你应该和吴婷商量这件事，我在澄海已经没有任何发言权了。"刘晓宇鼓励他："我知道你和吴婷还没有谈好股份的归属，但是我和吴婷有一个共识，不管你还是不是澄海的股东，我们希望你继续出任澄海的CEO。"

李海愣了一下，然后苦笑："你觉得，我继续留在澄海，合适吗？"刘晓宇充满信任地说："仅从才能来说，非常合适。"李海摇头："我做不到的，吴婷做到了；我认输的，吴婷坚持了下来；澄海的每一个柱子，每一扇门，每一个员工，都在提醒我，我是一个很无能的男人，我没有脸面再留在澄海。"刘晓宇继续劝他："如果仅仅是为了脸面，那你更应该留在澄海。"李海疑惑地问："为什么？"刘晓宇游说着："在澄海面临生存危机的时候，你输给了吴婷；现在澄海面临发展的难题，如果你想找回尊严，那这是你最后的机会。"李海摇头："可我也无法面对吴婷。"刘晓宇解释道："吴婷用全部身家为澄海换来了一个生存的机会，如果你真觉得对不起吴婷，那么把澄海带出现在的困境就是对吴婷的付出的最好回报。"

李海想了想说："这样吧，我暂时留任澄海的总经理，一旦澄海的运营上了轨道，我就辞职。"刘晓宇点点头说："那我们谈另外一件事，作为吴婷的律师，我全权代理她的所有权益和事宜，包括离婚。"

李海一怔，脸上现出痛苦。他反感地说："离婚的事，我会亲自和吴婷沟通，这就不劳烦你了。"刘晓宇强硬地说："吴婷不愿意再和你见面，你要谈，只能和我谈。"李海再次上下打量刘晓宇，"那请你转告吴婷，我随时可以签字离婚，唯一的条件是，澄海归她。"刘晓宇语气坚定地说："吴婷不要你的一分钱。"李海沉默片刻："那我就不签字。"刘晓宇不满："你的坚持有意义吗？除了减轻你自己的负罪感之外，你觉得钱能补偿你给吴婷带来的伤害？"李海愣住："我从来没有想过要去伤害吴婷！但是……但是有些事情，不是你想象得那么简单，我……我没有选择。"刘晓宇指责道："谁说你没有选择？你可以选择忠诚，但你选择了背叛！你可以选择吴婷，但是你选了赵晓菲！"

李海急了："八级地震发生，赵晓菲不顾自己的性命，冲上了澄海八楼来找我。一个女人为了我，命都不要，换成你，你怎么选？"刘晓宇冷静地说："你只记得赵晓菲为你不顾生死，难道你不知道吴婷为了你，也一样不顾自己的生死？"

李海一时无语。

刘晓宇来势汹汹："地震发生后通信中断，谁也不知道枣阳到底是什么情况，所有人，包括英子都在阻止她，但是为了你，吴婷还是赶到了枣阳！这难道不是不顾生命安危？"李海惊呆了。

刘晓宇扔出一封信："这是吴婷当时留下的遗书！"李海接过，迫不及待地展开，只见遗书上写着："英子，如果你看到了这封信，那么很抱歉，这意味着妈妈已经不在这个世界上了。亲爱的女儿，不能再陪伴你、照顾你，不能与你分享成长的烦恼与喜悦，我真的觉得很遗憾，但是你不要悲伤，就算我去了另外的世界，我也不会走远，我会时刻在你的身边，关注你，牵挂你。所以，我最亲爱的英子，就算我走了，你也要快乐，要健康，这样，在你身边的我也才会安心。"

李海震惊地抬头，流下一行热泪。

刘晓宇："为了你，吴婷做了最坏的打算，在登上去往柬阳的飞机之前，她做好了不再回来的准备。"

李海继续看着那封信。

刘晓宇："我相信，'5·12'那天，吴婷如果在柬阳，她一样会抱着必死之心冲上澄海的楼顶！"

李海痛苦地自语道："吴婷……"

刘晓宇："李海，你如果对吴婷还有愧疚之心，就不要再纠缠什么股份，请签了这份协议。你已经毁了吴婷的生活，请还她一个平静。"

刘晓宇递上了那份文件。

李海接过那份文件，双手颤抖地翻开，最后一页，吴婷已经签名。抚摸着吴婷的笔迹，李海的眼泪再次流下。

刘晓宇暗叹，将笔递过去。

李海接过笔，竭力控制着自己，终于，李海平静了一些，他抬起头来，双眼通红："我配不上吴婷，我也对不起吴婷。这份离婚协议，我签，但是在签之前，我想找回一点尊严。既然吴婷能让澄海起死回生，那我，一定要让澄海重新成为柬阳楼市的一面旗帜，等叠峰阁四期开盘大卖后，我就签字；至于澄海的股份，我肯定不会要，如果吴婷也不要，那么，都给英子。"

李海捏着那封信，跟跟跄跄离去。

刘晓宇愣住。

这夜，李海、吴婷和晓菲三个人都心事重重。

在酒店房间内，刘晓宇将李海没有签字的离婚协议推到吴婷面前，转身离开。吴婷望着桌上的离婚协议，一动不动。

李海躺在别墅主卧的床上，反复看着吴婷的遗书，难以入眠。

次日，在一家咖啡馆包间内。刘英与一名穿灰色衣服的男人正在交谈。那个男人将一个信封递给刘英。刘英拆开一看，里面有十几张媛媛的照片，有她单独的照片，有她与周兴一起吃饭的照片，还有她和晓菲在一起的照片。男人介绍说："照片上的女人叫媛媛，是云端俱乐部的健身教练。"

刘英若有所思地问："媛媛，我在哪儿听说过这个名字。"她指着晓菲问："这个女人又是谁？"

"是她朋友，她们经常在一起吃饭。"

刘英想起了什么。她想到自己在李海公司帮吴婷查账的事。刘英："我知道这女人是谁了。""你确定她就是周兴的二奶？"

那个男人说道："确定。"

刘英："但是这些吃饭逛街的照片，法官不会认的。"

那个男人面露难色："我知道，你想要那种一锤定音的照片，但那很难，除非我们破门而入。"

刘英思考着。

刘晓宇敲开吴婷的房门："李海刚才给我电话，下午有一个重要会议，讨论澄海的下一步发展计划，请我们两位股东参加。"

吴婷不情愿地回道："李海回来了，澄海就跟我没有任何关联了。"刘晓宇解释着："你是股东。"吴婷摇头："我从来都不是。"刘晓宇思路清晰："在转让手续完成之前，你依然是，作为股东，必须履行自己的责任和义务。"

吴婷沉默。

刘晓宇继续劝着："就算转让手续完毕，作为英子的监护人，你也应该参加。"

吴婷垂下眼睑："我不想再见到他。"

刘晓宇无奈地摇摇头。

澄海置业会议室，所有高管都已经就座。

刘少勇汇报："人都到齐了。"李海沉稳地说："再等等吧。"他看着墙上的时钟，距离下午三点还差两分钟。

众人有些莫名其妙。

李海等待着。

突然，刘晓宇出现在门口："不好意思，我没有迟到吧？"

李海的神色中有些失望："还有一位股东呢？"

刘晓宇："她有点事，走不开。"

李海竭力平静："好，那我们开始吧。"

工程总监："四期的工程进展很顺利，下个月底前能够实现正负零。"

销售总监："我这边也做好了下个月底开盘的准备。"

李海："不行，太晚了。这个月底必须开盘！"

销售总监："那么急？"

刘少勇手拿资料晃了晃："很多专家预测，中国的房地产复苏应该是在明年下半年。"

李海提醒大家："请大家注意这几个数据，一是最近股市的走势，二是银行的利率和准备金率的几次调整，三是地方政府出台的鼓励性税收政策，四是金融风暴之后，中国 M2 的增量。"

刘晓宇欣赏地看着李海。

李海决断地说："春天一定会在 2009 年年初到来！"他环视众人："我们一定要抢到这一波暖流，所以，叠峰阁四期，这个月底必须开出来。"

工程总监说:"李总,工程这边很难……"

李海打断道:"我不管。如果月底前不能正负零,你交辞职报告给我。刘少勇,你也一样。"

刘少勇咬咬牙:"我们努力吧。"李海:"我不要你们努力,我要你们拼命!"刘少勇:"是。"

刘晓宇露出了笑容。

销售总监:"李总,我这还有个问题。"李海:"说。"销售总监:"如果月底要开盘,那么本周就要启动宣传推广,但是……"销售总监看着财务总监。财务总监:"你别看我,我没钱!我还等着你回款呢。"李海咬咬牙:"这个我来想办法。"销售总监:"那行。"李海:"大家还有什么不清楚的?"

众高管摇头。

李海转向刘晓宇:"刘先生,你这边呢?"刘晓宇说道:"暂时没有。"李海说了一声:"散会。"众人起立,陆续走出会议室。

李海叫住刘晓宇,艰难地启齿:"她……还好吗?"

刘晓宇想了想:"她,会很好的。"

李海没有说话。

刘晓宇转身离去。

吴婷父母家中。

吴父在看电视,吴母给吴婷削着水果,关切地问:"你爸的事都办好了?"吴婷应声:"全妥当了。"吴母把水果递给吴婷:"那你准备什么时候走?""还有件事,等那件事完了,就走。"

吴母打听道:"什么事啊?"吴婷不愿透露:"没什么。"

吴母疼爱地说:"晚上就在家吃饭吧,你爸最近新学了两个菜,你给李海打个电话,让他早点下班过来。"吴婷侧了一下身:"不用了吧,他……他最近特别忙。"吴母观察着吴婷的表情:"你们俩是不是吵架了?"吴婷:"没有。"吴母站起来:"我给他打电话。"

吴婷跟上去:"别。"

吴母眼中充满慈爱:"婷婷,你瞒不过我,你们俩一定又吵架了。正好,一边吃饭,我和你爸一边劝劝他,然后你们俩一起回去,不就没事了吗?"

吴婷按住吴母的手:"妈——"

吴母诧异:"到底怎么了?"

吴婷迟疑片刻:"本来不想让你们操心,但迟早你们也会知道。我……我和李海办完离婚手续,就回加拿大。"吴母一惊,定定地看着吴婷:"你说什么?"吴婷肯定地说:"我和李海准备离婚。"

吴母失声叫道:"死老头子,你别看电视了!你没听到女儿说什么吗?"吴父转头:"什么?"吴母:"女儿和女婿要离婚啊!"吴父凑过来:"为什么?"吴婷竭力轻松地说:"在有些事情上,我们有不可调和的矛盾。"吴父:"连我和你妈都能过下去,你们俩还有啥过不下去的!"吴母白了吴父一眼:"李海又犯那老毛病了?"吴婷:"没有。"

吴母松了一口气。

吴父不解地问:"那你们俩没啥原则性的分歧啊?"吴婷:"这次是我想清楚了一些事情,我想离。"吴母劝吴婷:"婷婷啊,我看你是越过越糊涂了,妈以前跟你说的,你都忘了?"吴婷:"妈,我知道你担心什么,放心吧,我不会有事的。"吴父说:"我不同意你们离婚。"吴母也说:"我也不同意!"

吴婷温和地说:"爸,妈,如果你们爱我的话,请支持我!"吴母:"我怎么能支持这种事。"吴父:"你这决定太草率了。"吴婷:"我知道一时半会儿你们很难接受,但这件事情,我已经想了很久了,不会再改变了。"

吴婷走后,吴父吴母眉头紧皱。吴母说:"死老头子,你说,他们俩这回闹,是不是吴婷出问题了?"吴父:"不会吧。"吴母:"我们这女儿随我,太漂亮了,从小就招人。"吴父一下警惕了:"你招过什么人?"吴母:"这都啥时候了,你跟我扯什么劲儿。"吴父忍下一口气。吴母:"我得跟李海谈谈。"

晓菲坐在出租屋的电脑前,打开邮箱,已经有一百多封未读邮件。她一封一封地清理着。突然,晓菲愣住,有一封邮件的发送时间是五月十二日的中午十二点二十三分,标题是:"晓菲,请转给马林。"晓菲连忙点击开。电脑屏幕上,一幅风景照片慢慢呈现。晓菲眼中,泪水一下盈满。她立即打通了马林的电话,请他到咖啡馆见面。马林来了以后,晓菲对他说:"地震之后,我一直没有上过网,直到今天,才看到这封邮件。"说完便将电脑推到马林面前,马林呆呆地看着那幅风景照。惊讶地问:"赵伯伯给我的?"晓菲点点头说:"五月十二号的上午,他抓拍了这张照片,很得意,于是在中午找了网吧,发给了我,指明要把这张照片送给你。"

马林想起来了:"是,我说过,将来我要把他的照片放大了,挂在我的公司里。"

晓菲说:"他一直都记着这件事。"

马林轻轻触摸着屏幕,感慨地说道:"真美。"

晓菲语带哽咽地说:"这片风景已经不在了,爸爸也不在了。但是幸好还有这张照片……"说到这里,她已经说不下去了。

马林安慰她说:"晓菲,你放心吧,我一定会把这张照片保存好的,这是对赵伯伯最好的纪念。"

晓菲点点头,然后询问马林:"你的公司怎么样了?"马林淡淡地说:"已经成立了。"晓菲面露喜色地说:"恭喜你。"马林:"品牌总监的位置,我还给你留着呢。"晓菲:"我会考虑的。"马林:"你有心事,还在为赵伯伯的去世悲哀?"晓菲:"不,自从你上次开导了我之后,我已经慢慢走出来了。"马林想了想:"那一定是你和李海遇到问题了?"晓菲犹豫片刻,轻轻点头:"李海和吴婷准备离婚。"马林："这不是你一直想要的吗？"晓菲："不，我想要我爱的人快乐。但是，李海他并不快乐。"马林："我听说吴婷用自己的钱帮助澄海重新站了起来。从这点看，她是一个很优秀的女人。"晓菲："是。"马林："晓菲，你也很优秀。"晓菲："谢谢。"马林："我给你做一个实验吧。"

马林站起来，走到吧台，拿了三根蜡烛，转回。他拉上窗帘，眼前一下变得昏暗。他点燃三根蜡烛："看看，哪根最亮？"晓菲说："都一样。"马林放一根在晓菲眼前："你现在看看哪根最亮？"晓菲说："当然是这根。"马林再次把三根蜡烛放在一起："再看看哪根最亮？"晓菲说："看不出来。"马林说："明白了吗？"晓菲茫然。马林对她说："晓菲，你那么聪明，你一定会明白的。"

晓菲反复琢磨着马林所说的话。

刘英戴着墨镜，坐在车上，静静地在媛媛住处楼下等待着。不久，媛媛打扮得花枝招展走出来，驱车往百货商场的方向开去。刘英马上开车，一路紧紧跟在后面。到了百货商场，媛媛来到化妆品柜台，认真浏览着。刘英也假装购物，一边跟踪着她，一边思考着如何接近她。半个小时后，媛媛终于看上了一款粉饼，店员将包装好的粉饼双手小心奉上。刘英假装不小心没站稳，身体撞到店员的胳膊上，那盒粉饼应声落地，摔得粉碎。

刘英赶忙道歉说："不好意思，我没注意。"

店员吓呆了："这可是刚到的新款！"

刘英满脸歉意地对店员说："我照价赔偿。"

店员听说有人赔偿，便不吭声了。但媛媛却不满意了，埋怨说："这可是最后一盒！想买都买不到了！"

刘英转过头对她说："那这样吧，你选一样别的东西，我送给你，算是歉意。"

媛媛摆了摆手说："算了算了，我下次去香港的时候再买吧。"

突然，刘英好像发现了什么，退后一步，皱着眉头将媛媛看了又看。

媛媛被她看得毛骨悚然，奇怪地问："你看我干什么？"

刘英仿佛发现了新大陆似的问道："小姐，你是不是模特？"

媛媛听完这句话，不禁有些得意地说："不是。"

刘英摇摇头说："那真可惜了。你的身材还有脸型，都非常上镜。"刘英主动介绍自己说："我是贵妇时尚杂志的编辑，我们每一季都要推出一个封面女郎，我觉得你很有范儿……"

媛媛经常看这个杂志，一听说刘英是这个杂志的编辑，感到非常惊喜。

刘英趁机说："这样吧，你这会儿有空不？我们到楼上咖啡厅聊聊。"媛媛当即兴奋地答应了。一杯咖啡还没喝完，媛媛与刘英已经十分熟络。刘英继续夸赞媛媛说："像你这样的真正的美女是可遇不可求的，真是天生丽质，完全胜过其他模特。"媛媛期盼地问："曹姐，你真会说话。那我什么时候可以去你们杂志社拍照？"看到媛媛已经上套，刘英马上把自己早已想好的计划说了起来："不用你过来，我们去你家就可以了。"媛媛有些疑问："不是在摄影棚里拍吗？"刘英笑了笑："我们正在筹备的这一季的主题叫做'美女的小窝'，过两天，我们的摄影师会去到你家，拍摄你在家里的各种状态。"媛媛恍然大悟地说："原来是这样。"刘英笑着说："所以你一定要把你家布置得特别温馨，特别有爱。"媛媛高兴地点了点头："我明白了。"

刘晓宇与吴婷在酒店餐厅一起用餐时，告诉她叠峰阁四期这个月底就要开盘了。

吴婷问："这么说，要等到这个月底，他才签字？"刘晓宇说："其他人都认为应该春节后或者至少下个月底开盘，但李海坚持这个月底开盘。"吴婷若有所思地说："看来他迫不及待想赶快签字。"刘晓宇否定了她的想法："不，李海是基于市场才这么决定的，应该跟你和他没有关系。"

吴婷一怔。

刘晓宇佩服地说："李海的精明超出了我的期待值，我的这笔投资应该会有非常丰厚的回报。"

吴婷想了想问："那月底开盘，会有风险吗？"刘晓宇说："我相信李海的判断，不过……"吴婷担心地追问："不过什么？"刘晓宇说道："澄海的资金依然非常紧张，开盘前的宣传推广费用还没有着落。"

听到这里，吴婷不禁蹙起眉头。

二十八

澄海置业董事长办公室内，古色古香的高大红木书架上，摆满《货币战争》《大国崛起》《第三次信息技术浪潮》《金融风暴》之类的书籍，书架正中的格子里摆放着李海、吴婷、英子一家三口在海岛度假的全家福照片。此时，李海正在与一个学者模样的人交谈。学者将手里厚厚的资料交给李海说："这些年我收集的资料都在这里。李总怎么对这个有兴趣？"李海微笑着接了过来："其实不是我，是另外有人感兴趣。"学者扶了扶眼镜，热情地推荐着："我还可以再给你推荐几个专家。"李海高兴地连连点头："太好了。"

"咚咚咚"有工作人员敲敲门："李总，你妈妈来了。"

李海愣了一下："快请进。"学者一看不便打扰，李海安排秘书送他离去。

吴母一脸焦虑地匆匆走进来，李海亲自倒茶："妈，您喝水。您今天怎么走到这里来了？"吴母焦虑地问道："海子，你和婷婷到底是怎么了？她说，你们俩要离婚。"李海颇感意外："呃……""你们不会真要离婚吧？"李海为难地说："妈，我们是有一些问题……"吴母一脸不解地问："你们俩能有什么问题？不愁吃不愁穿，英子也大了，你们这年龄，正是最轻松的时候。"

李海沉默了，一时不知从何说起。

吴母继续追问道："到底是为什么？""婷婷没有跟你说？""我问了，她就说有矛盾，调和不了！我以为是不是你又……又……犯上次那种事了。她说不是，那还能有什么调和不了的矛盾？"

李海低头，又陷入了沉默。

吴母拉住李海："海子啊，你跟我说老实话，到底为什么？"李海支吾着："都是我的错。"吴母打量着李海，叹息一声："你们俩孩子，都不跟我说实话。"李海越发愧疚："妈，真的都是我的错，我对不起婷婷，我也配不上婷婷。"吴母不解："都配了二十多年了，怎么今天就不配了呢？"

李海伤感地低头说："妈，不管我和婷婷以后怎么样，您永远都是我妈，我对您和爸爸的孝敬，永远都不会变。"吴母非常感动，她猜想着："你不想离，都是婷婷在闹，是不是？如果是这样，我来做婷婷的工作。"李海解释不清，心情愈加沉重："妈，您就别再去……再去找婷婷了，离婚都是我的责任。"

吴母茫然地看着李海，李海转过头去："我们会处理好这个事的。"吴母无奈地说："海子，我和你爸都不愿意看到你们离婚，但是……但是你们的态度都这么坚决，我们也……唉……你们的事，我也管不了，我们只希望你们过得好。"李海诚恳地回道："我想得跟您一样，只要婷婷好，我怎么都愿意。"吴母放下茶杯，站起来："你忙吧，我走了。"

看着吴母步履蹒跚地离开，李海内心充满愧疚。

在街口的一家小餐厅里，周兴与媛媛吃着饭。吃着吃着，媛媛放下筷子，似乎想起了什么，"扑哧"一声笑了出来。周兴诧异地看着她，媛媛抑制不住得意的神色："我告诉你，我今天有奇遇呢。""什么奇遇？""我今天在商场里遇到了《贵妇杂志社》的主编，她说我可以做他们下一季的封面女郎！"周兴皱着眉头说道："你别遇到骗子了。"媛媛自作聪明地说："我不给她钱，就算骗子，我也没有任何损失啊。"周兴直摇头："先不跟你说钱，等你上当之后，再慢慢暴露。这种骗子，我见得多了。"媛媛不服气地说："林青霞不也是在街上被星探发现的？"

周兴正要说什么，媛媛的手机响了起来。

媛媛惊喜地一拍桌子："曹姐给我打电话了，一定是跟我约拍摄时间。"她立马接了电话："曹姐。"刘英："媛媛，后天到你家来拍摄，没问题吧？"媛媛兴奋地答应着："太没问题了。"周兴伸手取过媛媛的手机，按成免提。刘英："那麻烦你多准备几套服装。"媛媛鸡啄米似的连连点头："我有好多衣服，随便选。对了，曹姐，你们收不收钱啊？"刘英："我们一分钱都不收。"媛媛自觉多了个心眼儿："以后收钱不呢？"刘英："媛媛，你放心吧，整个过程中，我们不会收任何费用。"媛媛："好的，我明白了，谢谢你。我们后天见。"刘英："后天见。"

媛媛挂了电话，得意地炫耀着："听到了吧，现在你不会说人家是骗子了吧。"周兴"嘿嘿"了两声："这个女人的确不是骗子，但是她也不姓曹，更不是什么杂志社的编辑。"

媛媛睁大眼睛吃惊地望着他："什么？"周兴夹了口饭送进嘴里："她姓刘，叫刘英，是我老婆。"媛媛很是震惊，周兴解释道："她既然找到了你，说明她在怀疑我们俩的关系。她处心积虑地接近你，说明她对我们的事还不确定，她想通过接近你，找证据。""那她想干什么？"周兴咽了口饭："找到我有外遇的证据，好跟我离婚！"媛媛一副玩世不恭的样子："离就离呗。离了我跟你过。"周兴摇了摇头："你想得太简单了。如果离婚的话，我的损失会很大的。""你是不是根本就不想离婚？"周兴点点头："现在这样不是很好吗？她也不管我，我也不管她。"

媛媛沉默了。

周兴把剩下的饭菜一股脑扒拉进嘴里吃个精光，抬起头："晚上你给她回一电话，就说你家里突然有事，要出门几天，摄影的事取消。我给你另外找个地方，你搬出去住几天。"媛媛一甩头发："我哪儿都不搬。"周兴脸一板："听话！"媛媛无奈地点头："好吧。"

周兴看看表，站起来："我还有个应酬，先走一步。你自己回去吧。"又不放心地叮嘱道："记着，给刘英打电话的时候，语气要自然，别让她起疑心。"媛媛乖乖地说："我知道了。"周兴离开后，媛媛想了想，拨了刘英的电话："曹姐，我是媛媛，我就跟你说一声，我们后天的约会不见不散。好的，后天见。"

加拿大，卫东黄蓉住处门口，黄蓉牵着小宝回家。只见自家门上贴着一张通知单。黄蓉连忙扯下通知单，翻来覆去地看着，脸色大变。

此时，加拿大银行门口，经理前所未有地和蔼："威廉，你在这里工作的时间已经不短了，你感觉如何？"他有些忐忑："我感觉很好。"经理又说："是吗？你有没有觉得压力很大或者力不从心？"卫东哆哆嗦嗦地说："一开始有一点吧，但在你的激励下，我一直在竭力调整自己。"经理加重语气："可是我注意到，你的业务最近进展很慢。"卫东一怔，连忙解释道："这段时间我家里有点事。"经理笑道："那你是否需要把家里的事处理好了再来上班？"卫东连忙赔笑："不，不用。我家里的事已经处理完了，我可以把全部精力投入到工作中来了。你放心，我一定会更加努力。"经理摇了摇头说："其实你一直都很努力，我都看在眼里，不过你的进步却很小，我想，也许这个行业不太适合你。"卫东明白了经理的意思，急忙辩解："我觉得这个行业很适合我呢！经理，请你再给我一段时间，我一定会提高我的工作效率。""对不起，威廉，我个人可以给你很多时间，但是银行不行。"经理说着拿出一个白色的信封，推到卫东面前。卫东慌了："不，你不能这样做。"经理叹了口气："该死的金融危机没有一点要减退的迹象，老板们决定裁员10%，威廉，我很抱歉地通知你，你的名字在裁员的名单里。"卫东呆住了。

束阳电视台，灯光闪耀的演播厅与安静的办公室之间，工作人员行色匆匆。寇吕推门进入自己的办公室，惊讶地看到吴婷。吴婷转身对寇吕说："我回来两个多月了。"寇吕问："怎么都不召见一下我？"吴婷解释道："回来就一直在忙，这两天才空下来。"寇吕带着一丝讥讽问："你也有忙的时候？"吴婷笑了笑，"我有事找你呢。""什么事？"寇吕问。"1月20号，叠峰阁四期开盘。我希望在此之前，电视台能帮我进行宣传，不管时间长短，不管用什么方式，硬广、软文、新闻、专题、还是综艺活动。"寇吕信心十足地说："没问题，只要钱给够，你想做多大我们就做多大。"吴婷皱皱眉头："不过，我们没有这笔预算。""没钱？"寇吕有点不相信。吴婷点头。寇吕问："那你用什么支付广告费？"吴婷胸有成竹，有条不紊地说："成交量达到100套，电视台提走销售总额0.5%作为宣传费；达到200套，提1%；300套，提1.5%；400套，提2%。如果按每套80万的均价计算，销售100套，电视台可提走40万；200套就是160万；300套就是360万；如果400套房子当天全部卖完，那么电视台可提走640万！"寇吕一下停住手，睁大了眼睛:"多少?""640万。"寇吕想了想:"你把我们电视台当成你的销售部了?"吴婷笑了:"也可以这样理解。你把你的收成和我的收成绑在了一起。"吴婷坚定的语气鼓舞着对方:"但这是双赢,我卖了房子,你也有广告收入。"寇吕还是有点犹豫:"我们从来没有这么做过,我得好好想一想,为了你这点钱,冒险值得不值得。"吴婷很了解她此时的心理,继续趁热打铁:"640万,恐怕不是一点钱吧。据我所知,你一个频道全年的总收入也就一个亿,而我这一单,前后时间不超过一个月,已经超过你总收入的1/20。"

寇吕沉默片刻:"好,吴婷,你这一单,我接!"

吴婷长嘘了一口气,笑了。寇吕突然很疑惑:"你是吴婷?""如假包换。""你以前不是不食人间烟火吗?今天怎么跟变了一个人一样?"经历了这么多风风雨雨,吴婷被历练得成熟了,她明白不食人间烟火只能让她离生活越来越远,最后被生活抛弃。寇吕还有疑问:"但是为什么是你来跟我谈判?李海呢?"吴婷苦笑了一下:"我跟李海分开了。"寇吕惊讶:"什么!为什么?"吴婷很是淡定:"就是想为自己活一次。"寇吕更加不解:"可是……可是刚才你还那么帮他?"吴婷连忙解释:"我不是帮他,是帮自己。"她现在很理解寇吕,不由得感慨道:"现在我也跟你一样,都是剩女了。""剩女不是那么好当的。"吴婷自信十足:"你都能活得这么精彩,我也可以努力!"寇吕看着吴婷,长叹一声。

吴婷关切地询问道:"你还记得那部夭折的纪录片吗?"寇吕整理着手中的文稿,低头说:"记得。"吴婷点点头:"也许是时候重新捡起来了。"

媛媛在租住的青年公寓里,将自己和周兴的合影挂到墙上,退后一步,想了想,又取下来,放到茶几上,这才满意地收手。

门铃响起,媛媛深吸一口气,整理了一下刘海儿,照了照镜子,打开门,门外正是刘英,带着两个男人,一个拿着相机,一个拿着摄影机。

媛媛满脸堆笑:"曹姐!"刘英伸出手给媛媛介绍:"来,给你介绍一下,这是我们的摄影师小黄,这是摄像师小杨。"媛媛娇声回应:"欢迎欢迎。"她把刘英等人引到沙发上坐下,转身去准备茶点。

刘英一眼就看见了茶几上的照片,眼神一紧,给了小黄一个眼色,小黄立刻举起摄影机拍摄。

刘英故意提高音调:"媛媛,照片上这男的是谁啊?"媛媛端着茶走出:"我男朋友啊。""哦,他对你好吗?"媛媛看着刘英的眼睛,夸张地大声说:"好,可好了!"刘英强忍嫉火,让她谈谈自己的爱情。媛媛暗中拍手,一切正中下怀。

黄昏,黄蓉忧心忡忡地坐在餐桌前,翻来覆去地看着那张通知单。小宝进来吵闹着:"妈妈,我饿了。"黄蓉惊觉,抬头看钟,然后抓起电话,拨打卫东的手机,然而听筒里传来的是无法接听的信号。她安抚着小宝:"等等,爸爸还没回来呢。""我不,我要饿死了。"黄蓉打开冰箱:"那我给你做个三明治吧。"小宝晃来晃去摇着头："不，我要吃回锅肉。"黄蓉哄着："妈妈今天心情不好，明天给你做回锅肉，行不行？"小宝大哭："我不！我不！我就要今天吃！我要现在就吃！"黄蓉有些生气地说："你才多大？哪里轮到你挑吃挑喝？"小宝作势继续大哭。黄蓉着急了："小祖宗，我求求你，别闹了！你还嫌我们家事不够多！"小宝开始干号。黄蓉紧张地左右看看，一把捂住他的嘴："行行行，我给你做！"小宝一下得意地笑了。黄蓉将牙咬了又咬，走进厨房。

　　这时，昏暗的酒吧里，音乐吵得震天响，卫东正趴在吧台上，一口将面前的酒干完，然后指指酒杯，示意酒保加满。酒保加着酒，关切地问："失业了？"卫东点头。酒保同情地说："这杯我请客。"卫东含含糊糊，口齿不清，带着醉意地说："谢谢。"酒保见惯不惊，经济日益不景气，各公司都在裁员，每天都有人加入失业大军，他三个月前还在投行做不动产项目分析，现在，也干得挺好。卫东晕晕乎乎地自言自语："我跟你不一样。"他已经喝醉了，站在桌子上大声唱着："我知道我的未来不是梦，我认真地过每一分钟；我的未来不是梦，我的心跟着希望在动，跟着希望在动……"卫东情绪高昂，手舞足蹈，前后左右的老外兴奋地帮他打着拍子，为他鼓掌。

　　媛媛租住的公寓，媛媛在门口送客："曹姐，今天真是太愉快了。"刘英微笑着："我也是。"媛媛话中有话："希望我的表现能让你满意。"刘英附和一声："你让我喜出望外。""今天拍摄的东西，什么时候可以看到？"刘英别有深意："会很快的。"媛媛招招手："那我等你的消息，再见。"双方都挂着笑容，热情地挥手道别。

　　大门关上之后，双方的笑容都变了味道。

　　走进电梯，刘英迫不及待地问："全拍下来了？"小杨扬了扬手中的相机："刘姐，证据全够了。"送走刘英，媛媛兴奋地坐在沙发上，对着照片上的周兴："你拿什么谢我呢？"

　　澄海置业李海办公室，刘晓宇一踏进门，李海立即从椅子上站了起来，快步迎上前去，惊讶地问："寇吕同意了？"刘晓宇连连点头："是，吴婷已经说服了她，你派人去电视台签协议吧。"李海不知道说什么好："婷婷，她……"刘晓宇对李海解释着："吴婷还让带一句话给你，她这么做，只是希望叠峰阁三期能够尽快开盘，好跟你彻底了断。所以，你不必感动也不必感谢。"李海局促地说："我还是要谢谢她。"刘晓宇点点头："我会转告的。"李海现在的心情五味杂陈，房间里一时鸦雀无声，只听见钟表的嘀嗒声，刘晓宇见状，不知如何安慰，便起身离去。在门关上的刹那，李海给了自己一拳。

　　深夜，加拿大卫东黄蓉住处，小宝已经睡着，黄蓉从他怀中抽出一个玩偶，关灯关门走了出去。

黄蓉来到客厅，突然门被撞开，卫东脚步漂浮地走进，嘴里还哼着《我的未来不是梦》。黄蓉立刻发作："你死到哪儿去了？不回来吃饭，也不打个招呼！打你电话也不接，你知不知道家里今天出事了？"卫东嘿嘿笑着，滚到沙发上。黄蓉闻到了浓烈的酒气："你喝酒啦？喝了多少？"卫东："呵呵，一瓶！"

黄蓉大怒："你找死啊！你根本就不能喝酒，你喝那么多干什么？而且那得花多少钱啊？"卫东含带醉意："钱不是问题！"

黄蓉"啪"地将餐桌上的通知塞到卫东手里："你还敢说钱不是问题，你看看，我们的麻烦来了！政府说我们的是非法出租屋，要我们去接受调查！""调查就调查呗。""你说得轻巧，他们只准我们出租一间房，还要按他们的要求去装修，还要买保险。"卫东劝道："不用为钱担心了！"黄蓉没好气地将卫东一推："你发财了？"卫东傻笑着："呵呵呵呵……"一个信封从他身上掉下来。黄蓉拾起一看，"这是什么？怎么有一张支票？"黄蓉的脸色一下变了："这……这，卫东你被解雇了？"卫东的笑声陡然停止，他望着黄蓉，无奈绝望地点头。黄蓉松开卫东，一屁股坐在地上，哀嚎着："你怎么能把工作丢了呢？我们这日子怎么过啊？我和小宝靠谁啊？"卫东安慰着："别担心，很多人靠救济金都过得挺好。"

清晨，朝霞满天，清风徐徐。叠峰阁三期售楼处门口，彩旗夹道，气球、花篮簇拥在大门两边，大红幅标上写着：恭贺叠峰阁四期隆重开盘！

另一边马林公司办公室内，马林放下报纸，惊讶地问手下："今天叠峰阁四期开盘？"手下很是意外："是啊，前段时间，电视上的宣传力度可大了，马总你没有留意？"马林沉吟着。手下揣度着："马总是不是觉得应该把澄海发展成我们的客户？我有他们老总的电话。"马林抓起报纸，安排手下密切关注今天的开盘情况，然后尽可能多地收集澄海现在的动态。

李海坐在办公室里，盯着面前的电话，紧张地等待着。有人敲门，李海没有反应。刘少勇径直推门而入，急匆匆走过来说："李总，南山政府又新推了几块土地出来，其中一块就在我们那块旁边，有可能跟我们形成极大的竞争。"李海听而不闻。刘少勇略略提高声音："所有的资料都在这里，你要不要看一下？"李海心不在焉地点点头，刘少勇放下资料转身出去，轻轻叹了口气。

郊外湖边，湖水清澈，微波不兴，刘晓宇与吴婷在钓鱼。刘晓宇显得十分平静，而吴婷则有些焦虑。突然，湖面出现悸动，刘晓宇振臂一抖，一条鱼被钓了上来，他高兴地笑着："吴婷！"吴婷没有反应。刘晓宇诧异地问："你怎么了？"吴婷抬眼看了他一下，目光穿过平静的湖面："叠峰阁四期今天开盘，你一点都不着急？"刘晓宇笑了笑："我为什么要着急？""你有一个多亿的投资在里面。"

刘晓宇相信李海一定会成功，他当然一点都不担心。

吴婷的钓竿出现异常，刘晓宇兴奋地大喊："上钩了！快拉！"吴婷却没有动作，任由鱼挣扎。刘晓宇帮吴婷抬起钓竿，但鱼已经跑掉。刘晓宇看她心不在焉，便问："吴婷，你在担心什么呢？是钱？你连澄海的股份都不要，钱不会让你分心？"见她仍不语，于是顿了顿："那你是在为李海担心？"吴婷一怔。刘晓宇会意："如果我没猜错的话，你还是牵挂着李海的胜负。"吴婷想了想："不，跟他没关系。"刘晓宇追问："那你为什么一听说叠峰阁四期没有推广费用，转身就去找寇吕？"吴婷有点儿不耐烦："我不是说过吗，我只想跟他尽快了断。"刘晓宇探究质疑地看着吴婷。吴婷逃避地转头看向湖面。

李海办公室内，销售总监兴奋地走进来："李总，一批次的四百套已经全部售罄！"李海松出一口大气，一下说不出话来。销售总监继续说着："二批次现场蓄客量也达到了九百多人。"李海用洪亮的嗓音说道："好！"销售总监喜笑颜开："现在现场人还很多，我得马上去控制一下，先给你报一个喜讯。"李海挥挥手："快去忙吧。"

湖边，刘晓宇接着电话："嗯……好……知道了。"吴婷看着他，但刘晓宇的语言和表情看不出任何端倪。吴婷握着钓竿的手颤抖得越来越厉害。刘晓宇放下电话。吴婷按压不住焦虑和担忧，急忙问："怎么说？"刘晓宇嘴角上扬，放松地开怀大笑："四百套一抢而空，回款三个多亿。澄海终于活过来了。"吴婷不由得手一松，钓竿滑落湖中。她忽然想笑又想哭。最终，吴婷挂着眼泪笑了。

刘晓宇冷静地提醒她："李海说，他正在拟新的离婚协议，拟好了，就请你签字。"吴婷一下子僵住了，脑子陷入空白。远处，湖天一色，一片苍茫。

茶馆昏暗的包间里，周兴一脸不满地向老陈发着怨气："叠峰阁四期开盘，你不会从中使点手腕吗？你不是号称在房地产圈干了十多年吗？不是门儿清吗？成事不足，你败事总应该有余吧。"老陈喏喏着："周总，我本来也是这么打算的，可是李海对这次开盘十分看重，几乎所有的事情都是亲自打理。我找不到口子下手啊。"周兴恨恨地说："我养条狗，还能咬人一口！"老陈一下觉得受了侮辱，大声说："周兴，在你眼里我就是条狗？"周兴吼回去："你连狗都不如。"

老陈的脸涨红，什么话都说不出来。

周兴愤愤地说："市场回暖已经成定局，澄海也缓过气来了。陈永亮，你根本不知道你错过了什么机会！你把我的计划全部搅黄了！"说着他愤愤地站起来，准备出去。老陈连忙抓住他的胳膊："周总，对不起，刚才冲动了，你不要放在心上。"周兴只是冷笑一声，拨开老陈的手，走出包间。老陈愣了一会儿："周总，我的钱！我的——"包间的门已经重重关上。老陈站在包间中央，四顾看着，突然疑心自己做了一场梦。

是夜，叠峰阁二期的楼盘外，吴婷一个人静静地徘徊。昔日工地已经变成住宅小区，人来人往，车水马龙。她回忆着昔日：在老街，李海摊开手，掌心有一个气门芯，还理所当然地对她说："你的气门芯是我拔的"，李海站在齐腰深的河水中，灿烂地笑着，望着吴婷说道："看来你已经记住我的名字了。"吴婷不舍地转身离开这个充满回忆的地方。

月色朦胧的咖啡屋外，吴婷认真地看着晓菲："我和李海将要正式离婚。"晓菲一怔，低头："对不起。""你不必内疚，也不用庆幸，我作这个决定，是为我自己。"晓菲疑惑扬起眉毛："为你自己？"吴婷低昂着头："我虽然失去了婚姻，但至少，我找回了自己。"

晓菲沉默。

吴婷看着她，想起从她出现在自己和李海之间的那一刻起，就一直在问自己一个问题："为什么，我和李海看起来坚如磐石的婚姻，会被赵晓菲那么轻易地破坏？是她特别有破坏力？还是李海太花心？"前段时间，李海不在，她接管了澄海，为了让自己尽快找到感觉，她查阅了许多澄海以前的资料。在这些资料里，她看到了晓菲的身影，晓菲跟马林吵架，跟李海争辩，为了澄海，晓菲付出了许多心力。她突然之间找到了答案，其实，婚姻失败，一多半的责任还在她自己。

吴婷温和地说："你听我说完吧。直到今天，我也认为这世上找不到几对夫妻，能像当初的我和李海那样相配，那样相爱，我们走进婚姻，是太顺理成章的事情。但是我忘了一点，婚姻是需要经营的，它并不会因为我们的开头非常完美，就会顺着惯性，得到一个完美的结局。这么多年来，我把所有的精力都用在了家庭上，为了照顾他们，我放弃了事业，放弃了自己。当我在家里忙碌的时候，李海一直在成长，而我始终都在原地，表面上看起来，我们还是那么相配，但实际上，我们已经离得很远了。"

晓菲看着吴婷："就算你们的婚姻出了问题，但是你还爱着他，不然，你不会那么痛苦，而这也是我愧疚的原因。"吴婷苦笑："爱？我不知道，也许只是一点亲情吧。毕竟我们在一起二十年，哪怕是一只宠物，多少也会恋恋不舍。痛苦是难免的，不过我相信我自己，我一定能够将李海留给我的那点习惯，摘除得一干二净。当然，这也许是很久以后的事情了。"晓菲摇头："吴姐，你不用这样。"

吴婷："晓菲，我今天见你，也是出于这点残留的牵挂。我希望我爱过的男人，在我离开之后，不至于生活得太狼狈！我希望他的第二段婚姻，能够绕开我们那一段里出现的暗礁。所以下面我说的你一定要记住——李海有一个怪癖，他不喜欢穿系带的皮鞋；他喜欢纯白的衬衫，不要暗纹不要任何色彩，而且所有的衬衫，只穿一天；他喜欢吃甜食，你一定要在家里、车里，还有办公室给他准备几块巧克力；他不喜欢剪指甲，所以，你一定要按时帮他打理。对了，差点忘了，他每天下班回家，习惯要喝一碗汤，汤的温度最好在六十度左右，这是汤的配料和做法。"说着递过一张纸："希望你能很快学会。"

晓菲目瞪口呆地看着吴婷。吴婷问："你记好了吗？"晓菲有些措手不及：

"据我所知，李海没有作出任何决定，吴姐，你用不着告诉我这些。"吴婷语气坚定："但是我已经作出了决定。"晓菲轻声："单方面的不算。"吴婷摇了摇头："李海答应过我，澄海一旦危机解除，就会签字。现在，澄海已经完全走上了正轨，我和他，也到了最后分手的路口了。"

晓菲低声："不！"吴婷反而一吐为快："再有两天，我就要回加拿大了，我相信，以你的聪明还有你的人品，你会带给李海幸福的。所以，我就不祝福你们了。"吴婷起身离去。晓菲呆呆地看着那张配方，无法动弹。

吴婷在酒店房间内打着电话，告诉母亲自己打算对李海放手的决定。电话另一端吴母劝着："婷婷，你再慎重考虑一下。""我们都考虑得很清楚了。"吴母哽咽着："李海提起你的时候，那心痛，可不是假装的。"吴婷沉默片刻，忽听敲门声响起。吴婷对着电话焦急起来："妈，你就别管了好不好。我有事，先挂了。"吴婷挂了电话，开门，刘晓宇通知她："李海已经到了。"吴婷沉默片刻，说道："好。"吴婷整理了一下头发，跟随刘晓宇下楼，来到酒店咖啡厅。李海在那端坐着，等待着。

刘晓宇陪伴吴婷走来。李海看着吴婷，眼神是焦灼后的空洞。吴婷一怔。刘晓宇关切地问："要不要我陪你？"吴婷摇头，刘晓宇退到一边。

吴婷来到李海面前坐下。李海低头说："我已经签字了。"随即推过来一份协议。吴婷看了一眼对面的李海，垂头看着协议，犹豫片刻，伸出手，微微颤抖着翻到最后一页，她看到了李海的签名。吴婷仿佛被刺了一下，紧紧咬着嘴唇，竭力控制着自己。

李海搓着手说："婷婷，在你签字之前，我有几句话要对你说。"吴婷迷惘地抬头，李海心怀愧疚："很多年来，我一直以为我是一个很负责任的男人，我努力工作，让妻子女儿衣食无忧；我修房子，总是质量第一；我从不拖欠员工工资，在公司破产的时候，仍然让所有的员工能做到全身而退……但是现在，在你面前，我才发现我对责任认识得是多么浅薄！"吴婷轻声："你以前的确也做得很好。"李海摇着头："不，我现在才知道，当困难排山倒海而来的时候，一个负责任的男人，绝不会轻易绝望，他一定会迎难而上；而一个对家庭负责任的男人不仅仅是挣钱养家，而是在发现婚姻出了问题的时候，不是轻易舍弃而是努力解决，重新出发。"吴婷温和地说："你也不必太责怪自己，我也有错。""不，你已经做得很好了。"吴婷摇头："我以为，洗衣、煮饭、打扫卫生、陪孩子做作业就是婚姻的全部，直到在澄海待了两个多月，我才发现，我对你的事业了解得太少了。这么多年来，我几乎没有给过你任何关注和支持，在婚姻中，我是不作为的一方，得到今天的结果，也是迟早的。"

李海痛苦地摇头："婷婷，你这样说，更让我无地自容。"吴婷："我说的都是事实。在这个世界上，有很多知识可以通过学习去获得，唯独怎么经营婚姻，却只能通过失败去感受。"李海深深吸了一口气："婷婷，无论如何，我要谢谢你。

你为澄海做了很多，同时你也教会了我该怎么去做个男人。你给了我这么多，但是我给你的，却只有伤害。我知道，再多的钱都无法弥补，再多的歉意，也无法挽回，但是我还是要发自内心地对你说一声：'婷婷，谢谢你。婷婷，对不起。'"

李海站起来，向吴婷深深鞠躬。

吴婷震动了。李海从身后拿出一个盒子："我记得你曾经非常想做一个独立制片人，甚至已经在策划一个纪录片了，但却因为怀上了英子而中断。我猜，你可能会重拾这个梦想，所以为你准备了一些资料，就算是最后送你一样礼物吧。"

李海放下盒子，转身离去。

吴婷无法言语，也无法动弹。刘晓宇坐立难安，李海走过来，经过刘晓宇身边的时候，停了下来。"一切都结束了。"刘晓宇暗暗放下心来："也好，你们都可以尽快开始新的生活。"李海突然踌躇了，终于还开口："照顾好吴婷。"刘晓宇一怔。李海转身离去。刘晓宇呆呆地看着李海的背影消失，再转头，看见吴婷在静静地流泪。刘晓宇来到吴婷面前。吴婷轻轻地打开那个盒子，里面是一堆资料，有新的、有旧的，有图片、有文字、有磁带……都跟川西的古建筑关联。

吴婷的手颤动着。

刘晓宇好奇地问："这是什么？"吴婷没有答话，她重新拿起那份离婚协议，盯着李海的签名，一动不动。刘晓宇静静地等待着，终于，吴婷伸出手去，拿起笔，一笔一画，用力地签下了自己的名字！

刘晓宇神色十分复杂，有欣喜也有遗憾。

吴婷扔了笔，靠在椅背上，大口喘着气，仿佛累极了。

服务员走来，在吴婷面前放下一杯冰水，吴婷抓过来，一口喝下；服务员再次倒满，吴婷再次喝下；第三次倒满的时候，刘晓宇伸手，抓住了水杯。

刘晓宇着急地拦住她："你不能再喝了。"吴婷恳求："让我喝吧。"刘晓宇赶紧说道："你知道，刚才李海跟我说的最后一句话是什么吗？""什么？""他请我照顾好你。"吴婷怔住。刘晓宇握着吴婷的手："吴婷，我非常愿意照顾你。"吴婷惊讶地看着刘晓宇："我……我……"刘晓宇直视着她："我们身边所有的朋友，都知道我爱你，难道你不知道？"吴婷没有言语，她想要抽出刘晓宇手中的手，但是刘晓宇紧紧握住。刘晓宇："我知道我选了一个很差的时机来表白，但我还是想让你知道，吴婷，我永远在你身后。"吴婷眼中慢慢荡漾起许多感动："晓宇，谢谢你。"刘晓宇深情地望着她说："希望有一天，我能听到另外三个字。"恋恋不舍地，刘晓宇放开了吴婷的手。

电视台机房。显示器上，暴雨中，吴婷站在齐腰深的洪水里，一手举着伞，一手持话筒，吴婷的全身都已经湿透，仍然大声播报着："……我现在是在金堂赵镇的一条乡村公路上，大家可以清楚地看到，公路已经变成了河流，这不禁让我们更加担心前方村子的情况……"

晓菲动容："我记得这条新闻。"寇吕回忆道："那是1998年，作为一个主播，她可以留在演播室，读读稿子就OK，但是她坚持要跟着记者一起去到洪水最凶猛的地方。她说，最优秀的主播，不在演播室，而在现场。"晓菲想起学生时代的自己："当初就是这条新闻让我下定决心，要当一名记者，要当吴婷这样的主播。"寇吕接着说："当她辞职去当全职太太的时候，所有人都很吃惊，都为她遗憾。我告诉她，有一天，你一定会后悔；她回答我，她爱李海，付出再多也值得。"

晓菲沉默了。

寇吕看着晓菲："真的值吗？"晓菲眼神笃定："吴婷应该自有答案。"寇吕依旧态度温和："你也一样。你和吴婷都是很优秀的女人，如果没有李海，你们一定会成为最好的朋友。但是现在，你们却彼此为敌，互相伤害。为了一个李海，值吗？"

晓菲沉默了。

过街天桥上，晓菲默默地想着，手边的手机里播放着《布列瑟农》，与李海的种种过往，在眼前闪回。终于，晓菲断掉音乐，拨了电话："李海，我想跟你谈谈。"

街角的咖啡厅里，李海与晓菲相对而坐。

晓菲呷了一口咖啡："这段时间，我一直在梳理我们之间的关系。"李海疲累地说："晓菲，我答应过你的事情，我会做到的，你放心。"晓菲郑重地回应："也许你应该重新考虑一下，我们俩是不是真的应该在一起？"李海苦笑了一下："晓菲，你知道，我现在最渴望什么？我渴望回到白鹭村，回到住帐篷修房子的日子。那个时候，我们什么都不想，什么都不管，我们是那样的平静快乐。"晓菲冷静地说："那种平静是暂时的，外面的世界稍有风吹草动，就会被打破。"

李海一怔。

晓菲分析着说："你的平静被你父亲的去世打破，又因为吴婷救了澄海，你的平静在瞬间消失无踪。"

李海由衷地说："她是让所有人大吃一惊。""如果我说的没错的话，现在你对吴婷的感情中，有敬佩也有尊重；有一起生活了二十年的习惯，也有最近她带给你的震撼；她让你惊叹，又让你好奇；在她面前，你很自卑同时又很好斗……你自己也说过，她好像一枚子弹，打进了你的身体。"李海点头承认："是，非常复杂。"晓菲清晰地判断着："既然我们没法用任何一种感情去命名，那么只能称之为——爱情。"李海一震，抬起头，看着晓菲。

晓菲显得十分镇定："我们再回头来看你给我的承诺，那是在非常的时候、非常的状态中许下的。在地震发生的瞬间，我们正好在一起……"李海纠正："我们不是正好在一起，而是我和你在一起。"晓菲确信，如果不是在加拿大，吴婷也一定会跟自己一样。

李海沉默了。

晓菲继续剖析："在我父亲去世之后，我的孤苦让你冲动……"李海："那不是冲动。"晓菲摇摇头："在我收养妞妞之后，你也想给妞妞一个家……其实，你对我的所有感情，不过是感动加上怜悯加上爱心……"李海不欲承认："不，不是这么简单。"晓菲坚持着："李海，你必须得承认，你当初的选择未必是明智清醒的选择。"李海惊讶："你在说服我放弃你？"晓菲平静地回答："我只是在分析，我、你、吴婷，到底是怎么回事？""晓菲，你不觉得你对自己很残忍吗？你拿起刀，将自己的感情解剖开。""但只有这样才能帮到你。"李海双手抱头："不，我不接受。"晓菲决心已定："我昨天晚上跟吴婷见过面了。她身上有一种力量，让我无法抗拒，只能仰视。"

李海愣住了。

晓菲推了推他："吴婷告诉我，她还有两天就要回加拿大了。我觉得你应该把她追回来。"李海轻声："不。""过去和你在一起的人，是她，不是我；未来和你在一起的人，也应该是她，不是我。"李海顾虑重重："我们还有妞妞，妞妞怎么办？"晓菲笑了："凭我赵晓菲的才与貌，难道不能给妞妞找一个最合适的爸爸？"

李海沉默，手机响了，他接起："……好，我知道了。"

李海放下电话，平静中有一丝悲戚："晓菲，在见你之前，我已经把我签了字的离婚协议送到吴婷面前了。"晓菲吃惊地摇头："不。"李海麻木地说："刚才她的律师告诉我，她也已经签字了。"晓菲惊呼："不！"李海一脸怅惘："我已经永远失去了吴婷。"他站起来："让我一个人待一阵子，不要给我电话，不要安慰我，作为一个愚蠢、优柔寡断、无赖、逃避责任的懦夫，这些都是我该得的。"

李海离去。晓菲眼泪奔流。

清晨的阳光从高大的落地窗扑洒进客厅，院中花圃里，绽放不久的各色玫瑰挂着颗颗晨露，有如新结的水晶，又如叹息的泪珠。英子在视频里挥着拳头大喊："不，我不同意！我坚决不同意！我一万个不同意！"吴婷解释着："英子，我和你爸爸离婚了，但是我们对你的爱绝不会改变！"英子根本听不进去："不，我要你们在一起，我要我们一家三口永远在一起！"吴婷很无奈："我和你爸爸一直都有问题，只是以前连我们自己都不知道。"英子执拗着："你们没有问题，你们一直都很恩爱！你们是可以白头到老的！"吴婷耐心地劝慰："英子，这么多年来，我心甘情愿地被你爸爸豢养着，无论经济、思想、情感，我都依附于他。外人看来，说这是爱情、是家庭的责任，但我现在才知道，对我来说是最危险的。你还记得苏珊阿姨吗？"英子点点头："记得。"吴婷看着英子说："妈妈绝不能像她那样。"英子支持妈妈独立，但是用不着非要离婚啊！吴婷坐下来："英子，在过去的二十年里，我的一切都围着你爸爸在转，我没有自己的轨道，没有自己的光亮，唯一剩下的只有一点自尊了。所以我会不惜一切抱住这最后一点尊严，然后再慢慢地寻找那些失去的东西。"英子撒娇道："妈妈，可我不能没有你。"吴婷淡定地回答："我没有离开，我只是换一种生活。英子，我已经为你付出十多年了，现在，你已经长大了，请你允许妈妈为自己活一次。"

英子眼泪流下。

吴婷关切地问："英子，你同意我的决定吗？"

英子哽咽着："我不同意，我永远都不同意……但是，妈妈，我爱你，如果你真的要这么做，我支持你！"吴婷感动："谢谢你，女儿。"英子大喊她："妈妈，我永远都跟你在一起。"

深夜，李海站在桥上望着湍急的河水。与吴婷的种种过往一一在脑海中闪回，他心情复杂地凭吊着曾经的时光，笑容渐渐苦涩。

次日一早，酒店大堂里，吴婷与刘晓宇正拖着行李，快步走出电梯。吴婷手里紧紧抱着那个盒子，只听有人喊了一声："吴姐。"吴婷转头，是晓菲。

酒店大堂吧，吴婷晓菲相对而坐，不远处，刘晓宇等待着。

晓菲一脸诚恳："吴姐，该走的是我，不是你。"吴婷有些意外。

晓菲自责着："吴姐，其实都是我的错，与李海无关。"

吴婷愣了一下。

吴婷扬了扬眉毛。

晓菲动情地说："吴姐，请你原谅我。"

吴婷有些动容。

晓菲认真地说："吴姐，对不起。"

吴婷平静地说："晓菲，你不用说对不起。""吴姐，我愿意接受你的任何责罚，只请你再给李海一个机会。"吴婷犹豫了一下："可惜我已经不爱李海了。"

吴婷叹息一声："晓菲，再见。"说罢转身，朝刘晓宇走去。两人拖着行李走出酒店。

晓菲呆呆地看着他们的背影。

二十九

清晨,李海醒来,发现自己在河边昏迷了一晚。他像是想起了什么,不顾一切地向机场跑去。

吴婷与刘晓宇下了出租车,走进机场大厅。在走进大厅之前,吴婷往身后望了一眼,她是多么希望李海能够赶来啊。刘晓宇在办理登机手续时,吴婷下意识地张望大门,刘晓宇暗暗看在眼里。他们办完手续后,向着大厅深处走去。吴婷再次张望大门,刘晓宇又一次看在眼里,脸上不禁露出了深深的担忧。

李海在路上狂奔着。鞋已经没有了,白色袜子被血染红。李海心急如焚地拦着过往的出租车,但没有车停下来。

吴婷与刘晓宇走进了关卡。她呆呆地坐在候机厅里,一句话都不说。刘晓宇只是静静地注视着她,没有去打扰她。直到广播里呼唤前往温哥华的旅客可以登机了,刘晓宇才提醒吴婷说:"走吧。"吴婷依然呆呆地坐着,仿佛什么都没有听到。刘晓宇提高了声音说:"吴婷?"吴婷从思绪中惊醒:"要上飞机了!"刘晓宇点了点头。吴婷一下犹豫了。刘晓宇对她说:"如果你想留下,现在还来得及。"吴婷沉默片刻,一咬牙:"不,我们走。"吴婷站了起来,和刘晓宇一起走向登机的人流。

李海在马路上奔跑着,左右闪躲。这时,远处一辆摩托车驶来,是马林和晓菲,晓菲下车对他说:"去吧,把吴婷追回来!"李海上车,马林发动车子向机场奔去。晓菲默默地望着李海离去的背影,知道这次他是真的离开了。

李海飞一般冲进候机大厅。他气喘吁吁地站在大厅中央四望,人流中没有吴婷的影子。他最后将目光投向了液晶屏,上面显示着:"前往温哥华的 CX6829/CX838 的航班已经起飞。"李海看到这条信息,身子摇晃了一下,勉强才站住,定定地看着显示屏,头脑一片空白。

吴婷与刘晓宇并排坐在飞机的头等舱。吴婷注视着前方的座位,眼神空洞迷惘。刘晓宇凝视片刻后对她说:"在你内心深处,依然爱着李海。"吴婷惊愕地转头:"你说什么?"刘晓宇重复道:"你还爱着他!"吴婷强忍悲伤,摇头说:"不!"刘晓宇关切地问:"那为什么你现在竭力忍着眼泪?"吴婷深深吸了一口气:"这……这……这就像搬家,老房子已经四处漏水、残破不堪,已经住不下去了,而新房子一切都好。但是,我们在离开的时候,多少还是会有些伤感。这跟爱无关,只是……只是一种习惯。"刘晓宇追问:"那他送你的这份礼物,你为什么一直紧紧抱着?"吴婷不想让刘晓宇看透自己的心思,便说:"因为……因为这很重要,是我下一步要做的事。"

然而,刘晓宇并没有打算停下来。他继续问道:"从我们走进机场,你就一直在下意识地回头,一共五次,你在等谁?"

吴婷被他问得说不上话来:"我……"

"你在等李海,你期望他出现来挽留你,因为你也想留下来。"

"不,我不想留下来,我要回加拿大。"

"你还爱着他。"

当听到这句话,吴婷终于低下头,肩膀细细地抽动着。

刘晓宇叹息一声。吴婷抬起头来,满脸是泪地说:"晓宇,对不起。我既然答应了和你一起回去,我一定会做到的。不过,请你多给我一点时间去舒缓自己的情绪。"

刘晓宇摇摇头说:"吴婷,我爱你,我希望你幸福。但女人的幸福只有那个她爱的男人才能给予。现在,你爱的是李海,而不是我。如果我只想拥有你,我会毫不犹豫地把你带回温哥华;但是现在,我爱你,那么我有义务帮你得到幸福。"

不知待了多久,李海绝望地转身,拖着沉重的脚步走出机场大厅。李海抬头望着天,竭力忍着眼泪。突然身后有人轻轻喊了一声:"海子。"李海一下怔住,不敢回头。良久,他才慢慢地转过身去,只见吴婷拖着行李,站在面前。李海呆呆地看着吴婷,吴婷不再掩饰眼中的柔情。突然,李海一把抱住吴婷,像个孩子一样地哭了。吴婷回抱着李海,潸然落下。李海哽咽渐渐停止,他放开吴婷,一只手擦去吴婷的眼泪,另一只手抚摸着吴婷的头发,吴婷顺势将自己的脸颊靠在李海的掌心。吴婷慢慢地笑了。李海也笑了。"我现在才知道,你对我是多么的重要,再也不要离开我。"吴婷轻轻地点头。此时,晓菲站在机场高架桥上,望着远方,神情忧伤。她拿出手机,将里面的《布列瑟农》慢慢删除。然后把手机扔下了桥,满是泪痕的脸上,神情坚定。

吴婷在别墅厨房里一边熬着汤,一边和英子讲着电话:"……我和你爸打算圣诞回来,这段时间你一定要学会自己照顾好自己。"

"你们放心吧，我已经很独立了，就算生个孩子，我也能一手把他带大。"

吴婷吃了一惊："英子！"

英子咯咯笑了起来："妈，你别紧张，我只是形容一下，你放心吧，我有分寸。"

吴婷放下心来说："那就好。"

英子又开起玩笑来："不过，你这样老不回加拿大，你就不怕我堕落！"

吴婷笑着说："当然不怕，因为我们家英子已经非常懂事成熟了，是不会让爸爸妈妈操心的。"

英子得意地说："你又给我戴高帽子！"

李海坐在办公室里，掂量着那个 U 盘，然后打开保险柜，将 U 盘放进了保险柜的最深处。

在出租屋原来张俐的房间，晓菲为妞妞继续朗读着童话："……刀子在小人鱼的手里发抖。但是正在这时候，她把这刀子远远地向浪花里扔去。刀子沉下的地方，浪花发出一道红光，好像有许多血滴溅出了水面。她再一次把她迷糊的视线投向这王子，然后她就从船上跳到海里，她觉得她的身躯在融化成为泡沫……"

妞妞好奇地问："小美人鱼为什么要把刀子扔了呢？"

晓菲回答说："因为她不忍心杀害王子。"

妞妞叹息地说："可她变成了泡沫。"

晓菲微笑着说："如果你爱，就觉得值得。"妞妞听了，似懂非懂，晓菲却若有所思。

半年以后……

李海坐在澄海置业会议室，左右两边分别是刘少勇、老陈等高管。他们正在听取代理公司经理的投标陈述。连续听取了六家公司经理的陈述后，大家都感到有些疲惫。李海揉了揉发涩的眼睛问："后面还有几家？"一个手下汇报说："还有最后一家。"刘少勇问："叫什么名字？"手下回答说："秀木。"刘少勇看向李海："哦，我没听说过。"李海问："是一家新公司吧？"手下回答说："对，成立才几个月。"刘少勇说："这么说，没有经验，没有成功案例？"手下点点头，然后又询问："那还让他们进来吗？"

刘少勇转头征询李海的意见："李总，你看？"李海微笑说："创业都不容易，我们也曾经从零开始，给他们一个机会吧。"刘少勇："好。"他对工作人员一点头："请他们进来。"

片刻，有人走进会议室。李海等人抬头一看，都愣住了。李海惊喜地说："马林？"

马林微笑地向大家打招呼："海总，刘总，陈总，各位老朋友，你们好。"

李海高兴地说:"你能来投标,我真是太高兴了。"

马林说:"谢谢,请允许我介绍一下我的团队,这是我的品牌总监赵晓菲……"晓菲微笑着,从马林身后站出来,向大家致意。李海脸上的笑容消失了,他一下站起来,惊愕地望着晓菲。晓菲显得很平静:"李总,你好。各位领导,你们好。"李海想要说什么,却说不出来,他一抬手,却又失手将面前的茶杯翻倒。刘少勇连忙招呼工作人员来收拾。众人都不敢说话,陷入了一阵沉默。李海缓过神来,勉强笑了笑:"欢迎。请坐。"

马林主动说:"我们只有十五分钟来陈述自己的标书,所以就不叙旧了吧,直接进入正题。"

李海又陷入了沉默。

刘少勇看了一眼李海,便越俎代庖地说:"行,那就开始吧。"马林介绍说:"首先请我们的品牌总监阐述一下我们对南山项目的理解。"

晓菲站起来,配合着投影仪的画面,用优美的语言阐述起来:"每个中国人心中都有一座南山。我们最早对于南山的记忆,来自于诗经——南山崔崔,雄狐绥绥。南山有台,北山有莱。不过南山最出名,还是因为陶渊明——采菊东篱下,悠然见南山……"

刘少勇等人听得聚精会神。李海却坐立不安,他想看晓菲,却又觉得不妥;他被晓菲的讲述打动,却又总在走神……

陈述结束后,马林将标书双手呈上,感性地总结道:"虽然'秀木'诞生才四个月,但是他在我肚子里,已经孕育了好几年;而且,公司骨干也都是富有经验的老同志。所以,如果能有这个机会和澄海合作,我们一定会竭尽全力,而且,我们有能力有信心做到最好。"

刘少勇代表公司说:"谢谢。你们讲得很精彩。我们会对你们的投标进行认真研究。如果有结果,我们一定会第一时间通知你们。"

马林和晓菲起身说:"好的,那我们先回去了。"两人正要转身出去的时间,李海突然开口说:"等等。"晓菲一震,慢慢地转身。李海沉默片刻,终于艰难地开口:"妞妞好吗?"晓菲淡淡地说:"很好。"李海点点头,目送晓菲与马林走出了会议室。望着晓菲离去的背影,李海不禁有些发呆。刘少勇担心地询问:"李总。"李海稳定了一下心神:"我们继续。"

出了会议室,晓菲职业的笑容一下消失,猛然间,她显得十分疲惫。来到楼下,马林满意地对晓菲说:"你今天表现得不错。"晓菲微笑说:"那是因为我们准备得很充分。"马林说:"我说的是面对李海的表现。"晓菲:"我总得过这一关。"马林:"是。"晓菲抬头望着天:"总会海阔天空的。"马林笑了笑:"我送你回家吧。""谢谢,我还有一个约会。"马林愣了一下:"男的还是女的?"晓菲笑了笑说:"八小时以外,不归你管。"说完便转身离去。

马林待在原地,不禁有些气馁。

李海和几个高管继续在会议室开会。

李海看了看大家说："听了这7家公司的阐述，也看了他们的标书，大家有什么感觉？"

营销总监老蒋说："我觉得秀木公司的优势非常明显。"

刘少勇说："如果仅从实力来说，马林公司的确是最强的，但是……如果……考虑到其他因素，也许可以有别的选择。"

财务总监说："你这话怎么听着这么别扭。"

老陈看了李海一眼。李海沉默不语。

营销总监说："李总，南山马上进入销售期了，就定马林吧。"

公关总监也赞同说："的确不能再拖了。"

李海犹豫着："我再考虑一下吧。"

在工作室里，吴婷与助手并肩坐在剪辑台前，正在忙碌着纪录片的剪辑工作。吴婷不时地指点着："这段加几个特写，音乐也要改，现在这个音乐太抒情了，要冷调一点的……"，"……对，这样调一下，感觉好多了。"这时，吴婷的手机响了，她接通电话，是晓菲打来的，她希望能够见吴婷一面。

咖啡屋内，晓菲问吴婷道："你知道我为什么会留下来吗？"吴婷轻轻摇了摇头。晓菲解释说："我曾经想过，离开栆阳，就像地震之前那样，但是后来我想通了，我可以躲开这个人，但是躲不开心里的结，所以我决定留下来，迎头面对。"

吴婷喝了一口茶，问："为什么？"

晓菲回答说："因为在这个世界上，最遥远的距离不是天涯不是海角，而是我站在你的面前，我不爱你，你也不爱我。"

吴婷问："你希望你和李海是这样的距离？"

晓菲点头说："是，所以我加盟马林公司，参加澄海置业的应标，我想走近他，但是我真正的目的，是要将我和他的距离，慢慢拉远。"吴婷有些怀疑："你能做到吗？"

晓菲站起来，关掉头顶的灯，然后点燃了三根蜡烛。她问吴婷："哪根最亮？"吴婷观察了一下回答说："三根都很亮。"晓菲将其中一根挪到吴婷眼前问她："现在呢？"吴婷说："当然是这根最亮。"晓菲再次把三根蜡烛放在一起问吴婷："现在哪根最亮？"吴婷耸了耸肩说："一样。"

晓菲说："爱由心生。当你感觉生活中只有他时，你就觉得他最亮；当你发现生活其实很宽广的时候，你会发现，他不是最亮的那一个。"

吴婷点头。

晓菲问："吴姐，你能理解我吗？"

吴婷说："我理解你，并且愿意支持你，配合你。"

马林请李海到自己的公司，先带着他参观着，介绍着："我们公司很小，没法和澄海比。但是我相信，现在虽然是秀木，但是三年之内，一定会变成森林。"

李海问他："你离开澄海，就是想创办自己的公司？"

"不完全是。"

"你离开澄海，我一直都觉得很遗憾，但是现在，我们又有机会合作，真的，我很高兴。"

马林兴奋地问："你是不是在暗示我，我已经中标了？"

李海笑着说："不，虽然我个人很欣赏你，但你们是否能成功，还得明天公司高管会议讨论了才知道。"

马林也笑着说："明白，不过能得到你的肯定，我还是觉得很高兴。"

李海笑了笑，在走廊上的一幅巨大的照片前停下："这张照片很美。"

马林停顿片刻后说："但是三个小时之后，这片风景就消失了，同时消失的还有摄影师。"

李海脸色一变："你说的是……"

马林点头："赵伯伯。"

李海追问他："你找到了赵伯伯的遗物？"

马林回答说："只是一封邮件。"

李海久久地凝视着那张照片，轻声开口："晓菲，她还好吗？"

马林平静地说："很好。"

李海问他："你为什么拉她加盟？"

马林咧嘴一笑："你不觉得她很称职吗？"

李海勉强点了点头。

马林说："这一次，我本来不想来应标。"

李海奇怪地问："为什么？"

马林说："你们的事我都知道。我不希望晓菲看到你难过，也不愿意你看到她之后，大乱方寸。但是她坚持。"

李海惊讶地问："她这是什么意思？"

"她说，眼前无，不是真的无；心中无，才是真的无。"

李海听完沉默着，琢磨着。

晚上，李海继续在书房研究着马林送上的标书。吴婷走了进来，放下一碗汤："先把汤喝了吧，不然凉了会腥的。"李海放下标书，闻了闻汤说："太香了。"然后大口喝了起来。

吴婷瞟了一眼标书的封面说："我们那片子在月底就可以结束。"

李海心疼地说："你这段时间瘦了好多，结束之后，我们好好休息一下。"

吴婷试探地说："那就回加拿大看英子。"

李海爽快地说："我也这么打算的。"

李海喝光了汤。吴婷收了碗，刚走到门口，李海突然喊了一声："婷婷。"吴婷转过身来，看着李海，似乎在问他还有什么事。

李海说："今天公司开了一个招标会，南山项目马上进入销售期了，我们要招一家代理公司来做销售和推广。"

吴婷微笑说："海子，虽然我也算公司的股东，但是原则上，我不介入公司的管理。"

"但有一件事，我必须要告诉你。"

"不用，你拿主意就行。"

"我今天见到了晓菲。"

"哦。"吴婷似乎并不吃惊。

"她现在在马林的公司做品牌总监，他们也来应标了。"

"哦。"

"你觉得，我能把南山交给他们吗？"

"他们的实力怎么样？"

"最强的。"

吴婷坚决地说："那就选他们吧。"

"可是……"李海有些犹豫。

"就选他们。"

"但是……"

吴婷诚挚地说："我相信你。"

李海有些无奈："好吧。"

李海在办公室正忙碌着，秘书敲门进来报告说，大家都到齐了。

李海起身来到会议室门口，他从玻璃窗望进去，只见马林、晓菲、刘少勇、老蒋正在热烈讨论着。李海迟疑了一会儿，然后深吸一口气，调整好自己的心情，走进会议室。李海出现在门口时，会议中的所有人都不约而同地望过来。李海一眼对上的却是晓菲的双眼。瞬间，李海仿佛失忆，痴在当场。片刻，他清醒过来，狼狈地低声咕哝了一句："我不参加了，有结果告诉我一声。"说完便匆忙转身离去。会议室中的所有人都愕然。晓菲起身准备追出去，却被马林一把拉住。晓菲对马林说："现在只能我去了。"

李海坐在办公桌前，竭力平复内心的翻涌。这时，有人敲门，李海抬头一看，却是晓菲站在门口。晓菲稳定而清晰地说："今天我们讨论南山的推广，你这个总经理怎么能不参加呢？"李海捂住自己的眼睛。晓菲一怔，脸上涌现震动，她竭力用平缓的语气说："李总，我们去开会吧。"

李海低声说："晓菲，我不像你想象的那么坚强，那么有自制力！我现在很害怕！"

"怕什么？"

"我怕我对不起吴婷。"
"如果我告诉你，这一切是我和吴婷商量好的呢？"
李海惊讶地抬头，不敢相信地问她："你和吴婷？"
晓菲肯定地说："在你决定把南山交给秀木公司完成之前，我和吴姐见过一面。这些你并不知道。我们共同决定，我要把你从我心里摘除，也要你把我从心里隔断。这事，其他人都干不了，只有我们自己动手。"
李海迟疑地说："吴婷她就不怕我和你朝夕相见，然后……"
晓菲说："吴姐都不怕，你和我还怕什么呢？"
李海喃喃自语道："这个女人……"
晓菲继续说："曾经，你以为你已经很了解她，但是在澄海最危急的时候，她挺身而出，你才发现，你对她所知甚少？而现在，她的勇气和智慧再次出乎你的意料？"
李海感叹地说："是，她再一次让我惊叹。"
晓菲说："所以吴姐真的是一个宝藏，值得你用一辈子的时间去探索。如果你和她再走下去，还会有更多的惊喜。"
李海点点头："谢谢你，晓菲，你也很有勇气。"
晓菲说："是，也许比吴姐，我还差一点，但是我也佩服我自己。"
李海说："能够认识你，也是我的幸运。"
晓菲伸出手："让我们做朋友吧。做朋友，也可以一辈子相亲相爱，一辈子不分手。"
李海深深点头，与晓菲相握："好，我们做朋友。"
晓菲微笑着说："回会议室吧。"
李海点头。

傍晚，当疲惫的吴婷走进家门时，她不觉一愣，有人在厨房里忙碌。吴婷来到厨房门前，更是惊讶不已，原来是李海。李海笑着对她说："汤马上端出来。"吴婷疑惑地问他："你今天怎么……"李海说："从来都是你给我熬汤，今天我下班早，我也给你熬一碗汤，让你尝尝我的手艺。"说完，李海舀了一碗汤，端到餐桌上。吴婷坐下来，小心地吹着、喝着。李海在一旁默默地看着。吴婷发现李海异样的目光，抬头问他："怎么了？"
"晓菲告诉我，是你鼓励他们来投标的。"
"是。"
"你为什么这么信任我？"
"我们俩走到今天，靠的不就是信任吗？"
李海点点头。
吴婷忽然想起什么，对李海说："我给你听一样东西。"
李海疑问地说："什么？"

吴婷来到音响前，将 U 盘插进去。

片刻，手机中传出电台主持人的声音："下面这首歌是远在柬阳的吴婷女士为正在海南打拼的李海先生点播的……"李海惊讶地张开了嘴，不自觉地来到音箱前听着。主持人："吴婷女士想对李海先生说，无论你在哪里，我都和你在一起。"谭咏麟的歌声传出："把我的爱留给你，在寂寞的城市里；当你把温柔找寻，不会感觉到太无依。把我的爱留给你，在喧哗的城市里；当你疲倦的时候，有种回家的温馨。有些心，在人海中飘浮难定；有些爱，在凄风中寻觅不已。我情、我心、我意，托寄在沉浮的人世里；只能用时间，换得你相信，这份爱只留给你……"

李海惊奇地问她："你从哪里找到的这个？"

吴婷微笑着说："是晓菲找来，送给我的。"

李海惊讶地问："她？"

"嗯。"

李海上前拥住吴婷："你不仅征服了我，也征服了赵晓菲。"

吴婷温柔地说："我们有这样的过去，有这样的现在，还有未来，我还有什么不能相信你呢？"

李海感动地说："我明白。"

马林公司走廊上，工作人员来来往往，一片忙碌。

突然，马林的办公室里，发出一声惊呼："这是怎么回事？所有人相顾大惊。"

澄海置业会议室内，刘少勇也是一脸愁容。

马林拿着报纸，脸色凝重地说："今天的报纸，刚送来的。"李海取过报纸，只见上面刊登了一整版的广告："南山传奇——超洋花园最新力作 顶级别墅耀世登场。"

刘少勇解释说："这是南山政府半年前推的那块地，没想到被周兴拍走了。"

李海自信地说："他的位置没有我们好。"

马林有些担忧地说："但是他先入为主，抢了所有的先机。"

刘少勇也插话说："而且他的配套完全是顶着我们来的。"

老陈脸色一下惨白，他站起来，走出了办公室。

李海看着他的背影："老陈最近总不在状态。"

刘少勇说："是，开会经常不到，人也经常不在公司。"

李海对刘少勇说："他可能是家里有什么事吧。你去关心一下，能帮的公司尽量帮。"

刘少勇答应说："好。"

超洋公司周兴办公室里，周兴也在翻阅着这版广告，表情十分兴奋。他得意地说："李海规划了一个五星级酒店，我们就搞一个七星级的；他要做一个水上乐园，我就做一个动漫嘉年华；他要修商业街，我就整个大卖场！……我搞死他！"

一个手下讨好地附和着："李海的鼻子一定都气歪了。"周兴笑着说："呵呵，我要的就是这个效果。"这时，秘书敲门进来，送上一封快递："周总，您的快递。"周兴拆开快递，里面是一张传票，原因是刘英起诉离婚。周兴的高兴劲一下子被这突如其来的消息冲得烟消云散。

澄海置业会议室内，气氛十分紧张。澄海的高管与马林公司的高管正在开会，商讨如何应对超洋公司的招数。马林认为："他的案名叫南山传奇，我们叫南山。虽然从立意上，我们比他大气简约，但是他抢先亮相，占据了'南山'这两个字在公众认识里的高点。"晓菲建议说："由于两个项目很类似，两个案名很一致，而他们又先入为主，所以我们的所有推广方式和推广节奏都必须改变。"刘少勇敲了敲桌子说："案名都是小问题。根据报纸上的广告以及踩盘拿回来的资料，周兴的项目无论是建筑的外立面还是总体的规划，无论是配套还是客户定位，都和我们极其类似。"营销总监气愤地说："这哪里是类似，这几乎就是拷贝。"公关总监更进一步指出："这哪里是拷贝，这根本就是抄袭。"听到"抄袭"两个字，李海心中咯噔一下，他紧紧盯着公关总监。公关总监被他盯得有些纳闷，不知所措地说："李总，难道我说错了。"

周兴为了传票的事，专门跑了一趟律师事务所。律师开门见山对他说："周总，恕我直言，现在的情况对你非常不利！"周兴："怎么不利？"律师分析说："你的妻子为了这场官司显然准备了很长时间。你的所有资产的动向都被她掌握，同时，她也收集了足够的证据证明你在洪湖小区与女朋友同居。"周兴疑惑地问："她怎么会有证据？"律师："这恐怕要问你的女朋友了。"周兴还想发问时，律师拿出一张光碟，塞进电脑："这是对方律师交换给我的证据。"不一会儿，电脑屏幕上出现媛媛的笑脸，媛媛举着与周兴的合影，笑容可掬地说："这就是我男朋友，很帅吧。我们俩在一起虽然时间不长，但是我们的感情很深……"周兴气得牙齿紧咬。律师给他介绍了婚姻法第46条的规定："因有配偶与他人同居、实施或虐待、遗弃家庭成员导致离婚的，无过错方有权请求损害赔偿。也就是说，刘英现在起诉离婚，并提出分割你的大部分财产，是有法律依据的。"

周兴愤怒地拍着桌子："女人！愚蠢的女人！"他站起来，像热锅上的蚂蚁转了两圈，急切地问律师："现在我该怎么办？"

律师问："你想要什么？"

周兴回答："我要保住我所有的钱？"

律师想了想说："在现阶段，你想实现资产保值，方法只有一个——就是保持婚姻稳定。"

周兴怔住了。

白天开会的时候，李海就隐约感觉到澄海公司有周兴的卧底。晚上，李海带着白天的疑问，找到了建国。李海问："你还记得地震前，我和周兴在拍卖场上的那次较劲吗？"

建国问："输得莫名其妙的那次？"李海点点头："拍卖之前，我拿到了周兴的规划方案，制定了相应的对策。但是拍卖开始之后，我发现周兴对我的心理价位也了如指掌，我不仅没能打乱他的节奏，反而差点乱了自己的阵脚。"建国问："难道他手上也有你的规划方案？"李海点点头："这也就能解释，为什么他的南山项目的规划和我的那么接近，只不过，我占了南山最好的河谷，而他的项目在河谷的另一边。"建国疑惑地说："会不会是巧合呢？"

李海摇了摇头说："你还记得澄海最危急的时候，周兴愿意出价买澄海的股份吗？"

"一亿六千万买澄海90%的股份。"

"他怎么知道澄海的缺口正好是一亿六千万呢？这个秘密只有你、我还有公司极少数高管知道。"

建国吃惊地问："你怀疑我？"

李海笑了："我要怀疑你，那我为什么会在这里跟你商量？"

"那你怀疑谁？"

"这些高管都曾经与我患难与共，我不愿意怀疑他们中的任何一个。"

"那你跟我说这么多，不都是废话吗？"

"可是这件事，我只能跟你商量。"

"那你打算怎么办？"

李海说："下午公司开了一个紧急会议，晓菲建议马上改变我们的推广方式和推广节奏，但你说，我要不要查清楚内鬼是谁……"没等李海说完，建国打断他的话："等等，刚才你说谁来着。赵晓菲？"李海点头。建国大惊道："海子，你又跟她勾搭在一起了？"李海解释说："她现在在马林的公司，我们只是在一起工作。"

"你们从前也是在一起工作！"

"这次真的只是工作。"

建国坚决地说："不行！不能让她靠近你！你们不能再有一丝一毫的勾连！"

"这件事情和你想的不一样。"

建国郑重告诫他说："海子，你可千万别好了伤疤忘了疼啊！"

李海无奈地说："建国，我今天是来和你讨论公司的内鬼事情。"

建国不满地说："内鬼偷不走你的核心竞争力；但是赵晓菲这个女人，她会偷走你的心的！"

李海微微一笑："人家对我的心已经不屑一顾了。再说，我的心也给了吴婷。"

建国狐疑地看着李海。

晚上，周兴气冲冲地来到媛媛住处。媛媛还没有反应过来，周兴就"啪"的一个耳光，把她打倒在床上。周兴杀气腾腾质问她："你为什么要把我和你的事全倒给刘英！还让她摄像录音！你是不是跟她勾结好了，算计我的财产！说！"

媛媛哭着说道："我没有！"

"还敢说没有！我已经叫你躲开她了，可你还要跟她见面？说，她到底给了你多少钱？"

"没有没有，我一分钱都没有收她的！"

"那你为什么出卖我？"

"我是想和你在一起！"

"什么？"

"明明刘英已经愿意离婚，你却不愿意，我想来想去，只有用这种方式让你跟她离婚！"

周兴愤怒地指着媛媛："你！你知不知道你有多愚蠢！"

媛媛有些发疯地说："是是是，我就是蠢女人！所以我爱上了你，我想嫁给你！"

周兴一跺脚："就因为你的那些话，刘英要分走我的一大部分财产！"

"她要分，最多也就拿走一半，你还剩好几亿呢！我们还是够了！"

"我又快变成穷光蛋了！"

媛媛扑上去，紧紧抱住周兴："我不在乎！哪怕你只剩下一千万，一百万，我也爱你！"

周兴用力地推开媛媛："可是我爱的不是你！"

媛媛怔住："那你爱谁？"

周兴："我爱钱，我爱我的钱！就算我已经有了一百亿，但是失去其中的任何一个硬币仍然跟挖我的肉一样疼！"

"你不是喜欢我吗？"

"你都是钱换来的！你也是我喜欢钱的原因！"

媛媛仍不死心："不，你爱我，地震的时候，我摔倒了，你又折回来拉我，那么危险的时候，你都没有扔下我……"

"你知道为什么我不扔下你吗？因为我怕我的楼盘里死了人，以后卖不出去！"

媛媛感到极度震惊。

周兴冷酷地说："媛媛，由于你的愚蠢，我们俩的关系到此结束。"

"你这话是什么意思？你要跟我分手？"

"不是分手，是解雇。"说完，周兴转身，准备离去。媛媛飞奔过去，拦在门口："不，你不能这样对我！"

周兴恶狠狠地说："让开！"

李海再次来到马林公司，他想与马林就公司是否有卧底这个问题好好谈谈。

李海："公司现在和曾经的高管中，你是最没有嫌疑的一个。"

马林说："我可是和周兴一度走得最近的一个。"

李海说："拍卖的时候，你还没有进入澄海；周兴趁火打劫的时候，你又离开了澄海。所以我更相信你。"

马林点点头。

李海郑重地说："马林，澄海是不是有周兴的卧底？"

马林想了想："海总，我什么都不知道，而且就算我知道，我也不会吐露前老板或者前前老板的任何秘密。"

李海无奈地说："好吧，我同意。"

李海眉头紧皱："但现在我们该怎么办？这个内鬼给我带来了这么大的困扰，如果不除掉，我不知道以后还会带来多大的损失。"

马林倒是不着急："我倒觉得你不必太烦恼。这次周兴不过是抢了一个速度，打了我们一个措手不及；但是归根结底，他是在模仿我们，这说明他的水平有限。我想，只要我们修改方案，同时加强保密，可以把周兴甩得更远。"

李海怀疑地问："真的有你说得这么轻松？"

马林说："当然不是。在秀木这边，必须在最短时间内重新整合一套推广方案，这工作量非常惊人；而对于你来说，成本虽然不会增加，但是最后出来的效果会打折。"

李海说："不，南山寄托了我的所有理想，我不能容忍一个打折的产品。"

马林说："但是你不能控制周兴。除非，你把他手上的那块地买下来。但根据我对他的了解，他一定不会就范。"

李海说："是，他喜欢斗气，喜欢损人不利己。"

马林说："所以，你必须接受一个不完美的南山。"

听完马林的一席话，李海感到有些失望。

吴婷制作了一部纪录片，她特意邀请晓菲来工作室帮助把关。当纪录片播放结束，静默片刻后，晓菲轻轻鼓掌，赞叹说："太棒了。"吴婷诚恳地说："晓菲，我是请你来提意见的，不是请你来吹捧我的。"晓菲说："吴姐，我是真的佩服你，专业丢了这么多年，还能做出这样的片子，真让我无话可说。"吴婷笑了笑："好吧。你最近怎么样？"晓菲捶着肩说："不太好。"吴婷关心地问她："怎么了？"晓菲说："周兴也在南山拍了一块地，宁可损人不利己，也要跟澄海对着干。"

吴婷说："如果能化解周兴和李海的矛盾就好了。"

晓菲摇摇头说："我估计这辈子都没指望了。"

吴婷："我看不见得，你我也曾经有你没我有我没你，但现在却是朋友。"

晓菲一笑，心中微微一动，正要说什么。

吴婷手机响，吴婷接起："建国，你好……"

吴婷看了一眼晓菲："这样吧，我们在咖啡馆见。"

吴婷挂了电话。

晓菲："你忙吧，我也要回去苦干了。"

吴婷："再见。"

晚上，周兴和刘英约好见面。

周兴与律师坐在一方，刘英坐在另一方。律师笑容可掬地对刘英说："……周先生因为工作繁忙，对家庭有所疏忽，但是这些都是小问题，周先生一定会改进的。希望请你看在女儿的份儿上，给他一个机会。"刘英听完讥讽地说："他在外面包二奶，也算小问题？"律师连忙说："关于这一点，之前，周先生的确有行为欠妥的地方，不过，浪子回头金不换，现在周先生已经彻底洗心革面了。"刘英狐疑地看着周兴。周兴说："你不是有媛媛的电话吗？你可以去问她。我已经把她赶走了。"刘英说："你还真够狠的。"周兴干巴巴地说："刘英，以前是我错了，其实，我现在才知道，还是你对我好。当然，以后我也会对你好。"刘英笑了："连这话都说出来了，看来你也真急了。"周兴一看有戏，继续讨好说："二十多年的夫妻了，有必要闹到离婚那一步吗？"刘英想了想："想要我撤诉，也行。"周兴面色一喜。刘英："不过我有个条件。把你的公司的所有资产都转到我名下，我立刻就撤。"周兴脸色一变。律师："刘女士，你这条件，可有点伤感情。"刘英怒道："谁告诉你，我和周兴之间还有感情？"律师尴尬地一笑："你们曾经是一对患难夫妻……"刘英再次打断："三年前，周兴向我提出离婚的时候，也是请你做的律师吧，当时，你为什么不这么劝他呢？"刘英的话让律师哑口无言。刘英转向周兴："三年前你，你已经把我们的感情都伤完了。""你当时不是说我这辈子都休想离婚吗？""那是因为我还没准备好。""你要准备什么？"

刘英实话实说："告诉你吧，这三年来，我请了三个律师，各有专长，就为了今天对付你。你到底有几个情人，发展到了什么程度，你有多少身家，最近几年转移了多少资产，转移到了什么地方，我都一清二楚。"

周兴咬着牙："原来你早就在算计我了！""你错了，这是我们的夫妻共同财产，我不过是把自己钱包里的钱数清楚而已。"

周兴咬着牙说："这些都是我流血流汗挣下来的！你休想拿走一分！"

刘英有点幸灾乐祸地说："得了吧，没有我，你能有这些？当年如果不是我帮你出主意，跑贷款，打点人情关系，你现在还在锦江河边被城管追得鸡飞狗跳吧。"

"刘英，你狠！"

刘英冷笑着说："上了法庭，我会更狠！"说完，便拉开门离去。

周兴气得脸色铁青。他转头向律师失控地叫着："一定不能让这个女人得逞！花再多的钱都行！"

律师说："周总，只怕你花再多的钱，也改变不了结果。"

"一分钱都不能给她！"

"周总，我没法阻止她分割你的财产，我能做的，只是从她那里夺回你的一部分资产。"

"什么意思？"

律师拍着手中的资料："现在她向法庭主张分走你 3/4 的资产，我有把握让她只分 1/2，但是我会争取 1/3。"周兴沉默着。律师告诉他："这是最好的结果。"

在咖啡馆，吴婷给建国送上一套光盘，请他多提意见。建国有些疑惑："你忙了大半年，就拍了这个？"

"是。"

"家里的事，你就没怎么管了？"

"英子不在身边，家里也没什么事。"

"那海子呢？"

"海子很好的。"

"你和海子呢？"

"也很好啊。"

建国忍了又忍，憋了一句话出来："吴婷，从小到大，我最恨的就是打小报告的人！为朋友，两肋插刀不算什么；能牺牲人格的，才是真朋友。"

吴婷越听越糊涂："建国，你到底要说什么？"

建国说："今天，我决定变成一个自己最恨的人，我要打一个李海的小报告。"

"报告什么？"

建国一咬牙："李海那天无意中说漏嘴了，他跟赵晓菲还有联系。吴婷，鬼子又在村口游荡了，现在我把消息树已经推倒了，你可该怎么样就现在、立刻、马上怎么样。"

吴婷听完，一下就笑了。这回轮倒建国糊涂了："你笑什么？"

吴婷说："我和赵晓菲刚刚还在一起看片子。"

"啊？"

"晓菲现在是马林公司的品牌总监，而马林代理了李海的南山。所以，李海跟赵晓菲接触是再正常不过的事情。"

建国问道："你既然都知道这些，怎么不阻止呢？在英子成年之前，她手上的股份可都归你管，只要你一句话，就能让李海回家当宅男，你可以否定他的所有决定！"

"恰恰相反，是我坚持让李海选择马林的公司的。"

"你这不是引狼入室吗？你怎么能这样呢？你应该把那个女人撵走！撵得远远的！"

"撵得再远，她也可以回来，李海也可以去追。只有把她和李海从彼此心中完全抹掉，我与李海的婚姻才能安全。"

"但也不能这样啊？这样天天见面，迟早会出事的！"

吴婷悠悠地回答："明镜若无台，何处惹尘埃。"

吴婷笑了笑，说："我先走了。"

黄昏时分，晓菲回到了出租屋，她像往常一样打开门，嘴里叫着："妞妞，妈妈回来了？你今天乖不乖？在学校过得怎么样？……"突然，她愣住了，只见房间里拉着床单，马林和妞妞两个人脸上涂得花里胡哨的，正在排练着什么。

晓菲吃惊地问："你们在干什么？"

马林笑着说："我们正在排练模仿秀。"

晓菲转过头问妞妞："妞妞，你今天的作业做完了吗？"

妞妞看了一眼马林，心虚地说："还有一点点。"

晓菲责怪地说："你这孩子，作业没做完，怎么就开始玩了呢？"

马林解释说："是我让妞妞跟我一起玩的。"

晓菲略带生气地说："我还没说你呢，你让我在公司加班，然后你自己跑到这里来轻松。"

马林一脸无奈地说："我在带孩子唉！带孩子很辛苦的！"

晓菲更加生气了："你是在捣乱。"

马林赶紧转移话题，对妞妞说："妞妞，让她看看我们的作品。"妞妞天真地点点头，两人开始模仿着电视购物里的语气。

妞妞："亲爱的观众朋友们，你还在为没有男友着急上火吗？你还在为妞妞没有爸爸忧虑流泪吗？下面我们将为你推荐一款绝佳产品。"

马林："亲爱的客户朋友，此刻站在你面前的这个男人，无论外观还是性能，都达到了国际先进水平；他的存在，不仅能满足你的所有生理需求，同时也能对你的心理建设产生极其乐观的影响。更重要的是，出于对你的了解，本公司还对这个男人进行了一些人性化的改进，使之更符合你日常生活的个性化需求。"

晓菲听得"扑哧"笑了出来。

妞妞："市场上的同类产品要几千万呢，但是我们这款产品，今天大优惠，免费赠送。"

马林："把他带回家吧。过了这个村，可就没有这个店小二了。"

笑着笑着，晓菲停住了，她发现马林很认真地看着自己。她疑惑地问："你们这是……"马林冲妞妞使个眼色说："妞妞，告诉她，你现在叫我什么？"

妞妞清脆地叫了声："爸爸！"马林响亮地回答："唉！"

晓菲还是有些疑惑。

马林真诚地对晓菲说："还需要我解释吗？"

晓菲不敢相信地问："马林，你……你是认真的？"

马林严肃地反问："我马林哪件事不认真？"

晓菲说："但是……但是……我怎么事前一点都不知道呢？"突然，一转脸，晓菲露出狐疑的神色："马林，这又是你和嫒嫒联手演的一出戏？"

马林不忿地大叫："是，嫒嫒曾经对我是有个要求，但是，赵晓菲，你那么聪明，难道没有看出来，我从来都是本色演出！你知道我当初为什么要从澄海辞职吗？"

晓菲说："不是因为年薪嘛？"

马林说："不是。"

晓菲不解地问："那是什么？"

马林认真地表白说："我早就爱上了你，我想追求你。但我发现，你和李海好上了。李海是我的老板，我和他之间的竞争不会公平，所以我必须辞职。"

晓菲震惊地看着马林："原来是为了我。"

马林点头说："是。"

晓菲非常感动："马林，谢谢你，但是……"

马林抢过话头："你不用现在马上下决定，你可以回家考虑一段时间，也可以到其他店面比较一下。不过，我向你保证，你找遍全世界，也绝对找不到这么理想的货色了，因为，这是上帝特地为你打造的礼物。"

三十

在律师事务所的会议室里,长长的椭圆形会议桌像一个分水岭,周兴与刘英双方各自带领着律师相向而坐,对峙的场面让空气都变得紧张凝结。刘英这次显然是有备而来,她请了三名律师,而且三名律师各自都带了助理;周兴则只带了一名律师林春柏和一名助理。

协商开始,刘英向周兴摊牌:"公司 30% 的股份归我,你同意就签字,不同意我们就法庭见。"周兴一听就气急败坏地站起来:"我已经把所有的股票、债券、基金还有房子都给了你,你还要我公司 30% 的股份。刘英,你完全就是得寸进尺!"刘英毫不退让地说:"你再多唧唧歪歪一句,我就回到 51%。"

周兴正要回击,林春柏连忙拉住他转向刘英:"刘姐,我计算了一下,你现在手上的财产已经有一个亿了,占比已经超过 50% 了,你还要超洋 30% 的股份,我估计就算上了法庭,法官也不会支持。"

刘英请来的一名律师说:"根据我们的计算,超洋公司的市值可超过了八亿。"周兴生硬地反驳:"我要有那么值钱,我做梦都要笑醒了!我再说一次,超洋最多只值八千万!"刘英请来的另一名律师趁机说:"要不这样吧,所有的现金、股票、债券、房子都归你,超洋归我的当事人。"

周兴顿时语塞。

刘英得意地笑了笑。

这时,林春柏打破僵局说:"其实,我们都清楚,股份切割不是简单的减法,而是一场谁都无法预料和控制的震荡。因为股东变动而一蹶不振的公司数不胜数,如果超洋真的因此一文不名了,受损的不仅仅是周兴,也有刘姐你。"

刘英听完沉默了。

她请来的一名律师对林春柏说:"那就把你们的底牌亮出来吧。"林春柏不急不缓:"超洋归我的当事人,剩下的你们全拿走。此外,超洋公司每年利润的 10%,归你们。"

刘英请来的三名律师立刻开始耳语,然后由其中一名律师把意见转给刘英。刘英侧身听完说:"我要 50%。"林春柏依旧微笑着:"刘姐,这样吧,我们退一步，15%怎么样？"刘英坚决地说："50%。"

周兴拍案而起："不谈了！不谈了！上法庭就上法庭！大不了大家都不活了！"

林春柏正要劝周兴，刘英接着又说："10%归我，40%归娜娜。"

周兴一下愣住了。

刘英在桌子上铺开几张照片，是娜娜在加拿大一脸阳光的生活照，照片上娜娜的微笑充满了青春活力。周兴一张张看着照片，眼神慢慢温和下来。

刘英自豪地说："她已经十八岁了，非常有主见而且非常独立，我给她寄的钱，都被她买了礼物，又寄回来。这是给你的。"刘英说着拿出一个包裹，放在桌上。

周兴打开包裹，是一件男式衬衣。刘英继续说："周兴，你要同归于尽，我也不怕你！但是我们毕竟有一个娜娜，我们必须得给她留点什么吧……"周兴却十分爱惜地摩挲着那件衬衣，慢慢抬头，看着刘英："我有一个条件，我要随时都可以见到娜娜。"刘英点点头："娜娜已经成年了，只要她愿意见你，你随时都可以。"

周兴转头对林春柏说："50%，我同意。"说完，他转身离去，临走时还不忘将娜娜所有的照片和衬衣带走。

澄海置业会议室，马林、晓菲、李海、刘少勇四人正在热烈讨论着。

马林一边操作着幻灯机，一边讲解："……因为要和周兴抢进度，所以我们在新的推广方案中省略了几个步骤，这样改动冲击力更强，但相应地也放弃了对南山独有的韵味的渲染。"李海失望地摇头："南山一直是我的梦想，但是现在……"马林劝他："现在的情势不容我们精雕细琢。"

晓菲突然想起吴婷曾经对她说过的一句话：你我也曾经也有你没我有我没你，但现在却是朋友。她灵机一动对大家说："我有一个建议，与其冷战，不如结盟。"

马林转头盯着晓菲，兴奋地说："是啊，与其与周兴敌对，卷入恶性竞争，不如合作共赢。"晓菲继续阐述她的设想："南山片区本来就不应该割裂开发。如果我们两家合作的话，还可以争取政府的资源，联手打造整个片区。"马林一拍双手说："对，1+1是大于2的！"

二人的眼神都在闪光，李海注意到了这一点。他失笑道："你觉得周兴是一个能与人合作的开发商吗？尤其是和我合作？"马林解释："周兴的个性中有偏执的一面，但毕竟他还是一个商人。在生意与脾气冲突的时候，他不会跟钱赌气的。"

李海盯着他问："那你凭什么认为他会愿意和我们合作？"

马林胸有成竹地说："周兴是在匆忙之中推出的南山传奇，对于产品的定位并没有进行深入的研究；而且在规划上，为了跟我们较劲儿，很多设计都十分牵强。如果真要和我们硬碰硬地对着干，很有可能会以惨败收场。"刘少勇插话说："周兴惨败，这不正是我们想要的结果吗？"

马林脸色郑重地说："不，周兴惨败，影响整个南山板块的声誉。如果真有那一天，我们的南山做得再好，也要被牵连。"刘少勇恍然大悟："对，我们的项目再完美，旁边一个烂尾楼盘，还真不是件好事。"马林充满激情地说："海总，我知道你不喜欢周兴这个人，但是我们没有永恒的朋友，也没有永恒的敌人，永恒的只有我们自己的利益。所以，为了南山，你应该抛弃前嫌，与周兴来一个真情大拥抱。"

李海点头说："好，我接受你的建议。不过，我需要你为我提供尽可能多的资料，让我去说服周兴。"

马林自信地说："没问题。"

李海露出笑容，突然他发现晓菲正侧头望着马林，目光中充满了崇拜。

李海觉得心像被针微微一刺，有种说不出的难受。

黄昏时刻，天色微暗，华灯初上，躁动了一天的城市随着夜色开始安静下来。刘英、吴婷、寇吕三个不离不弃的闺密正在一家餐厅小聚。

刘英一口干尽高脚杯内的酒，已经有了几分醉意，她叫着："我终于把周兴给打趴下了！……"

刘英给自己倒了一满杯，干掉，又添满，寇吕取走酒杯："行了，够了。"刘英借着酒劲儿抢回来："怕什么？怕酒不够？让他们拿，拿最贵的来！今天要好好庆祝一下！……"吴婷对寇吕说："让她喝吧，她好久没有这么高兴过了。"刘英兴奋地说："吴婷说得对，我压抑了四五年，但是今天，觉得很爽！周兴这辈子，最爱的就是钱，但两个月后，他的财产要缩水1/2，而我，我是亿万富婆！哈哈哈——"

刘英一口干下一杯酒："我赢了！"寇吕冷笑道："我不觉得。"

刘英咯咯笑着："寇吕，你在嫉妒我？"寇吕冷冷地说："这几年，你快乐吗？你为了恨他，把自己的生活搞得一团糟，连娜娜都跟你疏远了。是，你现在有钱了，但是那又怎么样？你的生活中没有一样快乐的东西。"

刘英一下怔住。

吴婷轻声制止寇吕。

刘英想了想说："你错了，看到周兴狼狈不堪的样子，我很快乐！"寇吕不理吴婷，继续说："但是你们已经离婚了，你以后不会有机会让他狼狈不堪了。"刘英倔傲地说："你还是错了，我有那么多钱，我会一直快乐下去的。"寇吕说："是，你有一个多亿，但你能把蹉跎的那几年时光买回来吗？能买到一个对你真心实意的男人吗？能买回一个完整的家吗？能买回从前那个爽辣干脆对生活充满无穷热情的刘英吗？"

刘英沉默片刻，再次一口干完杯中酒。然后开始哼唱："今天是个好日子，心想的事儿都能成；明天又是好日子，千金的光阴不能等……"

突然，刘英的眼泪哗地流了下来。

吴婷吓了一跳，安慰她说："刘英，别哭。"

刘英摔了酒杯，号啕大哭："寇吕说得对，在这场离婚大战中，没有人是真正的赢家。我虽然分到了一些钱,但是我什么都没有了!"

吴婷说:"不,你还有娜娜。"刘英说:"娜娜已经长大了,不需要我了!"吴婷说:"你还有我们呀。"

刘英捶胸顿足:"我不想看到你们,我嫉妒你们。尤其是你,吴婷,你遇到的事和我一模一样,为什么你就能平安过关,为什么我就不能?"吴婷说:"你真的想知道为什么?"寇吕接话说:"我也想知道。"

吴婷淡淡地笑了笑:"当爱出了问题,你只能用爱的方式去解决;如果用恨去解决,最后的结果一定是同归于尽。"

寇吕指着刘英说:"学着点,这才是聪明女人。"

刘英停止哭泣,呆呆的。

吴婷楼着刘英的肩说:"内心有恨的人,无论怎么样都不会快乐吧。刘英,停止憎恨吧,包括对周兴,你才能开始新的生活。"

刘英陷入了深思。

出租屋客厅的地上堆着大包小包,媛媛抱着晓菲号啕大哭。

媛媛抽抽噎噎:"……房子是租的,车是登记在公司名下的……就是几件衣服和几个包,晓菲,我这次亏惨了——"晓菲给她递着纸巾:"别哭了,再哭长眼袋了。"媛媛哭得声音更大了:"我就是羡慕你和李海,原来动了感情的感觉那么好,于是我也想玩一把感情,可是怎么落了一个这样的结果啊!……"

晓菲将媛媛的脸抬起来:"媛媛,你知道你这次输在哪儿吗?"媛媛点头:"我知道,我就不该在地震那会儿心软!我以为,最危险的时候,那个男人都没扔下我,以后也绝不会扔下我!于是,我就放松了警惕!早知道,我还是做个无情无义的女人!"晓菲一撇嘴角:"那你以后还是逃不掉被男人抛弃的下场。"媛媛惨叫:"晓菲,你不能这样诅咒我!"

晓菲正色说:"这不是诅咒,这是规律。媛媛,你是为了钱而去,那别人为了钱抛弃你,也是天经地义。"媛媛怔怔地说:"你的意思是,我这是自找的?"晓菲扶着她在沙发上坐下:"是。当初你不要尊严,现在就不要怪别人不拿你当回事。"

媛媛的眼泪又掉了下来。

晓菲放缓语气说:"媛媛,其实你并不像你自己想象的那么玩世不恭?你内心深处,一样渴望有一个男人真心实意爱上你,所以,你才会在某一瞬间被周兴打动。"媛媛低声说:"是。""你也不是那种完全不要尊严的女人,不然你现在不会这么难过?"媛媛低声说:"是。"晓菲问她:"媛媛,你曾经说你是在拿青春美貌换钱,你现在有没有觉得,其实这交易,你很亏?"

媛媛看着晓菲,有些不懂。

晓菲说:"是,你是有了点钱,但是这整个过程,你现在愿意去回忆吗?"媛媛摇摇头说:"我不敢往回想,一想就伤心,甚至……恶心。"晓菲又问:"这些包，这些衣服，这些化妆品，能补偿你失去的吗？"

媛媛摇头。

晓菲起身倒了一杯水递给她："媛媛，你一开始就错了，所以，现在只能得到一个错误的结果。"媛媛说："那我该怎么做呢？"晓菲语气沉重地说："如果你真要一份天长地久的爱情，你就得用自己的真情去换。因为，你付出什么，你就得到什么。"

媛媛叹息一声："我的确错了。"

夜色初降，李海走过走廊，经过会议室，从落地玻璃窗看进去，马林带着团队的人仍然在埋头苦干。有工作人员送进几包饼干，晓菲拆开一包，第一块先塞进了正在电脑前聚精会神忙碌的马林嘴里。李海默默看着。

马林两三口嚼了饼干："我的这部分结束了！"他叫着："刘沛？"刘沛连忙将一沓打印好的资料递过来："已经整理好了。"

马林又开始点兵："赵晓菲？"

晓菲走过来："我的那部分已经上传到你的页面里了，你只需要先 Ctrl+C，再 Ctrl+V。"

马林在电脑前操纵着，点击了组后一个按键，然后仿佛钢琴弹奏结束，以夸张的手势收手："大功告成！正式打印！"

不远处的打印机开始嗡嗡运转，一个工作人员守在旁边！

马林抬头，看见了玻璃墙外的李海，兴奋地说："海总，你要的东西全部出来了！"

李海走进会议室。

马林嘴边还有饼干屑，他指着打印机："五分钟后，所有资料准备完毕，你就可以找周兴摊牌。"李海用欣赏的目光望着马林，说道："辛苦了。"马林谦虚地回应道："应该的。"

马林伸了一个懒腰："终于可以回家了。"

李海注意到，马林眼圈发黑，面色发青，脸色很难看。

晓菲说："他熬了一个通宵。"李海命令："那你马上回去休息。"马林非常不情愿："方案还没装订好呢！"李海坚定地催促："我在这儿守着，你给我马上走。""行吧。"马林站起来，身子摇晃了一下。

李海忙问："你没事吧？"马林："没事。"晓菲起身："我送你回去吧。"马林立刻有些夸张地说："哎哟，头还真有点晕，可能还真不适合开车。"晓菲白了他一眼。

马林闭上眼，作晕乎状："连走路都有点飘诶——"晓菲无奈地扶住他，对李海招手："再见。"

李海犹豫了一下："等等。"李海从兜里掏出一张纸巾，递给晓菲，用眼神示意马林脸上的饼干屑。晓菲一愣，接过，为马林擦了擦脸。

晓菲扶着马林离去，李海目送，神色十分怅然。他转头吩咐："装订好了，送到我办公室来。"

李海走进办公室，沉吟片刻，打开保险柜，取出了那个 U 盘，将 U 盘插入电脑，那些熟悉的笑声叫声再次响起。李海脸上浮现淡淡的笑容，然后他点击了鼠标。屏幕上弹出一个窗口，询问着是否将 U 盘格式化。李海略一犹豫，点击："确定。"

格式化之后，李海拔出 U 盘，插入了另外一个 U 盘，电台主持人的声音传出："下面这首歌是远在柬阳的吴婷女士为正在海南打拼的李海先生点播的……"

李海沉浸在音乐中。

工作人员抱着一堆资料敲门："李总。"李海指了指办公桌："放这儿吧。"工作人员在桌上放下资料。李海翻阅着，封面上写着："李海与周兴是可以相爱的！——关于澄海置业与超洋集团联手打造南山片区的可行性报告。"

李海忍俊不禁。

晓菲开着马林的车，马林坐在副驾上，忙碌了一天的他已经睡着了。她在一个红灯处停下车，探过身去，帮马林系上了安全带。当她往回伸手时，无意中碰到了某个按键，《橘子汽水》的音乐响起。晓菲连忙伸手去关，突然，马林的手伸过来，拉住了晓菲的手。晓菲挣扎了一下，马林抓得更紧，同时又发出了呼噜声。晓菲无奈，只得任由马林抓住自己的手。绿灯亮了，汽车起步，歌声十分欢乐："……就这样牵着你一直走（这次绝不放手），我会努力变成属于你（的流星）……"

李海回到自己的别墅时已经很晚了，他来到书房仔细地阅读着马林提供的资料。吴婷走了进来，放下一碗银耳枸杞汤，李海也放下了手中的资料。吴婷关切地问："最近公司是不是出问题了？"李海点头："你怎么知道？"吴婷说："你的眉头都皱了好几天了。"李海笑了："是，不过今天总算找到了解决方案。"吴婷问："到底是什么事？"

李海说："周兴也在南山买了一块地，准备跟我恶性竞争，我们想了很多招数对付他，但都不是最佳方案。直到前天，晓菲提了一个方案，说我们应该和周兴合作，实现双赢。""对啊。"李海愈加兴奋："不过，周兴和我在十五年前，有一段恩怨，我已经竭力弥补了，但是他都不接受。明天能否说服周兴，我到现在都没有把握。"吴婷想了想："我倒觉得要说服周兴并不难。""哦？你有什么高招？"

吴婷叙述了今天傍晚，自己与刘英、寇吕三个人一起吃饭，庆祝刘英获得新生的事。李海叹了口气："他们俩终于离了。"吴婷回道："今天上午签的字。周兴只要了超洋公司，其他所有的现金、股票、债券、房子都给了刘英。"李海不相信："周兴有这么慷慨？"吴婷解释着："不是周兴慷慨，而是刘英准备充分。不过，我要跟你说的不是这个，而是周兴现在一半家产不在了，实力一定大打折扣，特别是现金流，一定非常紧张。他迫切需要一个合作伙伴，所以，你去跟他谈，他一定求之不得。"李海拍了一下后脑勺："婷婷，你提供的这个情报真是太有用了。"

吴婷抿嘴一笑："快喝汤吧。"李海大口喝着汤："对了，还有件事。"吴婷："什么？""晓菲和马林好像彼此有点感觉。"吴婷惊喜地说："好啊！有一次，我们好像还说起过，把晓菲介绍给马林，没想到，这两人自己好上了。"李海把空碗递给她："马林好像老早就喜欢晓菲了。"吴婷很自然地接过碗："马林这小伙子也不错，配得上晓菲。"

晚上的健身会所灯火明亮，动感音乐充斥着大厅，十分热闹。媛媛身着亮黄色 Nike 运动装，脖子上围着条白毛巾，带着晓菲蹬着单车。媛媛点点头，脑后的马尾一蹦一跳："我想过了，我得换一个活法了。"

晓菲大声说："好啊。"媛媛定下心思："下次再遇到男人，我一定不为钱，只为自己的心。"晓菲真诚地祝福着："媛媛，我相信一定会有许多很优秀的小伙子会真心实意地爱上你。"媛媛认真地说："不过，如果他能有钱就更好。"

晓菲笑了。她挑选着曲子，音乐放出，晓菲跟着节奏开始蹬车。

媛媛："你现在喜欢这首歌？"

晓菲一愣。

媛媛跟着哼唱："就这样牵着你一直走，这次绝不放手，我会努力变成属于你的流星……"

晓菲若有所思。

街边肥肠粉店，生意异常火爆，食客多是各色短衣打扮的劳动者。周兴坐在简易的饭桌前，一口锅盔一口肥肠粉，吃得香美爽快。有人在周兴面前坐下，周兴头也不抬。

李海喊了一声："一碗粉，红味，一个锅盔。"周兴吃惊地抬头："李海？"李海微微一笑："听说你每周都要来这里吃一碗粉，坚持了十几年，味道一定不错。"周兴："找我有事？"李海点头称是，周兴讥讽地说："来求饶？或者你又没钱了，想借钱？"李海开门见山："我们联手开发南山如何？"

周兴一时反应不过来，吞了半口肥肠粉卡在喉咙里。李海提出建议："把你的地，我的地，合成一片，我们联合打造。""李海，你脑子有肥肠粉啊！我们俩现在是你死我活的敌人！"李海回应着："如果这样斗下去，的确是你死我活。"周兴："是你死我活！"

李海试图说服他："你靠什么活啊？在那个区域，一家五星级酒店就已经足够，你还要建一家七星级的，客源从哪儿来？南山有一片天然的湖泊，我建水上乐园是因地制宜，你要修的嘉年华，却毫无特色，你怎么经营？我顺着山势，做山地独栋别墅，符合南山的归隐文化；你那块地以平坝为主，你也修独栋，品质感你怎么解决?"

周兴愣了一下："你以为你是谁?你说不行就不行?我偏不信,我偏要做给你瞧瞧。"李海："周兴,你别装了,我知道你已经没钱了!"周兴冷笑："胡说,我随时手上都有一个多亿现金可以调动。"

李海说："那是以前。现在你的现金都在刘英手上,你还调得动吗?别说南山,就连超洋花园的二期、三期,你恐怕都很难收尾。"周兴不屑："我还真没想到,连你也要信这些江湖谣言。"

李海甩出一沓又一沓资料："这是你的南山传奇现在存在的问题;这是你的公司的现金流情况;这是超洋花园二期、三期的困境……"

周兴信手翻了翻,眼神陡然收紧。

李海斩钉截铁："别一意孤行了。一半家产都不在了,可别把剩下的也折腾个精光。"

周兴沉默。

李海又拿出一沓新的资料："这是对我们俩合作的效果预估,你应该看到,你所有的问题都可以解决,而且还能让超洋集团更上一层楼。"周兴抬头："你在报复我?"李海觉得好笑："我要报复你,我就出一亿六千万,占你90%的股份;可我现在的条件是双方按投资额度进行利润分成。"

周兴低头又看了看资料,然后疑惑地抬头："你这次又在打什么主意?又想怎么坑我?"李海："你把所有的东西带回去,拿给律师看了,你再给我回复。"周兴想了想,一声不吭地将所有资料收进自己的包里。

老板端上了肥肠粉和锅盔。李海竖起大拇指："好香!"周兴冷冷地说："加一个结子会更香。"周兴扬声喊着："给他加个结子,算我的。"

李海抬头看着周兴,笑了。

张俐谢伟的新居里,谢伟与马林在厨房里忙碌着。三个女孩在客厅里闲聊,晓菲怀里抱着张俐的孩子,妞妞逗着小朋友。晓菲举了举宝宝说："那你们俩现在是标准房奴了。"张俐兴高采烈："当房奴,幸福!"

媛媛满是怀疑："这还幸福?""是啊!房奴至少有房子,因为要还房贷,所以房奴工作会更努力。还有啊,我和谢伟现在最主要的娱乐活动就是去二手房中介那儿看报价单,只要我们小区的二手房价噌噌噌往上涨,天大的烦恼都烟消云散了。"

媛媛与晓菲笑了。

马林端了一锅麻辣香锅出来："开饭了!"三个女孩嘻嘻哈哈地来到餐桌边。马林拿起筷子,先尝了一口,说道："不错!你们也尝尝。"媛媛惊叹道："哟,马林,上得厅堂下得厨房。"马林不客气地说："复合型人才都这样。"晓菲接过马林的筷子,也尝了一口："不错。"媛媛："还有什么绝招,拿出来秀一下。"马林立刻模仿变形金刚大黄蜂,狂吼着,双手拍着胸脯,然后也像电影中的金刚一样，含情脉脉地看着晓菲。晓菲哈哈大笑。突然，晓菲怀中的孩子挣扎起来。张俐赶紧接过孩子："该换尿布了。"晓菲说："我去。"晓菲抱着孩子转入卧室。媛媛低声责备："怎么又改恐怖片了？你这样一天到晚没个正经，永远都追不上她！"

马林自信地一晃头："那可不一定。"张俐分析着："晓菲对马林已经很有感觉了。"媛媛反问："你哪里看出来了？"张俐指了指筷子："这筷子是马林用过的，刚才晓菲也接着用这筷子尝了菜。一个女孩子，内心深处接受了这个男孩子，就不会嫌弃他的口水了。"马林向张俐竖起了大拇指。

媛媛疑惑地问："这是什么逻辑？"马林开起玩笑："这是爱的逻辑，在这方面，你是免疫的，所以你不懂很正常。"

晓菲抱着孩子出来："张俐，你儿子太可爱了，借给我玩几天行不行？"

马林热切地说："晓菲，不用借。你要喜欢，我们自己做一个。"晓菲愣愣地问："怎么做？"马林逗她："一会儿找个没人的地方，我教你。"妞妞张大眼睛看着马林与晓菲。张俐打断他俩："不能说了，儿童不宜啦！"晓菲一下反应过来，抓起筷子，劈头盖脸朝马林砸下。房间里再次响起笑声。谢伟端了一盘菜出来："全家福来了！"

在雪茄吧，李海把自己的计划告诉了建国。建国听完惊讶地问："你和周兴联手打造南山？"李海点头："是。"建国吃惊地大叫："天啦，这相当于布什和拉登结为了亲家！"

李海笑了笑。

建国好奇地问："你怎么办到的？"李海从容地告诉他："周兴的公司最近遇到点麻烦，只有我能救他，就这么简单。"建国不解："你为什么要救他？他给你惹了那么多麻烦，你不是一直都想像拍苍蝇一样把他拍死吗？""建国，恨一个人太累了。不管他过去怎么对我，我还是愿意用最大的善意去对待他。"

正说着，周兴走了进来。他径直走向李海："我的律师已经把修改过的合同传给你的律师了。""行，一会儿我回公司就看。"周兴不肯让步："主要的分歧还是在我们双方的占比。虽然你那块地比我那块大，但是我在土地上花的钱比你多，所以，我坚持五五！"建国不服："喂，李海那块地比你大，还背山面水。"周兴力争："对不起，像审美这种没法量化的东西不能进入合同。"建国反驳道："喂，周兴，你多花了钱，那是你操作出了问题。你不能把你的失误转嫁到李海头上啊。"

周兴依旧倨傲："超洋和澄海合作，跟你有什么关系？你有什么资格在旁边指手画脚？"一直沉默的李海开口道："周兴，如果之前我所做的，都还不能弥补当年给你的伤害，那么这次你以土地入股，股份你六我四。"

周兴谢绝说："不用。我这个人向来恩怨分明，五五占比，我们俩就算扯平了。"

李海拱拱手说："不，你一定要接受四六，这是我唯一能补偿你的，也是唯一能减轻我内心愧疚的方式。而且，如果你的超洋花园需要资金支持，澄海集团一定鼎力相助。"

周兴的眼神渐渐温和起来。

建国叫起来："海子，你对我都没那么好。"李海笑答："那是因为我从来没做过对不起你的事。"建国开玩笑："求求你，伤害我一次吧。"

李海不再理睬建国，转头看着周兴："周兴，对不起。"

周兴来到酒柜，取了一瓶酒，倒了两杯，递了一杯给李海，自己取了一杯，两人干杯。

建国插进来："那我呢？"周兴开着玩笑："林建国，海南的事，你也有份儿。不过，你的账先暂时记着吧，暂不追讨，但是我保留追讨的权利。"建国反驳道："周兴，理论上，那块地还是属于你的吧？""是。""有消息说，国家要重新开发海南了，你那块地如果火起来了，你是不是该分点给我和海子呢？""你等着吧。"

黄昏，小区楼下。老陈的儿子依然在沙坑里玩着单调的游戏，老陈在旁边守护着。李海出现在老陈身边，他默默地看着星星。

李海不解："我成立澄海之后，招的第一个员工就是你，我们并肩打拼了十年，为什么到最后你要出卖我？"老陈轻声说道："还能为什么？为了钱呗。""在钱上我没有亏待过你，除了被免职的那段时间，你一直都是澄海工资最高的员工。"

老陈："这是我儿子。"李海看着星星。

"现在，我可以照顾他，将来我走了，他怎么办？到了那一天，能照顾他的，只有钱，所以我必须拼命挣钱。"

"好吧，你缺钱。可是在向我求助和出卖我之间，你选择了出卖，这让我很想不通。我们在一起经历了那么多风雨，彼此总有一份兄弟情吧？"

"是，我也一度以为我们是兄弟。但是当你一句话把我撤职的时候，我才发现，其实我们从来就不是兄弟，你永远都是老板，而我永远都是员工；所谓兄弟，不过是老板为了笼络员工制造的烟幕弹。"

"你做错了，我当然要惩罚你，这和兄弟没有关系。"

老陈苦笑着说道："那在我没有出错的时候呢？刘少勇来了，他轻而易举地取代了我的位置；后来，马林坐进了我的办公室。我们一起打拼的十年，在你眼中其实什么都不算，对你来说，谁能给你带来更多的利润，谁就是你最亲的兄弟。"

李海遗憾地说道："我们虽然在一起十年了，可是你一点不了解我。"

"也许吧，但是我很了解我自己。十年前，澄海置业成立，我们在一起；十年以后，你是老总，是董事长，家产上亿，而我还是一个打工仔，一个老板不高兴，可以随时撤职随时开掉的小人物！这就是我，无能、平庸、没有野心，一个打拼了几十年，仍然无法掌控自己命运的无奈男人。"

李海遗憾地问道："你选择了投靠周兴，难道周兴能改变这种现状？"

老陈："不，周兴也不能，谁也不能，只有我自己能。一开始跟周兴合作，只是为了出口气，只是为了钱；但是后来，我决定赌一把，周兴答应给我20%的股份，如果成功的话，我就是澄海的股东了，我的命运从此掌握在自己手里了！"

李海："但是你这样做，伤害最大的恰恰是澄海。你可以对我无情，但是对这个你付出无数心血和精力的公司，难道也没有感情？"

老陈冷漠地说："澄海是你的，又不是我的。"

李海语塞。

老陈："我以为周兴能搞垮你，结果他也不是你的对手，这是我的失误，我认栽。这几天我一直在家研究刑法，我的行为已经构成了侵犯商业秘密罪，等着我的应该是三年到七年的有期徒刑，还要并处罚金。如果你真的还念及一点兄弟情，我请求你在罚金上高抬贵手。我不是为我自己，是为他。我希望，我在监狱里的时候，他也能得到照顾，得到保护。"老陈的目光落在儿子身上。

老陈轻声说："你报警吧。"

李海看着老陈，突然叹息一声，起身离去。老陈愕然。

一个父亲扶着儿子学骑车，从老陈身边经过。那儿子惊恐地叫着："爸爸！扶着我！爸爸！别撒手！"父子俩叫着，笑着，走远了。

老陈叹息一声。突然，他听到了一声："爸爸——"老陈浑身一抖，不敢动弹。星星又叫了一声："爸爸。"老陈听真切了，慢慢地回头。只见星星对着自己挖沙的小勺，狐疑地喊着："爸爸。"然后又无知无觉地玩着。老陈笑了，他慢慢蹲下去，笑容渐渐变成了泪水。

李海靠着别墅露台栏杆，手中握着一条旧领带，思考着。吴婷来到李海身边。吴婷关切地问："跟周兴谈得怎么样？"李海点点头："很顺利，下周就签约。"吴婷很兴奋："恭喜你。"李海微笑着说道："谢谢你。"吴婷专注地看着李海："怎么还是不高兴？"

李海摩挲着那条旧领带："婷婷，你觉得我是一个好老板吗？"吴婷想了想："你自己觉得呢？"

李海说："我给员工的工资在同级别的公司中算是最高的，而且从不拖欠；虽然他们做错了事，我会比较严厉，但是平常还算平易近人和蔼可亲吧。"吴婷："就这些？"李海想了想："如果他们有困难，只要我知道，我都会竭尽全力去帮。""还有吗？"李海想了想："这么多年来，我修的房子没有质量问题，我把澄海这个品牌也做大了，让员工们有自豪感，算不算？""算。"李海期盼地问："那我是好老板吗？"吴婷认真地回答："我觉得，让员工有吃有住有事做有钱收，应该是老板最基本的责任吧。"李海诧异道："这还是最基本的？"吴婷肯定地说："任何一个企业要想存活下来，都得做到这一点。"李海认同："这倒也是。"吴婷想了想："我觉得一个好老板和员工不仅仅是你干活我给钱的关系，而是要让企业和员工一起成长，一起分享。"李海沉思："有道理。"吴婷继续把话题深入："以前有个词,叫主人翁精神,我倒觉得,主人翁不应该仅仅是一种精神,而是一种身份。如果真能让员工干企业的活像干自家的活一样,那才是老板的最高境界。"李海颇有启发地点着头:"公司对员工有多少责任感,员工也就回报公司多少责任感。以前我的确忽略了这一点,"吴婷补充:"而且,不仅要对员工的现在负责,还要对员工的未来负责。"李海感叹:"婷婷,你完全是个管理专家啊!"

吴婷不好意思地说:"没有啦,我也是随口说说。最近这段时间,我自己做了工作室,也招了员工,所以看了一些管理的书,今天也是现学现卖。"

李海由衷地说:"婷婷,以前我的生活离不开你,现在,我的事业也离不开你了。"吴婷一笑。

培训学校教室门口。老陈将星星交给老师,又将一张银行卡交给老师。老陈不放心地托付道:"蔡老师,我可能要出差一阵子,如果一时半会儿没有回来,麻烦你照顾星星,费用我都准备好了。"老师有点惊讶:"孩子都这样了,你还要出差?"老陈为难地说:"是啊,没办法。"

老师接过银行卡:"我明白了,你是想多为孩子挣点钱。"

老陈感激地说:"谢谢老师理解。""你放心吧。"老陈忙不迭地说:"谢谢。"又转头望向星星:"星星,跟爸爸再见。"但是儿子浑然不觉地自己玩着。老陈与老师也都见惯不惊。

老师带着星星走进了教室。这时手机铃响了,老陈接起,脸色慢慢惊讶起来:"……好,我知道了。"

老陈忐忑地走进澄海置业办公楼。迎面而来的员工大声招呼着:"陈总,你好!好几天没看到你了,你出差了吗?你脸色不好,要注意身体哦……"老陈心不在焉,没有回应。他走到办公室门口,紧张地张望着,李海已经坐在了桌前,许多高管都已经到场。

李海看到老陈,指着自己身边的空位:"老陈,这里。"老陈一愣。刘少勇从后面拍拍他的肩,亲热地说:"进去呀。"老陈犹豫片刻,在角落里找了一个位置,坐下。

李海看了他一眼,没再说什么。

人力资源总监说:"李总,人到齐了。"李海说:"我宣布公司下一步的工作重点——筹备上市。"众人一片惊讶,相互看着,询问着。老陈漠然地看了李海一眼,继续想着自己的心事。

刘少勇说:"早该这样了。上市之后,我们就不用过度依赖银行贷款了,在国家政策出现变动的时候,也不用担心资金短缺。"

李海说:"不仅如此,上市还能获得更多发展机遇,同时提高公司的管理水平。许多全国知名的地产公司早就跑在我们前面,我们现在必须奋起直追。"

众高管纷纷点头。

李海接着说:"这是今天要宣布的第一件事情。第二件事情是,澄海从无到有，从弱小到强大，离不开在座各位与公司所有员工的辛勤付出，为了让大家能够分享到公司的成长，也为了吸纳优秀人才，稳定管理队伍，同时，作为上市公司的必要条件，我决定在澄海推行员工股权激励方案。具体的细则正在委托律师事务所起草，不过有一个基本的分配原则，那就是按照在公司的工作年限和贡献大小进行分配。"

全场一下静默了。

财务总监："李总，你的意思是，要把公司的股份拿出来和大家分？"

李海说："是。"

营销总监说："这么说，我们都要当老板了！"

公关总监说："这么说，除了工资以外，我们年终还能分红！"

工程部总监说："这么说，如果澄海上市成功，股票涨了，我们的身家也就跟着涨？"

李海笑着回答："你们说得都对。"

刘少勇率先鼓掌，会议室里响起热烈的掌声与欢呼声。老陈不知所措地看着众人，不太明白发生了什么。李海说："老陈！"老陈悚然转头。

李海含笑："我大概估算了一下，所有员工中，你的股份占比应该最高。"

老陈震惊地指着自己的鼻子："我？"

李海点头。

老陈喃喃地说："不，这不是真的。"

老陈说："但是我做了那么多不该做的事情……"

李海接过话去："是啊，你犯过错，我也犯过错，在座的所有人也都犯过错，但是跟你们为澄海做出的贡献相比，这些错不算什么。"

老陈痛心地低头："可我的错，是不能原谅的。"

李海再次接过话去："你们谁出的错有我大呢？我差点让澄海倒闭。但是你们都包容了我，仍然认我这个老总，我又有什么理由，不包容你们的错误呢？"

老陈看着李海，不能相信地问："你原谅我了？"

李海说："大家都是一起打拼的兄弟，不说原谅，只说体谅。"

老陈的嘴唇哆嗦着："李总，我……我……我对不起你，对不起澄海！"

李海笑道："你不就是在大家最忙的这几天里请了几天假吗？不用那么愧疚，你要实在觉得对不住大家，今年你多加点班。"

老陈愣住了。

李海说："对了，老陈，公司以后可能要开拓海外市场，春节之后，准备派你出去考察一下。不过，这一去，可能就是两年。"老陈疑惑地看着李海。

李海说："还有，你不是想带儿子去参加什么培训吗？正好一举两得。儿子的培训费就算我的吧。"

老陈看着李海，完全折服："我现在才知道，你是一个好人，而我是……"

李海："你是公司的元老，是我最信任的助手，也是我的好兄弟。"老陈的眼泪一下滚落下来，他抓住李海的手："李总，你放心，从此以后，我一定会为澄海拼命的！"

刘少勇说："为澄海打拼，就是为我们自己打拼！李总，你放心吧！"

营销总监说："对，以后澄海就是我的家！"

公关总监说："澄海的未来就是我们的未来！"

会议室里，群情激昂。李海露出满意的微笑。

晚上，酒店大厅门口。晓菲指挥着工人，正在大门上方挂着横幅，横幅上写着"澄海超洋强强联手开启南山崭新未来"。晓菲左手往下压着："左边高了……放一点……放多了！"

李海带着司机出现。晓菲惊喜地说："李总，你来得正好，我跟你过一下明天的流程。"李海："好。"晓菲将李海带到旁边的工作台前，从抽屉里拿出一沓资料，介绍着："明天上午九点半，嘉宾签到；十点，仪式准时开始，首先是主持人上场。"李海："主持人是谁？"

晓菲："我。"

李海："好，你主持我很放心。"

李海注意到工作台上放了一盒只吃了几口的盒饭："你还没吃饭？"晓菲一拍脑门，笑道："刚才吃了两口，有电话来，我接了电话之后，就忘了。"

突然，那边工人喊："赵经理，这个牌子放哪儿？"

晓菲搬来椅子："你坐一坐。"

李海挥挥手："你去忙吧。"

晓菲匆匆离去。看着她的背影，李海转头对小刘说："去买点夜宵。"小刘点头转身离开。李海远远看着晓菲，很显然，她在发脾气。工人先还争辩着，最后都乖乖地跟着晓菲走进了大厅。李海笑了。

马林气喘吁吁地进来："海总，你也在这儿？"

李海："我来看看。"小刘提着几盒热气腾腾的纸饭盒进来。马林惊喜地说："太好了，我晚饭还没吃呢！海总，你太体贴了，我要是女的，我就以身相许了。"说着，马林接过一盒，迫不及待地要开吃。李海制止道："等等！"

马林诧异。

李海："里面有个人，也没吃晚饭。"

马林恍然："差点忘了。"

李海又递过一盒："快送进去吧，就说是你买的。"

马林对李海一拱手："谢谢。"提着两个饭盒走进了大厅。

李海来到大厅门口，朝里张望，只见马林与晓菲坐在一个箱子上，你给我夹一筷子，我给你夹一筷，不时地相视一笑，其乐融融。

李海微笑着，转头吩咐小刘，我们回家吧。

晓菲撒娇地说："这是我吃过的最好吃的夜宵。"马林夹起一个馄饨："那是因为，这里面不仅裹着肉、味精、淀粉，还有我马林的爱。"晓菲娇嗔道："酸。"马林维持自己的话语权："酸也是一种味道。"晓菲问："你怎么知道我没吃晚饭？"马林满怀爱恋地看着她："相爱的人，不仅心灵相通连肠胃也是相通的。"晓菲不好意思："去你的。"马林吐出实情："是李海告诉我的。"晓菲询问着："他人呢？""门口。"晓菲抬头看去，门口已经没有李海的影子。她思考着："马林，我有个想法……"

深夜，李海别墅客厅，吴婷坐在沙发上接着电话："……我真的行吗……好，如果你坚持，我同意……再见。"吴婷挂了电话。

这时门铃响了，吴婷打开门。李海站在门口，一脸疲惫："我还没吃晚饭呢！""我马上给你做。"吴婷颇感意外地说。

李海像个孩子一样叫着："饿死了！快呀！再不端上来，就只有叫救护车了。"

吴婷已经冲进了厨房："别闹了！马上就好！"

第二天，活动现场布置着玫瑰花与白纱，浪漫而喜庆。舞台下，嘉宾已经坐满，南山县的领导，澄海和超洋的高官们悉数到场，建国、媛媛、张俐也在其中。时钟指向了十点。音乐声中，主持人款款来到台中："各位领导，各位嘉宾，以及所有的朋友们，大家上午好……"

李海十分吃惊，舞台上的主持人不是计划中的晓菲，而是吴婷。

李海四处张望着，发现晓菲与马林站在台边。观众席掌声四起，吴婷向台下微笑致意，其中一个微笑，是与台边的晓菲会意的。李海慢慢露出恍然的神情。

吴婷继续主持："看到我们今天会场的布置，您是不是也跟我一样，会有一种来到了某场婚礼的错觉呢？的确，玫瑰、白纱都跟婚礼有关，而今天的主题就是一场'联姻'；下面，请大家用最热烈的掌声请出'联姻'的两位主角，澄海置业总经理李海，超洋集团董事长，周兴！"

李海与周兴各自走出，在通道上相遇。音乐一下变成了结婚进行曲。气氛一下活跃起来。李海开玩笑地伸出手臂，示意周兴挽着自己，但周兴很认真地将李海的手臂拉入自己的臂圈中，扮演着'男主角'，将李海引领上舞台。摄像机一直追随着二人。两人站在吴婷的身边。吴婷神采奕奕地引介道："两位新人此刻就站在我的身边，和大家一样，我对他们的'联姻'充满了疑问。首先，请问澄海置业的李总，是什么让你和周总走到了一起？"吴婷在台上挥洒自如，仪态万方，完全找回了从前的风采。李海痴痴地看着吴婷，一时回答不出。

周兴抢过话头："李海，我提醒你注意，今天你的爱人是我，请你不要色眯眯地盯着主持人。"台下哄堂大笑。

李海立马反应过来："应该这么说，对南山那片山水的热爱、对房地产事业的热爱把我和周总联系在了一起。现在我们俩宣布一个共同的决定：我们要把南山打造成最高端，设施最完善的——养老院!"台下掌声一片。

　　吴婷抑扬顿挫："两位老总都吐露了心声，那我们也祝愿两位的生意红红火火，两位的'爱情'长长久久。既然是爱情，那一定有爱情的结晶。接下来的这一刻，我们就请两位主角为我们揭晓他们共同的事业——南山!"音乐声起。乐声中，李海与周兴一起来到舞台正中，一直被红布遮盖的一个台前。

　　吴婷提高了嗓音："各位朋友，让我们一起来为他们倒数——"全场跟着吴婷一起高喊："三、二、一——"音乐瞬间达到高潮。

　　李海与周兴共同掀开红布，南山的沙盘呈现众人面前。烟花焰火燃起，花炮奏响，全场气氛达到顶点。李海与周兴展开双臂拥抱了一下，吴婷在旁边感动地看着。闪光灯频闪。

　　舞台边上，晓菲主动握住了马林的手。两人没有看对方，但是嘴角都是默契的笑容。